我读宋词

庚子冬月正之题 武题

雷震 编著

题记 这是一本读书笔记 内容为读宋词及其他
前有高山流水 我以文心雕虫
赐眼者 我之幸 雅正者 我之福

苏州大学出版社
Soochow University Press

图书在版编目（CIP）数据

我读宋词 / 雷震编著. —苏州：苏州大学出版社，2021.9
 ISBN 978-7-5672-3702-5

 Ⅰ.①我… Ⅱ.①雷… Ⅲ.①宋词—诗歌欣赏 Ⅳ.①I207.23

中国版本图书馆CIP数据核字（2021）第178782号

书　　名：	我读宋词 WO DU SONGCI
编　　著：	雷　震
责任编辑：	刘　冉
出版发行：	苏州大学出版社（Soochow University Press）
社　　址：	苏州市十梓街1号　　邮编：215006
印　　装：	南通超力彩色印刷有限公司
网　　址：	www.sudapress.com
邮　　箱：	sdcbs@suda.edu.cn
邮购热线：	0512-67480030
销售热线：	0512-67481020
开　　本：	787mm×1092mm　1/16　印张：41.75　字数：718千
版　　次：	2021年9月第1版
印　　次：	2021年9月第1次印刷
书　　号：	ISBN 978-7-5672-3702-5
定　　价：	150.00元

凡购本社图书发现印装错误，请与本社联系调换。服务热线：0512-67481020

作者近照　　　　　　　　　张建生　摄

凭新闻功底花甲不怠著书立说

积广博学识退隐笔耕鸿篇巨制

——贺雷震君《我读宋词》上梓面世

老同事 贾涛根

2021年9月

谨以此书献给2019年11月11日辞世的父亲大人雷春林及身板硬朗的母亲大人黄云。你们的儿子长大了,但也许在你们眼里,他永远是一个牙牙学语的笨小孩。

这本书也赠予我活泼可爱、七岁的小孙女雷雅媛,希望她将来也像爷爷一样喜爱宋词,将中华这一文化瑰宝发扬光大。

序言

莺啼序

黄俊生

听闻雷震兄在家潜心读宋词，写心得，心想，他延续了半辈子的文学追求，终于将在夕照青山之际得以圆梦。

我与雷震有私谊，属于"三同"的那种，即同庚、同学、同事，我们多有交往，彼此了解。雷震与我一样，同属那个年代的文学爱好者，他自年少时便喜好古典文学，尤其对古典诗词达到痴迷程度，一次，他居然将新华书店（桃坞路古籍店）有关词论方面的书籍一扫而空。印象中，他大学毕业论文选题就是谈古典诗词精华之精华——对联艺术的。1984年考进《南通日报》后，他从校对干起，辗转于信访、记者、经贸、广告诸岗位，干到《江海晚报》副刊编辑，担任专副刊中心副刊室主任，退休前担任《三角洲》杂志副主编。30余年中，除了《江海晚报》副刊和《三角洲》杂志时期与文学稍稍沾点边外，职场其余工作几乎与文学绝缘。不过，他心中那颗文学小火苗始终未曾熄灭，一俟春风扑面，便熊熊燃烧起来。春风终于在他赋闲在家时不期而至。

忽一日，雷震告诉我，他那数十万字的《我读宋词》书稿已发排，书稿分五部分："宋词鉴赏""文心雕虫""他山之石""基本知识""自说自话"。嘱我写篇《莺啼序》作为序言。他还说，他将在有生之年，计划出版《雷震新闻作品选》《雷震日记》《南通日报·江海晚报新闻索引》。闻知，既惊且喜。惊的是，他竟然在如此之短的时间内，完成泱泱大著，当是厚积薄发之作，况且，嘉构频仍，宏愿连发，令人颇为震惊；喜的是，他终于摆脱那种闷时一言不发、兴时油嘴滑舌的状态，走上接续儿时文学梦想的轨道。

写序言，不外乎作者介绍、书稿导读、作品评析之类，再烦琐点，可以卖弄一点史学、文学、社会学方面的知识，以示高深。我不愿落此套路，而是随想随写，拉拉扯扯，聊以塞责。

平心而论，雷震这部《我读宋词》虽有著作成分，还当不得专著一说，实是他读宋词的心得，以及词的知识、词人评点、宋词鉴赏、文友唱和的轨迹，也就是说，他将半辈子所有与宋词有关的积蓄装于他精心编织的一只箩筐。他给自己定的写作原则是："人云我少云，自由不散漫，标新不立异，数典不忘

序　言

祖。"并自嘲："前有高山流水，我以文心雕虫。"但无论如何，雷震这部书除了能够给予同道以某种启迪，并借此与友交流探讨之外，也为人们提供了写作与出版的另一种可能，我把这种可能称作：玩的状态。

这一个"玩"字，好生了得！玩，须得秉持一颗童心，保持一种童真，充满对世界的好奇；玩，不是钻穴逾墙、挖坟掘墓，也不是鸡鸣狗盗、引车卖浆。玩是寓教于乐，是使自己的兴趣爱好与事业理想互为交融的状态。玩能玩出大家来。王世襄、陈大章、马未都，哪个不是京城有名的玩家？哪个不是把玩鸽子、斗蛐蛐、遛鸟的兴致用在钻研专业上面？雷震玩心重，虽没玩成大家，但养花草、遛画眉、玩茶壶、玩石头、临书帖，颇有小成，他始终对美娥娇娘保持一种浓厚的探索兴趣，追求齐白石、文怀沙那种"醉倚新楼邀明月、红袖添香夜读书"的人生境界。抑或他的血管里也流淌着与宋词人一样儒雅风骚的血液呢。故而，他对文学的爱好与追求，其实是一种玩的状态。只是，他玩文学哪天玩到大成，亦未可知。

该书内容上的一大特色，当是读词论词。每篇词作后的"读后之感"如属滴滴心雨，那么随后的"文心雕虫"则为涓涓细流了。两者均现雷震内心深处的澎湃。

自宋以降，读词论词便自成一脉，出现了《苕溪渔隐丛话》《云麓漫钞》《白雨斋词话》《人间词话》这类诗词评论作品。于我而言，比较偏好李清照的《词论》。李清照是诗词大家，自有她自己的填词体会，她注重词的形式美与音乐美，所以，在美学上提出尚雅、清空的主张，认为词之于诗，"别是一家"，讲究词的音乐性和歌唱性。虽然，有人对她未曾论及词内容的重要性表示不满，但她以她的创作经历和大量作品已经回答了这个问题。我以为，婉约也好，豪放也罢，那是一种天性，与各人的性格、阅历、认知有关，不是凭借刻意追求或后天模仿得来的。论词，倒也不必面面俱到，但具有独到见解则是必须的。雷震的"自说自话"能否得到大家的认可，这不重要，重要的是，他作为一个宋词爱好者，敢于陈述己见，敢于坦露心迹，这种勇气，已经超出他读词本身。他以自己努力出来的一种可能回敬了有些人说的不可能。雷震常说"人不知而不愠乎"，想这本书出版之后，懂他的人可能要多一些了。

雷震以《莺啼序》为题索文，我不知何意。是期望我说的话像黄莺啼鸣那样婉转动听，还是他认为他的书是一只黄莺，给读者奉上最动听的歌？如果是前者，只怕要让他失望；如果是后者，则不在我评述范围之内，这个权力只有交给广大读者了。

是为序。

庚子隆冬

序言

婉转莺啼闻新声
——谈谈雷震新作《我读宋词》

苏子龙

近日，原《江海晚报》文艺编辑雷震编著的一本70多万字的大作《我读宋词》即将问世，令我为之一振。出版后，这也是一本读宋词、评析宋词的书，却与同类型的书有所不同。雷震赠我一册书稿后，我夜不能寐，连日捧读。

我很佩服雷震的胆识和创新意识。远的不说，近现代的词界泰斗就有王国维、夏承焘、唐圭璋等诸多人物。他们的《人间词话》《宋词鉴赏辞典》等，都是权威性的著作，已成典范，为世人所肯定。在此境况下，雷震心无所忌，依然选出大家熟知的宋词300首，逐一予以解读赏析。其中既有前人的研究成果，更有雷震的独到见解，读来令人耳目一新。

如他在苏东坡的《念奴娇·赤壁怀古》一词"读后之感"中说："多情应笑我，与应笑我多情，词句倒装，是我被多情的人笑，还是我笑多情的人，随便你怎样去读，怎样去解，都是经典之句，天衣无缝。"这种诙谐幽默式的赏析，既称颂了苏轼用词之巧妙，又让我们增长了语法知识。

再如他读秦观的《踏莎行·郴州旅舍》，已不是仅停留于体会秦观在羁旅中写下的这首词中的悲凄哀愁，而是看到了词意的另一面："郴州、郴山、湘水、潇水，无不寄托有词人心中桃源之向往。"其实秦词中出现的是"桃源望断无寻处"，也只是"忘断"而已，无奈了，雷震却读出了秦观心中对桃源的向往，这便给这首哀婉的词赋予了积极的意义，雷震还把秦观列入他最敬佩的词人之一。

雷震对宋词的解读，不是就字面讲字面，就词句讲词句，而是融入了自己的所感所悟。宋词有婉约与豪放之说，风格不同，各有千秋。豪放者如苏东坡、辛弃疾等，婉约者如柳永、秦观等。他们通过自己的词或咏物、或抒怀，赏析者也多是谈写作背景、所处环境、词人情怀等。

雷震不然。他思维活跃、谈吐风趣，因此他读宋词别有一番感受，他把这些感受用朴素的语言表达出来，延伸了古诗词的现实意义。

例如晏几道的一首《蝶恋花·梦入江南烟水路》，雷震在"读后之感"中说，全词不写一个"愁"字，却通篇一个愁字了得。接着他又说："写词就要这样写，半吐半露，犹如断臂的维纳斯，有一种残缺的美、含蓄的美，给人以想象空间。"

古往今来，有谁用过维纳斯这位西方的雕塑美人来评宋词吗？我想是没有。雷震用了，他把东西方的审美价值观融合在了一起，我们还从中学得了如何把词写好的要诀。

类似以上的例子，在《我读宋词》中俯拾皆是。

雷震读宋词，不仅有对词义的解读，更多的是表达自己的所感所想，引领读者对原词展开充分的想象。如晏几道的一首《木兰花》，他在"读后之感"中说："我非常害怕词人用典，若没有与作者的心有灵犀，可能会费解，但读小晏词之用典，怎无此感觉？小晏用典贴切也。"这不能不让我们在读这首《木兰花》时，认真地去领会晏几道是如何用典的。

《我读宋词》一书，不光写了"读"，还较完整地普及了有关词的基本知识。

词是我国优秀传统文化中的瑰宝，词牌众多，格律要求严格，基本知识广泛。在《我读宋词》一书中，作者将词的沿革，词的调、体、声、韵、题，词的格律，词与音乐的关系，词的炼句，词的倒装，宋词的特殊修辞手法，字词限量，以及词牌等众多知识，一一用通俗易懂的方式介绍给读者，为诗词爱好者打开了一扇入门之窗。

《文心雕龙》是南朝文学理论家刘勰的一部文学理论著作，该著作对各种文体源流及作家进行研究和评价，影响极大。雷震也有一颗文心，但他很谦虚，自称是用文心雕"虫"。

他雕的是些什么"虫"呢？在"文心雕虫"这一部分，他考证、辩解、澄清了宋词和宋词研究中的许多问题。诚然，雷震的这本《我读宋词》，并不能说是一本读宋词的专著。但他在完成了读宋词的写作之余，又写了"文心雕虫"及其他，从整体上对宋词和词进行研究，这既有助于扩大读者的阅读面和知识面，又增强了可读性，这恰是雷震《我读宋词》这本书的长处。

行文至此，我也不禁心"痒"起来，兹仿宋词作《清平乐》一首，以示对雷震先生出书的祝贺：

相识已久，知君无所求。常把发髻挽脑后，一显文人派头。《我读宋词》写成，脸上一片笑容。大作潇洒问世，犹闻黄莺啼鸣。

前　言

　　本书所涉宋词以清朝朱彊村《宋词三百首》为母本，我通过一一研读，写下读书笔记。本书分"宋词鉴赏""文心雕虫""他山之石""基本知识""自说自话"五部分。

　　读宋词当属钻故纸堆类，我读得累，写得也累，料你看得也累。故保留"自说自话"部分，博君一笑。这部分内容为我的读书轨迹、文友交流、奇谈怪论，只鳞片爪，东拉西扯，总有一款适合你。

　　特别说明，这部分内容，严格意义上讲与《我读宋词》也许是风马牛不相及，但既然是"我读宋词"，在书中适当坦露一下"我"，也未尝不可。再说难得出一本书，难免夹带一点"私货"，权作附录吧。你若时间宝贵，可不看。

　　本书在某种程度上也可视为工具书，一册在手，关于经典的宋词、关于词的基本知识便一目了然，特别适合初步接触宋词及词者借鉴。

　　本书的另一特色是编录了前人特别是清人的若干词论，加上编著者读宋词的心得体会，祈同道合鸣。

目 录

宋词鉴赏

宴山亭（北行见杏花）…… 赵佶1	诉衷情…………… 欧阳修47
木兰花…………… 钱惟演4	踏莎行…………… 欧阳修49
渔家傲（秋思）…… 范仲淹6	蝶恋花…………… 欧阳修51
苏幕遮（怀旧）…… 范仲淹9	蝶恋花…………… 欧阳修52
御街行（秋日怀旧）…… 范仲淹12	蝶恋花…………… 欧阳修53
千秋岁…………… 张先14	木兰花…………… 欧阳修54
菩萨蛮…………… 张先16	浪淘沙…………… 欧阳修55
醉垂鞭…………… 张先18	青玉案…………… 欧阳修56
一丛花…………… 张先19	曲玉管…………… 柳永58
天仙子…………… 张先21	雨霖铃…………… 柳永61
青门引…………… 张先23	蝶恋花…………… 柳永63
浣溪沙…………… 晏殊25	采莲令…………… 柳永64
浣溪沙…………… 晏殊27	浪淘沙慢………… 柳永66
清平乐…………… 晏殊28	定风波…………… 柳永68
清平乐…………… 晏殊30	少年游…………… 柳永70
木兰花…………… 晏殊31	戚氏……………… 柳永72
木兰花…………… 晏殊32	夜半乐…………… 柳永75
木兰花…………… 晏殊33	玉蝴蝶…………… 柳永77
踏莎行…………… 晏殊34	八声甘州………… 柳永79
踏莎行…………… 晏殊36	迷神引…………… 柳永81
蝶恋花…………… 晏殊37	竹马子…………… 柳永83
破阵子（春景）…… 晏殊40	红窗迥…………… 柳永85
凤箫吟…………… 韩缜42	桂枝香…………… 王安石87
木兰花…………… 宋祁44	千秋岁引………… 王安石89
采桑子…………… 欧阳修45	清平乐…………… 王安国91
	临江仙…………… 晏几道92
	蝶恋花…………… 晏几道94

目录

蝶恋花	晏几道95	阮郎归	秦观146
鹧鸪天	晏几道96	踏莎行（郴州旅舍）	秦观147
生查子	晏几道98	望江东	黄庭坚149
木兰花	晏几道100	绿头鸭	晁元礼151
木兰花	晏几道101	相见欢	朱敦儒154
清平乐	晏几道102	蝶恋花	赵令畤156
阮郎归	晏几道103	蝶恋花	赵令畤157
阮郎归	晏几道105	清平乐	赵令畤158
六么令	晏几道106	水龙吟（次韵林圣予惜春）	晁补之159
御街行	晏几道108	忆少年（别历下）	晁补之161
虞美人	晏几道109	洞仙歌（泗州中秋作）	晁补之163
留春令	晏几道111	临江仙	晁冲之165
思远人	晏几道113	虞美人	舒亶166
水调歌头	苏轼114	渔家傲	朱服167
水龙吟	苏轼116	惜分飞（富阳僧舍作别语赠妓琼芳）	毛滂168
念奴娇（赤壁怀古）	苏轼118	菩萨蛮	陈克170
永遇乐	苏轼120	菩萨蛮	陈克171
洞仙歌	苏轼122	洞仙歌	李元膺172
卜算子（黄州定惠院寓居作）	苏轼124	青门引	时彦173
青玉案（送伯固归吴中）	苏轼126	谢池春	李之仪175
临江仙	苏轼127	卜算子	李之仪177
定风波	苏轼128	瑞龙吟	周邦彦179
江城子（乙卯正月二十日夜记梦）	苏轼130	风流子	周邦彦181
贺新郎	苏轼132	兰陵王	周邦彦183
望海潮	秦观134	琐窗寒（寒食）	周邦彦186
八六子	秦观137	六丑（蔷薇谢后作）	周邦彦188
满庭芳	秦观139	夜飞鹊	周邦彦190
满庭芳	秦观141	满庭芳（夏日溧水无想山作）	周邦彦192
减字木兰花	秦观143		
浣溪沙	秦观145	过秦楼（大石）	周邦彦194

花犯（梅花）	周邦彦196	临江仙	陈与义256
大酺	周邦彦198	临江仙（夜登小阁忆洛中旧游）	
解语花（上元）	周邦彦200		陈与义258
蝶恋花	周邦彦202	苏武慢	蔡伸259
解连环	周邦彦203	柳梢青	蔡伸261
拜星月慢	周邦彦205	鹧鸪天	周紫芝263
关河令	周邦彦207	踏莎行	周紫芝265
绮寮怨	周邦彦209	帝台春	李甲266
尉迟杯	周邦彦211	忆王孙（春词）	李重元268
西河（金陵怀古）	周邦彦213	三台（清明应制）	万俟咏270
瑞鹤仙	周邦彦215	二郎神	徐伸273
浪淘沙慢	周邦彦217	江神子慢	田为275
应天长	周邦彦219	蓦山溪（梅）	曹组276
夜游宫	周邦彦221	贺新郎	李玉278
青玉案	贺铸223	烛影摇红（题安陆浮云楼）	
感皇恩	贺铸224		廖世美280
薄幸	贺铸226	薄幸	吕滨老282
浣溪沙	贺铸228	南浦	鲁逸仲284
浣溪沙	贺铸229	满江红	岳飞286
石州慢	贺铸230	烛影摇红（上元有怀）	张抡288
蝶恋花	贺铸232	水龙吟	程垓290
天门谣（登采石峨眉亭）	贺铸233	六州歌头	张孝祥292
天香	贺铸235	念奴娇	张孝祥294
望湘人	贺铸237	六州歌头	韩元吉295
绿头鸭	贺铸239	好事近（汴京赐宴闻教坊乐有感）	
石州慢	张元干241		韩元吉297
兰陵王	张元干243	瑞鹤仙	袁去华299
贺新郎	叶梦得245	剑器近	袁去华301
虞美人	叶梦得247	安公子	袁去华303
点绛唇	汪藻248	瑞鹤仙	陆淞305
喜迁莺（晓行）	刘一止250	卜算子（咏梅）	陆游307
高阳台（除夜）	韩疁252	夜游宫（记梦寄师伯浑）	陆游309
汉宫春	李邴254	渔家傲（寄仲高）	陆游310

3

目 录

钗头凤	陆游311
水龙吟	陈亮313
忆秦娥	范成大315
眼儿媚	范成大317
霜天晓角	范成大319
贺新郎（别茂嘉十二弟）	辛弃疾321
念奴娇（书东流村壁）	辛弃疾323
汉宫春（立春日）	辛弃疾325
贺新郎（赋琵琶）	辛弃疾326
水龙吟（登建康赏心亭）	辛弃疾328
摸鱼儿	辛弃疾329
永遇乐（京口北固亭怀古）	辛弃疾331
木兰花慢（滁州送范倅）	辛弃疾333
祝英台近	辛弃疾334
青玉案（元夕）	辛弃疾336
鹧鸪天（鹅湖归病起作）	辛弃疾338
菩萨蛮（书江西造口壁）	辛弃疾339
清平乐（村居）	辛弃疾340
破阵子（为陈同甫赋壮词以寄之）	辛弃疾341
点绛唇（丁未冬，过吴松作）	姜夔343
鹧鸪天（元夕有所梦）	姜夔345
踏莎行	姜夔346
庆宫春	姜夔347
一萼红	姜夔349
齐天乐	姜夔352
霓裳中序第一	姜夔354
琵琶仙	姜夔356
八归（湘中送胡德华）	姜夔358
念奴娇	姜夔360
扬州慢	姜夔362
长亭怨慢	姜夔364
淡黄柳	姜夔366
暗香	姜夔368
疏影	姜夔370
翠楼吟	姜夔372
杏花天	姜夔374
小重山	章良能376
唐多令	刘过378
木兰花	严仁380
风入松	俞国宝382
满庭芳（促织儿）	张镃384
宴山亭	张镃385
绮罗香（咏春雨）	史达祖386
双双燕（咏燕）	史达祖388
东风第一枝（春雪）	史达祖390
喜迁莺	史达祖392
三姝媚	史达祖393
秋霁	史达祖395
夜合花	史达祖397
玉蝴蝶	史达祖399
八归	史达祖400
生查子（元夕戏陈敬叟）	刘克庄401
贺新郎（端午）	刘克庄402
贺新郎（九日）	刘克庄404
木兰花（戏林推）	刘克庄406
江城子	卢祖皋407
宴清都	卢祖皋408

南乡子（题南剑州妓馆）	贺新郎（陪履斋先生沧浪看梅）
················ 潘牥410	················ 吴文英450
瑞鹤仙 ········· 陆叡412	唐多令 ········· 吴文英451
渡江云（西湖清明）····吴文英414	湘春夜月 ······· 黄孝迈452
夜合花（自鹤江入京，泊葑门外有感）	大有（九日）····· 潘希白454
················ 吴文英416	青玉案 ········· 黄公绍456
霜叶飞（重九）·········吴文英418	摸鱼儿 ········· 朱嗣发457
宴清都（连理海棠）··· 吴文英420	兰陵王 ········· 刘辰翁459
齐天乐 ············ 吴文英422	宝鼎现 ········· 刘辰翁461
花犯（郭希道送水仙索赋）	永遇乐 ········· 刘辰翁463
················ 吴文英423	摸鱼儿（酒边留同年徐云屋）
浣溪沙 ············ 吴文英425	················ 刘辰翁465
浣溪沙 ············ 吴文英426	高阳台（送陈君衡被召）
点绛唇（试灯夜初晴）	················ 周密466
················ 吴文英427	瑶华 ··········· 周密468
祝英台近（春日客龟溪、游废园）	玉京秋 ········· 周密470
················ 吴文英428	曲游春 ········· 周密472
祝英台近（除夜立春）···吴文英429	花犯（水仙花）··· 周密474
澡兰香（淮安重午）··· 吴文英431	瑞鹤仙（乡城见月）·蒋捷476
风入松 ············ 吴文英433	贺新郎 ········· 蒋捷478
莺啼序（春晓感怀）··· 吴文英434	女冠子（元夕）··· 蒋捷479
惜黄花慢 ·········· 吴文英437	高阳台（西湖春感）·张炎481
高阳台 ············ 吴文英439	渡江云 ········· 张炎482
高阳台（丰乐楼分韵得"如"字）	八声甘州 ······· 张炎483
················ 吴文英441	解连环（孤雁）··· 张炎484
三姝媚（过都城旧居有感）	疏影（咏荷叶）··· 张炎485
················ 吴文英443	月下笛 ········· 张炎487
八声甘州（灵岩陪庾幕诸公游）	清平乐 ········· 张炎489
················ 吴文英444	天香（龙涎香）··· 王沂孙490
踏莎行 ············ 吴文英446	眉妩（新月）····· 王沂孙492
瑞鹤仙 ············ 吴文英447	齐天乐（蝉）····· 王沂孙494
鹧鸪天（化度寺作）··· 吴文英448	长亭怨慢（重过中庵故园）
夜游宫 ············ 吴文英449	················ 王沂孙495

目录

高阳台（和周草窗寄越中诸友韵）
………………………… 王沂孙 496
法曲献仙音（聚景亭梅次草窗韵）
………………………… 王沂孙 497
疏影（寻梅不见） …… 彭元逊 499
六丑（杨花） ………… 彭元逊 500
紫萸香慢 ……………… 姚云文 501
金明池 ………………… 僧挥 503
减字木兰花（题雄州驿）
………………………… 蒋兴祖女 505
如梦令 ………………… 李清照 506
凤凰台上忆吹箫 ……… 李清照 508
武陵春（春晚） ……… 李清照 510
醉花阴 ………………… 李清照 512
声声慢 ………………… 李清照 514
念奴娇 ………………… 李清照 516
一剪梅 ………………… 李清照 517
永遇乐 ………………… 李清照 519

文心雕虫

"词"的乐谱哪里去了？ …… 521
姜石帚是姜白石吗？ ………… 523
好多词的平仄与词牌平仄对不上号，这是什么原因？ ………… 524
宋词分哪两大流派，代表人物又有哪些人？ ………………… 525
"宋词八派之说"是怎么回事？ 526
什么是"云间词派"？ ………… 531
何谓"阳羡词派"？ …………… 532
什么是"浙西词派"？ ………… 532
何谓"常州词派"？ …………… 533
一首词为什么出现了三个作者？ 534
陆游《钗头凤》的悲剧色彩 … 536
试论李清照的醉态之美 ……… 538
从岳飞《小重山》看武穆的另一面
…………………………………… 541
宋徽宗"骄奢侈靡"辩 ……… 543
略谈柳永词的音律美 ………… 548
浅谈辛弃疾词的画面感 ……… 549
三赞梦窗之"研炼之功" …… 551
说说姜夔词的"朦胧美" …… 553
清真之妙，妙在哪里？
——周邦彦的"神理骨性"之管见
…………………………………… 556
宋词的字、词、句、章 ……… 559
俚语俗句在宋词里的运用和效果
…………………………………… 564
怎一个愁字了得？
——兼谈宋词人的忧患意识
…………………………………… 565
悲歌一曲话柳永
——兼论宋词人之幸与不幸
…………………………………… 568
秦观《踏莎行》"起、承、转、合"之评说
…………………………………… 570
从廖世美的《烛影摇红》谈谈对词牌的选用 …………………… 572
试论宋词的心理、行为和肖像描写
…………………………………… 573

附 录

他山之石

王国维的"意境说" …………… 578
王士祯的"神韵说" …………… 579
袁枚的"性灵说" ……………… 579
翁方纲的"肌理说" …………… 580
沈德潜的"格调说" …………… 580
陈廷焯的"沉郁说" …………… 581
况周颐的"沉著说" …………… 581
李贽的"童心说" ……………… 582
况周颐《蕙风词话》 …………… 583
王国维《人间词话》 …………… 585
陈廷焯《白雨斋词话》 ………… 587
蒿庵论词人 …………………… 588
《人间词话》重印后记 ………… 594
《蕙风词话》校订后记 ………… 594
《介存斋论词杂著》附录《宋四家词
　选目录序论》 ………………… 595
《蒿庵论词》校点后记 ………… 598
《白雨斋词话》自序 …………… 599

《白雨斋词话》附录 …………… 600
《宋词三百首》原序 …………… 602

基本知识

词的沿革 ……………………… 603
词的调、体、声、韵、题 ………… 604
词的格律 ……………………… 606
词与音乐的关系 ……………… 607
宋词的特殊修辞手法 ………… 607
词的炼句（炼字） ……………… 608
词的倒装 ……………………… 608
宋词词牌大全 ………………… 609
字词限量 ……………………… 613
常用词牌 ……………………… 613

自说自话

自说自话 ……………………… 616

后 记

后记 …………………………… 650

宋词鉴赏

宴山亭(北行见杏花)

赵佶

【原词实录】

裁剪冰绡①，轻叠数重，淡着燕脂②匀注。新样靓妆③，艳溢香融，羞杀蕊珠宫④女。易得⑤凋零，更多少、无情风雨。愁苦，问院落凄凉，几番春暮？

凭寄⑥离恨重重，者⑦双燕何曾，会人言语？天遥地远，万水千山，知他故宫何处？怎不思量？除梦里、有时曾去。无据⑧，和梦也、新来⑨不做。

【咬文嚼字】

①冰绡：洁白的生丝绸。绡，生丝织成的薄绸。
②燕脂：胭脂。
③靓妆：以脂粉妆饰。
④蕊珠宫：装饰有花蕊珠玉的宫殿，指仙境。
⑤易得：容易。
⑥凭寄：寄托。
⑦者：指示代词"这"。
⑧无据：不足依凭，无所依据。
⑨新来：近来。

【词牌平仄】

宴山亭，词牌名，一作"燕山亭"，以赵佶词为准。双片九十九字。前后片各五仄韵。

定格：

中仄平平，平仄仄平，仄仄平平平仄（韵）。平仄仄平，仄仄平平，中仄仄平平仄（韵）。仄仄平平，仄平仄、中平平仄（韵）。平仄（韵），仄仄仄平平，仄平平仄（韵）。

平仄平仄平平，仄中仄平平，仄平平仄（韵）。平平仄仄，仄仄平平，平仄平平仄（韵）。仄仄平平。中中仄、中平平仄（韵）。平仄（韵），平平仄、平平仄仄（韵）。

格律说明：平，填平声字；仄，填仄声字（上声、去声或入声字）；中，可平可仄。

【相关典范】

宋·曾觌《宴山亭·中秋诸王席上作》

宋·王之道《宴山亭·海棠》

宋·张镃《宴山亭·幽梦初回》

【原词意译】

我走在被押解北行的路上，在一处凄凉的院落里看见一树杏花开放得如此美丽，花瓣轻盈，重重叠叠，像是能工巧匠用洁白透明的白丝裁剪而成。但它哪堪凄风苦雨？双飞的燕子啊，你能告诉我吗，此时的故宫又是什么样子的呢？也许在梦里方能见到我朝思暮想的故宫了，但可叹的是近来连梦也不曾做了。

【读后之感】

说赵佶是情感皇帝一点不为过，《宴山亭》一词即为佐证。

《宴山亭》写杏花，由杏花而引起伤感之情：杏花犹如能工巧匠用洁白透明的丝裁剪而成的杰作，那轻盈的重重叠叠的花瓣如同淡淡的胭脂晕染而成，艳色灼灼、香气融融。那娇艳的花朵为什么容易凋零，是因为那无情的凄风苦雨啊！这又何尝不是我凄惨人生的写照呢！

赵佶是宋朝第八位皇帝，宋神宗第十一子，宋哲宗之弟。1100—1125年在位，靖康二年（1127）被金人俘虏北去。在北行的途中，时逢三月，在一院落中他看见盛开的杏花，触景生情，写下了《宴山亭·北行见杏花》。

被金人掳去后，赵佶再也没有回到他朝思暮想的家园，可怜的情感皇帝只能在沉吟中度过余生。《眼儿媚》也是在押解途中写下的："玉京曾忆昔繁华，万里帝王家。琼林玉殿，朝喧弦管，暮列笙琶。花城人去今萧索，春梦绕胡沙。家山何处，忍听羌笛，吹彻梅花。"同行的宋钦宗赵桓也和了一首，写罢父子执手，大哭一场。

宋徽宗在艺术上非常有造诣。他对绘画的喜好十分真挚，他爱画花鸟画，自成"院体"，他还自创一种书法字体，被后人称为"瘦金体"。他是古代少见的艺术型皇帝。他的别称有"教主道君皇帝""道君太上皇帝""昏德公"，号"宣和主人"。

　　宋徽宗的情史，小说《水浒传》、野史《李师师外传》中多有提及，为咀嚼这位才子皇帝的生平故事增添了不少佐料。

【词人简介】

　　赵佶（1082—1135），即宋徽宗。1100—1125年在位。靖康二年（1127），被金人俘虏北去，死于五国城（今黑龙江依兰）。后迁葬于浙江绍兴。

　　他在文化和艺术上的多才多艺，以及亡国后的悲惨遭遇等方面，均与南唐后主李煜相类似。

　　宋徽宗赵佶于崇宁四年（1105）建立国家音乐机构"大晟府"，命周邦彦、万俟咏、晁端礼、田为等人讨论古乐，审定古调，创作新曲，对北宋后期词章的繁荣起了很大的作用。赵佶工书画，诗文词俱佳，著有《宣和宫词》三卷，已失佚。《全宋词》录其词十二首。

木兰花

钱惟演

【原词实录】

城上风光莺语乱，城下烟波春拍岸。绿杨芳草几时休？泪眼愁肠先已断。

情怀渐觉成衰晚，鸾镜①朱颜惊暗换。昔年多病厌芳尊，今日芳尊惟恐浅。

【咬文嚼字】

①鸾镜：传说鸾鸟用镜照之才会叫。后专指镜子。

【词牌平仄】

木兰花，正格双调五十六字。上片四句三仄韵，下片四句三仄韵。木兰花因是令词，也称"木兰花令"，因宋词有添声减字之说，故有"木兰花慢""减字木兰花""偷声木兰花"诸调。

定格：

中平中仄平平仄（韵），中仄中平平仄仄（韵）。

中平中仄仄平平，中仄中平平仄仄（韵）。

中平中仄平平仄（韵），中仄中平平仄仄（韵）。

中平中仄仄平平，中仄中平平仄仄（韵）。

【相关典范】

唐·韦庄《木兰花·独上小楼》

宋·欧阳炯《木兰花·儿家夫婿》

宋·苏轼《减字木兰花·空床响琢》

宋·张先《偷声木兰花·画桥浅映》

宋·柳永《木兰花慢·拆桐花烂漫》

【原词意译】

城上城下是莺歌燕语，烟波拍岸，而我却愁肠欲断，意志萎靡。对着镜子我更加吃惊，容颜变得那么迅疾。过去因病，不胜酒力，而今却是怕空了酒杯。全都是因为泪眼愁肠先已断啊。

【读后之感】

失意王孙，真情告白。

在江东的城上，一位垂暮老者没有心思欣赏城上和城下春光，尽管莺歌燕语，烟波拍岸，但这位老人的心情是一个"乱"。这位老人便是吴越王的儿子钱惟演。

他此刻的心情为何"乱"呢？是因为政见不合，从京都杭州被贬谪到汉东，为官被贬，这在当时屡见不鲜，但他毕竟是一位王子啊，因此留下了这首遣怀之作。

这首词的最大特点是用字精准。起句的一个"乱"字，表达了作者无可奈何的心态，结句又敏锐而恰切地扣住词人对"芳尊"前后态度的变化这一细节形成强烈反差，传神地抒发出一个失意者绝望的心情。

一首短短五十六字的小令，巧妙运用对比突转的笔法，把人生的忐忑伤感淋漓尽致地表现出来，钱惟演不愧为"西昆派"代表之一。

关于"西昆派"：西昆派是指宋初以杨亿、刘筠、钱惟演三人为代表的一个文学流派。主要特点表现在诗歌方面——形式上模拟李商隐，追求词藻、声律、对仗、堆砌典故。因杨亿所编《西昆酬唱集》得名，故后人将这一流派称作"西昆派"。

【词人简介】

钱惟演（962—1034），字希圣，钱塘（今浙江杭州）人，吴越王钱俶之子，博学能文，辞藻清丽，从其父归宋。曾参与编撰大型类书《册府元龟》，他是"西昆派"的代表诗人之一。累官至枢密使，同中书门下平章事，终崇信军节度使。

渔家傲（秋思）

范仲淹

【原词实录】

塞①下秋来风景异，衡阳雁去②无留意。四面边声③连角起，千嶂里，长烟落日孤城闭。

浊酒一杯家万里，燕然未勒④归无计。羌管⑤悠悠霜满地，人不寐⑥，将军白发征夫泪。

【咬文嚼字】

①塞：边界要塞之地。这里指西北边疆。

②衡阳雁去：传说秋天北燕南飞，到湖南衡阳回雁峰而止。

③边声：边塞特有的声音，如大风、号角、羌笛、马嘶的声音。

④燕然未勒：指战事未平，功名未立。燕然，山名，即今杭爱山，在今蒙古国中部。勒，刻石。后世称战功告成曰"燕然勒石"。

⑤羌管：羌笛。羌为中国古代西部民族名，笛本出羌中，故称。

⑥不寐：睡不着觉。

【词牌平仄】

渔家傲又名"渔歌子""渔父词""吴门柳""忍辱仙人""荆溪咏""游仙关"等，代表作有范仲淹《渔家傲·秋思》。

明蒋氏《九宫谱目》入"中吕引子"，按此调始自晏殊，因词中有"神仙一曲渔家傲"句，取以为名，如杜安世词三声叶韵，蔡伸词添字者皆为变体。另外有《十二个月鼓子词》，其十一月、十二月起句多一字。欧阳修云："十一月，新阳排寿宴。十二月，严凝天地闭。"此因月令多一字，非添字体也。

正体双调，六十二字，前后段各五句五仄韵，以晏殊《渔家傲·画鼓声中昏又晓》为正体。

正体：

中中中中平中仄（韵），中平中仄中平仄（韵），中仄中平平仄仄（韵）。平中仄（韵），中中中中平平仄（韵）。

中仄中平平仄仄（韵），中平中中平平仄（韵），中仄中平平中仄（韵）。中中仄(韵),中平中仄平平仄(韵)。

【相关典范】

宋·王安石《渔家傲·灯火已收正月半》《渔家傲·平岸小桥千嶂抱》

宋·晏殊《渔家傲·画鼓声中昏又晓》

宋·欧阳修《渔家傲·近日门前溪水涨》《渔家傲·花底忽闻敲两桨》《渔家傲·五月榴花妖艳烘》

宋·黄庭坚《渔家傲·三十年来无孔窍》

宋·李清照《渔家傲·雪里已知春信至》《渔家傲·天接云涛连晓雾》

宋·张元干《渔家傲·题玄真子图》

宋·陆游《渔家傲·寄仲高》

【原词意译】

南飞的大雁一点也没有留意,边塞城阙,风鸣马嘶,军号阵阵,长烟落日,重峦叠嶂。喝一杯浑浊的酒吧,以慰我对家乡的思念,戍边的将士们无法入眠,凄凉的笛声伴随着兵士们思乡的泪水。

【读后之感】

每读这首词,总有一种悲壮的英雄气在回荡着。

"塞下秋来风景异",开头一句,作者就把我们带到了一个特殊的环境:时间是秋季,地点在边塞,风景呢?没说好也没说坏,只说了一个"异"字,异在哪里呢?且看下文:

"衡阳雁去无留意","衡阳雁去"是"雁去衡阳"的倒装。古人相传,北雁南飞,到衡阳而止,衡阳城南有回雁峰,样子很像回旋的雁。秋来满目萧条,风景越发"异"得难受,所以雁儿毫不留恋地非飞走不可。这里表面写雁,实质写人,即连大雁都不愿意待在这儿,何况人呢?但是边塞军人毕竟不是候鸟,他们要坚守戍边。

下面三句写的就是"雁去"后的情景:

"四面边声连角起",边声,指边地的风号、马鸣、羌笛之声,这是写声音的,李陵《答苏武书》中的"侧耳远听,胡笳互动,牧马悲鸣,吟啸成群"可作注释,然而范仲淹在这里更有一层深意,那就是"连角起"句,角是古代军队里吹奏的乐器。"四面边声连角起",就是军中号角吹动,四面八方的边声随之而起。在这里,作者是把号角作为主体来写的。它带动着边地的一切声音。边地的雁去了,但边地的驻军没去。不但没去,而且用他们的号角鼓舞着士兵们的斗志,真是悲凉中充满了力量。

"千嶂里,长烟落日孤城闭",是上阕的结句。"千嶂"是写山,层峦叠嶂，犹如厚大的屏风，长烟是炊烟和暮霭所形成的一片雾气。在落日中，城门紧紧地关上了。城是孤的，但有千嶂环绕、长烟笼罩、落日照耀，就不显得孤独无靠。然而它的牢固，还在于把守它的驻军，因此词的下阕作者把士兵推向画面中心。

"浊酒一杯家万里，燕然未勒归无计。"这句是全词的核心。边塞军人一边饮着酒，一边思念家中亲人和家乡的一草一木，这不但是合情的，而且是合理的。所谓合情，指这些军人到了晚间，思家思乡之情就愈加浓烈，这符合生活的真实，是令人信服的。所谓合理，指正因为他们热爱家乡，所以才更加热爱祖国，他们也就不会像雁那样"无留意"地飞走，而是坚守在岗位上。不只坚守，他们还希望出征打胜仗。因为只有这样，国土才能完整，边塞才会巩固，他们才会回到家乡。因此接下来的"燕然未勒归无计"七个字就有着深刻的含义了。

据记载，89年，东汉将军窦宪打垮匈奴进犯，乘胜追击，"登燕山，刻石勒功"而还，所以后来"燕然勒石"就成为胜利的代名词。"燕然未勒归无计"，意思就是抗敌的大功还没有完成，回家的事就不能去计议了。

"羌管悠悠霜满地"，承上启下，进一步写出边防军人想家思乡的情绪，并由此而强调全体将士忧国的情怀。

"人不寐，将军白发征夫泪"，白发苍苍的将军为何还在服役，年轻的士兵为国守土为何要落泪？是忧，是怨，是愤愤不平，这无不和当时朝政的方针政策有关，此乃弦外之音也！

只有了解了范仲淹的政见背景、他当时的境遇、他的文学成就，才能更好地学习这首词啊！

【词人简介】

范仲淹（989—1052），字希文，吴县（今江苏苏州）人，大中祥符八年（1015）进士。官至枢密副使、参知政事。宋仁宗时守卫西北边境，遏制了西夏的侵扰。在政治上他主张革新，为当时著名的政治家，为"庆历新政"的主持者之一。诗文词均有名篇传诵于世。

苏幕遮（怀旧）

范仲淹

【原词实录】

碧云天，黄叶地，秋色连波，波上寒烟翠。山映斜阳天接水。芳草无情，更在斜阳外。

黯乡魂①，追旅思②。夜夜除非，好梦留人睡。明月楼高休独倚，酒入愁肠，化作相思泪。

【咬文嚼字】

①黯乡魂：指思乡之愁苦令人黯然销魂。黯，沮丧愁苦。

②追旅思：追，追缠不休。旅思，羁旅的愁思。

【词牌平仄】

苏幕遮，唐教坊曲名。后作为词牌，又作"古调歌""鬓云松令""云雾敛"等。双调，六十二字，上下片各四仄韵。《钦定词谱》云：《唐书·宋务光传》，比见都邑坊市，相率为浑脱队，骏马戎服，名苏幕遮。周邦彦词有"鬓云松"句，更名"鬓云松令"。

唐慧琳和尚《一切经音义》卷四十一《苏莫遮冒》："苏莫遮，西域胡语也。正云'飒磨遮'，此戏本出西龟兹国，至今犹有此曲，此国浑脱、大面、拨头之类也。"后用为词调。

另一种说法为，苏幕遮是龟兹国一年一度的盛大节日，又名祈寒节。祈寒节祈求冬天寒冷，天降大雪，来年水源充足，每年七月初开始，唐代传入中原，成为唐宋时的一个重要节日。

定格：

仄平平，平仄仄（韵），中仄平平，中仄平平仄（韵）。中仄平平平仄仄（韵）。中仄平平，中仄平平仄（韵）。

仄平平，平仄仄（韵）。中仄平平，中仄平平仄（韵）。中仄平平平仄仄（韵），中仄平平，中仄平平仄（韵）。

【相关典范】

唐·吕岩《苏幕遮·天不高》

唐·张说《苏幕遮》五首
宋·周邦彦《苏幕遮·燎沉香》
宋·梅尧臣《苏幕遮·草》
宋·张先《苏幕遮·柳飞绵》
宋·苏轼《苏幕遮·咏选仙图》
宋·赵必《苏幕遮·钱塘避暑忆旧用美成韵》
宋·杜安世《苏幕遮·尽思量》
清·吴藻《苏幕遮·曲栏干》
清·黄燮清《苏幕遮·客衣单》
清·纳兰性德《鬓云松令·枕函香》

【原词意译】

天上碧云飘浮，地上黄叶层层，水上也是寒烟一片，只有芳草绵延连着天。思乡的情怀缠绕着我，除非夜夜都有梦，才能使我安睡。想借一杯酒来舒缓愁绪，哪知酒入愁肠，化为滴滴相思泪。

【读后之感】

这首词抒写思乡之情，羁旅之思，铁石心肠的人读之亦黯然销魂。

"碧云天，黄叶地"二句，一高一低，一仰一俯，展现了极天极地的苍莽秋景。

"秋色连波"二句，落笔于高天厚地之间浓郁的秋色和渺渺的秋波，秋波与秋色连于天边，而依偎着秋波的则是苍翠而略带寒意的秋烟。在这里碧云、黄叶、绿波、翠烟，构成了一幅色彩斑斓的画面。

"山映斜阳"一句又将青山摄入了画面，并使天、地、山、水融为一体，交相辉映，同时斜阳点出所状者乃薄暮时分的秋景。

"芳草无情"二句，由眼中实景转为意中虚景，而离情别绪已隐寓其中。芳草历来是别离主题赖以生发的意象之一，比如蔡邕《饮马长城窟行》所写"青青河边草，绵绵思远道"，李煜《清平乐》所写"离恨恰如春草，更行更远还生"，埋怨芳草无情，正可见作者多情、重情。

下片"黯乡魂"二句，直接烘托出作者心头萦绕不去、纠缠不已的怀乡之情和羁旅之思。"夜夜除非"二句，是说只有在美的梦境中才能暂时泯却乡愁，"除非"说明舍此别无可能，但天涯孤旅，好梦难成，乡愁也就暂时无计可消了。

"明月楼高"句顺接上文，夜间为乡愁所扰而好梦难成，便想登楼远眺，以遣愁怀，但明月团圆，反使他倍感孤独与惆怅，于是发出了"休独倚"之叹。

歇拍二句，写作者试图借酒消愁，但这一努力也徒劳。"酒入愁肠，化作相思泪"了。

关于我读范仲淹《苏幕遮》这首词还有一段补白：某日我在狼山"梅林春晓"与诸好友一聚，席间我"碧云天，黄叶地"一出口，《南通日报》副总编王霞女士便"秋色连波，波上寒烟翠"接口吟诵起来，竟一字不落，激动得我澎湃良久，终得一知音也。

王霞，昔日通州高考女状元，后入上海交通大学中文系学习，毕业后分配至《南通日报》，与我同一部门工作五年之久，常一起采访、写稿。

御街行（秋日怀旧）

范仲淹

【原词实录】

纷纷坠叶飘香砌①，夜寂静，寒声碎。真珠帘卷玉楼空，天淡银河垂地。年年今夜，月华如练②，长是人千里。

愁肠已断无由③醉。酒未到，先成泪。残灯明灭枕头欹④，谙⑤尽孤眠滋味。都来此事，眉间心上，无计相回避。

【咬文嚼字】

①香砌：落花布在台阶上，故曰香砌。砌，台阶。

②练：素色的绸。

③无由：无法。

④欹：同"倚"，倾斜。

⑤谙：熟悉，深知。

【词牌平仄】

京城中皇帝巡行的街道叫御街，也称天街。调名本意即咏京城天街皇帝御驾的出入巡行。柳永词《御街行·圣寿》为创调之作，此调《词律》列四体，《词谱》列六体。

正体：

中平中仄平平仄（韵）。中仄平平仄（韵）。中平中仄仄平平，中仄中平中仄（韵）。中平中仄，中平中仄，中仄平平仄（韵）。

中平中仄平平仄（韵）。中仄平平仄（韵）。中平中仄仄平平，中仄中平中仄（韵）。中平中仄，中平中仄，中仄平平仄（韵）。

【相关典范】

宋·柳永《御街行·前时小饮春庭院》

宋·晏几道《御街行·街南绿树春饶絮》

宋·程垓《御街行·在家不觉穷冬好》
宋·贺铸《御街行·别东山》
宋·李清照《御街行·藤床纸帐朝眠起》
明·杨慎《御街行·柳花》

【原词意译】

夜深人静，秋叶纷纷坠地，玉楼空空无人迹。我受相思煎熬，满怀愁绪，想借酒来麻醉自己，可换来的是相思的泪。我在残灯下倚着枕头，尝尽了孤独的滋味，才下眉头，又上心头！

【读后之感】

此词上片写景，下片由景入情，情景交融，层层递进，反复咏叹，悲凉凄切。

词人本是一个"不以物喜，不以己悲"的刚毅男子，这首词却写得无比伤感。"愁肠已断无由醉，酒未到，先成泪"，再铁骨，也有柔情的时候。范仲淹虽然在京城的御街上看"纷纷坠叶飘香砌"，但走着走着，当看见月华如练的景色时，"无计相回避"的是什么呢？也许是"长是人千里"的人儿，也许是最令他担心的朝政。有些人走着走着就散了，有些事念着念着就忘了，我读"愁肠已断无由醉"，读着读着就醉了。

关于此词的创作缘由主要有三种说法。唐圭璋认为是作者久居他乡触景生情之作；靳极苍则认为是思君之作，作者在外任时，还思虑朝廷无人，君王无佐，忧心如焚；而汪中认为此词为思念家室之作。我认为兼而有之。

千秋岁

张先

【原词实录】

数声鶗鴂①,又报芳菲歇。惜春更选残红折,雨轻风色暴,梅子青时节。永丰柳,无人尽日花飞雪。

莫把幺弦②拨,怨极弦能说。天不老,情难绝,心似双丝网,中有千千结。夜过也,东窗未白孤灯灭。

【咬文嚼字】

①鶗鴂:杜鹃鸟。

②幺弦:琵琶的第四弦,因其最细,故称。

【词牌平仄】

千秋岁,词牌名,又名"千秋节""千秋万岁",以秦观《千秋岁·水边沙外》为正体。双调七十一字,上下片各八句五仄韵。另有双调七十一字,上下片各八句六仄韵;双调七十二字,上片七句五仄韵,下片八句五仄韵等变体。代表作有张先《千秋岁·数声鶗鴂》等。

正体:

中平中仄(韵),中仄平平仄(韵)。中中仄,平平仄(韵),中平平仄仄,平仄平平仄(韵),平中仄,中平中仄平平仄(韵)。

中仄平平仄(韵),中仄平平仄(韵),中中仄,平平仄(韵),中平平仄仄,中仄平平仄(韵),平中仄,中平中仄平平仄(韵)。

【相关典范】

宋·苏轼《千秋岁·次韵少游》

宋·秦观《千秋岁·水边沙外》

宋·谢逸《千秋岁·夏景》

宋·黄庭坚《千秋岁·苑边花外》

宋·辛弃疾《千秋岁·为金陵史致道留守寿》

明·夏完淳《千秋岁·忆旧》

【原词意译】

杜鹃鸟儿再悲嗟,绿柳红花再鲜艳,也没有我凄切。不要把琴弦拨弄,天不会老,此情难绝,我心有千千结,东窗未白孤灯灭。

【读后之感】

这首词抒写作者惜花伤春的情怀,同时暗寓相思之意。上片织入鹧鸪啼叫、花残、雨轻、风狂、梅青、絮飞种种景象,造成浓浓的令人感伤的氛围,逼出下片满腔幽怨的倾诉。"天不老,情难绝",化用李贺《金铜仙人辞汉歌》"天若有情天亦老"诗句,以天的无情作为反衬,表现了作者"之死矢靡"的执着感情。词中用双丝网比喻愁心千结,十分恰当、有味。

【词人简介】

张先(990—1078),字子野,乌程(今浙江湖州)人,天圣八年(1030)进士,终尚书都官郎中。词与柳永齐名,才力不如柳永,而词风含蓄蕴藉,情味隽永,韵致高逸,也是上承晏、欧,下启苏、秦的一位重要词人。词章内容不如柳永词丰富开阔,但艺术上有相当造诣。他也是较早大量创作慢词长调的词家,对词体的发展有一定贡献。有《安陆词》,又名《张子野词》。

菩萨蛮

张先

【原词实录】

哀筝一弄《湘江曲》①,声声写②尽湘波绿。纤指十三弦,细将幽恨传。

当筵秋水③慢,玉柱斜飞雁④。弹到断肠时,春山眉黛⑤低。

【咬文嚼字】

①《湘江曲》:一种湖南的曲调。

②写:描绘,抒发。

③秋水:形容美目明澈如秋水。

④玉柱斜飞雁:筝柱竹制,像一组斜飞的雁阵。

⑤春山眉黛:喻美人双眉。

【词牌平仄】

菩萨蛮,亦作"菩萨鬘",又名"子夜歌""重叠金""花间意""梅花句""花溪碧""晚云烘日"等。本唐教坊曲,后用为词牌,也用作曲牌。此调为双调小令,以五七言组成,四十四字,用韵两句一换,凡四易韵,平仄递转,以繁音促节表现深沉而起伏的情感。代表作有唐李白《菩萨蛮·平林漠漠烟如织》、唐温庭筠《菩萨蛮·小山重叠金明灭》等。以李白《菩萨蛮·平林漠漠烟如织》为正体。

正体:

中平中仄平平仄(韵),中平中仄平平仄(韵)。中仄仄平平(韵),中平中仄平(韵)。

中平平仄仄(韵),中仄中平仄(韵)。中仄仄平平(韵),中平中仄平(韵)。

【相关典范】

唐·李白《菩萨蛮·平林漠漠烟如织》

唐·温庭筠《菩萨蛮·小山重叠金明灭》

唐·韦庄《菩萨蛮·红楼别夜堪惆怅》

五代·李煜《菩萨蛮·花明月暗笼轻雾》
宋·张先《菩萨蛮·忆郎还上层楼曲》
宋·王安石《菩萨蛮·数间茅屋闲临水》
宋·陈克《菩萨蛮·赤栏桥尽香街直》
宋·辛弃疾《菩萨蛮·书江西造口壁》
宋·朱淑真《菩萨蛮·山亭水榭秋方半》

【原词意译】

一曲《湘江》好悲凉,弹曲人好悲伤。弹到情深处,黛眉也惆怅。楚楚可人儿,我比你更凄惨。

【读后之感】

此词描写了一位弹筝歌妓的美貌和高超的技艺,并刻画了她内心深处的哀怨,给我们塑造了一个内在和外表一样美好的女性形象。

此词妙在蕴藉,既写筝声,又写人;但最终是写人,写人的幽恨。词人巧妙地把主客观、声与情有机地融为一体,委婉地流露出这位弹筝女子内心的幽怨哀伤。

我难过的时候,有没有人能陪着我?我想说话的时候,有没有人"细将幽恨传"?我等你等得花儿也谢了!

醉垂鞭

张先

【原词实录】

双蝶绣罗裙,东池宴,初相见。朱粉不深匀,闲花淡淡春。

细看诸处好,人人道,柳腰身。昨日乱山昏,来时衣上云。

【词牌平仄】

醉垂鞭,双调四十二字,上下片各五句三平韵、两仄韵。

正体:

中仄仄平平平(韵),平平仄仄(韵),平平仄(韵)。中仄仄平平平(韵),中平中仄平(韵)。

中平平仄仄(韵),平平仄(韵),仄平平平(韵)。仄仄仄平平(韵),平平平仄平(韵)。

【相关典范】

宋·张先《醉垂鞭·朱粉不须施》《醉垂鞭·酒面滟金鱼》

【原词意译】

我俩在东池宴上初相见,你虽朱彩淡淡,却如夏花艳艳,细看你处处好,最是那小蛮腰。那群山为何迷蒙?原来是她罗衣漫起了烟云。

【读后之感】

此为酒筵上赠妓之作。用真幻结合的笔法让歌妓的形象更加生动。

张先一生风流,八十岁时还娶了十八岁的姑娘为妾,苏轼作了一首《戏赠张先》,调侃他"十八新娘八十郎,苍苍白发对红妆。鸳鸯被里成双夜,一树梨花压海棠"。初以《行香子》词中"心中事""眼中泪""意中人"之句,人称"张三中";后又自举平生得意之三词:"云破月来花弄影"(《天仙子》)、"娇柔懒起,帘幕卷花影"(《归朝欢》)、"柳径无人,坠絮飞无影"(《剪牡丹》),被世人称"张三影"。

人面不知何处去,桃花依旧笑东风。双蝶罗裙梦中人,雷震在读《醉垂鞭》。

一丛花

张先

【原词实录】

伤高怀远几时穷？无物似情浓。离愁正引千丝乱,更东陌①、飞絮蒙蒙②。嘶骑③渐遥,征尘④不断,何处认郎踪？

双鸳池沼水溶溶,南北小桡⑤通。梯横画阁黄昏后,又还是、斜月帘栊⑥。沉恨细思,不如桃杏,犹解嫁东风。

【咬文嚼字】

①陌:田间小路。

②蒙蒙:细雨迷蒙的样子。比喻柳絮之飘飞。

③骑:备有鞍辔的马,即坐骑。

④征尘:旅途风尘。

⑤桡:船桨。此处代指船。

⑥帘栊:指窗户。栊,窗棂。

【词牌平仄】

一丛花,词牌名,又名"一丛花令"。双调七十八字,上下片各七句四平韵,无变体。苏轼《一丛花·初春病起》为代表,纳兰性德《一丛花·咏并蒂莲》为经典。

正体:

中平中仄仄平平(韵),中仄仄平平(韵)。平平仄仄平平仄,中平中、中仄平平(韵)。平仄仄平,中平中仄,中仄仄平平(韵)。

平平中仄仄平平(韵),中仄仄平平(韵)。平平仄仄平平仄,中平中、中仄平平(韵)。平仄仄平,中平中仄,中仄仄平平(韵)。

【相关典范】

宋·秦观《一丛花·年时今夜见师师》

宋·苏轼《一丛花·初春病起》
宋·陆游《一丛花·仙姝天上自无双》
宋·陈亮《一丛花·溪堂玩月作》
清·纳兰性德《一丛花·咏并蒂莲》

【原词意译】

还有什么比离情更浓？你走之后如飞絮蒙蒙，哪儿还能再找到你的行踪？画阁黄昏，斜月帘栊，我沉恨细思，还不如桃杏，犹能嫁东风。

【读后之感】

此词是张先的代表作之一。

我从心理刻画角度细读了此词。起句"伤高怀远"一下子把读者拉到了这位怨妇的身边，让我们心随她动。二句用了"情浓"，三句用了"离愁"，点出这位重情女子正因郎君离去引发的离愁而心似千丝乱。于是，自然而然地对女主人公开始了心理描写。"征尘不断，何处认郎踪"，交代了所思之人是在征途之中，也许是去了边塞为国抗敌，也许是为了国事而四处奔波，总之交代了思夫离她而去的正当性。让读者越发对她充满了同情、怜爱。

下片起句又以"双鸳池""小桡通"渲染了这对夫妇平日里的美好生活，接句"画阁黄昏后"又说从白天到黄昏，甚至到深夜，她无时无刻不在思念远征之人。最后直接写明她的"沉恨细思"，"又还是"三字孑然孤独，伤感，伤感，还是伤感。最为精彩的是"不如桃杏，犹解嫁东风"句，使思妇的心理活动跃然纸上，作者也因此获"桃杏嫁东风郎中"之雅号。

天仙子

张先

【原词实录】

时为嘉禾小倅，以病眠，不赴府会。

水调数声持酒听，午醉醒来愁未醒。送春春去几时回？临晚镜，伤流景，往事后期空记省。

沙上并禽池上暝，云破月来花弄影。重重帘幕密遮灯，风不定，人初静，明日落红应满径。

【词牌平仄】

天仙子，本为唐教坊曲，后用作词牌名。据唐人段安节《乐府杂录》云："天仙子"本名"万斯年"，属龟兹部舞曲，因皇甫松词有"懊恼天仙应有以"句，取以为名。此调唐时为单调，宋以后有双调，双调以单调重复一遍成。

单调三十四字，六句五仄韵，以皇甫松《天仙子·晴野鹭鸶飞一只》为代表。正体：

中仄中平平仄仄（韵），中中平中平中仄（韵）。中平中仄仄平平，中中仄（韵），中中仄（韵），中仄中平平仄仄（韵）。

【相关典范】

唐·皇甫松《天仙子·晴野鹭鸶飞一只》

宋·张先《天仙子·醉笑相逢能几度》

宋·苏轼《天仙子·走马探花花发未》

清·纳兰性德《天仙子·月落城乌啼未了》

【原词意译】

手端着酒杯，听一曲《水调》。午后酒醒，愁绪仍萦绕。晚上对镜自照，斯人又老。鸳鸯交颈而眠，月光洒了一地，花儿在风里弄影，明天啊，又是落花满径。

【读后之感】

此词不出伤春叹时之囿，但语言精妙婉丽，尤其"云破月来花弄影"句，广为流传,深被称道。

下面着重谈谈我对此句的解读。

风儿来了,云儿破了,月儿露脸了,庭院里的花儿也不负皎洁月光的亲昵,摇曳着身姿,轻轻地起舞,而池塘边的鸳鸯似乎全然不顾,依然并颈相拥。

风儿继续吹,重重的帘幕再也遮不住我内心的忧郁,明日醒来,应是落红满径。

上述意境全是来自"云破月来花弄影"。王国维在《人间词话》中评曰:"'云破月来花弄影',着一'弄'字而境界全出矣。"词人将"云""月""花"三种景物都人格化了,着意点在于抚平词人内心的创伤。是境由心出、意在言外的最佳注解。

沈际飞《草堂诗余正集》中评云:"心与景会,落笔即是,着意即非,故当脍炙。"又杨慎《词品》云:"景物如画,画亦不能至此,绝倒绝倒!"

花在弄影,影在弄花。张三影啊张三影,你不妨胆儿大些,去爱一个人,去攀一座山,去追一个梦!何必"重重帘幕密遮灯"呢。

青门引

张先

【原词实录】

乍①暖还轻冷，风雨晚来方定。庭轩寂寞近清明，残花中酒②，又是去年病。

楼头画角③风吹醒，入夜重门静。那堪更被明月，隔墙送过秋千影。

【咬文嚼字】

①乍：初，刚。

②中酒：醉酒。

③画角：古乐器。形如竹筒，本细末大，以竹木或皮为之，亦有用铜者。

【词牌平仄】

青门引，词牌名，又名"玉溪清"。

正体双调五十二字，上片五句三仄韵，下片四句三仄韵，以张先《青门引·乍暖还轻冷》为代表。

正体：

仄仄平平仄（韵），平仄仄平平仄（韵）。平平仄仄仄平平，中平中仄，仄仄仄平仄（韵）。

平平仄仄平平仄（韵），仄仄平平仄（韵），仄平仄仄平仄，仄平仄仄平平仄（韵）。

【相关典范】

宋·王质《青门引·寻梅》

宋·马子严《青门引·手种团团玉》

清·张惠言《青门引·上巳》

【原词意译】

刚刚转暖，又变作轻寒。我痛惜残花，借酒消愁。楼头上凄厉的画角、清冷的晚风将我唤醒，夜已深，门锁闭，更哪堪被明月送过来隔墙的秋千上，你那迷蒙的身影。

【读后之感】

　　张先词在艺术上的一个最大特色即含蓄，"隔墙送过秋千影"，这一"影"字再含蓄不过，既虚无缥缈，又实在不过。墙那边，有位佳人还在月光下荡着秋千，她不可能是夜色中才开始荡秋千，一定是白日里就开始荡了，但高墙深院里多是寂寞，秋千荡得再高，她也无法看到外面的精彩世界，也无法看到那心爱的情郎，她只好在月上树梢头之后，再出来荡一回，也许能了却白天之心愿呢。可以想象，梦想成真了，在院墙外，一位翩翩少年正踮脚翘望着墙那边的秋千影子，焦急地盼望着月光能将心爱的姑娘一起送出这高高的院墙啊。这是一幅何等美妙的月夜秋千图啊！

浣溪沙

晏殊

【原词实录】

一曲新词酒一杯，去年天气旧亭台，夕阳西下几时回？

无可奈何花落去，似曾相识燕归来，小园香径独徘徊。

【词牌平仄】

唐教坊曲名。因春秋时西施浣纱于若耶溪而得名，后用作词牌名，又名"浣纱溪""小庭花"等。

双调，四十二字，上片三句三平韵，下片三句两平韵。

正体：

中仄平平仄仄平（韵），中平中仄仄平平（韵），中平中仄仄平平（韵）。

中仄中平平仄仄，中平中仄仄平平（韵），中平中仄仄平平（韵）。

【相关典范】

五代·薛昭蕴《浣溪沙·倾国倾城恨有余》

五代·张泌《浣溪沙·马上凝情忆旧游》

宋·张先《浣溪沙·楼倚春江百尺高》

宋·苏轼《浣溪沙·照日深红暖见鱼》

宋·秦观《浣溪沙·漠漠轻寒上小楼》

宋·周邦彦《浣溪沙·雨过残红湿未飞》

宋·张元干《浣溪沙·山绕平湖波撼城》

宋·张孝祥《浣溪沙·霜日明霄水蘸空》

宋·辛弃疾《浣溪沙·常山道中即事》

宋·吴文英《浣溪沙·门隔花深梦旧游》

【原词意译】

填一曲新词倩人演唱，斟一杯美酒仔细品尝，非常惬意而辱宠皆忘，时令气候依旧，亭台池榭依然，都与去年一个模样。夕阳西下，几时方能回转再放光芒？无可奈何，百花再次残落，似曾相识的春燕又回画堂，我独自在充满花香的小径里徘徊彷徨，思量又思量。

【读后之感】

本词为晏殊名词之一。抒写花落春残、好景不长的愁怀。通篇无一字正面表现思情别绪，读者却能从"去年天气旧亭台""燕归来""独徘徊"等句体会到词人对景物依旧、人事全非的暗示和叹恨。其中"无可奈何花落去，似曾相识燕归来"句工巧而流丽，风韵天然，盛称名句。

这里就这两句谈谈自己的读后感。论诗，写不过唐人；论词，写不过宋人；论曲，写不过元人，人们都这么认为。这是为什么呢？这里面当然有很多学问，不是简单的几句话就能说清的，但有一点是我体会最深的，即用通俗明了的个性语言，写出具有共性的道理是宋词的高明之处。你看"无可奈何花落去，似曾相识燕归来"，没有一个生字、僻字、冷字，词人用浅显明白的字句，写出了人们的心里话，真乃"满心而发""肆口而出""豪华落尽见真淳"也。春去春会来，花落花会开，晏殊的"无可奈何"的背后带给我们对明天的多少期许啊。

【词人简介】

晏殊（991—1055），字同叔，临川（今江西抚州）人。少年时以神童召试，官至同中书门下平章事兼枢密使，喜奖掖后进。词风承袭五代，受南唐冯延巳影响较深。晏殊词多为佳会宴游之余的消遣之作，有着雍容华贵的气派，况周颐《蕙风词话》将其词比作牡丹花。但其词不铺金缀玉而清雅婉丽，音韵和谐。有《珠玉集》。

晏殊与其第七子晏几道（1038—1110）在当时北宋词坛上被称为"大晏"和"小晏"。

浣溪沙

晏殊

【原词实录】

一向^①年光有限身,等闲^②离别易消魂,酒筵歌席莫辞频。

满目山河空念远,落花风雨更伤春,不如怜取^③眼前人。

【咬文嚼字】

①一向:即"一晌",片刻。

②等闲:平常。

③怜取:怜悯的意思。"取"为语助词,无义。

【词牌平仄】(同前)

【相关典范】(同前)

【原词意译】

光阴有限,人生太短,即使平常的离别,也使人神伤。还是尽情地去欢乐吧。面对着满目山河,空有怀人念远的心态有什么用呢?花儿在风雨中飘零,更让人伤怀,还不如去怜爱眼前如花似玉的美人吧。

【读后之感】

晏殊一生仕宦得意,过着"未尝一日不宴饮""亦必以歌乐相佐"(叶梦得《避暑录话》)的生活,这首词描写他有感于人生短暂,想借歌筵之乐来消愁的心绪。

许多人认为晏殊的这首词过于现实、消极、享乐、放纵,我读之后却不以为然。"满目山河空念远",我已从中看出了端倪,在这歌舞升平的背后隐藏着词人多么沉重的隐忧啊。是否牵强,值得商榷。

清平乐

晏殊

【原词实录】

红笺小字,说尽平生意,鸿雁在云鱼在水。惆怅此情难寄。

斜阳独倚西楼,遥山恰对帘钩。人面不知何处,绿波依旧东流。

【词牌平仄】

清平乐,原为唐教坊曲名,后作词牌名,又名"清平乐令""醉东风""忆梦月"。正体双调八句,四十六字,上片四仄韵,下片三平韵。

正体:

中中中仄(韵),中仄平平仄(韵),中仄中平平中仄(韵),中仄中平中仄(韵)。

中仄中仄平平(韵),中中中仄中平(韵),中仄中平中仄,中中中仄平平(韵)。

平仄是中国诗词中用字的声调,平指平直,仄指曲折。隋朝至宋朝时期修订的韵书有《切韵》《广韵》等。中古汉语有四种声调,即平上去入。上、去、入声为仄。

【相关典范】

唐·李白《清平乐·禁闱秋夜》

唐·温庭筠《清平乐·洛阳愁绝》

五代·欧阳炯《清平乐·春来阶砌》

五代·李煜《清平乐·别来春半》

五代·冯延巳《清平乐·雨晴烟晚》

宋·晏殊《清平乐·金风细细》

宋·欧阳修《清平乐·小庭春老》

宋·晏几道《清平乐·留人不住》《清平乐·蕙心堪怨》《清平乐·莺来燕去》

宋·苏轼《清平乐·秋词》

宋·黄庭坚《清平乐·春归何处》
宋·李清照《清平乐·年年雪里》
宋·辛弃疾《清平乐·村居》《清平乐·独宿博山王氏庵》
宋·刘克庄《清平乐·五月十五夜玩月》
宋·朱淑真《清平乐·恼烟撩露》
元·元好问《清平乐·太山上作》

【原词意译】

用红笺小字，表达不尽我对你的爱意。鸿雁云端飞，鱼儿水底游，我的惆怅难以寄托，只好在夕阳里独倚西楼。看，遥远的群山恰好对着西楼窗口，桃花般的人儿不知何处去了，唯有碧波流水依旧东流。

【读后之感】

这首词上片抒写作者的一片深情，以及此情难寄的惆怅，语意恳挚。下片前两句显示主人公的独孤寂寞，含蓄有致。"遥山恰对帘钩"暗示心上人未至，帘钩闲挂，唯远山与自己相伴的苦况，末二句点明相思之意。"绿波依旧东流"，一则说明只有景物依旧，同时又以流水的悠悠比喻作者的思绪和愁绪的悠长。蒿庵论晏殊词："词至南唐，二主作于上，正中和于下，诣微造极，得未曾有。宋初诸家，靡不祖述二主，宪章正中，譬之欧虞褚薛之书，皆出逸少。晏同叔去五代未远，馨烈所扇，得之最先，故左宫右征，和婉而明丽，为北宋倚声家初祖。"

我一直赞叹宋词的含蓄之美，大晏的这首《清平乐》含蓄到了顶，"红笺小字，说尽平生意"，你那红笺小字，到底写的什么呀？"说尽平生意"，你到底又想说什么呢？你钓读者的胃口呢，就不说明，更不说透，总不将那层窗户纸捅破，读者才惆怅呢！

清平乐

晏殊

【原词实录】

金风①细细，叶叶梧桐坠。绿酒初尝人易醉，一枕小窗浓睡。

紫薇朱槿②花残，斜阳却照阑干。双燕欲归时节，银屏③昨夜微寒。

【咬文嚼字】

①金风：秋风，古代以阴阳五行解释季节演变，秋属金，故称秋风为金风。

②朱槿：花名，即扶桑。

③银屏：镶银或银色的屏风，借指华美的居室。

【词牌平仄】（同前）

【相关典范】（同前）

【原词意译】

秋风微微吹来，梧桐叶叶飘坠。新酿的美酒使人容易醉。我在小窗前酣眠浓睡。夕阳映照栏杆，花儿凋残。燕子又要南归，屏风透着微寒。

【读后之感】

这首小词抒发初秋时节淡淡的哀愁。作者从景物的变易和主人公细微的感觉入笔，而不正面写情，读来使人品味到句句寓情，字字含愁。语言清丽，风调和婉。"一枕小窗浓睡"尤为传神。

下面结合王国维的"意境说"，谈谈该词的意境美。王国维在《人间词话》乙稿序中说，意境是衡量一首词高下的标准。"金风细细，叶叶梧桐坠"，是一典型的"无我之境"，"一枕小窗浓睡"，又是"有我之境"，这一有一无，把词人深嵌在空灵隽逸的意境里，亦幻亦梦，真乃一句压全篇。

木兰花

晏殊

【原词实录】

燕鸿过后莺归去，细算浮生千万绪。长于春梦几多时，散似秋云无觅处。

闻琴解佩神仙侣，挽断罗衣留不住。劝君莫作独醒人，烂醉花间应有数。

【词牌平仄】（同前）

【相关典范】（同前）

【原词意译】

随着春光消逝，鸟儿都归去，我在梦里把她追寻，愿她像闻琴夜奔的卓文君，像解佩相赠的江妃二女，和我结成神仙侣，劝你不要假装独醒，和我一起烂醉在花间春梦里吧。

【读后之感】

这首词表达了作者人生苦短、及时行乐的思想，此词一反晏殊含蓄委婉的风格，直抒胸臆，毫不隐晦。"劝君莫作独醒人"更是词眼之句、警策之句、振聋发聩之句。

此词的另一特点是用典自然、贴切。"闻琴解佩神仙侣"句中的"闻琴"，用的是卓文君"闻琴夜奔"之典；"解佩"，用的是"江妃二女解佩相赠"之典。均蕴含了男女之间情投意合、心心相印之意，体现了词人熟读史典、儒雅风骚的情致，并无晦涩之感，是适时用典的范例。

木兰花

晏殊

【原词实录】

池塘水绿风微暖，记得玉真①初见面。重头②歌韵响琤琮③，入破④舞腰红乱旋。

玉钩阑下香阶畔，醉后不知斜日晚。当时共我赏花人，点检如今无一半。

【咬文嚼字】

①玉真：谓仙人，借指佳人。
②重头：词中上下片节拍完全相同者，皆曰重头。
③琤琮：玉石碰击声。借喻歌声。
④入破：唐宋大曲的专用语。

【词牌平仄】（同前）

【相关典范】（同前）

【原词意译】

记得我和你初见于池塘水边，你的歌喉甜美圆润，你的舞姿婀娜美妙，最是那腰肢像旋风一样旋转，红裙飘飘。我在雕阑香阶旁沉睡，红日西下已傍晚，细数当时共我赏花的人，如今还剩下不到一半！我好神伤。

【读后之感】

此词写作者在风暖水绿的池塘边回忆昔日初见美人轻歌曼舞时的情况，而今却是时过境迁，当时赏花的人大半作古。前后对比，显示出对人生短暂、好景不长的悲戚。全词始欢终哀，尤其最后两句，读来令人恻然心酸。张宗橚《词林纪事》云："东坡诗'尊前点检几人非'，与此词结句同意。往事关心，人生如梦，每读一过，不禁惘然。"然而语言清婉俊丽，尤其"重头歌韵响琤琮，入破舞腰红乱旋"两句，工丽俊巧，脍炙人口。"浮生有梦三千场，穷尽千里诗酒荒。醉后不知斜日晚，入破舞腰红乱旋。"——读此词后集愚青、晏殊句。

木兰花

晏殊

【原词实录】

绿杨芳草长亭路,年少抛人容易去。楼头残梦五更钟,花底离愁三月雨。

无情不似多情苦,一寸①还成千万缕。天涯地角有穷时,只有相思无尽处。

【咬文嚼字】

①一寸:寸心,区区之心。

【词牌平仄】(同前)

【相关典范】(同前)

【原词意译】

垂柳绿杨,芳草萋萋。长亭路更长,你轻易地将我抛弃。我的心绪还在那五更残梦里,三月细雨,花底离愁,无情的你怎知多情的我有多么凄苦,一寸相思,丝缕万千。天涯海角再远也有尽头,只有我的相思绵绵不断。

【读后之感】

这首词描写一位女子的离情别恨,词中句句是对情人的怨恨,语意却极为柔婉,饱含了无限的爱与思念。黄了翁《蓼园词选》说:"'楼头'二语,意致凄然,挚起多情苦来,末二句见多情之苦耳。妙在意思忠厚,无怨怼口角。"

"楼头残梦五更钟,花底离愁三月雨"句,极为工整,词境亦佳,为以下几句做了很好的铺垫。

至于"天涯地角有穷时,只有相思无尽处"二句,我读后还想多说几句。不要以为只有华丽的词藻才出彩,只要语从心出,就能摄人心魄。晏殊似乎平淡的语句,犹如一石激起千层浪,泛起阵阵涟漪,在我心底荡漾开来。

踏莎行

晏殊

【原词实录】

祖席①离歌②,长亭别宴,香尘③已隔犹回面。居人匹马映林嘶,行人去棹④依波转。

画阁⑤魂消,高楼目断⑥,斜阳只送平波远。无穷无尽是离愁,天涯地角寻思遍。

【咬文嚼字】

①祖席:饯行的宴席。

②离歌:伤别之歌。

③香尘:带有花香的尘埃。

④棹:船桨,代指船。

⑤画阁:彩绘的精美的楼阁。

⑥目断:目力望尽。

【词牌平仄】

踏莎行正体,双调五十八字,上下片各五句三仄韵。另有双调六十六字,上下片各六句四仄韵;双调六十四字,上下片各六句四仄韵变体。踏莎行,又名"踏雪行""踏云行""柳长春""惜余春""转调踏莎行"等。

踏莎行为重头曲,上下片相同,各由两个四字句和三个七字句组成,第三句与第五句为中平中仄平平仄式,因而奇句与偶句较为协调,每段两个四字句以对偶为工。

正体:

中仄平平,中平中仄(韵),中平中仄平平仄(韵)。中平中仄仄平平,中平中仄平平仄(韵)。

下片同上片平仄。

【相关典范】

宋·寇准《踏莎行·春色将阑》

宋·欧阳修《踏莎行·候馆梅残》

宋·黄庭坚《踏莎行·画鼓催春》
宋·秦观《踏莎行·郴州旅舍》
宋·周紫芝《踏莎行·情似游丝》
宋·辛弃疾《踏莎行·赋稼轩集经句》
宋·姜夔《踏莎行·自沔东来丁未元日至金陵江上感梦而作》
宋·张孝祥《踏莎行·万里扁舟》
元·王旭《踏莎行·雪中看梅花》

【原词意译】

饯别的宴席上，唱着销魂的离歌，长亭中我和你依依惜别。路上的飞尘已阻隔了你我的视线，总觉你不断地回首。那马儿也在林边嘶鸣留恋。你此时恐怕已登上小舟，随绿波而去，我更在画楼上朝着你去的方向眺望，情郎啊，不管你走到哪里，我的心永远把你陪伴。

【读后之感】

这首词抒写送别之后的依恋不舍，融情于景，含蓄深婉。"香尘已隔犹回面"句，传神地描绘了送别归去时，步步回顾、步步留恋的情状。"斜阳只送平波远"句，分明怨斜阳不留人，仅随着行舟渐远，也在水面渐渐消隐，却说得极婉转。

不必把话说满，不必把情道尽，只需要有点睛之笔，"香尘已隔犹回面"。

心中有丘壑，眉目作山河。蜻蜓一点水，便惊晴雪夜。

晏殊啊，晏殊，你是何等的残忍，只轻轻一笔，便使画楼销魂！

踏莎行

晏殊

【原词实录】

小径红稀①,芳郊绿遍,高台树色阴阴见②。春风不解③禁杨花,蒙蒙④乱扑行人面。

绿叶藏莺,朱帘隔燕,炉香静逐游丝⑤转。一场愁梦酒醒时,斜阳却⑥照深深院。

【咬文嚼字】

①红稀:红花凋落稀疏。

②阴阴见:暗暗显现。

③解:知道,懂得。

④蒙蒙:形容细雨,此处形容柳絮纷纷如细雨。

⑤游丝:蜘蛛、青虫所吐之细丝飘游于空中。

⑥却:正。

【词牌平仄】(同前)

【相关典范】(同前)

【原词意译】

郊外的景色多么迷离:小路边红花稀疏,绿草茵茵,高高的小楼也在绿荫里隐现,春风吹着杨花,蒙蒙乱扑行人面。藏在树叶里的莺儿不停地啼啭,双燕也在帘外翻飞,野香袅袅,飘荡流转。我从梦中醒来,只见金色的夕阳正映照着深深庭院。

【读后之感】

暮春愁感又一曲。上阕将郊外暮春景色写得淋漓尽致。下阕写身边春景,为愁怨做铺垫,从"小径""芳郊""高台"的顺序看,移步换景也。"移步换景",是宋词人最擅长的一种笔法。它的妙处在于不由你分说,先请你跟着我的视线做一番扫描,当然你看到的是经词人精心设计的场面。在该词中,你先看到的是红花凋落的小径,接着是一片生机的芳郊,再来是环绕着高台的暗暗显现的绿树,最后词人又引你进入斜阳映照的深深庭院,不由你不沉醉于此。

蝶恋花

晏殊

【原词实录】

六曲阑干偎碧树，杨柳风轻，展尽黄金缕。谁把钿筝①移玉柱②，穿帘海燕③双飞去。

满眼游丝兼落絮，红杏开时，一霎清明雨。浓睡觉来莺乱语，惊残好梦无寻处。

【咬文嚼字】

①钿筝：以螺钿装饰的筝。

②玉柱：指弦柱。

③海燕：燕子的别称。古人认为燕子产于南方，渡海而至，故称。

【词牌平仄】

蝶恋花原是唐教坊曲，后用作词牌名，本名"鹊踏枝"。《乐章集》注"小石调"，赵令畤词注"商调"，《太平乐府》注"双调"。冯延巳词有"杨柳风轻，展尽黄金缕"句，名"黄金缕"。赵令畤词有"不卷珠帘，人在深深院"句，名"卷珠帘"。司马槱词有"夜凉明月生南浦"句，名"明月生南浦"。韩淲词有"细雨吹池沼"句，名"细雨吹池沼"。贺铸词名"凤栖梧"，李石词名"一箩金"，衷元吉词名"鱼水同欢"，沈会宗词名"转调蝶恋花"。

关于蝶恋花词调的来源，还有多种说法。明代杨慎在《词品》卷一"词名多取诗句"条中指出："'蝶恋花'则取梁元帝'翻阶蛱蝶恋花情'。"此说有误，此诗见于梁简文帝萧纲《东飞伯劳歌》其一："翻阶蛱蝶恋花情，容华飞燕相逢迎。"清代毛先舒承袭杨慎的观点，在《填词名解》卷二中认为："梁简文帝乐府有'翻阶蛱蝶恋花情'，故名。"今人李璉生在《中国历代词分调评注〈蝶恋花〉》一书中否定了前人的观点，认为：蝶恋花虽与梁简文帝诗句有关，但绝不可能是六朝时所创制的曲。此调本为唐代教坊曲，源于盛唐时期，属于新的燕乐曲。

清王奕清《钦定词谱》将蝶恋花列三体，清人万树《词律》将其列为"平仄互叶体"，龙榆生《唐宋词格律》列蝶恋花为仄韵格，注明："双调"，六十字，上下片各四仄韵。李琏生在《中国历代词分调评注〈蝶恋花〉》一书中沿袭龙榆生在《唐宋词格律》中的分法，将其细化为三种格律。

正体：

中仄中平平仄仄（韵），中仄平平，中仄平平仄（韵）。中仄中平平仄仄（韵），中平中仄平平仄（韵）。

下片同上片平仄。

【相关典范】

宋·张先《蝶恋花·移得绿杨栽后院》

宋·晏殊《蝶恋花·槛菊愁烟兰泣露》

宋·柳永《蝶恋花·伫倚危楼风细细》

宋·欧阳修《蝶恋花·庭院深深深几许》

宋·欧阳修《蝶恋花·画阁归来春又晚》

宋·苏轼《蝶恋花·昨夜秋风来万里》

宋·苏轼《蝶恋花·春景》

宋·苏轼《蝶恋花·蝶懒莺慵春过半》

宋·苏轼《蝶恋花·密州上元》

宋·晏几道《蝶恋花·初捻霜纨生怅望》

宋·晏几道《蝶恋花·醉别西楼醒不记》

宋·贺铸《蝶恋花·几许伤春春复暮》

宋·朱淑真《蝶恋花·送春》

【原词意译】

庑廊外栏杆弯弯曲曲围绕着绿树，杨柳被春风吹得轻轻摇晃，沐浴在一片金色里。是谁在把古筝拨弄，引得那双燕在帘外穿梭？清明时节的细雨，使我满眼是落花飞絮。一阵阵的黄莺乱语，惊醒了我的好梦，我再也寻找不到梦中温馨的你。

【读后之感】

六曲栏杆依偎着碧树，而我的九曲愁肠又缠绕在哪个情节上呢？风流倜傥的晏殊此时并非无病呻吟，从整体词意上来分析，他有一位意中人，即那位"把钿筝移玉柱"的弹筝女，可她已如穿帘的燕子，不知道飞向何方了，他满眼只有游丝兼落絮，只好"惊残好梦无寻处"了。

作这首小词的晏殊虽未摆脱伤感郁闷的藩篱，但明丽的语言，用意的婉曲倒使我读后跟着惆怅，好在还有"红杏开时"可以期待，也许在杨柳风中她能再为词人弹一曲《黄金缕》吧。

晏殊一生著作颇丰，是宋代婉约派著名词人之一。其词在当时颇负盛名，作品沿袭晚唐、五代词柔靡哀婉的遗风，多抒发酒足饭饱之后的娱情别绪之主题。

王灼在《碧鸡漫志》中称其长短句"风流蕴藉，一时莫及"，此话比较准确地概括了晏殊词的风格特色，其最显著的艺术特色是雍和而无锋芒。

王国维在《人间词话》中评价晏殊另一首《蝶恋花》名句"昨夜西风凋碧树，独上高楼，望尽天涯路"为成大事业、大学问者第一境界。

闲雅、婉约、圆融、旷达，此乃晏殊词之特色和成就也。

破阵子（春景）

晏殊

【原词实录】

燕子来时新社①，梨花落后清明。池上碧苔②三四点，叶底黄鹂一两声，日长飞絮轻。

巧笑③东邻女伴，采桑径里逢迎。疑怪④昨宵春梦好，元是今朝斗草⑤赢，笑从双脸生。

【咬文嚼字】

①新社：社日是古代祭土地神的日子，有春秋两社。新社即春社，时间在立春后、清明前。

②碧苔：碧绿色的苔草。

③巧笑：形容少女美好的笑容。

④疑怪：诧异、奇怪。这里是"怪不得"的意思。

⑤斗草：古代妇女的一种游戏。

【词牌平仄】

破阵子，词牌名，又名"十拍子"。双调六十二字，上下片各五句三平韵。

正体：

中仄中平中仄，中平中仄平平（韵）。中仄中平平仄仄，中仄平平中仄平（韵）。中平中仄平（韵）。

中仄中平中仄，中平中仄平平（韵）。中仄中平平仄仄，中仄平平中仄平（韵）。中平中仄平（韵）。

【相关典范】

五代·李煜《破阵子·四十年来家国》

宋·晏殊《破阵子·燕子欲归时节》

宋·晏几道《破阵子·柳下笙歌庭院》

宋·陆游《破阵子·看破空花尘世》

宋·辛弃疾《破阵子·掷地刘郎玉斗》《破阵子·为陈同甫赋壮词以寄之》

《破阵子·赠行》

【原词意译】

新社之后是清明，梨花落了，燕子来了，池塘里碧叶点点，叶底黄莺儿婉转声声，满天的飞絮轻轻飘舞。

邻居采桑的姑娘们，嘻嘻哈哈聚在一起，笑得好开心，有的说昨夜的梦里见到了情郎，有的说今天斗草肯定会赢，幸福荡漾在她们的脸上。

【读后之感】

好一幅春景图：梨花、柳絮满天飞，燕子、黄鹂当空舞，词人抓住了清明时节美景还没有写够，那桑田里又传出少女们的盈盈笑声，不仅有笑声，还有窃窃私语和少女心中的小秘密。这就是词人努力描绘的春景，使人如痴如醉的春景。

这首词还有一个特点，就是把邻里女孩刻画得相当传神："巧笑""疑怪""斗草""笑从双脸生"，有外在形象的描写，有游戏动作的叙述，短短几句，一群活泼可爱的小姑娘跃然纸上。

词评家冯煦说："同叔去五代未远……故左宫右徵，和婉而明丽，为北宋倚声初祖。"这一评价点出了晏殊词和婉明丽的特色和他在宋词领域承上启下的作用。

凤箫吟

韩缜

【原词实录】

锁离愁，连绵无际，来时陌上初熏。绣帏人①念远，暗垂珠露②，泣送征轮③。长行长在眼，更重重、远水孤云。但望极楼高，尽日目断王孙。

消魂，池塘别后，曾行处、绿妒轻裙。恁时携素手，乱花飞絮里，缓步香茵④。朱颜空自改，向年年、芳意长新。遍绿野、嬉游醉眼，莫负青春。

【咬文嚼字】

①绣帏人：指闺阁中人。绣帏，精美的帷帐，代指闺房。
②珠露：眼泪。
③征轮：指远行的车。
④香茵：香草地。

【词牌平仄】

凤箫吟，又名"芳草""凤楼吟"。双调，九十九字。

正体：

仄平平,平平平仄,平平仄仄平平(韵)。仄仄平仄仄,仄平平仄,仄仄平平(韵)。平平平仄仄,仄平平、仄仄平平(韵)。仄仄平平仄,仄仄平仄平平(韵)。

平平(韵),平平平仄,平平仄仄、仄仄平平(韵)。平平平仄仄,仄仄平平仄,仄仄平平(韵)。平平平仄仄,仄平平、平仄平平(韵)。仄仄仄、平平仄仄,仄仄平平(韵)。

【相关典范】

宋·王之道《凤箫吟·和彦时兄重九》

【原词意译】

我来时小路上草香温馨，我走后那连绵无际的芳草锁住了我的离愁。我的爱人哭泣着目送我的征轮。从此后我远水孤云，销魂；你颜容渐老，消瘦。我们若能再游遍绿野，忘情地嬉戏酣饮，那该多好！

【读后之感】

凤箫吟，锁离愁，闺阁人，泣送征轮。这是一首缠绵不尽的咏叹调。词人借此词写尽离情别绪，使人暗垂珠泪，悲伤不已。好在词人笔锋一转，来了个光明的尾巴"嬉游醉眼，莫负青春"。词人需要这个光明的尾巴，我作为一个读者，更需要这个光明的尾巴，不然老沉浸在悲戚的泥潭里不能自拔，怎么办？

【词人简介】

韩缜（1019—1097），字玉汝，真定灵寿（今河北正定）人。仁宗庆历二年（1042）进士。英宗时任淮南转运使，神宗时知枢密院事，哲宗时拜尚书右仆射兼中书侍郎。后出任颖昌府，以太子太保致仕。《全宋词》录其词一首。

木兰花

宋祁

【原词实录】

东城渐觉风光好,縠皱波纹①迎客棹。绿杨烟外晓寒轻,红杏枝头春意闹②。

浮生长恨欢娱少,肯爱千金轻一笑?为君持酒劝斜阳,且向花间留晚照。

【咬文嚼字】

①縠皱波纹:形容波纹细密如皱纱织纹。縠,皱纹。

②闹:这里意为浓盛。

【词牌平仄】(同前)

【相关典范】(同前)

【原词意译】

红杏枝头春意闹,东城渐觉风光好。人生如漂浮水面的泡沫,总觉得苦恼太多欢乐少。谁肯不吝惜千金换得美人迷人的一笑?我手执酒盏,劝说斜阳且为我多留一抹晚霞残照。

【读后之感】

此词是当时传诵的名篇,作者因此而获得"红杏枝头春意闹尚书"的雅号。上片描绘春天的绚丽景色,极有韵致。王国维《人间词话》说"'红杏枝头春意闹',著一'闹'字,而境界全出"。它运用通感手段,化视觉为听觉,将繁丽的春色点染得十分生动。下片用拟人手法,劝说斜阳不要急于西沉,多留给我一点美好的时光吧。感人至深。

【词人简介】

宋祁(998—1061),字子京,小字选郎,祖籍安州安陆(今湖北安陆),北宋官员,著名文学家、史学家、词人,与兄长宋庠并有文名,时称"二宋",诗词语言工丽,因《玉楼春》词中有"红杏枝头春意闹"句,世称其"红杏尚书",其曾与欧阳修等合修《新唐书》。

采桑子

欧阳修

【原词实录】

群芳过后西湖好,狼藉残红,飞絮蒙蒙,垂柳阑干尽日风。

笙歌散尽游人去,始觉春空,垂下帘栊,双燕归来细雨中。

【词牌平仄】

采桑子,词牌名。又名"丑奴儿令""丑奴儿""罗敷媚歌""罗敷媚"。

汉代乐府诗《陌上桑》:"秦氏有好女,自名为罗敷。罗敷喜蚕桑,采桑城南隅。"唐代教坊曲有《杨下采桑》。"采桑子"调名应该由此而来,晚唐和凝词为创调之作。此调宜于抒情与写景,既可表现婉约风格,又可表现旷达与刚健的风格。

正体:

中平中仄平平仄,中仄平平(韵)。中仄平平(韵),中仄平平中仄平(韵)。

中平中仄平平仄,中仄平平(韵)。中仄平平(韵),中仄平平中仄平(韵)。

【相关典范】

五代·李煜《采桑子·辘轳金井梧桐晚》《采桑子·亭前春逐红英尽》

宋·晏殊《采桑子·时光只解催人老》

宋·吕本中《采桑子·恨君不似江楼月》

宋·辛弃疾《采桑子·书博山道中壁》

清·纳兰性德《采桑子·彤霞久绝飞琼字》《采桑子·冷香萦遍红桥梦》《采桑子·谁翻乐府凄凉曲》《采桑子·而今才道当时错》

【原词意译】

西湖的风景依然美好,尽管百花渐落,被游人践踏得一片狼藉。喧闹的笙歌散尽,熙攘的人群离去,我顿然发现西湖之春的寂静之美,我的一颗浮躁之心也安如止水。

【读后之感】

本词为《采桑子》十首咏西湖组词之四。本词描写了暮春西湖迷离之美,"笙歌散尽游人去""双燕归来细雨中"二句既是怨言,又叫人产生期待。没有不散的宴席,西湖再美,笙歌再妙,终有曲终人散之时,只有通解人意的燕子啊,还知道穿过细雨,归来与我做伴。词人孤寂的情怀不言而喻。

找来现代流行歌曲中的几句歌词,来伴读千年之前欧阳修的这首《采桑子》:今夜又下着小雨,小雨它一滴又一滴,仿佛又看到你的身影,我问我是否还在爱着你,就这样轻易地放弃。不知道爱你在哪一点,不知道年年岁岁,岁岁年年,只知道花开在眼前,是你不变的容颜。

【词人简介】

欧阳修(1007—1072),字永叔,号醉翁,他是宋代文学史上最早开创一代文风的文坛领袖,与韩愈、柳宗元、苏轼、苏洵、苏辙、王安石、曾巩合称"唐宋八大家",并与韩愈、柳宗元、苏轼被后人合称"千古文章四大家"。他领导了北宋诗文革新运动,继承并发展了韩愈的古文理论,在史学方面,曾主修《新唐书》,并独撰《新五代史》,有《欧阳文忠公集》《六一词》传世。

诉衷情

欧阳修

【原词实录】

清晨帘幕卷轻霜，呵手试梅妆。都缘①自、有离恨，故画作远山长。思往事，惜流芳②，易成伤。拟歌先敛③，欲笑还颦④，最断人肠。

【咬文嚼字】

①缘：因。

②流芳：流年光景的意思。

③敛：敛容，以表庄重。

④颦：皱眉示愁。

【词牌平仄】

诉衷情，词牌名，又名"桃花水""渔父家风"等，以温庭筠《诉衷情·莺语》为正体，该词为单调，三十三字，十一句五仄韵六平韵，另有若干变体。

正体：

平仄（韵），平仄（韵），平仄仄（韵），仄平平（韵）。平仄仄（韵），平仄（韵），仄平平（韵）。中仄仄平平（韵），平平（韵）。中平平仄平（韵），仄平平（韵）。

【相关典范】

唐·温庭筠《诉衷情·莺语》

五代·顾夐《诉衷情·永夜抛人何处去》

宋·张先《诉衷情·花前月下暂相逢》

宋·晏殊《诉衷情·芙蓉金菊斗馨香》《诉衷情·青梅煮酒斗时新》

宋·杜安世《诉衷情·烧残绛蜡泪成痕》

宋·欧阳修《诉衷情·眉意》

宋·苏轼《诉衷情·送述古迓元素》

宋·黄庭坚《诉衷情·小桃灼灼柳鬖鬖》

宋·陆游《诉衷情·当年万里觅封侯》《诉衷情·青衫初入九重城》

【原词意译】

她故意将眉毛画得像远山一样弯弯曲曲,强打着精神试作梅花妆,等会又要"拟歌先敛,欲笑还颦",总因为有离恨别怨压心头。

【读后之感】

古人多以山水表示离情别意,本词以女主人公特地将双眉画成远山模样来表现离恨,用意新巧奇警。"拟歌先敛,欲笑还颦"八个字,透露了这位靠色艺谋生的歌女不得不强颜欢笑的苦闷,隐含着作者的同情,语简意深,十分传神。

心理活动的细腻刻画是欧阳修这首《诉衷情》的一个艺术特色。欧阳修准确地捕捉到了这位歌女脸部表情的细微变化,表达出她极其复杂的内心世界。我看了"拟歌先敛,欲笑还颦"句后,丝毫没有一般歌女或搔首弄姿、或故作姿态的扭捏之感,反倒觉得她楚楚动人、温文素雅,怜爱之心随之而生。你觉得呢?反正我读此词后其他词句并未记住,但就这一句,以及这一句所带来的她外在和心灵的美,总是挥之不去。

踏莎行

欧阳修

【原词实录】

候馆①梅残，溪桥柳细，草熏风暖摇征辔。离愁渐远渐无穷。迢迢不断如春水。

寸寸柔肠，盈盈②粉泪，楼高莫近危阑倚。平芜③尽处是春山，行人④更在春山外。

【咬文嚼字】
①候馆：迎宾候客的馆舍。
②盈盈：泪水满眼的样子。
③平芜：平坦草地。
④行人：这里指恋人。

【词牌平仄】（同前）

【相关典范】（同前）

【原词意译】

羁旅之中的我又要开始一天的行程了，我轻轻地摇动马缰，任暖风吹送。我走得越远，离愁越是没有尽头，就像那春水连绵不断。我的爱人啊，画楼太高，且不要凭倚危栏，且让晶莹的泪珠顺着粉妆流淌。

【读后之感】

这首词是欧阳修的代表作之一。写的是早春南方行旅的离愁，为更好地欣赏和理解此词内涵，须先了解一下该词的写作背景。

欧阳修不仅是当朝文坛领袖，而且政治上也极有抱负。他支持范仲淹等人的革新主张，后来范仲淹的改革冒犯了既得利益者，本人受到打击，被贬饶州，欧阳修受牵连，被贬为夷陵（今湖北宜昌）县令。康定元年（1040）欧阳修被召回京，复任馆阁校勘，编修《崇文总目》，后知谏院。庆历三年（1043），任右正言，知制诰。范仲淹、韩琦、富弼等人推行"庆历新政"，欧阳修参与革新，成为革新派干将。庆历五年（1045）新政失败，范、韩、富相继被贬，欧阳修上书分辩，因被贬为滁州（今安徽滁州）太守。后又改知扬州、颍州、应天府。颠沛流离成为家常饭,据考这首《踏莎行》即欧阳修一次贬谪途中之作。

《踏莎行》艺术表现手法:此词运用了三种艺术手法。一是托物兴怀。词的上片写残梅、细柳和熏草这些春天里的典型景物,点缀着候馆、溪桥和征途,表现了南方仲春祥和的气氛。对离愁的行人来说却倍增烦恼,更添愁思。二是比喻,化虚为实。愁是一种不可视感的情绪,将它比作迢迢不断的春水,既形象又贴切,这样化虚为实,可视可感。三是逐层深化,婉转尽情。"平芜"句更进一步说明行人离愁的无穷,全词悱恻绕回,情意深远。

我曾为这首词作过眉批:"草熏风暖摇征辔"句,一个"熏"字极得春草茂盛之貌,一个"暖"字又得春风融融惬意之感,更可贵的是用一个动感十足的"摇"字,只著一字,尽得词人之风流。

蝶恋花

欧阳修

【原词实录】

庭院深深深几许？杨柳堆烟，帘幕无重数。玉勒雕鞍游冶处，楼高不见章台路。

雨横风狂三月暮，门掩黄昏，无计留春住。泪眼问花花不语，乱红飞过秋千去。

【词牌平仄】（同前）

【相关典范】（同前）

【原词意译】

深深的庭院不知有多深？一排排杨柳堆起绿色的云，一重重帘幕多得难以计数。华车骏马如今在哪里游冶，我登上高楼也不见章台路。

风狂雨骤的暮春三月，时近黄昏掩起门户，却没有办法把春光留住。我泪眼汪汪问花，花默默不语，只见散乱的落花飞过秋千去。

【读后之感】

作者以含蓄的笔法描写了幽居深院的少妇伤春及怀人的思绪和怨情，整首词如泣如诉，凄婉动人。尤其是最后两句，向为词评家所赞誉。

我读此词后有句句戳心之感，实不忍细读，又不得不细读。"庭院深深深几许"，又哪能有我的思切之深？"无计留春住"，直戳怨妇及读者脆嫩的心灵，两眼泪簌簌，问花花不语，这颗破碎的心只有随着片片落叶，飞过了残留着伊人香韵的秋千去了。

蝶恋花

欧阳修

【原词实录】

谁道闲情①抛弃久?每到春来,惆怅还依旧。日日花前常病酒,不辞镜里朱颜瘦。

河畔青芜堤上柳,为问新愁,何事年年有?独立小桥风满袖,平林②新月人归后。

【咬文嚼字】

①闲情:闲散的愁情。

②平林:原野上的丛林。

【词牌平仄】(同前)

【相关典范】(同前)

【原词意译】

镜中的我越来越消瘦,可我还是每天在花前月下痛饮美酒,满腹惆怅,还是依旧,我痛苦地问自己,为何年年都有一段新愁?我思绪万端,独立在小桥头,任风吹拂着衣袖,新月从东方升起,弯弯如钩,月光抚弄着堤上柳。

【读后之感】

河畔堤上的春景是虚,浓重的感伤是实,大有"春花秋月何时了,往事知多少"的那种对于整个人生的迷惘和得不到解脱的苦闷。"独立小桥"两句,表现了主人公如有所待又若有所失的情状,语淡而意远。人在其中,聚散不由我也!

蝶恋花

欧阳修

【原词实录】

几日行云何处去？忘了归来，不道春将暮。百草千花寒食路，香车系在谁家树？

泪眼倚楼频独语，双燕来时，陌上相逢否？撩乱春愁如柳絮，依依梦里无寻处。

【词牌平仄】（同前）

【相关典范】（同前）

【原词意译】

亲爱的人，在这百草千花的寒食节里，你的香车又系在哪家的树上啊。翻飞的双燕啊，你在来旧巢的路上，是否遇到过忘了归来的郎君啊？我独倚在画楼里，泪眼涟涟，一直到了晚上，在睡梦里也找不到他的身影。

【读后之感】

典型的怨妇之作。上片写爱人如行云游荡在外忘了归来，春将暮残，寒食踏春，路上游人成双成对，我的爱人，你停留在哪里啊？孤独的我只有泪眼盈盈。下片与燕自语，乃至梦中也寻他不到。全词塑造了一个痴情思妇形象，语言清丽婉约，悱恻感人，令人魂牵梦绕。

我对"香车系在谁家树"一句特欣赏，看似平淡无奇的问句，不管是出自相恋中的哪一方，那种"我要霸占你的美"的潜台词体现无疑。

木兰花

欧阳修

【原词实录】

别后不知君远近,触目凄凉多少闷。渐行渐远渐无书①,水阔鱼沉②何处问?

夜深风竹敲秋韵③,万叶千声皆是恨。故欹④单枕梦中寻,梦又不成灯又烬⑤。

【咬文嚼字】

①书:书信。

②鱼沉:相传鱼能传书,鱼沉谓书信不传。

③秋韵:秋声。秋时西风作,草木零落,多肃杀之声。

④欹:斜倚。

⑤烬:燃物烧尽后成炭质或灰质部分。

【词牌平仄】(同前)

【相关典范】(同前)

【原词意译】

离别之后你会落在哪棵树,你会歇在哪朵梅?我好生烦闷,好生凄凉。你越走越远,渐渐断了书信,这是为何?问水中的鱼儿,它回不知道。

夜深,风竹敲秋韵,万叶千声皆是我的恨!连做个梦都不成。

【读后之感】

思妇之作,不赘述。"夜深风竹敲秋韵,万叶千声皆是恨"二句,很有艺术感染力。尤其"敲"字,极富神韵,字字敲心,声声惊魂。

欧阳修是位能催人泪下的"煽情"高手,是一座情感的大熔炉。这是我读了欧词之后的一个读后感。

这也绝非我一人的读后之感,欧词到,砖头瓦片跳三跳。

浪淘沙

欧阳修

【原词实录】

把酒祝东风,且共从容。垂杨紫陌洛城东,总是当时携手处,游遍芳丛。

聚散苦匆匆,此恨无穷,今年花胜去年红,可惜明年花更好,知与谁同?

【词牌平仄】

浪淘沙,又名"浪淘沙令""过龙门""炼丹沙""卖花声"等,以李煜词《浪淘沙令·帘外雨潺潺》为正体,双调五十四字,上下片各五句四平韵。

正体:

中仄仄平平(韵),中仄平平(韵)。中平中仄仄平平(韵),中仄中平平仄仄,中仄平平(韵)。

下片平仄同上片。

【相关典范】

五代·李煜《浪淘沙令·帘外雨潺潺》

宋·柳永《浪淘沙令·歇指调》

宋·宋祁《浪淘沙令·少年不管》

宋·杜安世《浪淘沙·后约无凭》

宋·王安石《浪淘沙令·伊吕两衰翁》

宋·石孝友《浪淘沙·好恨这风儿》

【原词意译】

人生苦短,聚也匆匆,散也匆匆。我要珍惜与你游走芳丛。

今年的花比去年要红,明年呢?再携手何处,知与谁同?

【读后之感】

这是一首惜春忆春的小词。聚散苦匆匆,聚散不由我,今年花比去年红,此恨无穷!

青玉案

欧阳修

【原词实录】

一年春事都来几?早过了、三之二。绿暗红嫣浑① 可事②,绿杨庭院,暖风帘幕,有个人憔悴。

买花载酒长安③市,又争似④、家山⑤见桃李?不枉⑥ 东风吹客泪,相思难表,梦魂无据,惟有归来是。

【咬文嚼字】

①浑:全,都。

②可事:小事,寻常之事。

③长安:此处借指京都。

④争似:怎似。

⑤家山:家乡。

⑥不枉:不怪,难怪。

【词牌平仄】

青玉案,又名"一年春""西湖路""青莲池上客"等,以贺铸《青玉案·凌波不过横塘路》为正体,双调六十七字,上下片各六句五仄韵,另有变体若干。代表作品有辛弃疾《青玉案·元夕》。

正体:

中平中仄平平仄(韵),仄中仄、平平仄(韵)。中仄中平平仄仄(韵)?中平中仄,中平中仄(韵),中仄平平仄(韵)。

中平中仄平平仄(韵),中仄平平仄平仄(韵),中仄中平平仄仄(韵)?中平中仄,中平中仄(韵),中仄平平仄(韵)。

青玉案作为词牌,谁创词谱已无从可考,有记载说最早见于苏轼的词,而最出名的两首词当属贺铸和辛弃疾的《青玉案》。

另汉张衡《四愁诗》中亦提"青玉案",很有意思,"美人赠我锦绣段,何以报之青玉案"。

【相关典范】

宋·贺铸《青玉案·凌波不过横塘路》

宋·苏轼《青玉案·和贺方回韵送伯固归吴中故居》

宋·黄庭坚《青玉案·至宜州次韵上酬七兄》

宋·辛弃疾《青玉案·元夕》

宋·无名氏《青玉案·年年社日停针线》

清·纳兰性德《青玉案·人日》

【原词意译】

庭院中绿杨婆娑,帘幕里的我忧心忡忡。春,又过了一大半,我满面愁容。虽在长安都城里富贵优容,怎比得上故乡家中的桃李芬芳、绿叶花红?思乡的情太浓太浓,一片痴情在梦中。

【读后之感】

厌倦宦游,伤春怀乡。可惜相思难表,却回不到以前了。

王国维谈欧阳修词:词本前人而尤工。

王国维的词论有"意境"说,他认为欧阳修以"意旺",而秦观为"境胜"。

欧阳修词工在何处:

欧《浣溪沙》词:"绿杨楼外出秋千。"晁补之谓:"这一'出'字,使后人所不能道,余谓:此本于正中《上行杯》词'柳外秋千出画墙',但欧语尤工耳。"

苏门四学士之一的晁补之在《评本朝乐章》中说:"欧阳永叔《浣溪沙》云'堤上游人逐画船,拍堤青水四垂天,绿杨楼外出秋千',要皆妙绝,然只一'出'字,自是后人道不到处。"王国维则把欧词与冯延巳的词做对比,认为欧词语言更加精巧,以一个"出"字而带出整个境界。

欧词的沉着与豪放:

王国维对欧词的评点常能透过表象而直取内核,其中最经典的当属豪放之中有沉着之致,所以尤高。王国维认为欧词之所以能将豪放与沉着融为一体,是因为欧遣玩词句的背后时隐他对人生无常的悲痛与感叹,"夫古今人词之以意胜者莫若欧阳公"。

抒发离愁别绪的词很多,但欧的《青玉案》最为突出,既有悲情凄凉,又有豪情万丈,两种情绪在两相对比之中形成了一种张力。

晚清况周颐在《蕙风词话》中说过:"吾观风雨,吾览江山,常觉风雨江山之外,别有动吾心者。"这正是人生之自有情痴,原不关风与月。

欧词创作的主要特点呼之欲出:沉着与豪放融为一体。

曲玉管

柳永

【原词实录】

陇首云飞,江边日晚,烟波满目凭阑久。一望关河萧索,千里清秋,忍凝眸①。杳杳神京,盈盈仙子,别来锦字终难偶。断雁无凭②,冉冉③飞下汀洲,思悠悠。

暗想当初,有多少、幽欢佳会,岂知聚散难期④,翻成雨恨云愁⑤。阻追游,每登山临水,惹起平生心事,一场消黯,永日⑥无言,却⑦下层楼。

【咬文嚼字】

①凝眸:注目而望。

②断雁无凭:断雁,失群孤雁。无凭,无所依靠。

③冉冉:慢慢。

④期:预料。

⑤雨恨云愁:指男女幽会。

⑥永日:整日。

⑦却:退。

【词牌平仄】

曲玉管,原唐教坊曲名,后用为词牌。调见柳永《乐章集》,入"大石调"。以柳永词《曲玉管·陇首云飞》为正体,双调一百零五字,上片两叶韵、四平韵,下片三平韵。代表词作有陈匪石《曲玉管·草长江南》。

正体:

仄仄平平,平平仄仄,平平仄仄平平仄(叶),仄仄平平仄仄,平仄平平(韵)。仄平平(韵)。仄仄平平,平平仄仄,平仄仄仄平平仄(叶),仄仄平平,仄仄平仄平平(韵)。仄平平(韵)。

仄仄平平,仄平仄、平平仄仄,仄仄仄仄平平,平仄仄仄平平(韵)。仄平平(韵),仄平平仄仄,仄仄平平平仄,仄仄平平,仄仄平平(韵)。

【相关典范】

清·况周颐《曲玉管·忆虎山旧游》

清·朱祖谋《曲玉管·京口秋眺》

清·陈匪石《曲玉管·草长江南》

近代·陈洵《曲玉管·海雨啼绡》

【原词意译】

我站在高高的山岗上，看乱云飞渡，江边暮霭迷茫，烟波渺渺。我久久伫立在栏杆旁，极目远眺，山河冷落萧条，清秋万里凄凉啊，我不忍心再看了。

我想起了在那遥远的神京汴梁，那位仙女模样的美人，自分别后，再也得不到她的音信，令我不胜忧伤。那只断群南飞的大雁，孤独地在水中汀洲上空徘徊，使我的愁思更加悠长。暗想当初，有多少幽会欢娱的时光，岂知聚散总是难以预想。千里阻隔，我们无从相见，只有思量再思量。啊，神情沮丧，闷闷无语，步履踉跄地默默地走下楼去吧。

【读后之感】

羁旅孤独，触景生情的词太多太多了，但柳永的这首《曲玉管》我却百读不厌。

首先从《曲玉管》词牌说起，这一词牌属压抑凄凉类，多用于悲哀伤感词作，有了这一基调，词人内心的伤楚，汩汩而出。

词的发端"陇首云飞，江边日晚"，大场面，有气魄，转而"关河萧索，千里清秋"，词人一下子冷静下来，杳杳汴梁，盈盈仙子，我走之后你还好吗？怎么连个音信也没有？我整日里一句话也没有，呆呆地走下楼去。看那只离群的孤雁，徘徊在汀洲。词人黯然神伤，无法用语言来表明内心的酸楚了。

【词人简介】

柳永（约984—约1053），原名三变，字景庄，后改名柳永，字耆卿，又因排行第七，亦称柳七。崇安（今福建武夷山）人，生于沂州费县（今山东费县），以屯田员外郎致仕，故世称柳屯田。北宋著名词人，婉约派代表人物。

柳永是第一位对宋词进行全面革新的词人，也是两宋词坛上创用词调最多的词人。柳永大力创作慢词，将敷陈其事的赋法移植于词，同时运用俚词俗语，以世俗的意象、淋漓尽致的铺叙、平淡无华的白描等独特的艺术个性，对宋词的发展产生了深远的影响。

对柳永这位词坛天才，我们不妨多了解一些。

文学成就：

柳词内容：①描写市民阶层男女之间的感情。②描写都市生活和市井风光。③描写羁旅行役。

艺术成就：

1. 丰富词调　柳永是两宋词坛创用词调最多的词人，在宋词八百多个词调中，属于柳永首次使用的就有一百多个。词至柳永，体制始备，令、引、近、慢、单调、双调、三叠、四叠等长调短令，日益丰富。

2. 雅俗并陈　词本来是从民间而来，到了文人士大夫手中，渐渐被用来表现文人士大夫的生活、情感。柳永生活在市民阶层已渐壮大的北宋中期，他混迹青楼酒馆，对市民的生活相当了解，柳永表现女性生活情感的词作，不仅从音乐体制上改变和发展了词的声腔体式，而且从创作方向上改变了词的审美内涵和审美趣味，即变"雅"为"俗"，使词从贵族的文艺沙龙重新走向市井。但柳永的羁旅行役词又相当典雅。这一类词抒发的是士不遇的感情，这本身就属于"雅"的范畴。在创作手法上，柳永还兼容了诗的表现手法，意境的创造，气氛的渲染，用典使事，遣词造句，无不体现了"雅"的特色，这些都使其词呈现出雅俗并陈的特色。

3. 表现手法

①抒情的自我化。晚唐五代词大多表现离愁别恨、男欢女爱，采用的主要是"代言"的抒情模式，而柳词则注重表现自我的人生体验和心态，其《鹤冲天·黄金榜上》一词，便是这类作品的典作。

②语言的通俗化。晚唐五代以来的文人词只是从书面的语汇中提炼高雅绮丽的语言，而柳永则充分运用现实生活中的日常口语和俚语。诸如代词"我""你""伊""自家""伊家""阿谁"，副词"恁""怎""争"，动词"看承""都来""抵死""消得"等，柳都反复使用。用富有表现力的口语入词，不仅生动活泼，而且使读者和听众既感到亲切有味，又易于理解接受。

③铺叙和白描的手法。晚唐五代之际，小令盛行。而小令由于篇幅短小，只适宜于用传统的比兴手法，通过象征性的意象群来烘托、传达抒情主人公的情思意绪。而慢词则可以尽情地铺叙衍展。故柳永将"敷陈其事而直言之"的赋法移植于词，或直接层层刻画抒情主人公丰富复杂的内心世界；或铺陈描绘情事发生、发展的场面和过程，以展现不同时空场景中人物情感心态的变化。

与铺叙相配合，柳永还大量使用了白描手法，写景状物，不用假借替代；言情叙事，不需烘托渲染，而直抒胸臆。如《定风波·自春来》不加掩饰地吐露了青年女子的生活愿望，写景状物抒情，都运用白描手法，描述十分精细到位。

④结构巧妙。柳永善于巧妙利用时空的转换来叙事、布景、言情，将一般的人我双方互写的双重结构发展为从自我思念对方到设想对方思念自我的多重空间结构，体现为回环往复式的多重时间结构，如"想佳人、妆楼颙望，误几回、天际识归舟"（《八声甘州·对潇潇暮雨洒江天》）。

雨霖铃

柳永

【原词实录】

寒蝉凄切,对长亭晚,骤雨初歇。都门帐饮无绪,留恋处、兰舟催发。执手相看泪眼,竟无语凝噎①。念去去、千里烟波,暮霭沉沉楚天②阔。

多情自古伤离别,更那堪、冷落清秋节!今宵酒醒何处?杨柳岸、晓风残月。此去经年③,应是良辰好景虚设。便纵有、千种风情④,更与何人说?

【咬文嚼字】
①凝噎:喉咙凝滞哽咽说不出话。
②楚天:南天。楚国在江南,故称南天为楚天。
③经年:年复一年。
④风情:男女间的爱恋深情。

【词牌平仄】

雨霖铃,词牌名,又名"雨淋铃""雨霖铃慢",原为唐教坊曲名。以柳永的《雨霖铃·寒蝉凄切》为正体,双调一百零三字,上片五仄韵,下片五仄韵,有变体若干。

正体:

平平平仄(韵),仄平平仄,仄中平仄(韵)。平平仄仄平仄,平仄仄、平平平仄(韵)。仄仄平仄仄仄,仄平仄平仄(韵)。仄仄仄、平仄平平,中仄平仄平仄(韵)。

平平仄仄平平仄(韵),仄平平、中仄平平仄(韵)。中平仄仄平仄,平仄、仄平平仄(韵)。仄仄平平,平仄平仄仄仄(韵)。仄仄仄、中仄平平,仄仄平平仄(韵)。

【相关典范】

宋·黄裳《雨霖铃·天南游客》

宋·晁端礼《雨霖铃·槐阴添绿》
宋·王庭珪《雨霖铃·琼楼玉宇》
清·纳兰性德《雨霖铃·种柳》

【原词意译】
  我们在送别的长亭外即将分别。听,那秋蝉声是多么悲切,一阵大雨刚刚停歇。都门帐外的送别宴有什么必要呢?那将载我而去的兰舟,好像也在催我出发,多么令人留恋的地方!我们手牵着手,四目对看,说不出一句话来。这一次的远去,将是千里烟波、暮霭沉沉的南方天边。多情人自古伤感的就是离别,更难舍的三秋季节。真不知道到了哪里我这酒才会醒啊!岸边杨柳轻轻地摆动,一阵阵轻风抚慰着一弯残月。这一去长年累月地漂泊,景色再好也形同虚设罢了。我纵然有千种眷恋的衷情,又能对谁倾诉呢?

【读后之感】
  这幅秋江别离图一定是词人仕途失意,即将被贬谪远行时的多种痛苦交织在一起时的写照。整首词情景交融,词人多用白描的手法,以及行云流水般的时空结构一步步将读者带入自己的内心世界的深处。"杨柳岸、晓风残月"系千古名句,宋代以来,人们就以此意境概括柳词的风格特点。
  我对"晓风残月"句的粗浅解读:
  景语即情语,情语显灵魂。
  我在多处看到过"晓风残月"四字的墨宝,有的是景区的匾额,有的是厅堂里的横幅,还有饭店、旅舍将其作为招牌,人们为何如此喜爱这四个字?首先是"风""月"二字的意象涵括力极强。似乎世间万物都可被这两个字点染得风情万种。再加上词人以"晓""残"二字作前缀,请清晨的风抚摸你,请残留的月安慰你,词人的款款深情,你与我感同身受,灵魂得以慰藉!

蝶恋花

柳永

【原词实录】

仁倚危楼风细细，望极春愁，黯黯生天际，草色烟光残照里，无言谁会凭阑意？

拟把疏狂图一醉，对酒当歌，强乐还无味。衣带渐宽终不悔，为伊消得人憔悴。

【词牌平仄】（同前）
【相关典范】（同前）
【原词意译】

我在细细微风中独倚高楼，满心是无边无际的春愁。不会有人知道我此刻的心意，那就去狂饮个痛快，纵然人又瘦了一圈，为了她，值得我憔悴又憔悴。

【读后之感】

几番风雨，几丝牵挂。此词又题为《凤栖梧》。上片写景，景中含情；下片以明畅淋漓的笔调，抒写他"虽九死其犹未悔"的执着恋情。其中"衣带渐宽终不悔，为伊消得人憔悴"句传诵千古。王国维《人间词话》以这两句所表现的刻骨爱情，来比喻古今之成大事业、大学问者必经之三种境界中的第二境界，即锲而不舍、甘愿献身的精神，并说此等话语"非大词人不能道"。

我还欣赏"草色烟光残照里，无言谁会凭阑意"句，词人描绘出的"物我合一"的境界，横空出世，非打动你不可！

另外"对酒当歌，强乐还无味"句，平白，却饱含哲理，与下"衣带"句一唱一和，令人久记于心，千古传诵。

采莲令

柳永

【原词实录】

月华收,云淡霜天曙。西征客、此时情苦。翠娥执手送临歧、轧轧①开朱户。千娇面、盈盈②伫立,无言有泪,断肠争③忍回顾?

一叶兰舟,便恁④急桨凌波去。贪行色⑤、岂知离绪。万般方寸⑥,但饮恨、脉脉⑦同谁语?更回首、重城不见,寒江天外,隐隐两三烟树。

【咬文嚼字】

①轧轧:象声词,开门声。

②盈盈:体态轻盈的样子。

③争:怎。

④恁:如此,这样。

⑤行色:出行前的准备。

⑥方寸:心;心思、心绪。

⑦脉脉:内心情感无法倾吐而沉默貌。

【词牌平仄】

本格原为唐教坊曲名,后作为词牌,为柳永创作,双片九十一字,全词同韵,仄韵,韵字可上声、可去声,此词仅柳永一首,属孤调。

正体:

仄平平,平仄平平仄(韵)。平平仄、仄平平仄(韵)。仄平仄仄仄平平、仄仄平平仄(韵)。平平仄、平平仄仄,平平仄仄,仄平平仄平仄(韵)。

仄仄平平,仄仄仄仄平平仄(韵)。平平仄、仄平平仄(韵)。仄平平仄,仄仄、仄仄平平仄(韵),仄平仄、平平仄仄,平平平仄,仄仄仄平平仄(韵)。

【原词意译】

我心如刀割,在与她分别的路上,我西行出门时,她牵着我的手,一直送到岔路口。她满脸泪珠，叫我不忍再看她一眼、再回头望一眼。城门早已不见，但依然可以看到隐隐两三树。

【读后之感】

离别词。月落了，云收了，离人内心的痛苦增添了。柳永我"但饮恨、脉脉同谁语"？只得眼巴巴地看着"寒江天外，隐隐两三烟树"。

我对"隐隐两三烟树"的理解：

宋词的经典，往往出自平淡的词句中。"永日无言，却下层楼"是也，"多情应笑我，早生华发"是也，"衣带渐宽终不悔"是也；"隐隐两三烟树"是也。这些看似平淡的词句，意蕴都非常深刻。在词人眼中，雾霭朦胧中是若隐若现的树，但在这"烟树"的背后呢？是情，是西征客的一片苦情啊。平淡的词，浓烈的情，含蓄的美，伤感一夜夜！

浪淘沙慢

柳永

【原词实录】

梦觉,透窗风一线,寒灯吹息。那堪酒醒,又闻空阶夜雨频滴。嗟因循久作天涯客。负佳人、几许盟言,便忍把、从前欢会,陡顿翻成忧戚。

愁极,再三追思,洞房深处,几度饮散歌阑。香暖鸳鸯被。岂暂时疏散,费伊心力。殢云尤雨①,有万般千种相怜相惜。恰②到如今,天长漏永,无端自家疏隔。知何时、却拥秦云③态?愿低帏昵枕,轻轻细说与,江乡夜夜、数寒更思忆。

【咬文嚼字】

①殢云尤雨:恋眷不舍,形容男女相爱、欢合。
②恰:犹"却"。
③秦云:秦楼云雨。

【词牌平仄】

浪淘沙慢是柳永创制的慢词的一种格调。双调,一百三十三字,上片四仄韵,下片五仄韵。

正体:

仄仄,仄平平仄仄,平平平仄(韵)。平平仄仄,仄平平平。仄仄平仄(韵),平平平仄仄平平仄(韵)。仄平平,仄仄平平仄,仄仄仄,平平平仄,仄仄平平平仄(韵)。

平仄(韵),仄平平平,仄平平仄,仄仄仄平平仄,平平平仄,仄仄平仄,仄平平仄(韵)。仄仄平平。仄仄平仄平平仄(韵)。仄平平,平仄平仄,平平仄平仄(韵)。平平平,仄仄平平仄,仄仄平平。仄平平仄仄,仄平平平仄(韵)。

【相关典范】

宋·周邦彦《浪淘沙慢·晓阴重》

宋·陈允平《浪淘沙慢·暮烟愁》

宋·杨泽民《浪淘沙慢·禁城外》

宋·吴文英《浪淘沙慢·夷则商赋李尚书山园》

清·周之琦《浪淘沙慢·梓桑路、沙屯废馆》

清·庄棫《浪淘沙慢·湿阴沍、云迷野渡》

【原词意译】

我长久浪迹在外,辜负了对她的海誓山盟,今夜又下起了小雨,任感情在小雨里飘来荡去。

当年共眠在鸳鸯被里,千种亲昵、万种柔爱,而到如今,只剩得长夜苦相思,都是因为我贪恋官宦生涯呀。不知道要到何时再在低帏昵枕边将知心话儿轻轻地说与她听。

【读后之感】

细腻、淋漓尽致地抒写相思之情,显然是受到了民间俚语的影响,词文虽浓艳,却直抒胸臆、感情真挚,反而不使人有浮薄轻佻的感觉。个别句子如"空阶夜雨频滴",清丽疏淡,为人称赏。

特别是"却拥秦云态?愿低帏昵枕,轻轻细说与"句,用语浅白,柔情却深,符合柳永一贯的风格。

作为久作天涯客的柳永,当然会不时回忆起与心爱之人"殢云尤雨"的快乐时光,这在词里袒露出来,读者不但不觉柳词艳浮,反而觉得其风情万种,只不过"陡顿翻成忧戚"罢了。

定风波

柳永

【原词实录】

自春来、惨绿愁红,芳心是事可可①。日上花梢,莺穿柳带,犹压香衾卧。暖酥②消、腻云亸③,终日厌厌④倦梳裹。无那⑤。恨薄情一去,音书无个。

早知恁么,悔当初、不把雕鞍锁。向鸡窗,只与蛮笺象管⑥,拘束教吟课⑦。镇相随、莫抛躲,针线闲拈⑧伴伊坐。和我,免使年少光阴虚过。

【咬文嚼字】

①可可:无关紧要,不在意。

②暖酥:指肌肤。

③亸:下垂貌。

④厌厌:恹恹,精神不振貌。

⑤无那:无可奈何。

⑥蛮笺象管:纸笔。蛮笺,古代四川所生产的一种彩色笺纸。象管,象牙制的笔管。

⑦吟课:把吟咏当作功课。

⑧针线闲拈:一作"彩线慵拈"。

【词牌平仄】

定风波,原唐教坊曲,后作为词牌名,又名"卷春空""定风波令""醉琼枝""定风流"等。

正体,双调六十二字,以欧阳炯词《定风波·暖日闲窗映碧纱》为代表,上片五句三平韵、两仄韵,下片六句四仄韵、两平韵。上下片以平韵为主,上片第一、二、五句和下片第三、六句押平韵,一韵到底。上片第三、四句,下片第一、二、四、五句换押仄韵。

正体：

中仄平平中仄平，中平中仄仄平平。中仄中平平中仄，中仄，中平中仄仄平平。

中仄中平平仄仄。中仄，中平中仄仄平平。中仄中平平仄仄，中仄，中平中仄仄平平。

【相关典范】

五代·李珣《定风波·雁过秋空夜未央》

五代·阎选《定风波·江水沉沉帆影过》

五代·李珣《定风波·志在烟霞慕隐沦》《定风波·十载逍遥物外居》《定风波·帘外烟和月满庭》

宋·苏轼《定风波·莫听穿林打叶声》《定风波·南海归赠王定国侍人寓娘》《定风波·红梅》《定风波·重阳》《定风波·两两轻红半晕腮》

宋·辛弃疾《定风波·暮春漫兴》《定风波·再用韵和赵晋臣敷文》

宋·欧阳修《定风波·把酒花前欲问公》《定风波·把酒花前欲问伊》《定风波·把酒花前欲问他》

宋·张先《定风波·素藕抽条未放莲》《定风波·西阁名臣奉诏行》

【原词意译】

春色里我充满了哀愁，只为那薄情人一去无回。早知道这样子，当初就不该让他走，让他留在家中终日苦读，我安心陪伴着他，空暇时便卿卿我我好温柔。未曾想，我到了如今这个样子，终日里慵懒不堪，任一头秀发蓬松，面容也憔悴瘦削，让美好青春白白度过。

【读后之感】

这首词是柳永的俚词代表作之一。作者用白描的手法、通俗的语言，大胆描绘了一位女子的相思别离之情。上片平铺直叙了别后百无聊赖的情态；下片纯系内心独白、对爱情生活的渴望、对情哥哥的一片痴情，写得细致入微，真实动人。

另，柳永是遣词造句的大师，此词中的"蛮笺象管""莺穿柳带"便可证明。特别是"暖酥消、腻云嚲"中的"嚲"字，更传神。我的家乡南通市人们常在方言口语中揶揄"他嚲""你嚲"，可"嚲"字会念不会写。读了柳永这首词后，我终于学会写了。再拜柳永大师！

少年游

柳永

【原词实录】

长安古道马迟迟①,高柳乱蝉嘶。夕阳岛外,秋风原上,目断四天垂。

归云②一去无踪迹,何处是前期③?狎兴④生疏,酒徒⑤萧索⑥,不似去年时。

【咬文嚼字】

①迟迟:徐行貌。

②归云:指离去的钟爱的女子。

③前期:前约、预约。

④狎兴:嬉游宴饮的兴致。

⑤酒徒:指酒友。

⑥萧索:冷落、稀少。

【词牌平仄】

少年游,词牌名,又名"小阑干""玉腊梅枝"等。以晏殊《少年游·芙蓉花发去年枝》为正体,双调五十字,上片五句三平韵,下片五句两平韵。代表词作有苏轼词《少年游·润州作代人寄远》、姜夔词《少年游·戏平甫》等。一说以柳永为创调之人,因词中有"贪迷恋,少年游,似恁疏狂",取"少年游"三字为词牌。《乐章集》亦有此调。

正体:

中平中仄仄平平(韵),中仄仄平平(韵)。中中中中,中平中仄,平仄仄平平(韵)。

中中中中平中仄,中仄仄平平(韵)。中中中中,仄平中仄,中仄仄平平(韵)。

【相关典范】

宋·周邦彦《少年游·并刀如水》

宋·苏轼《少年游·润州作代人寄远》

宋·晏几道《少年游·绿勾栏畔》

宋·姜夔《少年游·戏平甫》
宋·柳永《少年游·参差烟树灞陵桥》
宋·柳永《少年游·一生赢得是凄凉》
宋·杨亿《少年游·江南节物》
宋·蒋捷《少年游·枫林红透晚烟青》
宋·晏殊《少年游·重阳过后》
宋·欧阳修《少年游·阑干十二独凭春》

【原词意译】

在长安古道上信马由缰,蝉儿在路边柳树上噪鸣,夕阳快要在水边沉落了,从荒原上吹来的秋风使得我眼前迷离,极目四望,暮霭从四面八方笼罩着天边。我的爱人,如归去的云一样无影无踪,不知道什么时候再能像以前的时光。想到这里,不高兴去嬉游宴饮了,往日的酒友早已散去,孤单的我再也找不到过去的时光了。

【读后之感】

落魄潦倒的人、独处凄凉的人,读了柳永的这首词都会产生共鸣。这便是柳词的魅力。上片中,古道马迟迟,乱蝉鸣柳,四天低垂,一派凄景;下片写所爱离去,难寻佳期,嬉游宴饮兴致全无,连昔日的酒友也不知哪儿去了。狂放不羁、无所顾忌的日子再见了。

词人的言外之意隐藏得再深,也被"目断四天垂""何处是前期"一语道破,难怪蒿庵曰"耆卿词曲处能直,密处能疏"了。

读柳永读到现在,我想为柳永画画像,描述一下这位情圣在我心目中的形象。身高没有八尺也有七尺五,清瘦削骨,玉树临风,扇羽纶巾,风流倜傥,秀口一开便是半个唐宋,不但有一颗透明的心,而且还有一双会流泪的眼睛,不然哪有那么多《采莲令》《戚氏》《雨霖铃》《曲玉管》问世?不然哪有这么多歌女舞娘爱他?

戚氏

柳永

【原词实录】

晚秋天，一霎微雨洒庭轩①。槛菊萧疏，井梧零乱，惹残烟。凄然，望江关②，飞云黯淡夕阳间。当时宋玉悲感，向此临水与登山。远道迢递，行人凄楚，倦听陇水潺湲。正蝉吟败叶，蛩③响衰草，相应喧喧④。

孤馆，度日如年。风露渐变，悄悄至更阑。长天净，绛河⑤清浅，皓月婵娟⑥。思绵绵。夜永对景，那堪屈指，暗想从前。未名未禄，绮陌红楼⑦，往往经岁迁延⑧。

帝里风光好，当年少日，暮宴朝欢。况有狂朋怪侣，遇当歌、对酒竟留连。别来迅景⑨如梭，旧游似梦，烟水程⑩何限。念名利，憔悴长萦绊。追往事、空惨愁颜。漏箭⑪移，稍觉轻寒。渐呜咽，画角数声残。对闲窗⑫畔，停灯向晓，抱影无眠。

【咬文嚼字】

①庭轩：厅堂前檐下平台。

②江关：江河关山。

③蛩：蟋蟀。

④喧喧：喧闹的样子。

⑤绛河：指银河。

⑥婵娟：月色明媚样。

⑦绮陌：花街柳巷。红楼：华美的楼房。此处指歌楼妓馆。

⑧迁延：徜徉流连，逍遥自在。

⑨迅景：飞速而过的光阴。

⑩烟水程：指水上的路程。

⑪漏箭：古代计时器漏壶上的箭形指示浮标，刻节文，随水浮沉以计时。这里借指光阴。

⑫闲窗：这里指清冷寂寞的窗屋。

【词牌平仄】

戚氏，词牌名，又名"梦游仙"。以柳永词《戚氏·晚秋天》为正体，三段二百一十二字；前段九平韵；中段六平韵；后段六平韵、两叶韵。

正体：

仄平平，中中平仄仄平平。仄仄平平，仄平中仄，仄平平。平平，仄平平，平平中仄仄平平。平平仄仄平仄，仄中平仄仄平平。中中平仄，平平中仄，仄平中仄平平。仄平平仄仄，平中中平，中仄平平。

平仄，仄仄平平。平中仄仄，仄仄仄平平。平平仄，仄平中仄，仄仄平平。仄平平。仄仄仄仄，平平仄仄，仄仄平平，仄仄平平，中仄中仄平平。

仄仄平平仄，中平仄仄，仄仄平平。仄平平仄仄，仄平平、仄仄仄平平。仄平仄仄平，仄仄仄仄，中仄平仄平仄，仄仄平平仄。中中中、平仄平平。仄仄中，中仄平平。仄中中，仄仄仄平平。仄平仄，平平仄，仄仄平平。

【相关典范】

宋·苏轼《戚氏·玉龟山》

金·丘处机《戚氏·梦游仙》

元·王哲《戚氏·冻云昌》

清·陈维崧《戚氏·柬程村文友》

【原词意译】

我凄然地望着江河关山，任思绪在晚秋回忆里飞舞。小雨洒庭院，满眼梧桐黄花凌乱，残雾缭绕如烟。

当年宋玉也悲戚，但不如孤单的我度日如年。没有功名，未享利禄，只有混迹红楼，一场春梦！我想，这全是功名利禄惹的祸。

在静静的窗边，点一盏青灯，直到曙光东现。

【读后之感】

柳永年轻时曾过过一段奢华浪漫的生活，曾"论槛买花，盈车载酒，百琲千金邀妓"，后来屡遭打击，一生只做过几任小官，常年四方漂流，尝尽羁旅行役的苦痛。本词可看作柳永的自叙传，王灼《碧鸡漫志》引前人语云："《离骚》寂寞千载后，《戚氏》凄凉一曲终。"柳永词中多以宋玉自况，抒发他"贫士失职而志不平"的感慨,本词颇具代表性。"状难状之景,达难达之情,而出之以自然。"

"停灯向晓,抱影无眠"句又来经典:你白日里和狂朋怪侣交游,憔悴萦绊,时至深夜了,你怎么还不肯入眠呢?啊,"往往经岁迁延""孤馆,度日如年"啊!呜咽,呜咽,让我们在败叶蝉吟、衰草蛩响中一起呜咽吧。

况周颐先生在《宋词三百首》原序中说:"读宋人词当于体格、神致间求之,而体格尤重于神致。以浑成之一境,为学人必赴之程境,更有进于浑成者,要非可躐而至,此关系学力者也。神致由性灵出,既体格之至美,积发而为清晖芳气而不可掩者也。"又说:"则夫体格、神致间尤有无形之沂合,自然之妙造,即更进于浑成,要亦为止境。夫无止境之学,可不有以端其始基乎?"

研读柳永这首《戚氏》,体格之至美,神致之清晖、之浑成,当"停灯向晓,抱影无眠"耳。也许这正是柳大师所要的效果吧。

夜半乐

柳永

【原词实录】

冻云黯淡天气，扁舟一叶，乘兴离江渚。度万壑千岩，越溪①深处，怒涛渐息，樵风乍起，更闻商旅相呼。片帆高举，泛画鹢、翩翩过南浦。

望中酒旆闪闪，一簇烟村，数行霜树。残日下、渔人鸣榔②归去。败荷零落，衰杨掩映。岸边两两三三，浣纱游女，避行客、含羞笑相语。

到此因念，绣阁轻抛，浪萍③难驻。叹后约、丁宁竟何据？惨离怀、空恨岁晚归期阻。凝泪眼、杳杳神京路，断鸿④声远长天暮。

【咬文嚼字】

①越溪：若耶溪，又名浣纱溪。这里泛指水流。
②榔：用以击船舷作声的木棒。
③浪萍：随波漂逐的浮萍。
④断鸿：失群孤飞的鸿雁。

【词牌平仄】

夜半乐，词牌名，以柳永词《夜半乐·冻云黯淡天气》为正体，三段一百四十四字，前段十句五仄韵，中段九句四仄韵，后段七句五仄韵。

正体：

仄平仄仄平仄，平平仄仄，平仄平平仄。仄仄仄平平，仄平平仄，仄平仄仄，平平仄仄，仄仄平仄平平。仄平仄仄，仄仄仄、平平仄平仄。

仄平仄仄仄仄，仄仄平平，仄平平仄。平仄仄、平平平平仄。仄平平仄，平平仄仄。仄平仄仄平平，仄平平仄，仄仄仄、平平仄平仄。

仄仄平仄，仄仄平平，仄平平仄。仄仄仄、平平仄平仄，仄平平、平仄仄仄平平仄。平仄仄、仄仄平平仄，仄平平仄平平仄。

四. 相关典范

宋·柳永《夜半乐·艳阳天气》

清·郑文焯《夜半乐·秋尽夜闻雨有怀》

清·陈匪石《夜半乐·酿春点点梅绽》

【原词意译】：

若耶溪幽深的水湾，难以留住我一叶扁舟，尽管眼前有一座烟雾团簇的村落，有几行霜迹斑斑的树木。渔家敲着船舷满载而归，岸边浣纱姑娘两两三三，躲避着游人，含羞带笑说着悄悄话。此情此景却哽咽得我说不出话来。我想到的是归期受阻，难以回到京城的怀抱。离群的孤雁传来远远的呼唤，辽阔的长空暮色黯淡，我驾着小船，徒然恨叹！

【读后之感】

本词的生活气息较为浓厚，残日下渔人鸣榔归去，越溪边浣纱女两两三三躲避着行客，含羞笑相语，一派朗朗田园风光。但词人因"空恨岁晚归期阻"而寂寞惆怅，只得凝泪眼，痴痴地眺望"杳杳神京路，断鸿声远长天暮"。这一景一情的强烈反差自然而然地把读者引入惆怅的境地。

这也许正是柳永所期待的，词人总是想读者与他同悲同乐的。这便是词论中的"心灵感应"论。

玉蝴蝶

柳永

【原词实录】

望处雨收云断，凭阑悄悄①，目送秋光。晚景萧疏，堪动宋玉悲凉。水风轻，蘋②花渐老，月露冷，梧叶飘黄。遣情伤，故人何在？烟水茫茫。

难忘，文期酒会③，几孤风月④，屡变星霜⑤。海阔山遥，未知何处是潇湘。念双燕、难凭音信⑥，指暮天、空识归航。黯相望，断鸿声里，立尽斜阳。

【咬文嚼字】

①悄悄：忧愁貌。

②蘋：小草。

③文期酒会：饮酒作诗的聚会。

④几孤风月：孤，辜负。风月，清风明月。

⑤星霜：岁月。星，指岁星。

⑥难凭音信：音信断绝。

【词牌平仄】

玉蝴蝶，词牌名，又名"玉蝴蝶令""玉蝴蝶慢"，此调唐时为令词，宋时衍为慢词。

令词正体：

平平平仄平平，中中中中平，仄仄仄平平，平平仄仄平。

平平平仄仄，平仄仄平平，平仄仄平平，仄平平仄平。

长调（慢词）正体：

中仄中平中仄，中中中仄，中仄平平。中仄平平，中仄中仄平平，中平中，中平中仄，中中仄，中仄平平。

仄平平，中平中仄，中仄平平。

中平，中平中仄，中平中仄，中仄平平，仄仄平平，中平中仄仄平平，仄中中，中平中仄，中中中，中仄平平。仄平平。中平中仄，中仄平平。

【相关典范】

唐·温庭筠《玉蝴蝶·秋风凄切伤离》

宋·史达祖《玉蝴蝶·晚雨未摧宫树》

宋·晁冲之《玉蝴蝶·目断江南千里》

宋·陆游《玉蝴蝶·王忠州家席上作》

宋·赵长卿《玉蝴蝶·雪词》

【原词意译】

我默默伫立，黯然神伤，不为那秋色萧条，也不为云雨疏旷，只因为我又想起了与老朋友们在一起的快乐时光。

曾经在一起饮酒赋诗，曾经在一起倾诉衷肠，而如今只有烟水茫茫。想托燕子传个信息，可那燕子径直自顾，不与我搭腔。

眼下的情景令宋玉这样的人多愁善感，而我更加悲凉。

水面上的风，你轻轻吹吧，孤雁哀鸣，眼看着夕阳西沉，散尽了余光。

【读后之感】

走过必须走的，才能走那想要走的。柳永的这首《玉蝴蝶》表现了自己像宋玉一样悲秋。表面上是想那文期酒会，实质上最终是想要走故乡的云、故乡的人和故乡的梦之路。

全词悲戚无比，令人读来感伤。我感伤之余，又突发奇想：柳永之所以用"玉蝴蝶"作词牌，恐怕是因为内心还有着像彩蝶一样的彩色的梦吧。果真如此，读者恐怕要佩服词人对词牌的选用了。

八声甘州

柳永

【原词实录】

对潇潇①暮雨洒江天,一番洗清秋。渐霜风②凄紧,关河③冷落,残照当楼。是处④红衰翠减,苒苒⑤物华休。惟有长江水,无语东流。

不忍登高临远,望故乡渺邈⑥,归思⑦难收。叹年来踪迹,何事苦淹留⑧?想佳人、妆楼颙望,误几回、天际识归舟。争⑨知我、倚阑干处,正恁⑩凝愁。

【咬文嚼字】
①潇潇:风雨急骤的样子。
②霜风:秋风。
③关河:山河关隘。
④是处:处处。
⑤苒苒:渐渐。
⑥渺邈:遥远貌。
⑦归思:归乡的心绪。
⑧淹留:久留。
⑨争:怎。
⑩恁:这。

【词牌平仄】

八声甘州,词牌名,又名"甘州""潇潇雨""宴瑶池"。源于唐代边塞曲,以柳永《八声甘州·对潇潇暮雨洒江天》为正体,双调九十七字,上下片各九句四平韵。

正体:

仄中平中仄仄平平,中中仄平平。仄中平中仄,中平中仄,中仄平平。中仄中平中仄中,仄仄平平。中仄中平仄,中仄平平。

中仄中平中仄，仄中平中仄，中仄平平。仄中平中仄，中仄仄平平。仄中中、中平中仄，仄中平、中仄仄平平。平平仄、中平中仄，中仄平平。

【相关典范】

宋·苏轼《八声甘州·寄参寥子》

宋·辛弃疾《八声甘州·故将军饮罢夜归来》

宋·张炎《八声甘州·记玉关踏雪事清游》

宋·吴文英《八声甘州·灵岩陪庾幕诸公游》

【原词意译】

我那日夜思念的爱人，此刻也许正在妆楼上凝望江面，在点数着哪只归帆中有我吧。其实我又何尝不是真切地思念着你呀。

我现在也在异乡的楼头，把故乡眺望，那蒙蒙细雨仿佛在洗涤清冷的残秋，可怎么也洗涤不掉我心中的忧愁。

【读后之感】

写不尽的愁情、无人倾诉的悲戚，又一次被词人淋漓尽致地描写出来。

蒿庵论柳永词时说："耆卿词曲处能直，密处能疏，奡处能平，状难状之景，达难达之情，而出之以自然，自是北宋巨手……盖与其千夫竞声，毋宁白雪之寡和也。"这是对柳词中肯的评说。

试看"惟有长江水，无语东流"句，上承"渐霜风凄紧"，下接"望故乡渺邈，归思难收"，其挈领之意相当明了，抓住了它，就像拎起了衣领，整件衣服便服帖了。

迷神引

柳永

【原词实录】

一叶扁舟轻帆卷,暂泊楚江南岸。孤城暮角,引胡笳怨。水茫茫,平沙①雁,旋惊散。烟敛寒林簇,画屏展②。天际遥山小,黛眉浅③。

旧赏④轻抛,到此成游宦⑤。觉客程⑥劳,年光晚。异乡风物,忍萧索、当愁眼。帝城赊⑦,秦楼阻,旅魂⑧乱。芳草连空阔,残照满。佳人无消息,断云远。

【咬文嚼字】

①平沙:平旷的沙原。

②画屏展:比喻山水风光佳美如画。

③黛眉浅:比喻山色暗淡如眉黛色。

④旧赏:往日欢快如意之事。

⑤游宦:离家在外做官。

⑥客程:旅程。

⑦赊:远。

⑧旅魂:羁旅的情绪。

【词牌平仄】

迷神引,词牌名,原为唐教坊曲,以柳永《迷神引·红板桥头秋光暮》为正体,双调九十七字,上片十一句六仄韵,下片十三句六仄韵。

正体:

中仄平平平平仄,仄仄中平平仄。平平仄仄,仄平仄仄。仄平平,平平仄,仄平仄。中仄平平仄,中中仄。中仄平平仄,仄平仄。

仄仄平平,仄仄平平仄。仄仄平平,平平仄。仄平中仄,仄平中、平平仄。仄平平,平平仄,中平仄。平仄平平仄,中中仄。平平平平仄,仄中仄。

【相关典范】
宋·柳永《迷神引·红板桥头秋光暮》
宋·朱雍《迷神引·白玉楼高云光绕》
宋·晁补之《迷神引·贬玉溪对江山作》
清·郑文焯《迷神引·看月开帘惊飞雨》
近代·陈匪石《迷神引·恻恻轻寒珠帘卷》

【原词意译】
　　轻轻地将白帆卷起，让小船停靠在楚江南岸，平旷的沙原上，几只大雁突然惊散，原来那孤城上号角连天，胡笳深怨。
　　画屏展，黛眉浅，天际遥山远，我终日宦游，顿觉客程劳，年光晚。杳杳神州归途远，佳人远阻难相见，像那风筝断了线。

【读后之感】
　　柳永晚年仕途蹭蹬，约五十岁方进士及第，长期任地方小官，这首词就是他宦游途中所作。都说柳词无病呻吟，哪个知道他年轻时放荡不羁，年老后失意孤独呢？
　　相传柳永晚年穷困潦倒，死时一贫如洗，无亲人安排后事。歌妓念他才学和痴情，凑钱安葬于他。每年清明时节，又相约赴其坟祭奠，并相沿成习，称之"吊柳七"或"吊柳会"，这一风俗一直持续到宋室南渡。
　　另，这首词的句式也较特别，三字句、四字句、五字句、六字句、七字句交错使用，想必配上乐谱，在歌女的弹拨吟诵之下一定是缓促有致、韵味十足。
　　唉，真想听听柳永自编、自导、自演的宋词神曲，可惜人隔千年，今非昔比，再也难觅柳永的快乐和忧伤了。

竹马子

柳永

【原词实录】

登孤垒荒凉，危亭旷望，静临烟渚。对雌霓挂雨，雄风拂槛，微收残暑。渐觉一叶惊秋，残蝉噪晚，素商时序。览景想前欢，指神京①，非雾非烟深处。

向此成追感，新愁易积，故人难聚。凭高尽日凝伫②，赢得消魂③无语。极目霁④霭⑤霏微⑥，瞑⑦鸦零乱，萧索江城暮。南楼画角，又送残阳去。

【咬文嚼字】

①神京：指帝都京城。

②凝伫：凝神伫望。

③消魂：极度伤神。

④霁：雨晴。

⑤霭：云雾。

⑥霏微：迷蒙细雨。

⑦瞑：昏暗，指黄昏。

【词牌平仄】

竹马子，词牌名，又名"竹马儿"，双调，一百零四字，仄韵。是柳永的自度曲，代表作就是柳永的《竹马子·登孤垒荒凉》。正体上片十二句四仄韵，下片十句五仄韵。

正体：

平平仄平平，平平仄仄，仄平平仄（韵）。仄平中仄仄，平中中仄，平平平仄（韵）。仄仄中仄平平，平平仄仄，仄平平仄（韵）。中仄仄平平，仄平平，平仄平平平仄（韵）。

仄仄平平仄，平平仄仄，仄平平仄（韵）。平平仄中平仄（韵），中仄平平平仄（韵）。仄仄仄仄平平，仄平仄仄，平仄平平仄（韵）。平平仄仄，仄中平平仄（韵）。

【相关典范】

宋·曹勋《竹马子·柳》

近代·陈匪石《竹马子·当芳草粘天》

清·郑文焯《竹马子·寻桥柳荒泾》

【原词意译】

　　送走一抹斜阳,我登高远望,乱纷纷的乌鸦聚拥在一起,萧条冷落的江城沉浸在暮色里。往日的欢情烟消云散,再也找不到快乐的理由。百感交集有何用?那似烟非烟的彩云,怎经得起几声秋蝉噪鸣?

【读后之感】

　　《竹马子》是柳永的自度曲,命运嗟叹,壮士悲秋。

　　此词有"音律美""朦胧美"二境。词中"双声叠韵""四声交替",音律美也;"一叶惊秋,残蝉噪晚","霁霭霏微,暝鸦零乱",这些朦朦胧胧的词句中却清晰地跳出了"非雾非烟深处",读者一下子被词人拽回了"新愁易积,故人难聚"的现实中来。

红窗迥

柳永

【原词实录】

小园东,花共柳。红紫又一齐开了。引将蜂蝶燕和莺,成阵价①、忙忙走②。

花心偏向蜂儿有。莺共燕、吃③他拖逗④。蜂儿却入、花里藏身,胡蝶儿、你且退后。

【咬文嚼字】

①成阵价:成群成片地。

②忙忙走:飞来飞去。

③吃:被。

④拖逗:宋元时口语,惹引、勾引。

【词牌平仄】

红窗迥,词牌名,又名"红窗影""虹窗迥"等,调见周邦彦《片玉词》,以其《红窗迥·几日来》为正体,双调五十三字,上片六句四仄韵,下片五句三仄韵,另有双调五十三字,上片六句五仄韵,下片四句四仄韵的变体,有《红窗迥·小园东》等代表作品。

正体:

平仄平,中仄仄(韵)。仄中仄中中,仄平中仄(韵)。平仄仄平中仄(韵),仄中平仄仄(韵)。

中仄中平平仄仄,仄仄平仄仄,平平仄仄(韵)。中仄中平平仄(韵),仄仄平仄仄(韵)。

【相关典范】

宋·周邦彦《红窗迥·几日来》

宋·欧良《红窗迥·河可挽》

元·侯善渊《红窗迥·弃凡情》

元·王哲《红窗迥十首》

清·邹袛谟《红窗迥·入花丛抓鬓》

【原词意译】

春色满园,红的花儿,绿的柳儿,姹紫嫣红。蝶儿、蜂儿、莺儿、燕儿,满园飞舞,忙忙碌碌。

那蜂儿尤其喜欢在花蕊里钻来钻去,嗡嗡作声,好像在向蝴蝶们说:"这儿是我的,你去远点。"蝴蝶儿无奈地飞走了。可又飞回来了。

【读后之感】

用俚词俗语是柳词的一大特点。这首词便是最好的体现。柳永似乎在说:"你说我词俗,我就秀一把给你看看。"于是"成阵价,忙忙走"来了,"吃他拖逗。蜂儿却入、花里藏身,胡蝶儿、你且退后"等口语、俚语都来了。他可能没有想到,这些词句的出现,横扫了北宋词坛讲究华丽词藻的旧习,给人耳目一新的感觉。时至今日,人们仍对这首《红窗迥·小园东》称赞不已。

桂枝香

王安石

【原词实录】

登临送目,正故国①晚秋,天气初肃。千里澄江似练,翠峰如簇,归帆去棹斜阳里,背西风、酒旗斜矗。彩舟云淡,星河鹭起,画图难足。

念往昔、繁华竞逐,叹门外楼头,悲恨相续②。千古凭高对此,漫嗟荣辱。六朝旧事随流水,但寒烟、衰草凝绿。至今商女,时时犹唱,《后庭》遗曲。

【咬文嚼字】

①故国:指金陵,三国东吴、东晋、宋、齐、梁、陈六朝旧都,在今江苏南京。

②悲恨相续:指南朝各个王朝的覆亡相继。

【词牌平仄】

桂枝香,词牌名,又名"疏帘淡月",以王安石《桂枝香·金陵怀古》为正体,双调,一百零一字,前后片各十句五仄韵,前后片第二句第一字是领格,宜用去声。

正体:

平平仄仄,仄仄仄中平,中中平仄。中仄平平中仄,仄平平仄,中平中仄平平仄,仄平平、中平平仄。仄平平仄,中平中仄,仄平平仄。

仄中中、平平仄仄,仄中平中,中中平仄。中仄平平中仄,仄平平仄。中平中仄平平仄,仄平平、中仄平仄。仄平平仄,中平中仄,仄平平仄。

【相关典范】

宋·陈亮《桂枝香·砚木樨有感寄吕郎中》

宋·刘辰翁《桂枝香·吹箫人去》

宋·詹玉《桂枝香·题写韵轩》

宋·张炎《桂枝香·送宾月叶公东归》

【原词意译】

金陵故都已是晚秋,千里长江似条白练。六朝旧事恍然在目,陈后主在兵临城下时心惊胆战,空嗟叹兴亡荣辱,恨那茶楼酒肆的歌女不懂得亡国之恨,还在唱那曲《玉树后庭花》!

【读后之感】

此词黄升《花庵词选》题作《金陵怀古》。

苏轼《定风波》说:"回首向来萧瑟处,归去,也无风雨也无晴。"王安石叹六朝旧事,怨商女《后庭》遗曲,千古凭高,漫嗟荣辱,叫我读来好伤心!

读王安石词要特别注意其弦外之音。他在谈六朝旧事,他在听商女《后庭》,其实完全是影射当朝、当政和当时的败迹,读下面几首词时,应注意这一点。

【词人简介】

王安石(1021—1086),字介甫,号半山,临川(今江西抚州)人,庆历二年(1042)进士,神宗朝两度为相,实行变法,封荆国公,世称王荆公。

王安石是一位大政治家,又是一位大文学家,唐宋八大家之一,文风峭刻,政治色彩浓厚,诗歌成就大于文,瘦硬清峻,意新语工,词作虽不多,但"瘦削雅素,一洗五代旧习"(刘熙载《艺概》),如《桂枝香》《清平乐》《诉衷情》等,词风清新爽朗,亦间有婉丽。

千秋岁引

王安石

【原词实录】

别馆寒砧①,孤城画角,一派秋声入寥廓②。东归燕从海上去,南来雁向沙头落。楚台风③,庾楼月④,宛如昨。

无奈被些名利缚,无奈被他情担阁⑤,可惜风流总闲却。当初漫留华表语,而今误我秦楼约。梦阑⑥时,酒醒后,思量著。

【咬文嚼字】

①寒砧:指寒秋时的捣衣声,诗词中常用以形容寒秋景象的萧索冷落。砧,捣衣石。

②寥廓:辽阔。这里指天空。

③楚台风:泛指清爽凉风。

④庾楼月:此处泛指秋月。

⑤担阁:耽搁。

⑥阑:残尽。

【词牌平仄】

千秋岁引是千秋岁的变格。其平仄为:

仄仄平平,平平仄仄(韵),仄仄平平仄平仄(韵)。平平仄平仄仄仄,平平仄仄平平仄(韵)。仄平平,仄平仄,仄平仄(韵)。

平仄仄平平仄仄(韵),平平仄平平仄仄(韵)。仄仄平平平仄仄(韵)。平平平仄平仄仄,平平仄仄平平仄(韵)。仄平平,仄平仄,平平仄(韵)。

【原词意译】

我被名利束缚,被情思耽搁,空听楚王台的风,空看庾亮楼头的月。当年随意在华表上写的谏语反倒误了我的秦楼誓言,在寒冷的捣衣声中,在孤城画角的悲鸣中,醉吧,睡吧,酒醒后再说吧。

【读后之感】

写秋景以抒愁。

这首词是王安石推行新法失败后退居金陵后的晚年之作,没有了《桂枝香》的豪雄慷慨,也没有了《浪淘沙令》的踌躇满志,却空灵婉曲地反映了作者积极人生中的另一面。

杨慎《词品》说:"荆公此词,大有感慨,大有见道语。"

李攀龙《草堂诗余隽》:"不着一愁语,而寂寂景色,隐隐在目,洵一幅秋光图,最堪把玩。"

卓人月《古今词统》:"末句不言愁,使人自愁。"

我认为,枕头要常晒晒,因为里面装满了心酸的泪和发霉的梦,王安石的泪和王安石的梦。

清平乐

王安国

【原词实录】

留春不住,费尽莺儿语。满地残红宫锦①污,昨夜南园②风雨。

小怜③初上琵琶,晓来思绕天涯。不肯画堂朱户,春风自在杨花。

【咬文嚼字】

①宫锦:宫中特用的锦缎。

②南园:泛指园圃。

③小怜:北齐后主高纬宠妃冯淑妃名,此处指歌女。

【词牌平仄】(同前)

【相关典范】(同前)

【原词意译】

黄莺再费劲地啼叫也留春不住。

昨夜南园受风雨的欺侮,留下残红处处,一身尘污。弹着琵琶的美女们不肯委身画堂朱户,宁愿像杨花一样风吹四处。

【读后之感】

这首《清平乐》首句以拟人的手法,借莺儿语,写了自己对春的渴望。紧接着又直写昨夜一场风雨,无情地吹落一地残红,好在那杨花自由自在地在春风里飞舞,而且自视清高,不肯在画堂朱户里落脚。思绕天涯的是什么?是王安国忧国忧民的满腔热情。

全词画外有音,音外有画,蕴意深远,甚是好读。

尾句"春风自在杨花",虽极平淡,但寓意深刻,自视清高,与上句"不肯画堂朱户",珠联璧合,心迹顿现。

【词人简介】

王安国(1028—1074),字平甫,王安石之弟,北宋政治家、诗人。熙宁七年(1074)八月因病卒。王安国不但文才出众,而且极孝母,广结善友,是出名的贤士。

临江仙

晏几道

【原词实录】

梦后楼台高锁,酒醒帘幕低垂。去年春恨却来时,落花人独立,微雨燕双飞。

记得小蘋①初见,两重心字②罗衣。琵琶弦上说相思,当时明月在,曾照彩云③归。

【咬文嚼字】

①小蘋:歌女名。

②心字:可能指妇女衣裙上形似小篆"心"字的图案。

③彩云:指小蘋彩云般的身段。

【词牌平仄】

中仄中平平仄,中平中仄平平(韵)。中平中仄仄平平(韵),中平平仄仄,中仄仄平平(韵)。

中仄中平平仄,中平中仄平平(韵)。中平中仄仄平平(韵)。中平平仄仄,中仄仄平平(韵)。

【相关典范】

宋·苏轼《临江仙·夜饮东坡醒复醉》、宋·李清照《临江仙·庭院深深深几许》、清·纳兰性德《临江仙·寒柳》

【原词意译】

梦后酒醒,去年的春恨又来烦我,而且在我孤身一人的时候,只有那燕子还在小雨里斜飞,窥探着我。记得我初次见到小蘋姑娘的时候,她漂亮得无与伦比,她的罗衣上两个"心"字重叠,她时而弹拨着琵琶,时而手抱琵琶,轻歌曼舞,并款款地向我表露相思之苦。当时的明月今犹在,我仿佛又看到月光下她的妙姿倩影,恰似彩云归来。

【读后之感】

一位白衣秀士,从浑浑噩噩酒醉中醒来,爱而不见,只得相思。

我读此词后认为,词人的高明之处,并未十分着笔写梦后酒醒之感慨,而是轻轻一笔,让读者自在"微雨燕双飞""两重心字罗衣"中去感受,妙,妙,妙!

【词人简介】

晏几道(1038—1110),字叔原,号小山,晏殊的幼子。仕宦不得志,只做过卑微的小官,曾任颖昌府许田镇(在今河南许昌市南)监。与晏殊齐名,号称"二晏",其父称"大晏",他称"小晏"。词风受《花间》、南唐影响,凄婉清新、秀丽精工,哀怨自然处颇近李煜。

蝶恋花

晏几道

【原词实录】

梦入江南烟水路,行尽江南,不与离人遇。睡里消魂无说处,觉来惆怅消魂误。

欲尽此情书尺素①,浮雁沉鱼,终了无凭据。却倚缓弦歌别绪,断肠移破秦筝柱。

【咬文嚼字】

①尺素:古人称书信为尺素。素,生绢。

【词牌平仄】(同前)

【相关典范】(同前)

【原词意译】

我在江南烟水微茫的路上徜徉,在梦中。但始终没能见到她的倩影。梦里的好多情话也无人倾诉。梦醒后更觉惆怅,销魂的离情一再被耽误。想要了却此情,写了一封情书,想托天上的大雁和水里的鱼儿将我的心愿转捎给你,但那也成了痴心妄想,雁儿和鱼儿还是不明不白地飞走了,游去了。我还是继续在琴声中、在睡梦里伤悲欲断肠吧。

【读后之感】

该词的特点:全词不著一"愁"字,却通篇一个愁字了得。

上片写梦游江南,终难见情人影,下片以鱼雁传书终无凭、托琴断筝悲歌一曲诉衷肠再叙离愁,言浅意厚,"明明白白我的心"。其用语的婉丽、用情的真挚,倾倒一片。

写词就要这样写,半吐半露,犹如断臂的维纳斯,有一种残缺的美、含蓄的美,给人以想象空间。

蝶恋花

晏几道

【原词实录】

醉别西楼醒不记,春梦秋云,聚散真容易。斜月半窗还少睡,画屏闲展①吴山翠。

衣上酒痕诗里字,点点行行,总是凄凉意。红烛自怜无好计,夜寒空替人垂泪。

【咬文嚼字】

①闲展:冷落寂寞地张展。

【词牌平仄】(同前)

【相关典范】(同前)

【原词意译】

在哪里喝酒?是在那西楼吗?和什么人喝酒醉的?是那几个同病相怜的人吗?什么都记不清了,酒时伤心,酒后失忆,倒也蛮好!春愁,秋云,聚散,要想忘掉这一切,真是不容易啊!夜深了,我还是睡不着,只有半窗斜月还陪伴着我,青翠的吴山出现在寂寞冷落的画屏上,我的衣襟上还残留着喝酒时留下的诗句,点点行行里总显凄凉的意绪,那红烛也自悲自怜地滴着眼泪呢。

【读后之感】

春梦、秋云、画屏、冷月、红烛,一组组有形无形的意象被凄凉孤寂的词人用浅显的语言勾勒出来,拟人化的手法将物我交融在哀伤的意境里。

《蒿庵论词》中是这样评价晏几道的:"小山,真古之伤心人也,其淡语皆有味,浅语皆有致。"

晏几道,是大词人晏殊的第七子。醉后的嗔狂,酒后的矫情,一点不输老爸。"夜寒空替人垂泪",痴情者无不动容。

鹧鸪天

晏几道

【原词实录】

彩袖①殷勤捧玉钟②,当年拼却③醉颜红。舞低杨柳楼心月,歌尽桃花扇底风。

从别后,忆相逢,几回魂梦与君同。今宵剩把银釭照,犹恐相逢是梦中。

【咬文嚼字】

①彩袖:代指舞女。

②玉钟:借指美酒。

③拼却:豁出去的意思。

【词牌平仄】

鹧鸪天,词牌名,又名"思佳客""思越人""醉梅花""半死梧""剪朝霞"等。此词为北宋初年新声,始词为夏竦所作,"鹧鸪天"取自唐人郑嵎诗"春游鸡鹿塞,家在鹧鸪天"。

鹧鸪天定格为双调,五十五字,上片四句三平韵,下片五句三平韵,以晏几道《鹧鸪天·彩袖殷勤捧玉钟》为定格,代表作有苏轼《鹧鸪天·林断山明竹隐墙》等。

正体:

中中中中中中平(韵),中平中仄仄平平(韵)。中平中仄中平仄,中仄平平中仄平(韵)。

中中仄,仄平平(韵),中平中仄仄平平(韵)。中平中仄平平仄,中仄平平中仄平(韵)。

【相关典范】

宋·夏竦《鹧鸪天·镇日无心扫黛眉》

宋·柳永《鹧鸪天·吹破残烟入夜风》

宋·苏轼《鹧鸪天·林断山明竹隐墙》《鹧鸪天·佳人》

宋·晏几道《鹧鸪天·一醉醒来春又残》《鹧鸪天·醉拍春衫惜旧香》

《鹧鸪天·守得莲开结伴游》《鹧鸪天·小令尊前见玉箫》《鹧鸪天·十里楼台倚翠微》

宋·秦观《鹧鸪天·枝上流莺和泪闻》

宋·黄庭坚《鹧鸪天·座中有眉山隐客史应之和前韵即席答之》《鹧鸪天·紫菊黄花风露寒》《鹧鸪天·黄菊枝头生晓寒》

宋·贺铸《鹧鸪天·重过阊门万事非》

宋·朱敦儒《鹧鸪天·西都作》《鹧鸪天·曾为梅花醉不归》《鹧鸪天·竹粉吹香杏子丹》

宋·李清照《鹧鸪天·桂花》《鹧鸪天·寒日萧萧上琐窗》

宋·辛弃疾《鹧鸪天·送人》《鹧鸪天·壮岁旌旗拥万夫》《鹧鸪天·离豫章别司马汉章太监》《鹧鸪天·代人赋》《鹧鸪天·鹅湖归病起作》

宋·陆游《鹧鸪天·家住苍烟落照间》

宋·张炎《鹧鸪天·楼上谁将玉笛吹》

【原词意译】

你当年手捧玉酒杯和我一起饮酒，你豁出去了，喝得满脸通红，明月停在柳树梢，你尽兴地歌唱，竟累得拿不动那浸满着你的情谊的桃花扇，自从离别后，我总思念何时重逢，多少回梦魂与你形同影共。今宵的银烛似乎更亮，我俩终于如愿。

【读后之感】

别后重逢，对酒当歌。"舞低"二句晁补之云"风度闲雅，自是一家"，全词言情意婉，文心曲妙，空灵俊雅，不失小山本色也。

"舞低杨柳楼心月，歌尽桃花扇底风"句，对仗工整，足见词人文字功底，非有看家的本领，是不能吟出此句的。

天上鹧鸪飞，把酒祝东风，花间醉颜红，犹恐梦中，且共从容。

生查子

晏几道

【原词实录】

关山魂梦长,塞雁音书少。两鬓可怜①青,只为相思老。

归傍碧纱窗,说与人人②道:真个③别离难,不似相逢好。

【咬文嚼字】

①可怜:可爱。

②人人:对所爱之人的昵称。宋时口语。

③真个:真正。

【词牌平仄】

生查子,词牌名,又名"相和柳""梅溪渡""陌上郎""遇仙楂""愁风月""绿罗裙""楚云深""梅和柳""晴色入青山"等,原唐教坊曲,后用为词调。正体双调四十字,上下片各四句两仄韵,以韩偓《生查子·侍女动妆奁》为代表。

正体:

中中中中中,中仄平平仄,中中仄中平,中仄平平仄。

中中中中平,中仄平平仄,中仄仄平平,中中中平仄。

【相关典范】

五代·牛希济《生查子·春山烟欲收》

宋·晏几道《生查子·金鞭美少年》

宋·欧阳修《生查子·元夕》

宋·贺铸《生查子·风清月正圆》

宋·王安石《生查子·雨打江南树》

宋·姚宽《生查子·郎如陌上尘》

宋·辛弃疾《生查子·独游西岩》

【原词意译】

思乡的梦太长,回去的路又太远。我身在塞外,传递家乡书信的大雁也来得太少，我的头发都等白了，都是因为思乡太苦，才老得这么快。回到窗下，想做个归乡梦，在梦里我对心爱的人儿说：别离难，相逢好。

【读后之感】

这首词是典型的相思怀远之作，平淡中见真淳。结局"真个别离难，不似相逢好"，读后真有"清水出芙蓉"之感，真乃浅语有致也。

清末王耕心在《白雨斋词话》序言中说："所谓词者，意内而言外，格浅而韵深，其发摅性情之微，尤不可掩。"

我读晏几道的这首《生查子》，深感其是"意内而言外，格浅而韵深"之典范，"关山魂梦长，塞雁音书少"，其言外之意实是思乡情太苦了，"两鬓可怜青，只为相思老"，真是格浅而韵深也。

木兰花

晏几道

【原词实录】

东风又作无情计，艳粉娇红①吹满地。碧楼帘影不遮愁，还似去年今日意。

谁知错管春残事，到处登临曾费泪。此时金盏②直须③深，看尽落花能几醉？

【咬文嚼字】

①艳粉娇红：红粉、胭脂和铅粉，女子的化妆品，代指美人，此处借喻花朵。

②金盏：酒杯的美称。

③直须：就要，就是要，宋时口语。

【词牌平仄】（同前）

【相关典范】（同前）

【原词意译】

无情的东风又飕飕吹起，一夜间花落满地，纱窗也遮不住这残景，还是快快躲进小楼深处，免得我被害得一病不起。为什么我要如此伤悲？还不如尽杯痛饮，我倒要看看要醉几回，才能忘了你，心爱的姑娘！

【读后之感】

这首词看似伤春惜花，实质上掩饰不住的是自身的苦愁。

我对"碧楼帘影不遮愁"句较为欣赏。帘幕，遮的是风，是雨，是光，而怎能遮住我的愁啊。词人用浅显的言语道出了自己内心深深的痛。这种言简意赅的笔法，令人扼腕。

生活不是你活过的样子，而是你记住的样子。小晏是大晏的第七子，生活在官宦之家，锦衣玉食，而他记住的却是东风无情，登临费泪，看尽落花。醉，醉，醉，在醉中忘却。

木兰花

晏几道

【原词实录】

秋千院落重帘幕,彩笔闲来题绣户。墙头丹杏①雨余花,门外绿杨风后絮。

朝云信断知何处?应作襄王②春梦去。紫骝③认得旧游踪,嘶过画桥东畔路。

【咬文嚼字】

①丹杏:红杏。

②襄王:楚襄王游高唐,梦神女荐枕,旦为朝云,暮为行雨。

③紫骝:古代骏马名。

【词牌平仄】(同前)

【相关典范】(同前)

【原词意译】

我拨开重重帘幕,看秋千在院子里摇晃着,在华丽的门户上再题一笔,以抒发闲情逸趣。墙里佳人似红杏雨后,花一样艳丽;门外的杨柳在风中摇曳,飞絮轻舞;天空中朝云飘逸,音信断了,不知道她在何处?应做个楚襄王吧,在梦里和她相会。马儿啊!你还认识旧时游玩的行踪吗?你欢快地嘶叫着在画桥东边的路上撒蹄而去。

【读后之感】

怀旧之作。上片写别后的思绪,借写院墙内外的景色,寓曲终人散之悲哀;下片写对佳人的怀念,一颗心已随马儿去寻过去美好的时光。马儿如此,何况个人呢?

词中用楚襄王春梦一典实在熨帖,小晏表意春梦,实质把对墙里佳人的思念表现无疑。

我非常害怕词人用典,若没有与作者的心有灵犀,可能会费解,但读小晏词之用典,怎无此感觉?小晏用典贴切也。

清平乐

晏几道

【原词实录】

留人不住，醉解兰舟①去。一棹碧涛春水路，过尽晓莺啼处。

渡头杨柳青青，枝枝叶叶离情。此后锦书②休寄，画楼云雨③无凭。

【咬文嚼字】

①兰舟：船的美称。

②锦书：书信的美称。

③云雨：指男女间的欢娱之情。典出楚襄王梦遇巫山神女事。

【词牌平仄】（同前）

【相关典范】（同前）

【原词意译】

要与我之所爱分手了，借点酒意解开画舟的缆绳让她去吧，愿她在碧波春水中一路走好。目送轻舟已过了黄莺啼叫处，渡口依旧杨柳青青，枝枝叶叶总是我的情、我的牵挂。从此之后书信传情也无用了，画楼欢情已化作残云断雨虚幻无据了。是人留我，还是我留人，天知道！

【读后之感】

云收雨散会有时，痴情郎儿看斯人。小晏离情别怨恨，总把明朝当今日。

此为离情别怨之词。"一棹"句，大有柳永"今宵酒醒何处？杨柳岸、晓风残月"所袭唐词"帘外晓莺残月"意。结尾二句看似绝情语，实是多情负气语，故周济《宋四家词选》云"结语殊怨，然不忍割"。情在怨中，小山情痴。

阮郎归

晏几道

【原词实录】

旧香残粉①似当初，人情恨不如。一春犹有数行书，秋来书更疏②。

衾凤③冷，枕鸳④孤，愁肠待酒舒⑤。梦魂纵有也成虚，那堪和⑥梦无。

【咬文嚼字】

①旧香残粉：指旧日残剩的香粉。香粉，女性化妆用品。

②疏：稀少。

③衾凤：绣有凤凰图纹的彩被。

④枕鸳：绣有鸳鸯图案的枕头。

⑤舒：宽解、舒畅。

⑥和：连。

【词牌平仄】

阮郎归，词牌名，又名"碧桃春""醉桃源""濯缨曲"等。

正体双调四十七字，上片四句四平韵，下片五句四平韵，以李煜词《阮郎归·呈郑王十二弟》为代表。

正体：

中平中仄仄平平（韵），平平仄仄平（韵），中平中仄仄平平（韵），平平仄仄平（韵）。

平仄仄，仄平平（韵），平平仄仄平（韵），中平中仄仄平平（韵），平平仄仄平（韵）。

【相关典范】

五代·李煜《阮郎归·呈郑王十二弟》

宋·欧阳修《阮郎归·南园春半踏青时》

宋·苏轼《阮郎归·初夏》

宋·晏几道《阮郎归·天边金掌露成霜》

宋·秦观《阮郎归·湘天风雨破寒初》
宋·向子谖《阮郎归·绍兴乙卯大雪行鄱阳道中》
宋·曾觌《阮郎归·柳阴庭院占风光》
宋·辛弃疾《阮郎归·耒阳道中为张处父推官赋》

【原词意译】

酒醒了，梦断了，梦里只恨家书少。被子冷，枕儿孤，人情叹不如。梦里相见也虚无，怎放他做个虚无的梦儿也无路？

【读后之感】

小山词大多如幻如梦，为舔舐和抚平受伤的心灵而已，这首词是也。

首二句采用对比的手法，写花有香，而人无情。

上阕歇拍二句"一春犹有数行书，秋来书更疏"以具体的行为写"人情恨不如"，岁月迢迢，时间漫漫，海誓山盟，去无踪影。

下阕过拍二句"衾凤冷，枕鸳孤"将自己形影相吊、内心苦闷表现得淋漓尽致。

接下来一句"愁肠待酒舒"，一生的无奈，只有靠酒来舒缓了。

结拍两句，抽丝剥茧，层层递进，令人欲哭无泪，嘘唏不已。

我对首句"旧香残粉似当初，人情恨不如"句尤为欣赏，这么大的词人，却以这么平白的话，道出了世态的炎凉，实在经典，实在难得！

结句"那堪和梦无"，与徽宗赵佶的愁句"和梦也、新来不做"如出一辙，令人喟叹。

阮郎归

晏几道

【原词实录】

天边金掌露成霜,云随雁字长。绿杯红袖①趁重阳,人情似故乡。

兰佩②紫,菊簪③黄,殷勤理旧狂④。欲将沉醉换悲凉,清歌莫断肠。

【咬文嚼字】

①绿杯红袖:绿杯,代指美酒。红袖,代指美女。

②兰佩:以秋兰为佩饰物。

③菊簪:古人有于重阳日插戴菊花之俗,谓之簪菊。

④旧狂:昔日的疏狂。

【词牌平仄】(同前)

【相关典范】(同前)

【原词意译】

仙人金掌承玉露,玉露凝成霜,雁儿排成行。美女殷勤献美酒,叫我怎不思故乡。佩兰花,插金黄,我又恢复往日的疏狂。让我们在沉醉中忘了悲伤,请你不要再把悲歌唱,免得我缠绵悱恻断了肠。

【读后之感】

失意感慨之作。

重阳异乡为客,把酒当歌伴欢,"欲将沉醉换悲凉"即为注脚。"云随雁字长",好一幅空灵的画面,名句要以名画读,清歌一曲荡乾坤。作者的断肠清歌,读者能不为之扼腕吗?

接着词人又化"离骚"句,以佩兰簪菊来自视高洁。我读之后有幽友之思之感,一颗寂寞的心也随晏几道的阮郎归去。

六么令

晏几道

【原词实录】

绿阴春尽,飞絮绕香阁。晚来翠眉宫样,巧把远山学①。一寸狂心未说,已向横波②觉。画帘遮匝③。新翻曲妙,暗许闲人带偷掐。

前度书多隐语,意浅愁难答。昨夜诗有回文④,韵险还慵押。都待笙歌散了,记取来时霎。不消红蜡,闲云归后,月在庭花旧阑角。

【咬文嚼字】

①远山学:古代仕女化妆的一种眉形。

②横波:眼波。

③遮匝:四周围住。

④回文:诗中字句,回环读之,无不成文。

【词牌平仄】

六么令,词牌名,又名"宛溪柳""乐世""绿腰""录要"。此词以柳永《六么令·淡烟残照》为正体,双调,上下片各九句五仄韵。

正体:

中平中仄,中仄中平仄(韵)。中平中中平仄,中仄中平仄(韵)。中仄平平仄仄,中仄平平仄(韵)。中平平仄(韵)。中平中仄,中仄中平仄平仄(韵)。

仄仄平平平仄,中仄平平仄(韵)。中仄中仄平平,仄仄平中仄(韵)。中仄平平仄仄,中仄平平仄(韵)。中平平仄(韵)。中平中仄,中仄中平仄平仄(韵)。

【相关典范】

宋·柳永《六么令·淡烟残照》

宋·周邦彦《六么令·快风收雨》

宋·辛弃疾《六么令·酒群花队》

【原词意译】

你把眉毛画得像远山一样，淡淡的。但这更使我一寸狂心激动不已，尽管你斜视着我，眼像横波。你开始清唱了，时而又新翻妙曲，并允许闲人带偷掐——同意闲人偷曲掐谱，尽情唱和。

昨夜里想和他一首回文诗，懒押险韵吟思过苦，等宴会散了吧，我俩再尽情相诉。到时你不要点蜡烛，庭院阑角，一轮明月会照花圃。

【读后之感】

细节的描写、内心的独白是此词过人之处。词人以歌女的口吻刻画了将与情人约会时的内心活动，为全词沉醉生动的部分。

"暗许闲人带偷掐"，这等生动的描写，绝非对偷香窃玉者的揶揄，而是对"有人爱我"心态的活灵活现的坦露，玩就玩个心跳、心动！再说词人用"暗许""偷掐"两词，有点让人想入非非，但又不失这对男女的大雅，尽显含蓄之风流也！

御街行

晏几道

【原词实录】

街南绿树春饶①絮，雪②满游春路。树头花艳杂娇云，树底人家朱户。北楼闲③上，疏帘高卷，直见街南树。

阑干倚尽犹慵去④，几度黄昏雨。晚春盘马⑤踏青苔，曾傍绿阴深驻。落花犹在，香屏空掩，人面知何处？

【咬文嚼字】

①饶：充满，多。

②雪：这里以之形容白色的柳絮。

③闲：闲懒。

④慵去：懒得离去。

⑤盘马：骑马盘旋环行。

【词牌平仄】（同前）

【相关典范】（同前）

【原词意译】

街南的树，树下的人家住户，高卷的帘珠，已无须我再细诉。

在黄昏细雨中，我久久地依偎着栏杆舍不得离去。记得暮春里她骑着马儿盘旋在青苔路，也曾偎依着那棵树。树上还遗留着她的芳香，可谁知道她现在何处？

【读后之感】

忆旧怀人之作。大量的忆旧描叙，以衬出花在楼存、时异人非的今时怅惘。以崔护诗意作结，意味犹尽未尽，回味无穷。

你知不知道，我等得花儿也谢了。小山心里也许正郁闷着吧。

虞美人

晏几道

【原词实录】

曲阑干外天如水,昨夜还曾倚。初将明月比佳期,长向月圆时候、望人归。

罗衣著①破前香在,旧意谁教改。一春离恨懒调弦,犹有两行闲泪②、宝筝前。

【咬文嚼字】

①著:穿。

②闲泪:闲愁之泪。

【词牌平仄】

虞美人,词牌名,又称"玉壶水""忆柳曲""虞美人令""一江春水""巫山十二峰",双调五十六字,前后阕各四句,两仄韵两平韵。

正体:

中平中仄平平仄(韵),中仄平平仄(韵),中平中仄仄平平(韵),中仄中平平仄仄平平(韵)。

(下阕同上阕)

【相关典范】

五代·李煜《虞美人·春花秋月何时了》《虞美人·风回小院庭芜绿》

唐·冯延巳《虞美人·玉钩鸾柱调鹦鹉》

宋·苏轼《虞美人·波声拍枕长淮晓》《虞美人·有美堂赠述古》《虞美人·述怀》

宋·秦观《虞美人·碧桃天上栽和露》

宋·舒亶《虞美人·寄公度》

宋·辛弃疾《虞美人·同父见和再用韵答之》

宋·蒋捷《虞美人·听雨》《虞美人·梳楼》

清·纳兰性德《虞美人·银床淅沥青梧老》《虞美人·曲阑深处重相见》

《虞美人·秋夕信步》
【原词意译】
　　我的两行热泪,滴落在宝筝上,离愁别恨让我懒得拨弄琴弦。
　　昨晚我在明月下祈祷,盼月圆人也圆。身上的绫罗已穿破,可你的余温还在、余情尚热,叫我念念不忘。外面的天色像水一样湛蓝,我依偎在回廊里的九曲栏杆。
【读后之感】
　　思妇怨别之作。上片起首二句,将思妇望人归来的思情淡淡提起,下二句,情调转深,思妇盼归,可怜可叹。下片充满怨恨,我只能在宝筝前以泪洗面,痴情与怨恨催人泪下。
　　此词语句浅白,一读就懂。但贵处在心理活动的表意化,十分明显。如"初将明月比佳期,长向月圆时候、望人归",思妇心中的那个人,你现在何方?在做什么?你几时才能归来与她见面啊?女主人公细腻复杂的思妇情结,被词人表象化了、表意化了。
　　另,细节的描写也很到位。"罗衣著破前香在",夫君啊,你赠我的锦衣虽已穿破了,但上面体香犹在,你留下的温馨犹在,叫人怎不思念断肠呢?值得一提的是,这句是一中性表达,可理解为夫赠妇的衣裳,也可理解为妇赠夫的衣裳,两情相悦,全在一衣中!

留春令

晏几道

【原词实录】

画屏天畔，梦回依约，十洲①云水。手捻红笺寄人书，写无限、伤春事。

别浦高楼曾漫倚，对江南千里。楼下分流水声中，有当日、凭高泪。

【咬文嚼字】

①十洲：神仙之所居，在八方巨海之中，汉东方朔有《十洲记》谓祖洲、瀛洲、玄洲、炎洲、长洲、元洲、流洲、生洲、凤麟洲、聚窟洲。

【词牌平仄】

双调五十字，上片两仄韵，下片三仄韵。

正体：

仄平平仄，仄平中仄，中平平仄（韵）。仄仄平平仄平平，仄中仄、平平仄（韵）。

仄仄平平平中仄（韵），仄中平平仄（韵）。平仄平平仄平平，仄中仄、平平仄（韵）。

有变体若干。

【相关典范】

宋·史达祖《留春令·咏梅花》《留春令·金林檎咏》

宋·黄庭坚《留春令·江南一雁横秋水》

宋·高观国《留春令·粉绡轻试》《留春令·淮南道中》《留春令·梅》《留春令·红梅》

宋·李之仪《留春令·梦断难寻》

宋·彭止《留春令·夜来小雨三更作》

宋·晏几道《留春令·采莲舟上》《留春令·海棠风横》

清·朱彝尊《留春令·针楼残烛》

【原词意译】

梦醒了,那梦中的仙境又隐隐约约出现在眼前,就如同画屏上的山水一样,又变得清晰可见,取来红笺纸一张,写下我无尽的哀思,又不知能托付与谁。

登上高楼,遥望千里江南,模糊一片,楼下小河里溪水潺潺,其中肯定有当年我们分别时滴下的泪。

【读后之感】

充满想象的怀人之作。上片开头把眼前的画屏想象成传说中的仙境十洲,接下来两句写对思念之人的无限情思。

下片追忆别后的情真意切、缠绵悱恻。

明代杨慎《词品》中说:"晁元忠诗'安得龙湖潮,驾回安河水,水从楼前来,中有美人泪',晏小山《留春令》全用其语。"

清代郑文焯《评小山词》:"晏小山《留春令》'楼下分流水声中,有当日凭高泪'二语,亦袭冯延巳《三台令》'流水,流水,中有伤心双泪'。宋人所承如是,但乏质茂气耳。"

我对晏几道出神入化地沿用晁元忠诗句较欣赏。词人想象力丰富,说楼下溪水中饱含了情人的相思泪,且像潺潺流水,绵绵不断。这虽是虚幻之笔,却让人实实在在感受到词人的情真意切。

思远人

晏几道

【原词实录】

红叶黄花①秋意晚,千里念行客。飞云过尽,归鸿无信②,何处寄书得?

泪弹不尽临窗滴,就③砚旋研墨。渐写到别来,此情深处,红笺为无色。

【咬文嚼字】

①红叶黄花:红叶,枫叶。枫叶秋来色红,故称。黄花,菊花。

②信:无差误,有规律。　　　③就:移就,接近。

【词牌平仄】

双调五十一字,前段五句两仄韵,后段五句三仄韵。

正体:

平仄平平平仄仄,平仄仄平仄(韵),仄平平仄仄,平平仄平仄,平仄仄平仄(韵)。

仄平仄仄平平仄(韵),仄仄仄平仄(韵),仄仄仄仄平,平平平仄,平平仄平仄(韵)。

【相关典范】

宋·赵令畤《思远人·素玉朝来有好怀》

清·饶芝祥《思远人·捣衣》

【原词意译】

秋意浓,枫叶和菊花的花瓣交织在一起煞是伤感,我在思念远行的爱人。天空中飞云片片,那南归的大雁又按时出现,它这一次能带给你他的书信吗?

泪水拭擦不尽,任凭它滴落窗前。就用它来研墨吧,渐渐写到离别的凄楚,红色笺纸竟也黯然无色了。

【读后之感】

闺中思妇又一曲。开首句以"红叶黄花秋意晚"起兴,写思念千里外的爱人:云来雁去,不见来信。又无处可寄音书。离愁别恨悠悠。下片写和泪研墨。情到深处,红笺为之无色。怎一个哀怨了得。

水调歌头

苏轼

【原词实录】

丙辰中秋，欢饮达旦，大醉，作此篇兼怀子由。

明月几时有？把酒问青天。不知天上宫阙，今夕是何年。我欲乘风归去，惟恐琼楼玉宇，高处不胜寒。起舞弄清影，何似在人间。

转朱阁，低绮户①，照无眠。不应有恨，何事长向别时圆？人有悲欢离合，月有阴晴圆缺，此事古难全。但愿人长久，千里共婵娟②。

【咬文嚼字】

①绮户：绣户。
②婵娟：美丽的月光。

【词牌平仄】

水调歌头，词牌名，又名"元会曲""凯歌""台城游""水调歌""花犯念奴""花犯"。以毛滂《元会曲·九金增宋重》为正体，双调九十五字，上片九句四平韵，下片十句四平韵。代表作有苏轼《水调歌头·明月几时有》、陈亮《水调歌头·送章德茂大卿使虏》等。

正体：

中仄中平仄，中仄仄平平，中平中仄平仄，中仄仄平平，中仄中平中仄，中仄中平中仄，中仄仄平平，中仄中平仄，中仄仄平平。

中平仄，平中仄，仄平平，中平中仄，平仄仄仄仄平平，中仄中平中仄，中仄中平中仄，中仄仄平平，中仄中平仄，中仄仄平平。

【相关典范】

宋·苏舜钦《水调歌头·沧浪亭》

宋·苏轼《水调歌头·安石在东海》《水调歌头·黄州快哉亭赠张偓佺》《水调歌头·昵昵儿女语》

宋·贺铸《水调歌头·台城游》
宋·范成大《水调歌头·细数十年事》
宋·张孝祥《水调歌头·金山观月》《水调歌头·泛湘江》
宋·辛弃疾《水调歌头·白日射金阙》《水调歌头·舟次扬州和人韵》《水调歌头·送杨民瞻》《水调歌头·盟鸥》
宋·陈亮《水调歌头·送章德茂大卿使虏》
宋·袁去华《水调歌头·定王台》
金末元初·元好问《水调歌头·赋三门津》
当代·毛泽东《水调歌头·游泳》《水调歌头·重上井冈山》

【原词意译】

天上的明月什么时候才会圆呢？我举着酒杯问问青天。不知道天上的宫殿里，今天是哪一年。我想要乘着风儿归去，又恐怕天宫中琼楼玉宇高处不胜寒。翩翩起舞的仙女形孤影单，怎么会像人间那么热闹呢。转过朱红楼阁，月光低洒在绣户前，照着床上人惆怅无眠。明月不该有什么怨恨，却为何总在亲人离别时候才圆呢？人有悲欢离合的变迁，月有阴晴圆缺的转换，这种事自古以来就难以周全啊。但愿离人能和我长长久久，在千里之外共享明月的妩媚。

【读后之感】

此词通篇咏月，却处处关合人情。上片借明月自喻孤高，下片用圆月衬托别情，构思独特，蹊径独辟，极富有浪漫主义色彩。此词是苏词的代表作之一。我读此词后有一个心得：凡出现饱含哲理性语言的地方，必是出彩之处："人有悲欢离合，月有阴晴圆缺"，是也。苏词的高妙之处，评家甚多，轮不到我评说。

【词人简介】

苏轼（1037—1101），字子瞻，号东坡居士，眉山（今四川眉山）人，嘉祐二年（1057）进士。曾任杭州通判，又知密州、徐州、湖州，政绩卓著。苏轼是北宋文坛领袖，建树了多方面的文学业绩。因文与欧阳修并称"欧苏"，是唐宋八大家之一；因诗歌与黄庭坚并称"苏黄"，开宋代诗歌新貌；因词与辛弃疾并称"苏辛"，他改革了词风，开拓了词境，提高了词品；因书法与黄庭坚、米芾、蔡襄并称"四大家"；绘画方面，他是以文同为首的"湖州竹派"的重要人物。苏轼词创造了多种风格，除传统的婉约清丽外，他的词或清旷，或雄放，或凝重，或空灵，佳作极多，对后世影响极为深远。

水龙吟

苏轼

【原词实录】

似花还似非花，也无人惜①从教坠②。抛家傍路，思量却是，无情有思③。萦④损柔肠，困酣娇眼，欲开还闭。梦随风万里，寻郎去处，又还被、莺呼起。

不恨此花飞尽，恨西园、落红难缀⑤。晓来雨过，遗踪何在？一池萍碎。春色三分，二分尘土，一分流水。细看来、不是杨花，点点是离人泪。

【咬文嚼字】

①惜：爱惜。

②从教坠：任凭飘坠。

③有思：有情意。

④萦：缠绕。

⑤缀：连缀。

【词牌平仄】

水龙吟，词牌名，又名"水龙吟令""水龙吟慢""鼓笛慢""小楼连苑""海天阔处""庄椿岁""丰年瑞"。此调以苏轼《水龙吟·露寒烟冷兼葭老》为正体，双调一百零二字，上片四仄韵，下片五仄韵。

正体：

中平中仄平平仄，中仄中平平仄（韵），中平中仄，中平中仄，中平中仄（韵），中仄平平，中平中仄，中平中仄（韵），仄中中中中，中平中仄，中平仄，平平仄（韵）。

中仄中平中仄（韵），仄平平，中平中仄（韵）。中平中仄，中平中仄，中平中仄（韵），中仄中平，中平平仄，仄平平仄（韵），仄平平仄仄，平平中仄。中平平仄（韵）。

【相关典范】

宋·苏轼《水龙吟·次韵章质夫杨花词》

宋·辛弃疾《水龙吟·甲辰岁寿韩南涧尚书》《水龙吟·登建康赏心亭》《水龙吟·过南剑双溪楼》

宋·陈亮《水龙吟·春恨》

宋·姜夔《水龙吟·夜深客子移舟处》

宋·吴泳《水龙吟·寿李长孺》

【原词意译】

像花又好像不是花,也无人怜爱它,那就是我呀。我离开了家乡,就像杨花一样斜倚在路旁。花是含情脉脉,哪个知道我又比花更有情啊。

我的肠子都悔青了,只为离开了家,离开了她。她此刻应是娇眼迷离,欲开又闭,她正在做着思念我的梦,却又被黄莺唤醒。

不恨此花飘零,只恨我的相思再也难旧枝重缀。清晨下过一阵大雨,已找不到落花的踪影,它已化成一池细碎的浮萍。

三分春色,二分化作尘土,一分坠入流水中。细看来,那不是杨花啊,是离人的眼泪。

【读后之感】

咏物词之极品,全词构思巧妙,咏物与拟人浑然一体,用词空灵婉转,精妙绝伦,压倒古今。

苏东坡在这首《水龙吟》中把一种"朦胧"之美带给了我。

"似花非花""无情有思""困酣娇眼""欲开还闭""不是杨花,点点是离人泪"。东坡用这些朦朦胧胧的词句所渲染出来的意境,模糊了我的视野,却清晰了我的心灵:晓来雨过,一池萍碎,朦胧之处却无情有思啊!

念奴娇（赤壁怀古）

苏轼

【原词实录】

大江东去，浪淘尽、千古风流人物。故垒西边，人道是、三国周郎①赤壁。乱石穿空，惊涛拍岸，卷起千堆雪。江山如画，一时多少豪杰。

遥想公瑾②当年，小乔③初嫁了，雄姿英发。羽扇纶巾，谈笑间、樯橹灰飞烟灭。故国神游，多情应笑我，早生华发。人生如梦，一樽还酹江月。

【咬文嚼字】

①周郎：周瑜。

②公瑾：周瑜字公瑾。

③小乔：周瑜妻。

【词牌平仄】

念奴娇，词牌名，又名"百字令""酹江月""大江东去""湘月"，得名于唐天宝年间一个名叫念奴的歌伎。此调以苏轼《念奴娇·中秋》为正体，双调一百字，上片四十九字，下片五十一字，上下片各十句，代表作有苏轼《念奴娇·赤壁怀古》、姜夔《念奴娇·闹红一舸》

正体：

中平中仄，仄平中中仄，中平平仄（韵）。中仄中平平仄仄，中仄中平平仄（韵），中仄平平，中平中仄，中仄平平仄（韵）。中平中仄，仄平平仄中仄（韵）。

中仄中仄平平，中平中仄，中仄平平仄（韵）。中仄中平平仄仄，中仄中平平仄（韵）。中仄平平，中平中仄，中仄平平仄（韵），中平平仄（韵），仄平平仄平仄（韵）。

【相关典范】

宋·苏轼《念奴娇·中秋》

宋·叶梦得《念奴娇·中秋燕客》

宋·吴渊《念奴娇·我来牛渚》
宋·黄庭坚《念奴娇·断虹霁雨》
宋·李清照《念奴娇·萧条庭院》
宋·姜夔《念奴娇·闹红一舸》
宋·张孝祥《念奴娇·过洞庭》
宋·辛弃疾《念奴娇·书东流村壁》
宋·文天祥《念奴娇·驿中别友人》
宋·陈亮《念奴娇·登多景楼》
宋·姚孝宁《念奴娇·素娥睡起》
金·完颜亮《念奴娇·天丁震怒》

【原词意译】

滚滚长江向东奔流而去,千古风流人物的英雄壮举和风流轶事令人感叹,永久传诵。你看,在那废弃了的旧营垒的西边,人们就在传扬着三国周瑜大败曹操于赤壁的故事。赤壁四周,乱石高耸,惊涛拍打着两岸,卷起了像雪一样的白白浪花,不断冲击、撕裂、震撼着历史的时空。啊,江山如画般美丽,多少英雄豪杰值得人们敬仰怀念。遥想当年周郎公瑾是多么的英武,那时他抱得美人归,迎娶了乔家的小女。他英姿雄健、睿智卓越,风度翩翩、神采照人。他手执羽扇,头著纶巾,从容潇洒,笑谈间,八十万曹军如灰飞烟灭。如今我身临古战场,神游往昔,浮想万千。可笑我如此怀古幽情,竟未老先鬓发斑白。啊,人生如一场梦幻,还是举起酒杯,和这万古长存的大江皓月一起祭奠峥嵘岁月吧。

【读后之感】

这首词一扫过往词坛风花雪月、儿女情长的格调,以赤壁怀古为主题,抒发了作者宏伟的政治抱负和豪迈的英雄气概。词中也流露出岁月流逝壮志未酬的遗憾,但人们在词人豪放词风激荡之下,失望与颓废之意早已灰飞烟灭了。

读这首词的人太多了,赞这首词的人太多了,唯"多情应笑我,早生华发"这一句就足以令我感慨万千了。

多情应笑我,与应笑我多情,词句倒装,是我被多情的人笑,还是我笑多情的人,随便你怎样去读,怎样去解,都是经典之句,天衣无缝。

永遇乐

苏轼

【原词实录】

彭城夜宿燕子楼,梦盼盼,因作此词。

明月如霜,好风如水,清景①无限。曲港②跳鱼,圆荷泻露,寂寞无人见,紞如③三鼓,铿然④一叶,黯黯梦云惊断。夜茫茫、重寻无处,觉来小园行遍。

天涯倦客,山中归路。望断故园心眼。燕子楼空,佳人何在?空锁楼中燕。古今如梦,何曾梦觉?但有旧欢新怨。异时对、黄楼夜景,为余浩叹。

【咬文嚼字】

①清景:清光。
②曲港:弯曲的港湾。
③紞如:鼓声沉闷的样子。
④铿然:形容声音响亮有力。

【词牌平仄】

永遇乐,词牌名,又名"永遇乐慢""消息",以苏轼《永遇乐·明月如霜》为正体,双调一百零四字,上下片各四仄韵。

正体:

中仄平平,中平中仄,中中平仄(韵)。中仄平平,中平中仄,中仄平平仄(韵)。中平中仄,中平中仄,中仄中平中仄(韵)。中平中,平平中仄,中中仄中平仄(韵)。

中平中仄,中中中仄,中仄中平平仄(韵),中仄平平,中平中仄,中仄平平仄(韵),中平中仄,中中中仄,中仄中平平仄(韵),中平中,中中中仄,中平仄仄(韵)。

【相关典范】

宋·苏轼《永遇乐·长忆别时》

宋·解昉《永遇乐·春情》
宋·辛弃疾《永遇乐·京口北固亭怀古》
宋·姜夔《永遇乐·次韵辛克清先生》《永遇乐·次稼轩北固楼词韵》

【原词意译】

皎洁的月光如白霜洒满一地，阵阵夜风如水一样的清凉，清澄澄的夜景美不胜收。环曲的港湾鱼儿跳出水面，晶莹的露珠在圆圆的荷叶上流转。在这等美景之下，我的寂寞没人看得见。沉闷的鼓响三更，飘零的树叶落在地上的声音我都听得见，暗沉沉的梦里倩影突然惊散。茫茫黑夜到哪里寻找悲与欢，醒来后去小园里排遣怅然吧。我像一个厌倦漂泊的游客，无法在山林里找到归去的路，费尽心思也找不到我的家园啊。

燕子楼空，佳人在哪啊？我的心也空，像那只燕子被锁在楼中，过去和现在都好像在做着梦，而且长梦难醒。旧欢新怨时时在我眼前浮现，在这黄楼夜景里为我长长叹息！

【读后之感】

读这首词时恰逢南通的一次寒流，零下七八摄氏度，人冻得清涕流。是宋词温暖了我，还是我温暖着它？还是看词吧。

这首词是东坡极其婉约的一首词。"曲港跳鱼，圆荷泻露"，道前人不曾道，写后人不能写，描情写景，精彩极了。词人寂寞的心并没有因此美景变得好一点，反倒是愈加寂寞，"纮如三鼓，铿然一叶，黯黯梦云惊断"！天涯倦客的落魄心态，也许在"佳人何在""为余浩叹"的哀声里稍能平静些吧。

洞仙歌

苏轼

【原词实录】

余七岁时,见眉州老尼,姓朱,忘其名,年九十岁。自言尝随其师入蜀主孟昶宫中。一日大热,蜀主与花蕊夫人夜纳凉摩诃池上,作一词。朱具能记之。今四十年,朱已死久矣,人无知此词者,但记其首两句。暇日寻味,岂《洞仙歌令》乎?乃为足之云。

冰肌玉骨,自清凉无汗。水殿风来暗香满。绣帘开、一点明月窥人,人未寝,欹枕钗横鬓乱。

起来携素手,庭户无声,时见疏星渡河汉。试问夜如何?夜已三更,金波①淡、玉绳②低转。但屈指、西风几时来,又不道流年、暗中偷换。

【咬文嚼字】

① 金波:月光。

② 玉绳:两星名,在北斗第五星玉衡的北面。

【词牌平仄】

洞仙歌,词牌名,又名"洞仙歌令""洞中仙"等,以苏轼《洞仙歌·冰肌玉骨》为正体,双调八十三字,上片三仄韵,下片三仄韵。代表作还有晁补之《洞仙歌·泗州中秋作》。

正体:

中平中仄,仄中平平仄(韵),中仄平平仄平仄(韵),仄平平,中仄平仄平平,平中仄,中仄平平中仄(韵)。

中平平仄仄,中仄平平,中仄平平仄平仄(韵),仄仄仄平平,仄仄平平,平中仄,中平中仄(韵)。仄中仄平平仄平平,仄平仄平平,仄平平仄(韵)。

【相关典范】

宋·柳永《洞仙歌·佳景留心惯》

宋·苏轼《洞仙歌·咏柳》

宋·黄庭坚《洞仙歌·月中丹桂》
宋·晁补之《洞仙歌·青烟幂处》
宋·李元膺《洞仙歌·雪云散尽》

【原词意译】

你的肌骨冰清玉洁、清凉无汗，晚风吹来，水殿里暗香弥漫，绣帘撩开，明月一点，偷窥佳人：她尚未睡眠，鬓发散乱，倚在枕边。多想牵着她的玉手，在寂静的庭院里散步，看稀疏银河和满天星斗。秋风送寒，掐指一算，流水年华，在暗中偷换。

【读后之感】

词到苏轼手中，已成完全成熟的文学形式，词的正文前往往有题跋、说明等文字，是见证也。

本词是苏轼名篇之一。上片记叙人物环境之清凉，"绣帘开"几句绘闺房情景，宛然如见。"一点明月窥人"句，"一点"与"窥"字灵动奇妙，为本词增添许多情致。下片写蜀主孟昶和花蕊夫人流连月下纳凉所见闻，以及感叹流光飞逝的怅惋之情，其间融入作者对人生易逝的感叹。

生怕离怀别苦，多少事，欲说还休。西风几时来，起来携素手。

情叹东坡洞仙，俱往矣，不道流年，明月暗窥人，归去香满袖。

我读东坡《洞仙歌》之后，丢下以上几句，不羡鸳鸯不羡仙，只为你我玉绳低转，暗中偷换。

卜算子（黄州定惠院寓居作）

苏轼

【原词实录】

缺月挂疏桐，漏断①人初静。谁见幽人②独往来，缥缈孤鸿影。

惊起却回头，有恨无人省③。拣尽寒枝不肯栖，寂寞沙洲冷。

【咬文嚼字】

①漏断：指夜深。漏，古代计时器。以铜壶盛水，水从壶中漏出，壶中箭上刻度显出时辰。夜深时漏壶水少，不闻滴漏声，称"漏断"。

②幽人：被谪幽居的人。这是作者自指。

③省：理解，了解。

【词牌平仄】

卜算子，词牌名，又名"卜算子令""百尺楼""眉峰碧""楚天遥"等，以苏轼《卜算子·黄州定慧院寓居作》为正体。另有双调四十四字，上下片各四句三仄韵；双调四十五字，上片四句两仄韵，下片四句三仄韵等变体。代表作有陆游《卜算子·咏梅》。

清毛先舒《填词名解》云："唐骆宾王诗好用数名，人称为'卜算子'，词取以为名。"清万树《词律》据北宋黄庭坚"似扶着，卖卜算"词句，认为取义于卖卜算命之人。

此调之始词为北宋初年张先之作。

正体双调四十四字，上下片各四句两仄韵，以苏轼《卜算子·黄州定慧院寓居作》为代表。

正体：

中中中中平，中仄平平仄（韵），中仄平平中中中，中仄平平仄（韵），

中中中中平，中仄平平仄（韵），中仄平平中中中，仄仄平平仄（韵）。

【相关典范】

宋·王观《卜算子·送鲍浩然之浙东》

宋·李之仪《卜算子·我住长江头》
宋·陆游《卜算子·咏梅》
宋·严蕊《卜算子·不是爱风尘》
宋·刘克庄《卜算子·海棠为风雨所损》
明·夏完淳《卜算子·断肠》

【原词意译】

残月高挂，夜深人静，幽居的我独自徘徊，唯有缥缈高飞的孤雁在我头顶盘旋，久久不肯离去。它心里的恨只有我懂，它不肯轻易地落在树枝上休息，情愿躲到寂寞的沙洲里，独自冷清。

【读后之感】

人而似鸿，鸿而似人，亦鸿亦人，这就是本词艺术形象的特点。而托鸿以见人，自标清高，寄意深远，风格清奇冷隽，似非人间烟火人间语。

台湾歌手周传雄以"寂寞沙洲冷"为题唱道："自你走后心憔悴，白色油桐风中纷飞，落花似人有情。这个季节，河畔的风放肆拼命地吹，不断拨弄离人的眼泪，那样浓烈的爱再也无法给，伤感一夜一夜。当记忆的线缠绕过往支离破碎，是慌乱占据了心扉，有花儿伴着蝴蝶，孤雁可以双飞，夜深人静独徘徊，当幸福恋人寄来红色分享喜悦，闭上双眼难过头也不敢回，仍然捡尽寒枝不肯安歇，微带着后悔，寂寞沙洲我该思念谁……"

曲调低徊，词意缠绵，每当我读了东坡的这首词，唱起周传雄的这首歌，便彻夜难眠。何故？悲从其中来也。

青玉案（送伯固归吴中）

苏轼

【原词实录】

三年枕上吴中路，遣黄犬①，随君去。若到松江呼小渡，莫惊鸳鹭，四桥尽是、老子经行处。

《辋川图》②上看春暮，常记高人右丞句。作个归期天定许，春衫犹是，小蛮针线，曾湿西湖雨。

【咬文嚼字】

①黄犬：狗名。

②《辋川图》：唐王维于蓝田清凉寺壁上曾画《辋川图》。

【词牌平仄】（同前）

【相关典范】（同前）

【原词意译】

送别伯固归吴中，那吴中也是我想念的地方。三年来只有在梦中不断地把它思念。叫那只心爱的黄犬随他去吧，就算是我与他做伴。你到了松江渡口叫渡船时可要轻声点，别惊吓了那对鸳鸯。那吴中四桥边也是我常去的地方。欣赏王维的《辋川图》，想吴中暮春景色，常常记起隐士王右丞的诗句。定下了回吴中的日子，再看看身上的春衫，还是小蛮姑娘为我细针密线缝制的。春衫上浸湿了多少如西湖细雨般的泪水。

【读后之感】

送别词作。相见时难别亦难，多情自古伤离别，鸳鸯也为别情惊，黄犬能识吴中路。《辋川图》上看春暮，作个归期天定许，东坡泪雨湿西湖，青玉案里念伯固。

这是我读这首《青玉案》后的有感而发。

东坡此首《青玉案》中我感触最深的是"小蛮针线，曾湿西湖雨"句，情深意切，意境全出。愿无岁月可回首，且以深情度余生。

临江仙

苏轼

【原词实录】

夜饮东坡醒复醉,归来仿佛三更。家童鼻息已雷鸣。敲门都不应,倚杖听江声。

长恨此身非我有,何时忘却营营①!夜阑②风静縠纹③平。小舟从此逝,江海寄余生。

【咬文嚼字】

①营营:周旋、忙碌,内心躁急之状,形容为利禄竞逐钻营。

②夜阑:夜尽。

③縠纹:比喻水波细纹。縠,绉纱。

【词牌平仄】(同前)

【相关典范】(同前)

【原词意译】

我夜饮在东坡雪堂,醉又醒,醒又醉,回去时已近三更。家童熟睡打着鼾,任你敲门总都不应。我拄着拐杖在江边倾听江浪声,长恨这形骸不归我属有,总不能抛弃功名利禄。风平浪静了,一叶小舟从此而过,若能载上我随波而去该有多好。

【读后之感】

遣怀之作,上片着意渲染其醉态,下片写酒醒时的所想所思。这首词做到了情、景、理的巧妙结合。

此处的情,有两层含义。一是有我之情:"我"已醉得一塌糊涂,醉了又醒,醒了又醉去,以至于"长恨此身非我有"了,为功名奔走钻营,"我"不由己呀;二是无我之情:时已三更,家童鼾声雷鸣,眼下是江水滔滔,我早已灵魂出窍,哪里容得下、寄托得了我的一片悲情啊。

于是只有托情于景,在夜深风静縠纹平中倚杖听江声了。读到这里,我终于明白了词人为何彻夜举杯、醒复醉了。

定风波

苏轼

【原词实录】

三月七日，沙湖道中遇雨，雨具先去。同行皆狼狈，余不觉。已而遂晴，故作此。

莫听穿林打叶声，何妨吟啸且徐行。竹杖芒鞋①轻胜马，谁怕？一蓑②烟雨任平生。

料峭③春风吹酒醒，微冷，山头斜照却相迎。回首向来萧瑟④处，归去，也无风雨也无晴。

【咬文嚼字】

①芒鞋：草鞋。
②一蓑：蓑衣，用棕制成的雨披。
③料峭：微寒的样子。
④萧瑟：风雨吹打树叶声。

【词牌平仄】（同前）

【相关典范】（同前）

【原词意译】

我拄着拐杖，穿着草鞋，在竹林的风雨声里从容慢行。披一袭蓑衣，沐一身细雨，轻便自在，胜过骑马。多逍遥。料峭的寒风把我的酒意吹醒，风雨潇潇，任我行，归去吧，管它是风，是雨，还是晴。

【读后之感】

全词看似雨后信步，但不难看出有着深刻的寓意，表现了作者任凭政治风云变幻，就算屡遭挫折也无所畏惧的倔强性格。对社会现实的一种无力的反抗溢于言表。

刘熙载论苏轼词云："东坡词颇似老杜诗，以其无意不可入，无事不可言也。若其豪放之致，则时与太白为近。"又云：东坡《定风波》"尚余孤瘦雪霜姿"，雪霜姿，风流标格，学坡词者，便可从此领取。又云：词以不犯本位为高，东坡《满庭芳》"老去君恩未报,空回首,弹铗悲歌"语成慷慨,然不若水调歌头空灵蕴藉。

下面着重谈谈苏东坡《定风波》的空灵蕴藉。

空灵蕴藉,是历来词论家所追求的一种词境。

所谓"空灵",有"清空"意。是说词的艺术技巧要"清空",而不要质实。要像孤云野鹤,去留无踪,而不要滞黏堆砌,晦涩不明。东坡句"竹杖芒鞋轻胜马""一蓑烟雨任平生"是也,"穿林打叶声,吟啸且徐行"是也。

所谓"蕴藉",有讲"含蓄而不直露",是君子的气质之意。东坡句"回首向来萧瑟处,也无风雨也无晴"是也。下片开头"料峭春风吹酒醒,微冷,山头斜照却相迎"也正明白不过了。其中含蓄、蕴藉的词外之境、意外之意恐怕要你好好揣摩方能得其真也。

江城子（乙卯正月二十日夜记梦）

苏轼

【原词实录】

十年①生死两茫茫，不思量，自难忘。千里孤坟②，无处话凄凉。纵使相逢应不识，尘满面、鬓如霜。

夜来幽梦忽还乡，小轩窗，正梳妆。相顾无言，惟有泪千行。料得年年肠断处，明月夜、短松冈。

【咬文嚼字】

①十年：苏轼妻王氏去世十年。

②千里孤坟：王氏逝后葬在四川。

【词牌平仄】

江城子，词牌名，又名"村意远""江神子""水晶帘"，兴起于晚唐，来源于唐著词曲调，由韦庄最早依调创作，此后所作均为单调，直至北宋苏轼时始变单调为双调。单调四体，字数有三十五、三十六、三十七三种；双调一体，七十字，上下片各七句五平韵，格律多为平韵格，偶有仄韵者。

单调定格：

中平中仄仄平平（韵），仄平平（韵），仄平平（韵）。中平中仄，中仄仄平平（韵）。中仄中平平仄仄，平仄仄，仄平平（韵）。

宋人多依原曲重填一片为双调。

【相关典范】

五代·和凝《江城子·斗转星移玉漏频》

宋·苏轼《江城子·凤凰山下雨初晴》《江城子·密州出猎》

宋·秦观《江城子·西城杨柳弄春柔》

宋·卢祖皋《江城子·画楼帘暮卷新晴》

宋·朱淑真《江城子·赏春》

【原词意译】

我在梦中又见到了你，我心爱的娇妻。十年了，我你生死两茫茫，你的身影我总不能忘。想你在千里之外的孤坟里，也在向我诉说着凄凉。假如我们夫妻再相逢，可能你也认不得我了，我为你已憔悴又憔悴，两鬓如霜。

　　昨晚又做了个梦，梦见你坐在小窗旁，正在梳妆打扮。我能料想得到，我为思念你痛断愁肠的地方，就在那明月小松冈。

　　【读后之感】

　　用词来悼亡，少而又少，苏轼这首词是首创。

　　悲歌一曲，如泣如诉，虽为梦中语，但我清晰地看到了苏东坡家庭生活的一个重要方面，这在宋词中确实少而又少，特别是"千里孤坟"句，引下阕"相顾无言，惟有泪千行"，再接下句"料得年年肠断处，明月夜、短松冈"，真是句句含情，字字戳心，其穿透力之强无与伦比！

　　刘熙载《艺概》中说，东坡词似老杜诗，以其无意不可入，无事不可言也。这首《江城子》即为标本。

贺新郎

苏轼

【原词实录】

乳燕①飞华屋。悄无人、桐阴②转午,晚凉新浴。手弄生绡③白团扇,扇手一时似玉。渐困倚、孤眠清熟④。帘外谁来推绣户?枉⑤教人、梦断瑶台⑥曲,又却是,风敲竹。

石榴半吐红巾蹙⑦。待浮花、浪蕊⑧都尽,伴君幽独⑨。秾艳⑩一枝细看取,芳意千重似束。又恐被、西风惊绿⑪,若待得君来向此,花前对酒不忍触。共粉泪,两簌簌⑫。

【咬文嚼字】

①乳燕:雏燕儿。

②桐阴:梧桐树阴影。

③生绡:未漂煮过的生丝织物,即丝绢。

④清熟:安稳熟睡。

⑤枉:空、白。

⑥瑶台:美石砌成的楼台,传说中的昆仑山仙境。

⑦蹙:皱叠的样子。

⑧浮花、浪蕊:指浮艳争春的花朵。

⑨幽独:幽僻孤独。

⑩秾艳:茂盛而鲜艳。

⑪惊绿:形容秋风吹得榴花凋谢,只剩下绿叶。

⑫两簌簌:指落花与粉泪簌簌同落的样子。

【词牌平仄】

贺新郎,词牌名,又名"金缕曲""乳燕飞""貂裘换酒""金缕词""风敲竹""贺新凉"等。

正体：

中仄平平仄（韵），仄平平，中平中仄，中平平仄（韵），平仄平平平平仄，中仄中平中仄（韵）。中中仄，中平中仄（韵），中仄中平平仄仄，仄中平，中仄平平仄（韵）。中仄仄，中平仄（韵）。

中平中仄平平仄（韵），仄中中，中中中中，中平中仄（韵），平仄平平平平仄，中仄中平中仄（韵），仄中仄，中平中仄，中仄中平平仄（韵），仄中平，中仄平平仄（韵）。中仄仄，中平仄（韵）。

【相关典范】

宋·张元干《贺新郎·梦绕神州路》《贺新郎·曳杖危楼去》

宋·叶梦得《贺新郎·睡起流莺语》

宋·辛弃疾《贺新郎·柳暗凌波路》《贺新郎·把酒长亭说》

宋·刘过《贺新郎·老去相如倦》

宋·刘克庄《贺新郎·北望神州路》《贺新郎·湛湛长空黑》《贺新郎·国脉微如缕》

宋·蒋捷《贺新郎·梦冷黄金屋》

宋·卢祖皋《贺新郎·春色元无主》

【原词意译】

帘外谁在推绣户？又却是风敲竹。手弄生绡白团扇，孤眼清熟。

窗前石榴红巾蹙，芳心千重似束。花前对酒不忍触，你我共流泪，两簌簌。

【读后之感】

这首词咏人兼咏物。王国维在《人间词话》中说，词以境界为上，有境界则自成高格，所写之境必然有名句。

这首词中"风敲竹"句极雅；"共粉泪，两簌簌"简短六字，传情、传神也。何为惟妙惟肖？"手弄生绡白团扇"即惟妙惟肖。你看生绡白团扇在小女子手中翻着，转着，摇着，晃着，著一"弄"字，暗换为描写心理活动，意境全出，名句也自然而生。

望海潮

秦观

【原词实录】

梅英①疏淡，冰澌②溶泄③，东风暗换年华。金谷俊游，铜驼巷陌，新晴细履平沙。长记误随车，正絮翻蝶舞，芳思④交加。柳下桃蹊⑤，乱分春色到人家。

西园⑥夜饮鸣笳⑦，有华灯碍月，飞盖⑧妨花。兰苑⑨未空，行人渐老，重来是事堪嗟。烟暝⑩酒旗斜。但倚楼极目，时见栖鸦。无奈归心，暗随流水到天涯。

【咬文嚼字】

①梅英：梅花。

②冰澌：冰块流动。

③溶泄：溶解流泄。

④芳思：春天引起的情思。

⑤桃蹊：桃树下的小路。

⑥西园：金谷园。

⑦笳：古代西北少数民族的一种管乐器。

⑧飞盖：飞驰车辆上的伞盖。

⑨兰苑：美丽的园林，亦指西园。

⑩烟暝：烟霭弥漫的黄昏。

【词牌平仄】

望海潮，词牌名。以柳永《望海潮·东南形胜》为正体，双调一百零七字，上片十一句五平韵，下片十一句六平韵。

正体：

中平平仄，平平中仄，中平中仄平平（韵）。平仄仄平，平平仄仄，中平中仄平平（韵）。中仄仄平平（韵）。仄中中中仄，中仄平平（韵）。中仄平平，中中中仄仄平平（韵）。

中平中仄平平（韵）。仄中平仄仄，中仄平平（韵）。平仄仄平，平平仄仄，中平中仄平平（韵）。中仄仄平平（韵）。中中平中仄，中仄平平（韵）。中仄平平中仄，中仄仄平平（韵）。

另有上片十一句五平韵，下片十二句七平韵变体。代表作有秦观《望海潮·洛阳怀古》等。

【相关典范】
宋·柳永《望海潮·东南形胜》
宋·秦观《望海潮·洛阳怀古》
金·邓千江《望海潮·上兰州守》
清·纳兰性德《望海潮·宝珠洞》

【原词意译】
梅花、冰雪、春风、胜景，又浮现眼前。曾记得追了人家的香车，曾记得西园里雅集豪饮，而如今，游子的我已白发如霜，旧事嗟吁。我独自在高楼远眺，那归鸦已栖树，唯我归心难耐，已暗自随着流水奔向天涯。

【读后之感】
读词者要有一颗透明的心和一双会流泪的眼睛，无感无情的人，天分再高，也读不出味道来。本词以"陈、隋小赋"手法极力铺叙，名句有"柳下桃蹊，乱分春色到人家""无奈归心，暗随流水到天涯"等。词句浅白，但深得人心。

该词的炼字也颇得人欣赏，如"暗换年华""暗随流水"中的"暗"字，"华灯碍月"中的"碍"字，"飞盖妨花"中的"妨"字，老道精准。

【词人简介】
秦观（1049—1100），字少游，一字太虚，号淮海居士，扬州高邮（今江苏高邮）人。秦观善词赋策论，与黄庭坚、晁补之、张耒合称"苏门四学士"。在四学士中，他最受苏轼爱重，诗、文、词皆工，词名尤著，当时即负盛誉。他的词艺术成就很高，柔丽典雅，情味深永，音律谐婉。词风上承柳永、晏几道，下开周邦彦、李清照。

秦观为婉约派重要作家，高古沉深，长于议论，文丽思深，有《淮海词》三卷100多首，诗十四卷430多首，文三十卷共250多篇，著有《淮海集》40卷及《劝善录》《逆旅集》等。

秦观词的艺术特色。首先，在意境创造上，秦词擅长描摹幽静冷寂的自然风光，抒发迁客骚人的愤懑和无奈，营造出萧瑟凄厉的"有我之境"。代表性作品是他贬谪郴州期间所写的《踏莎行·雾失楼台》，秦病逝后苏轼特别将《踏莎行》结句"郴江幸自绕郴山，为谁流下潇湘去"书于扇面上，并题诗曰：

"少游已矣,虽万人何赎?"

其次,在词体上秦观受柳永的影响,创作了大量慢词,但他能把令词中含蓄缜密的韵味带进慢词长调,从而弥补了柳词的赋法填词所造成的发露有余、浅白单调的不足,显得跌宕有致、包蕴深刻,《望海潮》是例。

最后,在字法运用方面,少游词作具有隐丽含蓄的特征,取象设词追求意象的精致幽美,描绘自然景物,多为飞燕、寒鸦、垂杨、芳草、斜阳、残月、远村、烟渚等;摹状建筑器物,则是驿亭、孤馆、画屏、银烛之类。他以委婉的笔触,用精美凝练的辞藻,传写出凄迷朦胧的意境。

正如赵尊岳在《填词丛话》卷中评析秦观词用字之妙所言:"淮海即好丽字,触目琳琅,如'东风里,朱门映柳,低按小秦筝',一'映',一'低按',一'小'字,已经驱使质实为疏秀,人见其风度矣。"

八六子

秦观

【原词实录】

倚危亭①。恨如芳草，萋萋刬②尽还生。念柳外青骢③别后，水边红袂④分时，怆然暗惊。无端⑤天与娉婷⑥。夜月一帘幽梦，春风十里柔情。

怎奈向、欢娱渐随流水，素弦声断，翠绡⑦香减、那堪片片飞花弄晚，蒙蒙残雨笼晴。正销凝⑧，黄鹂⑨又啼数声。

【咬文嚼字】

①危亭：高耸的楼亭。
②刬：通"铲，"消除。
③青骢：骏马名，代指行人。
④红袂：红袖，代指女子。
⑤无端：没来由，无缘无故。
⑥娉婷：姿容娇美的样子。
⑦翠绡：碧丝纱巾。
⑧销凝：销魂凝魄，极度伤神之意。
⑨黄鹂：黄莺。

【词牌平仄】

八六子，词牌名，又名"感黄鹂"。以杜牧《八六子·洞房深》为正体，双调九十字，上片九句四平韵，下片八句三平韵。

正体：

仄平平（韵），仄平平仄，平仄平仄平平（韵）。仄仄仄仄仄平平，平仄平平仄仄，平平仄平仄平（韵）。平平仄平仄平，仄仄平平，平平仄平仄平（韵）。

仄仄平平（韵）。仄平平、平平仄平平仄，仄平平仄，仄平平仄。平仄、仄仄平平仄仄，平平仄仄平平（韵）。仄平平，平平仄仄平平（韵）。

【相关典范】
唐·杜牧《八六子·洞房深》
宋·晁补之《八六子·重九即事呈徐倅·祖禹十六叔》
宋·曹冠《八六子·九日》
宋·柳永《八六子·如花貌》
宋·郑熏初《八六子·忆南洲》
宋·王沂孙《八六子·扫芳林》
明·王夫之《八六子·花朝夜窗中见月》
清·陈维崧《八六子·枫隐寺感旧》

【原词意译】
一帘幽梦埋柔情，叫我如何不想她。

我在高高的亭子里独倚栏杆，离恨如芳草绵绵：你衣袂飘飘，暗自神伤，我牵着青骢马走了，在残雨笼罩的晚上，又听到几声黄莺的凄鸣声，叫我如何不想她！

【读后之感】
伤心时不要读这首词。它会使你愈发伤心。你看，夜月一帘幽梦，春风十里柔情，是景语，更是情语；你再看，片片飞花弄晚，漾漾残雨笼晴，柔到融心，深至刻骨，没有理由不为之走心！

满庭芳

秦观

【原词实录】

山抹微云，天粘衰草，画角声断谯门。暂停征棹①，聊共引离尊②。多少蓬莱旧事，空回首、烟霭纷纷。斜阳外，寒鸦万点，流水绕孤村。

销魂，当此际，香囊暗解③，罗带轻分④。谩赢得，青楼薄幸名存。此去何时见也？襟袖上、空惹啼痕。伤情处，高城望断，灯火已黄昏。

【咬文嚼字】

①征棹：指远行的船。棹，船的大桨，代指船。
②引离尊：端起离别时的酒杯。
③香囊暗解：谓男女情连。
④罗带轻分：表示离别。

【词牌平仄】

满庭芳，词牌名，又名"锁阳台""满庭霜""潇湘夜雨""话桐乡""满庭花"等。以晏几道《满庭芳·南苑吹花》为正体，双调九十五字，上下片各十句四平韵。

正体：

中仄平平，中平中仄，中平中仄平平（韵）。中平中仄，中仄仄平平（韵）。中仄中平中仄，中中仄、中仄平平（韵）。中平仄，中平中仄，中仄仄平平（韵）。

中平平仄仄，中平中仄，中仄平平（韵）。仄中中，中平中仄平平（韵）。中仄中平中仄，中中仄、中仄平平（韵）。平平仄，中平中仄，中仄仄平平（韵）。

【相关典范】

宋·苏轼《满庭芳·归去来兮》《满庭芳·蜗角虚名》《满庭芳·三十三年》
宋·秦观《满庭芳·晓色云开》《满庭芳·碧水惊秋》《满庭芳·红蓼花繁》
宋·毛滂《满庭芳·夏曲》

宋·李清照《满庭芳·小阁藏春》
清·纳兰性德《满庭芳·堠雪翻鸦》

【原词意译】

多少峥嵘岁月，如今空自回首。烟云迷乱，斜阳西照，寒鸦点点，流水绕着孤村。

好销魂！我与你暗解香囊，轻分罗带。到如今，我为你守身如玉，空得浪名，我愿意，我不恨，因为我的衣襟上至今还残留着你的泪痕，尽管灯火已黄昏。

【读后之感】

别怨词，又一曲。周济在《宋四家词选》中说"将身世之感，打并入艳情，又是一法"。秦观词，风格和笔法上近柳永体，即情调伤感缠绵，气格低沉不举。但语句新奇精妙，得到诸大家的首肯，苏轼谓之"'山抹微云'秦学士"，赞佩也。

走在你身后，矛盾在心头，一颗狂热的心，经不住你撩拨，香囊暗解，罗带轻分，去享尽人间的情乐吧。这是我对这首别怨词的另一种解读。

满庭芳

秦观

【原词实录】

晓色云开,春随人意,骤雨才过还晴。古台芳榭①,飞燕蹴②红英。舞困榆钱自落,秋千外、绿水桥平。东风里,朱门映柳,低按小秦筝③。

多情,行乐处,珠钿翠盖④,玉辔红缨⑤。渐酒空金榼⑥,花困蓬瀛。豆蔻梢头旧恨,十年梦、屈指堪惊。凭阑久,疏烟淡日,寂寞下芜城⑦。

【咬文嚼字】

①芳榭:华丽的水边楼台。

②蹴:踢,蹬踏。

③秦筝:似瑟的弦乐器,相传为秦时蒙恬所造,故称。

④珠钿翠盖:泛指华贵的车子。

⑤玉辔红缨:泛指华丽的骏马。

⑥金榼:金制的饮酒器。

⑦芜城:指扬州城。

【词牌平仄】(同前)

【相关典范】(同前)

【原词意译】

扬州古城,美丽的春色道不尽,那豆蔻年华的美少女是我最难忘的人。

那天,她乘着翠羽伞盖的香车,珠玉头饰簪满发,我骑着马儿,得意地陪她漫游。

啊,十年了,离情别恨犹如春秋大梦,回忆起来泪如雨下。

我凭依栏杆想把她眺望,但见烟雾迷蒙,落日黄昏。扬州古城你寂寞地去吧,连同我心爱的姑娘!

【读后之感】

"真个别离难,不似相逢好。"这首词从写天气景物入手,从相会写到离别，情意绵绵，语词清丽，结尾"疏烟淡日"句，与起首衬托呼应，精炼工妙，婉约忧伤，生动地表现出人物的思绪情怀。

难怪秦观为当世和后世评价最多的词人。"虽子瞻之明隽，耆卿之幽秀，犹若有瞠乎后者，况其下耶！"

词中"豆蔻梢头"句，化用唐杜牧《赠别》诗"娉娉袅袅十三余，豆蔻梢头二月初"句，把一个十三四岁的小姑娘活灵活现地描绘出来，化迹无痕，深得后人赞许。

"疏烟淡日，寂寞下芜城"句，又显词人空灵俊雅的骨气，非凡夫俗子所能云耳。空灵俊雅，我今后学词之要旨。

减字木兰花

秦观

【原词实录】

天涯旧恨,独自凄凉人不问。欲见回肠①,断尽金炉小篆②香。

黛蛾③长敛,任是春风吹不展。困倚危楼,过尽飞鸿字字愁。

【咬文嚼字】

①回肠:形容心中忧愁不安,仿佛肠子被牵转一样。

②小篆:比喻盘香或缭绕的香烟。此处指香烟。

③黛蛾:黛画的蛾眉,指美眉。

【词牌平仄】

减字木兰花,词牌名,又名"减兰""木兰香""天下乐令""玉楼春""偷声木兰花""木兰花慢"等。双调四十四字,上下阕各四句,两仄韵两平韵。

正体:

中平中仄(韵),中仄中平平仄仄(韵)。中仄平平(韵)。中仄平平中仄平(韵)。

中平中仄(韵)。中仄中平平仄仄(韵)。中仄平平(韵)。中仄平平中仄平(韵)。

【相关典范】

宋·张先《减字木兰花·垂螺近额》

宋·苏轼《减字木兰花·己卯儋耳春词》《减字木兰花·维熊佳梦》《减字木兰花·双龙对起》《减字木兰花·莺初解语》

宋·黄裳《减字木兰花·竞渡》

宋·朱敦儒《减字木兰花·刘郎已老》

宋·李清照《减字木兰花·卖花担上》

宋·向子谭《减字木兰花·斜红叠翠》

宋·朱淑真《减字木兰花·春怨》

清·纳兰性德《减字木兰花·新月》《减字木兰花·烛花摇影》《减字木兰花·相逢不语》

【原词意译】

旧恨，无人过问，我九曲愁肠，时而如烧断的檀香。她总是紧锁蛾眉，和煦的春风也吹展不开。她困怠地倚着高楼，看高飞的大雁，行行字字皆是愁。

【读后之感】

怨妇词。这首小令的妙句在"过尽飞鸿字字愁"一句。大雁在飞行过程中常常排成"一"字形或"人"字形，可不管你怎样变幻，在我的眼里、在我的心里都只是一个"愁"字啊。南飞的大雁啊，请你快快飞呀，请你捎个信儿给我的情郎哥哥，远隔天涯的妹妹紧锁青黛蛾眉，困怠地倚着高楼，独自品味着天涯旧恨，连肠子也被一个"愁"字牵转着一圈又一圈啊。

秦观的"愁"，与诸人不同，总是在淡淡的"愁"里，寓含了深深的情，东坡以"'山抹微云'秦学士"称谓他，喜欢他到骨子里去了。我也将他归纳到周邦彦、柳永、苏东坡之列，由衷地敬佩他。我在"文心雕虫"篇目里有《秦观〈踏莎行〉"起、承、转、合"之评说》一文，专门欣赏其文风采。

浣溪沙

秦观

【原词实录】

漠漠①轻寒上小楼，晓阴无赖②似穷秋。淡烟流水画屏幽。

自在飞花轻似梦，无边丝雨细如愁。宝帘闲挂小银钩。

【咬文嚼字】

①漠漠：朦胧弥漫的样子。

②无赖：无心思、无意趣。

【词牌平仄】（同前）

【相关典范】（同前）

【原词意译】

我百无聊赖地挂起小帘钩，看朦胧弥漫的寒意悄悄地爬上小楼，画屏上画着淡淡的烟水。杨花悠闲自在地飞舞，丝丝不断的细雨，如同我排遣不掉的忧愁。

【读后之感】

婉约词派正宗的词作。

细看这是一幅何等美妙的画作：一位妙龄少妇，在漠漠轻寒中独自登上小楼，画屏再美，也掩饰不住她内心的无聊。窗外杨花自由自在地飞舞，她的愁绪却如丝丝细雨。她为何如此惆怅？给人留下无尽的想象空间。

只知道花开在眼前，不知道年年岁岁，岁岁年年，不知道爱你在哪一点，犹如"宝帘闲挂小银钩"——这是这首《浣溪沙》的画外音，我读后被这"无边丝雨细如愁"的"愁"字，弄得有点哽咽。

"宝帘闲挂小银钩"句与上片"晓阴无赖似穷秋"句浑然一体，把词人的愁绪和盘托出，较好地表现了词作排遣不掉的忧愁这一主题。

阮郎归

秦观

【原词实录】

湘天风雨破寒初，深沉庭院虚。丽谯①吹罢《小单于》②，迢迢清夜徂③。

乡梦断，旅魂孤。峥嵘④岁又除。衡阳犹有雁传书，郴阳和雁无。

【咬文嚼字】

①丽谯：亦作"丽樵"，华丽的高楼。

②《小单于》：唐大角曲名。

③徂：过去，消逝。

④峥嵘：形容岁月激荡。

【词牌平仄】（同前）

【相关典范】（同前）

【原词意译】

庭院空虚，城门上吹奏着塞外《小单于》，我的怀乡之梦已断，衡阳尚有替人传递书信的鸿雁，郴州这里却连鸿雁也没了踪迹，羁旅孤魂的我如何是好啊？

【读后之感】

这首词为作者被贬郴州时所作，与同时同地所写另一首词《踏莎行·郴州旅舍》有异曲同工之妙。《宋词三百首》中秦观的几首词读毕，叹其《踏莎行》未见其中，这么有名的一首词，彊村不可能遗漏，那么为何不收其中？我觉蹊跷。日后一定细考。故我在"文心雕虫"一节，有意选用该词作了《秦观〈踏莎行〉"启、承、转、合"之评说》一文补上。让诸看官不至于和我一样遗憾。

所以，我在校该书二稿时，特将《踏莎行·郴州旅舍》一词补录于《宋词三百首》中，绝非画蛇添足之举耳。

踏莎行（郴州旅舍）

秦观

【原词实录】

雾失楼台，月迷津渡①。桃源望断无寻处。可堪②孤馆闭春寒，杜鹃声里斜阳暮。

驿寄梅花③，鱼传尺素④。砌成此恨无重数。郴江幸自⑤绕郴山，为谁流下潇湘去。

【咬文嚼字】

①津渡：渡口。

②可堪：哪堪。

③驿寄梅花：陆凯在《赠范晔》诗中有"折梅逢驿使，寄与陇头人。江南无所有，聊赠一枝春"句。

④鱼传尺素：汉乐府中有"客从远方来，遗我双鲤鱼。呼儿烹鲤鱼，中有尺素书"。

⑤幸自：本是，本来是。

【词牌平仄】（同前）

【相关典范】（同前）

【原词意译】

眼前的楼台，被浓雾掩遮，那渡口也在皎洁的月光下若隐若现，我心中向往的桃源仙境啊，在哪里？孤独的我，怎能忍受馆舍里的寒冷与寂寞。那凄惨的杜鹃在日落之后又传来哀鸣声声。

有没有人能寄来一枝思念的梅花？传说中鱼能传书，可鱼儿啊，你又能带给我谁传来的书信呢？此时的我只有愁恨重重。

眼前的郴江之水，也无奈地绕着郴山而流淌着，它是载着我的哀愁流向了潇水湘水了吧？

【读后之感】

好悲凄的一首词。羁旅之中的词人是多么希望那心中的桃源梦境能出现啊，可眼前一片迷蒙，根本看不清前景在哪儿。春之寒，杜鹃声声悲凄，也在旁敲侧击着词人那颗破碎的心灵，词人只好寄希望于梅花传情、尺素传信了。那泊泊而去的郴江之水能带走词人的哀愁吗？

　　这首词堪称是羁旅词中的经典。词中的景色被词人的一颗孤寂的心所左右，好在词中还有桃源的幻境，给人在愁极之中还能有一丝光明的希望。

　　有清词评家说："夫词，非寄托不入，专寄托不出。一物一事，引而伸之，触类旁通，驱心若游丝之冒飞英，含毫如郢斤之斫蝇翼。"

　　秦观《踏莎行·郴州旅舍》这首词，属"寄托"之典范，郴州、郴山、湘水、潇水，无不寄托有词人心中桃源之向往。遂使我读之心中久久不能平静，并把秦观列入我最敬佩的词人之一。

望江东

黄庭坚

【原词实录】

江水西头隔烟树①。望不见、江东路②。思量只有梦来去。更不怕、江阑住③。

灯前写了书无数。算没个、人传与。直饶④寻得雁分付⑤。又还是、秋将暮。

【咬文嚼字】
①烟树：烟雾笼罩的树林。
②江东路：指爱人所住的地方。
③阑住：拦住。
④直饶：当时的口语，尽管、即使意。
⑤分付：交付。

【词牌平仄】
望江东，词牌名，此调只此一词，无他词可较。双调五十二字，前后片各四仄韵。

正体：
平仄平平仄平仄（韵），仄中仄、平平仄（韵）。中平中仄仄平仄（韵），仄仄仄、平平仄（韵）。

平平仄仄平平仄（韵），仄中仄、平平仄（韵）。中平中仄仄平仄（韵），仄中仄、平平仄（韵）。

【相关典范】
此词只此一调，无别首可较。

【原词意译】
我之所爱住在江东路的那一头，一川江水，满眼烟树，始终遇不到她，只能在梦中思念她，怕只怕被这迢迢江水拦住。给她写了这么多书信，却无人传递给她。只得期盼那雁儿来传书，只可惜时已秋暮，那雁儿早已飞去，再也没有办法将我的思念传送了。

【读后之感】

满纸愁惆而已。只感情真挚，令人伤感。

《蒿庵论词》中说："后山以秦七、黄九并称，其实黄非秦匹也。若以比柳，差为得之。盖其得也，则柳词明媚，黄词疏宕。而亵诨之作，所失亦均。"

这里就说说黄庭坚这首词的疏宕。

疏宕，即放达不羁，恬淡隽永；声调抑扬顿挫，文气流畅奔放。

黄庭坚为"苏门四学士"之一。因受党祸被贬黔州等地。其间作此词。

这首词的疏宕主要表现在其意境上。"江水西头隔烟树"，是为恬淡隽永；"思量只有梦来去""灯前写了书无数""直饶寻得雁分付"是为文气流畅；"望不见""江东路""更不怕""江阑住""又还是""秋将暮"等三字句的循环反复，是为声调抑扬顿挫，较好地体现了词人表面恬淡，却内心焦急的心态。

难怪陈廷焯《白雨斋词话》中称赞此词堪称佳作，它"笔力奇横无匹，中有一片深情，往复不置，故佳"。

【词人简介】

黄庭坚（1045—1105），字鲁直，号清风阁、山谷道人、山谷老人、涪翁、涪皤、黔安居士、八桂老人，世称黄山谷、黄太史、黄文节。洪州分宁（今江西九江）人，北宋大孝子，《二十四孝》中"亲涤溺器"故事的主角。

黄庭坚与张耒、晁补之、秦观都游学于苏轼门下，合称为"苏门四学士"。

黄庭坚治平四年（1067）进士及第，曾任多地知州，1105年病逝，享年60岁，宋高宗追赠其"龙图阁"大学士，宋恭宗追赠谥号"文节"。

其一生为官清正，治学严谨，以文坛宗师、孝廉楷模垂范千古。

绿头鸭

晁元礼

【原词实录】

晚云收，淡天一片琉璃。烂银盘、来从海底，皓色千里澄辉。莹无尘、素娥淡伫，静可数、丹桂①参差。玉露②初零③，金风④未凛，一年无似此佳时。露坐久、疏萤时度，乌鹊正南飞。瑶台⑤冷，阑干凭暖，欲下迟迟⑥。

念佳人、音尘别后，对此应解相思。最关情、漏声正永，暗断肠、花影偷移。料得来宵，清光未减，阴晴天气又争知。共凝恋⑦、如今别后，还是隔年期。人强健，清尊素影，长愿相随。

【咬文嚼字】

①丹桂：传说月中有桂树，高五百丈。

②玉露：秋露。

③零：指雨露及泪水等降落掉下。

④金风：秋风。

⑤瑶台：美玉砌的楼台。此泛指华丽的楼台。

⑥迟迟：眷恋貌。

⑦凝恋：深切思念。

【词牌平仄】

绿头鸭，词牌名，又名"鸭头绿""陇头泉""跨金鸾"等。双调一百三十九字，上片六平韵，下片五平韵。亦有于首句起韵者。变格改用入声韵。

正体：

仄平平，中平中仄平平（韵）。仄平平、中平中仄，中中中仄平平（韵）。仄平平、中平中仄，中中仄、中仄平平（韵）。中仄平平，中平仄仄，仄平中仄仄平平（韵）。仄中仄、中平平仄，中仄仄平平（韵）。平平仄、中平中仄，中仄平平（韵）。

仄中平、中平中仄，中平仄平平（韵）。仄平平、仄平中仄，中中中、中中平平（韵）。中仄平平，中平仄仄，中平中仄仄平平（韵）。中中仄、中平中仄，中仄仄平平（韵）。平中仄、中中中中，中仄平平（韵）。

【相关典范】

宋·贺铸《绿头鸭·玉人家》

宋·王安中《绿头鸭·魏都雄》

宋·无名氏《绿头鸭·敛同云》

宋·晁端礼《绿头鸭·锦堂深》

宋·利登《绿头鸭·晚春天》

宋·周格非《绿头鸭·陇头泉》

宋·曹勋《绿头鸭·喜雨薰泛景》

宋·晁补之《绿头鸭·新秋近》

元·王吉昌《绿头鸭·体希夷》

元·白朴《绿头鸭·洞庭怀古》

元·长筌子《绿头鸭·雨初晴》

元·姚燧《绿头鸭·又寄疏斋》

元·许有壬《绿头鸭·为牧庵寿》

元·王吉昌《绿头鸭·貌幽玄》

元·王吉昌《绿头鸭·道风清》

元·王哲《绿头鸭·叹平生》

【原词意译】

淡淡的蓝天像琉璃一样碧翠，朵朵晚霞聚散收敛，一会儿银灿灿的月亮将从海底升起，皎皓的月色将笼罩千里。月亮里的嫦娥淡妆伫立，是那么晶莹、干净，桂花树叶参差不齐。露珠儿开始滴答，飒爽秋风尚未凛冽，一年中再没有如此美好的秋夕。我在露天下久坐凝望，一只只萤火虫时时闪过，惊起的乌鹊正向南飞去。我登上冰冷的瑶台，栏杆已被倚暖，欲下台阶却迟迟疑疑。我想念着她，自离别后就一直断了消息，此时此刻，叫我如何不想她。铜漏的水声不断滴沥，婆娑的花影暗暗移动，我被牵动情怀，独自伤心。料想以后的夜晚，皎洁的月光依然清澈，但天气是阴是晴变幻莫测，谁能预知呢？我们倾心相爱，如今离别后，总期待着来年再相会。但愿我们都健健康康，就让清醇的美酒、淡素的月影，永远相随相伴。

【读后之感】

写中秋月色，思别后恋人。

古人诗词常用"偷"字，每每出现，必是出彩之处。

白居易《池上》："小娃撑小艇，偷采白莲回。"许有壬《如梦令》："有泪绿窗偷洒。"沈景高《沁园春》："宫棋也学偷弹。"张雨《摸鱼儿》："又坠偷香梦里。"王哲《玉女摇仙佩》："莫使暗魔偷适。"李俊明《谒金门》："先把一枝偷折。"韩奕《四字令》："园池偷换春光。"李涉《题鹤林寺僧舍》："偷得浮生半日闲。"高观国《浣溪沙》："偷得韩香惜未烧。"祖无择《游栖贤》："偷得沈迷簿领身。"秦观《次韵公辟会流觞亭》："偷引湖光一派飞。"晁元礼在此词中的"花影偷移"，毫不逊色。

【词人简介】

晁元礼（1046—1113），一说名端礼，字次膺。其先澶州清丰（今属河南）人，家彭门（今江苏徐州）。熙宁六年（1073）进士。两为县令，忤上官，坐废。政和三年（1113）以承事郎为大晟府协律。

相见欢

朱敦儒

【原词实录】

金陵①城上西楼。倚清秋②。万里夕阳垂地、大江流。

中原乱③。簪缨④散。几时收。试倩⑤悲风吹泪、过扬州。

【咬文嚼字】

①金陵：南京。

②倚清秋：倚楼观看秋天景色。

③中原乱：指1127年，金人入侵中原。

④簪缨：官僚冠饰。这里代指其本人。

⑤倩：请。

【词牌平仄】

相见欢，词牌名，又名"乌夜啼""忆真妃""月上瓜州"等。以薛昭蕴《相见欢·罗襦绣袂香红》为正体，双调三十六字，上片三句三平韵，下片四句两仄韵两平韵。另有变格，以李煜《相见欢·无言独上西楼》等为代表作。

正体：

中平中仄平平（韵），仄平平（韵），中仄中平中仄、仄平平（韵）。

中中仄，中中仄，仄平平（韵），中仄中平中仄、仄平平（韵）。

【相关典范】

唐·李煜《相见欢·林花谢了春红》

金·蔡松年《相见欢·云闲晚溜琅琅》

清·纳兰性德《相见欢·微云一抹遥峰》《相见欢·落花如梦凄迷》

【原词意译】

我站在金陵城上西楼，冷眼看清秋，夕阳残照，万里长江滚滚向东流去。

金兵入侵，中原大乱，到何时才能收复啊，请悲风吹干我的眼泪吧，我实在不忍看那兵荒马乱的扬州。

【读后之感】

又一曲中原沦陷的悲歌被朱敦儒哀鸣着。

无事不登楼,登楼怕悲多。词人就从登楼这一古时常见的景象入手,以悲秋之景作铺垫,接着便直写京城在敌寇入侵时的混乱。"簪缨散",词人多会抓特征,抓细节,只用了这三个字就把贵族权臣溃逃时的情景描绘出来,其实表现了词人对朝廷溃败深为愤怒的心境,令人义愤填膺!

"试倩悲风吹泪、过扬州",词人虽站在金陵的古城楼上,但满眼是扬州前线悲惨的战事,自己却不能挥刀跃马去杀敌,只得以泪洗面,空怀悲壮了。眼前的景、心中的情在短短的三十六字中愤懑而出,亡国之痛和爱国之心和盘而出,令人感同身受!

【词人简介】

朱敦儒(1081—1159),字希真,号岩壑,又称伊水老人、洛川先生。洛阳人。历兵部郎中、临安府通判、秘书郎、都官员外郎等职。绍兴二十九年(1159)卒。有词三卷,名《樵歌》。朱敦儒有"词俊"之名,与"诗俊"陈与义等并称"洛中八俊"。

蝶恋花

赵令畤

【原词实录】

欲减罗衣寒未去，不卷珠帘，人在深深处。红杏枝头花几许？啼痕止①恨清明雨。

尽日沉烟②香一缕，宿酒醒迟，恼③破春情绪。飞燕又将归信误，小屏风上西江④路。

【咬文嚼字】

①止：犹"只"。　　②沉烟：点燃的沉香。
③恼：撩惹。　　　④西江：古诗词中常泛称江河为西江。

【词牌平仄】（同前）

【相关典范】（同前）

【原词意译】

内心烦热，想脱掉几件衣服，但寒冷未去，又怕着凉。一个人在深闺中独自闲居，也无心卷起珠帘。红杏枝头的花没几朵了，只有怨恨，清明时节细雨霏霏，泪痕满面。看着沉香的轻烟一缕一缕，伤心的往事一件一件。昨日喝闷酒大醉，今早醒来太迟。被惜春的情怀所困，内心充满了愁绪，回归的燕子啊，你却未能带来我所期待的人何时归来的音信，我只有望着屏风上遥远的西江水路痴痴发呆。

【读后之感】

思妇之作。人在深深处，心系花枝头。思念中的人不知何时归，只有借酒消愁，愁极、苦极的人儿，懒得连珠帘都不去掀开，任思绪在屏风上的江河路上徘徊吧。词中的"恼"和"破"字用得很传神，把这位怨妇的伤感情绪点染出来，不由你不发痴情女子负心汉之感叹！

【词人简介】

赵令畤（1064—1134），初字景贶，苏轼为之改字德麟，自号聊复翁。涿郡（今河北蓟县）人。燕王德昭玄孙。元祐中，签书颍州公事。后坐元祐党籍被废十年。绍兴初，袭封安定郡王，迁宁远军承宣使，同知行在大宗正事。四年卒，赠开府仪同三司，著有《侯鲭录》八卷，赵万里为辑《聊复集》词一卷。

蝶恋花

赵令畤

【原词实录】

卷絮风头寒欲尽,坠粉飘香,日日红成阵。新酒又添残酒困,今春不减前春恨。

蝶去莺飞无处问,隔水高楼,望断双鱼信①。恼乱②横波③秋一寸,斜阳只与黄昏近。

【咬文嚼字】

①双鱼信:传说鱼能传书信,后因此称书信为鱼书、鱼信。

②恼乱:撩乱。

③横波:喻女子。眼波流动,如水横流。

【词牌平仄】(同前)

【相关典范】(同前)

【原词意译】

为什么今年的春恨比往年还要多?我无人可问。只能在楼头看春水流啊流,春水向东流。

柳絮在飞,黄莺儿也飞走了,只有花气袭人香如故。你道是蝶恋花,我也恋花?否!我是为爱人神伤,望断春水也等不到鱼儿传来爱人的书信。为什么斜阳总是与黄昏做伴?我的伴儿在哪里呀?残酒未醒又添新愁。

【读后之感】

闺中思妇,与前一曲《蝶恋花》异曲同工。此词"妙在写情语,语不在多,而情更无穷"。词中又出现"恼乱"一语,不是词人词穷,而是此词最能表现词人心迹。"新酒又添残酒困",词人好像是在陪这位闺中怨妇一起连饮着这伤心的酒,一起沉醉在无比的伤痛之中。这一典型的有我之境,使人产生共鸣。

清平乐

赵令畤

【原词实录】

春风依旧。著意①隋堤柳。搓得鹅儿黄②欲就。天气清明时候。

去年紫陌③青门。今宵雨魄云魂。断送一生憔悴,只消几个黄昏。

【咬文嚼字】

①著意：有意于，用心于。
②鹅儿黄：幼鹅毛色黄嫩，故以喻娇嫩淡黄之物色。
③紫陌：旧指京城道路。

【词牌平仄】（同前）

【相关典范】（同前）

【原词意译】

清明时，隋堤上的杨柳，被春风搓揉得长出了鹅黄色的嫩芽。去年曾与爱人在京都青门春游，如今却不见朝云暮雨，只落得丧魂失魄，恐怕此生要在憔悴中断送了，时光荏苒，寂寞黄昏中。

【读后之感】

忆旧而怀今。"搓得鹅儿黄欲就"，妙语。作词气体要浑厚，而血脉贵贯通，血脉要贯通，而发挥忌刻露，居心忠厚，托体发挥，雅而不腐，逸而不流。

且看赵令畤这首《清平乐》的"气"与"脉"。上片"春风依旧，著意隋堤柳，搓得鹅儿黄欲就。天气清明时候"。一气呵成，不含杂色。下片的"紫陌青门""雨魄云魂"，结句"断送一生憔悴，只消几个黄昏"，血脉相承贯通，一点不隔不阂，写得应心，读得流畅，如虎头，如蛇腹，如豹尾，浑厚有力，骨气不凡。非大气之人，不能如此流畅也。

此首一作刘弇词。

水龙吟（次韵林圣予惜春）

晁补之

【原词实录】

问春何苦匆匆，带风伴雨如驰骤。幽葩①细萼，小园低槛，壅②培未就。吹尽繁红，占春长久，不如垂柳。算春长不老，人愁春老，愁只是、人间有。

春恨十常八九，忍轻孤③、芳醪④经口。那知自是、桃花结子，不因春瘦。世上功名，老来风味⑤，春归时候。最多情犹有，尊前青眼，相逢依旧。

【咬文嚼字】
①葩：花。
②壅：用土肥堆积护住植物根部。
③孤：同"辜"，辜负。
④芳醪：美酒。
⑤风味：犹风度，风采。

【词牌平仄】（同前）
【相关典范】（同前）
【原词意译】

我在小园里培土育苗，心里却感叹着春天不会老，而人似乎容易老去。看，桃花因为结了子而变得消瘦，我却因功名无望，顿觉老来风采未就。已到了春归的时候，我强打着精神，对酒当歌。

【读后之感】

惜春之作。作词切忌做作，是我学宋词的又一感悟。

这首词名惜春，抒情味很浓，但喻理味更浓。"占春长久，不如垂柳，算春长不老，人愁春老。"哪里是在写幽葩细萼，分明是在喻人之命运，你看"世上功名，老来风味"，喻理之言来了吧。"春归时候，最多情犹有"，词人毫不做作地率意抒发了沉郁之情，让人心随他动，绝无诟病。

在这里，我想以陈廷焯的"沉郁说"来诠释一下晁补之《水龙吟》中的沉郁之情。陈廷焯说："作词之法，首贵沉郁，沉则不浮，郁则不薄。"即用含蓄的表达方式，与沉厚的情感积淀，融合一体。"沉郁"的美学境界，即意在笔先，神采其外，情深而幽隐动人，词尽而神韵绕梁。请回过头来看看词句："春恨十常八九，忍轻孤，芳醪经口，那知自是，桃花结子，不因春瘦"；"算春长不老，人愁春老，愁只是、人间有"。"春瘦""春恨"等沉郁之词"意在笔尖，神采其外"，神韵绕梁。

【词人简介】

晁补之（1053—1110），字无咎，号归来子，济州钜野（今属山东巨野）人。元丰二年（1079）进士。历仕秘书省正字、校书郎、礼部郎中及地方官职等，曾两度被贬。文章温润典缛，亦工诗词。著有《鸡肋集》《晁氏琴趣外篇》。

忆少年（别历下）

晁补之

【原词实录】

无穷官柳①，无情画舸②，无根③行客。南山尚相送，只高城人隔。

罨画④园林溪绀碧，算重来，尽成陈迹。刘郎鬓如此，况桃花颜色。

【咬文嚼字】

①官柳：大道旁的柳树。

②画舸：画船。

③无根：形容四处飘游、行踪无定。

④罨画：色彩鲜明的绘画。

【词牌平仄】

忆少年，词牌名，又名"十二时""桃花曲""陇首山"。以北宋晁补之创调《忆少年·别历下》为正体，双调，四十六字，上片五句两仄韵，下片四句三仄韵。

正体：

平平中仄，平平仄仄，平平平仄。平平仄中仄，仄平平平仄。

仄仄平平平仄仄，仄平平、仄平平仄。平平仄平仄，仄平平中仄。

【相关典范】

宋·万俟咏《忆少年·陇云溶泄》

宋·曹组《忆少年·年时酒伴》

宋·朱敦儒《忆少年·连云衰草》

明末清初·屈大均《忆少年·青青芳草》

清·朱彝尊《忆少年·飞花时节》

清·张友书《忆少年·寄罗耦廉外甥》

【原词意译】

我像一个无根的游子，到处漂泊，我心爱的人虽登高相送，但无情的城墙挡住了她的视线。我只有怨恨柳树无情、画舸无情。好在那高高的南山似乎有情，它居高临下，将我相送，那青黛色的苍茫正饱含了我爱人的泪。

色彩鲜明的画留在我印象里，我那心爱的姑娘却主宰着我的梦。

我好怕，就怕那刘郎鬓已成霜，而现时面如桃花的佳人在寂寞里还能撑几时呢？

【读后之感】

别离词作。此词韵味十足。此点说起来方便，要做到可难了。全靠无意识的天然和有意识的磨炼了。若是能学到点皮毛，也不枉一读词人了。

此词首起三句，三个"无"字，用得好哇，在宋词中不曾见到过。"无穷""无情""无根"，排比连用，引我入胜。果然，经下片"罨画园林溪绀碧"句至"刘郎鬓如此，况桃花颜色"句，不负期待，给我留下深深的印象。

此词首还有一个特点，即圆润无比。况周颐《蕙风词话》中说："词中转折宜圆。笔圆，下乘也。意圆，中乘也。神圆，上乘也。"

此词"无穷官柳，无情画舸，无根行客"后立即转折到"只高城人隔"上，"神圆"也。下片"罨画园林""尽成陈迹"又神圆到"刘郎鬓如此，况桃花颜色"上，着力呈现了自己已如刘郎，鬓已成霜的悲伤，更何况要面对那面如桃花的佳人呢？

洞仙歌（泗州中秋作）

晁补之

【原词实录】

青烟幂①处，碧海飞金镜。永夜②闲③阶卧桂影。露凉时，零乱多少寒螿④，神京⑤远，惟有蓝桥路近。

水晶帘不下，云母屏⑥开，冷浸佳人淡脂粉。待都将许多明，付与金尊⑦，投⑧晓共流霞⑨倾尽。更携取胡床⑩上南楼⑪，看玉做人间，素秋千顷。

【咬文嚼字】

①幂：遮掩、覆盖。

②永夜：长夜。

③闲：空。

④寒螿：秋蝉。

⑤神京：京都汴梁。

⑥云母屏：以云母制成的屏风。

⑦金尊：金杯。

⑧投：到。

⑨流霞：仙酒，兼指朝霞。

⑩胡床：可折叠的坐具，又称交椅、绳床。

⑪南楼：在湖北鄂城县南。

【词牌平仄】（同前）

【相关典范】（同前）

【原词意译】

在云雾深处，一轮金灿灿的明月从湛蓝湛蓝的海水中飞出。

漫漫长夜，桂花树的影子闲卧在空阶上，秋蝉也零乱声声。

天上的明月，伴着我走在去京城的路上。美人淡淡的胭脂浸润了月夜的清冷，我好像是将月色的精华吸入了杯中，直到拂晓，连同流动的彩霞一饮而尽，带一张座椅登上南楼，看白玉铺成的人间，看千顷清秋。

【读后之感】

这首咏月词在标题中点明了作词的时间和地点，通篇写中秋赏月。作为地方官的晁补之，应有更远大的志向，但帝都遥远，政治抱负难以实现，只好无奈地登南楼望汴京，把一腔热血全部倾诉给一轮明月罢了。全词隐发胸臆，聊以自慰，郁而不懑，悲而隐忍，文人大丈夫无咎之本色也。

本词在写作手法上有两个特点，一是化用前人诗句，二是用典精到。

首二句就化用李白"皎如飞镜临丹阙"诗句；下片"水晶帘不下"又是反用李白《玉阶怨》"却下水晶帘"句；"云母屏开"，化用李商隐《嫦娥》"云母屏风烛影深"句。

下片的"更携取胡床上南楼"句，用的是晋庾亮胡床咏谑之典。

这些都体现了词人知识渊博、文采飞扬之特点。

临江仙

晁冲之

【原词实录】

忆昔西池①池上饮,年年多少欢娱。别来不寄一行书,寻常②相见了,犹道不如初。

安稳③锦衾④今夜梦,月明好渡江湖。相思休问定何如⑤。情知⑥春去后,管得落花无。

【咬文嚼字】

①西池:泛指西面佳丽池塘。　②寻常:平时,平常。
③安稳:布置稳当。　　　　　④锦衾:锦缎被子。
⑤何如:问安语。　　　　　　⑥情知:深知,明知。

【词牌平仄】(同前)

【相关典范】(同前)

【原词意译】

当年西塘边畅饮,是多么幸福,自分手后,不曾通过一次书信,偶尔相遇,也失去了激情。安放好枕头,铺就好锦被,今晚要在梦里再与你相拥。唉,即使在梦里相见,又怎能找到昔日的欢乐呢?明明知道相思苦,可为何又要将你牵肠挂肚呢!

【读后之感】

语辞清丽,不晦不涩,失意者与之同感、同情。词之魅力所在。

看这首《临江仙》,全篇低吟浅唱,沉咽如歌,格调不俗。

【词人简介】

晁冲之,生卒年不详,字叔用。晁补之堂弟,南宋藏书家晁公武之父。终生无功名,授承务郎。绍圣初,党争激烈,冲之亦坐党籍,隐居河南禹县具茨山下。著有《晁具茨集》。有《晁叔用词》一卷,不传。

虞美人

舒亶

【原词实录】

芙蓉落尽天涵水，日暮沧波起。背飞双燕贴云寒，独向小楼东畔倚阑看。

浮生只合尊前老，雪满长安道。故人早晚上高台，寄我江南春色一枝梅。

【咬文嚼字】

好一首清丽的小词，言简意赅，朗朗上口，竟无一字晦涩，颇耐嚼咀。

【词牌平仄】（同前）

【相关典范】（同前）

【原词意译】

残荷举，天连水，日色黄昏，绿波又随秋风起。燕儿双双贴云飞，有点寒意，我独上小楼，倚栏远眺。浮生有多少烦恼，只应在酒杯中煎熬，慢慢变老。白雪又覆盖了长安道，老朋友们早早晚晚肯定会登高，并会寄上一枝梅花给我，让我也沉浸在江南的美色里。

【读后之感】

"寄我江南春色一枝梅"，一句气压全篇。作者在这里暗用了南朝陆凯折梅赠好友范晔之典，把挚友之情推向了高潮。

"词中转折宜圆。笔圆，下乘也。意圆，中乘也。神圆，上乘也。"况周颐如是说。这首词转折多处，从水转折到燕，从尊前转折到长安道，转折到高台，最后转折到江南春色一枝梅上。其实是由景转折到情上，由情转折到人上。真可谓"神圆"极了。

【词人简介】

舒亶（1041—1103），字信道，号懒堂，明州慈溪（今属浙江）人。治平二年（1065）进士。累官知制诰，授直学士院，后为御史中丞。工小词，思致缜密。今有赵万里辑《舒学士词》一卷。

渔家傲

朱服

【原词实录】

小雨纤纤①风细细,万家杨柳青烟里。恋树湿花飞不起,愁无际。和春付与东流水。

九十光阴能有几?金龟解尽留无计。寄语东阳②沽酒市,拚③一醉,而今乐事他年泪。

【咬文嚼字】

①纤纤:细小,细微,多用以形容微雨。

②东阳:今浙江金华。

③拚:豁出去,甘冒。

【词牌平仄】(同前)

【相关典范】(同前)

【原词意译】

细细的小雨,微微的风,万家杨柳青烟中,湿花恋树紧紧贴,将春付与流水东。

漫长光阴留多久,解尽金龟换美酒,无计可施将春留,今年买酒图个醉,他年酒后愁更愁。

【读后之感】

今日有酒今日醉,乐极生悲泪涟涟,雨、风、花、树共流水,词人笔下的悲怆、多愁善感不赘述,怕生泪。但哲理之处,又令人回味无穷,牢记心头。"而今乐事他年泪"句,又让人在放肆之时胆战心惊,别看今日闹得欢,哭的日子在后头呢!

【词人简介】

朱服(1048—?),字行中,湖州乌程(今浙江湖州)人。熙宁六年(1073)进士。累官国子司业、起居舍人、中书舍人、礼部侍郎。徽宗朝被贬兴国军,卒于贬所。

惜分飞（富阳僧舍作别语赠妓琼芳）

毛滂

【原词实录】

泪湿阑干①花著露，愁到眉峰碧聚。此恨平分取，更无言语空相觑②。

断雨残云无意绪，寂寞朝朝暮暮。今夜山深处，断魂分付潮回去。

【咬文嚼字】

①阑干：栏杆。

②觑：看。

【词牌平仄】

惜分飞，词牌名，又名"惜芳菲""惜双双令""惜双双"等，毛滂创调，双调五十字，上下片各四句四仄韵。

正体：

中仄中平平中仄（韵），中仄平平仄仄（韵）。中仄平平仄（韵），中平中仄平平仄（韵）。

中仄中平平仄仄（韵），中仄平平仄仄（韵）。中仄平平仄（韵），仄平中仄平平仄（韵）。

【相关典范】

宋·刘弇《惜双双令·风外橘花香暗度》

宋·张先《惜双双·溪桥寄意》

宋·贺铸《惜双双·皎镜平湖三十里》

宋·曹冠《惜芳菲·述怀》

【原词意译】

惜分飞，泪湿栏杆，无语相觑。我寂寞在朝朝暮暮里，看断雨残云深山处，我投宿在深山野店里，情到深处很孤独。

【读后之感】

"惜分飞"，毛滂为爱所作。毛滂所爱，是一位歌妓，歌妓因其大多有文化、精技艺,在宋朝特别受文人骚客青睐。因此,毛滂在整首词中用大量的情语描写了他与这位叫琼芳的歌妓的惜别。

　　首句便是泪洒栏杆如花上的露珠,二句用愁到眉峰描绘琼芳的神伤。三句更用一个"恨"字追上,恋人双方平分取,谁也舍不得谁。四目相觑,无言语空。下片用断雨残云来形容惜别的无奈,别后双方均要寂寞朝朝暮暮中,送别到山深夜阑时,无可奈何地对湖水说,你快回头吧,把我俩的爱带回旧日时光吧。不要再让我俩承受失爱的痛苦了!

　　陈振孙《直斋书录解题》:"本以'断魂分付潮回去',见赏东坡得名,而他词虽工,未有能及此者。"

　　沈际飞《草堂诗余正集》:"一笔描来,不可思议。"

　　周辉《清波杂志》:"语尽而意不尽,意尽而情不尽,何酷似秦少游也。"

　　唐圭璋在《唐宋词简释》中更是逐字逐句地赏析。

　　【词人简介】

　　毛滂(生卒年不详),字泽民,衢州江山(今浙江江山)人。哲宗元祐间为杭州法曹,元符二年(1099)任武康知县。政和中,守嘉禾。今存《东堂词》一卷和《东堂集》十卷。

菩萨蛮

陈克

【原词实录】

赤阑桥尽香街直，笼街细柳娇无力。金碧上青空，花晴帘影红。

黄衫①飞白马，日日青楼下。醉眼不逢人，午香吹暗尘。

【咬文嚼字】

①黄衫：隋、唐时少年华贵的服饰。这里借指达官贵人家的公子哥儿。

【词牌平仄】（同前）

【相关典范】（同前）

【原词意译】

街市连赤阑，细柳娇无力，金碧辉煌的楼阁高耸，花儿别样红。公子哥儿著黄衫，跨白马，日日青楼下好威风。我看不惯他们的纸醉金迷，我更恨他们的趾高气扬，我愿我的马儿奋起四蹄消失在风尘中。

【读后之感】

这首小词描绘的街景仿佛是张择端《清明上河图》里的一幕，张择端用的是画，陈克用的是字，这是一个醉生梦死的典型环境。下片把公子哥儿的淫靡生活和狂妄的形态描写得入木三分，作者的暗寓讽刺与不满鞭笞，让人细细体味了。

【词人简介】

陈克（1081—？），字子高，自号赤城居士，临海（今属浙江）人。绍兴中为敕令所删定官。词格艳丽。有《天台集》，失传。

菩萨蛮

陈克

【原词实录】

绿芜①墙绕青苔院,中庭日淡芭蕉卷。蝴蝶上阶飞,烘帘②自在垂。

玉钩双语燕,宝甃③杨花转。几处簸钱④声,绿窗春睡轻。

【咬文嚼字】

①芜:草长得多而乱。这里指丛生的杂草。
②烘帘:也作"风帘",俗称暖帘,用作遮掩和防风寒。
③甃:井壁,用砖砌成。
④簸钱:一种掷钱作赌的游戏。

【词牌平仄】(同前)
【相关典范】(同前)
【原词意译】

院子里青苔绕墙,绿草丝丝。芭蕉卷着叶儿,蝴蝶上下飞舞,帏帘在微风里晃动。白玉帘钩上一双燕子在喃喃低语,井垣的四周杨花柳絮飘旋飞转,墙外传来了簸钱游戏的嬉闹声,绿窗里的人儿在睡梦中。

【读后之感】

此词皆景语,静景为主,有蝴蝶、燕子等飞鸟穿插其间,带来一点动景,最是"几处簸钱声,绿窗春睡轻",给我们带来了人的身影。"几处簸钱声"又充满了生活气息,宋词中少见。最后一句"绿窗春睡轻",又回到"静"的境界中去,远处喧闹,近处静谧。

此词的词根,是一个"闲"字,但全词又不见一个"闲"字,真佩服陈克动静结合、旁敲侧击之高妙。

洞仙歌

李元膺

【原词实录】

一年春物,惟梅柳间意味最深,至莺花烂漫时,则春已衰迟,使人无复新意。予作《洞仙歌》,使探春者歌之,无后时之悔。

雪云散尽,放晓晴庭院。杨柳于人便青眼。更风流多处,一点梅心,相映远,约略①颦②轻笑浅。

一年春好处,不在浓芳,小艳疏香③最娇软。到清明时候,百紫千红花正乱,已失春风一半。早占取、韶光④共追游,但莫管春寒,醉红自暖。

【咬文嚼字】

①约略:大概,差不多。

②颦:皱眉。

③疏香:借指梅花。

④韶光:美好的时光,常指春光。

【词牌平仄】(同前)

【相关典范】(同前)

【原词意译】

雪后天空晴朗,庭院里生机盎然。杨柳吐着嫩芽,像是在对人抛着媚眼,更风流多情的是梅花露着笑脸,香蕊点点,对不远处的杨柳像情人般地轻颦浅笑。一年中最美妙的时光,不在浓艳芬芳时,淡淡疏香最温柔。清明时分,春已过了一半,尽管还有点微寒,但醉人的红颜总叫我心里暖暖。

【读后之感】

咏柳梅,绰韵风姿出机杼,"无后时之悔"深入吾心。"颦轻笑浅"语,又一出彩之句。"轻""浅"二字,看似贬词实褒义,褒贬之间哪容得你去分辨作嗔。

【词人简介】

李元膺,东平人。生平未详,约与蔡京同时。词存《乐府雅词》中。

青门引

时彦

【原词实录】

胡马嘶风,汉旗翻雪,彤云①又吐,一竿残照。古木连空,乱山无数,行尽暮沙衰草。星斗横幽馆,夜无眠灯花空老。雾浓香鸭,冰凝泪烛,霜天难晓。

长记小妆②才了,一杯未尽,离怀多少。醉里秋波,梦中朝雨,都是醒时烦恼。料有牵情处,忍思量耳边曾道。甚时跃马归来,认得迎门轻笑。

【咬文嚼字】

①彤云:阴云,多指大雪前的乌云。

②小妆:素妆淡抹的意思。

【词牌平仄】(同前)

【相关典范】(同前)

【原词意译】

骏马迎风嘶鸣,大宋的旗帜在大雪里翻搅,乌云密布,夕阳残照。山峦耸峭,古树入云霄,走遍漫漫平沙,处处芳草。馆舍上空星斗横斜,漫漫长夜实在难熬。

我与佳人共饮着辞别酒,只见她醉中媚态,想见梦中交欢,却是醒时烦恼,她轻轻地问我,什么时候归来?请记得我那温柔的一笑。

【读后之感】

难得一见的边塞词。

该词上片"胡马嘶风,汉旗翻雪",词人完全被边塞的战况搅得孤馆难眠。下片的"梦中朝雨,都是醒时烦恼。料有牵情处,忍思量耳边曾道。甚时跃马归来,认得迎门轻笑"。通过心理活动的细腻描写,活生生地把女主人公的形象描绘出来。

上下片两种完全不同景况的对比描写,体现了词人对战事的厌恶及对平静的家庭生活的向往。

【词人简介】

时彦（？—1107），字邦美，开封（今属河南）人。神宗元丰二年（1079）进士第一。尝为开封府尹。历官吏部员外郎、集贤校理、秘阁校理、河东转运使、吏部尚书。《全宋词》仅录其词一首。

谢池春

李之仪

【原词实录】

残寒消尽，疏雨过、清明后。花径款①余红，风沼萦新皱。乳燕穿庭户，飞絮沾襟袖。正佳时仍晚昼，著②人滋味，真个浓如酒。

频移带眼③，空只恁④、厌厌瘦。不见又思量，见了还依旧，为问频相见，何似长相守。天不老，人未偶。且将此恨，分付庭前柳。

【咬文嚼字】

①款：缓，慢。
②著：同"着"，感受。
③频移带眼：皮带老是移孔。形容日渐消瘦。
④恁：这样，如此。

【词牌平仄】

谢池春，词牌名，又名"玉莲花""怕春归""风中柳""风可柳令""卖花声"等。以陆游词《谢池春·贺监湖边》为正体。双调，六十六字，上下片各六句四仄韵。

正体：

中仄平平，中仄仄平平仄（韵）。仄平平、平平仄仄（韵）。中平中仄，仄中平平仄（韵）。仄中平、仄平平仄（韵）。

平平仄仄，仄仄中平平仄（韵）。仄平平、平平仄仄（韵）。平平中仄，仄平平平仄（韵）。仄平中、仄平平仄（韵）。

【相关典范】

宋·陆游《谢池春·壮岁从戎》《谢池春·贺监湖边》《谢池春·七十衰翁》

宋·李石《谢池春·烟雨池塘》

宋·孙夫人《风中柳·闺情》

元·刘因《风中柳·饮山亭留宿》
元·梁寅《谢池春·花朝》
清·黄景仁《卖花声·立春》

【原词意译】

清明过后，春雨稀疏，春寒料峭早已结束。池塘绿水泛青波，花间的小径还散落着花瓣儿，小燕子在庭院里来回穿梭，柳花沾满了衣袖，夜晚连着白昼，正是最美妙的时候，令人感到滋味深厚，像饮着浓浓的美酒。腰带的空眼老是向后移动，我日渐消瘦，不见面吧又老是想着她，见了面吧还是旧模样，假如为时常相见犯愁，又怎么能一起过日子呢？无情的天啊，你怎么总让有情人不能成双成对呢？这般怨恨我只能对着门前的柳树空自叹息。

【读后之感】

在众多的情词里，这首《谢池春》让人觉得耳目一新。一是注重生活细节的描写，如"频移带眼"等；二是蕴情景物的渲染，如"疏雨""花径""乳燕""飞絮"等词的点缀，总让人情不自禁；三是用了大量口语化的笔触，如"著人滋味，真个浓如酒"，"空只恁、厌厌瘦。不见又思量，见了还依旧"，"天不老，人未偶"，等等。

既传情，又传神，自然贴切，情深深，意蒙蒙，你我两相思，一切不言中。

【词人简介】

李之仪（1048—1117），字端叔，晚号姑溪居士、姑溪老农，沧州无棣（今属山东）人。熙宁三年（1070）进士。苏轼知定州时，他做过幕僚。后官枢密院编修。官终朝议大夫。有《姑溪词》。

卜算子

李之仪

【原词实录】

我住长江头,君住长江尾;日日思君不见君,共饮长江水。

此水几时休?此恨何时已?只愿君心似我心,定不负、相思意。

【咬文嚼字】

平白如话,无字可嚼。

【词牌平仄】(同前)

【相关典范】(同前)

【原词意译】

我住在长江的源头,你住在长江的尾头,相隔遥远,天天想你却难见一面,只好同饮一瓢长江水,如同你就在跟前。江水湍流,此恨长悠,你我心心相印,互相不负一片深情。

【读后之感】

这首词是宋词中不可多得的佳作。评判一首好词的标准是什么?我认为有三。一是必须情真意切;二是下笔如有神;三是流传甚广,被公认为经典。李之仪的这首《卜算子》全都符合。

本词全是情语,且真实、真挚。起兴句:"我住长江头,君住长江尾。"你我虽相隔遥远,但相思之情如长江之水,流远悠长。接下来直白的思念来了:"日日思君不见君,共饮长江水。"舀起一瓢长江水,里面有你的情,有你的泪。这里的一个"共"字,马上体现了两个情人的互相爱恋之情。下片首句"此水几时休?此恨何时已?"又把读者的心转移到一个"恨"字上。彼此双方这么爱恋,却因相隔甚远,怎能不恨这江水悠悠呢?只能在心里祈祷了。结句"只愿君心似我心",千万不要辜负了我的一片真情啊!

下笔如有神。全词神圆,词之上乘。李之仪吸取民歌之精华,汉乐府《上邪》中"我欲与君相知……冬雷震震,夏雨雪……乃敢与君绝"成了李之仪《卜算子》的源头活水、神来之笔。啊,李之仪之"神",原来是中华民歌之神啊。

至于李之仪的这首《卜算子》,被公认为经典,只要读宋词,不可能不提李之仪,不可能忘记这篇《卜算子》。

不须多说什么了,诸多宋代词人的风花雪月完全被李之仪短短的《卜算子》小令击垮了。

瑞龙吟

周邦彦

【原词实录】

章台路①。还见褪粉梅梢,试花桃树。愔愔②坊陌人家③,定巢燕子,归来旧处。

黯凝伫。因念个人痴小,乍窥门户④。侵晨浅约宫黄⑤,障风映袖,盈盈笑语。

前度刘郎重到,访邻寻里,同时歌舞,惟有旧家秋娘⑥,声价如故。吟笺赋笔,犹记燕台句。知谁伴,名园露饮⑦,东城闲步?事与孤鸿去。探春尽是,伤离意绪。官柳低金缕。归骑晚,纤纤池塘飞雨。断肠院落,一帘风絮。

【咬文嚼字】

①章台路:借指歌妓聚居的地方。
②愔愔:安静的样子。
③坊陌人家:坊曲人家,唐时常指歌妓所居的教坊。
④乍窥门户:指姑娘刚开始倚门卖笑。
⑤宫黄:宫女用来涂抹的黄色。在鬓角涂饰微黄,叫"约宫黄"或"约黄"。
⑥秋娘:泛称歌妓。
⑦露饮:脱帽饮酒,表示豪放不羁。

【词牌平仄】

瑞龙吟,词牌名,又名"章台路"。周邦彦创词,以周邦彦《瑞龙吟·章台路》为正体,三段一百三十三字,前两段各六句三仄韵,后一段十七句九仄韵。另有三段一百三十三字,前两段各六句三仄韵,后一段十八句九仄韵。

正体:

中平仄(韵)。平仄仄仄平平,仄平中仄(韵)。平平中仄中平,中平仄仄,平平仄仄(韵)。

仄平仄(韵)。中仄仄平平仄,仄平中仄(韵)。平平中仄平平,中平中仄,平平仄仄（韵）。

平仄平平平仄，仄平中仄，中平平仄（韵）。中仄仄中平平，平仄平仄（韵）。平中中仄，平仄平平仄（韵）。平平仄，平平中仄，平仄中平（韵）。仄仄平平仄（韵）。仄平仄仄，平平仄平（韵）。中仄平平仄（韵）。平仄仄，平平中平平仄（韵）。中平仄仄，中平中仄（韵）。

【相关典范】

宋·陈允平《瑞龙吟·长安路》

宋·吴文英《瑞龙吟·送梅津》《瑞龙吟·蓬莱阁》

宋·翁元龙《瑞龙吟·清明近》

【原词意译】

我走在章台路上，想去与痴憨娇小的姑娘见见面。街巷里歌舞人家一片寂静，只见几只燕子又回到旧巢里。

那天，她涂着浅浅的额黄妆，推开门户左顾右盼，不时用衣袖遮掩着微笑的脸儿，她就是那位众人称赞的秋娘。而今天，她不知哪里去了，我顿时伤心连连，上马归去。池塘里细雨霏霏，那令我断肠的院子啊，满帘柳絮随风飞。

【读后之感】

人面桃花，怀旧之作。《瑞龙吟》调为周邦彦始创。我对周邦彦有一种莫名其妙的尊重，不是因为他是皇上的宠臣，也不是因为他在宋词方面如何辉煌，地位如何悬高，而仅仅是因为趣味相投。他爱女人，他喜风花雪月，而且从不掩饰，几乎到了裸露的地步。请看他的这首《瑞龙吟》。

起句便是"章台路"，这是歌妓集中的地方，在程朱理学盛行的宋代，谁敢这么直白地去追女人，去寻自己的梦？那盈盈笑语的秋娘被他捉住了，他留下的不是猥琐的狎妓，也不是市井阶层的谈情说爱，而是对人性解放的大胆追求。于是，他继续吟笺赋笔。"因念个人痴小""探春尽是，伤离意绪""事与孤鸿去""池塘飞雨""断肠院落，一帘风絮"。不怕流氓瞎胡闹，就怕流氓文人调，戏谑此语，不知是在贬他，还是在赞他。

【词人简介】

周邦彦（1056—1121），字美成，号清真居士，钱塘（今浙江杭州）人。神宗时为太学生，献《汴都赋》歌颂新法，被擢为太学正。居五年，出为庐州教授，知溧水县，还京为国子主簿。徽宗朝仕至徽猷阁待制，提举大晟府。出知顺昌府，徙处州，提举南京鸿庆宫，卒。邦彦精通音律，在大晟府审古乐，制新调，对词乐的提高和发展有一定贡献。词风典丽精工，形象丰满，格律严谨。今传《片玉集》，又名《清真集》。

风流子

周邦彦

【原词实录】

新绿小池塘,风帘动、碎影舞斜阳。羡金屋去来,旧时巢燕;土花①缭绕,前度莓墙②。绣阁里、凤帏深几许?听得理丝簧③。欲说又休,虑乖芳信;未歌先噎,愁近清觞④。

遥知新妆了,开朱户,应自待月西厢。最苦梦魂,今宵不到伊行⑤。问甚时说与,佳音密耗,寄将秦镜,偷换韩香?天便教人,霎时厮见何妨!

【咬文嚼字】

①土花:苔藓。

②莓墙:长满青苔的墙。莓,莓苔,青苔。

③丝簧:借指管弦乐器。

④清觞:清酒。觞,盛有酒的杯子。

⑤伊行:她那里。

【词牌平仄】

风流子,词牌名,又名"内家娇""神仙伴侣""骊山石",原唐教坊曲。此调有单调、双调不同诸格体。以孙光宪《风流子·楼倚长衢欲暮》为正体,三十四字,八句六仄韵。另有双调一百一十字,上片十二句四平韵,下片十句四平韵等八种变体。

清徐釚《词苑丛谈》云调名出自《文选》。刘良《文选》注:"风流,言其风美之声流于天下。子者,男子之通称也。"

单调正体:

平仄中平中仄(韵)。中仄中平中仄(韵)。平仄仄,仄平平,中仄中平中仄(韵)。平仄(韵)。平仄(韵)。中仄中平平仄(韵)。

双调正体：

中中中中仄，平中仄、中仄仄平平（韵）。仄中中中中，仄平平仄，中平中仄，中中中平（韵）。中中中、中平平仄仄，中仄仄平平（韵）。中仄仄平，中平中仄，中平中仄，中仄平平（韵）。

中平平中仄，平中仄、平中平仄平平（韵）。中仄中平平仄，中仄平平（韵）。仄中中中中，中平中仄，中平中中，中仄平平（韵）。中仄中平中仄，中仄平平（韵）。

【相关典范】

宋·孙光宪《风流子·茅舍槿篱溪曲》

宋·张耒《风流子·木叶亭皋下》

宋·秦观《风流子·东风吹碧草》

宋·吴文英《风流子·芍药》

【原词意译】

我想立刻与你见面，我心爱的姑娘！

你住的绣阁里，绣凤的帏帐若隐若现，丝簧悠悠，曲调哀婉，你还未唱歌却已哽咽起来。

我想立即见到你，我心爱的姑娘。

你梳理红妆，推开帘窗，期待着月照西厢，最苦的是我，咫尺天涯梦中的魂儿也到不了你身旁，寄与你明镜，偷换你异香，问啥时候才能与你倾诉衷肠，我心爱的姑娘。

【读后之感】

周邦彦生性风流的又一旁证。上片写春日黄昏的景色和对咫尺天涯的情人可望而不可即的忧伤。下片是想象中的情人如何大胆出来与自己幽会的情景。

南宋王明清《挥麈余话》载："周美成为江宁府溧水令，主簿之室，有色而慧，美成常款洽于尊席之间，世所传《风流子》词，盖有寓意焉。'新绿''待月'，皆簿厅亭轩之名也。"

论家认为周邦彦词善于引用前人诗句，融化典故，自然贴切，浑然无迹，本词可见一斑。

本词的形态描写相当出色："欲说又休""未歌先噎"，说的是女主人公想说又罢、想歌不能的矛盾心态，清楚地表明了她内心的痛苦，词人如无感同身受是无论如何写不出这些词句的，足见周邦彦并不是表面浮艳的男子，而是极有同情心的儒雅之士。

兰陵王

周邦彦

【原词实录】

柳阴直①，烟②里丝丝弄③碧。隋堤④上、曾见几番，拂水⑤飘绵送行色⑥。登临望故国⑦，谁识、京华倦客⑧。长亭⑨路、年去岁来，应折柔条过千尺⑩。

闲寻旧踪迹⑪，又⑫酒趁⑬哀弦⑭，灯照离席⑮，梨花榆火⑯催寒食⑰。愁一箭风快⑱，半篙波暖⑲，回头迢递⑳便数驿。望人在天北㉑。

凄恻㉒，恨堆积。渐㉓别浦㉔萦回㉕，津堠㉖岑寂㉗，斜阳冉冉春无极。念㉘月榭㉙携手，露桥㉚闻笛。沉思前事，似梦里，泪暗滴。

【咬文嚼字】

①柳阴直：长堤之柳，排列整齐。

②烟：薄雾。

③弄：飘拂。

④隋堤：汴河之堤，隋炀帝建。

⑤拂水：柳枝轻拂水面。

⑥行色：行人出发前的景象。

⑦故国：指故乡。

⑧京华倦客：作者自谓。

⑨长亭：古时驿路上五里一短亭，十里一长亭，供人休息。

⑩"应折"句：古人有折柳送别之习。

⑪旧踪迹：指过去登堤饯别之处。

⑫又：又逢。

⑬趁：逐。

⑭ 哀弦：哀怨乐声。
⑮ 离席：饯别宴会。
⑯ 梨花榆火：饯别时正值梨花盛开的寒食时节。唐宋时期朝廷在清明日取榆柳之火以赐百官，故有"榆火"之说。
⑰ 寒食：清明前一天为寒食。
⑱ 一箭风快：指正当顺风，船驶如箭。
⑲ 半篙波暖：时令已近暮春，故曰波暖。
⑳ 迢递：遥远。
㉑ "望人"句：望人，送行人。天北，因被送者离汴京南去，回望送行人，故曰天北。
㉒ 凄恻：悲伤。
㉓ 渐：正当。
㉔ 别浦：送行的水边。
㉕ 萦回：水波回旋。
㉖ 津堠：津，渡口。堠，哨所。
㉗ 岑寂：冷清寂寞。
㉘ 念：想到。
㉙ 月榭：月光下的亭榭。榭，建在高台上的敞屋。
㉚ 露桥：布满露珠的桥梁。

【词牌平仄】

兰陵王，词牌名，又名"大犯""兰陵王慢"等。以秦观《兰陵王·雨初歇》为正体，三段一百三十一字，前段十句六仄韵，中段八句五仄韵，后段九句六仄韵。

王灼《碧鸡漫志》卷四："《兰陵王》《北齐史》及《隋唐嘉话》称：齐文襄之子长恭封兰陵王，与周师战……勇冠三军。武士共歌谣之，曰《兰陵王入阵曲》。"

《词苑萃编》卷二十四引宋人毛开《樵隐笔录》："绍兴初，都下盛行周清真咏柳'兰陵王慢'，西楼南瓦皆歌之，谓之'渭城三叠'。"此曲声犯正宫，管色用大凡字、大一字、勾字，故亦名"大犯"。

正体：

仄平仄（韵），平仄仄平仄仄（韵）。仄平仄，仄仄平平，仄仄平平仄平仄（韵）。仄仄平仄仄（韵）。平仄平平仄仄（韵）。平平仄，仄仄平平，仄仄平平仄平仄（韵）。

平平仄平仄(韵)。仄平仄平平,仄平仄平(韵)。平平平仄平平仄(韵)。仄平仄仄平,仄平仄仄,仄仄平平仄仄仄(韵)。平平仄平仄(韵)。

平仄(韵)。仄平仄(韵)。仄仄平平平,平平仄平(韵)。仄平平仄平平仄(韵)。仄平平平仄,平平仄仄(韵)。仄平平仄,仄仄平仄仄平仄(韵)。

【相关典范】

宋·张元干《兰陵王·春恨》《兰陵王·卷珠箔》

宋·辛弃疾《兰陵王·恨之极》《兰陵王·赋一丘一壑》

宋·刘辰翁《兰陵王·丙子送春》

【原词意译】

隋堤上,烟雾里柳树条拨弄着碧绿,柳树两排笔直地站立,送别来往的旅人。我登上高处,远眺故乡杭州,谁能理解我这京华倦客的苦涩。多少柳条被折下过,送别远行的人,我的思念之情比千尺柳条还要长柔,我只有在别宴哀曲里,寻找旧日的痕迹。梨花和榆火,这些送别时专用的道具,催促着寒食节的到来。别宴上虽然华灯高照,我的心里却总是灰暗,因为离情别绪像发射的箭一样飞快地穿过风里,半竿竹篙撑着小船在暖暖的水波里缓行,回头看看,过了一站又一站,送别的人还站在南去的船的北边吗?多少凄凉堆积在我的心上啊,再见了,我的亲人,我魂牵梦萦的地方。津口边连同守望哨也静悄悄,斜阳冉冉,春景无际,回想起月榭旁我们牵着手,听着露桥边笛声哀鸣,啊,好像在梦里呀。

【读后之感】

离情别绪词。词分三段,首段写景,二段写离,三段写情,层层铺展,脉络清晰,委婉细实,余音绕梁。

细读下来,"月榭携手,露桥闻笛"句令我销魂:月榭旁,你我牵着手,侧耳倾听着露桥边传来的箫笛声,我俩情意绵绵,难分难解。现如今,这一切似乎都在梦里了,任思念的泪流淌吧!

词评家对周词大为赞赏,陈子龙说周词"制之必工炼,使篇无累句,句无累字,圆润明密,言如贯珠"。张纲孙说周词"结构天成,而中有艳语、隽语、奇语、豪语、苦语、痴语……如巧匠运斤,毫无痕迹"。毛先舒说周词胜过北宋其他词人,在于"浑之一字",词至浑,而无可复进矣。这些评价都中肯、到位。

琐窗寒（寒食）

周邦彦

【原词实录】

暗柳啼鸦，单衣伫立，小帘朱户。桐花半亩，静锁一庭愁雨。洒空阶、夜阑未休，故人剪烛西窗语。似楚江暝宿，风灯零乱，少年羁旅。

迟暮，嬉游处。正店舍无烟，禁城百五。旗亭唤酒，付与高阳俦侣①。想东园、桃李自春，小唇秀靥今在否？到归时、定有残英，待客携尊俎②。

【咬文嚼字】

①高阳俦侣：好饮酒而狂放不羁的人。

②尊俎：古代盛酒肉的器皿。尊，也作"樽"，酒器。俎，祭祀时盛放牛羊等祭品的器具。

【词牌平仄】

琐窗寒，词牌名，又名"锁寒窗"，为宋代周邦彦所创。此调以《琐窗寒·寒食》为正体，双调九十九字，上片十句四仄韵，下片十句六仄韵。

正体：

仄仄平平，平平仄仄，仄平平仄（韵）。平平仄仄，中仄中平平仄（韵）。仄中平、中中中中，中平中仄平平仄（韵）。仄中平中仄，中平中仄，仄平平仄（韵）。

平仄（韵），平平仄（韵）。仄中仄中中，仄平中仄（韵）。平平中仄，仄仄中平平仄（韵）。仄中平、中仄中平，中中仄仄平中仄（韵）。仄中平、中仄平平，仄中平中仄（韵）。

【相关典范】

宋·张炎《琐窗寒·绝响矣》《琐窗寒·乱雨敲春》

宋·杨无咎《琐窗寒·柳暗藏鸦》

【原词意译】

我像是一个不招人待见的倦客，孤立在朱红门外。

朱红门里，庭里庭外，雨还在下个不停。

我从年少时就羁旅天涯，而今已到暮年还漂泊在外。想念那东园故里啊，桃李春风好自在，那樱桃小口的美女今何在？等到我归去的那一天，她一定会携带美酒，与我再畅饮开怀。

【读后之感】

赏什么，析什么，周邦彦此类词多了去了，不谈也罢，让他尽得风流吧。但每每捧起周词又不得不读，我已受到周词的蛊惑，中了它的蛊，受了它的惑。明明知道学不到周郎清风瘦骨的皮毛，没有他玉树临风的天分，但也想偷偷地记上几句，到不谙世故的佳人面前卖弄几句。倒也有些人，中了我的计，夸我略懂风骚也。

笑话归笑话，本词中"故人剪烛西窗语""小唇秀靥今在否"等句，你不赏也得赏，不析也得析，周词巧匠运斤，圆润明密，言如贯珠，浑然天成，且语淡意深。

六丑（蔷薇谢后作）

周邦彦

【原词实录】

正单衣试酒①，怅客里、光阴虚掷。愿春暂留，春归如过翼②，一去无迹。为问家何在？夜来风雨，葬楚宫倾国③。钗钿堕处遗香泽，乱点桃蹊，轻翻柳陌。多情为谁追惜？但蜂媒蝶使，时叩窗槅④。

东园岑寂，渐蒙笼暗碧，静绕珍丛底，成叹息。长条故惹行客，似牵衣待话，别情无极。残英小，强簪巾帻⑤。终不似，一朵钗头颤袅，向人欹侧⑥。漂流处、莫趁潮汐；恐断红、尚有相思字，何由见得？

【咬文嚼字】

①试酒：宋朝在农历三月末或四月初有尝新酒的习惯。
②过翼：飞鸟。
③楚宫倾国：楚王宫中美人。这里代指蔷薇花。
④窗槅：窗户格子。
⑤巾帻：布帽。汉以来，盛行以整块布幅包头，称巾帻。
⑥欹侧：倾斜。

【词牌平仄】

六丑，词牌名。宋周邦彦自度曲。双调一百四十字，上片八仄韵，下片九仄韵。

正体：

仄平平仄仄，仄仄仄、平平平仄（韵）。仄平仄中，平平平仄仄（韵），仄仄平仄（韵）。仄仄平仄仄，中平中仄，仄中平仄仄（韵）。平仄仄仄平平仄（韵）。仄仄平平，平平中仄（韵），平平仄平平仄（韵）。仄平平仄仄，中仄平仄（韵）。

平平中仄(韵)，仄平平仄仄(韵)。仄仄平平仄，平仄仄(韵)。中平仄仄平仄(韵)，仄平平中仄，仄平平仄(韵)。平平仄、中平平仄(韵)。平仄仄、仄仄平平仄仄，仄平平仄(韵)。平平仄、中仄平仄(韵)。仄仄中、仄仄平平仄，中平仄仄(韵)。

【相关典范】

宋·吴文英《六丑·壬寅岁吴门元夕风雨》

宋·刘辰翁《六丑·春感和彭明叔韵》

宋·彭元逊《六丑·杨花》

【原词意译】

换单衣尝新酒的时节已到，只恨客居异地，虚度光阴。美好的春光啊，你不要像鸟儿飞得那么快，暂且为我留住吧。试问蔷薇花儿今何在，不会像春风一样疾逝而过，无影无踪吧。夜间一阵风雨吹走了楚宫里的蔷薇花，只落下遗香点点。在桃下小径，柳陌丛中，只有多情人才会为落花可惜，多谢蜂儿呀、蝶儿呀时而扑打着门窗，为我传递情意啊。东园岑寂，朦朦胧胧幽幽暗暗，我静绕着珍贵的蔷薇花不断唉声叹气，蔷薇伸出枝条，故意勾起行人的衣裳，仿佛牵着衣儿轻吐话语，表现出无限的离情别绪。拾起一朵小花戴在头巾上，花儿在美人的钗头上斜倚着颤动、摇曳。落在水中的花儿啊，不要随潮水逝去，唯恐落花上面还有寄托相思的字句呢。

【读后之感】

这也是一首伤春之作，表面上写凋落的蔷薇花，实际上寄托着对作者际遇的哀思。"东园岑寂，渐蒙笼暗碧""恐断红，尚有相思字"等句，像一道道色香味俱全的菜，不由你不下箸。

怜香惜玉相思泪，点点滴滴上心头。

夜飞鹊

周邦彦

【原词实录】

河桥送人处,凉夜何其①。斜月远、堕余辉。铜盘烛泪已流尽,霏霏②凉露沾衣。相将散离会,探风前津鼓③,树杪④参旗⑤。花骢⑥会意,纵扬鞭、亦自行迟。

迢递路回清野,人语渐无闻,空带愁归。何意重经前地,遗钿不见,斜径都迷。兔葵⑦燕麦⑧,向残阳欲与人齐。但徘徊班草⑨,欷歔⑩酹酒⑪,极望天西。

【咬文嚼字】

①凉夜何其:指深夜。
②霏霏:原指雨雪之密,这里形容露水浓重。
③津鼓:古时渡口开船以击鼓为号。
④树杪:树梢。
⑤参旗:星辰名,初秋前于黎明前出现。
⑥花骢:毛色斑驳的马。
⑦兔葵:草名。兔,亦作"菟"。
⑧燕麦:野麦。
⑨班草:把草铺在地上坐下。
⑩欷歔:叹气声,抽泣声。
⑪酹酒:洒酒于地,表示祭奠或立誓,这里是祝祷意。

【词牌平仄】

夜飞鹊,词牌名。双调一百零六字,上片五平韵,下片四平韵。

正体:

平平仄平仄,平仄平平(韵)。平仄仄仄平平(韵)。平仄仄仄仄平仄,中平平仄平平(韵)。平平仄仄,仄平平仄仄,仄仄平平(韵)。平平仄仄,仄平平、中仄平平(韵)。

平仄仄平平仄，平仄仄平平，平仄平平（韵）。平仄平平平仄，平平仄仄，平仄平平（韵）。仄平仄仄，仄平平、仄仄平平（韵）。仄平平平仄，平平仄平仄，中仄平平（韵）。

【相关典范】

宋·刘辰翁《夜飞鹊·七夕》

【原词意译】

凉风习习，又来到送别情人的桥边，斜月远远地照在我们身上，铜盘里蜡烛已经流尽，露水浓浓地沾在衣上。离宴将散，但我们还手牵着手难舍难分，前方津渡传来了催人出发的鼓声，参旗星已爬上了树梢。花斑马儿好像也懂人的意思，纵然扬起鞭儿，它还是小步迟迟。前路迢迢，弯弯曲曲，我们相互哽咽，已发不出声，空带着一腔怨愁，不经意又走在前日分别的路上。她遗落的首饰已不见了，在小路我们的神情凄迷。野草在斜照的夕阳里摇动，长长的影子仿佛伴随着我们。往日席地而坐的我们反复徘徊，端起一杯酒洒在地上，我们伤心流泪，望着西边的天空，声声叹息。

【读后之感】

此调为作者自创，调新意真，但声声含情，字字泪泣，有词人匠心独到之处，故值得一读。心得有二：其一，情景描写宜粗，心情刻画宜细。粗到空灵，细到首饰落地都听得到，看得到。其二，适当用倒叙手法，本词上片写昨夜与情人聚首，到凌晨惜惜相送，下片则写送别归来的思念，独怆然而涕下。

满庭芳（夏日溧水无想山作）

周邦彦

【原词实录】

风老莺雏，雨肥梅子，午阴嘉树清圆。地卑山近，衣润费炉烟。人静乌鸢①自乐，小桥外、新绿溅溅。凭阑久，黄芦苦竹，拟泛九江船。

年年。如社燕②，飘流瀚海③，来寄修椽④。且莫思身外，长近尊前。憔悴江南倦客，不堪听、急管繁弦。歌筵畔，先安簟枕，容我醉时眠。

【咬文嚼字】

①乌鸢：乌鸦，老鹰。

②社燕：燕子春社时飞来，秋社时归去。

③瀚海：沙漠。这里指遥远、荒僻的地方。

④修椽：长的椽子。

【词牌平仄】（同前）

【相关典范】（同前）

【原词意译】

我像白居易被贬九江边一样，尽管梅子肥，风莺欢，午阴嘉树清圆，我仍如黄芦苦竹，连衣襟也被泪水打湿了。

我不想像燕子一样，寄居在别家屋檐下，我不追求功名利禄，还是怡心畅神地常坐酒尊前。在宴席边，先放上席枕，让我酒醉眠。

【读后之感】

对宦官生活的厌倦，对流浪生活的无奈，是本词的基调。上片的景下片的情，自然而清新，但即使这样也无法排遣自己的苦闷。正如郑延焯说："说得虽哀怨，却不激烈，沉郁顿挫中别饶蕴藉。"这就是本词的艺术价值所在。写词当如周邦彦。

溧水有座无想山，邦彦一吐满庭芳。风老莺雏，雨肥梅子，便把嘉树清圆,再浅浅新绿,人静乌鸢自乐。怎奈我倦意彷徨,还是让我先备一套枕席,以便醉眠吧。

  周邦彦的厌世有些蹊跷,他本是徽宗皇帝的宠臣,在徽宗的国家音乐机构"大晟府"里,常与徽宗一起讨论古乐,审定古调,创作新曲,徽宗朝仕至徽猷阁待制,部级干部,可时至今日,怎的成了疲倦、憔悴的江南游子?我不是历史学者,未对邦彦写此词的历史背景做探究,但就本词的词面做了些揣摩,此时他正像白居易一样遭贬,长期居人屋檐下,这大概就是封建文人的悲哀吧。也许正是因为这种悲哀才有了这首《满庭芳》吧!邦之不幸,词之幸也!

过秦楼(大石)

周邦彦

【原词实录】

水浴清蟾①,叶喧凉吹,巷陌马声初断。闲依露井,笑扑流萤,惹破画罗轻扇。人静夜久凭阑,愁不归眠,立残更箭②。叹年华一瞬,人今千里,梦沉书远。

空见说鬓怯琼梳,容消金镜,渐懒趁时匀染。梅风地溽③,虹雨苔滋,一架舞红都变。谁信无聊为伊,才减江淹,情伤荀倩。但明河影下,还看稀星数点。

【咬文嚼字】

①清蟾:明月。传说月中有蟾蜍,故以蟾为月亮的代称。
②更箭:古代以铜壶盛水,壶中立箭以刻时间。
③溽:湿润。

【词牌平仄】

过秦楼,词牌名,又名"惜余春慢""苏武慢""选官子"等。定格为双调一百零九字,上片五平韵;下片四平韵,以李甲词《过秦楼·卖酒垆边》为代表。

正体:

仄仄平平,平平平仄,仄平平仄平平(韵)。仄仄平平仄,仄仄仄平平,仄仄平平(韵)。仄仄仄平平(韵),仄平平、仄仄平平(韵)。仄平平平仄,平平平仄,平仄平平(韵)。

仄仄平仄仄、平平仄仄,仄平平仄仄,平仄平平(韵)。平仄平平,仄仄平平(韵)。仄仄平平(韵)。平仄仄平平,仄平平、仄仄平平(韵)。仄平平仄仄,平仄平平,平仄平平(韵)。

【相关典范】

宋·陈允平《过秦楼·寿建安使君谢右司》
明·屈大均《过秦楼·入潼关作》

明·顾璘《过秦楼·寄王子新》

清·周岸登《过秦楼·泛舟秦淮用李景元韵》

【原词意译】

天，快要亮了，我还在数银河疏星，全是为了她呀。

想当时，我俩是多么快乐，我闲靠在井栏边，她笑嘻嘻地扑打萤火虫，还一不小心碰破了彩绘的小扇子。

而今，人隔千里，音信全无。猜想她相思恹恹，面庞消瘦，一派慵懒。

我也是如此，为了她才思消减如江淹，情痛伤感如荀倩。可叹人生短如一瞬间。

【读后之感】

离情别绪之作。画面更迭，用典妥帖。

江淹典：江淹（444—505），南朝人，历仕宋、齐、梁三朝，历史上著名的政治家、文学家，其《恨赋》《别赋》相当有名。相传有一神人在他梦中授一支五彩神笔给他，他自此文思如涌，成了一代文章魁首。当时人称"梦笔生花"。后来他官运亨通，才思减退，很少有传世之作，故有"江郎才尽"之说。

荀倩典：荀倩，后汉人，夫妻感情特好，爱妻得寒病后，他以身熨之，爱妻病亡后，他悲痛不已，岁余亦亡。后以情伤荀倩褒之。

周邦彦在词中看似轻轻一笔，点出二典，实为重重地表示，自己是才情之士也！事实上，周邦彦确实是才情双馨之士。所以说周邦彦用典妥帖呀。

这首词除了用典精确外，对人物形象的刻画也堪称典范。我"闲依露井"，你"笑扑流萤"，主人公和他心仪的姑娘一静一动，形象生动。作为文人雅客，这一"闲依"用得到位：不浮躁，很安逸，符合文人的典型形象。而"笑扑流萤"，一个"笑"字，一个"扑"字，把一个小姑娘清纯可爱的形象动态化地凸显出来，读了这两句，我之愁，词人之愁，被一扫而光。

花犯（梅花）

周邦彦

【原词实录】

粉墙低，梅花照眼，依然旧风味。露痕轻缀，疑净洗铅华，无限佳丽。去年胜赏曾孤倚，冰盘①同燕喜②。更可惜，雪中高树，香篝③熏素被。

今年对花最匆匆，相逢似有恨，依依愁悴。吟望久，青苔上，旋看飞坠。相将见，翠丸④荐酒⑤，人正在，空江烟浪里。但梦想，一枝潇洒，黄昏斜照水。

【咬文嚼字】

①冰盘：指玉盘。
②燕喜：宴饮喜悦。燕，同"宴"。
③香篝：焚香的熏笼。
④翠丸：即梅子。也作脆丸、翠圆。
⑤荐酒：佐酒。

【词牌平仄】

花犯，词牌名，又名"绣鸾凤花犯"。以周邦彦《花犯·梅花》为正体，双调一百零二字，上片十句六仄韵，下片九句四仄韵。

正体：

仄平平，平平中仄，平平仄平仄（韵）。仄平平仄（韵）。中仄仄平平，中仄平仄（韵）。中平仄仄平平仄（韵）。平平平仄仄（韵）。仄仄仄、中平中仄，平平平仄仄（韵）。

平平仄中仄平平，平平仄仄仄，平平仄仄（韵）。平仄仄，平平仄、中平平仄（韵）。平平仄、仄平仄仄，中中仄、中平平仄仄（韵）。中仄仄、中平平仄，中平平仄仄（韵）。

【相关典范】

宋·周密《绣鸾凤花犯·赋水仙》

宋·吴文英《花犯·谢黄复庵除夜寄古梅枝》《花犯·郭希道送水仙索赋》
宋·王沂孙《花犯·苔梅》

【原词意译】

　　一株梅花绽放在矮墙边，招引着人眼，风味依然。露水轻轻点缀着花瓣，像美人洗净脂粉，风华淡雅。去年赏梅时虽有宴席，我却独自倚树干，思绪万千。白雪像一床素被覆盖着梅花树，我依然嗅到熏香的芬芳。今年又迫不及待地来赏花，只怕香消花殒，依旧得到惆怅和怨恨，这是为何呢？我久久地凝望着。青苔上花瓣伴雪飞，你能告诉我原委吗？没有答案，一切在酒中。

　　现在我已站在船头，在空江烟浪里还念念不忘那梅枝的潇洒、梅花的芳香，恍如做梦一般。

【读后之感】

　　这首词是周的自度曲。"犯"是词的"犯调"，把不同的空调声律合成一曲，使音律感更加丰富。写这首词时，他正离任他往。客居孤寂，只有梅花做伴。于是移情入梅，孤芳自赏，梅、人两憔悴，惺惺惜惺惺。

　　我在读周邦彦词时，时常纳闷，周词为何百读不厌，令人爱不释手。于是我便找来词评家对周词的议论，看看前人有何说法。陈子龙在评周词时说周词"以沈至之思，而出之必浅近，使读之者骤遇，如在耳目之表，久诵，而得沉永之趣"。毛先舒曰："北宋词之盛也，其妙处不在豪快而在高健，不在艳裒而在幽咽。豪快可以气取，艳裒可以意工，高健幽咽则关乎神理骨性，难可强也。"

　　我终于明白了，周词之妙，原来妙在这里。

大酺

周邦彦

【原词实录】

对宿烟收，春禽静，飞雨时鸣高屋。墙头青玉旆①，洗铅霜都尽，嫩梢相触。润逼琴丝，寒侵枕障，虫网吹粘帘竹。邮亭②无人处，听檐声不断，困眠初熟。奈愁极频惊，梦轻难记，自怜幽独。

行人归意速。最先念、流潦③妨车毂④。怎奈向、兰成⑤憔悴，卫玠⑥清赢，等闲时、易伤心目。未怪平阳客，双泪落、笛中哀曲。况萧索、青芜国。红糁⑦铺地，门外荆桃⑧如菽。夜游共谁秉烛？

【咬文嚼字】

①旆：旗帜末端似燕尾的垂饰，这里指旗。
②邮亭：古代供信使及游人歇宿的馆舍。
③流潦：雨后的积水。
④车毂：代指车轮。
⑤兰成：庾信小字兰成，初仕北周，不得南归，作《哀江南赋》。
⑥卫玠：西晋人，长相佳，身体弱，早逝。
⑦红糁：指落花。糁，本指米粒。
⑧荆桃：樱桃的别名。

【词牌平仄】

大酺，词牌名。唐教坊曲有《大酺乐》，大酺，即大宴饮。宋人借旧曲以制新调，以周邦彦《大酺·春雨》为正体。双调一百三十三字，上片五仄韵，下片七仄韵。

正体：

仄仄平平，平平仄，中仄中平平仄（韵）。平平仄仄仄，仄中平中仄，中平平仄(韵)。中仄平平,平平中仄,中仄中平平仄(韵)。平中平中仄,仄平中中中,仄平平仄(韵)。仄中仄平平,中平中仄,仄平平仄(韵)。

中中中仄仄(韵),仄平仄,中仄中平仄(韵)。仄中仄、平平中仄,中仄平平,仄平平、仄平平仄(韵)。仄仄平中仄,中中中,平平中仄(韵)。仄中仄。平平仄(韵),平中中仄,中仄平平平仄(韵)。仄中中中仄仄(韵)。

【相关典范】

宋·吴文英《大酺·荷塘小隐》

宋·周密《大酺·又子规啼》

宋·陈著《大酺·寿沿江大制使观文马裕斋同知》

清·纳兰性德《大酺·寄梁汾》

【原词意译】

黎明将至,四处静悄悄,鸟儿都还没有叫,雾蒙蒙的夜色即将过去,唯有一阵阵的急雨打在屋顶上滴答作响,墙头旗帜上的灰尘都已被洗刷得干干净净,几枝嫩竹在风中摇曳,碰撞磨缠,琴弦儿因湿气而松软。寒气逼来,侵入了枕头帷障之间,蜘蛛网黏附在帘竹上。在寂寥的旅舍里,我孤枕难眠,耳旁响起了轻轻的摇橹声。难得有的一点点睡意又时时被急雨惊醒。那自怜幽独的梦,我恍恍惚惚,什么都记不得了。我这羁旅游子多么想早点归去啊。雨后积水中的车轮啊,快快带着我离去吧,我已像极了作《哀江南赋》的庾信和体弱多病的雅士卫玠,寂寞中伤透了心。难怪客居平阳的马融,听见哀怨的笛声而泪涟涟,更何况我现居在长满青苔、萧条冷落的旅舍里,门外的落花已铺满地,樱桃也结出了果实,我哪里有心思举着蜡烛和他们游赏呢。

【读后之感】

本词上片描写暮春晨雨景象和寂寞无聊、心神不定的情态,下片写欲归不能的忧愁。用词极细腻,铺陈极有序。用典不晦不涩,较好地体现了斯人斯时复杂的心态,也与其花间婉约词作大家的身份相符,不妨取其精华时而学之。另,"夜游共谁秉烛"是点睛之笔,一句压全篇,上下片这么多景状的铺陈,怎敌平阳客双泪落!

解语花（上元）

周邦彦

【原词实录】

风消绛蜡①，露浥②红莲③，花市光相射。桂华④流瓦，纤云散、耿耿⑤素娥⑥欲下。衣裳淡雅，看楚女纤腰一把。箫鼓喧、人影参差，满路飘香麝⑦。

因念都城放夜⑧。望千门⑨如昼，嬉笑游冶。钿车罗帕，相逢处，自有暗尘随马。年光是也，唯只见、旧情衰谢。清漏移、飞盖归来，从舞休歌罢。

【咬文嚼字】

①绛蜡：红烛。

②浥：沾湿。

③红莲：指荷花灯。

④桂华：传说月中有桂花树，故以桂代月。

⑤耿耿：光明貌。

⑥素娥：月中嫦娥。

⑦香麝：麝香。

⑧放夜：开放夜禁。

⑨千门：指皇宫深沉，千门万户。

【词牌平仄】

解语花，词牌名。以秦观《解语花·窗涵月影》为正体，双调一百字，上片九句六仄韵，下片九句七仄韵。

正体：

平平仄仄，仄仄平平，平中中平仄（韵）。仄平中仄（韵）。中平中、中仄中平中仄（韵）。中平中仄（韵）。中中仄、中平中仄（韵）。中仄平、中仄平平，中仄平平仄（韵）。

中中中中中仄（韵）。仄中平中仄，中中中仄（韵）。中平平仄（韵）。中平中、中仄中平中仄（韵）。平平仄仄（韵）。中中仄、中平中仄（韵）。中仄平、中仄平平，中中平平仄（韵）。

【相关典范】

宋·方千里《解语花·长空淡碧》

宋·吴文英《解语花·梅花》

宋·施岳《解语花·云容冱雪》

【原词意译】

每年元宵，京城开放夜禁，看花灯，看美女，皇宫内外，人景杂沓。

楚地的美人腰肢苗条一把抓，袖中麝香四处飘，到处彩灯辉煌，如同白昼。

只是我旧日的豪情全无，滴漏已示夜深，我还是赶快回我的小楼里去吧，任凭他们纵情歌舞！

【读后之感】

在众多的写元宵的词中，周邦彦尚有特色：一，景随情移，情随景深；二，既有对当前的元宵的彩绘，又有对汴京元宵的回忆，更有抒发自己内心意兴的点睛之笔，三者有机融合，去国离乡，今不如昔的慨叹抒发得淋漓尽致。

"看楚女纤腰一把"，抓住美人腰纤这一特征，一个衣裳淡雅小蛮腰的耿耿素娥，好生夺人眼球，足见词人善抓细节、善捕特征的功力。

《宋四家词选目录序论》云："清真浑厚，正于勾勒处见。"他人一勾勒，便刻削，清真愈勾勒，愈浑厚。清真此处对楚女的勾勒，虽为皮相，浑厚至骨。

蝶恋花

周邦彦

【原词实录】

月皎惊乌栖不定。更漏①将阑②,辘轳③牵金井。唤起两眸清炯炯。泪花落枕红棉冷。

执手霜风吹鬓影。去意徊徨,别语愁难听。楼上阑干④横斗柄。露寒人远鸡相应。

【咬文嚼字】

①更漏:古代的铜壶滴水计时,一夜分五更。

②阑:尽。

③辘轳:象声词,井上汲水器绞动的声音。

④阑干:栏杆。

【词牌平仄】(同前)

【相关典范】(同前)

【原词意译】

月光皎洁,连栖息的乌鸦也被惊醒。更声已静,漏滴将尽,井台传来辘轳的汲水声。唤起她,明亮的双眸,泪花落在红棉枕头上,斑斑冰冷,两边的鬓发也被秋风吹起。我爱怜地替她轻捋,将要分别的心情多悱恻,好听的话儿再也说不出口。回头望,楼上栏杆外横斜北斗星的斗柄,在鸡鸣露寒时,人将远行。

【读后之感】

真佩服周邦彦状景言情的功夫,短短五十余字里,既有画面感特强的情景描写,又有耳鬓厮磨的人物内心情感的刻画,感时花溅泪,恨别鸟惊心,唐诗宋词谁在吟,城南一隅有雷震。

今后的写作中要做到有意识地学习前人状景言情"画面感""意境说"这六字要诀。

解连环

周邦彦

【原词实录】

怨怀无托。嗟情人断绝,信音辽邈。纵妙手、能解连环①,似风散雨收,雾轻云薄。燕子楼空,暗尘锁、一床弦索。想移根换叶。尽是旧时,手种红药。

汀洲渐生杜若②。料舟依岸曲,人在天角。漫记得、当日音书,把闲语闲言,待总烧却。水驿春回,望寄我、江南梅萼。拚③今生,对花对酒,为伊泪落。

【咬文嚼字】

①解连环:此处借喻情怀难解。

②杜若:香草名。折此赠情人是旧时习俗。

③拚:舍弃,不顾惜。

【词牌平仄】

解连环,词牌名,又名"望梅""杏梁燕"等。以柳永词《望梅·小寒时节》为正体,双调一百零六字,上片十一句五仄韵,下片十句五仄韵。

正体:

仄平平仄(韵),仄平平仄仄,平平仄仄(韵)。仄仄平、平仄平平,仄仄仄,平平仄平平仄(韵)。平仄平平,仄平仄、平平仄仄(韵)。仄平平仄仄,仄仄平,仄仄平仄(韵)。

平平仄平仄仄(韵)。仄平平仄仄,平平仄仄(韵)。仄仄平、平仄平平,仄仄平平,仄平平仄(韵)。平仄平平,仄仄仄、平平仄仄(韵)。仄平平仄仄,平仄仄平仄仄(韵)。

【相关典范】

宋·杨无咎《解连环·素书谁托》

宋·姜夔《解连环·玉鞭重倚》

宋·吴文英《解连环·暮檐凉薄》《解连环·留别姜石帚》

宋·张炎《解连环·孤雁》

【原词意译】

我的一腔怨恨向谁诉说，亲爱的人已是音信全无。纵有千般本领，也无法解开心中千千结啊。燕子楼空，雾轻云落，风散雨收，唯剩下满床的弦索。美人亲手种的芍药花余香还在，我精心培育着它。想当时我手执杜若香草送别她，今天只见船儿依偎在曲曲的岸边，人已在天涯海角了。还记得当时饱含甜言蜜语的情书寄来，但现在只能惹起我的相思泪，还是把它烧掉算了。

春回大地，水泽边葱绿一片，多想她再寄给我一剪梅花。想想今后，爱而不见，只能对花独饮酒，为她满面泪流了。

【读后之感】

爱而不见，泪涕涟涟。本词原名"望梅"，后因周邦彦词中有"纵妙手，能解连环"语而更名为"解连环"，可见周词影响力之大。本词上片叹人去楼空，下片写对爱人的思念，全词多用"纵""想""料""望"等领字，表达无法解脱的复杂情怀，写痴情淋漓酣畅。

明明知道相思苦，偏偏为你牵肠挂肚，芍药红边细思量，一腔怨恨向谁诉？

有词评家说："古今词人格调之高……惜不于意境上用力，故觉无言外之味、弦外之响，终不能于第一流之作者也。"

周邦彦，公认的一流作者，他在意境上所下的功力在本词中有所体现。先看上片。"似风散雨收，雾轻云薄。燕子楼空，暗尘锁、一床弦索。"言外之味、弦外之音是什么？是词人一腔幽恨。下片的"汀洲渐生杜若。料舟依岸曲，人在天角"，一语道破词人的心酸。"水驿春回，望寄我、江南梅萼。"此句的言外之味、弦外之音，更是清晰凸显，所以说周邦彦的意境功力，配得上一流词人的称谓。对其词小心求证，大胆领悟，乃是必须的。

拜星月慢

周邦彦

【原词实录】

夜色催更，清尘收露，小曲幽坊月暗。竹槛灯窗，识秋娘①庭院。笑相遇，似觉琼枝玉树②相倚，暖日明霞光烂。水盼③兰情，总平生稀见。

画图④中、旧识春风面⑤。谁知道、自到瑶台畔，眷恋雨润云温，苦惊风吹散。念荒寒、寄宿无人馆，重门闭、败壁秋虫叹。怎奈向、一缕相思，隔溪山不断。

【咬文嚼字】

①秋娘：唐宋时对歌妓的一般称呼。

②琼枝玉树：比喻人姿容秀美。

③水盼：指眼波。盼，眼睛黑白分明的样子。

④画图：借用王昭君的故事。

⑤春风面：指容貌美丽。

【词牌平仄】

拜星月慢，词牌名，又名"拜星月""拜新月"。以周邦彦《拜星月慢·夜色催更》为正体，双调一百零四字，上片十句四仄韵，下片八句六仄韵。

正体：

仄仄平平，中平中仄，中仄平平中仄（韵）。仄仄平平，仄平平平仄（韵）。仄平仄、仄仄、平平仄仄平仄，仄仄中平平仄（韵）。中仄中平，仄平平平仄（韵）。

仄平平、仄仄平平仄（韵）。中平中、仄仄平平仄（韵）。中仄仄中平中，仄平平平仄（韵）。仄平平、仄仄平平仄（韵），平平仄、仄中平平仄（韵）。中中仄、中仄平平，仄平平仄仄（韵）。

【相关典范】

宋·吴文英《拜星月慢·绛雪生凉》

宋·周密《拜星月慢·腻叶阴清》
明末清初·尤侗《拜星月慢·惜别》

【原词意译】

夜色越来越深沉，催得更鼓声声。露水清洁了路面，狭小幽静的曲坊，月色朦胧昏暗，竹槛灯光透出了窗帘。我认识那是秋娘居住的院子，她笑盈盈地与我相见，她是琼枝，我是玉树，我们相亲相爱，就像暖日与明霞。她水灵灵的眼睛、幽兰一样芬芳的情感，是我一生中少见的。曾从一幅画中见识了她的艳丽，谁知瑶台一见，从此就一直眷恋着她。痛苦的是一阵风将鸳鸯吹散，我落得个荒凉凄寒，寄宿在无人的驿馆。重门紧闭，败壁秋虫叹，无可奈何，一缕相思雨不断，隔山隔水缠绵绵。

【读后之感】

上片，初识伊人，令己销魂；下片，苦惊风，重门闭，一切均在追忆中。我崇尚自然，我珍惜情与怨，管他高官与秋娘。

女思男，情深深，男思女，意蒙蒙，周邦彦，拿手戏，缠绵绵，到天涯。想当年，师师床下听壁脚，赵佶美成两连襟。

关河令

周邦彦

【原词实录】

秋阴时晴渐向暝,变一庭凄冷。伫听寒声①,云深无雁影。

更深人去寂静,但照壁、孤灯相映。酒已都醒,如何消夜永?

【咬文嚼字】

①寒声:秋声,指秋天凄凉的风雨声、落叶声和虫鸣声。

【词牌平仄】

关河令,词牌名,又名"清商怨""伤情怨""东阳叹""要销凝""望西飞""尔汝歌"。以晏殊《清商怨·关河愁思望处满》为正体。双调四十三字,上下片各四句三仄韵。

正体:

平平平仄中中仄(韵)。仄中平中仄(韵)。中仄平平,中平中中仄(韵)。

中中中中中仄(韵)。仄中中、中中中仄(韵)。仄仄平平,平平平仄仄(韵)。

【相关典范】

宋·晏殊《清商怨·关河愁思望处满》

宋·周邦彦《清商怨·枝头风信渐小》

宋·陆游《清商怨·江头日暮痛饮》

【原词意译】

秋风萧瑟,阴晴交替,天色渐晚,庭院里顿觉凄冷。风雨声、落叶声和虫鸣声声声入耳,就是不见那传书的大雁的踪影。夜深了,人散了,只剩下孤灯照壁影。酒也醒了,如何熬过这漫漫黑夜啊。

【读后之感】

这篇小令无论是主题、内容还是形式都没有什么独特之处,不过,在烈日炎炎的酷暑盛夏,读后还是觉得如丝丝微风吹过,暑热和内心的烦躁减去了一半。

此词上片写秋天景象，有点萧瑟。"伫听寒声"中的"寒"字，使人联想到风雨声、落叶声和衰草败壁中的秋虫声，这些都是衰衰之象。"云深无雁影"，一个"无"字虽轻描淡写，但表露出作者孤独失望的心境，一字虽无千斤，也有八百。

我读宋词

周邦彦

绮寮怨

周邦彦

【原词实录】

上马人扶残醉,晓风吹未醒。映水曲、翠瓦朱檐,垂杨里、乍见津亭。当时曾题败壁,蛛丝罩、淡墨苔晕青。念去来、岁月如流,徘徊久、叹息愁思盈。

去去倦寻路程。江陵旧事,何曾再问杨琼。旧曲凄清。敛愁黛、与谁听。尊前故人如在,想念我、最关情。何须《渭城》。歌声未尽处,先泪零。

【咬文嚼字】

通俗易懂,无字可嚼。

【词牌平仄】

绮寮怨,词牌名,此词以周邦彦《绮寮怨·上马人扶残醉》为正体,双调一百零四字,上片十三句四平韵,下片十二句七平韵。

正体:

仄仄平平中仄,仄平平仄平(韵)。中中仄,中仄平平,中平仄,中仄平平(韵)。平平中平中仄,中中仄,仄仄平仄平(韵),仄中平,仄仄平平,平平仄,中仄平仄平(韵)。

中仄中平仄平(韵),平平中仄,中平仄仄平平(韵)。中仄平平(韵)。中中仄,仄平平(韵)。平平中平平仄,中仄仄,仄平平(韵)。平仄平(韵)。中平仄中仄,平仄平(韵)。

【相关典范】

宋·陈允平《绮寮怨·满院荼蘼开尽》

宋·鞠华翁《绮寮怨·月下残棋》

宋·赵文《绮寮怨·题写韵轩》

【原词意译】

晨风迎面吹,一夜酒未醒,骑上马儿人扶着,归家去。

弯曲的河畔,倒映着绿瓦红檐,忽然看见渡口的亭子,垂杨在风里摇曳。想当时,曾在斑驳的墙上题写了诗句,现如今被蜘蛛网笼罩着。青苔爬满了墨迹。啊,时光荏苒,岁月如流,我徘徊着,深叹满腔愁思,想去去来来的进退升沉,多少江陵的旧事浮现在眼前。最难忘的是荆州酒宴歌筵上歌妓杨琼皱眉轻唱着哀歌一曲曲,如今她还在唱吗? 又有谁人在听,她应该还在想念我,因为她最深情,在那首送别的《渭城曲》还没唱完的时候,我已泪流满面。

【读后之感】

　　西晋左思《魏都赋》云:"雷雨窈冥而未半,曒日笼光于绮寮。"绮寮即雕刻精美的窗户,指贵妇的居室。本调本意即咏叹贵妇的深怨情。

　　离歌一曲,情意绵绵。透迤写来,流水汩汩,纯真自然,入人心田,不忍赘述之,唯恐泪水多。

　　怨妇词,在宋词中比比皆是,但到了周邦彦手里,又是别具味道。周邦彦借绮寮怨之壳倾诉了自己内心之悲凉。这首词首先是给人一个醉态的周邦彦的形象:半醒半醉,由人扶上了马背,眼前虽是翠瓦朱檐,但在词人眼里翠瓦朱檐难掩败壁旧题,江陵旧事,旧曲凄凉。其次是给人一个孤独的周邦彦形象。"尊前故人如在,想念我、最关情",我读词到此,不知怎的,耳边总响起苏芮在唱《是否》:"是否……是否……情到深处人孤独。"周邦彦笔下虽是绮寮怨妇的哀伤,实际上画外音却是词人情到深处的孤独啊!

尉迟杯

周邦彦

【原词实录】

隋堤路，渐日晚、密霭生烟树。阴阴淡月笼纱，还宿河桥深处。无情画舸①，都不管、烟波隔前浦②。等行人、醉拥重衾③，载将离恨归去。

因思旧客京华，长偎傍疏林，小槛欢聚。冶叶倡条④俱相识，仍惯见珠歌翠舞。如今向、渔村水驿，夜如岁、焚香独自语。有何人、念我无聊，梦魂凝想鸳侣。

【咬文嚼字】
①画舸：彩绘的大船。
②浦：水滨。
③衾：被子。
④冶叶倡条：指歌妓舞女。

【词牌平仄】
此调有平韵、仄韵两体，仄韵者见柳永《乐章集》，注"夹钟商"，平韵者见晁补之《琴趣外篇》，吴文英词注双调，周邦彦词注大石调。

双调一百零五字，上片五仄韵，下片四仄韵。

正体：

平平仄（韵），仄仄仄、仄仄平平仄（韵）。平平仄仄平平，平仄平平平仄（韵）。平平仄仄，平平仄、平仄平平仄（韵）。仄平平、仄仄平平，仄平平，仄平平仄平仄（韵）。

平平仄仄平平，平平仄，平仄仄平仄（韵）。仄仄平平平仄仄，平仄仄，平平仄仄（韵）。平平仄、平平仄仄，仄平仄、平仄仄仄（韵）。仄平平、仄仄平平，仄平平仄平仄（韵）。

【相关典范】
宋·吴文英《尉迟杯·赋杨公小蓬莱》

宋·无名氏《尉迟杯·岁云暮》
宋·尹公远《尉迟杯·题卢石溪响碧琴所》
宋·蔡松年《尉迟杯·紫云暖》
宋·柳永《尉迟杯·宠佳丽》
清·丁澎《尉迟杯·幽期》
清·庄棫《尉迟杯·金陵怀古》
清·周之琦《尉迟杯·何仙槎前辈席上作》
清·朱彝尊《尉迟杯·七夕怀静怜》
清·李慈铭《尉迟杯·桐阴静》
清·赵熙《尉迟杯·以荞为千丝汤饼》
清·蒋春霖《尉迟杯·春暮》
清·朱祖谋《尉迟杯·危阑凭》
清·王鹏运《尉迟杯·次沤尹寄弟韵》

【原词意译】

隋堤水路黄昏暮,暮霭生烟树,淡月笼纱窗,泊舟桥深处。无情的画船啊,被烟波隔在前浦。我等待着与心爱的人重衾同眠,让船儿载着离恨让我们踏上归途。回想往年,我客居京华,经常依靠着稀疏的林木,或在栏槛下和别人相会,与歌妓舞女们俱都相识,珠歌翠舞人楚楚。如今,却在这渔村水泽荒郊野渡。我度夜如年,只能焚香一炷,有谁能念我有情无聊,日日虚度。慕神仙,梦鸳侣,叹自顾。

【读后之感】

本词虽格调不高,却字字酸楚。上片写凄迷景色,下片抚今追昔,厚浑拙朴,全词一景一境,尽显情到深处的孤独。

词评家毛先舒在评论周词时说:"北宋,词之盛也,其妙处不在豪快,而在高健;不在艳冶,而在幽咽。豪快可以气取,艳冶可以言工;高健幽咽,则关乎神理骨性,难可强也。"又云:"言欲层深,语欲浑成。""两宋惟片玉、梅溪,足以备之。周之胜史,则又在'浑'一字。词至于浑,而无可复进矣。"这是对周邦彦词的中肯评价,其《尉迟杯》词,浑然天成也。

西河（金陵怀古）

周邦彦

【原词实录】

佳丽地。南朝盛事谁记。山围故国绕清江，髻鬟对起。怒涛寂寞打孤城，风樯遥度天际。

断崖树，犹倒倚。莫愁艇子曾系。空余旧迹郁苍苍，雾沉半垒。夜深月过女墙①来，伤心东望淮水。

酒旗戏鼓甚处市。想依稀、王谢邻里。燕子不知何世。向寻常、巷陌人家，相对如说兴亡，斜阳里。

【咬文嚼字】

①女墙：城上的小墙。

【词牌平仄】

西河，词牌名，又名"西河慢""西湖"。以周邦彦《西河·金陵》为正体，三段一百零五字，前段六句四仄韵，中段七句四仄韵，后段六句四仄韵。

正体：

平中仄（韵）。中平中仄平仄（韵）。中平中仄仄平平，中平中仄（韵）。中平中仄仄平平，中平中仄平仄（韵）。

中中中，中中仄（韵）。中平中仄平仄（韵）。中平中仄仄平平，仄平仄仄（韵）。仄平中仄仄平平，中平中仄平仄（韵）。

仄平仄仄仄仄仄（韵）。中平中、平中平仄（韵）。中仄中平平仄（韵）。仄平平、仄仄平平，中仄中仄平平，平平仄（韵）。

【相关典范】

宋·王埜《西河·天下事》

宋·曹豳《西河·和王潜斋韵》

宋·辛弃疾《西河·送钱仲耕自江西漕赴婺州》

宋·吴文英《西河·陪鹤林登袁园》

清末民初·王国维《西河·垂杨里》

【原词意译】

夜深了，一弯明月爬过女墙来，我伤心地望着东流的淮水，惆怅在南朝的旧梦里。

故国清江，江畔有如美人发髻般的双峰对峙而立。半壁古营垒雾沉沉，东晋王谢贵族的豪宅现在冷落在里巷里，昔日莫愁女的画船，今日也不知谁牵系着它呢！燕子也不知什么时候飞进了寻常百姓家，它们喃喃絮语，好像也在细数朝代的兴亡。

【读后之感】

这是周邦彦很有思想性的一首词作，它的积极意义在于怀故国旧事，叹历史兴衰。全词隐刘禹锡二诗的诗意，融自己亲身所见所闻，把历史与现实、他诗与己词有机融合，浑然天成。这首词见于以风花雪月、儿女情长为特长的美成笔下，也算是他以天下之忧而忧了。词人心底的孤独和叹息，与对故国山河的惦记，其实是息息相关的啊。

下面再就一"淡"字，谈谈对该词的读后感。

王国维特欣赏词作的"无我之境"。他说："古人为词，写有我之境为多，然未始不能写无我之境，此在豪杰之士能自树立耳。"他的"无我之境"尤注重一个"淡"字，即词以词语平淡、淳朴真挚为上。清人纳兰性德就深谙"淡"的味道："人生若只如初见""当时只道是寻常"，语淡情浓。而邦彦的"想依稀、王谢邻里。燕子不知何世。向寻常、巷陌人家，相对如说兴亡，斜阳里"，语更淡，情更浓也。

瑞鹤仙

周邦彦

【原词实录】

悄郊原带郭。行路永，客去车尘漠漠。斜阳映山落。敛余红，犹恋孤城阑角。凌波①步弱。过短亭②、何用素约。有流莺劝我，重解绣鞍，缓引春酌。

不记归时早暮，上马谁扶，醒眠朱阁。惊飙③动幕，扶残醉，绕红药。叹西园已是，花深无地，东风何事又恶？任流光过却，犹喜洞天④自乐。

【咬文嚼字】

①凌波：形容女子步态轻盈。
②短亭：古时于城外五里处设短亭，十里处设长亭。
③惊飙：狂风。
④洞天：道家称仙人所居之地。这里指自家小天地。

【词牌平仄】

瑞鹤仙，词牌名，又名"一捻红"。以周邦彦《瑞鹤仙·悄郊原带郭》为正体，双调一百零二字，上片十一句七仄韵，下片十一句六仄韵。

正体：

仄平平仄仄（韵）。中中中，中中平中中仄（韵）。平平中中仄（韵）。中平中，中仄中平平仄（韵）。中平仄仄（韵）。仄中平、平中仄仄（韵）。仄平平仄仄，平中中中，仄中平仄（韵）。

中仄平平中仄，中中平中，仄中平仄（韵）。中平仄仄（韵）。中中仄，中平仄（韵）。仄平平，中仄平平平仄，平中中中中（韵）。仄平平仄仄（韵）。平中仄平仄仄（韵）。

【相关典范】

宋·黄庭坚《瑞鹤仙·环滁皆山也》
宋·袁去华《瑞鹤仙·郊原初过雨》

宋·辛弃疾《瑞鹤仙·赋梅》
宋·蒋捷《瑞鹤仙·乡城见月》
宋·张枢《瑞鹤仙·卷帘人睡起》
宋·吴文英《瑞鹤仙·晴丝牵绪乱》

【原词意译】

姑娘恋恋不舍地送我过了五里短亭。城外小村庄静悄悄的，载着客人的马车飞驰，卷起阵阵尘埃，晚霞依恋地挂在城角，久久不肯散去。

姑娘执意重新解下我的马鞍，一定要我再喝一杯离别的酒。

不知道是什么时候走的，也不知道是谁扶我上马的，我醒来只见自己躺在朱阁里。突然，一阵狂风将帘幕掀起，我踉跄身躯，来到红芍药花栏前，悲叹我的西园。

厚厚的落花已堆积得看不见地面，可恶的狂风啊为何如此凶残？随它去吧，我还可以在神仙般的小家里安闲。

【读后之感】

邦彦的送别词总是卿卿我我，这首词尤甚。剪不断的是离愁，理还乱的是别绪，好在邦彦自欣自慰，安闲自乐，总算是留下了慰藉的结尾，这与他对自己在仕途上还有一些期待不无关联吧。

陈子龙说："以沉挚之思，而出之必浅近，使读之者骤遇之，如在耳目之表，久诵之，而得隽永之趣，则用意难也。以狷利之词，而制之必工炼，使篇无累句，句无累字，圆润明密，言如贯珠，则铸词难也。其为体也纤弱，明珠翠羽，尚嫌其重，何况龙鸾？必有鲜妍之姿，而不藉粉泽，则设色难也。其为境也婉媚，虽以惊露取妍，实贵含蓄不尽，时在低徊唱叹之际，则命篇难也。"

陈之龙讲了这么多的难，可到了周邦彦笔下，一一化为乌有。不信你读《瑞鹤仙》"任流光过却，犹喜洞天自乐"句。

浪淘沙慢

周邦彦

【原词实录】

昼阴重，霜凋岸草，雾隐城堞①。南陌脂车②待发，东门③帐饮④乍阕⑤。正拂面、垂杨堪揽结。掩红泪⑥、玉手亲折。念汉浦、离鸿去何许？经时信音绝。

情切，望中地远天阔。向露冷、风清无人处，耿耿⑦寒漏咽。嗟万事难忘，惟是轻别。翠尊未竭，凭断云、留取西楼残月。

罗带光消纹衾叠，连环解、旧香顿歇。怨歌永、琼壶敲尽缺。恨春去、不与人期，弄夜色、空余满地梨花雪。

【咬文嚼字】

①堞：城上如齿形的矮墙。
②脂车：以油脂涂过的车。
③东门：指京都汴京东门。
④帐饮：在郊外设帐饯别。
⑤阕：终了。
⑥红泪：这里指妇女的眼泪。
⑦耿耿：烦躁不安的样子。

【词牌平仄】（同前）
【相关典范】（同前）
【原词意译】

南去的大路上车马待发，东门帐下的饯行酒也已了结。你折一枝送别的杨柳，泪流满面。

今后你便是离群孤雁，音信恐怕亦要断绝，留下我无限的思念。

铜壶中滴漏好像在流泪,你说要走就走,怎么舍得我难过。

西楼残月,你我曾经相拥的锦纹被空叠,玉连环虽已解开,只是空留余香。满地的雪花飘飘,你的归期渺茫,恨只恨春光离去,留下凄冷的夜和孤独的我。

【读后之感】

清代万树评此词"精绽悠扬,真千秋绝调"。全词以一女子的口吻诉说离情别绪,描述细腻,音韵和谐,结构缜密,真可谓"浪淘沙慢字字血,空余满地梨花雪"啊!过分不,不过分也!

这首词中耐人寻味的词句还有很多。如"风清无人处",如"耿耿寒漏咽",如"留取西楼残月",如"恨春去、不与人期",等等,最是"嗟万事难忘,惟是轻别"句动情,真是相见时难别也难啊!

应天长

周邦彦

【原词实录】

条风①布暖，霏雾弄晴，池台遍满春色。正是夜堂②无月，沉沉暗寒食。梁间燕，前社客③。似笑我、闭门愁寂。乱花过，隔院芸香④，满地狼藉。

长记那回时，邂逅相逢，郊外驻油壁⑤。又见汉宫传烛，飞烟五侯宅。青青草，迷路陌。强载酒、细寻前迹。市桥远，柳下人家，犹自相识。

【咬文嚼字】

①条风：立春的风。

②夜堂：坟墓。

③前社客：指燕子。社，祭社神之日，有春秋二社，立春后五戊为春社，即前社，立秋后五戊为秋社。

④芸香：香草。

⑤油壁：车壁经油漆涂饰的车。

【词牌平仄】

应天长，词牌名，又名"应天长慢""应天长令""应天歌""秋夜别思""驻马听"。以韦庄《应天长·绿槐阴里黄莺语》为正体，双调五十字，上下片各五句四仄韵。另有双调四十九字，上片五句四仄韵，下片四句四仄韵。代表词作有周邦彦《应天长·条风布暖》等。

正体：

中中中中平中仄（韵）。中仄中平平仄仄（韵）。中平中，中中仄（韵）。中仄中平平仄仄（韵）。

仄平平，平仄仄（韵）。中仄中平平仄仄（韵）。中仄中平中仄（韵）。中中中中仄（韵）。

变体（周邦彦《应天长·条风布暖》）

中平仄仄，平仄仄平，平平中中平仄（韵）。仄仄平平仄，平平仄平仄（韵）。平平仄，中中仄（韵）。中仄仄，中平平仄（韵）。仄平中，中仄中平，中中平仄（韵）。

平仄仄平平，中仄平平，平仄平仄（韵）。仄仄中平仄，平平仄平仄（韵）。中平仄，平仄仄（韵）。仄中仄，仄平平仄（韵）。仄中中，中仄平平，中中平仄（韵）。

【相关典范】

五代·冯延巳《应天长·一弯初月临鸾镜》

五代·韦庄《应天长·绿槐阴里黄莺语》

五代·顾夐《应天长·瑟瑟罗裙金线缕》

五代·毛文锡《应天长·平江波暖鸳鸯语》

宋·柳永《应天长·残蝉声断绝》

宋·叶梦得《应天长·松陵秋已老》

宋·王沂孙《应天长·疏帘蝶粉》

宋·陈允平《应天长·流莺唤梦》

【原词意译】

春风里，暖融融，雾霏戏晴空。

池塘边，亭台中，春色满地红。

夜堂阴沉沉，寒食时节冷，载酒祭礼神，惹我长相思。

堂前燕，正笑我，孤独一人梦中。

隔院香草，一片狼藉，红花也失魂。

曾记否，那回郊外香车里的邂逅太匆匆。

而如今，又看见灯火皇宫中，王侯宅里乱哄哄。

草青青，迷迷茫茫寻前踪，咦，桥边柳下的那户人家中不有她吗？梦太奇，蒙太奇，一幕幕，一切尽在不言中。

【读后之感】

周邦彦生性风流，一次邂逅竟让他魂牵梦绕。全词结构曲折多变，转换似云断山连，当今电影蒙太奇的手法，千年之前的周邦彦已烂熟于心，挥洒自如了。

夜游宫

周邦彦

【原词实录】

叶下斜阳照水。卷轻浪、沉沉千里。桥上酸风①射眸子。立多时,看黄昏,灯火市。

古屋寒窗底。听几片、井桐飞坠。不恋单衾再三起。有谁知,为萧娘②,书一纸?

【咬文嚼字】

①酸风:寒风吹人使人眼酸流泪,故称。

②萧娘:唐代时对女子的泛称。

【词牌平仄】

夜游宫,词牌名,又名"新念别"等。以毛滂词《夜游宫·长记劳君送远》为正体,双调五十七字,上下片各六句四仄韵。

正体:

中仄中平中仄(韵),平平仄、中平中仄(韵)。中仄中平平仄仄(韵),仄平平,仄平平,平仄仄(韵)。

中仄平平仄(韵),平平仄、中平中仄(韵)。中仄中平平仄仄(韵),仄平平,仄平平,平仄仄(韵)。

【相关典范】

宋·陆游《夜游宫·记梦寄师伯浑》

宋·毛滂《夜游宫·长记劳君送远》

宋·辛弃疾《夜游宫·苦俗客》

宋·吴文英《夜游宫·人去西楼雁杳》《夜游宫·春语莺迷翠柳》《夜游宫·窗外捎溪雨响》

【原词意译】

我站在桥头上目送水流去,无情的寒风刺酸了我的眼,黄昏时刻,灯火阑珊,走进破屋,坐在窗下,任寒风侵袭着我。

天井里梧桐叶飘坠,我单被孤眠,寂寞难忍,睡下又起,起来又睡。谁知道为了她寄来的一封情书,我竟辗转反侧,彻夜难眠。

【读后之感】

　　本词为思念情人而作,从傍晚到黄昏再到深夜,由小溪到桥头再到窗底,层层渲染,步步推进。本词没有正面直写相思愁苦,而是通过典型环境的渲染表现之,这是本词艺术手法独到之处。

　　张纲孙评说:"结构天成,而中有艳语、隽语、奇语、豪语、苦语、痴语、没要紧语,如巧匠运斤,毫无痕迹。"

　　情真与意切,最好说,但最难写。周邦彦用"桥上酸风射眸子。立多时,看黄昏"写尽了词人对恋人不尽的思念,尾句点出"萧娘"这一角色与之呼应,荡开了词人心里层层涟漪。

青玉案

贺铸

【原词实录】

凌波不过横塘路。但目送、芳尘去。锦瑟年华谁与度？月桥花院，琐窗①朱户。只有春知处。

飞云冉冉②蘅皋③暮。彩笔新题断肠句。试问闲愁都几许？一川烟草，满城风絮。梅子黄时雨。

【咬文嚼字】

①琐窗：雕成连琐形花纹的窗。

②冉冉：水流动的样子。

③蘅皋：长着杜衡的水边高地。杜衡，香草名。

【词牌平仄】（同前）

【相关典范】（同前）

【原词意译】

你不肯移步横塘，看着你轻盈地带着阵阵芳香离我远去，你将与谁共度锦瑟年华啊？月亮在桥头升起，花儿在院子里绽放，门闭窗锁，只有春光才知道你住的地方，晚霞在长满香草的岸边高地上空飞舞，我只有用浓彩笔墨写下对你的思念。要问我的愁绪有多浓啊，就像满川的青草被烟雾笼罩，就像这满城的飞絮飘呀飘，更像那梅子黄时的细雨无边无际、迷迷茫茫。

【读后之感】

清新与浓烈交织在一起，由词人的彩笔淡淡绘出，读词的人却神奇地嗅出她的芳香和伊的情浓，这便是贺铸笔底功力。"一川烟草""满城风絮""梅子黄时雨"，这三个典型的生活景象被词人牢牢抓住，定格在读者眼前，贺铸啊，多少痴男怨女被您摄去了灵魂，连我这"六零后"的心也被融化其中了。

【词人简介】

贺铸（1052—1125），字方回，号庆湖遗老。卫州（今河南卫辉）人。宋太祖孝惠皇后族孙。授右班殿直。元祐中，曾任泗州、太平州通判。晚居吴中，博学强记，长于度曲。词多刻画闺情离思，也有抒发怀才不遇慨叹的作品及纵酒狂放之作品。风格多样，情深语工。有《庆湖遗老前集》《庆湖遗老后集》《东山词》。

感皇恩

贺铸

【原词实录】

兰芷①满汀洲②，游丝横路。罗袜尘生步。迎顾，整鬟颦黛，脉脉两情难语。细风吹柳絮，人南渡。

回首旧游，山无重数。花底深朱户，何处？半黄梅子，向晚一帘疏雨。断魂分付与、春将去。

【咬文嚼字】

①兰芷：香兰、白芷，都是香草。

②汀洲：汀，水边平地；洲，水中陆地。

【词牌平仄】

感皇恩，词牌名，又名"人南渡""感皇恩令""叠萝花"。以毛滂《感皇恩·镇江待闸》为正体，双调六十七字，上下片各七句四仄韵。

正体：

中仄仄平平，中平中仄（韵）。中仄平平仄平仄（韵）。中平中仄，中仄中平平仄（韵）。中平平仄仄，平平仄（韵）。

中仄中平，中平中仄（韵）。中仄平平仄平仄（韵）。仄平中仄，中仄中平平仄（韵）。中平中仄中，中中仄（韵）。

【相关典范】

宋·赵企《感皇恩·骑马踏红尘》

宋·朱敦儒《感皇恩·一个小园儿》

宋·辛弃疾《感皇恩·读庄子闻朱晦庵即世》

宋·陆游《感皇恩·小阁倚秋空》

金·李俊民《感皇恩·出京门有感》

【原词意译】

香兰和白芷长满水边，游丝飘拂我的面。她步履轻盈地前来把我迎候，她用纤纤手指整理了秀发，颦笑黛眉间，我俩含情脉脉连话也顾不上说。原来她要南去了,唯西风吹柳絮相伴随,往事不堪回。此去山无数,今后你要哪里住,眼前的梅子已黄了一半,傍晚又下起了细雨,就让这美好的一切随着春天去吧,连同你的烦恼和忧愁。

【读后之感】

贺铸的这首词,哀而不伤。迷惘,是本词的词眼。一对爱人乍见又别。人南渡,山重数,梅子半黄,一帘疏雨。春去也,知心话儿向谁说,真真切切情,迷迷惘惘中。不是神情恍惚,而是情到深处了。

词中"人南渡"一语含义极深,一下子把人带到了山河破碎的大背景中,词人满纸的离愁别怨找到了根,找到了本,看还有谁说词人无病呻吟!

薄幸①

贺铸

【原词实录】

淡妆多态,更的的、频回眄睐。便认得琴心先许,欲绾合欢双带。记画堂、风月逢迎、轻颦浅笑娇无奈。向睡鸭炉边,翔鸳屏里,羞把香罗暗解。

自过了烧灯②后,都不见踏青③挑菜。几回凭双燕,丁宁深意,往来却恨重帘碍。约何时再,正春浓酒困,人闲昼永无聊赖。厌厌睡起,犹有花梢日在。

【咬文嚼字】

①薄幸:薄情。
②烧灯:燃灯,即元宵放灯。
③踏青:春日郊游。

【词牌平仄】

薄幸,词牌名。北宋新声,贺铸词为创调之作,调见《东山词》。双调一百零八字,上片九句五仄韵,下片十句五仄韵。

正体:

仄平平仄(韵)。仄中仄、平平仄仄(韵)。仄中仄、平平平仄,中仄中平中仄(韵)。中平平、平仄平平,平平仄仄平平仄(韵)。仄仄仄平平,中平中仄,中仄平平中仄(韵)。

中中仄、平平仄,中仄仄、中平仄仄(韵)。中平中中仄,平平中仄,中平中仄平平仄(韵)。仄平平仄(韵)。仄平平中仄,平平仄仄平平仄(韵)。平平仄仄,中仄平平仄仄(韵)。

【相关典范】

宋·韩元吉《薄幸·送安伯弟》
宋·沈端节《薄幸·桂轮香满》

宋·吕渭老《薄幸·青楼春晚》
清·贺双卿《薄幸·咏疟》

【原词意译】

在那风清月朗的元宵夜晚,在那雕栏画堂里你我相见,你微微蹙眉,浅浅露笑靥,好可人,好娇羞。在那睡鸭熏炉边,在那鸳鸯绣屏里,你羞怯地解开了香罗带儿。

自过了元宵以后,直到清明时节,再也没有看到你到郊外踏青挑菜,几次我嘱托双飞的燕儿,捎个信儿给你,叮咛燕儿替我传递深情挚爱,却恨那重重帷帘阻碍了燕儿往来。

约个佳期,何时能再,正是春色浓郁,却落得百无聊赖,身心倦怠。想要安睡,却又起来,只见得花梢上春日耀光彩。

【读后之感】

贺铸爱情词明了直白。上片追忆她如何美丽动人,以身相许,下片写乍聚乍散,聚散不由我,只有苦相思。本词最成功之处在于塑造了女主人公妩媚动人、大胆热情的形象,两情相悦,直白才美,简单点,说话的方式简单点。

"更的的、频回眄睐",口语入词,传神之笔。

浣溪沙

贺铸

【原词实录】

不信芳春厌老人。老人几度送余春。惜春行乐莫辞频。

巧笑①艳歌②皆我意，恼花③颠④酒拚君瞋⑤。物情⑥惟有醉中真。

【咬文嚼字】

①巧笑：美好的笑貌。

②艳歌：描写爱情的歌辞。

③恼花：为花所引逗、撩拨。

④颠：狂。

⑤瞋：发怒时睁大眼睛。

⑥物情：物通人情。

【词牌平仄】（同前）

【相关典范】（同前）

【原词意译】

我不信芳美的春色嫌弃我。我虽已老，但每每把我的残春送与了她。珍惜春光吧，莫让它虚度，切不要推辞假惺惺。你巧媚的笑靥、柔艳的歌吟已打动我心。只怨花去匆匆，拼命喝酒吧，酒到醉时才嗔怨，情到深处才疯癫。

【读后之感】

贺铸的爱情宣言。起三句连用三个"春"字，突现人生的美好，既然人生美好就去享受，无须扭扭捏捏。唯有贺铸懂惜春，唯有贺铸知道我。亦非老人多矫情，贺铸雷震醉中真。我读完此词后这么想。

浣溪沙

贺铸

【原词实录】

楼角初消一缕霞,淡黄杨柳暗栖鸦。玉人和月摘梅花。

笑捻①粉香归洞户②,更垂帘幕护窗纱。东风寒似夜来些③。

【咬文嚼字】

①捻:以指搓转。

②洞户:互相通达的户。

③夜来些:同夜里一样。

【词牌平仄】(同前)

【相关典范】(同前)

【原词意译】

晚霞在楼角上渐渐消失,乌鸦栖息在柳树梢,美人乘着明月去采摘梅花,笑吟吟地手搓着花枝返回了家。她落下帘幕窗纱小心呵护着那花。一阵寒风吹来,使她打了个寒战,不知她是惜爱着花,还是想起了以前的折花人。

【读后之感】

采梅,捻梅,护梅,好一位俏佳人。月下采梅,美人捻梅,垂帘护梅,又是三幅很有意境的图画,宋人胡仔对此的评价是"造微入妙"。词人心中的一幅"美人梅花"图,是耶非耶?我的答案是肯定的,词句要如美人读,美人要如名画赏。

方回《瑞鹧鸪》词云:"初未试愁那是泪?每浑疑梦奈余香。"此种句法,真是贺铸从心化出。细观这首《浣溪沙》,哪一句不是贺铸从心化出?难怪我读贺词总是爱不释手。

石州慢

贺铸

【原词实录】

薄雨收寒,斜照弄晴,春意空阔。长亭柳色才黄,倚马何人先折?烟横水漫,映带几点归鸿,平沙①消尽龙荒②雪。犹记出关来,恰如今时节。

将发,画楼芳酒,红泪③清歌,便成轻别。回首经年,杳杳音尘都绝。欲知方寸④,共有几许新愁?芭蕉不展丁香结。憔悴一天涯,两厌厌风月。

【咬文嚼字】

①平沙:广阔的沙漠。
②龙荒:指塞外荒漠。
③红泪:指女子的眼泪。
④方寸:指心。

【词牌平仄】

石州慢,词牌名,又名"柳色黄""石州引""石州词""石州影"。以贺铸词《石州慢·薄雨收寒》为正体,双调一百零二字,上片十句四仄韵,下片十一句五仄韵。

正体:

中仄平平,平仄仄平,中仄平仄(韵)。中平中仄平平,中仄中平平仄(韵)。平平中仄,中中中仄平平,中平中仄平平仄(韵)。中仄仄平平,仄平平平仄(韵)。

平仄(韵),仄平中仄,中中中中,中平中仄(韵)。仄仄平平,中仄中平平仄(韵)。中平中仄,中中中仄平平,中平中仄平平仄(韵)。中仄仄平平,仄平平平仄(韵)。

【相关典范】

宋·张炎《石州慢·野色惊秋》

金·蔡松年《石州慢·云海蓬莱》

金·元好问《石州慢·儿女篮舆》《石州慢·击筑行歌》

【原词意译】

长亭外,古道边,相思碧连天。

我即将远走,你在画楼为我饯行。你流着伤心的泪,为我吟唱了一首哀怨的歌。从此人隔千里,音信全无。已经一年了,我的心犹如芭蕉叶卷曲难展,就像丁香花打了一结又一结,隔天涯,两憔悴,苦相思,空对月,你恹恹,我恹恹。

【读后之感】

贺铸词"工于言情"。李商隐《代赠》诗句"芭蕉不展丁香结"被贺顺手拈来,化用自然。"憔悴一天涯,两厌厌风月"又被古今多少人追捧,化用!我以为读了此词记住这两句就够了。

词评家说:"词贵浑涵,刻挚不浑涵,终属下乘。"贺铸这首《石州慢》,着意极力浑涵。你看"烟横水漫,映带几点归鸿,平沙消尽龙荒雪";你再看"画楼芳洒,红泪清歌,便成轻别",言情固然刻挚,但联系上下词句,则已浑涵到极致,当属上乘之作也。

蝶恋花

贺铸

【原词实录】

几许伤春春复暮,杨柳清阴,偏碍游丝度。天际小山桃叶①步,白蘋花满湔②裙处。

竟日微吟长短句,帘影灯昏,心寄胡琴③语。数点雨声风约住,朦胧淡月云来去。

【咬文嚼字】

①桃叶:晋王献之妾。

②湔:洗。

③胡琴:唐宋时,凡来自西北各民族的弦乐器统称胡琴。今专指二胡。

【词牌平仄】(同前)

【相关典范】(同前)

【原词意译】

春来了,又去了,我自寻烦恼,总是把春伤。看看,杨柳轻扬,蜘蛛和小虫吐出的游丝随风飘荡,遥远处的山径小路,一对对情人漫步。白蘋花草边,妇女们洗着衣裙,而我吟诵着诗句在朝朝暮暮。灯光昏暗映着帘影,我借着低婉的二胡声来寄托思念。淅淅沥沥的雨声被风止住,我惆怅的心也随着一片片云儿往淡月里去吧。

【读后之感】

这是一首伤春怀人之作。词人对抒写此情已驾轻就熟。精美的语言,让人读来一点不觉得累。现在我的居处室外已达40摄氏度,室内也有38摄氏度,但读贺铸词后我觉得凉风习习,清凉了许多。

天门谣（登采石峨眉亭）

贺铸

【原词实录】

牛渚天门险。限南北①、七雄豪占②。清雾敛。与闲人登览。

待月上潮平波滟滟③。塞管④轻吹新《阿滥》⑤。风满槛。历历⑥数、西州⑦更点。

【咬文嚼字】

①限南北：南北朝以长江为界，南朝偏安江左。

②七雄豪占：天门山险要，为兵家必争之地。七雄当指"六朝"再加南唐。

③滟滟：指水光。

④塞管：泛指塞外民族的管乐器，如羌笛、胡笳之类。

⑤《阿滥》：曲调名。

⑥历历：分明可数。

⑦西州：在今南京市西。

【词牌平仄】

天门谣，宋词的一种调名，因贺铸的词中"牛渚天门险"句，取为此调名。据李之仪《姑溪词》注："贺方回登采石峨眉亭作也。"双调四十五字，上下片各四句四仄韵。

正体：

平仄平平仄（韵）。仄中仄、仄平平仄（韵）。平仄仄（韵）。仄平平平仄（韵）。

仄中仄平平平仄仄（韵）。仄仄平平平仄仄（韵）。平仄仄（韵）。仄仄仄、平平中仄（韵）。

【相关典范】

宋·贺铸《天门谣·雪浮荷》

宋·李之仪《天门谣·天堑休论险》

【原词意译】

在天门山之险牛渚矶之上，我轻歌一曲《天门谣》，把七代帝王来赞颂。天堑隔南北,虎龙相盘踞,而现在只听远处的羌笛和外夷的《阿滥》曲,江风灌满了峨眉亭的栏槛,西州城内传来打更鼓点声声。我登上峨眉亭高唱《天门谣》。

【读后之感】

谁说贺铸词总离不开男欢女爱？这首小令是例外,且为贺铸调。词平实且如诗如画,怀古的氛围中也寄托了词人对朝代兴亡的感叹。

开头两句一"限"字高度概括了天门山的险要,次二句一语双关,"清雾"消尽了,也是历史旧迹消失了,联系宋朝时政,内忧外患,词人亦忧心忡忡吧。但作者此时并非满目萧然、感极而悲,反倒有心旷神怡、宠辱皆忘的超脱,也算是贺铸人生观的另一面吧。

另外,言情词人出登览新作,已是给人耳目一新了,何必要求他有什么曲调高尚的豪言壮语呢!

天香

贺铸

【原词实录】

烟络横林,山沉远照,迤逦①黄昏钟鼓。烛映帘栊,蛩②催机杼③,共苦清秋风露。不眠思妇,齐应和、几声砧杵④。惊动天涯倦宦,骎骎⑤岁华行暮。

当年酒狂自负,谓东君、以春相付。流浪征骖⑥北道,客樯南浦⑦,幽恨无人晤语⑧。赖明月、曾知旧游处。好伴云来,还将梦去。

【咬文嚼字】

①迤逦:曲折连绵。

②蛩:蟋蟀。

③机杼:指织布机。

④砧杵:古代洗衣用具。砧,捣衣石。杵,槌棒。一般用于在河边洗涤。

⑤骎骎:马速行的样子。也可比喻时光飞逝。

⑥骖:一车驾三马。这里泛指马。

⑦浦:水溪,泛指送别处。

⑧晤语:面谈。

【词牌平仄】

天香,词牌名,又名"天香慢""伴云来""楼下柳"。以贺铸《天香·烟络横林》为正体。双调九十六字,上片十句五仄韵,下片八句六仄韵。

正体:

中仄平平,中平中仄,中中中中平仄(韵)。中仄平平,中平中仄,仄仄中平平仄(韵)。中平中仄(韵),中中仄、中平中仄(韵)。中仄中平中仄,平中中中平仄(韵)。

中中中平中仄(韵),仄平平、中中中仄(韵)。中仄中平中仄,仄平平仄(韵),中仄平平仄仄(韵)。仄平仄、平平中中仄(韵)。中仄平平,平平仄仄(韵)。

【相关典范】

宋·毛滂《天香·宴钱塘太守内翰张公作》

宋·赵以夫《天香·牡丹》

宋·吴文英《天香·熏衣香》《天香·蜡梅》

宋·王易简《天香·烟峤收痕》

宋·王沂孙《天香·龙涎香》

【原词意译】

　　山、林、径、烟雾,黄昏时暮鼓声声,红烛映照着帘栊。思妇不眠,在爱中挣扎,唧唧复唧唧,促织伴随织布声,不时还听到捣衣声,身临其境的我是一个天涯倦客,唯有叹息声声。当年酒狂自负,而今时光飞逝。春神啊,当时确把三春都给了我,为什么还让我在外流浪,征程漫漫?在南浦的客栈里我孤独一人愁难忍,竟连一个说说话的人也没有。路漫漫其修远,只有明月知我心。明月啊,把我对她的思念托梦给她吧。

【读后之感】

　　这首词的特点:一、画面感特强;二、动与静、虚与实、今与昔三者交融;三、典型环境的描写与典型心理活动的刻画,细致入微,扣人心弦。"幽恨无人晤语",骎骎华岁为天涯倦客关上了心扉,却怎么也关不住词人的思念之门,正所谓"好伴云来,还将梦去"。

贺铸

望湘人

贺铸

【原词实录】

厌莺声到枕，花气动帘，醉魂愁梦相半。被惜馀薰，带惊剩眼①。几许伤春春晚。泪竹②痕鲜，佩兰香老，湘天浓暖。记小江、风月佳时，屡约非烟③游伴。

须信鸾弦④易断。奈云和⑤再鼓，曲终人远。认罗袜无踪，旧处弄波清浅。青翰⑥棹舣⑦，白蘋洲畔。尽目临皋飞观。不解寄、一字相思，幸有归来双燕。

【咬文嚼字】

①带惊剩眼：比喻人消瘦得很快。

②泪竹：传说舜死于苍梧，其妃娥皇和女英思念不已，泪下沾竹，悉成斑痕。故斑竹又称泪竹。

③非烟：唐武公业的妾，这里借指似非烟般的情人。

④鸾弦：这里指爱情。

⑤云和：山名，以产琴瑟著称。

⑥青翰：船名。因船身有青色的鸟形刻饰，故称。

⑦舣：船靠岸。

【词牌平仄】

望湘人，词牌名，双调一百零七字，上片十一句五仄韵，下片十句六仄韵。

正体：

仄平平仄仄，平仄仄平，仄平平仄平仄（韵）。仄平平平，仄平平仄（韵）。仄仄平平平仄（韵）。仄平平平，仄平平仄，平平平仄（韵）。仄仄平、平仄仄平，仄平平平平仄（韵）。

平仄平平仄仄（韵）。仄平平仄仄，仄平平仄（韵）。仄平平仄平，仄仄仄平平仄（韵）。平仄仄平，平平平仄（韵）。仄仄平仄平仄（韵）。仄仄仄、平仄平平，仄仄平平平仄（韵）。

【相关典范】

此调只有此词,无他可较。

【原词意译】

令我心烦的黄莺叫声叽叽喳喳,尽管还有阵阵的花香,它让我半醉半醒的梦难圆。锦被上还留有她的余香,而我的腰带上又空了不少孔眼。多少次伤春又到了春晚。香妃竹泪痕正鲜,春兰已花殒香散,湘中气候温暖。曾记得江上风清,月明之夜,我与她多次相约游玩。

想来琴弦易断,如今再把琴弦弹,一曲终了,人就散了。旧游处只见江水清清,可她已无影无踪。我把船儿停在岸边,整日里登楼极目远眺,却得不到她的一点点信息,好在还有那归来的双燕与我做伴。

【读后之感】

怀人之作。上片由景生情,下片由情入景。几多辛酸,几多凄凉。

北宋宣和年间,词人隐居苏州,春景在眼前,思念已故人,故作此词,为贺铸自度曲。

此词在艺术表现手法上有两个特点:一是点染法,即写情时点到为止,立即转用景来烘托,以达情景交融之目的;二是暗用典故,"认罗袜无踪",引用曹植《洛神赋》佳人仙踪无迹之典,"泪竹痕鲜,佩兰香老"句,引用"湘妃泪竹"和"屈原佩兰"两个典故,把自己内心的惆怅与历史故事中的典型人物结合起来,"曲终人远"等句又与李商隐诗句有相似之处,既是叹喟句,又是哲理句。作者内心世界的惆怅,纤毫毕现。

曲终人远,不解寄,一字相思,读罢《望湘人》,再也找不到不思念那个人的理由。

绿头鸭

贺铸

【原词实录】

玉人家,画楼珠箔临津。托微风彩箫流怨,断肠马上曾闻。宴堂开、艳妆丛里,调琴思、认歌颦。麝蜡烟浓,玉莲漏短,更衣不待酒初醺。绣屏掩、枕鸳相就,香气渐暾暾[1]。回廊影、疏钟淡月,几许消魂?

翠钗分[2]、银笺封泪,舞鞋从此生尘。任兰舟、载将离恨,转南浦、背西曛[3]。记取明年,蔷薇谢后,佳期应未误行云。凤城[4]远、楚梅香嫩,先寄一枝春。青门外,只凭芳草,寻访郎君。

【咬文嚼字】

[1]暾暾:原指日光明亮,这里指香气浓郁。
[2]翠钗分:古时以分钗各执一股作为离别纪念。翠钗,以翡翠装饰的宝钗。
[3]曛:落日的余光。
[4]凤城:相传秦穆公之女弄玉,吹箫引凤,凤凰降于京城,故称丹凤城。后称京都为凤城。

【词牌平仄】(同前)

【相关典范】(同前)

【原词意译】

她的家,就住在离渡口不远的一座雕栋画梁的建筑里。我骑在马上远远就听到里面传出来低婉的洞箫声。宴席在厅堂里摆开,成群的佳丽穿梭其间。只见她调拨着琴弦,微蹙黛眉轻轻地歌吟。麝香配制的蜡烛烟雾氤氲,我手把荷叶杯,带着微微的醉意,推开绣屏就眠鸳鸯枕。浓浓的香气将我们包围,回廊里有我们相爱的身影,一轮淡淡的月儿和几声钟声与我们相伴,多么美好的时刻啊。

自从她与我金钗两分,依依惜别后,银色的信纸上都是她的泪,她曾经穿着曼歌轻舞的鞋子上都布满了灰尘。任小船儿载着自己的怨恨离去,过了南浦,背着夕阳的余晖消隐在远处。请记住,明年我们相约的佳期良辰。长安已遥远,楚地的梅花已开始绽放,请你折一枝寄芳春。你可到长安东城门外,请芳草引路,去寻访我吧。

【读后之感】

好动人的美女,好感人的艳遇。贺铸写此词时肯定沉浸在"几许消魂"之中。

据考,贺铸此词当作于绍圣年间,他当时在离汴京去江夏(今湖北武汉)任上,遇见一位美貌歌女一见倾心。上片写一见钟情,下片写歌女对爱情的专一,结片处临别寄语,待到春花烂漫时我俩再相会。

对肖像的描写,对内心的刻画,特别是对异性大胆的追求,处理得真到位!也许这首词便是那个时代才子佳人所期盼、所追求的真情告白!

石州慢

张元干

【原词实录】

寒水依痕，春意渐回，沙际烟阔。溪梅晴照生香，冷蕊数枝争发。天涯旧恨，试看几许消魂，长亭门外山重叠。不尽眼中青，是愁来时节。

情切。画楼深闭，想见东风，暗消肌雪①。孤负②枕前云雨③，尊前花月。心期切处，更有多少凄凉，殷勤留与归时说。到得再相逢，恰经年离别。

【咬文嚼字】

①肌雪：指人的皮肤洁白如雪。

②孤负：同辜负。

③云雨：借指男欢女爱。

【词牌平仄】（同前）

【相关典范】（同前）

【原词意译】

春回大地，寒水缓缓消退，岸边留下一道道沙痕。空阔的沙洲烟霭纷纷，溪边的梅花晴日朗照下香气氤氲，花枝争相吐蕊。我独在天涯满腔怨恨，是何等的悲怆神伤？放眼望去，长亭门外，山重重，路迢迢，一片春黛，正是惹人愁思的节令。试想深闺中的你，一定也是情切切、意深深。怎画楼紧闭，足不出门。恼人的春风使你雪白的肌肤又瘦了一圈，是我辜负了你啊，枕前的云雨，尊前的花月，你可知道，我也是归心似箭，多少酸甜苦辣，还是留着等我回到你身边，详尽地向你诉说吧。但时光荏苒，等到我们再相见时，恐怕又过了一年。

【读后之感】

客居中思乡怀人之作。上片写春回大地，下片写对恋人的思念，从内容上来看没有跳出叹春景思故人的藩篱，但词句婉雅而含蓄，还是可圈可点。

若将上片中的"天涯旧恨"与下片中的"枕前云雨，尊前花月"联系起来看，你就可看到张元干的恨从何而来了。

元干的枕边情话一旦入词，就让人感同身受，一点也没有猥狎之感，全在一个"真"字，一个"实"字，善表情，一点不浪得虚名，佩服。

张元干词虽不入大家词行列，但其人的风骨，我钦佩也。

《蒿庵论词》曰："芦川居士以《贺新郎》一词送胡澹庵谪新州，至忤贼桧，坐是除名。与杨补之之屡征不起，黄师宪之一官远徙，同一高节。然其集中寿词实繁，而所寿之人，由或书或不书。其《瑞鹤仙》一阕，首云'倚格天峻阁'，疑即寿桧者。盖桧有'一德格天阁'也。意居士始亦与桧周旋，至秽德彰闻，乃存词而削其名邪。"

从上述可以看出，张元干因《贺新郎》词得罪秦桧，遭秦桧报复，不得为官，但张仍不屈不挠，继续以词《瑞鹤仙》讽秦桧，终被秦桧留其词而除其名。这种有骨气的词人，我最佩服！

【词人简介】

张元干（1091—约1160），字仲宗，号芦川居士，真隐山人。芦川永福（今福建永泰）人。北宋末年的太学生。官至将作监承。高宗绍兴时，不愿与秦桧同朝，致仕南归。金兵南侵时，他为李纲幕僚，积极支持李纲抗金，反对朝廷议和。后因作词赠主战派胡铨，触犯秦桧而被削职。张元干词早期受秦观、周邦彦影响，词风清新婉丽。南渡后，词作多以抗金为主题，风格变得慷慨激昂、豪放悲凉。对后来的陆游、辛弃疾等人有积极的影响。有《芦川归来集》和《芦川词》传世。

兰陵王

张元干

【原词实录】

卷珠箔①。朝雨轻阴乍阁②。阑干外，烟柳弄晴，芳草侵阶映红药。东风妒花恶。吹落梢头嫩萼。屏山掩，沉水倦熏，中酒心情怯杯勺。

寻思旧京洛。正年少疏狂，歌笑迷著。障泥③油壁④催梳掠。曾驰道⑤同载，上林携手，灯夜初过早共约。又争信飘泊。

寂寞。念行乐。甚粉淡衣襟，音断弦索。琼枝璧月春如昨。怅别后华表，那回双鹤。相思除是，向醉里、暂忘却。

【咬文嚼字】

①箔：竹帘。
②阁：停止，同"搁"。
③障泥：挂在马腹两边，用来遮挡尘土的马具。这里代指马。
④油壁：用油漆涂饰车壁的华丽车辆。
⑤驰道：秦代专供帝王行驶车马的道路。这里代指京城的大道。

【词牌平仄】（同前）

【相关典范】（同前）

【原词意译】

卷起珠帘，清晨的一阵细雨已停了。栏杆外，柳条随风轻拂，像是在招惹一缕缕阳光。芳草映绿台阶，托着刚开放的芍药花分外艳丽，风将梢头上的嫩萼吹落一地。我赶紧紧闭屏风，沉香水也懒得再熏，喝酒图醉，最好还是别去碰那酒杯。回想当年在京城，年少志壮，风华正茂，尽情欢乐，也曾迷恋歌妓美人，常常备好华丽的马车，催促美人赶快启程，穿过大道，携手再去上林苑游玩。可惜啊，如今我孤单寂寞，十分思念当年同游的情人，恐怕她衣襟上的香粉已经消退，琴弦上落满尘埃。也不知她的花容月貌是否还像以前那样出众超群。恨只恨分别以后，万事如烟云，变化莫测，不知能否像双鹤一样双依相恋，再回到我朝思暮想的故乡。我的相思啊，只有在醉时、在睡着了的时候才能暂时忘却。

【读后之感】

　　痴情种子，这张元干恐怕算一个。"歌笑迷著""上林携手""琼枝璧月"，只能梦想化为仙鹤与她同宿双飞了。

　　本词别本题"春恨"，上片写春日美景，中段追忆京城旧梦，下片写别后相思与寂寞，东风恶，欢情薄，几怀愁绪，莫，莫，莫。词人表面上似乎尽惜春之能事，但词中隐藏的"年少疏狂""琼枝璧月""东风妒花"等词句则是虚笔，仿佛暗示着什么，是词人抒发南渡之后往事不堪回首、故国不堪回首月明中之感慨，与无法排遣的愤懑吗？颇令人玩味。

　　我认为此词虚实结合，隐藏与暗示着匠心与巧思，都云作者痴，谁解其中味？元干不痴，不呆也！

贺新郎

叶梦得

【原词实录】

睡起流莺语,掩苍苔房栊向晚,乱红无数。吹尽残花无人见,惟有垂杨自舞。渐暖霭、初回轻暑。宝扇重寻明月影,暗尘侵、上有乘鸾女①。惊旧恨,遽如许。

江南梦断横江渚。浪粘天、葡萄涨绿,半空烟雨。无限楼前沧波意,谁采蘋花寄取。但怅望、兰舟②容与③。万里云帆何时到?送孤鸿、目断千山阻。谁为我,唱《金缕》④。

【咬文嚼字】

①乘鸾女:指团扇上画的秦穆公女乘鸾仙去的故事。
②兰舟:用木兰树做的船。
③容与:这里是犹豫不进的样子。
④《金缕》:杜秋娘的《金缕曲》。

【词牌平仄】(同前)

【相关典范】(同前)

【原词意译】

谁为我唱一曲杜秋娘的《金缕》?谁采撷一朵蘋花寄给我?我怅望那兰舟不进不出的样子。

扇子上画着秦穆公女乘鸾仙去的故事,我对江南的思念竟被江渚阻隔,万里云帆何时到呀?送孤鸿,惊旧恨,遽如许。

还是在梦中听那黄莺鸟叫吧。

【读后之感】

此词是词人南渡之后怀念北国恋人之作。词风吭丽,一句"惊旧恨,遽如许"贴切自然,一首《金缕曲》余音绕梁,意味深长。

葡萄涨绿,半空烟雨,石板上盘踞着老树根,你仍守着孤枕。谁为我唱一曲《金缕》，我在等。

【词人简介】

叶梦得（1077—1148），字少蕴，号石林居士，吴县（今江苏苏州）人，居乌程（今浙江湖州）。绍圣四年（1097）进士，累官中书舍人、翰林学士、户部尚书、龙图阁直学士，帅杭州。高宗朝，除尚书右丞。晚居吴兴弁山。能诗工词，长于议论，词风早年婉丽，中年学东坡，晚岁简洁而时出雄杰。著有《建康集》《石林词》《避暑录话》《石林燕语》等。

叶梦得

虞美人

叶梦得

【原词实录】

雨后同干誉、才卿置酒来禽花下作。

落花已作风前舞，又送黄昏雨。晓来庭院半残红，惟有游丝，千丈袅晴空。

殷勤花下同携手。更尽杯中酒。美人不用敛蛾眉，我亦多情，无奈酒阑时。

【咬文嚼字】

通俗易懂，无字可嚼。

【词牌平仄】（同前）

【相关典范】（同前）

【原词意译】

片片落花在风中飞舞，又一次送走了黄昏时的细雨。清晨，庭院里已是残花满地。只有那些蜘蛛网儿在晴空中飘荡。

我们曾在花前温存，尽情喝着杯中美酒。美人啊，请你不要皱着眉头，我也是无可奈何，才借酒消愁啊。

【读后之感】

惜春之作。有朋友喝酒，有美人相伴，难怪词人"千丈袅晴空"，何来得忧愁？哦，是叹那落花已作风前舞，是为那一帘黄昏雨，词人在做那无病的呻吟吗？不是！回忆花下同携手处，词人多情，只得无奈酒阑时！

点绛唇

汪藻

【原词实录】

新月娟娟①，夜寒江静山衔斗。起来搔首②，梅影横窗瘦。

好个霜天，闲却传杯手。君知否？乱鸦啼后，归兴浓如酒。

【咬文嚼字】

①娟娟：明媚美好的样子。

②搔首：抓头。

【词牌平仄】

点绛唇，词牌名，又名"点樱桃""十八香""南浦月""沙头雨""寻瑶草"等。以冯延巳词《点绛唇·荫绿围红》为正体，双调四十一字，上片四句三仄韵，下片五句四仄韵。调名来自南朝江淹《咏美人春游诗》："江南二月春，东风转绿苹。不知谁家子，看花桃李津。白雪凝琼貌，明珠点绛唇。行人咸息驾，争拟洛川神。"

正体：

中仄平平，中平中仄平平仄（韵）。中平中仄（韵），中仄平平仄（韵）。

中仄中平，中仄平平仄（韵）。中中仄（韵），中平中仄（韵），中仄平平仄（韵）。

【相关典范】

宋·王禹偁《点绛唇·感兴》

宋·林逋《点绛唇·金谷年年》

宋·韩琦《点绛唇·病起恹恹》

宋·苏轼《点绛唇·红杏飘香》

宋·秦观《点绛唇·桃源》

宋·叶梦得《点绛唇·绍兴乙卯登绝顶小亭》

宋·李清照《点绛唇·闺思》《点绛唇·蹴罢秋千》

宋·陆游《点绛唇·采药归来》
宋·姜夔《点绛唇·丁未冬过吴松作》
宋·吴文英《点绛唇·试灯夜初晴》
金·元好问《点绛唇·长安中作》
清·王国维《点绛唇·屏却相思》
清·纳兰性德《点绛唇·咏风兰》《点绛唇·一种蛾眉》

【原词意译】

我归乡的兴致浓烈如酒，窗前的梅花那么清瘦，好一个凉秋。江水静静地流，远山衔着星斗，一轮明晃晃的月亮刚刚升起，我夜不能寐，起身徘徊搔首。

【读后之感】

好一首清新的小令。词一开始描写了新月、静江、远山和满天星斗，一幅宁静的夜景图。这是远景，那么近处呢，梅花疏影瘦，进一步渲染了凉秋的气氛。词人睡不着了，起身徘徊，凄清之情立刻突现出来，夜不能寐，连酒杯都不愿去碰，是失意？是失恋？还是两者皆有之？"出守泉南移知宣城，内不自得。"知道了吧，这就是词人写这首词的背景。倦厌官场挂冠归故里，自然而然，夜不能寐，辗转反侧搔首了。

本词最大特点：描景清丽，用词凝练，倾吐含蓄，自制隐忍，倒符合当下失意文人的基本特征。

名句有"梅影横窗瘦"。不直接写梅花，而写它的影子，而且是一剪清瘦的梅影，横窗摇曳，动感实强，梅花清高的气质也跃然眼前。此词有了这一句，而被列入佳作行列。

【词人简介】

汪藻（1079—1154），字彦章，饶州德兴（今属江西）人。崇宁五年（1106）进士。高宗朝，累官中书舍人，兼直学士院，擢给事中，迁兵部侍郎，拜翰林学士。博览群书，工骈文。有《浮溪集》。词存四首。

喜迁莺（晓行）

刘一止

【原词实录】

晓光催角，听宿鸟未惊，邻鸡先觉。迤逦烟村，马嘶人起，残月尚穿林薄①。泪痕带霜微凝，酒力冲寒犹弱。叹倦客、悄②不禁重染，风尘京洛。

追念人别后，心事万重，难觅孤鸿托。翠幌③娇深，曲屏香暖，争念岁华飘泊。怨月恨花烦恼，不是不曾经着。者情味，望一成④消减，新来还恶。

【咬文嚼字】

①林薄：草木丛生的地方。
②悄：宋时口语，犹"直""浑"。
③幌：布幔。
④一成：宋时口语，同"一任"，任随的意思。

【词牌平仄】

喜迁莺，词牌名，又名"鹤冲天""喜迁莺令""早梅芳""春光好""燕归来""万年枝""烘春桃李"等。以韦庄《喜迁莺·街鼓动》为正体，双调四十七字，上片五句四平韵，下片五句两仄韵、两平韵。

正体：

中中仄，仄平平（韵），中仄仄平平（韵）。中平中仄仄平平（韵），平仄仄平平（韵）。

中中平，平中仄（韵），中仄中平中仄（韵）。中平中仄仄平平（韵），中中仄中平（韵）。

【相关典范】

唐·韦庄《喜迁莺·街鼓动》
五代·李煜《喜迁莺·晓月坠》
宋·史达祖《喜迁莺·月波疑滴》

宋·柳永《喜迁莺·黄金榜上》
宋·冯去非《喜迁莺·凉生遥渚》
宋·李纲《喜迁莺·长江千里》
宋·蔡挺《喜迁莺·霜天秋晓》
宋·晏殊《喜迁莺·花不尽》
金·完颜亮《喜迁莺·赐大将军韩夷耶》

【原词意译】

黎明时分,我从思念她的梦中醒来,眼前的一幅晓行图让我的心情好了许多。

鸟儿还在梦中依偎,邻居家中的鸡已经引吭高歌,村子里烟雾迷蒙,残月还挂在树梢,人儿、马儿也有了动静。

厌倦漂泊的我此时更把她怀念。她和我分别后,心事重重。她也许还娇倚在窗帘里,曲折的屏风后熏香暖融融。

我怨月有圆缺,她恨花之枯荣,来一只大雁吧,为我俩传递消息。

【读后之感】

这首惜别词很有特色,让我来层层剥茧。起首六句的词眼是一个"晓"字,词人用感染力极强的词句围绕之:"晨光""催角""宿鸟""邻鸡""烟村""残月""行人""马嘶",就像一幅工笔彩绘,把个"晓"字烘托得细致入微,比温庭筠"鸡声茅店月,人迹板桥霜"诗句的意境更细冷,较好地表现了词人寂寞孤独的心情。"泪痕"二句由景及"我"了。一个"叹"字又成了新的词眼。一叹身为倦客的旅程风尘,二叹与情人分别后心事万重,三叹曲屏香暖、岁华不再。紧接着,用"怨"字领句,怨花、怨月是托词,怨情、怨人、怨世才是真。

陈振孙《直斋书录解题》云:"(刘)尝为'晓行'词盛传于京师,号'刘晓行'。"可见刘一止此词的影响。

【词人简介】

刘一止(1078—1161),字行简,归安(今浙江湖州)人。宣和三年(1121)进士。绍兴初,累官中书舍人、给事中。直言敢谏。有《苕溪集》《苕溪词》。

高阳台（除夜）

韩疁

【原词实录】

频听银签①，重燃绛蜡，年华衮衮②惊心。饯旧迎新，能消几刻光阴。老来可惯通宵饮，待不眠、还怕寒侵。掩清尊。多谢梅花，伴我微吟。

邻娃已试春妆了，更蜂腰③簇翠④，燕股⑤横金。勾引东风，也知芳思难禁。朱颜那有年年好，逞艳游、赢取如今。恣登临。残雪楼台，迟日园林。

【咬文嚼字】

①银签：银箭，刻漏之箭，古时计时器的刻度表。
②衮：滚滚，相继不绝。
③⑤蜂腰、燕股：剪裁成蜂、燕等形状以装饰鬓发。
④翠：翠钿，即翡翠做的花，是妇女的装饰物。

【词牌平仄】

高阳台，词牌名，又名"庆春泽""庆春泽慢""庆宫春"。以刘镇《庆春泽·丙子元夕》为正体，双调一百字，上下片各十句四平韵。调名取自战国末期楚国宋玉《高唐赋》。《高唐赋》咏楚王与巫山神女相会之地。

正体：

中仄平平，中平仄仄，中平中仄平平（韵）。中仄平平，中中中仄平平（韵）。中中中仄平平仄，仄中平、中仄平平（韵）。仄平平。中仄平平，中仄平平（韵）。

中平中仄平平仄，仄中平中仄，中仄平平（韵）。中仄平平，中中中仄平平（韵）。中中中仄平平仄，仄中平、中仄平平（韵）。仄平平。中仄平平，中仄平平（韵）。

【相关典范】

宋·吴文英《高阳台·宫粉雕痕》《高阳台·落梅》

宋·王沂孙《高阳台·残萼梅酸》《高阳台·和周草窗寄越中诸友韵》

宋·周密《高阳台·寄越中诸友》《高阳台·送陈君衡被召》

宋·张炎《高阳台·西湖春感》

清·朱彝尊《高阳台·桥影流虹》

清·林则徐《高阳台·和嶰筠前辈韵》

【原词意译】

新年将到，邻家女孩着意打扮，像是想勾引春风。你看她剪了金银彩装饰云鬓，蜂腰间簇珠聚翠，如燕翅横玉插金。

我已到了老年，除夕夜打算不眠，在滴漏声中重新点燃红烛，还要谢谢那梅花冰蕊陪伴我的微吟。

【读后之感】

除夕守岁，感慨良多，着力于眼前景色的描写，着力对邻居小女孩肖像的刻画，难掩词人对时光飞逝的叹惜，语浅情深，题陈意新。

心得体会：不矫揉造作，即使是身处除夕，也如叙家常一般吐露心声，反倒容易抓住人、打动人。特别是对典型情节的攫取，词人好写、好咏的事物应很多，但他通过对邻居小女孩的形象描写，咏人生，咏年轻，咏春天，实独具匠心。

【词人简介】

韩疁，生卒不详。字子耕，号萧闲，《全宋词》录其词六首，并编入第四册，据此，韩疁当为南宋后期词人。

汉宫春

李邴

【原词实录】

潇洒江梅，向竹梢疏处，横两三枝。东君也不爱惜，雪压霜欺。无情燕子，怕春寒、轻失花期。却是有、年年塞雁①，归来曾见开时。

清浅小溪如练，问玉堂②何似，茅舍疏篱？伤心故人去后，冷落新诗。微云淡月，对江天、分付他谁？空自忆、清香未减，风流不在人知。

【咬文嚼字】

①塞雁：塞外的雁。雁是候鸟，秋季到南方过冬，春季又飞回北方，绝不失期。

②玉堂：豪贵的宅第。

【词牌平仄】

汉宫春，词牌名，又名"汉宫春慢""庆千秋"。以晁冲之《汉宫春·黯黯离怀》为正体，双调九十六字，上下片各九句四平韵。

正体：

中仄平平，仄中平中仄，中仄平平（韵）。平平中中中仄，中仄平平（韵）。平平中仄，仄中中、中仄平平（韵）。中仄仄、中平中中，中平中仄平平（韵）。

中仄中平中仄，仄中平仄仄，中仄平平（韵）。中平中中中仄，中仄平平（韵）。平平中仄，中中中、中仄平平（韵）。平仄仄、中平中中，中平中仄平平（韵）。

【相关典范】

宋·陆游《汉宫春·初自南郑来成都作》

宋·辛弃疾《汉宫春·会稽秋风亭观雨》《汉宫春·立春日》

宋·赵汝茪《汉宫春·著破荷衣》

【原词意译】

梅花高洁，枝头横斜两三枝倩影，任凭冰雪寒霜将它欺压，仍然暗香四溢。那怯懦的家燕惧怕寒春的气息,常常误了花期,只有那高空的大雁从不误了梅花的花期,会按时地在梅花的四周环绕。我就是晓得梅花风流雅洁的赏花人,不时地将它歌咏。

梅即我,我即梅。

【读后之感】

梅的高洁在词人笔下自然坦露,明咏梅,实自况。词的上片用拟人化的手法写梅的潇洒、梅的自在,它孤傲清高,不畏强暴,不须怜悯,无比坚贞;下片再渲染梅不稀罕玉堂,自生在茅舍疏篱旁,宁静、朴实地散发着花香。以梅入人、以人入梅的手法实在高明。"微云淡月"和"清香未减",回环复沓地赞叹了梅风流不在人知、人不知而不愠的高洁风骨。梅即我,我即梅,词人言下之意再明白不过。

【词人简介】

李邴(1085—1146),字汉老,号云龛居士。济州任城(今山东济宁)人。崇宁五年(1106)进士。官至参知政事。《全宋词》存词八首。

临江仙

陈与义

【原词实录】

高咏《楚辞》①酬午日②,天涯节序匆匆。榴花不似舞裙红。无人知此意,歌罢满帘风。

万事一身伤老矣,戎葵③凝笑墙东。酒杯深浅去年同。试浇桥下水,今夕到湘中。

【咬文嚼字】

①《楚辞》:骚体类文章的总集。西汉刘向辑。收有屈原、宋玉、景差等的作品。

②午日:端午节,即阴历五月初五,屈原投江的日子。

③戎葵:蜀葵,俗称一丈红。

【词牌平仄】(同上)

【相关典范】(同上)

【原词意译】

我高声吟诵着《楚辞》,在端午节来临之际,祭奠我心目中的偶像,屈原大夫。有谁能了解我心中的忧愁,一曲唱罢,只赢得满帘的风。

我今已老,常常凝笑那墙东的一丈红,我深情地将杯中酒倒在桥下水里,我的心已随屈大夫去了湘中。

【读后之感】

身处天涯,携一卷《楚辞》相伴,恰逢祭奠的日子,让我为您高歌颂咏吧。

上片词人在点明时节之后,又用感慨悲哀的笔调咏叹"榴花不似舞裙红""歌罢满帘风"。下片进一步感叹老大无力,但屈原大夫,你刚直不阿,愤世嫉俗,我与你感同身受啊。眼下,朝廷对外族的入侵不思抗抵,我不能跃马扬鞭驰骋疆场,是何等的无奈啊。我只有醇酒一杯,心随屈原去汨罗江了。

全词抒写了心中的愤懑,借凭吊屈原寄爱国情怀,且词风峭拔沉郁,艺术性、思想性均佳。

【词人简介】

陈与义（1090—1138），字去非，号简斋，洛阳人。政和三年（1113）登上舍甲科进士。官至参知政事。以诗著名，属江西诗派。南渡后，诗风有明显变化，由清新明净变为沉郁悲壮。词亦工，以清婉秀丽为特色，豪放处又近东坡。有《无住词》一卷传世。

临江仙（夜登小阁忆洛中旧游）

陈与义

【原词实录】

忆昔午桥①桥上饮，坐中多是豪英。长沟流月去无声。杏花疏影里，吹笛到天明。

二十余年如一梦，此身虽在堪惊。闲登小阁看新晴。古今多少事，渔唱②起三更③。

【咬文嚼字】

①午桥：在洛阳南十里处。

②渔唱：打鱼人的歌儿。

③三更：古代刻漏计时，自黄昏至拂晓分为五刻，即五更，三更正是午夜。

【词牌平仄】（同前）

【相关典范】（同前）

【原词意译】

在夜里，我登上小楼忆旧游。在梦中，我吹笛杏花疏影里，惊叹二十余年如一梦，古今多少事，一轮明月河沟倒影中，不如沉醉渔歌半夜里。

【读后之感】

追昔抚今，感慨良多。

绍兴八年（1138），作者因病辞官，寓居湖州青墩镇寿圣院，二十余年的京城生活，特别是靖康之难，历历在目，于是有了这首词。

上片着"忆"。往日呼朋唤友，饮宴午桥，终流月去无声，作罢。

下片重"感"。二十余年成一梦，此身堪惊，词人作为一位疾病缠身、颠沛流离的普通官宦，国破家亡、痛苦万分，但在朝廷议和不战的大背景下，又能怎样呢？半夜三更，听听渔歌，也许是一种解脱吧。

此词的精妙之处在于夹叙夹议。上片简直是词人心中的一幅高士吹笛图：桥上、英豪、水中之月、疏影杏花，再加上悠悠笛声，词人之向往，和盘托出。下片议论古今多少事，并非词人想象之中，只得深夜听听渔歌罢了。

苏武慢

蔡伸

【原词实录】

雁落平沙，烟笼寒水，古垒鸣笳声断。青山隐隐，败叶萧萧，天际暝鸦零乱。楼上黄昏，片帆千里归程，年华将晚，望碧云空暮，佳人何处？梦魂俱远。

忆旧游、邃馆朱扉，小园香径，尚想桃花人面。书盈锦轴，恨满金徽①，难写寸心幽怨。两地离愁，一尊芳酒凄凉，危栏倚遍。尽迟留、凭仗西风，吹干泪眼。

【咬文嚼字】

①金徽：金饰的琴徽。

【词牌平仄】

苏武慢，词牌名，又名"过秦楼""惜余春慢""选冠子"等。定格为双调一百零九字，上片十一句五平韵，下片十一句四平韵。

正体：

仄仄平平，平平平仄，仄平平仄平平（韵）。仄仄平平仄，仄仄仄平平，仄仄平平（韵）。仄仄仄平平（韵），仄平平、仄仄平平（韵）。仄平平平仄，平平平仄，平仄平平（韵）。

仄仄平仄仄、平平仄，仄平仄平仄，平平平平（韵）。平仄平平仄，仄平平仄，仄仄平平（韵）。平仄仄平平，仄平平，仄仄平平（韵）。仄平仄仄，平仄平平，平仄平平（韵）。

【相关典范】

宋·李甲《过秦楼·卖酒炉边》

宋·陈允平《过秦楼·寿建安使君谢右司》

明末清初·屈大均《过秦楼·入潼关作》

明·顾璘《过秦楼·寄王子新》

近代·周岸登《过秦楼·泛舟秦淮，用李景元韵》

【原词意译】

黄昏登楼,看雁落平沙,烟笼寒水,听军垒胡笳,暝鸦乱啼。

我思念的人儿呀,你在哪里?羁旅的我已到暮年,却时常回忆起携手香径漫步,罗绣里同枕共眠,你像桃花一样美丽。情书卷成锦轴,别恨满溢琴弦,心中的怨恨,两地的离愁,一杯凄凉的酒。

在这凄苦的楼上,仰望碧云飘浮的天空,我不禁怅望:西风啊,你尽管放肆地吹吧,正好吹干我的满面泪痕。

【读后之感】

蔡伸词多写离情别绪。该词应作于南渡后,上片枯笔写景,下片浓笔叙情,好生凄凉。

本篇的警句有"雁落平沙,烟笼寒水""小园香径,尚想桃花人面""凭仗西风,吹干泪眼"等。

蔡伸在宋词人中也属奇人一个。"毛氏(晋)谓其逊《酒边》三舍,殊非笃论。考其所作,不独《菩萨蛮·花冠鼓翼》一首,雅近南唐,即《蓦山溪》之'孤城莫角'、《点绛唇》之'水绕孤城'诸调,与《苏武慢》之前半,亦几入清真之室,恐子諲且望而却步。岂惟伯仲间耶。"

【词人简介】

蔡伸(1088—1156),字伸道,号友古居士,莆田(今属神建)人。徽宗政和五年(1115)进士。历太学博士,历知真、饶、徐、楚四州,官至左中大夫。其词长于铺叙,笔致雄爽。著作有《友古居士词》。

柳梢青

蔡伸

【原词实录】

数声鶗鴂①。可怜又是，春归时节。满院东风，海棠铺绣，梨花飘雪。

丁香露泣残枝，算未比、愁肠寸结。自是休文②，多情多感，不干风月。

【咬文嚼字】

①鶗鴂：古书上指杜鹃鸟。

②休文：南朝梁代诗人沈约，字休文，仕宋、齐、梁，以不得重用，郁郁成病，消瘦异常。

【词牌平仄】

柳梢青，词牌名，又名"陇头月""玉水明沙""早春怨""云淡秋空""雨洗元宵"等。以秦观词《柳梢青·吴中》为正体，双调四十九字，上片六句三平韵，下片五句三平韵。另有四十九字上片六句两平韵，下片五句三平韵；五十字上片六句两仄韵，下片五句两仄韵等变体。代表作有蔡伸《柳梢青·数声鶗鴂》等。

正体：

中仄平平（韵）。中平中仄，中仄平平（韵）。中仄平平，中平中仄，中仄平平（韵）。

中平中仄平平（韵），中中仄、平平仄平（韵）。中仄平平，中平中仄，中仄平平（韵）。

【相关典范】

宋·仲殊《柳梢青·岸草平沙》

宋·辛弃疾《柳梢青·三山归途代白鸥见嘲》

宋·刘过《柳梢青·送卢梅坡》

宋·戴复古《柳梢青·岳阳楼》

宋·刘辰翁《柳梢青·春感》

【原词意译】

又到了春归时节,几声杜鹃悲啼令人怜惜。满院东风哂笑里,海棠落花铺了一地,那梨花更像飘雪一样飘扬零落,残枝上丁香花缀含露水,像我在悲愁郁结。我形容枯瘦,像梁朝的沈约一样多愁善感,不能怪责轻风明月。

【读后之感】

这首小令寸寸柔肠,句句伤感。杜鹃、海棠、梨花、丁香,这几个古人常用的带有忧伤情绪的典型景物被词人掇集在短短的四十几字中,用得又那么自然贴切,不能不佩服词人善抓典型的本领吧。词人结尾处又用多愁善感、形体枯瘦的南朝人沈约来自比,更加增添了本词的艺术感染力。

值得咬嚼的是尾句"多情多感,不干风月",明明知道相思苦,偏偏又要牵肠挂肚,突然来了"不干风月"句,全词的寓意之深,词人希望读者自去揣摩。词人含蓄的匠心所在,读者都能领悟。

我对"不干风月"句特欣赏,请好友刘晓鹏先生治篆一枚,作本书封底。

鹧鸪天

周紫芝

【原词实录】

一点残釭①欲尽时。乍凉秋气满屏帏。梧桐叶上三更雨，叶叶声声是别离。

调宝瑟，拨金猊②。那时同唱《鹧鸪词》。如今风雨西楼夜，不听清歌也泪垂。

【咬文嚼字】

①釭：灯。

②金猊：香炉。镀金的狻猊，狮子形香炉，香燃于腹中，烟自口出。相传狻猊好烟火，故用之。

【词牌平仄】（同前）

【相关典范】（同前）

【原词意译】

她拨弄着琴弦，弹奏着锦瑟，我拨动着香炉里的炭火，为她增温。我俩同声唱着《鹧鸪词》，情意绵绵。

如今我孤独地在风雨交加的西楼夜晚，纵然听不到她凄婉的歌声，也会垂泪涟涟。

一盏油灯快要燃尽了，骤然间寒气袭来。秋雨打在梧桐叶上，一叶叶，一声声，都是我无尽的怨恨。

【读后之感】

一幅秋夜听雨图。夜深了，灯尽了，周围满是凉秋寒气，这是上片两句从视觉和听觉角度写秋夜的景色。接着两句入情了："梧桐叶上三更雨，叶叶声声是别离。"下片自然而然地回忆起与爱人昔日欢娱的时刻，用调、拨、唱三个细节动作，写尽了无尽的甜蜜和温馨。结尾两句拽回思绪，无奈地回到凄清的现实中。"不听"句呼应上片末句，缠缠绵绵的伤心。

思念情人伤心之时读此词必定潸然泪下。

周紫芝

【词人简介】

周紫芝（1082—1155），字少隐，号竹坡居士，宣城（今安徽宣城）人。高宗绍兴间历任监户部曲院、枢密院编修官，出知兴国军。其自称"少时酷喜小晏词"，故词风清丽婉曲、自然酣畅。著作今存《太仓稊米集》《竹坡诗话》《竹坡词》。

踏莎行

周紫芝

【原词实录】

情似游丝①,人如飞絮。泪珠阁定空相觑。一溪烟柳万丝垂,无因系得兰舟②住。

雁过斜阳,草迷烟渚。如今已是愁无数。明朝且做莫思量,如何过得今宵去。

【咬文嚼字】

①游丝:昆虫吐出的细丝。

②兰舟:用木兰木制造的船。

【词牌平仄】(同前)

【相关典范】(同前)

【原词意译】

在与她分别的阁楼里,不见了她的身影,只有两行泪水,与我空相觑。眼下,河水弥漫在万条柳丝中,那条小船无法系住,就让它随波逐流吧。我像天空中飘飞的柳絮,不知风儿要把我带到何处,离情缭乱,像昆虫吐出的细细游丝,恍恍惚惚。空中大雁在夕阳里西去,烟雾总是笼罩着草树。明天也许不再烦恼了吧,可是今晚如何熬得住?

【读后之感】

男儿有泪不轻弹,只是未到伤心处。周紫芝落泪了,周紫芝伤心了,自古多情伤离别呀!

这首小词从内容上看,没有摆脱伤别离的藩篱,但情真意切却是难得。让人读来一点不觉得枯燥,反觉有同感。

本词的词眼是"愁无数",他究竟有什么愁?明说算了,但词人偏不,只是告诉你,这个愁连一夜都不能熬过,不由你不去为词人想想,他到底有多深的愁。

词评家有语云:"周少隐自言少喜小晏,时有似其体制者,晚年歌之……每从空际盘旋,故无椎凿之迹……渐于字句间,凝炼求工,而昔贤疏宕之致微矣。此亦南、北宋之关键也。"

帝台春

李甲

【原词实录】

芳草碧色，萋萋①遍南陌②。暖絮乱红，也似知人，春愁无力。忆得盈盈拾翠③侣，共携赏、凤城④寒食。到今来，海角逢春，天涯为客。

愁旋释，还似织。泪暗拭，又偷滴。漫倚遍危阑，尽黄昏，也只是、暮云凝碧。拚则而今已拚了，忘则怎生便忘得。又还问鳞鸿⑤，试重寻消息。

【咬文嚼字】

①萋萋：春草茂盛的样子。

②南陌：南面的道路。

③拾翠：指拾翠鸟羽毛用于装饰，后用来指妇女春日嬉游的景象。

④凤城：指京都。

⑤鳞鸿：鱼雁，相传鱼雁可以传书。

【词牌平仄】

帝台春，词牌名，原唐教坊曲名，后用作词调。以李甲《帝台春·芳草碧色》为正体，双调九十七字，上片十句五仄韵，下片十一句七仄韵。

帝台，先秦《山海经·中山经》云："苦山之首，曰休与之山。其上有石焉，名曰帝台之棋，五色而文，其状如鹑卵。帝台之石，所以祷百神者也，服之不蛊。"本调意即咏帝台的春色。

正体：

平仄仄仄（韵），平平仄平仄（韵）。仄仄仄平，仄仄平平，平平平仄（韵）。仄仄平平仄仄仄，仄平仄、仄平平仄（韵）。仄平平，仄仄平平，平平仄（韵）。

平仄仄（韵），平仄仄（韵）。仄仄仄（韵），仄平仄（韵）。仄仄仄平平，仄平平，仄仄仄、仄平平仄（韵）。平仄平仄仄平仄，平仄仄平仄平仄（韵）。仄平仄平平，仄平平平仄（韵）。

【相关典范】

明·刘基《帝台春·凉雨新沐》

清·俞樾《帝台春·幢葆启戟》

清·陈维崧《帝台春·红瘦成碧》

清·朱祖谋《帝台春·冈上竹黄》

【原词意译】

我想问问鱼雁，哪里可以寻探得到她的消息。

我在高楼上彷徨，焦躁不安，我拼尽全力想要忘了她，可这辈子不可能了。

她是多么美丽，总是笑语盈盈，与我携手在京城里，可如今，我到处流浪，愁情难散。

青草长满了大路，花瓣在暖风中飞舞。黄昏已过，暮云昏暝，多想再见她一面，哪怕只是她的身影。

【读后之感】

痴情男子，莫过于他了。为何"春愁无力"？一个"忆"字引领出下片的相思痴情："愁旋释。还似织。泪暗拭。又偷滴。""拚则而今已拚了，忘则怎生便忘得。"这几句是全词的精华所在。潘游龙《古今诗余醉》说："词意极浅，正未许浅人解得。"词最后"又"字二句又烘托渲染"怎生便忘得"的相思，情意绵绵。

【词人简介】

李甲，字景元，华亭（今上海松江）人。元符中为武康令。工画，尝得米芾称许。词存《乐府雅词》中。

忆王孙（春词）

李重元

【原词实录】

萋萋芳草忆王孙，柳外楼高空断魂，杜宇①声声不忍闻。欲黄昏，雨打梨花深闭门。

【咬文嚼字】

①杜宇：相传古蜀帝杜宇号望帝，让位后归隐化为杜鹃，啼声哀切。

【词牌平仄】

忆王孙，词牌名，又名"独脚令""忆君王""豆叶黄""画蛾眉"等。以李重元《忆王孙·春词》为正体。单调三十一字，五句五平韵。

正体：

中平中仄仄平平（韵），中仄平平中仄平（韵），中仄平平中仄平（韵）。仄平平（韵），中仄平平中仄平（韵）。

【相关典范】

宋·李清照《忆王孙·湖上风来波浩渺》

宋·汪元量《忆王孙·离宫别苑草萋萋》《忆王孙·尘寰财色苦相萦》

宋·周紫芝《忆王孙·绝笔》

元·白朴《忆王孙·瑶阶月色晃疏棂》

清·纳兰性德《忆王孙·刺桐花底是儿家》《忆王孙·西风一夜剪芭蕉》

【原词意译】

我想起了久客不归的王孙。芳草萋萋，杜鹃声声，我在柳外高楼里欲断魂。眼看又到了黄昏，雨打着梨花，我只好深闭了闺门。

【读后之感】

山不在高，有仙则灵，语不在多，情切传神。李重元的这首《忆王孙·春词》是宋词中屈指可数的小令，且看词人是如何以"少少许胜许许多"的。

首句中的"王孙"，是这位痴情女子对所爱之人的昵称，犹如在说"乖乖""亲爱的"，把他放在"凄凄芳草"的环境里来思念，反映了女主人公内心的凄戚，二句"柳外楼高"写明女主人公时时登上高楼，登高相望心仪的爱人。

"断魂"二字则把女主人公内心的凄切,渲染到了极致。下句又以啼声悲哀的杜鹃,通人性地为她哀鸣着,进一步强化了思妇哀伤的心境。然而,又到了黄昏,那难熬的夜晚又将来临,窗外又下起了小雨,把那梨花打落一地……

全词短短三十一字,却字字含情,层层推进,把思妇的情感惟妙惟肖地刻画出来。堪称思妇之作的典范。

【词人简介】

李重元,生平待考。《唐宋诸贤绝妙词》卷七收其《忆王孙》词四首。南宋黄升所编《花庵词选》,及《全宋词》收其《忆王孙》词四首。《婉约词》中收二首。

三台（清明应制）

万俟咏

【原词实录】

见梨花初带夜月，海棠半含朝雨。内苑①春、不禁过青门，御沟涨、潜通南浦。东风静，细柳垂金缕，望凤阙②非烟非雾。好时代、朝野多欢，遍九陌③、太平箫鼓。

乍莺儿百啭断续，燕子飞来飞去。近绿水、台榭映秋千，斗草④聚、双双游女。饧⑤香更、酒冷踏青路。会暗识、夭桃朱户。向晚骤、宝马雕鞍，醉襟惹、乱花飞絮。

正轻寒轻暖漏永，半阴半晴云暮。禁火天、已是试新妆，岁华到、三分佳处。清明看、汉宫传蜡炬。散翠烟、飞入槐府⑥。敛兵卫、阊阖⑦门开，住传宣、又还休务⑧。

【咬文嚼字】

①内苑：宫内庭院。
②凤阙：汉代宫阙名，后泛指宫殿、朝廷。
③九陌：原汉代长安城有八街、九陌。后指都城大路。
④斗草：古代五月五日，民间有斗草的游戏，即以草断草，断者即输。
⑤饧：饴糖类食物名，用麦芽或谷芽熬成。
⑥槐府：古时贵人宅前多植槐树，故称。
⑦阊阖：宫的正门，泛指宫门。
⑧休务：停止办公。

【词牌平仄】

三台（大曲），词牌名，定格为三段一百七十一字，前段九句五仄韵，后两段各八句五仄韵，以万俟咏词《三台·清明应制》为代表，另有俞彦词《三台·咏南都》等代表作品。

该词原为唐教坊曲名，后用作词调名。明胡震亨《唐音统签》云："唐曲有'三台'：'急三台''宫中三台''上皇三台''怨陵三台''突厥三台'，'三台'为大曲。"冯鉴《续事始》曰："汉蔡邕三日之间，周历三台，乐府以邕晓音律，为制此曲。"刘禹锡《嘉话录》曰："邺中有曹公铜雀、金虎、冰井三台，北齐高洋毁之，更筑金凤、圣应、崇光三台，宫人拍手呼上台送酒，因名其曲为《三台》。"

正体：

仄平平平仄仄仄，仄平仄平平仄（韵）。仄仄平、仄仄仄平平，仄平仄、平平平仄（韵）。平平仄，仄仄平平仄（韵），仄仄平平仄（韵）。平仄仄、平仄平仄平，仄仄仄、仄平平仄（韵）。

仄平平平仄仄仄，仄平仄平平仄（韵）。仄仄仄、平仄仄平平，仄仄仄、平平平仄（韵）。平平仄、仄仄仄平仄（韵）。平仄仄、平平平仄（韵）。仄仄仄、仄仄平平，仄平仄、仄平平仄（韵）。

仄平平平仄仄仄，仄平仄平平仄（韵）。仄仄平、仄仄仄平平，仄仄仄、平平平仄（韵）。平仄仄、仄平平仄仄（韵）。仄仄平、平仄平仄（韵）。仄仄仄、平仄平平，仄平平、仄平平仄（韵）。

【相关典范】

明·俞彦《三台·咏南都》

清·樊增祥《三台·正东风芳草尽绿》

清·陈维崧《三台·春景用万俟雅言清明原韵》

另有"三台"小令。又名"三台令""翠华引"。以王建词《三台·池北池南草绿》为正体，单调二十四字，四句两平韵。

平仄平平仄仄，仄平仄仄平平（韵）。平仄平平仄仄，仄平平仄平平（韵）。

小令的相关典范：

唐·王建《三台·青草湖边草色》《三台·树头花落花开》

唐·韦应物《三台·一年一年老去》《三台·冰泮寒塘水绿》

宋·沈括《三台·鹳鹊楼头日暖》《三台·按舞骊山影里》《三台·殿后春旗簇仗》

清·王士禄《三台令·邺下三台》（二首）

清·董元恺《三台令·洞庭杂兴》(七首)

【原词意译】

梨花、海棠在月夜里半含朝露,皇宫里细柳垂金缕,御沟通南浦,到处非烟非雾太平箫鼓。

莺儿鸣,燕子飞,几个小女孩吃着饴糖,斗草嬉戏,荡着秋千。我走进朱门,去会会如桃花一样美丽的人儿。

天色渐晚,我乘雕鞍宝马回去,四周仍是乱花飞舞。

岁华已到,人们开始试穿新衣,皇宫里灯炬传动,带着一股股绿烟飞进了权贵人家的宅府。

皇宫内外已撤去了卫兵,敞开大门停止了一切公务,让大家一起庆贺这春的到来。

【读后之感】

词题已标明,这是一首清明时的应制之作,因词人的文采,特别是对皇宫内外点的描摹和面的渲染给人留下了一幅"清明上河图"。倘若你看了张择端的《清明上河图》,再看看万俟咏的"清明上河图"词,也应感谢这位御用文人给我们留下的历史印记吧。

【词人简介】

万俟咏,生卒年不详,字雅言,自号大梁词隐。北宋徽宗崇宁间以填词自娱。政和初年授大晟府制撰。自编词集,分"应制""风月脂粉"等五体,名曰《大声集》。

二郎神

徐伸

【原词实录】

闷来弹鹊，又搅碎、一帘花影。漫试著春衫，还思纤手，熏彻金猊烬冷。动是愁端如何向？但怪得新来多病。嗟旧日沈腰，如今潘鬓，怎堪临镜？

重省，别时泪湿，罗衣犹凝。料为我厌厌，日高慵起，长托春酲①未醒。雁足②不来，马蹄难驻，门掩一庭芳景。空伫立，尽日栏杆，倚遍昼长人静。

【咬文嚼字】

①酲：酒醉，神志不清。

②雁足：送书信的人。

【词牌平仄】

二郎神，词牌名，又名"转调二郎神""十二郎"，原唐教坊曲。此调以柳永《二郎神·炎光谢》为正体，双调一百零四字，上片八句五仄韵，下片十句五仄韵。

正体：

中平仄（韵）。仄中仄、平平平仄（韵）。仄仄仄中平平仄仄，中中仄、中平平仄（韵）。平仄中平平仄仄，中仄仄、中平中仄（韵）。中中仄、平平中仄，中仄平平平仄（韵）。

平仄（韵）。平中中仄，中平中仄（韵）。仄中仄、平平平仄仄，中中仄、中平平仄（韵）。仄仄平平平仄仄，中中仄、平平仄仄（韵）。仄平中平中，仄仄平平，平平平仄（韵）。

【相关典范】

宋·柳永《二郎神·炎光谢》

宋·吕渭老《二郎神·西池旧约》

宋·扬无咎《二郎神·清源生辰》

宋·张孝祥《二郎神·七夕》

宋·王十朋《二郎神·深深院》

【原词意译】

我近来惆怅多病，像沈约一样消瘦，头发像潘岳一样斑白。闲来用弹弓打鸟，却损破了一帘花影。穿着她亲手做的春衣，却平添了许有烦恼。我连镜子都不敢照，怕她的泪痕再将我袭扰。

鸿雁没捎来书信，马儿也驻足不前，总想借酒消愁，但愁却更愁。

我伫立在高楼，倚着栏杆空空地守望，只觉得日长寂寞。

【读后之感】

本词牌为柳永始创。别本作《转调二郎神》，据说是徐伸自制。

闲得无聊，转而思人。含情脉脉，愁上加愁。用典一二，恰到好处。沈腰、潘鬓二典用得好哇，以世人皆知的二位先贤自况，不可谓不妥帖。

读词至此，想焚稿。宋词人哪来这么多的愁情，哪来这么多的喟叹？叫我老是不得开心颜！

【词人简介】

徐伸，字干臣，三衢（今浙江衢州）人。政和初，以知音律为太常典乐，出知常州。有《青山乐府》，不传。

江神子慢

田为

【原词实录】

玉台挂秋月。铅素浅，梅花传香雪。冰姿洁。金莲①衬，小小凌波②罗袜。雨初歇，楼外孤鸿声渐远，远山外、行人音信绝。此恨对语犹难，那堪更寄书说？

教人红消翠减，觉衣宽金缕③，都为轻别。太情切。消魂处、画角黄昏时节。声呜咽。落尽庭花春去也，银蟾④迥、无情圆又缺。恨伊不似余香，惹鸳鸯结。

【咬文嚼字】

①金莲：指妇女纤小的足。　②凌波：形容女子步态轻盈。
③金缕：金缕衣。饰以金丝缕的罗衣。　④银蟾：月亮。

【词牌平仄】（同前）

【相关典范】（同前）

【原词意译】

她淡淡傅粉，容貌清雅。额上点着梅花妆，一对金莲秀足着罗袜十分熨帖。

远行的游子叫她渐渐憔悴，只觉衣服越来越宽松，全都是因为你说走就走，令她神伤。

黄昏时，又传来画角悲鸣，庭院里春光消尽，天上冷月无情，圆了又缺。荷花尚留余香，鸳鸯还在戏水，而她只能在圆玉镜台空念着一轮秋月。

【读后之感】

闺怨长调。上片以闺中女子的怨恨为基调，下片继续抒发相思的苦闷，备受离恨折磨的女子最后以恨结束。"落尽庭花春去也""不似余香"，只留遗恨。怨气十足，可悲可叹。

【词人简介】

田为，生卒年不详。字不伐，善琵琶，通音律。政和末充大晟府典乐。宣和元年（1119）罢典乐，为乐令。有赵万里辑本《芊呕集》。

蓦山溪(梅)

曹组

【原词实录】

洗妆真态,不作铅华御。竹外一枝斜,想佳人天寒日暮。黄昏庭院,无处著清香,风细细,雪垂垂,何况江头路。

月边疏影,梦到消魂处。梅子欲黄时,又须作廉纤①细雨。孤芳一世,供断有情愁,消瘦损,东阳②也,试问花知否?

【咬文嚼字】

①廉纤:细雨蒙蒙的样子。

②东阳:梁代沈约曾为东阳(今浙江东阳)令,他因病消瘦。

【词牌平仄】

蓦山溪,词牌名,又名"上阳春""心月照云溪""弄珠英",以程垓《蓦山溪·老来风味》为正体,双调八十二字,上下片各九句三仄韵。

正体:

中平中仄,中仄平平仄(韵)。中中仄平平,中中中、中平中仄(韵)。中平中仄,中仄仄平平,中中中,中中中,中仄平平仄(韵)。

中平中仄,中仄平平仄(韵)。中仄仄平平,中中中、中平中仄(韵)。中平中仄,中仄仄平平,中中中,仄平平,中仄平平仄(韵)。

【相关典范】

宋·黄庭坚《蓦山溪·赠衡阳妓陈湘》

宋·姜夔《蓦山溪·题钱氏溪月》

宋·宋自逊《蓦山溪·自述》

金·张中孚《蓦山溪·山河百二》

【原词意译】

这位娇娘,洗掉红妆,不用装饰且纯真。庭院里无处不散发着她的清香,风儿细细地吹,雪片缓缓地落,那疏梅花影令我神伤。

她一生孤傲高洁,让知心爱人忧愁无穷。清瘦憔悴的沈东阳啊,请你问问梅花是否明白我的心?

梅子将要黄熟的时节,又该是要细雨蒙蒙了。我心中的那一剪梅依然竹外一枝斜。

【读后之感】

咏梅词。梅花孤芳自傲,词人用拟人化手法,寄托了自己沈约式的抑郁心情。

上片写梅花之高洁,下片写作者赏梅时的情怀,情景交融,物我合一。全词用清丽淡雅的笔调,抒独赏清芳之情,表孤高自傲之志。词中化用苏轼、杜甫等人诗意,极其熨帖。

物我合一,宋词人最要进之境界,最要出之境界,进去容易,出来却难。怎么说?描景状物,抒情达意,便是进去了,可要出来,即拨乌云以见日,让人顿觉生辉,就难了。因为你借之物、你托之物定被你刻意描绘,如松、竹、菊、梅等,本身已是高洁之圣物,你要如何描画才能与之并肩,甚至还要高过于它,并非凡夫俗子所能做到,曹组在风细细、雪垂垂中徜徉着,终在月边疏影中找到了一个出口,即学学瘦东阳,去问问花知道不知道吧。这便是物我合一、神龙见首不见尾也。

【词人简介】

曹组,生卒年不详,字元宠。颍昌(今河南许昌)人。宣和三年(1121)进士及第。官至阁门宣赞舍人、睿思殿应制。有《箕颍集》,不传。

贺新郎

李玉

【原词实录】

缕篆①消金鼎②,醉沉沉、庭阴转午,画堂人静。芳草王孙知何处?惟有杨花糁径。渐玉枕、腾腾③春醒,帘外残红春已透,镇无聊、赒酒④厌厌病。云鬟乱,未忺整。

江南旧事休重省,遍天涯寻消问息,断鸿难倩⑤。月满西楼凭阑久,依旧归期未定。又只恐瓶沉金井,嘶骑不来银烛暗,枉教人立尽梧桐影。谁伴我,对鸾镜。

【咬文嚼字】

①缕篆:指香烟袅袅上升,有如篆字。

②金鼎:香炉。

③腾腾:昏沉迷糊的样子。

④赒酒:困于酒。

⑤倩:请,央求。

【词牌平仄】(同前)

【相关典范】(同前)

【原词意译】

画堂里的那个人好寂寞,铜炉里如篆体书一样升腾的青烟将她环绕,阵阵檀香在她身边氤氲。

我从枕上醒来,满头乱发顾不上整理,又陷入了愁思中。江南的往事不必再提,也不要到处打探情人的消息,那离群的孤雁自己也是烦恼不尽,何必再请它传带书信。

他的归期如银瓶落井底,无声无息。马儿不叫,人儿不归,怎不叫我在梧桐树下枉凝眉?还有谁来可怜可怜我,陪伴我这镜中人呢?

【读后之感】

　　该词原题作"春情",思妇伤情之作。无新意,无警策,无独到之处,只有思妇泪涟涟。唯"江南旧事休重省"句,尚可咬嚼:可理解为对过去美满家庭生活的眷恋,也可理解为对国家兴亡的哀叹。如是后者,李玉虽只一笔带过,但也反映了当时国人之心声。

【词人简介】

　　李玉,生卒年不详,唯见词一首。

烛影摇红（题安陆浮云楼）

廖世美

【原词实录】

霭霭春空，画楼森耸凌云渚。紫薇登览最关情，绝妙夸能赋。惆怅相思迟暮，记当日、朱栏共语。塞鸿难问，岸柳何穷，别愁纷絮。

催促年光，旧来流水知何处。断肠何必更残阳，极目伤平楚。晚霁波声带雨，悄无人、舟横野渡。数峰江上，芳草天涯，参差烟树。

【咬文嚼字】

通俗易懂，无不解字句。

【词牌平仄】

烛影摇红，词牌名，又名"玉珥坠金环""忆故人""秋色横空"等。以毛滂词《烛影摇红·送会宗》为正体，双调四十八字，上片四句两仄韵，下片五句三仄韵。

正体：

中仄平平，仄平中仄平平仄（韵）。中平中仄仄平平，中仄平平仄（韵）。

中仄中平中仄（韵），仄中中、中平仄仄（韵）。中平中仄，仄中中中，中平中仄（韵）。

【相关典范】

宋·王诜《烛影摇红·忆故人》

宋·毛滂《烛影摇红·送会宗》

宋·周邦彦《烛影摇红·芳脸匀红》

宋·张抡《烛影摇红·上元有怀》

宋·孙惟信《烛影摇红·一朵鞓红》

宋·刘克庄《烛影摇红·拙者平生》

宋·吴文英《烛影摇红·碧澹山姿》《烛影摇红·赋德清县圃古红梅》

【原词意译】

芳草青青连天涯，烟雾朦胧参差树。我在江边高耸的画楼上回味着杜牧的诗意。

记得当年你我在栏杆下相依偎，可如今你像飞回关外的大雁，再也没有消息，我的愁思如柳絮。

我满目荒凉，是因为我内心凄惨，晚上骤雨初歇，渡口小船闲晃，无人问津，江面上是数点青山。

【读后之感】

借景抒情之作。全词情景妙合，流露出自己才高命舛的无奈心情，而语淡情切，特别是化用前人诗句而无痕迹，高手也。不妨学学他熨帖、自然的本领。

谈谈对词牌的选择。《宋词全集》中共收词牌1107个，宋人常用的有近百个，廖世美独具匠心地选用了"烛影摇红"，别有他的道理。填词，首要的就是选定词牌，词牌的原始语义，包含了音乐，（因为填词的目的，在宋代还是要"唱"的）也包括了文学，这里专谈它的文学含义。

"烛影摇红"，从字面上就可看出，雅到了极致。"影"和"红"，是这四字的字心。"烛"和"摇"，专为修饰这一"影"字和"红"字。你看，这一"影"字，何等的传神，这一"红"字又是何等的有色彩，文学色彩太浓烈了，对全词的意境起了引领之作用。光这一点就令我佩服不已。关于宋人对词牌的运用，我在文心雕虫中有专门论述，这里点到而已。

【词人简介】

廖世美，生卒年不详，今存词二首。

薄 幸

吕滨老

【原词实录】

青楼①春晚，昼寂寂、梳匀又懒。乍听得、鸦啼莺唝②，惹起新愁无限。记年时、偷掷春心，花前隔雾遥相见。便角枕③题诗、宝钗贳④酒，共醉青苔深院。

怎忘得、回廊下，携手处、花明月满。如今但暮雨，蜂愁蝶恨，小窗闲对芭蕉展。却谁拘管？尽无言闲品秦筝，泪满参差雁⑤。腰肢渐小，心与杨花共远。

【咬文嚼字】

①青楼：泛指女子所居之楼。
②唝：鸟鸣。
③角枕：用兽角做装饰的枕头。
④贳：赊。
⑤参差雁：筝柱排列如雁阵，故称。

【词牌平仄】（同前）

【相关典范】（同前）

【原词意译】

记得那天，在花丛中隔着薄薄的春雾与他相见，哪知一见钟情，便把春心托付于他。我们在枕边吟诗作赋，摘下金钗去赊酒酣饮，在青苔深院里共醉。但如今只有细雨蒙蒙。那蜂儿蝶儿仿佛也带着怨恨，不再飞来。芭蕉叶虽然舒展着，但小窗前已没了观赏它的人。

我的眼泪唰唰流到琴弦上，相思的煎熬使我人比黄花瘦。飞去的杨花柳絮啊，请将我的心带到他的身边吧。

【读后之感】

从"薄幸"调名说起。"薄幸"一词原意即"薄情"，原用于形容对爱情不专一的男子，有"薄情""负心"之意，旧时对自己所钟爱的男人也昵称"薄幸"，犹言"冤家"。唐代诗人杜牧《遣怀》："十年一觉扬州梦，赢得青楼薄幸名。"调名或本于此。

此调多用以写闺情或离情。如毛开词。

吕滨老弃众多词牌不用，专用此调，说明词人在作词之前就相当注重形式和内容的和谐。

上片写一位对爱情热烈大胆的姑娘，在春日孤寂的楼上，回忆当年她与爱人一见钟情的情景。奇怪的是词人并未写使这位姑娘痴情的男子有什么好，好在哪里，词人只字未写，姑娘也只字未提，读者唯以己之心度其腹罢。带着这些疑惑谈下片。下片细淡描写她对他的思念：回廊下，花明月满，暮雨里，蜂愁蝶恨，到头来只能腰肢渐小，泪洒秦筝。

谈到这里，我一点也不觉得吕滨老故弄玄虚，他只是以种种虚无善意的表现，反衬这位姑娘的痴情与钟爱！词人故意留下诸多含糊之处，让读者自去领悟，如果一千个读者有一千个哈姆雷特的话，那么一千个读者也有一千个"薄幸"吧！

【词人简介】

吕滨老，一作吕渭老。字圣求，秀州（今属浙江）人。宣和间以诗名。词风婉媚深窈。有《圣求词》一卷，生卒年不详，约徽宗宣和年间在世，与周邦彦、柳永相伯仲。

我对吕滨老较为推崇，故多补几笔于下。滨老在北宋末颇以诗名。赵师岇称其《忧国诗》二联、《痛伤诗》二联、《释愤诗》二联，皆为徽钦北狩而作。《忧国诗》有"尚喜山河归帝子，可怜麋鹿入王宫"语，则南渡时尚存，在师岇时已无完帙，词则至今犹传。《书录解题》作一卷，杨慎《词品》称其《望海潮》《醉蓬莱》《扑蝴蝶近》《惜分钗》《薄幸》《选冠子》《百宜娇》等阕，佳处不减少游。《东风第一枝·咏梅》，不减东坡之《绿毛么凤》。

赵师岇曰："吕滨老圣求词，谓其婉媚深窈，视美成、耆卿伯仲。"

南 浦

鲁逸仲

【原词实录】

风悲画角,听《单于》①,三弄②落谯门③。投宿骎骎④征骑,飞雪满孤村。酒市渐阑灯火,正敲窗、乱叶舞纷纷。送数声惊雁,乍离烟水,嘹唳⑤度寒云。

好在⑥半胧淡月,到如今、无处不消魂。故国梅花归梦,愁损绿罗裙⑦。为问暗香闲艳,也相思、万点付啼痕。算翠屏⑧应是,两眉余恨倚黄昏。

【咬文嚼字】

①《单于》:曲调名。
②三弄:多次演奏。
③谯门:建有瞭望楼的城门。
④骎骎:马行快速的样子。
⑤嘹唳:响亮而凄楚的声音。
⑥好在:问候用语,即"好么"。
⑦绿罗裙:借代女子。
⑧翠屏:借指倚翠屏的人。

【词牌平仄】

南浦,词牌名,以程垓《南浦·金鸭懒熏香》为正体。双调一百零五字,上下片各十句五仄韵。

正体:

平仄仄平平,仄仄平,平平仄仄平仄(韵)。平仄仄平平,平平仄、平仄仄平平仄(韵)。平平仄仄,仄平仄平平仄(韵)。仄平仄仄(韵)。平平仄平平,仄平平仄(韵)。

平平仄仄平平,仄平仄平平,平平仄仄(韵)。仄仄仄平平,平平仄、平仄仄平平仄(韵)。平仄仄,仄平平仄仄(韵)。仄平仄仄(韵)。平仄仄平平,平平平仄(韵)。

【相关典范】

宋·史浩《南浦·洞天》

宋·张炎《南浦·春水》

宋·王沂孙《南浦·春水》

清·龚自珍《南浦·羌笛落花天》

【原词意译】

大雪在孤村上空下个不停,投宿的人骑着马儿飞奔。大雁惊叫着离开水面,朦胧的淡月还挂在天上。在归乡的梦境里看到梅花盛开,可那穿罗裙的姑娘好悲伤。请问暗香浮动的梅花是否也有相思意,去陪伴那忧伤的姑娘。

【读后之感】

边塞曲。此调填者不多,始见于周邦彦和鲁逸仲。此词别本题作"旅怀"。黄了翁在《蓼园词选》中说:"细玩词意,似亦经靖康乱后作也。词旨含蓄,耐人寻味。"陈廷焯说其"遣词琢句,工绝警绝,最令人爱",名人多评点,可见成功处。

我以为乱世出英雄,悲凉好词多。我缩写其句为"飞雪满孤村,愁损绿罗裙,万点付啼痕,余恨倚黄昏"。

我认为画面感强,似乎是好词的共同点。此词上片通过听觉和视觉构成了"画角谯门""飞雪孤村""冷落酒市""寒夜惊雁"的独特景物画面。下片又转景为人,"愁损罗裙""暗香闲艳""万点啼痕""恨倚黄昏"四幅人情味浓的图画,无处不点睛,无处不传情。

【词人简介】

鲁逸仲,生卒年不详。鲁逸仲是孔夷的化名,字方平,汝州龙兴(今属河南宝丰)人,孔旼之子。哲宗元祐间隐士,隐居滍阳(今河南),与李廌为诗酒侣,自号滍皋渔父。与李荐、刘攽、韩维为友。王灼《碧鸡漫志》卷二称其与侄孔处度齐名。黄升赞其"词意婉丽,似万俟雅言"(《花庵词选》)。《全宋词》录其词三首。事见《咸淳临安志》。

满江红

岳飞

【原词实录】

怒发冲冠，凭阑处、潇潇雨歇。抬望眼，仰天长啸，壮怀激烈。三十功名尘与土，八千里路云和月。莫等闲、白了少年头，空悲切。

靖康耻[①]，犹未雪；臣子恨，何时灭。驾长车、踏破贺兰山[②]缺。壮志饥餐胡虏肉，笑谈渴饮匈奴血。待从头、收拾旧山河，朝天阙[③]。

【咬文嚼字】

①靖康耻：指钦宗靖康元年（1126）京师和中原沦落，次年徽钦二宗被掳往金国的奇耻大辱。

②贺兰山：在宁夏与内蒙古交界处。这里借指金国的核心地。

③天阙：皇宫，朝廷。

【词牌平仄】

满江红，词牌名，又名"上江虹""念良游""烟波玉""伤春曲""怅怅词"。以柳永《满江红·暮雨初收》为正体。另有双调九十三字，上片八句五仄韵，下片十句六仄韵；双调九十三字，上片八句四平韵，下片十句五平韵等变体。代表作品有岳飞《满江红·怒发冲冠》、辛弃疾《满江红·敲碎离愁》等。

正体：

中仄平平，中中仄、中平中仄（韵）。中中中、中平中仄，中平平仄（韵）。中仄中平平仄仄，中平中仄平平仄（韵）。仄中中、中仄仄平平，平平仄（韵）。

平中仄，平中仄（韵）。平中仄，平平仄（韵）。中中中中中，中中平仄（韵）。中仄中平平仄仄，中平中仄平平仄（韵）。中中中、中仄仄平平，平平仄（韵）。

【相关典范】

宋·张先《满江红·飘尽寒梅》

宋·柳永《满江红·万恨千愁》

宋·苏轼《满江红·寄鄂州朱使君寿昌》

宋·周邦彦《满江红·昼日移阴》
宋·张元干《满江红·自豫章阻风吴城山作》
宋·岳飞《满江红·登黄鹤楼有感》
宋·辛弃疾《满江红·暮春》
宋·史达祖《满江红·中秋夜潮》
宋·吴潜《满江红·金陵乌衣园》
宋·陆游《满江红·危堞朱栏》
宋·范成大《满江红·冬至》
宋·刘克庄《满江红·金甲琱戈》
宋·吴文英《满江红·甲辰岁盘门外寓居过重午》
宋·王清惠《满江红·太液芙蓉》
金末元初·段克己《满江红·雨后荒园》
元·萨都剌《满江红·金陵怀古》
明·陆容《满江红·咏竹》
明·文徵明《满江红·拂拭残碑》
清·纳兰性德《满江红·为问封姨》
近代·秋瑾《满江红·小住京华》

【原词意译】

收复河山,收复河山!我对着苍天大声怒吼,怒发冲冠!

人生三十而立,八千里路云和月,建立功名何其难。切莫虚度年华,苍白了少年青发!靖康之耻尚未雪,杀敌之心何时灭?我饿了恨不得吃敌人的肉,渴了饮敌人的血,到了收复河山时,我再对京城大拜!

【读后之感】

真乃时势造英雄。国破山河在,抗金名将岳飞奋勇杀敌,重振河山的壮举曾激发了多少爱国志士。他的这首《满江红》也一扫当时奢靡风月的陈词滥调,唱出了英勇不屈的民族心声,可以说中国古代诗歌没有一首像本词这样有这么深远的影响。全词如江河直泻,曲折回荡,铿锵有力,振聋发聩。岳飞,是人们心中的大英雄,这首《满江红》,是我从小至今不断吟诵的保留词作,但我不敢多下议论,懂他的人太多,一不小心,说错怎么办,岂不叫道兄们抓小辫子?

【词人简介】

岳飞(1103—1141),字鹏举,相州汤阴(今属河南)人。抗金名将,被奸臣秦桧以"莫须有"的罪名杀害。孝宗时追谥武穆,宁宗时追封鄂王。其著作后人编辑《岳忠武王文集》,词仅存三首,都是抒发抗金复土之志,豪迈悲壮。

烛影摇红（上元有怀）

张抡

【原词实录】

双阙①中天，凤楼②十二春寒浅。去年元夜奉宸游③，曾侍瑶池宴。玉殿珠帘尽卷，拥群仙、蓬壶阆苑。五云深处，万烛光中，揭天丝管。

驰隙流年，恍如一瞬星霜④换。今宵谁念泣孤臣，回首长安远。可是尘缘未断。漫惆怅、华胥梦短。满怀幽恨，数点寒灯，几声归雁。

【咬文嚼字】

①双阙：天子宫门有双阙。

②凤楼：指宫内楼阁。

③宸游：帝王的巡游。

④星霜：星辰运行一年一循环，一星霜即一年。

【词牌平仄】（同前）

【相关典范】（同前）

【原词意译】

我奉召陪皇帝游赏，只见皇宫门外阙楼高耸，皇宫内凤楼重重叠叠，笼罩在春寒中。

年光似白驹过隙，今天又到了元宵时刻，谁料汴京沦陷，作为臣子，我孤独泣涕。

幻游华胥的美梦太短，身边寒灯盏盏，天空中又传来归雁的哀叹，我好不神伤！

【读后之感】

靖康次年（1128），上元之夜，词人写下了此感怀词。去年元夜的荣幸与欢乐，眼前的漂泊和孤寂，靖康之耻痛彻心扉，臣子无奈，追昔抚今，唯满满幽恨而已。本词虽无岳飞抗金词之豪情，却寄托了朝臣痛失祖国的惆怅。

结句"数点寒灯,几声归雁",虽出语清空,却气韵回荡,属语轻意蕴也。

【词人简介】

张抡,生卒年不详,开封(今属河南)人。绍兴间,知阁门事,自号莲社居士。淳熙五年(1178)曾为宁武军承宣使。今传《莲社词》一卷。

水龙吟

程垓

【原词实录】

夜来风雨匆匆，故园定是花无几。愁多怨极，等闲孤负，一年芳意。柳困桃慵，杏青梅小，对人容易。算好春长在，好花长见，原只是、人憔悴。

回首池南①旧事。恨星星②、不堪重记。如今但有，看花老眼，伤时清泪。不怕逢花瘦，只愁怕、老来风味。待繁红乱处，留云借月，也须拚醉。

【咬文嚼字】

①池南：泛指故园某地。
②星星：指两鬓花白。

【词牌平仄】（同前）

【相关典范】（同前）

【原词意译】

年老的我身心疲惫，昨夜一场大雨，将院里的花儿摧萎，我是多么忧伤，桃花、柳絮、杏子、梅子在这美好的春光里倦怠的倦怠，慵懒的慵懒，青涩的青涩，酸苦的酸苦，叫我一双观花的老眼，徒生伤悲。

那故国里欢乐的旧事，更是不堪回想。我请彩云和月儿留下吧，相伴我喝个大醉。

【读后之感】

思念故园、嗟叹迟暮是这首词的主题。上片借春光写人事。下片写廉颇老矣，伤心自叹，国家已破，不堪重忆，只能留云借月，喝酒图醉，麻醉自己。全词凄婉缠绵，令人扼腕。

最是"看花老眼，伤时清泪。不怕逢花瘦，只愁怕、老来风味"几句，纯属口语，但情真意切，过目难忘。蒿庵评其词："程正伯凄婉绵丽，与草窗所录绝妙好词家法相近，故是正锋……升庵乃亟称亡，真物色牝牡骊黄外也。"

【词人简介】

程垓,字正伯,眉山(今属四川)人。苏轼中表程正辅之孙。淳熙间曾居临安,光宗时尚未宦达。工诗文,词锦丽。有《书舟词》。

六州歌头

张孝祥

【原词实录】

长淮①望断,关塞莽然平。征尘暗,霜风劲,悄边声。黯消凝。追思当年事,殆天数,非人力;洙泗上,弦歌地,亦膻腥②。隔水毡乡,落日牛羊下,区脱③纵横。看名王宵猎,骑火一川明。笳鼓悲鸣。遣人惊。

念腰间箭,匣中剑,空埃蠹,竟何成。时易失,心徒壮,岁将零。渺神京。干羽方怀远,静烽燧④,且休兵。冠盖使,纷驰骛,若为情。闻道中原遗老,常南望、翠葆霓旌⑤。使行人到此,忠愤气填膺。有泪如倾。

【咬文嚼字】

①长淮:指淮河,当时为宋金的分界线。
②膻腥:指代落后的金国。
③区脱:匈奴语称边境屯戍或守望的土堡为区脱。
④烽燧:报警传讯的烽烟。
⑤翠葆霓旌:指皇帝的仪仗。

【词牌平仄】

六州歌头,词牌名。以贺铸词《六州歌头·少年侠气》为正体,双调一百四十三字,上片十九句八平韵八叶韵,下片二十句八平韵十叶韵。

正体:

仄平仄仄,平仄仄平平(韵)。平仄仄(韵),平仄仄(韵)。仄平平(韵),仄平平(韵),仄仄平平仄(韵)。平仄仄(韵),平仄仄(韵),平仄仄(韵),平平仄,仄平平(韵)。平仄仄平(韵),平仄平平仄(韵),仄仄平平(韵)。仄平平仄仄,仄仄仄平平(韵),仄仄平平,平平平(韵)。

仄平平仄(韵),平平仄(韵),平仄仄(韵),仄平平(韵)。平仄仄(韵),平仄仄(韵),仄平平(韵),仄平平(韵)。仄仄平平仄(韵),平平仄(韵),仄平平（韵）。平仄仄（韵），平平仄（韵），仄平平（韵），仄仄平平，仄仄平平仄（韵），仄仄平平（韵）。仄平平仄，仄仄仄平平（韵），仄仄平平（韵）。

【相关典范】

宋·李冠《六州歌头·项羽庙》

宋·贺铸《六州歌头·少年侠气》

宋·韩元吉《六州歌头·桃花》

宋·刘过《六州歌头·题岳鄂王庙》

宋·程珌《六州歌头·送辛稼轩》

宋·刘辰翁《六州歌头·向来人道》

【原词意译】

我站在淮河边看那破碎的河山，北伐的征尘已暗淡，寒冷的秋风在劲吹。中原沦陷，膻腥一片。到处是敌人的据点。看，有金兵出来夜猎，骑兵手持火把，令人胆战心惊。敌我暂时休兵，边境烟火宁静，我腰间弓箭，匣中宝剑，已长出了蠹虫，光复河山的希望更加渺茫。留在中原的父老乡亲，还在盼望着我们打胜仗，盼望着皇帝的仪仗车队彩旗蔽空，可等到的是一腔义愤！人们只有两行热泪洒胸前。

【读后之感】

以词写史，直陈其事，并不多见。张孝祥做到了。他用极其细腻的笔调，再现了边境两军对垒、欲战还休、欲罢不能的痛苦场面，实际上表达了对朝廷屈服投降的愤懑不满，且全词带有强烈的感情色彩，真实流露了人们强烈的抗战愿望。

作者善用短促的句型，表现关塞局势的紧张、人们焦急的心态，且不厌其烦详尽描写了战场短暂休兵的景态，不日将短兵相接、刀光剑影、人头落地的血腥场面虽没说，但可预知。

这首词是作者任建康留守时作。主战派首领张浚深受其影响，在宴席上高唱该词后罢席。可见这首词的积极作用。

词评家蒿庵就说："于湖在建康留守席上赋《六州歌头》，感愤淋漓，主人为之罢席。他若《水调歌头》之'雪洗虏尘静'一首，《木兰花慢》之'拥貔貅万骑'一首，《浣溪沙》之'霜日明霄'一首，率皆眷怀君国之作。"

【词人简介】

张孝祥（1132—1169），字安国，号于湖居士，历阳乌江（今安徽和县乌江镇）人。绍兴二十四年（1154）进士第一。孝宗朝，累迁中书舍人，直学士院，领建康留守，因赞助张浚北伐而遭罢职。后知荆南府，兼荆湖北路安抚使，有政绩。因病退居，卒于芜湖。善诗文，工词。词风豪放。著有《于湖居士文集》《于湖词》。

念奴娇

张孝祥

【原词实录】

洞庭青草,近中秋、更无一点风色。玉界琼田三万顷,著我扁舟一叶。素月分辉,明河共影,表里俱澄澈。悠然心会,妙处难与君说。

应念岭表①经年,孤光自照,肝胆皆冰雪。短发萧骚襟袖冷,稳泛沧溟空阔。尽挹②西江③,细斟北斗,万象为宾客。扣舷独啸,不知今夕何夕。

【咬文嚼字】

①岭表:岭外,指五岭以南,即今广东广西一带。
②挹:舀。
③西江:指长江。

【词牌平仄】(同前)
【相关典范】(同前)
【原词意译】

我驾着一叶扁舟在洞庭湖上飘荡。湖面三万顷,明月如泻,水天一色,旷远清静。

我在岭南任职的这年,短发稀疏,两袖清风,只有这寒月孤光照我心。我挹一瓢湖水当酒饮,将天地万物当贵宾,我扣舷独啸,问问苍天,今夕何夕?

【读后之感】

人生本来苦难已多,再多一次又如何?张孝祥乾道元年(1165)任广南西路经略安抚使,"治有声绩"。次年,"被谗言落职",由桂林北归,经洞庭湖留下此作。作者虽遭打击,但泰然自若、荣辱不惊的态度为世人称道。本词别本题作"过洞庭"。

六州歌头

韩元吉

【原词实录】

东风著意,先上小桃枝。红粉腻,娇如醉,倚朱扉。记年时,隐映新妆。面临水岸,春将半,云日暖,斜桥转,夹城西。草软莎平,跋马①垂杨渡,玉勒②争嘶。认蛾眉,凝笑脸,薄拂燕脂。绣户曾窥,恨依依。

共携手处,香如雾,红随步,怨春迟。消瘦损,凭谁问?只花知,泪空垂。旧日堂前燕,和烟雨,又双飞。人自老,春长好,梦佳期。前度刘郎,几许风流地,花也应悲。但茫茫暮霭,目断武陵溪,往事难追。

【咬文嚼字】

①跋马:勒马使之回转。

②玉勒:玉制的马衔,也泛指马。

【词牌平仄】（同前）

【相关典范】（同前）

【原词意译】

武陵溪水已东去,往事已随风。

想当年我与她携手共游的地方,红随步,香如雾。她那张凝满笑意的脸如今已是清消瘦损,惨不忍睹。

前度的刘郎今天又来到这里,马儿不断地嘶鸣,东风仍在小桃枝上轻抚,可我那红粉腻、娇如醉的姑娘在哪里?我恨依依,空垂泪。

【读后之感】

六州歌头原本"音调悲壮",最宜用于离情别绪。本词以桃花始,以桃花终,往事已随风,老大徒悲伤。

是谁在敲打着我窗,是谁在把琴弦拨弄,小桃枝著意东风,堂前燕烟雨中,情深深,意蒙蒙,你侬,我更侬。

　　本词的句式也很有特点,大量的三字句、四字句、五字句,急促顿扬,若配上音乐,肯定悦耳动听。"人自老,春长好""堂前燕,和烟雨,又双飞",极度口语化,想必当时的寻常百姓读了此词后也一起和词人沉浸在"往事难追"之中了吧。

【词人简介】

　　韩元吉(1118—1187),字无咎,号南涧,雍邱(今属河南)人,一作许昌(今属河南)人。南渡后寓居上饶(今属江西)。韩维四世孙。官至吏部尚书,有政绩。曾与张元干、张孝祥、范成大、陆游、辛弃疾等以词唱和。著有《南涧甲乙稿》《南涧诗余》。

好事近（汴京赐宴闻教坊乐有感）

韩元吉

【原词实录】

凝碧旧池头，一听管弦凄切。多少梨园①声在，总不堪华发。

杏花无处避春愁，也傍野烟发。惟有御沟②声断，似知人呜咽。

【咬文嚼字】

①梨园：指北宋的教坊。
②御沟：流经皇宫的河道。

【词牌平仄】

好事近，词牌名。又名"钓船笛""倚秋千""秦刷子"。双调四十五字，上下片各四句两仄韵，以宋祁《好事近·睡起玉屏风》为正体。

正体：

中仄仄平平，中仄仄平平仄（韵）。中仄仄平平仄，仄中平平仄（韵）。

中平中仄仄平平，中中仄平仄（韵）。中仄仄平平仄，仄中平平仄（韵）。

【相关典范】

宋·秦观《好事近·梦中作》

宋·魏夫人《好事近·雨后晓寒轻》

宋·李清照《好事近·风定落花深》

宋·朱敦儒《好事近·渔父词》

宋·陈亮《好事近·咏梅》

清·纳兰性德《好事近·何路向家园》

【原词意译】

我凄楚哀怨，尽管池苑里碧绿，耳旁还不时传来美人吹弹管弦的声音。

山河破碎，中原沦陷。况且我已是个白发老人。

杏花也含着愁，只有依傍荒野独自开放。没人欣赏，没人爱怜，就如怨深愁极的我。

【读后之感】
  黍离之悲，令人落泪。作为宋礼部尚书的词作者韩元吉，是位通晓全局、见过大世面的官员，词的上片写他在宫廷宴席上听到当年大宋梨园曲调，看到宫殿内外的败落景象，不由想起山河破碎、中原沦陷的时局，于是悲从心起，用"不堪华发"抒忧心如焚之叹。下片用拟人手法，写杏花也知亡国之痛，在荒野里独自开放，独受凄凉，连宫中御沟里的水也在断续呜咽，为国而伤，其实是在烘托词人内心的无比痛苦。这种物我合一的感慨之笔，令人震颤。

韩元吉

瑞鹤仙

袁去华

【原词实录】

郊原初过雨。见败叶零乱,风定犹舞。斜阳挂深树,映浓愁浅黛,遥山媚妩。来时旧路。尚岩花、娇黄半吐。到而今惟有、溪边流水,见人如故。

无语,邮亭①深静,下马还寻,旧曾题处。无聊倦旅。伤离恨,最愁苦。纵收香藏镜,他年重到,人面桃花在否。念沉沉小阁幽窗,有时梦去。

【咬文嚼字】

①邮亭:古时设在路边、供送文书的人和旅客歇宿的馆舍。

【词牌平仄】(同前)

【相关典范】(同前)

【原词意译】

青黛色的山峰被斜阳笼罩着。一阵秋雨刚刚歇住,风似乎停住了,但树叶还在空中飞舞。来时经过的路上,岩石上的花娇黄半吐,岩石下的溪水静静流淌。

邮亭里静悄悄的,我怏怏下马,试图找到过去题的诗句。我愁苦万分。虽然我还保留着她送我的香囊和宝镜,可如今又有什么用呢? 等到来年再到那里,人面桃花是否依旧? 我眷恋着小楼幽窗下的美人,但只有在梦中去寻找她的倩影了。

【读后之感】

旅途思情人,念念在梦中。上片用细腻的笔触描写旅途中秋雨后的情景。下片写寂寞中对情人的思念。全词絮絮道来,情景两美。但我近来较集中地读了宋词,离情别绪之词看多了,产生了审美疲劳,不觉有甚惊魂之处了。所以隔时读词或有选择地读词才好。

好友冯新民看了本书初稿后,说我在"情读宋词"。我认为这并不假,宋词人笔下万水千山总是情,我作为一个读词人怎么能不受感染呢?因此,在写读词心得时往往重情,重情,再重情,而绝非矫情也。

【词人简介】

袁去华,生卒年不详,字宣卿,奉新(今属江西)人。绍兴十五年(1145)进士。曾任善化(今属湖南)、石首(今属湖北)知县。学识渊博,长于词赋。有表现自己壮烈怀抱和报国无门的愤世之作,风格慷慨悲凉;有描写离情别绪之作,又凄婉忧伤。存《袁宣卿词》一卷。

剑器近

袁去华

【原词实录】

夜来雨，赖倩得东风吹住。海棠正妖娆处，且留取。悄庭户，试细听莺啼燕语，分明共人愁绪，怕春去。

佳树，翠阴初转午。重帘未卷，乍睡起，寂寞看风絮。偷弹清泪寄烟波，见江头故人，为言憔悴如许。彩笺无数，去却寒暄，到了浑无定据。断肠落日千山暮。

【咬文嚼字】

通篇浅显，无字可嚼。

【词牌平仄】

剑器近，词牌名。"剑器"，唐舞曲。"近"为宋教坊曲体之一。此调传世作品不多，袁去华此曲是代表作。

正体：

仄平仄（韵），仄仄仄平平平仄（韵）。仄平仄平平仄（韵），仄平仄（韵）。仄平仄（韵），仄仄仄、平平仄仄（韵）。平平仄平平仄（韵），仄平仄（韵）。

平仄（韵），仄平平仄仄（韵）。平平仄仄，仄仄仄、仄仄平平仄（韵）。平平平仄仄平平，仄平平仄平，仄平仄平仄（韵）。仄平仄（韵），仄仄平平，仄仄平平仄仄（韵）。仄平仄仄平平仄（韵）。

【原词意译】

夜间细雨，被春风吹住。海棠花儿开得好艳丽，把这美景留住吧。庭院中悄然寂静。仔细听，小燕呢喃软语，黄莺啼唱呖呖，分明与人一样的情趣，生怕春天匆匆归去。枝条婀娜的绿树，树荫刚刚转过正午。我刚刚睡起，垂帘还没卷起，寂寞地看着柳絮飞舞。我偷偷地弹去伤心的眼泪，寄与那迷蒙的江水。待江水流到江头的故人那里，诉说我是怎样憔悴。唉，你寄来的情书不计其数。除去那些问候语，却没提到什么时候回来。暮色苍茫，好生难受。

【读后之感】

  一气呵成，清新明快，九曲回肠。"偷弹清泪寄烟波"句较出彩。著一"偷"字，反映词人隐忍之情，与下句迷蒙的江水、憔悴的心境浑然天成。

  鉴赏到此，感情的闸门总关不住，也许词中女主人仍在寂寞里看风絮，也许袁去华正细听那怕春去的莺啼燕语，断肠落日千山暮。

安公子

袁去华

【原词实录】

弱柳丝千缕。嫩黄匀遍鸦啼处。寒入罗衣春尚浅,过一番风雨。问燕子来时,绿水桥边路,曾画楼、见个人人否?料静掩云窗,尘满哀弦危柱①。

庾信愁如许。为谁都着眉端聚。独立东风弹泪眼,寄烟波东去。念永昼春闲,人倦如何度?闲傍枕、百啭黄鹂语。唤觉来厌厌②,残照依然花坞③。

【咬文嚼字】

①哀弦危柱:原指乐声凄哀,这里指弦乐器。

②厌厌:同"恹恹",精神不振的样子。

③花坞:花房。坞,原指四面高中间低的山地,这里引申为四面挡风的房子。

【词牌平仄】

安公子,词牌名,又名"安公子近""安公子慢",唐教坊大曲名。以柳永《安公子·长川波潋滟》为正体,双调八十字,上片八句四仄韵,下片七句三仄韵。袁去华《安公子·弱柳丝千缕》为变体。

正体:

平平平仄仄(韵)。仄平平仄平仄,仄仄平平仄仄,平仄平平仄(韵)。平平平平仄(韵)。平仄仄平仄仄,仄仄平平仄仄,平仄平平仄(韵)。

仄仄仄仄平平,仄平仄仄(韵)。平平仄仄,仄仄仄仄平平仄(韵)。仄仄平平仄,平仄平平,平仄平平仄仄(韵)。

【相关典范】

宋·柳永《安公子·远岸收残雨》《安公子·梦觉清宵半》

宋·晁端礼《安公子·渐渐东风暖》

【原词意译】

早春时节，鹅黄嫩绿的柳条迎风飘展，树上鸟儿叫个不停。我问燕子，可曾见到我的美人？

我料想她静掩窗门，任凭琴弦布满尘土。我的愁情像庾信那么多，独立在春风中泪流满面。

我闲靠孤枕，难以入睡，那莺儿又叫了起来，残阳依旧照在花圃里。

【读后之感】

宋词多离情别绪，此词亦然。但对人心理活动的描写较细腻。场景的转换也相当自然，且用词清新婉丽。"曾画楼、见个人人否"，"唤觉来厌厌"，口语入词，新鲜不过。

瑞鹤仙

陆淞

【原词实录】

脸霞红印枕。睡觉来、冠儿还是不整。屏间麝煤①冷。但眉峰压翠，泪珠弹粉。堂深昼永。燕交飞、风帘露井。恨无人说与，相思近日，带围宽尽。

重省。残灯朱幌②，淡月纱窗，那时风景。阳台③路迥。云雨梦，便无准。待归来，先指花梢教看，欲把心期细问。问因循过了青春，怎生意稳？

【咬文嚼字】

①麝煤：指香墨。

②幌：帷幔、窗帘。

③阳台：泛指爱情。

【词牌平仄】（同前）

【相关典范】（同前）

【原词意译】

她那粉红的小脸上印有几道枕痕。一觉醒来，衣服还没来得及整理，画屏间麝墨留香。只见她双眉不展，愁意隐隐，泪珠儿快要滴落下来。堂屋幽深，白昼漫漫，一对燕儿在天井里飞舞，风儿卷起了帷帘，只恨无人听她诉说满腹哀怨。近来她的腰围又瘦了一圈，一再回忆着当年。残灯照着朱红色的帷幔，淡淡的月儿映着纱窗，旧时的情景旖旎缠绵，而今阳台上欢爱的时光似乎也相去遥远。重温云欢雨爱的美梦，没有定准徒枉然。待他归来，先指着花梢教他看，再把青春的蹉跎细细谈。你呀你，为什么误了我的青春年华，你又怎能心安？

【读后之感】

闺怨词。上片写她寂寞的处境，下片写对往事的追忆和对未来的期望。委屈、疑惑、嗔怪，一股脑儿抛向情人，爱之深才怨之切，贺裳谓之"迷离婉娓"，确是非凡之笔。另"睡觉来、冠儿还是不整"纯属口语，入词顿觉生动，非有十分语言功底，难出此语此境。

【词人简介】

　　陆淞，生卒年不详，字子逸，号云溪，越州山阴（今浙江绍兴）人。《耆旧续闻》载，陆淞曾在辰州任职，晚以疾废，卜筑于秀野，放傲世间，不复有荣念，对客终日清谈不倦。今存词二首。

陆淞

卜算子（咏梅）

陆游

【原词实录】

驿外断桥边，寂寞开无主。已是黄昏独自愁，更著风和雨。

无意苦争春，一任群芳妒①。零落成泥碾作尘，只有香如故。

【咬文嚼字】

①群芳妒：借指打击作者的奸佞之徒。

【词牌平仄】（同前）

【相关典范】（同前）

【原词意译】

我像是一株无主的蜡梅，孤傲地在驿外断桥边绽放。已是黄昏日暮，愁寂自不必说，更何况时而狂风和骤雨来袭，愁上加愁。我本无意和那些野花儿争占春光，任凭那些凡花俗卉中伤和嫉妒。高洁芬芳是我的天生禀赋，对那些林林总总的庸俗行为自然不屑一顾，纵然花瓣零落在地上，被碾作了泥土，可依然清香如故。

【读后之感】

托物言志词。虽在咏梅，实为自诩。

作者以梅花象征自己的孤高劲节，上片首句写梅花的遭遇：开放在荒野，受到排挤；次句写"寂寞"，政治上的被孤立，又受到风风雨雨的打击。了解陆游的人知道，这正是其坎坷人生的写照。下片赞扬梅花的品质，"无意"见其光明磊落，"一任"更见其坦荡。后两句写其孤芳清高，决不同流合污，虽遭打击，仍倔强自白。这首词在宋词中是不可多得的精品。前人有评曰："剑南屏除纤艳，独往独来，其逋峭沉郁之概，求之有宋诸家，无可方比。"

另：《宋词三百首》，只收录陆游《卜算子》一首，太小气了。如《红酥手》等名篇为何不录？陆词还有许多名篇，日后一定拜读！（已将其《渔家傲》《钗头凤》《夜游宫》补录于《宋词三百首》）

陆游

【词人简介】

陆游（1125—1210），字务观，自号放翁。山阴（今浙江绍兴）人。绍兴中，应礼部试，被秦桧所黜。孝宗时，赐进士出身。曾任镇江、隆兴、夔州通判。一生主张抗战，曾投身军旅生活。官至宝章阁待制。晚年隐居山阴，是著名诗人，亦工词。著有《剑南诗稿》《渭南文集》《南唐书》《老学庵笔记》《放翁词》。

夜游宫（记梦寄师伯浑①）

陆游

【原词实录】

雪晓②清笳乱起。梦游处、不知何地。铁骑无声望似水。想关河③，雁门西，青海际。

睡觉④寒灯里。漏⑤声断、月斜窗纸。自许封侯在万里。有谁知，鬓虽残⑥，心未死。

【咬文嚼字】

①师伯浑：人名。

②雪晓：下雪的早晨。

③关河：关塞、河防。

④睡觉：睡醒。

⑤漏：滴漏。

⑥鬓虽残：喻衰老。

【词牌平仄】（同前）

【相关典范】（同前）

【原词意译】

胡笳声在雪后的早晨鸣咽响起，我梦醒不知何处，在关河、雁门西，还是在青海的边上？到处是铁骑驰骋。

滴漏声已经断了，眼前寒灯一盏，一轮斜月透过窗户低照着我，我是多么想在战场上建功立业啊。可惜我已衰老，空有一腔热血而已。

【读后之感】

陆游是一位伟大的爱国词人。这首词就是记述他梦中的感慨、寄叹和空怀壮烈的力作。

上片写边塞四处战火烽烟，铁骑横行；下片写词人自己虽心怀壮志，但年事已老，只剩一颗雄心而已。

读来令人感动，令人空余壮怀之情。

渔家傲（寄仲高①）

陆游

【原词实录】

东望山阴②何处是？往来一万三千里。写得家书空满纸。流清泪，书回已是明年事。

寄语红桥③桥下水，扁舟何日寻兄弟？行遍天涯真老矣。愁无寐，鬓丝④几缕茶烟⑤里。

【咬文嚼字】

①仲高：陆升之，字仲高，陆游的堂兄。
②山阴：今浙江绍兴市。
③红桥：又名虹桥，在山阴近郊。
④鬓丝：形容鬓发斑白且稀疏。
⑤茶烟：煮茶时冒出的水汽。

【词牌平仄】（同前）

【相关典范】（同前）

【原词意译】

故乡山阴来回一万三千里，写了一封满含热泪的家书，恐怕要明年才得回信。

想问问家乡虹桥下的河水，我何日才能驾一叶扁舟到桥下去寻找兄弟？

我真的老了，疲倦了，愁思满怀，长夜难寐，唯有在缕缕煮茶的烟雾中虚度光阴了。

【读后之感】

词人的思乡之情，好凄惨。但年事已高，光阴虚度又好无奈。

据载，此词作于乾道八年至淳熙元年之间，陆游当时已近50岁。

"空满纸，情难尽，流清泪，情难抑。"词人的感伤油然而发。

"鬓丝几缕茶烟里"，化用杜牧《题禅院》"今日鬓丝禅榻畔，茶烟轻飏落花风"句，而不见化用的痕迹，却身同杜牧，看似消沉，却深得读者同情。

钗头凤

陆游

【原词实录】

红酥手，黄縢酒①，满城春色宫墙②柳。东风恶，欢情薄。一怀愁绪，几年离索③。错，错，错！

春如旧，人空瘦，泪痕红浥④鲛绡⑤透。桃花落，闲池阁⑥。山盟虽在，锦书难托。莫，莫，莫！

【咬文嚼字】

①黄縢酒：或作"黄藤"，酒名。

②宫墙：南宋以绍兴为陪都，绍兴的某一段围墙，因此有宫墙之说。

③离索：离群索居的简括。

④浥：湿润。

⑤鲛绡：神话中鲛人所织的绡。

⑥池阁：池上的楼阁。

【词牌平仄】

钗头凤，词牌名，原名"撷芳词"，又名"折红英""摘红英""惜分钗"等。正体双调五十四字，上下片各七句六仄韵。

正体：

平平仄（韵），中中仄（韵），仄平中仄平平仄（韵）。平中仄（韵），中平仄（韵），仄仄平中，仄平平仄（韵）。

平平仄（韵），中平仄（韵），中平中仄中平仄（韵）。平中仄（韵），中平仄（韵），中中中中，仄平中仄（韵）。

【相关典范】

宋·唐氏《钗头凤·世情薄》

宋·史达祖《钗头凤·寒食饮绿亭》

宋·程垓《折红英·桃花暖》

【原词意译】

你用酥润的玉手捧出一杯美酒，四周是嫩绿的柳树环绕，春色满宫苑，可那无情的东风吹来，搅乱了我们的欢情，我犹如在喝一杯充满愁绪的苦酒。自你别后，我离群索居，大错特错地与你分离。

春天还是那个春天，只是我已憔悴消瘦，每日以泪洗面，红颜色的鲛绡常常湿个透。桃花飘零，池阁荒废，我对你的思念啊，写满了锦书，可难以寄予。悔恨啊悔恨。

【读后之感】

陆游与前妻唐婉因母亲的逼迫而分了手。沈园偶遇，留下了这首痛彻心扉的《钗头凤》。

词中充满了对唐婉的愧疚，对母命难违的无奈。"错，错，错"，"莫，莫，莫"，这上下片结尾的六个字真是字字含恨、字字泣泪，使人读后久久沉浸在悲伤之中。

据考，陆游与妻子唐婉感情深厚、如胶似漆，遭来母亲的妒忌，陆母表面上说唐婉对陆游用情太深，怕要耽误了陆游的功名，其实是因为恋子情结，容不下别人对儿子太好。这首《钗头凤》其实是陆游对其母这种行为的强烈愤懑！但在当时礼教的桎梏下，陆游只能用"东风恶"三字来吐吐心迹而已，悔恨与无奈上演了一幕人间悲剧。唐婉也和了一首《钗头凤·世情薄》，不久便郁闷而逝。真是人间难留真情，看美丽香消玉殒。

水龙吟

陈亮

【原词实录】

闹花深处层楼，画帘半卷东风软。春归翠陌，平莎茸嫩，垂杨金浅。迟日①催花，淡云阁雨，轻寒轻暖。恨芳菲世界，游人未赏，都付与，莺和燕。

寂寞凭高念远，向南楼一声归雁。金钗斗草，青丝勒马②，风流云散。罗绶分香③，翠绡封泪，几多幽怨！正消魂又是，疏烟淡月，子规声断。

【咬文嚼字】

①迟日：天日长。

②青丝勒马：用青丝绳做的马络头控制马。勒，拉缰止马。

③罗绶分香：借指离别。绶，丝带，用来系帷幕或印环。古代常用不同颜色的丝带，标志官吏的身份和等级。

【词牌平仄】（同前）

【相关典范】（同前）

【原词意译】

繁花深处掩映着画楼，楼外春意盎然。如此美妙的景色却无人欣赏，全部付给了莺和燕。

我不停地把你思念：你拔下金钗斗草玩，我牵着马儿在一旁看。你赠我的罗衣上还散发着熏香，绿色的丝巾上还有你的泪痕，我极度伤心时，又传来子规声声。疏烟淡月中，我凭高念远，看南楼归雁。

【读后之感】

千万别把此词作寻常闺怨解，其实这是一首政治抒情词。极强的爱国情怀都隐藏在淡淡的景色之中，这就是此词的高妙之处。

这并非我读此词后牵强附会，而是对其时其人做了了解：亮力主抗金，反对议和，遭忌被诬入狱，可想他因言获牢狱之灾，还能公开明了地为所欲为地与朝廷再唱反调吗？只得借助闺怨与离愁来宣泄一点罢了。

难怪前人评说曰：龙川痛心北虏，亦屡见于辞，如《水调歌头》"尧之都、舜之壤、禹之封，于中应有，一个半个耻臣戎"，《念奴娇》"因笑王谢诸人，登高怀远，也学英雄涕"，《贺新郎》"举目江河休感涕，念有君如此何愁虏"，忠愤之气，随笔涌出，并足唤醒当时聋聩，正不必论词之工拙也。

【词人简介】

陈亮（1143—1194），字同甫，号龙川，婺州永康（今属浙江）人。绍熙四年（1193）进士。授签书建康府判官厅公事，未赴而卒。南宋思想家、文学家，才气豪迈，喜谈兵事。陈亮力主抗金，反对和议，曾遭忌被诬入狱。词风豪迈，与辛弃疾唱和较多。有《龙川文集》《龙川词》。后有专文详细论之。

陈亮

忆秦娥

范成大

【原词实录】

楼阴缺。阑干影卧东厢月。东厢月，一天风露，杏花如雪。

隔烟催漏金虬①咽。罗帏黯淡灯花②结。灯花结。片时春梦，江南天阔。

【咬文嚼字】

①金虬：铜制的龙。装在漏壶上计时用。
②灯花：油灯灯芯的余烬，燃成花形，古人以为吉利。

【词牌平仄】

忆秦娥，词牌名。双调，四十六字，有仄韵、平韵两体，仄韵格为定格，多用入声韵，上下片各五句，三仄韵一叠韵。传李白首制此词，中有"秦娥梦断秦楼月"句，故名。别名甚多，有"秦楼月""碧云深""双荷叶"等。

定格：

平中仄（韵），中平中仄平平仄（韵）。平平仄（韵），中平中仄，仄平平仄（韵）。

中平中仄平平仄（韵），中平中仄平平仄（韵）。平平仄（韵），中平中仄，仄平平仄（韵）。

【相关典范】

唐·李白《忆秦娥·箫声咽》
宋·张先《忆秦娥·参差竹》
宋·李之仪《忆秦娥·用太白韵》
宋·贺铸《忆秦娥·子夜歌》
宋·李清照《忆秦娥·临高阁》
宋·万俟咏《忆秦娥·千里草》
宋·曾觌《忆秦娥·邯郸道上望丛台有感》
宋·石孝友《忆秦娥·秦楼月》

宋·刘克庄《忆秦娥·梅谢了》
宋·黄机《忆秦娥·秋萧索》
宋·刘辰翁《忆秦娥·烧灯节》
明·方以智《忆秦娥·花似雪》
清·宋征舆《忆秦娥·黄金陌》
清·纳兰性德《忆秦娥·山重叠》

【原词意译】

画楼在树荫掩映下露出一角。楼外杏花如雪片一样飞舞，楼内香炉里的烟香朦胧，计时的铜龙好像呜咽着催促时光。我进入了短暂美妙的梦中，梦中是江南辽阔的晴空。

【读后之感】

范成大五首闺怨词中，这首最精彩。上片写静谧的月夜，女主人公深夜不眠。下片用"咽""黯淡灯花"等词语更增添了女主人公的怨恨。后来只有从梦中寻找慰藉了。

月映东厢，杏花如雪，暗淡灯花，都是令人感伤的词句，好在煞尾，"江南天阔"一句，让人立刻充满了期待与遐想，带人走出了悲伤。神来一笔。

【词人简介】

范成大（1126—1193），字致能，号石湖居士，苏州吴县（今属江苏）人。绍兴二十四年（1154）进士。历知处州、静江府兼广南西路安抚使、参知政事等职。曾使金，不辱君命。诗多关心时政民生之作。词风清逸淡远。著有《石湖居士诗集》《石湖词》等。

眼儿媚

范成大

【原词实录】

萍乡道中乍晴,卧舆中困甚,小憩柳塘。

酣酣①日脚②紫烟浮,妍暖破轻裘。困人天色,醉人花气,午梦扶头③。

春慵恰似春塘水,一片縠纹④愁。溶溶曳曳⑤,东风无力,欲皱还休。

【咬文嚼字】

①酣酣:艳丽旺盛的样子。

②日脚:穿过云隙下射的日光。

③扶头:扶头酒,指易醉的酒。这里指花醉如酒。

④縠纹:皱纹,多指水的波纹。

⑤溶溶曳曳:荡漾的样子。

【词牌平仄】

眼儿媚,词牌名,又名"秋波媚""小阑干""东风寒"等。由王安石之子王雱初创。以阮阅《眼儿媚·楼上黄昏杏花寒》为正体,双调四十八字,上片五句三平韵,下片五句两平韵。另有变体宋徽宗赵佶《眼儿媚·玉京曾忆昔繁华》等。

正体:

平仄平平仄平平(韵),中仄仄平平(韵)。中平中仄,中平中仄,中仄平平(韵)。

中平中仄平平仄,中仄仄平平(韵)。中平中仄,中平中仄,中仄平平(韵)。

【相关典范】

宋·阮阅《眼儿媚·楼上黄昏杏花寒》

宋·王雱《眼儿媚·杨柳丝丝弄轻柔》

宋·贺铸《眼儿媚·萧萧江上荻花秋》

宋·赵佶《眼儿媚·玉京曾忆昔繁华》

宋·朱淑真《眼儿媚·迟迟春日弄轻柔》
元末明初·刘基《眼儿媚·萋萋烟草小楼西》

【原词意译】

阳光温融融，我敞开了皮衣。使人困顿的天气，令人陶醉的花香，使我如痴如醉。春日的慵懒，恰似池塘里静静的春水。东风无力地吹，微波皱皱地起，使我醉态迷离。

【读后之感】

范成大的即景即兴之作。1173年，范出使金国载誉归来，心情不错，路过萍乡时写下了此作。除写春景之外，是否亦有寄托呢？是的，有的，春色是词人着墨较多的地方。"困人天色""醉人花气""春慵恰似春塘水""一片縠纹"后突然来了个"愁"字。微妙了，作者当时使金归来，未丧国志，孝宗似乎也有了积极进取之心，但不一会又在议和派的怂恿下有了议和的念头，"东风无力""欲皱还休"不正是影射了朝廷左右摇摆、优柔寡断的心态吗？如果是这样，词人的忧患意识则由隐变显了。词就耐人寻味了。范成大也耐人寻味了。

词人的"困"与"醉"弥漫了全词。词人"困"了，只好在沉醉中罢了。

该词"景我合一"的写作技巧颇令人佩服。词人始终让人处于无可奈何、东风无力的困顿中，将朝廷的昏庸、自己的无奈呈现给了读者，使人读后义愤填膺。这是一首思想性很强的作品。寓意深刻，是本词的妙处。

霜天晓角

范成大

【原词实录】

晚晴风歇,一夜春威折。脉脉①花疏天淡,云来去、数枝雪。

胜绝,愁亦绝。此情谁共说。惟有两行低雁,知人倚、画楼月。

【咬文嚼字】

①脉脉:深含感情的样子。

【词牌平仄】

霜天晓角,词牌名。又名"月当窗""长桥月""踏月"等。以林逋《霜天晓角·冰清霜洁》为正体,双调四十三字,上片四句三仄韵,下片五句四仄韵。

正体:

中平中仄(韵)。中中平中仄(韵)。中仄中平中仄,中中仄、中中仄(韵)。

中仄(韵)。中仄仄(韵)。中中中中仄(韵)。中仄中平中仄,中中仄、中中仄(韵)。

【相关典范】

宋·华岳《霜天晓角·情刀无斤斸》

宋·韩元吉《霜天晓角·倚天绝壁》

宋·萧泰来《霜天晓角·梅》

宋·高观国《霜天晓角·春云粉色》

清·朱彝尊《霜天晓角·晚次东阿》

清·纳兰性德《霜天晓角·重来丁酒》

【原词意译】

我的内心极为愁苦,天上春寒肆虐,地下梅枝被无情折断,好在品性高洁的梅花依然含情脉脉,散发幽香。

我便是这株梅呀,因为思你思得苦呀,但此情向谁诉呢?恐怕只有低飞的两行雁儿知道有个人儿凭倚栏杆,把明月遥望。

【读后之感】

咏梅抒怀、托物言情的小令。别本亦题作"梅"。

《霜天晓角》这一词牌,最宜写景抒情。范成大在该词上片中用的全是景语,至下片,一笔荡开,全是情语了。而且感叹"此情谁共说",结尾二句,是词人触景生情,"惟有两行低雁",知道那个倚楼望月的人。

词评家陈廷焯《白雨斋词话》中说:"作词之法,首贵沉郁,沉则不浮,郁则不薄。"所谓沉郁,即意在笔先,神采其外。

范成大的这首《霜天晓角》就非常沉郁。他内心极为愁苦,但以梅自况,梅虽然被一夜的狂风吹折,但依然含情脉脉,散发幽香,词人已由梅及人了,词人的神采全在笔外,全在情理之中。雪中梅,低飞雁,画楼月,这些盛景的背后,分明回荡着词人浑厚的画外音啊。

贺新郎（别茂嘉十二弟）

辛弃疾

【原词实录】

绿树听鹈鴂①。更那堪、鹧鸪②声住，杜鹃③声切。啼到春归无寻处，苦恨芳菲都歇。算未抵人间离别。马上琵琶关塞黑，更长门、翠辇辞金阙。看燕燕，送归妾。

将军百战身名裂，向河梁、回头万里，故人长绝。易水萧萧西风冷，满座衣冠似雪。正壮士、悲歌未彻。啼鸟还知如许恨，料不啼清泪长啼血。谁共我，醉明月。

【咬文嚼字】

①鹈鴂：鸟名，鸣于暮春。
②鹧鸪：鸟名，鸣声凄切。
③杜鹃：鸟名，相传为古蜀帝所化，鸣声哀切。

【词牌平仄】（同前）

【相关典范】（同前）

【原词意译】

鹈鴂、鹧鸪、杜鹃几种鸟儿的哀号啼声不时传来，不仅是葱郁的树儿屏息倾听，也声声传入我耳朵里。鸟儿啊，你们要叫到何时才停歇呢？难道要啼叫到春天归去，芳菲的花儿都枯萎了才肯停住吗？哦，你是为人世间的生离死别充满怨恨和痛楚，为这桩桩件件的不幸而悲号啊，苦难实在太多，怎能叫你悲声住。

在这鸟儿的悲啼声中，一幅幅、一幕幕人间的生离死别浮现在我眼前。汉代王昭君骑在马上弹着琵琶，走向黑沉沉的关外荒野。陈皇后阿娇坐着翠碧的宫辇辞别皇宫，深锁长门别馆。春秋时卫国庄姜望着燕燕双飞，目送去国的戴妫。汉代名将李陵身经百战，兵败归降匈奴而身败名裂。到河边桥头送别苏武,回头遥望故国相隔万里。还有荆轲刺秦王,冒着萧瑟秋风,易水寒冽,送他的宾客身穿素衣如白雪,正是壮士别国,慷慨悲歌无尽无歇。啼鸟知道人间有如此多的悲恨痛切,所以它总是在悲啼到流血!如今嘉茂弟远别,还有谁与我饮酒共醉赏明月!

【读后之感】

南宋著名抗敌名将辛弃疾登场了。辛茂嘉是作者族弟。他南归宋室本为北伐抗金,结果反被贬到更南的广西。因此本词非一般送别词,而是借题发挥,抒国家兴亡之感。

开头三句,用了不同鸟儿的悲切啼鸣:鹧鸪鸟"行不得也哥哥"的啼号刚住,杜鹃鸟又发出"不如归去"的哀叹。"算未抵"一笔转折,昭君出塞、阿娇被贬、戴妫归国三位女子红颜薄命的典故,使人触目惊心。

下片又写李陵、荆轲两位失败英雄的悲剧,使人惆怅。

陈廷焯评本词"沉郁苍凉,跳跃动荡,古今无此笔力"。

况周颐在《蕙风词话》中亦云:"无本事者勿学稼轩。"也是对辛词的推崇备至。

【词人简介】

辛弃疾(1140—1207),字幼安,号稼轩,历城(今山东济南)人。21岁起义抗金,不久归宋。历任江阴签判、建康通判等地方官职。42岁遭谗落职,退居江西信州,长达二十年之久。虽曾两度被起用,但一直未被重用。67岁病逝。一生力主抗战北伐,提出许多有关方略,均未被采纳,壮志未酬。词风慷慨悲壮,有不可一世之概。

念奴娇（书东流村壁）

辛弃疾

【原词实录】

野棠①花落，又匆匆过了清明时节。划地②东风欺客梦，一枕云屏寒怯。曲岸持觞③，垂杨系马，此地曾经别。楼空人去，旧游飞燕能说。

闻道绮陌④东头，行人曾见，帘底纤纤月⑤。旧恨春江流不断，新恨云山千叠。料得明朝，尊前重见，镜里花难折。也应惊问，近来多少华发？

【咬文嚼字】

①野棠：野生的棠梨。

②划地：无端，只是。

③曲岸持觞：曲岸流觞。

④绮陌：原指纵横交错的道路，宋人亦用以指花街柳巷。

⑤纤纤月：这里借指美人。

【词牌平仄】（同前）

【相关典范】（同前）

【原词意译】

又过了清明时节，野生的棠梨花被无情的东风吹落一地。我在枕上难以入眠。

回想与你离别时的情景，只有那时的燕子能说了。

我的旧恨如一江春水，还没有流尽，新愁又涌满心头。

你还能与我把酒言欢吗？你就如镜中之花，可望而不可即。再次见面时请不要问我如何一头白发，全部是因为你呀。

【读后之感】

当初垂杨系马与你相见，如今人去楼空，好生凄凉——这是辛弃疾在词的上片所做的交代，下片词人又感叹：如今旧地重游，旧恨如春江流不尽，新愁又如云山千叠。全词娓娓道来,怅恨复沓,辛词婉约沉郁的风格,可见一斑。

　　蒿庵评说辛弃疾词时说:"稼轩负高世之才,不可羁勒,能于唐宋诸大家外,别树一帜……即如集中所载《水调歌头》'长恨复长恨',《水龙吟》'昔时曾有佳人'一阕,连缀古语,浑然天成……而《摸鱼儿》《西河》《祝英台近》诸作,摧刚为柔,缠绵悱恻,尤为粗犷一派,判若秦越。"

汉宫春（立春日）

辛弃疾

【原词实录】

春已归来，看美人头上，袅袅春幡。无端风雨，未肯收尽余寒。年时燕子，料今宵梦到西园①。浑未辨、黄柑荐酒，更传青韭堆盘。

却笑东风，从此便薰梅染柳，更没些闲。闲时又来镜里，转变朱颜。清愁不断，问何人会解连环。生怕见花开花落，朝来塞雁先还。

【咬文嚼字】
①西园：原是汉上林苑的别称，这里借指京都园林。

【词牌平仄】（同前）

【相关典范】（同前）

【原词意译】

春回大地，美女头戴燕状彩幡多么好看，突然一阵风雨，带来了残冬的余寒。去年的燕子，肯定已回到梦中的故都西园。我还没有备办黄柑酿制的美酒，更别说向亲友馈赠青韭堆盘。

我感到可笑，那东风忙碌着将梅柳熏染打扮。

我的青春在镜中转变，衰老红颜，愁绪换清凉。试问什么人能解开我心中的愁结？大雁已先我回到了中原。

【读后之感】

惜春之作。作者写惜春、恋春和怨春的同时，隐含着对功业无成的遗憾，对故土的思念和对统治者苟安江南的不满。最后写大雁先我回归北方而自叹。婉曲的描写更具艺术感染力。

"却笑东风，从此便薰梅染柳，更没些闲。闲时又来镜里，转变朱颜。清愁不断，问何人会解连环。"词人用白描的手法、浅显的语言，写出了心中之郁闷，读者无不销魂。

贺新郎（赋琵琶）

辛弃疾

【原词实录】

凤尾①龙香拨②，自开元③霓裳曲罢，几番风月。最苦浔阳江头客④，画舸⑤亭亭待发。记出塞、黄云堆雪。马上离愁三万里，望昭阳、宫殿孤鸿⑥没。弦解语，恨难说。

辽阳⑦驿使音尘绝，琐窗⑧寒、轻拢慢捻，泪珠盈睫。推手含情还却手，一抹《梁州》⑨哀彻。千古事、云飞烟灭。贺老⑩定场⑪无消息，想沉香亭⑫北繁华歇，弹到此，为呜咽。

【咬文嚼字】

①凤尾：凤尾琴。
②拨：弹拨。
③开元：唐玄宗李隆基的年号。
④客：诗客，诗人。
⑤画舸：画船。
⑥孤鸿：孤单的鸿雁。
⑦辽阳：此泛指北方。
⑧琐窗：雕花或有花格的窗户。
⑨《梁州》：曲名，即《凉州》，唐代凉州一带的乐曲。
⑩贺老：指贺怀智，唐开元天宝年间善弹琵琶者。
⑪定场：压场，犹压轴戏。
⑫沉香亭：指唐时的亭子，玄宗与贵妃常于此观赏牡丹。

【词牌平仄】（同前）
【相关典范】（同前）

【原词意译】

在凤尾琴上弹奏一曲《霓裳羽衣曲》，是多么舒畅。可白居易浔阳江头夜送客，王昭君远行塞外，又是多么凄凉。

琵琶高手贺怀智，琵琶一曲声声断，贵妃娘娘唐明皇，沉香亭里好悲伤，千古兴亡多少事，一曲《梁州》凉又凉。

【读后之感】

咏物抒怀词。其章法技巧与"别茂嘉十二弟"一曲相似。借说琵琶故事，来抒发国家兴亡和个人失意的感叹。

其特点是善用典，且不晦涩，以浔阳白居易、出关王昭君和唐明皇杨贵妃沉香亭赏牡丹等典，写出了词人的难解愁绪。

水龙吟（登建康赏心亭）

辛弃疾

【原词实录】

楚天千里清秋，水随天去秋无际。遥岑远目，献愁供恨，玉簪螺髻。落日楼头，断鸿声里，江南游子，把吴钩①看了，阑干拍遍，无人会、登临意。

休说鲈鱼堪脍，尽西风、季鹰归未？求田问舍，怕应羞见，刘郎才气。可惜流年，忧愁风雨，树犹如此。倩何人唤取，红巾翠袖②，揾③英雄泪。

【咬文嚼字】

①吴钩：一种弯形的刀，因先是吴王阖闾命造，故称。

②红巾翠袖：指歌女。　③揾：擦拭。

【词牌平仄】（同前）

【相关典范】（同前）

【原词意译】

落日楼头，孤雁声里，我把玩着吴钩宝剑。抚摸着六曲栏杆，别提家乡的鲈脍美味，我也不会像张季鹰贪爱佳肴弃官而归，若像许汜只顾置地买房谋私利，怎么去见雄才大略的刘备？桓温北伐时感慨小柳已成大树，树已如此，更何况人呢？我人已老迈。快叫来红巾翠袖的歌女，为我拭去英雄失志伤时的热泪。

【读后之感】

一腔悲愤倾词中，谁来拭去英雄泪？不朽之作也！上片写景，十分传神，下片抒情，言志叹悲。本词精华之处，在于下片连用三个典故来抒发报国无门、壮志未酬的心态。引季鹰贪佳肴之典，表自己以身许国之志；引许汜故事，表明自己不屑为个人利益而不顾国家的存亡；引桓温的典故，哀时光飞逝，最后只有无奈无奈又无奈，只有问问谁来拭擦英雄泪了。

把自己的命运，完全和国家之兴亡维系在一起，此乃真英雄也。

摸鱼儿

辛弃疾

【原词实录】

淳熙己亥①，自湖北漕②移湖南，同官王正之③置酒小山亭，为赋。

更能消几番风雨，匆匆春又归去。惜春长怕花开早，何况落红无数。春且住，见说道、天涯芳草无归路。怨春不语，算只有殷勤，画檐蛛网，尽日惹飞絮。

长门④事，准拟佳期又误，蛾眉曾有人妒。千金纵买相如赋⑤，脉脉此情谁诉？君莫舞！君不见、玉环飞燕⑥皆尘土。闲愁最苦，休去倚危栏，斜阳正在，烟柳断肠处。

【咬文嚼字】

①淳熙己亥：淳熙是宋孝宗的年号，淳熙己亥对应1179年。

②漕：漕司的简称，指转运使。

③王正之：名正己，是作者旧交。

④长门：汉宫殿名，武帝皇后陈阿娇失宠后幽闭于此。

⑤相如赋：司马相如《长门赋》。

⑥玉环飞燕：杨玉环，赵飞燕，皆貌美女。

【词牌平仄】

摸鱼儿，词牌名，又名"买陂塘""双蕖怨""迈陂塘""山鬼谣"等，以晁补之词《摸鱼儿·买陂塘》为正体，双调一百六十字，上片十句六仄韵，下片十一句七仄韵。

正体：

仄平平、中平平仄，中平中仄平仄（韵）。中平中仄平平仄，中仄中平平仄（韵）。平仄仄（韵），中仄仄、中平中仄平平仄（韵）。中平中仄（韵）。仄中仄平平，中平中仄，中仄中平仄（韵）。

平平仄，中仄平平中仄（韵）。中平中仄平仄（韵）。中平中仄平平仄，中仄中平平仄（韵）。平仄仄（韵），中中仄、中平中仄平平仄（韵）。中平中仄（韵）。中中仄平平，中平中仄，中仄仄平仄（韵）。

【相关典范】
宋·晁补之《摸鱼儿·东皋寓居》
宋·辛弃疾《摸鱼儿·观潮上叶丞相》
宋·刘克庄《摸鱼儿·海棠》
宋·元好问《摸鱼儿·雁丘词》《摸鱼儿·问莲根有丝多少》
宋·刘辰翁《摸鱼儿·酒边留同年徐云屋》
宋·张炎《摸鱼儿·别处梅》

【原词意译】
春来春又去，急匆匆，还要经受多少次疾风骤雨？花儿啊，你不要开得过早，春日还长着呢，早开必早落。但愿春光慢慢消逝，将花儿多留些日子吧。春啊，你为何总是默默不语？难道是怨恨芳草阻隔你归去的路吗？看来只有彩檐下的蜘蛛懂得殷勤，终日结网，沾惹着柳絮。陈阿娇幽闭长门宫，皇帝不宠幸，她的容貌白白地美丽了，她花重金买来司马相如的《长门赋》。羡慕、嫉妒、恨耽搁了她一生，劝君得意休狂舞，那杨玉环、赵飞燕已化作了尘土。无聊的愁情最苦。劝君不要再倚着高高的栏杆，夕阳余晖，正斜照着柳荫深处。

【读后之感】
辛词悲壮多，但婉约起来谁能堪？该词通篇婉约郁结，借一女子惜春、留春、怨春的情绪，抒发自己心中的抑郁与悲愤。上片以"惜春"意领句，写这首词时作者年事已高，怎能不惜春？而惜春的本质乃报国无门也。下片以陈阿娇及杨贵妃、赵飞燕为典，警告朝中小人不要得意忘形，再风光最后还不是化作历史的尘埃。

永遇乐（京口北固亭怀古）

辛弃疾

【原词实录】

千古江山，英雄无觅、孙仲谋①处。舞榭歌台，风流总被、雨打风吹去。斜阳草树，寻常巷陌，人道寄奴②曾住。想当年，金戈铁马，气吞万里如虎。

元嘉③草草，封狼居胥④，赢得仓皇北顾。四十三年⑤，望中犹记、烽火扬州路⑥。可堪回首、佛狸祠⑦下，一片神鸦社鼓⑧。凭谁问，廉颇⑨老矣，尚能饭否？

【咬文嚼字】

①孙仲谋：孙权字仲谋，三国时东吴国主。

②寄奴：南朝宋武帝刘裕的小名。

③元嘉：刘裕子刘义隆年号。

④封狼居胥：公元前119年，汉武帝元狩四年，霍去病征匈奴，歼敌七万，封狼居胥山而还。狼居胥山在今蒙古境内。句中用"元嘉北伐"失利事，影射南宋"隆兴北伐"。

⑤四十三年：作者于1162年抗金南归，写该词时正好四十三年。

⑥烽火扬州路：指当年扬州路上到处战火烽烟。

⑦佛狸祠：北魏太武帝拓跋焘小名佛狸，他远征时在长江北岸瓜步山建立行宫，即后来的佛狸祠。

⑧神鸦社鼓：神鸦，指在庙里吃供品的乌鸦。社鼓，祭祀时的鼓声。

⑨廉颇：战国时期赵国名将。《史记·廉颇蔺相如列传》记载：廉颇免职后投奔魏国。赵王想再用他，派人去看他，廉之仇郭开贿赂使者。廉以米饭一斗，肉十斤，被甲上马，以示尚可用。使者受贿后向赵王说："廉将军虽老，尚善饭，然与臣坐，顷之，三遗矢（矢通'屎'）矣。"赵王以为廉老，遂不用。

【词牌平仄】（同前）

【相关典范】（同前）

【原词意译】

千古江山歌舞台榭依旧,可像孙仲谋一样的英雄豪杰无法寻觅。英雄的丰功伟绩总被历史的风雨吹得化为乌有。一抹斜阳映着丛密的草树,平常的街巷,人们说刘裕曾在这里寄住。想当年,他指挥着千军万马,威猛如虎,气吞万里。元嘉年间刘义隆草草出兵北伐中原,梦想着像霍去病一样横扫匈奴,在狼居胥山封坛祭天庆贺,不料却落得兵败塞北,狼狈逃窜。隆兴北伐失败至今已整整四十三年,我遥望中原,扬州路上烽火连天、英勇杀敌的情景,仿佛就在眼前。而今,侵掠中原的拓跋焘祠庙香火正盛,一片神鸦鸣噪,社鼓喧闹!今天有谁问问英勇抗敌的老将军廉颇饭量可好!我如今报国无门,是因为老了吗?

【读后之感】

人人都会老去,但不老的是一颗赤子之心。此词作于宁宗开禧元年(1205),当时作者65岁,被韩侂胄起用为镇江知府,以作抗金旗帜。但韩好大喜功,草率行事。作者为此曾向宁宗提出疑义,结果招致宁宗等的忌疑,宁宗不仅不重用,还借故将其调离镇江。作者怀着一腔悲愤写下这首词。

本词抒发感慨连连用典,且这些典故都是英豪壮举,或惨痛警策之例,较好地表现了作者抚今追昔、矢志报国的壮烈之心。

特别是廉颇一典,不仅赞叹了老英雄,而且也明喻了自己不顾年老,仍想驰骋沙场、奋勇杀敌的决心。

木兰花慢（滁州送范倅）

辛弃疾

【原词实录】

　　老来情味减，对别酒，怯流年。况屈指中秋，十分好月，不照人圆。无情水都不管，共西风、只管送归船。秋晚莼鲈江上，夜深儿女灯前。

　　征衫，便好去朝天，玉殿正思贤。想夜半承明①，留教视草②，却遣筹边。长安故人问我，道愁肠殢酒③只依然。目断秋霄落雁，醉来时响空弦。

【咬文嚼字】

①承明：汉代宫中有承明庐，为侍臣轮流值班时住宿的地方。

②视草：为皇帝拟制诏书之稿。

③殢酒：沉溺于酒。

【词牌平仄】（同前）

【相关典范】（同前）

【原词意译】

　　在送别范倅的宴席上，我感到人已老了，早年的情怀和趣味全减，还特别担心年华的流变。中秋的明月，不照人团圆，只送离人船。祝愿你在这中秋的江面上将鲈脍好好品尝，回到家后再儿女情长。而今正是朝廷用人之际，我来不及将征衫换掉，赶快去朝见天子。料想你昨天忙到深夜，排兵布阵，调遣边防军务。若有人问到我，就说我依然是愁肠满腹。

【读后之感】

　　相见时难别亦难，劝君莫把空弦弹，老来殢酒怯流年，目断秋霄孤雁飞。稼轩啊稼轩，你都这么老了，还忧国忧民，牵肠挂肚，叫人如何不潸然。

　　这首词作于乾道八年（1172）滁州任上，为送同事范昂进京而作。你为一个地方小官得不到朝廷的重用，只能在送别词里发发牢骚而已。己虽不已，但仍勉励同僚效力朝廷为君分忧，拳拳之心，一以贯之，可敬可佩。

祝英台近

辛弃疾

【原词实录】

宝钗分①、桃叶渡②，烟柳暗南浦③。怕上层楼，十日九风雨。断肠片片飞红，都无人管，更谁劝啼莺声住？

鬓边觑，试把花卜归期，才簪又重数。罗帐灯昏，哽咽梦中语：是他春带愁来，春归何处？却不解带将愁去。

【咬文嚼字】

①宝钗分：将金钗分开各执一股，以作离别纪念，是宋人分别时的习俗。
②桃叶渡：在南京秦淮河与青溪合流处。
③南浦：泛指分别处。

【词牌平仄】

祝英台近，词牌名，又名"祝英台""祝英台令""怜薄命""月底修箫谱"等。以程垓《祝英台近·坠红轻》为正体，双调七十七字，上片八句三仄韵，下片八句四仄韵。

正体：

仄平平，中中仄，中仄中平仄（韵）。中仄平平，中中中仄（韵）。中中中仄平平，中平中仄，中中仄、中平中仄（韵）。

仄中仄（韵）。中中中仄平平，中中中中仄（韵）。中仄平平，中中中平仄（韵）。仄中中仄平平，中平中仄，中中中、中平中仄（韵）。

【相关典范】

宋·吴文英《祝英台近·除夜立春》
宋·张炎《祝英台近·与周草窗话旧》
宋·岳珂《祝英台近·北固亭》
宋·陈允平《祝英台近·待春来》

【原词意译】

我与爱人将宝钗一分为二，各持一半，分别在桃叶渡口。南浦暗淡凄凉，烟雾笼罩着垂柳。我怕登楼，十天里有九天风号雨骤。她将两鬓的簪花数了又数，叹尽离人的愁。暗暗的灯光照着罗帐，她在梦中哭泣：春天啊，总给我带来忧愁，却为何不把忧愁带走。

【读后之感】

辛弃疾大半生征战沙场为国效力，但年轻时肯定是风流倜傥的多情种子，从这首《祝英台近》中可见一斑。

这首词有的版本题为"晚春"，写闺中女子伤春、伤别的怨恨，《蓼园词选》中说"此必有所托，而借闺怨以抒其志乎"；《谭评词辨》以为"托兴深切，亦非全用直言"。评论家都认为辛词功夫在词外，我读后却认为，不必牵强附会，热血男儿难道没个侠骨柔情？这首词的词风"清而丽，婉而妩媚"，且把它作为辛词中"婉约"的名篇来读吧。

青玉案（元夕）

辛弃疾

【原词实录】

东风夜放花千树，更吹落、星如雨。宝马雕车香满路。凤箫声动，玉壶①光转，一夜鱼龙舞。

蛾儿雪柳黄金缕，笑语盈盈②暗香③去。众里寻他千百度，蓦然④回首，那人却在，灯火阑珊⑤处。

【咬文嚼字】

①玉壶：指月亮，也指玉制的灯。

②盈盈：形容女子仪态美好。

③暗香：借指美人。

④蓦然：突然。

⑤阑珊：零落、将尽。

【词牌平仄】（同前）

【相关典范】（同前）

【原词意译】

一夜春风吹得满树花开，更吹得满天繁星晶莹似雨。阵阵香风随着华贵的马车弥漫一路。听凤箫声韵悠扬，明月清光流转，整夜里鱼龙灯盏随风飘舞。妇女们满头插着蛾儿、雪柳、黄金缕，欢声笑语，体态轻盈，阵阵暗香随之而去。在熙攘的人群里，我千百遍寻觅她的身影，突然间回首一看，那人却在灯火稀疏、冷落的地方痴痴发呆。

【读后之感】

又来了，我所崇敬的辛弃疾又来了，点一支烟，泡一壶茶，仔细地将这首《青玉案》品味。

一夜春风吹开了满树繁花，更吹出了满天的星斗，春风、繁花、星斗，六字胜景俄顷扑面而来。接着"玉人弄箫""美女香车""鱼龙舞娘"的大场面被词人一字排开，勾了人的魂。紧接着又一特写镜头"蛾儿雪柳黄金缕，笑语盈盈暗香去"，没有写姑娘多么美，只看她头上的装扮及"笑语盈盈"的身段，静态的美及动态的美,就知道她的倾国倾城。接下来全词的高潮来了。主人公登场了:他在转睛地寻觅什么?是那梦中情人,还是他理想的化身?"众里寻他千百度,蓦然回首,那人却在灯火阑珊处!"

全词终了,戛然而止。却叫人疑窦丛生:他望眼欲穿之人在这热闹非凡的元宵之夜为何独自在灯火阑珊处?

再让我们了解一下此词的写作背景吧。这首词大约写于辛弃疾被迫退居江西上饶之后,官场失意,报国无门,金戈铁马没有了,可手中的一支彩笔岂能等闲?于是出现了一系列的不朽篇章,此《青玉案》便是经典中的经典。再让我们欣赏一下辛弃疾的艺术手法。八个字:"烘云托月,以宾衬主。"

这位超凡脱俗的神秘女子孤身独处,淡泊自恃,自甘寂寞,不同流俗,在热闹气氛的烘托之下,令人刮目相看,更是作者的自身写照啊!

辛弃疾的才华横溢,辛弃疾的超凡脱俗,辛弃疾的人格魅力令人服气啊!

鹧鸪天（鹅湖归病起作）

辛弃疾

【原词实录】

枕簟①溪堂②冷欲秋，断云依水晚来收。红莲相倚浑如醉，白鸟无言定自愁。

书咄咄，且休休，一丘一壑也风流。不知筋力衰多少，但觉新来懒上楼。

【咬文嚼字】
①簟：竹席。
②溪堂：水边的楼台亭阁。

【词牌平仄】（同前）

【相关典范】（同前）

【原词意译】

在水边阁楼的竹席上小憩，愁意浓。浮云，黄昏，水流悠悠。红色的是莲花一朵朵，像姑娘喝醉了酒。白色羽毛的小鸟都闭着嘴好像也很愁。与其像殷浩朝天书写"咄咄怪事"，不如像司空图隐居在山林，一丘一壑，也是风流。我而今总觉得浑身无力，懒得登楼。

【读后之感】

又用典了。这次作者用了殷浩和司空图二典，"咄咄怪事"，用殷浩典：《世说新语·黜免》篇说殷中军被废，终日恒书空作字，"咄咄怪事"，四字而已，表示失意的感叹。"休休"，用司空图事：《新语书·卓行传》说司空图居中条山，遂隐不出，作亭观素室，名亭曰休休。一个是积极抗争，一个是消极隐退，结果是违心地选择了后者，但末二句笔锋一转，否定了前面的选取，貌似豁达而实则愤懑。黄蓼云《蓼园词选》中评道："末二句放开写，不即不离尚含佳。"陈廷焯《白雨斋词话》也说此是"信笔写去，格调自苍劲，意味自沉厚，不必剑拔弩张，洞穿已过七札，斯为绝技"。

菩萨蛮（书江西造口①壁）

辛弃疾

【原词实录】

郁孤台②下清江水，中间多少行人泪。西北望长安，可怜无数山。

青山遮不住，毕竟东流去。江晚正愁余③，山深闻鹧鸪④。

【咬文嚼字】

①造口：一名皂口，江西万安县南六十里处。

②郁孤台：在今江西赣州市城西北部贺兰山顶。又称"望阙台"，因"隆阜郁然，孤起平地数丈"而得名。

③愁余：使我发愁。《楚辞·九歌·湘夫人》："帝子降兮北渚，同渺渺兮愁予。"

④鹧鸪：鸟名。传说叫声如云"行不得也哥哥"。啼声苦凄。

【词牌平仄】（同前）

【相关典范】（同前）

【原词意译】

赣江水在郁孤台下奔涌而去，中间流淌着多少人的泪。向西北遥望着京都，却有青山重重将我的视线遮住。可青山遮不住滔滔赣江水东流赴海啊。江上正晚，暮色苍茫，使我愁苦，从山的深处又传来鹧鸪凄惨的叫声。

【读后之感】

全词表达词人对朝廷苟安江南，自己却一筹莫展的愤懑。

全词用语平白灵活，不愠不火，蕴藉深沉，却意味深长。

"青山遮不住，毕竟东流去"，既平白，又有哲理，成为千古经典。

清平乐（村居）

辛弃疾

【原词实录】

茅檐低小，溪上青青草。醉里吴音①相媚好，白发谁家翁媪？

大儿锄豆溪东，中儿正织鸡笼。最喜小儿亡赖②，溪头卧剥莲蓬。

【咬文嚼字】

①吴音：吴地的方言。作者当时住在信州，今上饶，这一带的方言为吴音。

②亡：同"无"。

【词牌平仄】（同前）

【相关典范】（同前）

【原词意译】

溪水潺潺，绿草茵茵，低矮的小茅屋旁边，一对老夫妻用吴地的方言互相亲昵地交谈着。

一个大一点的孩子在小溪的东头锄着草，稍小一点的孩子正在门旁编织着箩筐，那个最淘气的小孩卧扑在溪水边剥着莲蓬，好一幅田园生活画。

【读后之感】

一幅充满了乡村田园生活气息的图画被辛弃疾用淡淡的白描手法描绘了出来。

这是宋词中难得一见的充满乡村生活气息的画面。在那个大环境动荡不安的背景下，如此静谧安逸的生活也许是写实，也许是词人心中的憧憬，但它抚平了多少人心中的创伤，慰藉了多少颗因战乱而惶惶不可终日的心灵。

值得一提的是，这首词中出现的人物是老人，是小孩，那么青壮呢？他们也许在农田里耕作，也许正纵马驰骋在杀敌战场，但他们所做的一切，不就是为了这美好的家庭生活吗？因此这首《清平乐》出自戎马一生的辛弃疾手中，意义来得更加现实与重要。因此说，时代需要一个轰轰烈烈的辛弃疾，也需要如此镇定自若的辛弃疾。

另：这首词连同后一首《破阵子》，江培英编《宋词三百首》并未编入，我补编入。

破阵子（为陈同甫赋壮词以寄之）

辛弃疾

【原词实录】

醉里挑灯①看剑，梦回吹角连营。八百里②分麾下炙③，五十弦④翻塞外声。沙场秋点兵。

马作的卢⑤飞快，弓如霹雳弦惊。了却君王天下事，赢得生前身后名。可怜白发生！

【咬文嚼字】

①挑灯：把油灯的芯挑一下。
②八百里：指部队驻扎的范围。
③炙：烤熟的肉。
④五十弦：泛指军乐合奏的各种乐器。
⑤的卢：一种烈性快马。

【词牌平仄】（同前）

【相关典范】（同前）

【原词意译】

眼前是一把铮亮的宝剑，耳边回响着军营里的号角声。沙场大点兵开始，军乐齐奏，将士们吃着烤肉，准备上马杀敌。

战马匹匹像"的卢"飞驰，弓弦被弹得铿铿作响，将士们一起去收复沦陷故土，赢得生前身后报国的名声。唯独我可怜呀，两鬓白发，已到暮年，不知还能不能驰骋疆场。

【读后之感】

这是一首辛弃疾写给抗金名将陈亮的词，历来被称为辛弃疾最慷慨激昂的词作。

词中既有沙场大点兵的壮阔，又有词人因年事已高，唯恐力不从心的哀叹，但词人一颗壮烈报国的拳拳之心，还是激励着将士们去奋勇杀敌。

此词最大的特色是真实地再现了抗金将士们的壮志雄心，为当时的主战将士们画了浓浓的一笔，使国人看到了战胜金兵的希望，也为宋词增添了现实主义的光辉色彩。此词是辛词及宋词中波澜壮阔的一篇力作,几百年来为人们所传颂。

　　此词在内容与作词笔法上均与前篇《清平乐·村居》有天壤之别。《清平乐》写田园风光,笔调清新,如一幅淡淡的充满生活气息的素描,而这首《破阵子》则是色彩浓烈的油画。"马作的卢飞快,弓如霹雳弦惊","沙场秋点兵",气势恢宏,壮烈惊心,两种完全不同的内容和形式,出于同一人的笔下,反差如此之大,又完美和谐地统一,叫人不能不佩服稼轩之笔力。难怪词评家冯煦《蒿庵论词》中说:"稼轩负高世之才,不可羁勒,能于唐宋诸大家外,别树一帜。"

点绛唇（丁未冬，过吴松作）

姜夔

【原词实录】

燕雁无心，太湖西畔随云去。数峰清苦，商略①黄昏雨。

第四桥边②，拟共天随③住，今何许？凭栏怀古，残柳参差舞。

【咬文嚼字】

①商略：商量。

②第四桥边：指唐诗人陆龟蒙隐居之处。

③天随：陆龟蒙自号天随子。

【词牌平仄】（同前）

【相关典范】（同前）

【原词意译】

大雁在太湖上悠闲地飞翔，山峰清冷，好像商量如何经受飞瀑骤雨。唐代陆龟蒙曾隐居在甘泉第四桥边，我想问问陆龟蒙，愿不愿意与我共同居住。我倚栏怀古，残柳参差随风舞。

【读后之感】

宋朝又一位伟大的词人登场。北方的雁啊，黄昏的雨，我姜夔哟，身置青峰之间的清苦。陆龟蒙啊，好羡慕："沉思只羡天随子，蓑笠寒江过一生。"

周济在《介存斋论词杂著》中说："稼轩郁勃故情深，白石放旷故情浅。"观此词，情非浅！

王国维《人间词话》中说："东坡之旷在神，白石之旷在貌。"这里的"貌"当风格讲，貌旷易观，神旷则难会，周济啊，你仅仅说其情不深？今日莫谈情不深，下句旷貌欲断魂！

姜夔著有《琴瑟考古图》词集，中有工尺谱十七首附之。要找来一读，重点研究今已少见的"工尺谱"。

姜夔

【词人简介】

姜夔（1154—1221），字尧章，号白石道人，鄱阳（今江西鄱阳）人。少随父宦游汉阳。父死，流寓湘、鄂间。诗人萧德藻以兄女妻之，移居湖州，往来于苏、杭一带。与张镃、范成大交往甚密。终生不第，卒于杭州。工诗，尤以词称。精通音律，曾著《琴瑟考古图》。词集中多自度曲，并存有工尺旁谱十七首。有《白石道人诗集》《白石诗说》《白石道人歌曲》等。

鹧鸪天（元夕有所梦）

姜夔

【原词实录】

肥水东流无尽期，当初不合种相思。梦中未比丹青①见，暗里忽惊山鸟啼。

春未绿，鬓先丝，人间别久不成悲。谁教岁岁红莲②夜，两处沉吟各自知。

【咬文嚼字】

①丹青：指画像。

②红莲：一种花灯，此为泛指。

【词牌平仄】（同前）

【相关典范】（同前）

【原词意译】

肥水东流不息，莫不该与你一见钟情？今夜在梦境里见到你，含糊不清，突然山鸟的悲啼将我惊醒。初春山草未绿，我却已两鬓霜白，别恨太多太久，我已麻木。今夜元宵佳节，红莲灯能照亮我心中的黑夜吗？你我默默相思各自知。

【读后之感】

作者写此词时已40多岁，词人逗留淮南合肥时曾与勾栏筝琶女相识，后天各一方，只相见于词章。

首句以流水起兴。次句翻悔前误，实为正语反说，犹如下片的"别久不成悲"，为凄怆深挚之笔。相见不如怀念，两情长久，各自相知。跟你走！肥水流啊流，肥水向东流，你的情我懂，我的心你也懂。元夕有所梦，且吟《鹧鸪天》。

踏莎行

姜夔

【原词实录】

自沔东来,丁未元日,至金陵江上,感梦而作。

燕燕轻盈,莺莺娇软①,分明又向华胥②见。夜长争得③薄情知,春初早被相思染。

别后书辞,别时针线,离魂暗逐郎行④远。淮南皓月冷千山,冥冥归去无人管。

【咬文嚼字】

①燕燕、莺莺:指所思的女子。

②华胥:传说中的国名,此代指梦境。

③争得:怎得。

④郎行:郎那边。

【词牌平仄】(同前)

【相关典范】(同前)

【原词意译】

你轻盈如飞燕,话语娇软如黄莺,分明是梦中见到的你。薄情人怎知梦里也相见。春天初到,我被相思之情深深感染。别时你给我缝制衣裳,别后你寄给我书信,我想你肯定像离魂的倩女,暗中寻找着我的踪迹。淮南的皓月映照着冷寂的千山,暗暗昏昏,可怜你孤苦伶仃无依靠。

【读后之感】

玉人前来在梦中,辗转反侧魂魄惊。上片为感梦思人,下片则是睹物思人。接着在淮南皓月的冷照下,结束了下片毫无欢趣的尴尬场面。我读之后平静的内心像是被词人掷了一块小石子,泛起层层涟漪。

"淮南皓月冷千山"句,空灵晶莹,"冥冥归去"句幽咽孤独,词中有词,意外有意。

庆宫春

姜夔

【原词实录】

绍熙辛亥①除夕,余别石湖②归吴兴,雪后夜过垂虹③,尝赋诗云:"笠泽茫茫雁影微,玉峰重叠护云衣;长桥寂寞春夜寒,只有诗人一舸归。"后五年冬,复与俞商卿、张平甫、钴朴翁自封④禺⑤同载诣梁溪⑥。道经吴松,山寒天迥,云浪四合,中夕相呼步垂虹,星斗下垂,错杂渔火,朔吹凛凛,厄酒不能支。朴翁以衾自缠,犹相与行吟,因赋此阕,盖过旬涂稿乃定。朴翁咎余无益,然意所耽,不能自已也。平甫、商卿、朴翁皆工于诗,所出奇诡;余亦强追逐之,此行既归,各得五十余解。

双桨莼波,一蓑松雨,暮愁渐满空阔。呼我盟鸥,翩翩欲下,背人还过木末。那回归去,荡云雪孤舟夜发。伤心重见,依约眉山,黛痕低压。

采香径里春寒,老子婆娑⑦。自歌谁答?垂虹西望,飘然引去,此兴平生难遏。酒醒波远,正凝想明珰素袜,如今安在?惟有阑干,伴人一霎。

【咬文嚼字】

①绍熙辛亥:宋光宗绍熙二年(1191)。
②石湖:指范成大,号石湖居士。
③垂虹:垂虹桥,在今江苏吴江,因桥上有亭名"垂虹",故名。
④封:山名。
⑤禺:山名。
⑥梁溪:江苏无锡。
⑦老子婆娑:老夫们对山川婆娑起舞。

【词牌平仄】

庆宫春,词牌名,又名"庆春宫"。以周邦彦《庆春宫·云接平冈》为正体,双调一百零二字,上片四平韵,下片五平韵。

正体:

中仄平平(韵),平平中仄,仄平中仄中中中平平(韵)。仄平平仄,仄中仄,平平仄平(韵)。中平平仄,平仄中平,中仄平平(韵)。

中平仄仄平平(韵)。中中平中,中仄平平(韵)。中仄平,平中平仄,中中中仄平平(韵),中平平仄,仄中仄,平平仄平(韵)中平中仄,中仄中平,中仄平平(韵)。

【相关典范】

宋·周邦彦《庆春宫·云接平冈》

宋·吴文英《庆春宫·越中钱得闲园》(一本作"赵中钱得闲园")、《庆春宫·残叶翻浓》

宋·张炎《庆春宫·金粟洞天》

【原词意译】

长满莼菜的水面,被你轻轻地划破。我穿着蓑衣淋着松林的密雨,空气里弥散着的哀怨正呼唤鸥鸟啊,你愿意落下来与我为伴吗?鸥鸟并不知人意,从树梢上飞走远去。

那次归返吴兴,荡开云雾寒雪,乘着孤舟连夜启程。伤心往事今又重见,青色的山如两道黛眉阴沉,所采的花香依然寒冷,我就要婆娑起舞,独自放歌,不要什么人来唱和。在垂虹桥头向西遥望,我飘然而去,真是一生中快乐的时光。当你酒醒过来,层层水波渐行渐远,我又想起了穿着洁白的袜子、耳戴明珠的她。我在这里凝想,她如今又该是在何方?找不到答案,只有栏杆,还暂时陪伴我。

【读后之感】

忧郁的词人刻意在词前留下长篇题记,交代了与故交好友吟诗作赋结伴交游的过程,为全词沉闷的基调做了铺垫。词中"伤心重见"四字统领全词,语破天惊,过去的一切、眼前的一切就让它在"老子婆娑"中挥洒干净吧。

作为一生落第的文人骚客此景此情不能少了红颜知己。词的尾声里,写他酒醒后自然而然地想起了那位明珠素袜的妹妹,情、景、人完美地被词人裹挟在他的这首《庆宫春》里。

值得一提的是,这首词的题记部分相当长(姜夔其他词里也常出现),可见词在当时已开始有了脱离教坊曲的迹象,而成为一种独立的文学形式了。

一萼红

姜夔

【原词实录】

丙午人日①,予客长沙别驾②之观政堂,堂下曲沼③,沼西负古垣,有卢橘④幽篁⑤,一径深曲。穿径而南,官梅数十株,如椒如菽,或红破白露,枝影扶疏。著屐⑥苍苔细石间,野兴横生,亟命驾登定王台⑦,乱⑧湘流入麓山⑨,湘云低昂,湘波容与⑩,兴尽悲来,醉吟成调。

古城阴,有官梅几许,红萼⑪未宜簪。池面冰胶⑫,墙腰⑬雪老,云意还又沉沉。翠藤共、闲穿径竹,渐笑语、惊起卧沙禽。野老林泉,故王台榭⑭,呼唤登临⑮。

南去北来何事,荡湘云楚水,目极⑯伤心。朱户黏鸡⑰,金盘⑱簇燕,空叹时序侵寻⑲。记曾共、西楼雅集,想垂柳、还袅万丝金⑳。待得归鞍到时,只怕春深。

【咬文嚼字】

①人日:旧称夏历正月初七日为"人日"。
②别驾:官名。
③曲沼:曲折迂回的池塘。
④卢橘:金橘。
⑤幽篁:幽深的竹林。
⑥屐:木鞋。
⑦定王台:在长沙城东,汉长沙定王所筑。
⑧乱:横渡。
⑨麓山:在长沙城西,下临湘江。
⑩容与:舒缓的样子。
⑪红萼:红花。
⑫冰胶:冰冻。

⑬ 墙腰：墙的中部。
⑭ 故王台榭：汉王刘发所筑之台。
⑮ 登临：登山临水。
⑯ 目极：远望。
⑰ 黏鸡：贴画鸡于户。
⑱ 金盘：春盘。果品、茶食之盘。
⑲ 侵寻：渐进。
⑳ 万丝金：白居易《杨柳枝》诗句。

【词牌平仄】
一萼红，词牌名，有平韵、仄韵两体。平韵者以姜夔《一萼红·古城阴》为正体，双调一百零八字，上片十一句五平韵，下片十句四平韵。

正体：

仄平平（韵）。仄中平中仄，中仄仄平平（韵）。中仄平平，中平中仄，中仄中仄平平（韵）。仄中仄、中平中仄，中中中、平仄仄平平（韵）。中仄平平，中平中仄，中仄平平（韵）。

中仄中平中仄，仄中平中仄，中仄平平（韵）。中仄平平，中平中仄，中中中仄平平（韵）。仄中中、平平中仄，中中中、仄仄仄平平（韵）。中仄中平中中，中仄平平（韵）。

【相关典范】
宋·无名氏《一萼红·断云漏日》
宋·周密《一萼红·登蓬莱阁有感》
宋·张炎《一萼红·赋红梅》

【原词意译】
几棵梅树在长沙城外初放花蕾，这花蕾初放，还不适宜簪用。池沼上面冰层初融似胶，残雪在墙垣中间印着融痕，天色昏暗沉沉。同友人闲游小径，穿过翠绿的藤蔓和竹林，笑语欢欣，惊动了横卧沙滩的野禽。乡村野老隐居的山林，故王长沙所筑的楼台亭榭，呼游人前去登临。我为何在湘云楚水之间来回奔走？纵目所望令人伤心。吉祥的彩鸡贴上红门，盘中拼簇着生菜雕刻的玉燕迎春，我悲叹时序的流逝。记得曾经一道参加西楼的雅会，我想那万缕的柳条摇曳着，迎接宾客。等到乘马归去的时分，只怕春色已深。

【读后之感】
这首词可赏而不可析。词中对春日的描写倒是细腻，但空叹时序极目伤心罢了，其中原委我不评说，读者自揣摩。

谨借蒿庵述评,与你共同领悟姜词之高妙。

"白石为南渡一人,千秋论定,无俟扬榷。《乐府指迷》独称其《暗香》《疏影》《扬州慢》《一萼红》《琵琶仙》《探春慢》《淡黄柳》等曲,《词品》则以《齐天乐》咏蟋蟀一阕为最胜……超脱蹊径,天籁人力,两臻绝顶,笔之所至,神韵俱到……野云孤飞,去留无痕。彼读姜词者,必欲求下手处,则先自俗处能雅,滑处能涩始。"

齐天乐

姜夔

【原词实录】

丙辰岁，与张功甫会饮张达可之堂，闻屋壁间蟋蟀有声，功甫约余同赋，以授歌者。功甫先成，词甚美；余徘徊茉莉花间，仰见秋月，顿起幽思，寻亦得此。蟋蟀，中都呼为促织，善斗；好事者或以三二十万钱致一枚，镂象齿为楼观以贮之。

庾郎先自吟愁赋，凄凄更闻私语。露湿铜铺①，苔侵石井，都是曾听伊处。哀音似诉，正思妇无眠，起寻机杼。曲曲屏山，夜凉独自甚情绪？

西窗又吹暗雨，为谁频断续，相和砧杵？候馆迎秋，离宫吊月，别有伤心无数。《豳》诗漫与？笑篱落呼灯，世间儿女，写入琴丝，一声声更苦。

【咬文嚼字】
①铜铺：门上铜制的铺首，以衔住门环。

【词牌平仄】
齐天乐，词牌名，又名"齐天乐慢""五福降中天""如此江山""台城路"。以周邦彦《齐天乐·秋思》为正体。双调一百零二字，上片十句五仄韵，下片十一句五仄韵。

正体：

中平中仄平平仄，平中仄平中仄（韵）。中仄平平，中平中仄，中仄中平中仄（韵）。中平中仄（韵）。仄中仄平平，中平平仄（韵）。中仄平平，中平中仄仄平仄（韵）。

中平中仄中仄，仄平平仄仄，中中平仄（韵）。中仄平平，中平中仄，中仄平平中仄（韵）。中平中仄（韵）。仄中中平平，仄平平仄（韵）。中仄平平，仄平平仄仄（韵）。

【相关典范】

宋·周邦彦《齐天乐·秋思》

宋·史达祖《齐天乐·中秋宿真定驿》

宋·吴文英《齐天乐·烟波桃叶西陵路》《齐天乐·会江湖诸友泛湖》《齐天乐·与冯深居登禹陵》

南宋·王沂孙《齐天乐·蝉》《齐天乐·萤》

清·纳兰性德《齐天乐·上元》

【原词意译】

像庾信的《愁赋》,今天张君先自吟成美妙的词章,词调更加哀婉。墙壁中蟋蟀也似乎在促促和唱,露水沾湿了铜铺首,藓苔长满石井,哀怨的声音处处传来,令思妇辗转难眠,起来寻找机杼。屏风上画着曲曲折折的群山,秋夜独自一个很凄凉,窗外西风又在昏暗中送来细雨,伴和着捣衣声断断续续不知道为了谁。旅馆里迎来了秋风,离宫中斜挂着残月,伤心啊伤心!《豳风·七月》中也写入了蟋蟀,从古到今,秋风蟋蟀悲凉。只有不知愁滋味的小孩们在篱笆院墙角落里提着灯把蟋蟀捉。曾有人把蟋蟀声谱成琴曲,一声声更凄凉。

【读后之感】

古人作诗赋,惯用托比兴。姜夔的这首词用到了极致。

仅题记中作者就点到蟋蟀,通篇又以蟋蟀声穿引,他想寄托什么?他想比喻什么,他想兴发什么?清人宋翔凤在《乐府余论》中一语道破:"词家之有姜白石,犹诗家之有杜少陵,继往开来,文中关键。其流落江湖,不忘君国,皆借托比兴于长短句寄之,如《齐天乐》,伤二帝北狩也。"

除立意之精妙外,夔词遣词造句也很到位。西窗暗雨,思妇机杼,离宫吊月,庾郎愁赋,败壁蛩声,字里行间,点点滴滴全是词人"伤心无数"真情告白。

念之,思之,学之,习之。

霓裳中序第一

姜夔

【原词实录】

丙午岁，留长沙，登祝融①，因得其祠神之曲曰：《黄帝盐》《苏合香》②。又于乐工故书中得商调《霓裳曲》十八阕，皆虚谱无辞。按沈氏乐律③，《霓裳》道调，此乃商调。乐天诗云"散序六阕④"，此特两阕，未知孰是？然音节闲雅，不类今曲；余不暇尽作，作《中序》一阕传于世。余方羁游，感此古音，不自知其辞之怨抑也。

亭皋⑤正望极，乱落江莲归未得。多病却无气力，况纨扇渐疏⑥，罗衣初索。流光过隙，叹杏梁⑦、双燕如客。人何在？一帘淡月，仿佛照颜色⑧。

幽寂，乱蛩吟壁，动庾信、清愁似织。沉思年少浪迹，笛里关山，柳下坊陌。坠红⑨无信息，漫暗水、涓涓溜碧。飘零久、而今何意，醉卧酒垆侧⑩。

【咬文嚼字】

①祝融：指祝融峰，衡山七十二峰之最高峰。
②《黄帝盐》《苏合香》：均指祭神曲。
③沈氏乐律：指沈括《梦溪笔谈》论乐律。
④散序六阕：白居易《霓裳羽衣歌》有"散序六奏未动衣，阳台宿云慵不飞"。
⑤亭皋：水边的平地。
⑥纨扇渐疏：秋天渐近，逐渐疏远团扇。
⑦杏梁：文杏木做的屋梁。
⑧仿佛照颜色：杜甫《梦李白》有"落月满屋梁，犹疑照颜色"。
⑨坠红：落花。
⑩醉卧酒垆侧：形容醉样。

【词牌平仄】

霓裳中序第一,词牌名,始见于姜夔词。以《霓裳中序第一·亭皋正望极》为正体,双调一百零一字,上片十句七仄韵,下片十一句八仄韵。另有双调一百零二字,上片十句七仄韵,下片十一句八仄韵。

正体:

平平仄仄仄(韵)。仄仄平平平仄仄(韵),中仄中平中仄(韵),仄中仄中平,中平平仄(韵)。中平仄仄(韵),仄仄平平平仄(韵)。平平仄,中平中仄,仄仄仄平仄(韵)。

平仄(韵)。中平中仄(韵)。仄中仄中平中仄(韵),平平中仄中仄(韵)。中仄平平,中中平仄(韵)。仄平平仄仄(韵)。中仄仄平平仄仄(韵)。平平仄,中平平仄,仄仄仄平仄(韵)。

【相关典范】

宋·周密《霓裳中序第一·湘屏展翠叠》

宋·尹焕《霓裳中序第一·茉莉咏》

宋·胡翼龙《霓裳中序第一·江郊雨正歇》

【原词意译】

在江边亭子里远远地望去,莲花凋落在水里顺水漂流一去不返,身体不适,心情不好,甚至连蒲扇也懒得去动。罗衣单薄,也不想去更换。光阴流逝如白驹过隙,过客匆匆如飞燕穿梭,意中人儿啊你在哪儿,月儿在帘上挂着,照着她憔悴的面容。四周幽暗寂寞。蟋蟀在有气无力地叫着,那位因愁情瘦削的庾信,应该为之动容。回忆起年少时就浪迹天涯,笛声里关山跋涉,垂柳下花巷消磨。意中人如落红断了音信,如一泓绿水涓涓流去,空自失落。我飘零许久了,而今醉卧在酒垆旁边,还能有什么想法呢?

【读后之感】

"怨柳"的"羁游"之作。内蕴丰富,集万般悲苦于一词。上下两阕反复倾诉,愁情复沓,最后还是以醉倒酒垆作终,无奈无奈真无奈!

本词"人何在?一帘淡月,仿佛照颜色"句,值得细读。"一帘淡月",轻轻一笔,意境开阔,词人之思人之念,隐约寄托,好生恍惚。"仿佛照颜色"又化用杜甫《梦李白》"犹疑照颜色"句,使人读来亲切。

琵琶仙

姜夔

【原词实录】

《吴都赋》云:"户藏烟浦,家具画船。"惟吴兴为然。春游之盛,西湖未能过也。己酉岁,余与萧时父载酒南郭,感遇成歌。

双桨来时,有人似、旧曲桃根桃叶①。歌扇轻约飞花,蛾眉正奇绝。春渐远,汀洲自绿,更添了几声啼鴂。十里扬州,三生杜牧,前事休说。

又还是,宫烛分烟,奈愁里、匆匆换时节。都把一襟芳思,与空阶榆荚。千万缕、藏鸦细柳,为玉尊、起舞回雪。想见西出阳关,故人初别。

【咬文嚼字】

①桃根桃叶:桃叶为王献之爱妾名,桃根为桃叶妹。

【词牌平仄】

琵琶仙,词牌名,双调一百字,上片九句四仄韵,下片八句四仄韵。

正体:

平仄平平,仄平仄仄平平平仄(韵)。平仄平仄平平,平平仄平仄(韵)。平仄仄、平平仄仄,仄平仄、仄平平仄(韵)。仄仄平平,平平仄平仄,平仄平仄(韵)。

仄平仄、平仄平平,仄平仄、平平仄平仄(韵)。平仄平平仄,仄平平平平仄(韵)。平仄仄、平平仄仄,仄仄平、仄仄平平(韵)。仄仄平仄平平,仄平平仄(韵)。

【相关典范】

清·纳兰性德《琵琶仙·中秋》

清·冯煦《琵琶仙·舟中望白帝》

清·朱祖谋《琵琶仙·张白琴有还湘之赋,索词为别》

【原词意译】

我划着船儿离她们越来越近,乍看怎像坊间的那两位歌女。她拿着扇子轻轻接着飘落的花瓣,一双蛾眉秀目煞是好看。

春光渐远,沙洲一片浓绿,伯劳鸟儿也在啼鸣。仿佛是十里扬州的绮丽,仿佛是杜牧缘定了三生,伤感的往事不要再提。又到了清明禁火的寒食节气,宫廷里点燃了蜡烛给群臣分送薪火,一路轻烟散去。无奈在离愁里,时节已匆匆变换。满怀暗春的情思已落空,都付与飘落空阶的榆树钱。杨柳浓荫,乌鸦藏掩,遂想起当年玉尊别筵,柳丝千缕舞翩翩,柳絮似雪。我不禁想起《渭城曲》西出阳关无故人的悲酸。

【读后之感】

《琵琶仙》是姜夔自度曲,为感怀旧日相好之作。本词有值得鉴赏之处,本词是感怀旧日相好之作,想必该女肯定是楚楚动人,相当美丽,但词人只字未提所念之人到底好在哪里,只是用王献之两美妾桃根和桃叶来比之,而写桃根和桃叶也未正面描写,只是以"歌扇轻约飞花,蛾眉正奇绝"来暗喻,反让读者有好奇之感。词人的这种旁敲侧击的笔法,深得后人赞许。清代词评家吴蘅照说"言情于词,必藉景色映衬,乃具深宛流美之致"。此词以情驭景,情景交炼,得言意外。

另:扬州十里、杜牧三生、西出阳关用得恰如其分,亦见姜之功力。

又另:自度曲,指不依旧谱而自作新调,语出《汉书·元帝纪赞》:"元帝多材艺,善史书,鼓琴瑟,吹洞箫,自度曲,被歌声。"自度曲,必通音律者。

八归（湘中送胡德华）

姜夔

【原词实录】

芳莲坠粉，疏桐吹绿，庭院暗雨乍歇。无端抱影销魂处，还见筱①墙萤暗，藓阶蛩②切。送客重寻西去路，问水面、琵琶谁拨？最可惜、一片江山，总付与啼鴂。

长恨相从未款，而今何事，又对西风离别？渚寒烟淡，棹移人远，飘渺行舟如叶。想文君望久，倚竹愁生步罗袜。归来后、翠尊双饮，下了珠帘，玲珑闲看月。

【咬文嚼字】
①筱：小竹。
②蛩：蟋蟀。

【词牌平仄】
八归，词牌名，以姜夔《八归·湘中送胡德华》为正体，双调一百十五字，上片十句四仄韵，下片十一句四仄韵。

正体：

平平仄仄，平平平仄，平仄仄仄中仄（韵）。平仄仄仄平平仄，平仄仄平平仄，仄中平仄（韵）。仄仄中平平仄仄，仄仄仄平平仄仄（韵）。仄仄仄，中仄平平，仄仄仄平仄（韵）。

平仄平平仄仄，平平平仄，仄仄平平仄仄（韵）。仄平平仄，仄平平仄，仄仄平平仄仄（韵）。仄平平仄仄，仄仄仄平仄平仄（韵），平仄，仄仄平仄，仄仄平平，平平平仄仄（韵）。

【相关典范】
宋·高观国：《八归·重阳前二日怀梅溪》
宋·史达祖《八归·秋江带雨》
清·顾太清《八归·题张雪鸿秋荷双鸳》

【原词意译】

　　一阵风后,粉红芳香的莲花瓣坠落了,梧桐的绿叶稀疏了。庭院里暗夜秋雨刚刚停歇。失魂落魄感如影相随,萤火虫在小竹上忽暗忽明地闪烁,长满青苔的台阶下蟋蟀在唱歌。送别行客,又重新寻找来去的路,试问在这水面,是谁弹奏琵琶?最可惜,繁华的江山,竟都付与了伯劳鸟悲哀的啼唤。总是相见恨晚,而今又要迎着西风分离辗转。沙洲上寒冷的烟雾渐淡,人已随着舟船渐移渐远。朦朦胧胧中小船像一片飘零的树叶。我想文君夫人定然期望很久,她脚穿罗袜倚着修竹愁容暗淡。回家后她端起绿色的酒杯与影对饮,垂下珍珠帷帘,忧伤地对着月。

【读后之感】

　　许昂霄在《词综偶评》里说本词"历叙离别之情,而终以室家之乐,即《豳风·东山》诗意也"。陈廷焯也说此词"意味和婉,哀而不伤"。我是这样理解的,全词语句是非常婉和的,但送别了友人,再也不能与他举杯言欢,"归来后,翠尊双饮"中的"双"为何不能理解成自己与自己的影子成双对饮呢?总之我的失友之痛要比耳鬓厮磨的家人同聚来得更为强烈,故而更加忧伤。这样的感受我是有的。

念奴娇

姜夔

【原词实录】

余客武陵①，湖北宪治在焉；古城野水，乔木参天。余与二三友，日荡舟其间，薄②荷花而饮，意象幽闲，不类人境。秋水且涸，荷叶出地寻丈，因列坐其下，上不见日，清风徐来，绿云自动；间于疏处，窥见游人画船，亦一乐也。揭③来吴兴④，数得相羊⑤荷花中，又夜泛西湖，光景⑥奇绝，故以此句写之。

闹红一舸，记来时，尝与鸳鸯为侣。三十六陂⑦人未到，水佩风裳⑧无数。翠叶吹凉，玉容消酒，更洒菰蒲⑨雨。嫣然摇动，冷香飞上诗句。

日暮，青盖⑩亭亭，情人不见，争忍⑪凌波⑫去？只恐舞衣寒易落，愁入西风南浦⑬。高柳垂阴，老鱼吹浪，留我花间住。田田⑭多少，几回沙际⑮归路。

【咬文嚼字】

①武陵：今湖南常德。

②薄：临近。

③揭：来，到来。

④吴兴：今浙江湖州。

⑤相羊：亦作"相佯""相徉"。

⑥光景：风光，景象。

⑦三十六陂：地名。在今江苏扬州。诗文中常用来指湖泊多。

⑧水佩风裳：以水作佩饰，以风为衣裳。

⑨菰蒲：水草。

⑩青盖：指荷叶。

⑪争忍：犹怎忍。

⑫凌波：行于水波之上，常指乘船。
⑬南浦：水的南边岸上，后常用于称送别之地。
⑭田田：莲叶茂盛貌。
⑮沙际：沙洲或河滩边。

【词牌平仄】（同前）

【相关典范】（同前）

【原词意译】

我驾乘着小舟荡漾在荷花丛里，肥大的老鱼将浪花惊起，荷花在微风里摇曳，就像系着佩带的美女。

放眼望三十六处荷塘连绵，我赞美荷花的诗句飞上了花叶。

我看着荷花又将情人来思念，那荷花分明就是她的身影。

记得来时曾与那对鸳鸯结成伴侣，现在我只孤身一人，任西风萧瑟吹南浦，我愁怨悲凄，就让我和那些鱼一同住在荷花里吧。我久久地在岸边徘徊，舍不得离去。

【读后之感】

咏荷佳作，写景别致。特别是"高柳垂阴，老鱼吹浪"句活灵活现，动静传神。

宋人泛舟赏荷词甚多，念奴娇亦属常用之词牌。姜夔亦老调重弹，却弹出了味道，乃"生香真色"四字耳。江培英先生解说："通篇语俊词丽，绘景如画，可谓五色缤纷，但吟诵之间自有一股真气流转其间，只因深情动于中，故能文不灭质，言美且信。"中肯！得当！

扬州慢

姜夔

【原词实录】

淳熙丙申①至日,余过维扬②。夜雪初霁,荠麦③弥望。入其城则四顾萧条,寒水自碧,暮色渐起,戍角④悲吟。余怀怆然,感慨今昔,因自度此曲。千岩老人⑤以为有《黍离》之悲也。

淮左名都⑥,竹西佳处,解鞍少驻⑦初程⑧。过春风十里⑨,尽荠麦青青。自胡马窥江⑩去后,废池乔木⑪,犹厌言兵。渐黄昏,清角⑫吹寒,都在空城。

杜郎⑬俊赏,算而今,重到须惊。纵豆蔻⑭词工,青楼⑮梦好,难赋深情。二十四桥⑯仍在,波心荡,冷月无声。念桥边红药⑰,年年知为谁生?

【咬文嚼字】

①淳熙丙申:淳熙三年(1176)。
②维扬:扬州。
③荠麦:荠菜和野生的麦。
④戍角:写营中发出的号角声。
⑤千岩老人:南宋词人萧德藻,字东夫,自号千岩老人。
⑥淮左名都:指扬州。扬州宋时是淮南东路的首府,故称。
⑦少驻:稍作停留。
⑧初程:初段的行程。
⑨春风十里:杜牧《赠别》诗云"春风十里扬州路,卷上珠帘总不如"。这里借指扬州。
⑩胡马窥江:指金兵入侵长江流域。
⑪废池乔木:废池,废毁的池台;乔木,残存的古树。
⑫清角:凄清的号角声。

⑬杜郎：杜牧。
⑭豆蔻：形容少女美艳。"豆蔻词工"指杜牧《赠别》诗："娉娉袅袅十三余，豆蔻梢头二月初。"
⑮青楼：妓院。
⑯二十四桥：扬州城内古桥，即吴家砖桥，也叫红药桥。
⑰红药：红芍药花，扬州名花。

【词牌平仄】

扬州慢，词牌名，又名"胜胜慢""朗州慢"。以姜夔《扬州慢·淮左名都》为正体，双调九十八字，上片四平韵，下片四平韵。

正体：

平仄平平，仄平平仄，仄平仄仄平平（韵）。仄平仄平仄，仄仄仄平平（韵）。仄平仄平平仄仄，仄平仄仄，平仄平平（韵）。仄平平，平仄平平，平仄平平（韵）。

仄平仄仄，仄平平，平仄平平（韵），仄仄仄平平，平仄平仄，平仄平平（韵）。仄仄仄平平仄，平平仄，仄仄平平（韵）。仄平平平仄，平平平仄平平（韵）。

【相关典范】

宋·赵以夫《扬州慢·十里春风》

宋·吴元可《扬州慢·初秋》

宋·郑觉斋《扬州慢·琼花》

【原词意译】

竹西亭是扬州古城的游览胜地，初次到扬州时曾在此留停。十里繁华旧地，野麦满目青青。自金兵窥犯长江之后，毁废了城池和高大的树木，还怕别人说战火刀兵。天色近昏，凄清的号角吹送着寒冷，传遍了整座空城。杜牧歌咏扬州的诗章，表现出杰出的鉴赏水平，而今若再来扬州也会愕然震惊。纵有赞美豆蔻芳华的精工词采，纵有歌咏青楼一梦的绝妙才能，也难抒写此情了。二十四桥未毁于兵乱，桥下波心荡漾，有一弯冷月寂寞无声。想那桥边红芍药花，年年花叶繁荣，不知今后为谁而生。

【读后之感】

宋词中咏扬州感今怀昔之作不少，可姜词极尽扬州之美，乃反衬刀兵之残酷也。

另姜词以诗入词的本领，在此词中也得以体现。杜牧之"春风十里""二十四桥""桥边红药"，比比皆是，引人入胜。真乃运迹无痕，一字得力，通篇光彩。我总是揣着一颗忐忑之心读宋词，时而还有些紧张，生怕好词好句好意被疏漏了。这首词通篇光彩，非背熟不可。

长亭怨慢

姜夔

【原词实录】

余颇喜自制曲。初率意①为长短句,然后协以律,故前后阕多不同。桓大司马②云:"昔年种柳,依依汉南,今看摇落,凄怆江潭;树犹如此,人何以堪?"此语余深爱之。

渐吹尽、枝头香絮。是处人家,绿深门户。远浦萦回,暮帆零乱向何处?阅人多矣,谁得似、长亭树③?树若有情④时,不曾得、青青如此!

日暮,望高城不见⑤,只见乱山无数。韦郎⑥去也,怎忘得、玉环分付。第一是、早早归来,怕红萼⑦、无人为主。算空有并刀⑧,难剪离愁千缕。

【咬文嚼字】

①率意:随便。

②桓大司马:桓温(312—373),字元子,初为荆州刺史,定蜀,攻前秦,破姚襄,威权日盛,官至大司马。吴衡照《莲子居词话》:"白石《长亭怨慢》引桓大司马云云,乃庾信《枯树赋》。"

③长亭树:种在长亭的树。

④树若有情:李贺《金铜仙人辞汉歌》"天若有情天亦老",李商隐《蝉》"五更疏欲断,一树碧无情",姜化用之。

⑤高城不见:欧阳詹《初发太原途中寄太原所思》诗"高城已不见,况复城中人"。

⑥韦郎:《云溪友议》卷中《玉箫记》有记,唐韦皋游江夏,与玉箫女有情,别时留玉指环,约以少则五载,多则七载来娶,后八载未至,玉箫女绝食而死。

⑦红萼:红花,女子自指。

⑧"算空有"句:贺知章《咏柳》诗"碧玉妆成一树高,万条垂下绿丝绦。不知细叶谁裁出,二月春风似剪刀"。李煜《相见欢》词"剪不断,理还乱,是离

愁,别有一番滋味在心头",王安石《壬辰寒食》"客思似杨柳,春风千万条"。并刀:并州为古九州之一,今属山西。以产刀剪锋利出名,杜甫《戏题王宰画山水图歌》:"焉得并州快剪刀,剪取吴淞半江水。"

【词牌平仄】

长亭怨慢,词牌名,姜夔自度曲,又名"长亭怨",以姜夔《长亭怨慢·渐吹尽枝头香絮》为正体,双调九十七字,上片九句五仄韵,下片九句五仄韵。

正体:

仄中仄、中平中仄(韵)。中仄平中,仄中平仄(韵)。仄仄平平,中平平仄仄平仄(韵)。仄平平仄,平仄仄、平仄仄(韵)。中仄仄平平,中中仄、中平平仄(韵)。

中仄(韵),仄平平中仄,中仄中平平仄(韵)。中平平仄,仄中仄、中平平仄(韵)。中中中、中仄平平,仄中仄、中平平仄(韵)。仄中仄平平,中仄中平平仄(韵)。

【相关典范】

宋·周密《长亭怨慢·记千竹》

宋末元初·王沂孙《长亭怨慢·重过中庵故园》

元·邵亨贞《长亭怨慢·杨花》

清·朱彝尊《长亭怨慢·雁》

清·何振岱《长亭怨慢·江上检旧缄付炬,赋此》《长亭怨慢·哭清安》

清·冯煦《长亭怨慢·铃声》

清·庄盘珠《长亭怨慢·送春》

清·朱祖谋《长亭怨慢·苇湾重到,红香顿稀,和半塘老人》

清·梁鼎芬《长亭怨慢·客中重九》

【原词意译】

春风、柳树、人家、繁花回绕河浦弯弯,黄昏中归帆点点,何处是归宿?人间离别多,谁能比长亭的柳树更寂寞。柳树青青,无情似有情。日色将晚,我惦记着高高的城墙。却只见到乱云无数,韦郎啊,你今在何处?我怎能忘了你别时留给我的玉环信物。你可要早去早回啊,不要让我像红萼花开无主。纵使并州的剪刀也枉然,它再锋利,也剪不断我对你的愁情啊。

【读后之感】

古人说"愁极",常用"八愁"来形容。柳托八愁,人比柳瘦,红萼无主,玉环分付,郎去何处,长亭树短,乱山无数。此词为姜夔自度曲,旁注工尺谱。词人善赋比兴,物我难辨愁又愁。

"韦郎去也,怎忘得玉环分付。第一是早早归来,怕红萼无人为主。"这等浅白语言入词,不但不显词人浅白,反显词人近人情,懂人欲。

淡黄柳

姜夔

【原词实录】

客居合肥南城赤阑桥之西,巷陌凄凉,与江左异,惟柳色夹道,依依可怜。因度此曲,以纾客怀。

空城晓角,吹入垂杨陌。马上单衣寒恻恻①。看尽鹅黄②嫩绿,都是江南旧相识。正岑寂,明朝又寒食。

强携酒,小桥③宅,怕梨花落尽成秋色。燕燕飞来,问春何在?惟有池塘自碧。

【咬文嚼字】

①恻恻:凄寒。
②鹅黄:形容柳芽初绽,叶色嫩黄。
③小桥:后汉乔玄次女为小桥,即小乔。

【词牌平仄】

淡黄柳,词牌名,姜夔自度曲,以姜夔《淡黄柳·空城晓角》为正体,双调六十五字,上片五句五仄韵,下片七句五仄韵。

正体:

中平仄仄(韵),平仄平平仄(韵)。仄仄平平平仄仄(韵)。仄仄平平中仄(韵),平仄平平仄平仄(韵)。

仄平仄(韵),平平仄平仄(韵)。中中仄、仄平仄(韵),仄平平、仄仄平平仄(韵)。仄仄平平,仄平平仄,平仄平平仄仄(韵)。

【相关典范】

宋·王沂孙《淡黄柳·花边短笛》
宋·张炎《淡黄柳·楚腰一捻》
清·纳兰性德《淡黄柳·咏柳》

【原词意译】

我穿着单衣骑在马上,满眼是杨柳依依,嫩绿鹅黄。拂晓的号角在空城里回荡，我心寒凄凉。

明天又是寒食节气，江南的美景又叫我难忘，我勉强地带着酒，去美人的小院将她张望。

桥边有燕子双飞，我愁怕梨花如雪片落地，请问我心中的春景在哪里啊，回答我的只有池塘绿色。

【读后之感】

这首词也是姜夔自度曲，注有工尺谱。尽管眼前是一片早春景色，词人却走不出家乡"江南旧识"。去与情人聚聚吧，又恐梨花似雪落尽成秋色。作者衣寒恻恻，摆脱不了内心的凄恻，独在异乡为异客，到哪寻找内心的慰藉？

另：工尺谱，系古人记录词调曲的乐谱，犹如天书，今已少见。唯有古乐谱与之相似，有空一定研究，以更好地领略宋词之妙。

暗香

姜夔

【原词实录】

辛亥①之冬,余载雪诣石湖②。止既月③,授简④索句,且征新声⑤,作此两曲,石湖把玩不已,使工妓⑥肄习之,音节谐婉,乃名之曰:《暗香》《疏影》。

旧时月色,算几番照我,梅边吹笛?唤起玉人,不管清寒与攀摘。何逊⑦而今渐老,都忘却、春风词笔。但怪得⑧、竹外疏花,香冷入瑶席。

江国,正寂寂,叹寄与路遥,夜雪初积。翠尊⑨易泣,红萼⑩无言耿⑪相忆。长记曾携手处,千树⑫压、西湖寒碧。又片片吹尽也,几时见得?

【咬文嚼字】

①辛亥:光宗绍熙二年(1191)。
②石湖:在苏州西南。范成大居此,因号石湖居士。
③止既月:住满一月。
④简:纸。
⑤征新声:征集新的词调。
⑥工妓:乐工,歌妓。
⑦何逊:南朝梁诗人。
⑧但怪得:惊异。
⑨翠尊:绿色酒杯,这里指酒。
⑩红萼:这里指梅花。
⑪耿:耿然于心,不能忘怀。
⑫千树:西湖孤山的梅花成林。

【词牌平仄】

暗香,词牌名,又名"红情""绿意""红香""晚香"。以姜夔《暗香·旧时月色》为正体。双调九十七字,上片九句五仄韵,下片十句七仄韵。

正体:

中平中仄(韵)。仄中平中仄,中平平仄(韵)。仄仄中平,中仄平平仄平仄(韵)。中仄中平仄仄,中中中,中平平仄(韵)。中中中,中仄平平,中仄仄平仄(韵)。

中仄(韵)。仄中仄(韵)。仄仄中中平,中中平仄(韵)。仄平仄仄(韵),平仄中平仄平仄(韵)。中仄平平中仄,中中中,中平仄仄(韵)。仄中中,平仄仄,仄平中仄(韵)。

【相关典范】

宋·吴潜《暗香·再和》

宋·吴文英《暗香·县花谁葺》

宋·张炎《红情·无边香色》

宋末元初·汪元量《暗香·馆娃艳骨》

【原词意译】

我对着梅花吹笛,盼望笛声能将美人唤醒,跟我一道去把花枝攀折。

江南水乡正是一片静寂,可路途遥远,我怎么赶得去?昨夜一场大雪又阻断了道路,我手捧翠玉酒杯,禁不住流下了伤心的泪。

而今我像何逊一样渐渐老去,往日春风般的辞采和文笔全都忘记,但总记得住昔日一起折梅的美人与我携手游赏的地方,特别是有着千株梅林的西湖。

梅花啊,梅花,何时再见你的风韵绰姿?

【读后之感】

冬日清寒里绽放的梅花是词人倾诉情感的寄托。是咏梅,还是忆人?花即人,人即花,耿相忆,春风词笔描不尽,梅边吹笛人。

本词写法上颇具特色,即在梦幻般的意境里神思,充分体现出词人对遥远的美梦、辉煌的往昔的遐想。尽管往事随风,片片吹尽也,但对美好的前景仍充满着期待:"几时见得?"不正是词人对美好事物的不懈追求、积极向上心态的流露吗?

疏 影

姜夔

【原词实录】

苔枝①缀玉,有翠禽小小,枝上同宿。客里相逢,篱角黄昏,无言自倚修竹。昭君不惯胡沙远,但暗忆、江南江北。想佩环、月夜归来,化作此花幽独。

犹记深宫旧事,那人正睡里,飞近蛾绿。莫似春风,不管盈盈,早与安排金屋。还教一片随波去,又却怨、玉龙②哀曲③。等恁时、重觅幽香,已入小窗横幅。

【咬文嚼字】

①苔枝:苔梅,梅的一种,因枝长苔藓,故名。

②玉龙:笛名。

③哀曲:指古笛曲《梅花落》。

【词牌平仄】

疏影,词牌名,姜夔自度曲,又名"疏影慢""绿意""绿影""暗绿""佳色""解佩环"。以姜夔《疏影·苔枝缀玉》为正体。双调一百一十字,上片十句五仄韵,下片十句四仄韵。

正体:

中平仄仄(韵),仄中平仄仄,中中平仄(韵)。中仄平平,中仄平平,中中中中平仄(韵)。中平中仄平平仄,中中中、中平仄仄(韵)。仄中平、中仄平平,中仄中平平仄(韵)。

平仄平平仄仄,仄中中仄仄,平仄平仄(韵)。仄仄平平,中仄平平,中仄中平中仄(韵)。中平中仄平平仄,中中仄、中平平仄(韵)。仄中中、中仄平平,中仄仄平平仄(韵)。

【相关典范】

宋·周密《疏影·梅影》

宋·张炎《疏影·咏荷叶》

宋·彭元逊《疏影·寻梅不见》

清·纳兰性德《疏影·芭蕉》

【原词意译】

两只小小的翠鸟正在苔梅枝头亲昵，就如同她和我初见面时的情景。我此刻思念着她，她也应梅依修竹般思念着我。

昭君远嫁匈奴，肯定暗暗地思念家乡，寿阳公主也在梦境里装点梅花妆，谁能像汉武帝一样金屋藏娇？但这些都是悲剧，只落得玉龙笛声声声怨，《梅花落》里欲断魂。

别等到梅花陨落才去寻觅她的幽香，梅花疏影正映在小窗上。

【读后之感】

单纯地从词境上来看，这是一首咏梅词，但深究词意，恐怕另有所托。姜夔词一贯如此。胡沙满天飞，无言自倚竹，暗香疏影里，声声《梅花落》。

是否为靖康之耻二帝蒙尘伤心？恐怕不好说。

翠楼吟

姜夔

【原词实录】

淳熙丙午冬,武昌安远楼成,与刘去非诸友落之,度曲见志。余去武昌十年,故人有泊舟鹦鹉洲者,闻小姬歌此词,问之,颇能道其事;还吴,为余言之,兴怀昔游,且伤今之离索也。

月冷龙沙①,尘清虎落②,今年汉酺初赐③。新翻胡部曲,听毡幕元戎歌吹,层楼高峙,看槛曲萦红,檐牙飞翠。人姝丽,粉香吹下,夜寒风细。

此地,宜有词仙,拥素云黄鹤,与君游戏。玉梯凝望久,叹芳草萋萋千里。天涯情味,仗酒祓④清愁,花消英气。西山外,晚来还卷,一帘秋霁。

【咬文嚼字】

①龙沙:原指塞外荒漠之地,此言与金对峙的南宋前沿地带。

②虎落:用于扩营的竹篱障碍。

③汉酺初赐:秦汉时禁民聚饮,朝廷有庆祝曲礼时方准许,称"赐酺"。

④祓:除去。

【词牌平仄】

翠楼吟,词牌名,以姜夔《翠楼吟·月冷龙沙》为正体。双调一百零一字,上片十一句六仄韵,下片十二句七仄韵。

正体:

仄仄平平,平平仄仄,平平仄平平仄(韵)。平平平仄仄,仄平仄平平平仄(韵),平平平仄(韵),仄仄平平平,平平平仄(韵)。平平仄(韵),仄平平仄,仄平平仄(韵)。

仄仄(韵),平仄平平,仄仄平平仄,仄平平仄(韵)。仄平平仄仄,仄平仄平平平仄(韵)。平平平仄(韵),仄仄仄平平,平平平仄(韵)。平平仄(韵),

仄平平仄,仄平平仄(韵)。

【相关典范】

明·杨慎《翠楼吟·代送大理蔡太守》

清·黄之隽《翠楼吟·月魄荒唐》

清·吴梅《翠楼吟·秦淮遇京华故人》

【原词意译】

今年的边关暂时寂静。朝廷也开了酒禁,赏赐给臣民痛饮。元帅的帐篷中歌声激荡,人们正奏弹着塞北新曲。

安远楼层层耸立,红色栏杆萦绕环曲,容貌艳丽的歌女粉香四溢,俊雅的词友飘然若仙,拥揽白云。

漂泊天涯的游子,情怀寂凄,仗着酒力激荡志气。

此刻西山之外,黄昏又起一帘秋雨。

【读后之感】

此词上片写宋金对峙的前沿地带的景色。虽"檐牙飞翠。人姝丽,粉香吹下",但满耳听到的只是新翻胡曲,再加上夜寒风细,一点也没有"汉酺初赐"的快乐。

下片接着感叹此地宜得人才,而今人才不可得,唯有登高凝望,但见"芳草萋萋千里","天涯"三句更是凄厉悲壮,至结句,以景结情,让读者和词人一起继续登高沉思。

词评家陈廷焯说:"作词气体要浑厚,而血脉贵贯通,血脉要贯通,而发挥忌刻露,居心忠厚,托体高浑,雅而不腐,逸而不流。"综观姜夔的这首《翠楼吟》,廷焯的作词诸要点,姜夔面面俱到矣。

许昂霄点评:"'月冷龙沙'五句,题前一层,即为题后铺叙,手法最高。'玉梯凝望久'五句,凄婉悲壮,何减王粲《登楼赋》。"(《词综偶评》)

杏花天

姜夔

【原词实录】

丙午之冬,发沔口①。丁未正月二日,道金陵②,北望淮、楚,风日③清淑④,小舟挂席⑤,容与⑥波上。

绿丝⑦低拂鸳鸯浦⑧,想桃叶⑨,当时唤渡。又将愁眼与春风,待去,倚兰桡⑩更少驻⑪。

金陵路,莺吟燕舞。算潮水知人最苦⑫。满汀⑬芳草不成归,日暮,更移舟向甚处?

【咬文嚼字】

① 沔口:汉沔本一水,汉入江处谓之沔口,即今湖北汉口。

② 金陵:古邑名,今南京。

③ 风日:风光。

④ 清淑:清美,秀美。

⑤ 挂席:挂帆。

⑥ 容与:随水波起伏貌。

⑦ 绿丝:柳丝。

⑧ 鸳鸯浦:鸳鸯栖息的水溪,比喻美色荟萃之所。

⑨ 桃叶:晋王献之美妾名,借指所爱恋的女子。

⑩ 兰桡:小舟的美称。

⑪ 少驻:短暂停留。

⑫ "潮水"句:李益诗"早知潮有信,嫁与弄潮儿"。这里指相思之苦。

⑬ 汀:水边平地,小洲。

【词牌平仄】

杏花天,词牌名,又名"于中好""端正好""杏花风"等。以朱敦儒《杏花天·浅春庭院东风晓》为正体,双调五十四字,上下片各四句四仄韵。

正体：

中中中中平中仄（韵），中中中、中平中仄（韵）。中平中仄平平仄（韵），平仄中平中仄（韵）。

中中仄中平中仄（韵），中中中、中平中仄（韵）。中中中中平中仄（韵），中仄中平中仄（韵）。

【相关典范】

宋·朱敦儒《杏花天·残春庭院东风晓》

宋·侯寘《杏花天·豫章重午》

宋·卢炳《杏花天·镂冰翦玉工夫费》

宋·史达祖《杏花天·清明》

宋·吴文英《杏花天·咏汤》

宋·辛弃疾《杏花天·嘲牡丹》

宋·高观国《杏花天·远山学得修眉翠》

【原词意译】

那个叫桃叶的美女，在鸳鸯浦口等着摆渡，她那含愁的柳眼似乎在勾引着春风。

此刻的我正待扬帆上路，我依着木兰船，稍作停驻，就是想多看看那充满诱惑的桃叶渡。

我知道那无情的潮水最懂得多情的我之苦，金陵城到处莺歌燕舞，可留不住我思乡心切，赶快让我踏上返回家乡合肥的路。再见了杏花天，再见了桃叶渡。

【读后之感】

恋情词。苦闷和彷徨却弥漫全词。愁眼赋予了春风，只有倚着木兰小船，可又见满汀芳草，更不知泛舟何处？金陵的莺歌燕舞并不是作者的理想之地，所以在一笔带过之后立即来了一个"苦"字和"归"字，点穴之处、点睛之笔。

姜夔就这样戏弄着你，戏弄着我，不需多少言，只需一个"归"与一个"苦"。

小重山

章良能

【原词实录】

柳暗花明春事深，小阑红芍药，已抽簪。雨余风软碎鸣禽。迟迟日、犹带一分阴。

往事莫沉吟。身闲时序好，且登临。旧游无处不堪寻，无寻处、惟有少年心。

【词牌平仄】

小重山，词牌名，又名"小重山令""小冲山""柳色新"等。以薛昭蕴《小重山·春到长门春草青》为正体，双调五十八字，上下片各四句四平韵。

正体：

中仄平平中仄平（韵）。中平平仄仄仄平平（韵）。中平中仄仄平平（韵）。中中仄、中仄仄平平（韵）。

中仄仄平平（韵）。中平平仄仄仄平平（韵）。中平中仄仄平平（韵），中中仄、中仄仄平平（韵）。

【相关典范】

唐·薛昭蕴《小重山·春到长门春草青》

宋·贺铸《小重山·花院深疑无路通》

宋·李清照《小重山·春到长门春草青》

宋·岳飞《小重山·昨夜寒蛩不住鸣》

宋·姜夔《小重山令·赋潭州红梅》

宋·陈亮《小重山·碧幕霞绡一缕红》

【原词意译】

一场新雨后春风柔柔地吹，鸟儿们叽叽喳喳叫个不停，太阳迟迟不肯下山，天空中尚有一点云彩。

老想着不愉快的事干吗？赶快去登高远眺，赏心悦目。

不要再去留恋往日游览的踪迹，要找恐怕也找不到年少时那颗纯真的心！

柳色深深，春花明丽，那小院里的芍药花如美人发上的花簪多么好看！

【读后之感】

上片写景,下片抒情。"往事莫沉吟""惟有少年心",两句颇耐咀嚼。"往事",当然指不顺心的事,不必去想它了。但是也有开心的事呀,特别是年少时的天真、无忧无虑最是难以忘怀。

身闲时序好,童心未泯时。词人这样的心态是对"往事莫沉吟"的否定之否定。

【词人简介】

章良能(?—1214),字达之,丽水(今属浙江)人。淳熙五年(1178)进士。累官至同知枢密院事除参知政事。有《嘉林集》百卷,不传。

唐多令

刘过

【原词实录】

安远楼①小集，侑觞歌板②之姬黄其姓者，乞词于龙洲道人③，为赋此。同柳阜之、刘去非、石民瞻、周嘉仲、陈孟参、孟容，时八月五日也。

芦叶满汀洲④，寒沙带浅流。二十年重过南楼⑤。柳下系船犹未稳，能几日，又中秋。

黄鹤断矶⑥头，故人曾到否？旧江山浑是⑦新愁。欲买桂花同载酒，终不似，少年游。

【咬文嚼字】

①安远楼：在今武昌黄鹤山上，又称南楼。

②侑觞歌板：指宴席劝饮执板的歌女。侑觞，劝酒。歌板，执板奏歌。

③龙洲道人：刘过自号。

④汀洲：水中小洲。

⑤"二十年"句：南楼初建时，刘过曾漫游武昌，过了一段"黄鹤楼前识楚卿，彩云重叠拥娉婷"的豪纵生活。南楼，指安远楼。

⑥黄鹤断矶：黄鹤矶，在武昌城西，上有黄鹤楼。断矶，形容矶头荒凉。

⑦浑是：全是。

【词牌平仄】

唐多令，词牌名，又名"糖多令""南楼令""箜篌曲"，以刘过《唐多令·芦叶满汀洲》为正体，双调六十字，上下片各五句四平韵。

正体：

中仄仄平平（韵）。中平中仄平（韵）。仄中平、中仄平平（韵）。中仄中平平仄仄，中中仄、仄平平（韵）。

中仄仄平平（韵）。中平中仄平（韵）。仄中平、中仄平平（韵）。中仄中平平仄仄，中中仄、仄平平（韵）。

【相关典范】
宋·吴文英《唐多令·惜别》
宋·周密《唐多令·丝雨织莺梭》
宋·陈允平《唐多令·秋暮有感》
宋·邓剡《唐多令·雨过水明霞》
宋·刘辰翁《唐多令·明月满沧州》
清·曹雪芹《唐多令·咏絮》
清·纳兰性德《唐多令·雨夜》

【原词意译】
江山依旧,我添新愁。二十年前我来过黄鹤楼,在柳树下系过小舟,中秋时分,芦叶落满汀洲。

今天我买上桂花带着酒,想邀昔日的朋友再看黄鹤断矶头和沙滩浅流,但怎能忘却年少时的豪游。

【读后之感】
文人的情感最细腻,文人的悲戚最深沉。二十年后故地重游,词人刘过感慨断魂。首二句写景,"芦叶满汀洲,寒沙带浅流",静谧的当下却不能掩饰词人澎湃的内心,二十年的酸甜苦辣,换来一声五味杂陈的感叹,"旧江山浑是新愁"!什么是新愁?新愁复故有?这副腔调用意何在?现代汉语修辞手法上叫诘问或呼告,词人心目中全是凄怆或沉痛!我读此词,是这个感觉。

蒿庵评刘曰:"龙洲自是稼轩附庸,然得其豪放,未得其婉转。子晋亟称其《天仙子》《小桃红》二阕云:纤秀为稼轩所无。"

【词人简介】
刘过(1154—1206),字改之,号龙洲道人,吉州太和(今江西泰和)人。一说庐陵(今江西吉安)人。生平以功业自诩,屡试不第。数次上书陈述政见。流落江湖间,与陆游、辛弃疾、陈亮等交往。词风豪放激越。有《龙洲集》《龙洲词》。

木兰花①

严仁

【原词实录】

春风只在园西畔,荠菜花繁蝴蝶乱。冰池晴绿照还空②,香径落红吹已断。

意长翻③恨游丝短,尽日相思罗带缓,宝奁④如月不欺人,明日归来君试看。

【咬文嚼字】

①木兰花:通称"玉楼春"。
②照还空:化用李白《望庐山瀑布》"江月照还空"诗句。
③翻:反而,反倒。
④宝奁:妇女装铜镜用的镜匣。此处化用李白《长相思》"不信妾断肠,归来看取明镜前"句意。

【词牌平仄】(同前)

【相关典范】(同前)

【原词意译】

春风园西畔,花开蝴蝶飞,晴日照池水,香径花落尽,我害怕相思病,衣带渐松宽,明镜不骗人,我憔悴的颜容,谁来看?

【读后之感】

出景继情,借思妇言行,写己之哀戚。"恨游丝太短",反衬情意之长,因相思而消瘦,也不直接说出来,只用"罗带缓"来暗示。这种写法受《古乐府歌》《古诗十九首》的影响。《古乐府歌》:"离家日已远,衣带日趋缓";《古诗十九首·行行重行行》:"相去日已远,衣带日已缓"。

反衬、暗示、间接的手法运用,使词意婉转沉浑,独具韵致。

黄昇《花庵词选》中说:"次山词极能道闺闱之趣。"

陈廷焯《白雨斋词话》说:"深情委婉,读之不厌百回。"

俞陛云《唐五代两宋词选释》:"明镜照愁,常语也。作者'宝奁'七字,古意深思,独标新警。"

【词人简介】

严仁,字次山,号樵溪,邵武(今属福建)人。与严羽、严参同称"邵武三严"。有《清江欸乃集》,不传。词存《花庵词选》中。

风入松

俞国宝

【原词实录】

一春长费买花钱。日日醉湖边。玉骢①惯识西湖路,骄嘶过、沽酒楼前。红杏香中箫鼓,绿杨影里秋千。

暖风十里丽人天。花压鬓云偏。画船载取春归去,余情付、湖水湖烟。明日重扶残醉,来寻陌上花钿②。

【咬文嚼字】

①玉骢:白马。

②花钿:妇女用的花形首饰。

【词牌平仄】

风入松,词牌名,古琴曲,又名"风入松慢""松风慢""远山横""销夏"。以晏几道《风入松·柳阴庭院杏梢墙》为正体,双调七十四字,上下片各六句四平韵。

正体:

中平中仄仄平平(韵)。中仄平平(韵)。中平中仄平平仄(韵),中中中、中仄平平(韵)。中仄中平中仄,中平中仄平平(韵)。

中平平仄仄平平(韵)。仄仄平平(韵)。中平中仄平平仄,中平中、中仄平平(韵)。中仄中平中仄,中平仄仄平平(韵)。

【相关典范】

宋·晏几道《风入松·柳阴庭院杏梢墙》

宋·秦观《风入松·西山》

宋·周紫芝《风入松·禁烟过后落花天》

宋·吴文英《风入松·听风听雨过清明》

宋·刘克庄《风入松·归鞍尚欲小徘徊》

元·虞集《风入松·寄柯敬仲》

【原词意译】

我的玉骢宝马不由分说地把我带到西湖酒楼前,我买花买酒去十里长堤享受。

春风迎面扑来,游女们鲜花插满鬓发,画船载着春光归去,给湖水留下袅袅雾烟,喧闹的箫鼓声夹带着红杏的芬芳,柳荫下也荡起了秋千。

明天我还要再来,寻找美人头上落下的花钿,骑着我的玉骢马儿,寻找微醺的昨天。

【读后之感】

风入松,快活如神仙。南宋的偏安,纸醉金迷,让人遗忘切肤之痛,这何尝不是一种无奈的摆脱?醉与醒的辩证之法,流溢于词的字里行间。有人看出了词的暗讽之意,愈是写得潇洒,内心愈加隐痛。田汝成的《西湖游览志余》中说:"绍兴、淳熙间,颇称康裕,君相纵逸,耽乐湖山,无复新亭之泪。"

【词人简介】

俞国宝,生卒年不详,临川(今江西抚州)人。淳熙太学生。有《醒庵遗珠集》,不传。《全宋词》录其词五首。

满庭芳（促织儿）

张镃

【原词实录】

月洗高梧，露泞①幽草，宝钗楼外秋深。土花沿翠，萤火坠墙阴。静听寒声断续，微韵转、凄咽悲沉。争求侣、殷勤劝织，促破晓机心。

儿时曾记得，呼灯灌穴，敛步随音。任满身花影，独自追寻。携向华堂戏斗，亭台小、笼巧妆金。今休说，从渠床下，凉夜伴孤吟。

【咬文嚼字】①泞：形容露水多，此作动词用。

【词牌平仄】（同前）

【相关典范】（同前）

【原词意译】

梧桐树上洒满了月光，草丛上露光晶莹，华丽的楼阁外秋意已深。墙壁上苔痕翠青，萤火虫儿在墙脚若隐若现。蟋蟀儿在低吟，断断续续，凄切悲沉，是在争相求偶。织女被它叫得机杼不停，直到破晓时分，忘我尽心。孩提时分，记得小伙伴呼唤着点灯，端水灌蟋蟀的洞穴，轻敛着脚步，寻找它的声音。任凭花影铺了全身，还是一意捉蟋蟀。然后将逮到的蟋蟀带到厅堂戏斗，亭台虽小，但镶金典雅。幼年趣事不要提了。而今，床下蟋蟀声，伴我孤独人。

【读后之感】

寻蟀、捉蟀、斗蟀，孩提时的快乐被词人一一重现。但如今人已老，心已惫，蛩声依旧，但再也回不到从前。词人莫名的感伤，是怜蟀，还是怜人，突然用一句"凉夜伴孤吟"，我作戏文看，结句很有感触。

【词人简介】

张镃（1153—1221?），字功甫，一字时可，号约斋，先世成纪（今甘肃天水）人，徙居临安（今浙江杭州）。宋将张俊之曾孙。官至司农寺丞。嘉定四年（1211）坐罪除名象州编管，卒。曾卜筑南湖，有园林之胜，与姜夔有交往。有《南湖集》《南湖诗余》。

宴山亭

张镃

【原词实录】

幽梦初回，重阴未开，晓色催成疏雨。竹槛气寒，蕙畹①声摇，新绿暗通南浦。未有人行，才半启回廊朱户。无绪，空望极霓旌②，锦书难据。

苔径追忆曾游，念谁伴秋千，彩绳芳柱。犀帘黛卷，凤枕云孤，应也几翻凝伫。怎得伊来，花雾绕，小堂深处。留住，直到老不教归去。

【咬文嚼字】

①畹：古代土地面积单位，或以三十亩为一畹，或以十二亩为一畹。

②霓旌：云霞如旌。

【词牌平仄】（同前）

【相关典范】（同前）

【原词意译】

我从梦中醒来，心中满是愁云。拂晓的曙光伴落一阵细雨，湿了栏杆。花圃里的花在风声中摇曳，一条绿溪缓缓流向南浦。

我毫无情绪，推开窗户，看街上人迹全无。我空有相思的书信，消失在远处的云霓中。

小径上长满苔藓，全无我们曾经的行踪，我总是在想，今后谁能陪伴我度过这寂寞的时光呢？

枕上绣着彩凤伴随着我的孤魂，多想他回到我的身边，拉住他的手，再不放他走。

【读后之感】

题材不新，用词一般，但情深意切足矣。特别是最后一句"留住，直到老不教归去"，看来，这小娘子还有些霸道，但我在词人平白如话的肺腑之言调教下，对这词中之人也有爱怜之意。

绮罗香（咏春雨）

史达祖

【原词实录】

做冷欺花，将烟困柳，千里偷催春暮。尽日冥迷，愁里欲飞还住。惊粉重、蝶宿西园，喜泥润、燕归南浦。最妨他佳约风流，钿车不到杜陵①路。

沉沉江上望极，还被春潮晚急，难寻官渡。隐约遥峰，和泪谢娘眉妩。临断岸、新绿生时，是落红、带愁流处。记当日门掩梨花，剪灯深夜语。

【咬文嚼字】

①杜陵：汉宣帝陵墓，在今西安东南。此处泛指游乐之处。

【词牌平仄】

绮罗香，词牌名，又名"绮罗春"。以史达祖《绮罗香·咏春雨》为正体，双调一百零四字，上下片各九句四仄韵。

正体：

中仄平平，平平仄仄，中仄平平平仄（韵）。中仄平平，中仄仄平平仄（韵）。中中仄、中仄平平，仄中仄、中平平仄（韵）。仄中中中仄平平，中平中仄仄平仄（韵）。

平平平仄中仄，平仄平平中仄，中中平仄（韵）。仄仄平平，中仄仄平平仄（韵）。中中中、中仄平平，中平中、仄平平仄（韵）。中中中中仄平平，仄平平仄仄（韵）。

【相关典范】

宋·张辑《绮罗香·寿赵太卿》

宋·赵必𤩴《绮罗香·和百里春暮游南山》

宋·张炎《绮罗香·红叶》

宋·王沂孙《绮罗香·红叶》

【原词意译】

冷雨欺花,烟雾缠柳。在暮春里,我整日昏昏沉沉,赶不走的是愁思,说不完的是离愁。蝴蝶飞呀飞,燕子嘴衔泥,我梦中的情人啊,你在哪里?

傍晚时春潮涌动,江面笼罩在烟雾里,看不清渡口在哪里,远处的山峰也像含泪的谢娘秀眉微蹙。峭崖下,我的愁苦随流水沉浮。

记得当初,梨花带雨,紧闭朱户,佳人剪着灯花,与我在深夜绵绵细语中。

【读后之感】

宋词读多了,突然发现,有一种奇怪的现象,即用倒读法读趣味横生。

按一般的写作习惯,开头几句往往是铺陈或铺垫,中间部分,开始点题,展现词旨,精彩渐现,到了最后则妙语连珠,警句突兀。

这恐怕就是常人所说的"龙头、虎身、豹尾"吧。

不妨采用此法来欣赏史达祖的《绮罗香》吧。

尾句是"门掩梨花""剪灯夜语"。这是一幅何等精妙的画面:红色的门半掩着,一夜梨花白雪般铺满庭院,再往纵深看,女子挑灯剪窗花,男人吟诗作对,绵绵细语,景是何等美,情是何等深,简直"色香味俱全"。

上两句云:新绿生时,带愁流处。

再往上看:春潮晚急,谢娘和泪。

再上则是:佳约风流,钿车不到杜陵路。

上句又是:蝶宿西园,燕归南浦。

倒读至首句:做冷欺花,将烟困柳。

你感受到了吗?真是买菜不在早市,捉鱼不在浅滩。这种倒剥葱式的读法,看清了神龙的首尾,领略了虎肚的厚实以及豹尾的神威。

我领略到了。别有一番滋味在心头,下次不妨多用倒读法去品味宋词。

【词人简介】

史达祖,字邦卿,号梅溪,汴(今河南开封)人。尝为韩侂胄堂吏,韩败,坐受黥刑。其词以咏物逼真著称,亦有感慨国事之作。有《梅溪词》传世。

双双燕（咏燕）

史达祖

【原词实录】

过春社①了，度②帘幕③中间，去年尘冷。差池欲住，试入旧巢相并。还相雕梁藻井，又软语商量不定。飘然快拂花梢，翠尾分开红影。

芳径，芹泥雨润，爱贴地争飞，竞夸轻俊。红楼归晚，看足柳昏花暝。应自栖香正稳，便忘了天涯芳信。愁损翠黛双蛾，日日画栏独凭。

【咬文嚼字】

①春社：古代春天的社日，以祭祀土神。在立春后第五个戊日。

②度：穿过。

③帘幕：古时富贵人家多将其张挂于院宇。

【词牌平仄】

双双燕，词牌名，由史达祖创调。此调以史达祖《双双燕·咏燕》为正体，双调九十八字，上片九句五仄韵，下片十句七仄韵。

正体：

仄平仄仄，仄平仄平平，仄平平仄（韵）。平平仄仄，中仄仄平平仄（韵）。平仄平平仄仄（韵），仄中仄平平中仄（韵）。平仄仄平平，仄仄平平仄仄（韵）。

平仄（韵），平平仄仄（韵），仄仄仄平平，仄平平仄（韵）。中平平仄，仄仄仄平平仄（韵）。平仄平平仄仄（韵）。仄中仄平平平仄（韵）。平中仄仄中平，中仄仄平中仄（韵）。

【相关典范】

宋·吴文英《双双燕·小桃谢后》

元·丘处机《双双燕·春山》

明·王世贞《双双燕·廿年恩养》

【原词意译】

在细细的春雨中,请听我将燕子行踪来描绘。

春社过了,燕子在楼阁的帘幕间穿梭,飞飞停停,停停又飞飞。双燕在香巢里并颈,在相拥中呢喃。

芳香的小径,春雨浸润了芹泥,燕子看够了绿柳艳花,又飞回了红楼,它忘记了捎回天涯游子的芳信,愁得闺中思妇瘦损了黛眉。她在燕子的甜言蜜语中焦急地倚栏思盼意中人。

【读后之感】

燕儿贴地飞,思妇念归人。怨只怨双飞双宿,便忘了天涯芳信,愁只愁天涯游子沦落何处。

宋人喜燕,往往只言片语,像该词整篇咏燕并不多见,读者并不烦厌,因为燕儿是益鸟,且通人性,燕儿是使者,常把春来报。

东风第一枝（春雪）

史达祖

【原词实录】

巧沁兰心，偷粘草甲①，东风欲障新暖。漫疑碧瓦②难留，信知③暮寒犹浅。行天入镜④，做弄出、轻松纤软。料故园，不卷重帘⑤，误了乍来双燕。

青未了，柳回白眼，红欲断，杏开素面⑥。旧游忆着山阴，后盟遂妨上苑⑦。寒炉重熨，便放漫春衫针线。怕凤靴挑菜⑧归来，万一灞桥⑨相见。

【咬文嚼字】

①甲：草木萌芽时的外皮。

②碧瓦：琉璃瓦。

③信知：深知，确知。

④行天入境：唐韩愈《春雪》"入镜鸾窥沼，行天马度桥"，以镜和天来喻地面、桥面积雪的明净。

⑤重帘：一层层帘幕。

⑥素面：不施脂粉之天然美容。

⑦后盟遂妨上苑：司马相如参加梁王兔园之宴，因下雪而迟到。上苑即兔园。

⑧挑菜：挖菜。

⑨灞桥：桥名，亦作霸桥。在长安东，汉人送客至此桥，折柳赠别。

【词牌平仄】

东风第一枝，词牌名，又名"琼林第一枝"。以史达祖《东风第一枝·壬戌闰腊望雨中立癸亥春与高宾王各赋》为正体，双调一百字，上片九句四仄韵，下片八句五仄韵。

正体：

中仄平平，中平中仄，中平中中平仄（韵）。中平中仄平平，中中中平中仄（韵）。平平中仄，中中中、中平平仄（韵）。仄仄中、中仄平平，中仄仄平平仄（韵）。

中中中、中中中仄（韵）。中仄中、中平中仄（韵）。中平中仄平平，仄中中平中仄（韵）。中平中仄，中中中、中平平仄（韵）。仄中中、中中平平，中中仄平平仄（韵）。

【相关典范】

宋·黄载《东风第一枝·探梅》

宋·高观国《东风第一枝·为梅溪寿》

宋·吴文英《东风第一枝·倾国倾城》

清·纳兰性德《东风第一枝·桃花》

【原词意译】

雪，巧妙地钻入兰心；雪，悄悄地舔润着芳草。难道你想挡住春风送暖吗？你休想，因为你很快将在春风中融化。

雪，在桥栏上飞舞；人，在寒气里行走。我思念故乡的心，也随着雪飞，进入白天浮云。

杨柳在白雪的映照下由青转白，刚刚开放的杏花也由红脸变成素面，当年王徽之雪夜访友，他根本不在乎见与不见，他要的是意境，他要的是思念。

雪路难行，司马相如误了兔园宴。她在深闺中又把熏炉点，赶制春衣细针线。我怕在灞桥上与你相见，相见不如怀念。

【读后之感】

咏物词到了南宋已到了成熟期，史词以细腻的笔触，绘形绘神，写出了春雪的特点及雪中草木的千姿百态。

后二句又由景过渡到人上来，她在为我缝制春衫，我却担心与她相见，相见不如思念，有这种恋人相爱时的心态的人恐怕不只是词中主人公一人。

姜夔评梅溪词"奇透清逸"，《花庵词选》谓之"尤为姜尧章拈出"，陆辅之《词旨》也将其录为"警句"。

喜迁莺

史达祖

【原词实录】

月波疑滴。望玉壶①天近，了无尘隔。翠眼圈花②，冰丝织练，黄道宝光相直。自怜诗酒瘦，难应接、许多春色。最无赖，是随香趁烛，曾伴狂客。

踪迹。漫记忆。老了杜郎，忍听东风笛。柳院灯疏，梅厅雪在，谁与细倾春碧③？旧情拘未定，犹自学当年游历。怕万一，误玉人夜寒，窗际帘隙。

【咬文嚼字】

①玉壶：指月亮。

②翠眼圈花：极言花灯之华美精巧。

③春碧：春日新酿的美酒。

【词牌平仄】（同前）

【相关典范】（同前）

【原词意译】

月亮挂在天上，四周清澈没有半丝尘埃，月光融融似水欲滴，精致的花灯像碧绿的柳眼，射出冰丝般的光练，黄道的宝光与晶莹的月光相辉映。可惜我自己饮酒赋诗而瘦损憔悴，再也没有心致融入绚丽的春色里。最没意思的是陪同少年狂客醉酒流连在花灯里。还记得往日的踪迹，岁月催老了杜郎，怎忍听东风里的长笛。垂柳依依，灯火稀疏，寒梅俏立残雪中，谁为我斟酒同饮？旧日的豪情尚在，我还要学着重寻当年的游历。只怕万一，耽误了寒夜里的美人翘首帘缝里。

【读后之感】

王闿运在《湘绮楼词》中说此词："富贵语无脂粉气，诸家皆赏下二语，不知现寒乞相正是此等处。"文如人，人如词。人生无常，词藻难吐，全词弥漫在一片参禅悟道的氛围之中。叫人怎忍东风短笛中，想必词人有所用心，抑或世道本该如此。

三姝媚

史达祖

【原词实录】

　　烟光摇缥瓦①，望晴檐多风，柳花如洒。锦瑟横床，想泪痕尘影，凤弦常下。倦出犀帷，频梦见、王孙骄马。讳道相思，偷理绡裙，自惊腰衩。

　　惆怅南楼遥夜，记翠箔②张灯，枕肩歌罢。又入铜驼③，遍旧家门巷，首询声价④。可惜东风，将恨与闲花俱谢。记取崔徽⑤模样，归来暗写。

【咬文嚼字】

①缥瓦：琉璃瓦。

②箔：帘子。

③铜驼：洛阳之街道名，这里借指临安。

④询声价：周邦彦《瑞龙吟》"访邻寻里，同时歌舞。唯有旧家秋娘，声价如故"。

⑤崔徽：借用蒲地女子崔徽与裴敬中相爱的故事。崔请画家画了一张肖像给裴，并附信一封，"一旦你见我不如像中时，说明我将要为你而死了"。

【词牌平仄】

三姝媚，词牌名，双调九十九字，上片十一句五仄韵，下片十句五仄韵。

正体：

中平平仄仄（韵），仄中中平平，中平平仄（韵）。仄仄平平，仄中平平仄，仄平平仄（韵）。中仄中平，中中仄、中平平仄（韵）。中仄平平，中仄平平，仄平平仄（韵）。

中仄平平中仄（韵），仄仄仄平平，仄平平仄（韵）。中平平，仄中平平仄，仄平平仄（韵）。仄仄平平，中仄仄中平平仄（韵）。中仄平平仄仄，平平中仄（韵）。

【相关典范】
宋·吴文英《三姝媚·过都城旧居有感》
宋·王沂孙《三姝媚·樱桃》
宋·薛梦桂《三姝媚·蔷薇花谢去》
宋·詹玉《三姝媚·古卫舟人谓此舟曾载钱塘宫人》
清·王鹏运《三姝媚·蘼芜春思远》

【原词意译】
  琉璃瓦上轻雾缭绕,天气晴朗,屋檐下柳花飞絮拂拂扬扬。我去闺房想见她,不料人去楼空不见她,只见锦瑟横放在琴床上。我不禁黯然神伤,料想她在我离去后一定是含泪抚琴,九曲愁肠。终日懒得出门,只能在梦中想我的模样。遇见人又不敢公开相思,当偷偷整理丝裙时,才惊讶自己瘦削身长。当日在南楼时欢娱的情景更让我惆怅,在翡翠的珠帘里,彩灯明亮。她亲昵地依偎在我身边,温柔深情地把歌哼唱。如今我又回到旧日街巷,四处打听她的状况,可惜无情的春风吹落了鲜花,吹走了芬芳。我悲痛欲绝,念念不忘她的模样,她叫崔徽,我的女郎。

【读后之感】
  这是一首悼亡之词,词人对已亡故人情真意切,念念不忘。肖像描写词语不多,但非常成功。"偷理绡裙,自惊腰衩",传神。词人的心理活动也描写得细致入微,词的最后又将所爱真名实姓写了出来,可见俩人的感情实非一般。惋惜之余,佩服之至。

秋霁

史达祖

【原词实录】

江水苍苍,望倦柳愁荷,共感秋色。废阁先凉,古帘空暮,雁程最嫌风力。故园信息,爱渠入眼南山碧。念上国①,谁是、胎鲈江汉未归客。

还又岁晚,瘦骨临风,夜闻秋声,吹动岑寂。露蛩悲、青灯冷屋,翻书愁上鬓毛白。年少俊游浑断得,但可怜处,无奈苒苒②魂惊,采香南浦,剪梅烟驿。

【咬文嚼字】

①上国:国都,此泛指故土。

②苒苒:形容时光渐渐过去。

【词牌平仄】

秋霁,词牌名,又名"春霁""平湖秋月"。以史达祖《秋霁·江水苍苍》为正体,双调一百零五字,上片十句六仄韵,下片十一句四仄韵。

正体:

中仄平平,仄仄仄平平,仄仄平仄(韵)。中仄平平,中平中仄,中平仄中平仄(韵)。中平仄仄(韵),仄平中仄平平仄(韵)。仄仄仄(韵),平仄、仄平平仄仄平仄(韵)。

平中仄仄,仄仄平平,仄中平平,中中平仄(韵)。仄平中、平平中仄,平平中仄仄平仄(韵)。中仄仄平平仄仄(韵),仄中平仄,中中仄仄平平,仄中平中,仄平平仄(韵)。

【相关典范】

宋·吴文英《秋霁·一水盈盈》

宋·陈允平《秋霁·千顷琉璃》

宋·曾纡《秋霁·木落山明》

宋·周密《秋霁·重到西泠》

【原词意译】

江水苍茫,我在秋色中犹如倦柳愁荷。

远飞的大雁好像在说:"风儿啊,你轻轻地吹,带着我慢慢地飞,让我多看一眼故乡也好的呀!"

我也眷恋京城南山的翠绿,可是我是羁旅倦客,总得归去。

又到了岁末,我撑着一身瘦骨,迎风而立。萧瑟的秋风使我不寒而栗。夜露中蟋蟀的悲鸣,搅得我心烦意乱。在一盏青灯下,我翻开了书,体谅书中的悲戚。我的头发已露出了白色的痕迹,可叹的是年少时的俊友已全无了消息。最令我神伤的是南浦的别离、是折梅的相寄。

【读后之感】

离别词。陈匪石在《宋词举》中认为"露蛩悲"二句"寥寥十四字,可抵一篇《秋声赋》读"。

青灯冷屋,瘦骨临风,烟驿剪梅,愁上鬓毛,满眼是愁,满心是愁,愁,愁,愁!宋人哪来许多愁?国事家事也。

夜合花

史达祖

【原词实录】

柳锁莺魂，花翻蝶梦①，自知愁染潘郎②。轻衫未揽，犹将泪点偷藏。念前事，怯流光，早春窥、酥雨池塘。向消凝里，梅开半面，情满徐妆③。

风丝一寸柔肠，曾在歌边惹恨，烛底萦香。芳机瑞锦④，如何未织鸳鸯。人扶醉，月依墙，是当初、谁敢疏狂⑤！把闲言语，花房⑥夜久，各自思量。

【咬文嚼字】

①蝶梦：梦境。语出庄周梦蝶事。

②潘郎：指晋时潘岳。岳美貌，后亦代指貌美的情郎。

③徐妆：半面妆。典故：徐氏，徐昭佩，梁元帝萧绎妃子，后争风，被打入冷宫。徐氏每以半面妆见帝。

④芳机瑞锦：指织机织出龙凤彩锦。

⑤疏狂：张狂，恣情。

⑥花房：闺房。

【词牌平仄】

夜合花，词牌名，唐韦应物诗"夜合花开香满庭"，调名取此。以晁补之《夜合花·百紫千红》为正体。双调九十七字，上片十句五平韵，下片十句六平韵。

正体：

仄仄平平，仄平平仄，仄平仄仄平平（韵）。平平仄仄，仄平仄仄平平（韵）。仄平仄平平（韵）。仄平平仄仄平平（韵）。仄平平仄，平平仄仄，仄仄平平（韵）。

平平仄仄平平（韵），仄平平，仄平平仄平平（韵）。平平仄仄，平平仄仄平平（韵）。仄仄仄平平（韵）。仄平仄仄平平（韵）。仄平平仄，平平仄仄，仄平平（韵）。

【相关典范】

宋·晁补之《夜合花·百紫千红》

宋·丘崟《夜合花·雨过凉生》

宋·王之道《夜合花·和刘春卿有怀金溪》

宋·史达祖《夜合花·赋笛》

宋·史浩《夜合花·洞天》

【原词意译】

黄莺的俏魂被柳荫锁住了,蝴蝶翻飞于花上,也许是庄周的迷惘。我两鬓已白,如当年的潘郎一样哀伤。罗衫遮掩面庞,把眼泪偷偷掩藏。怕念旧事,怕时光流逝,只能偷窥早春,池塘酥雨。更怜那徐妃半面妆,残掩梅花里。寸寸愁肠微风里,低婉的歌声,惹得我怨恨绵绵,犹如余香绕着烛台底。华丽的织机,为何织不出鸳鸯?我独自酒醉,看月光闪亮,当初的放荡轻狂,换来的是各自独守空房,各自悲凉惆怅。

【读后之感】

本词为怀人之作。

上片发虚度华年之慨,以徐妃半面妆入典,意象奇特新鲜。

下片全是"恨"。恨美景不再,恨誓言成空,更恨有情人天各一方、有情难诉!

词人中有"张三影",有"柳三变",我要命名史达祖为"史三恨",因为他之恨,是人神共恨,是天地共恨,当然也是我的恨,使我痛彻心扉的恨。

本词的特点:愁如织丝,反复哀鸣,反复吟唱,作者借咏男女之爱,发内心的忧闷、愤恨。

玉蝴蝶

史达祖

【原词实录】

晚雨未摧宫树，可怜闲叶，犹抱凉蝉。短景[①]归秋，吟思又接愁边。漏初长、梦魂难禁，人渐老，风月俱寒。想幽欢、土花庭甃[②]，虫网阑干。

无端啼蛄[③]搅夜，恨随团扇，苦近秋莲。一笛当楼，谢娘悬泪立风前。故园晚、强留诗酒，新雁远、不致寒暄。隔苍烟、楚香罗袖，谁伴婵娟？

【咬文嚼字】

①短景：指夏去秋来，白昼渐短。

②甃：井壁。

③蛄：蝼蛄，通称拉拉蛄，一种昆虫，昼伏夜出，穴居土中而鸣。

【词牌平仄】（同前）

【相关典范】（同前）

【原词意译】

宫里的树木没有被风雨吹折，可怜的树叶犹如抱着凉秋的寒蝉。入秋后日头渐渐变短，而我的愁思却日日变长。

我已渐老，风和月都充满了敌意，将我侵袭。

昔日的欢娱哪里去了？庭院里青苔满砖墙，蜘蛛网织满栏杆，蝼蛄在秋夜悲鸣，我身如被抛弃的扇子，心似苦涩的莲子。

当年谢娘泣立风前，听我声声短笛，我们勉强饮酒赋诗，看大雁飞远。隔着苍茫的云烟，罗袖难留楚香，更谁人与你共婵娟？

【读后之感】

悲秋思人，以景起兴，情因景生。蝼蛄搅夜，漏长人老，谢娘何在，实难摆脱那团扇之恨。

八归

史达祖

【原词实录】

秋江带雨，寒沙萦水，人瞰画阁愁独。烟蓑散响惊诗思，还被乱鸥飞去，秀句难续。冷眼尽归图画上，认隔岸、微茫云屋。想半属、渔市樵村，欲暮竞然①竹。

须信风流未老，凭持尊酒，慰此凄凉心目。一鞭南陌，几篙官渡，赖有歌眉舒绿②。只匆匆残照，早觉闲愁挂乔木。应难奈、故人天际，望彻淮山，相思无雁足。

【咬文嚼字】
①然：同"燃"。
②舒绿：舒眉，古以黛绿画眉，故云。

【词牌平仄】（同前）

【相关典范】（同前）

【原词意译】
我在秋雨中吟诵着《八归》，飞去的乱鸥搅得我佳句难续。
阁楼外烟雨蒙蒙，蓑衣人撒网如练，对岸茅屋隐约可见。
我自信人未老，且风流。来杯酒吧，以慰藉我内心的哀愁。
南面传来了鞭炮声声，津渡处有姑娘开怀，我顿觉眉心舒展。
眼望远方，我的忧愁又上了心头，故人远在天边，大雁也不能将我的相思带给她。

【读后之感】
此词当属抒写离情别绪的佳作。上片以写远景为主，秋江、寒沙、隔岸、云屋，皆为较远之景，使人郁塞顿开。烟蓑、渔市、樵村又为遁世之处，是词人刻意追求之梦境。读者读之，难免不为其景感染，不为其情感动。况周颐在《蕙风词话》中说"此阕与《玉蝴蝶》皆较疏俊者"。但以词情相比，此篇则更加清逸超爽。

生查子（元夕戏陈敬叟）

刘克庄

【原词实录】

繁灯夺霁华①，戏鼓侵明发②。物色旧时同，情味中年别。

浅画镜中眉，深拜楼中月。人散市声收，渐入愁时节。

【咬文嚼字】

①霁华：指明朗的月光。

②明发：天明。

【词牌平仄】（同前）

【相关典范】（同前）

【原词意译】

是灯光，还是月光？节日里的风情与过去一样，笙箫鼓声还在喧响。

人到了中年，倍感凄凉，像汉朝的张敞。佳人与我对镜化妆，双双拜月亮。街市上又恢复了平静，而我的心情越来越忧郁彷徨。

【读后之感】

此词虽题为"戏陈敬叟"，其实是词人自己的相思之作。首二句用"夺""侵"两个很有力度的词，夺人心声。接二句写人到中年万事休，弄弄眉毛，拜拜月亮，祈祷祈祷吧。紧接着一个"收"字，一个"愁"字又跳将出来，不由人安顿。

史评家谓刘克庄："后村词与放翁、稼轩，犹鼎三足……拳拳君国，似放翁；志在有为，不欲以词人自域，似稼轩……升庵称其壮语，子晋称其雄力，殆犹之皮相也。"

【词人简介】

刘克庄（1187—1269），字潜夫，号后村居士。莆田（今属福建）人。以荫入仕，淳祐六年（1246）赐进士出身。官至工部尚书兼侍读。诗词多感慨时事之作，是南宋江湖诗派和辛派的重要作家。词风粗豪肆放，慷慨激越。著有《后村先生大全集》《后村别调》。

贺新郎（端午）

刘克庄

【原词实录】

深院榴花吐，画帘开、䌷衣①纨扇，午风清暑。儿女纷纷夸结束，新样钗符艾虎②。早已有游人观渡。老大逢场慵作戏，任陌头、年少争旗鼓，溪雨急，浪花舞。

灵均标致高如许，忆生平、既纫兰佩，更怀椒醑③？谁信骚魂千载后，波底垂涎角黍，又说是蛟馋龙怒。把似④而今醒到了，料当年，醉死差无苦，聊一笑，吊千古。

【咬文嚼字】

①䌷衣：粗布衣服。
②钗符艾虎：端午节头饰。
③椒醑：椒，香物，用来迎神。醑，美酒，用来祭神。
④把似：与其，假如。

【词牌平仄】（同前）
【相关典范】（同前）
【原词意译】

时至端午，游人在江边看龙舟竞渡。我人也老矣，任凭年轻人摇旗擂鼓，船桨起伏。

儿女们鬓钗彩符，身佩艾虎，我也手执绢扇，身穿粗服。

回忆起屈原的高深风度，佩秋兰以修身，用美酒以祈福，谁料想千年之后，他的浮魂引得蛟龙发怒，贪食米黍。人们便向江里抛丢粽子，以保护沉江的屈大夫。

假如屈原有魂，定会说，当年醉死，少了如今的痛苦。姑且开个玩笑，凭吊千古！

【读后之感】

　　上片描绘了一幅幅端午风俗图,下片大篇议论龙舟竞渡和思念屈原,字里行间又流露出自己年华已晚、身安废弃的郁闷不平之情。黄蓼园认为本词"非为灵均雪耻,实为无识者下一针砭,思理超超,意在笔墨之外"。

　　是的,"灵均标致高如许","谁信骚魂千载后",难道仅仅是为屈原鸣不平吗?不是,是托屈原而自况也。古时有抱负的男儿大多在叹屈子之悲时,流露自身不幸也。刘克庄是也。"老大逢场慵作戏"句,就是很好的表白。否则,何须这首《贺新郎》?

刘克庄

贺新郎（九日）

刘克庄

【原词实录】

湛湛①长空黑，更那堪、斜风细雨，乱愁如织。老眼平生空四海，赖有高楼百尺。看浩荡，千崖秋色。白发书生②神州泪，尽凄凉、不向牛山滴③。追往事，去无迹。

少年自负凌云笔④，到而今、春华落尽，满怀萧瑟。常恨世人新意少，爱说南朝狂客，把破帽⑤、年年拈出。若对黄花孤负酒，怕黄花、也笑人岑寂。鸿北去，日西匿。

【咬文嚼字】

①湛湛：水深貌。
②白发书生：自谓。
③牛山滴：牛山，地名，在今山东临淄县南。此句谓丈夫不应无谓流泪。
④凌云笔：笔端纵横，气势干云。
⑤破帽：谓孟嘉落帽事。

【词牌平仄】（同前）

【相关典范】（同前）

【原词意译】

我虽然只是一个白发书生，但眼泪总为神州大地而流。
我虽然眼前一片漆黑，但胸襟浩大，喜欢登高临远。
少年时我气冲牛斗，自负有凌云健笔，从不悲天怨地。
如今我才华已尽，只剩一颗寂寞的心。
都说南朝文人羁傲疏狂，而如今新意太少，动不动就把孟嘉落帽的趣事提起，让人感觉到烦腻。如今对着菊花若不论酒，恐怕也要被菊花嘲笑，但我只见鸿雁向北飞去,斜阳向西隐匿,叫我说什么好呢?

【读后之感】

　　雄放畅达之作。九日登高抒怀,前人名作颇多。但词人能自出机杼,另立新意,竟发出"常恨世人新意少"的感慨。另外,此篇也并非一味地率直酣畅、豪情满纸,而是粗细结合、疏密有致。既有"斜风细雨,乱愁如织",又有"看浩荡,千崖秋色"。结尾以"鸿北去,日西匿"作收,更是意余言外,令人寻味不尽。

刘克庄

木兰花(戏林推)

刘克庄

【原词实录】

年年跃马长安①市,客舍似家家似寄。青钱换酒日无何②,红烛呼卢③宵不寐。

易挑锦妇机中字,难得玉人心下事。男儿西北有神州,莫滴水西桥畔④泪。

【咬文嚼字】
①长安:指临安。
②无何:没别的事。
③呼卢:古时赌具,类似骰子。
④水西桥畔:泛指玉人居处。

【词牌平仄】(同前)
【相关典范】(同前)
【原词意译】

何必骑着马儿东跑西颠,何必把家园当旅舍,何必掷骰豪赌,通宵不眠。

她为我织出了锦衣,上面有赠我的回文诗句,我们似乎心有灵犀,她是能知我的真感情。

男儿啊,不应只懂水西桥畔的花天酒地,不要忘了西北神州故土!

【读后之感】

规劝词。林推,应是词人友,词人为其纵情游乐表示惋惜,甚至痛心。结句称"男儿西北有神州",不可在水西桥边悲悲切切,委婉而又严厉。此词可谓语重心长,充满正能量。

江城子

卢祖皋

【原词实录】

画楼帘幕卷新晴，掩银屏，晓寒轻。坠粉飘香，日日唤愁生。暗数十年湖上路，能几度、著娉婷①？

年华空自感飘零。拥春醒，对谁醒？天阔云闲，无处觅箫声。载酒买花年少事，浑不似，旧心情。

【咬文嚼字】

①娉婷：姿态美好。

【词牌平仄】（同前）

【相关典范】（同前）

【原词意译】

清晨，在和煦的阳光里，我只想起了你，美丽的新娘。我感到虚度了年华，时常借酒消愁，可我的愁更愁。向谁倾诉衷肠？花瓣里还夹带着你的芳香，暗暗回忆起十年来西湖边无尽的思念，天空多辽阔，浮云多悠闲，我到哪里还能听到那情投意合的箫声？美酒载车，买花寄情，那是年少人的风流举动，而如今的我哪里有这种心情？画楼里帘幕在微风里晃动，屏风也将寒冷拒之门外，可我的愁思却与日俱增。

【读后之感】

江城子调宜写沉痛盘郁之情，始于苏轼"十年生死两茫茫"，原本是写节奏感强的豪迈之声。卢词却做到了两者兼而有之。黄昇说，卢词"乐章甚工，字字可入律吕"（《花庵词选》）。可见，作词律调固然重要，但终究要看作者的立意和遣词造句。君不见"能几度""著娉婷""拥春醒""对谁醒""浑不似""旧心情"，虽都是短声促句，节奏感相当明显，但融入全词委婉、凄黯的意境中反倒是体现了词这种艺术形式的音律之美。

【词人简介】

卢祖皋，字申之，又字次夔，号蒲江，永嘉（今浙江温州）人。庆元五年（1199）进士。官至权直学士院。词风婉秀淡雅。有《蒲江词稿》。

宴清都

卢祖皋

【原词实录】

春讯飞琼管①，风日薄，度墙啼鸟声乱。江城次第②，笙歌翠合，绮罗香暖。溶溶涧渌冰泮③，醉梦里，年华暗换。料黛眉，重锁隋堤④，芳心还动梁苑⑤。

新来雁阔云音⑥，鸾分鉴影⑦，无计重见。春啼细雨，笼愁淡月，恁时⑧庭院。离肠未语先断，算犹有凭高望眼。更那堪衰草连天，飞梅弄晚。

【咬文嚼字】

①琼管：古代以葭莩灰填满律管，节候至则灰飞管通。管以玉为主，故曰琼管。

②次第：转眼，纷纷。

③泮：冰融解。

④隋堤：隋代开通济渠，沿渠筑堤，后称为隋堤。

⑤梁苑：在今开封市东南，宋时游宴胜地。此泛指园林。

⑥雁阔云音：听不到大雁的叫声。阔，稀缺。

⑦鸾分鉴影：范泰《鸾鸟诗序》载，鸾不鸣，后悬镜以求其鸣。鸾睹形悲鸣，哀响冲霄，一奋而绝。后以此比喻爱人分离或失去伴侣。借指妇女失偶。

⑧恁时：此时。

【词牌平仄】

宴清都，词牌名，又名"宴满都""四代好"。始见周邦彦《清真集》。以其词《宴清都·地僻无钟鼓》为正体，双调一百零二字，上片十句五仄韵，下片十句四仄韵。

正体：

中仄平平仄（韵）。平中仄，中中平仄平仄（韵）。平平中仄，中中中中，中平平仄（韵）。平平仄仄平平，仄中仄、中平仄仄（韵）。中中中、中仄平平，中平中仄平仄（韵）。

平平仄仄平平，中平中仄，平中中仄（韵）。中平中仄，中平中仄，仄平平仄（韵）。中平中仄平中，中中仄、中平中仄（韵）。仄中中、中仄平平，中平仄仄（韵）。

【相关典范】

宋·方千里《宴清都·暮色闻津鼓》

宋·吴文英《宴清都·连理海棠》

宋·何籀《宴清都·细草沿阶软》

宋·程垓《四代好·翠幕东风早》

宋·袁去华《宴清都·暮雨消烦暑》

【原词意译】

琼管里飞出了春的气息，鸟儿在墙头上欢唱，我好像是在梦里。

我像是被隋堤上的杨柳锁住了眉头，梁苑里芳心萌动，但我只盼那鸿雁归来，传递他的消息。

鸾凤对着镜子孤鸣，情人再也不能相见。春雨淅沥，月光淡淡，愁云笼罩，此时的我独守空院，离愁未诉肠先断，就算能登高望远，看到的只是衰草连天，飞梅弄晚。

【读后之感】

本词是状景言情的典范之作，用《宴清都》调，题文切合。

上片写景，江城风情随笔拈来，下片抒情，突出一个"愁"字，特别是用"鸾鸟鉴影"之典，渲染"愁"的气氛，末句以景结情，辞尽意不尽。

结句"更那堪衰草连天，飞梅弄晚"传神，"飞梅弄晚"，这一"飞"字，你可曾看见其他词人用来描梅？这一"弄"字，虽为词人常用，但前缀是"飞梅"，令人不能不佩服卢祖皋的炼字功夫了。

南乡子（题南剑州妓馆）

潘牥

【原词实录】

生怕倚阑干①，阁下溪声阁外山。惟有旧时山共水，依然，暮雨朝云②去不还。

应是蹑飞鸾③，月下时时整佩环。月又渐低霜又下，更阑④，折得梅花独自看。

【咬文嚼字】

①阑干：栏杆。

②暮雨朝云：指男欢女爱。

③蹑飞鸾：乘上飞鸾。

④更阑：指天将亮时。

【词牌平仄】

南乡子，词牌名，又名"好离乡""蕉叶怨"，唐教坊曲，多咏江南风物。有单调、双调二体。

单调，二十七字，五句两平韵、三仄韵。以欧阳炯《南乡子·画舸停桡》为代表。双调五十四字，上下片各五句四平韵。以欧阳修《南乡子·翠密红繁》为代表。

单调正体：

仄仄平平（韵），中中中中仄中平（韵）。中仄中平平中仄（韵），平仄（韵），中仄中平中仄仄（韵）。

双调正体：

仄仄平平（韵），仄仄平平仄仄平（韵）。仄仄平平仄仄，平平（韵），仄仄平平仄仄平（韵）。

仄仄平平（韵），仄仄平平仄仄平（韵）。平仄仄平平仄仄，平平（韵），平仄平平仄仄平（韵）。

【相关典范】

五代·欧阳炯《南乡子·路入南中》

五代·冯延巳《南乡子·细雨湿流光》
五代·李珣《南乡子·新月上》
宋·王安石《南乡子·自古帝王州》
宋·晏几道《南乡子·眼约也应虚》《南乡子·新月又如眉》
宋·苏轼《南乡子·送述古》《南乡子·梅花词和杨元素》《南乡子·重九涵辉楼呈徐君猷》
宋·黄庭坚《南乡子·诸将说封侯》
宋·秦观《南乡子·妙手写徽真》
宋·朱熹《南乡子·落日照楼船》
宋·辛弃疾《南乡子·登京口北固亭有怀》

【原词意译】

我就怕独倚栏杆，看溪水潺潺，碧绿青山，她像暮雨朝云般一去不复返，难道她已化作仙女驾乘着飞鸾？

月儿渐渐低转，夜寂更阑，我摘下一枝梅花，无人相赠，独自观看。

【读后之感】

冷景、热心、一枝梅，人儿鸾儿共山水，若使小令清如许，一片真情几字间。词人看好潘牥句，我亦低首仔细吟。

我最欣赏的是结句之意，古人向以折梅相赠寄相思，可词人虽折了梅，但无人相寄，只好独自相看，这等凄苦之句、悲怆之情唯潘牥能言耳。

南宋词坛，小令精品不多，本词却得诸词家赞赏，有著赞其"有许多转折委婉情思"。况周颐则说："小令中能转折，便有尺幅千里之妙。"沈祥龙也说："小令须突然而来，悠然而去，数语曲折含蓄，有言外不尽之致。"

【词人简介】

潘牥（1204—1246），字庭坚，号紫岩，初名公筠，福州富沙（今属福建）人。端平二年（1235）进士。历仕太学正，通判潭州。著有《紫岩集》。

瑞鹤仙

陆叡

【原词实录】

　　湿云粘雁影,望征路愁迷,离绪难整。千金买光景,但疏钟催晓,乱鸦啼暝。花惊①暗省,许多情,相逢梦境。便行云、都不归来,也合寄将音信。

　　孤迥②,盟鸾心在,跨鹤程高,后期无准。情丝待剪,翻惹得、旧时恨。怕天教何处,参差双燕,还染残朱剩粉。对菱花③,与说相思,看谁瘦损④?

【咬文嚼字】

①惊:欢乐。
②孤迥:志趣高远。
③菱花:指菱花镜。
④瘦损:消瘦。

【词牌平仄】(同前)
【相关典范】(同前)
【原词意译】

　　你有没有忘了我的娇容,你有没有忘了我俩的海誓山盟?我对着菱花镜暗自神伤。

　　天空中的湿云粘住了大雁的翅膀,它迟迟不肯归来,带来你的消息,只有乱鸦啼暝,叫我疲损。我对你的深情只能在梦中呼唤,愿你也是剪不断,理还乱。

【读后之感】

　　相思的无望,恰恰是南宋王朝末日将临的小小缩影。作者若无此心,读者读后恐怕也会有此意。假如老沉溺在男女相思里,宋文人也实在无聊了。假如言外有言,意外有意,应另当别论。

　　且看陆叡的这首词,纯属怨妇之声。题材老旧,影梦虚无,唯有揭开帷帘,背后方是另一番光景。我只得这么认为。不然名不见经传的陆叡的这首词不会被收录寸土寸金的《宋词三百首》中。

【词人简介】

陆叡(?—1266),字景思,号西云,会稽(今浙江绍兴)人。绍定五年(1232)进士。官至集英殿修撰,江南东路计度转运副使兼淮西总领。

渡江云（西湖清明）

吴文英

【原词实录】

羞红颦浅恨，晚风未落，片绣点重茵①。旧堤分燕尾，桂棹轻鸥，宝勒倚残云。千丝怨碧，渐路入仙坞迷津。肠漫回，隔花时见，背面楚腰身。

逡巡。题门惆怅，堕履牵萦。数幽期难准。还始觉留情缘眼，宽带因春②。明朝事与孤烟冷，做满湖风雨愁人。山黛暝③，尘④波澹绿无痕。

【咬文嚼字】

①重茵：厚毯子，比喻青草。
②留情缘眼，宽带因春：一本作"留情缘宽，带眼因春"。
③暝：一本作"映"。
④尘：一本作"澄"。

【词牌平仄】

渡江云，词牌名，又名"三犯渡江云""渡江云三犯"。以周邦彦《渡江云·晴岚低楚甸》为正体，双调一百字，上片十句四平韵，下片九句一叶韵、四平韵。

正体：

中平平仄仄，中平中仄，中仄仄平平（韵）。仄中平中仄，中仄平平，中仄仄平平（韵）。平平中仄，中中中、中仄平平（韵）。中仄中、中平中仄，中仄仄平平（韵）。

平平（韵）。中平中仄，仄仄平平，仄中平中仄（韵）。中中中、平平中仄，中仄平平（韵）。中平中仄平平仄，中中中、中仄平平（韵）。平仄仄、中平中仄平平（韵）。

【相关典范】

宋·陈梦协《渡江云·寿妇人集曲名》

宋·杨泽民《渡江云·渔乡回落照》
宋·张炎《渡江云·怀归》《渡江云·山阴久客——再逢春回忆西杭渺然愁思》
元·吴澄《渡江云·揭浩斋送春和韵》

【原词意译】

西湖上尘波澹然，绿水无痕。苏堤和白堤如分尾的双燕。

红花朵朵，如害羞的姑娘，红了脸。几片轻舟，如水鸥漂浮水面。

我骑着马儿踯躅不前，隔着花看她楚楚动人，令我痴迷。

我在门上题诗，在心里为她作画，鞋子掉了也全然不顾，追寻着她的行踪。

下次幽会不知道要等到何时，这段情缘全靠那留情眼波的瞬间，衣带渐宽全因春心萌动，叫我俩魂不守舍，荡气回肠。

远山青翠已黄昏，西湖风雨愁煞人。

【读后之感】

悼亡词。清明正是断魂时分。在西湖美景里词人愁思更悲戚。据词学专家夏承焘《吴梦窗系年》考证，吴在杭曾纳一妾，不久亡故，二人情感甚笃。此词当为她而写。

词的开头词人语调低婉，本应是护花使者，却没有护花之意。留一悬念，引人入胜。接着词的中段便是以追叙为主了。"背面楚腰身""堕履牵萦""留情缘眼""宽带因春"，波波袭来，令人更加困顿。但最终便是"湖风雨愁人""尘波澹绿无痕"了。

这种逻辑性极强的记叙，较好地体现了词人内心深处的情感，是一首情真意切的悼亡词。

不知读者有没有发现，此词虽表达了词人对亡妾深深的怀念，但给人略有拖沓之感。但终瑕不掩瑜也。

【词人简介】

吴文英（约1200—约1260），字君特，号梦窗，晚号觉翁，本姓翁氏，入继吴氏，四明（今浙江宁波）人。绍定中入苏州仓幕。曾任吴潜浙东安抚使幕僚，出入苏杭一带权贵之门。知音律，能自度曲，词名极重。有《梦窗甲乙丙丁稿》传世。

夜合花（自鹤江入京，泊葑门外有感）

吴文英

【原词实录】

柳暝河桥，莺晴台苑，短策①频惹春香。当时夜泊，温柔便入深乡。词韵窄，酒杯长，剪蜡花、壶箭②催忙。共追游处，凌波翠陌，连樟横塘。

十年一梦凄凉，似西湖燕去，吴馆③巢荒。重来万感，依前唤酒银罂④。溪雨急，岸花狂，趁残鸦、飞过苍茫。故人楼上，凭谁指与，芳草斜阳？

【咬文嚼字】

①策：马鞭。

②壶箭：古以铜壶盛水，壶中立箭计时。

③吴馆：吴王夫差为西施建造的馆娃宫，在苏州灵岩山，此指诗人旧居。

④银罂：一种大腹小口的酒器。

【词牌平仄】（同前）

【相关典范】（同前）

【原词意译】

我和我的美人夜泊在温柔之乡。河桥被绿荫遮藏，黄鹂在亭苑里叫唱，短短的马鞭粘惹着春花的清香。

我的诗词显得笨拙，只好痛饮美酒佳酿，我们共剪着窗花，只嫌滴漏之声太长。

一年恍如一梦，我感到无比凄凉，因为西湖的燕儿已经飞过，吴国馆娃宫里空空荡荡，重游故地时我感慨万千，呼唤美人把酒斟上。山雨急速而来，岸上落花轻狂，乌鹊飞向苍茫，与美人同宿过的楼上，人去楼空，只有芳草接斜阳。

【读后之感】

情真意切的悼亡词。据考，吴文英在苏、杭各有一姬，一去一死。本词即为苏州去姬而作。宋人的别情离调总是那么凄凉感伤。该词上片从姑苏风光起笔,以"短策频惹"交代出游的频繁。一个"惹"字,惹动的是春的希望,更是揭开了回忆的序幕。惊醒后倍觉凄凉。"溪雨急"三句,词出意境,更出心境,把词人失落无依之情表露无遗。词人的二位至爱,一死一去,词人躯壳里除了悲伤,还是悲伤。

我读宋词

吴文英

霜叶飞（重九）

吴文英

【原词实录】

断烟离绪关心事，斜阳红隐霜树。半壶秋水荐[1]黄花，香嗼[2]西风雨。纵玉勒、轻飞迅羽，凄凉谁吊荒台[3]古。记醉踏南屏[4]，彩扇咽寒蝉，倦梦不知蛮素[5]。

聊对旧节传杯，尘笺蠹管，断阕经岁慵赋。小蟾[6]斜影转东篱，夜冷残蛩语。早白发、缘愁万缕。惊飙从卷乌纱去。谩细将、茱萸看，但约明年，翠微高处。

【咬文嚼字】

①荐：祭奠。
②嗼：含在口中而喷出。
③荒台：即彭城（今江苏徐州）戏马台，为项羽阅兵处。
④南屏：杭州有南屏山，且有"西湖十景"之一"南屏晚钟"。
⑤蛮素：代指爱妾。
⑥小蟾：小月。

【词牌平仄】

霜叶飞，词牌名。调见《片玉集》。因词有"素娥青女斗婵娟"句，故又名"斗婵娟"。正体双调一百十一字，上片十句六仄韵，下片十句五仄韵。还有多种变体。

正体：

中平平仄（韵）。平平仄，平平平仄平仄（韵）。仄平中仄仄平平，中仄平平仄（韵）。仄中仄，平平仄仄（韵）。中平平仄平平仄（韵）。仄仄仄平平，仄仄仄、平平仄仄，中仄平仄（韵）。

中仄中仄平平，中平平仄，仄中平中仄仄（韵）。仄平中仄仄平平，仄仄平仄（韵）。仄仄仄平平仄仄（韵）。平平中仄平仄仄（韵）。仄仄中、平平仄仄，中仄平平，仄平平仄（韵）。

【相关典范】

宋·周邦彦《霜叶飞·露迷衰草》

明·沈宜修《霜叶飞·题君善祝发图》

【原词意译】

眼前是残断的云烟和枯萎的花朵，心中满是她的幻影，黄菊插瓶中，香气犹带西风。

我来到项羽的戏马台，挥动彩扇，踏歌南屏。

我已将小蛮和樊素两位美女都忘记，任笔笺生尘，笛管蠹虫，那一首写了一年的诗句，也懒得将它续完，突然一阵狂风吹来，将我的乌纱卷去，露出了白发苍苍。

明年的今日，是否能如期相约再诉衷肠？茱萸啊茱萸，你怎就不搭腔？

【读后之感】

重九之日，思亲正当时。首句"断烟"先把全词基调定，次句写斜阳，却以"霜树"来映衬，倍觉清冷。"半壶"二句关合时节，实暗含"蛮素"失联，伤心至极。影转东篱，夜冷残蛩，白发上的乌纱帽又被狂风吹去，一切的一切，明年今日再说吧。

宴清都（连理海棠）

吴文英

【原词实录】

绣幄鸳鸯柱，红情密、腻云低护秦树。芳根兼倚，花梢钿合①，锦屏人妒。东风睡足交枝，正梦枕瑶钗燕股②。障滟蜡、满照欢丛，嫠蟾③冷落羞度。

人间万感幽单，华清④惯浴，春盎⑤风露。连鬟⑥并暖，同心共结，向承恩处。凭谁为歌长恨⑦？暗殿锁、秋灯夜语。叙旧期、不负春盟，红朝翠暮。

【咬文嚼字】

①钿合：钿盒，有上下两扇。
②燕股：钗有两股如燕尾。
③嫠蟾：无夫的嫦娥。嫠，寡妇。
④华清：华清池。
⑤盎：池水盈溢。
⑥连鬟：古时女人所梳双髻，叫同心结。
⑦长恨：指白居易《长恨歌》。

【词牌平仄】（同前）

【相关典范】（同前）

【原词意译】

连理海棠，依偎成双，红花浓密，情意绵长，惹得银屏里的美人嫉妒感伤。玉簪金钗遗落枕旁，嫦娥见了更加忧伤，贵妃娘娘，赐浴华清池，尽情享受风光，他们同心共结连理，永远为伴成双。可为什么生离死别两茫茫，绵绵长恨久传唱？幽暗的宫门紧关闭，秋夜孤栖太漫长，盼伊人归来，把盟约践偿。

【读后之感】

一唱三叹，句句含情，字字暖心。花如人，人似花，谁似吴文英，经典咏流传。

词人的双眼如X光,把象征爱情的海棠花描写得真真切切。该词用大量的拟人化的语言寄情于花,表示人间有真爱,又用《长恨歌》之典,表现词人内心之郁闷。"其中所存者厚"的寓意更深更远。

　　从心理学的角度来分析,词人不可能平白无故地用大量词句来描绘海棠的艳丽,而是的的确确有寄有托!

　　寄什么?托什么?恐怕连读十遍方能晓之一二。

我讀閑詞

吴文英

齐天乐

吴文英

【原词实录】

烟波桃叶西陵路，十年断魂潮尾。古柳重攀，轻鸥聚别，陈迹危亭独倚。凉飔①乍起，渺烟碛②飞帆，暮山横翠。但有江花，共临秋镜③照憔悴。

华堂烛暗送客，眼波回盼处，芳艳流水。素骨凝冰，柔葱蘸雪④，犹忆分瓜深意。清尊未洗，梦不湿行云，漫沾残泪。可惜秋宵，乱蛩疏雨里。

【咬文嚼字】

①飔：凉风。　　　　　　　　　　②碛：沙洲，沙岸。
③秋镜：指秋水如镜。　　　　　　④柔葱蘸雪：形容白皙的纤手。

【词牌平仄】（同前）

【相关典范】（同前）

【原词意译】

十年前，桃叶美人不期而遇，十年间离魂伤戚，幽灵聚散，我倚楼寻找旧迹，唯余秋水茫茫。

想当日，灯烛暗华堂，她眼波回转，将我顾盼，她葱嫩雪白的手指、凝冰一样的玉臂和我一起把瓜果分享，她用过的酒杯，我不忍清洗，久久珍藏。

我从此空入梦中，眼泪滴落，苦断愁肠。

秋天的寒夜，稀疏的雨里，蟋蟀儿凄惨地把离歌唱。

【读后之感】

本篇为怀念杭姬而作。陈洵《海绡说词》中说"此与《莺啼序》盖同一年作，彼云十载，此云十年也"。对杭姬的描写，"素骨凝冰，柔葱蘸雪"是亮点处。而"乱蛩疏雨里""漫沾残泪"等悲切处又令词境熨帖、到位。既哀又伤的吴文英，尝尽了失爱的悲痛，一般人尚能埋藏心底，可吴文英是大文豪啊，怎能不泪如雨下，寒夜诉相思！

花犯（郭希道送水仙索赋）

吴文英

【原词实录】

小娉婷，青铅素靥①，蜂黄②暗偷晕。翠翘③敧鬓。昨夜冷中庭，月下相认。睡浓更苦凄风紧。惊回心未稳。送晓色、一壶葱茜④，才知花梦准。

湘娥化作此幽芳，凌波路，古岸云沙遗恨。临砌影，寒香乱、冻梅藏韵。熏炉畔、旋移傍枕。还又见、玉人垂绀鬓⑤。料唤赏、清华池馆，台杯⑥须满引。

【咬文嚼字】
①靥：酒窝。
②蜂黄：形容水仙黄蕊。
③翠翘：翡翠头饰。
④葱茜：青翠色。
⑤绀鬓：美发。
⑥台杯：大小杯重叠成套。

【词牌平仄】（同前）

【相关典范】（同前）

【原词意译】

雪白的花瓣浅浅地露着笑靥，蜂黄色的花蕊暗自含羞，红晕微泛，昨天月下将你认识，你就是这般模样。

友人送来一盆水仙，那是湘水水神的化影。我也以此将你比喻，就如我梦中所见的倩影。

假如你真的来到我身边，我就把你请到香熏炉边，再将你扶到枕头旁，嗅着你的香气，让我好好欣赏。

与爱相守，把美酒斟满。

【读后之感】

花、人、神同时出现在如梦如幻的意境里,笔法奇幻,空灵轻婉。本篇宜用孩童的心理去感受,去欣赏,肯定别有一番滋味上心头。不信你试试。

好的,下面我即以童心去试读。先解释一下何谓"童心"。

明李贽认为:儿童是人生的开始,童心是心灵的本源。他认为童心不曾受污染过,因而也是最美的。因此他创造了"童心说"。

"小娉婷,青铅素靥",小小的我,看小小的你。你如此娇小的仙女,使我初知花梦谁。那湘娥姐姐一身幽芳,那盈盈凌波步,叫我好神伤。把你像冻梅韵藏,置熏炉畔,移绣枕旁,玉人垂绀鬓,台杯满引料唤赏。

好了,不能再读了,我真的变成小孩了。

浣溪沙

吴文英

【原词实录】

门隔花深梦旧游。夕阳无语燕归愁。玉纤香动小帘钩。

落絮无声春堕泪,行云有影月含羞。东风临夜冷于秋。

【咬文嚼字】

平白如话,无字可嚼。

【词牌平仄】(同前)

【相关典范】(同前)

【原词意译】

我的魂,依然留在梦中,归来的燕子问夕阳为什么那么红?你那纤纤玉手把帘钩拨弄,我的心头暗香浮动,浮云有影月含羞,柳絮飘零泪满面。

【读后之感】

婉约整齐的词句在词人笔间游走,一片真情在我内心里流淌。陈廷焯在《白雨斋词话》中评述"情余言外,含蓄不尽"。

本篇文字清丽,无涩无晦,词境完美,不忍破译。

本词仍用白描手法,将眼前情景并梦中之境娓娓道来,诱我入情,引我入境。深有词人即我、我即词人之感。

浣溪沙

吴文英

【原词实录】

波面铜花①冷不收,玉人垂钓理纤钩②,月明池阁夜来秋。

江燕话归成晓别,水花红减似春休,西风梧井叶先愁。

【咬文嚼字】

①波面铜花:水面清澈如镜。古代铜镜刻有花纹,故称铜花。

②纤钩:月影。

【词牌平仄】(同前)

【相关典范】(同前)

【原词意译】

如菱花铜镜般的西湖水面,因美人的来临而荡起了涟漪。那位美女整理好鱼钩,垂钓于湖中。

夜来波风起,双燕呢喃把家归,萧瑟西风吹梧桐,夜自飘零人自愁。

【读后之感】

怀人词。前人评吴词,多有"晦""涩"感。而此词及前首《浣溪沙》不但不晦涩,反而平白如话,打破了世人对吴词的既定印象。陈洵《海绡说词》云:"以玉人言风景之佳耳。"又云:"西子、西湖,比兴常例,浅人不察,则谓觉翁晦耳。"

言辞幻而不晦,文情畅而不涩,正是吴此词特色。我如是说,你认为呢?

点绛唇（试灯夜初晴）

吴文英

【原词实录】

卷尽愁云，素娥临夜新梳洗。暗尘不起，酥润凌波地。

辇路①重来，仿佛灯前事。情如水。小楼熏被，春梦笙歌里。

【咬文嚼字】

①辇路：帝王车驾行走之路。此泛指京城大道。

【词牌平仄】（同前）

【相关典范】（同前）

【原词意译】

澄碧的夜空，没有一片使人犯愁的浮云。刚刚梳洗过的嫦娥俯临人间。灰尘不起，月波洒地，凌波无痕，溶溶酥润。重游帝王天街，昔日情事浮上心头。她柔情似水，小楼拥熏被，春梦笙歌里。

【读后之感】

吴文英连篇累牍地写情词，可认为是文人的风骚，我也这样认为，因而不仅不觉得其猥琐，还为他（们）的大胆追求而感到骄傲。

祝英台近（春日客龟溪、游废园）

吴文英

【原词实录】

采幽香，巡古苑，竹冷翠微路。斗草溪根，沙印小莲步。自怜两鬓清霜，一年寒食，又身在、云山深处。

昼闲度。因甚天也悭①春，轻阴便成雨。绿暗长亭，归梦趁飞絮。有情花影阑干，莺声门径，解留我、霎时凝伫。

【咬文嚼字】

①悭：吝啬。

【词牌平仄】（同前）

【相关典范】（同前）

【原词意译】

在一座古老荒废的旧苑里巡访，清冷的竹林，翠雾迷茫，我的手中却留下了满把幽香。姑娘们在小溪旁斗草嬉戏，小小的莲足印在沙地上。可怜我两鬓斑白如秋霜，寒食节已到，可我身在云山深处很惆怅。老天也吝啬春光，雨霖霖又凄凉。绿荫遮住了长亭，缠绵的归梦追逐着柳絮在风中轻扬。含情的花影轻抚着阑干，黄莺在小路边吟唱，它也懂得用歌声将我挽留，使我驻足凝望。

【读后之感】

词人用低沉的曲调拽着我陪他游玩了废园。虽然寒食节日溪边有姑娘们嬉戏，亭阁里花映阑干，林深处还有黄莺鸣唱，但词人满腹郁闷。这是为什么呢？我狐疑，我惆怅。云山深处，人生苦短，寒食节里。

祝英台近（除夜立春）

吴文英

【原词实录】

剪红情，裁绿意，花信上钗股。残日东风，不放岁华去。有人添烛西窗，不眠侵晓，笑声转、新年莺语。

旧尊俎，玉纤曾擘黄柑，柔香系幽素①。归梦湖边，还迷镜中路②。可怜千点吴霜③，寒消不尽，又相对、落梅如雨。

【咬文嚼字】

①幽素：幽情素心。

②镜中路：指湖面如镜。

③吴霜：指白发。

【词牌平仄】（同前）

【相关典范】（同前）

【原词意译】

谁剪出了含情的红花？谁裁出了有意的绿叶？使你鬓结金钗股上花叶葱茏。

残日恋恋，不舍地西归了，春风又扑面而来，守岁的人西窗夜雨，添烛挑灯，彻夜不眠。在大人、小孩的欢声笑语里，夜莺也在不停地歌唱。

在除夕的晚宴上，你用纤纤玉手打开了黄柑酒，那温馨一刻至今在我心里萦绕。

我恍如置身梦境里，那湖面如镜，就如你一样美丽而平静。

可怜吴地的风霜将我的双鬓染白，春风也不能使寒意消停，眼前梅花随雨飘零，我迷失在黑暗里。

【读后之感】

除夕之夜，该来的尽来，该有的尽有，可寒意不消停，词人的愁绪也不消停。只能回到昔日梦境中：柔香幽素，玉擘荐酒，可另一幅对比强烈的画面又

被词人无情地铺现：鬓霜老人，梅落如雨。吴文英啊吴文英，你能不能开心点？在这除夕之夜，不要总那么悲悲切切，我晓得你有丧妾之痛，我晓得你忧国忧民，且让我荡荡坦坦地过完这个新年再说！

在这里，我想引入"悲剧意识"这一概念来揣测一下吴文英的心理。

什么叫"悲剧"？悲剧就是把美好的东西毁灭给人看。

一千多年前的古人吴文英虽没有"悲剧"理论，但有"悲剧"实践，而今的"悲剧"理论则是对吴文英悲戚词的诠释。

澡兰香（淮安重午）

吴文英

【原词实录】

盘丝系腕①，巧篆②垂簪，玉隐绀纱睡觉。银瓶露井，彩箑③云窗，往事少年依约。为当时曾写榴裙，伤心红绡褪萼。黍梦④光阴，渐老汀洲烟蒻⑤。

莫唱江南古调，怨抑难招，楚江沉魄。薰风燕乳，暗雨梅黄，午镜澡兰帘幕。念秦楼、也拟人归，应剪菖蒲自酌⑥。但怅望、一缕新蟾，随人天角。

【咬文嚼字】
①盘丝系腕：腕上系五色丝以辟邪。
②巧篆：簪上插精巧纸花。
③箑：柔嫩的蒲草做的扇子。
④黍梦：黄粱梦。
⑤蒻：嫩的菖蒲。
⑥应剪菖蒲自酌：端午时剪菖蒲浸酒以避瘟气。

【词牌平仄】
澡兰香，词牌名，定格为双调，一百零四字，上下片各十句四仄韵，以吴文英词《澡兰香·淮安重午》为代表作。

正体：

平平仄仄，仄仄平平，仄仄仄平仄仄（韵）。平平仄仄，仄仄平平，仄仄平平仄（韵）。仄平平平仄平平，平平平平平仄（韵）。仄仄平平，仄仄平平平仄（韵）。

仄仄平平仄仄，仄仄平平，仄平平仄（韵）。平平仄仄，仄仄平平，仄仄平平仄仄（韵）。仄平平、仄仄平平，平仄平平仄仄（韵）。仄仄仄、仄仄平平，平平平仄（韵）。

【相关典范】
清·厉鹗《澡兰香·葵丑淮南重午用吴梦窗韵》
清·周之琦《澡兰香·重午用梦窗韵》
近代·原中央大学文学院院长汪东《澡兰香·兰》

【原词意译】
她手腕上系着彩色丝带，发髻上簪着精美的符篆，她隐藏在青纱帐里睡眠。

我曾在她的石榴裙上留下诗篇，而现在眼前的石榴花又勾起了我的思念，银瓶酒宴，露井生桃，彩扇摇摆，云窗华艳。

人生如梦，沙洲上烟水迷茫，嫩蒲衰残，不要唱江南旧曲，我好不心伤。旧曲再忧伤也招不回自沉汨罗的屈原。

暖风中雏燕新生，梅子黄熟时细雨蒙蒙。家家户户帘幕低垂，沐浴兰汤。想那伊人，午镜高悬，自赏惊艳，也许她在兰汤里盘算我何时归还，也许她剪碎菖蒲泡酒自斟。

两地分离，一样忧伤，那如眉的新月何时伴我还？

【读后之感】
端午节至，词人不填词才怪。关键是如何立意，如何生句。词人并未完全跳出臼窠，但蕴意深远处仍可圈点。首句以一身态可亲的女子起兴，接着是少经往事依约，至第六句点出时间，换头虽是空中设景，却仍紧扣主题，"薰风"三句，一则以幽密的意象，暗示思人之深曲，二则引出"念秦楼"二句，歇拍的"一缕新蟾"，更见其运意深远。

此词令我最佩服的是人物的肖像描写，"盘丝系腕，巧篆垂簪"，这二句寥寥数语，活灵活现，出色。

风入松

吴文英

【原词实录】

听风听雨过清明,愁草瘗①花铭。楼前绿暗分携路,一丝柳、一寸柔情。料峭春寒中酒②,交加③晓梦啼莺。

西园日日扫林亭,依旧赏新晴。黄蜂频扑秋千索,有当时、纤手香凝。惆怅双鸳④不到,幽阶一夜苔生。

【咬文嚼字】

①瘗:埋葬。

②中酒:病酒。

③交加:纷多杂乱貌。

④双鸳:鸳鸯履,指女鞋。

【词牌平仄】(同前)

【相关典范】(同前)

【原词意译】

我在风雨声中度过了清明,在满院的愁情中草拟了葬花的哀铭。

不忍看楼前的绿荫,分手之处,处处柔情,春寒中病酒醉眠,在梦中把你手牵。那该死的黄莺啼叫着惊醒了我的梦,再也回不到从前。

西园里的林亭打扫得干干净净,就像我洁白的身子,一尘不染,黄蜂频频地扑向秋千的吊绳,那上面还有着她的余香。

柳荫下已不见了她的履痕,台阶上一夜苔藓丛生。

【读后之感】

清明时节,伤春思人。恁多愁沁肤浃髓,更痴语深语,空灵奇幻。谭献《谭评词辨》说:"梦窗之词,丽而则,幽邃而绵密,脉络井井,而卒焉不能得其端倪。"冯煦说吴"天分不及周邦彦,而研炼之功则过之,词家之有吴文英,亦如诗家之有李商隐也。余则谓商隐学老杜,亦如文英之学清真"。

莺啼序（春晓感怀）

吴文英

【原词实录】

残寒正欺病酒，掩沉香绣户。燕来晚、飞入西城，似说春事迟暮。画船载、清明过却，晴烟冉冉吴宫①树。念羁情、游荡随风，化为轻絮。

十载西湖，傍柳系马，趁娇尘软雾。溯红渐招入仙溪，锦儿偷寄幽素。倚银屏、春宽梦窄，断红湿②、歌纨金缕③。暝堤空，轻把斜阳，总还鸥鹭。

幽兰旋老，杜若还生，水乡尚寄旅。别后访、六桥④无信，事往花委，瘗玉埋香，几番风雨。长波妒盼，遥山羞黛，渔灯分影春江宿。记当时、短楫桃根渡。青楼仿佛，临分败壁题诗，泪墨惨淡尘土。

危亭望极，草色天涯，叹鬓侵半苎⑤。暗点检、离痕欢唾，尚染鲛绡⑥，亸⑦凤迷归，破鸾慵舞。殷勤待写，书中长恨，蓝霞辽海沉过雁，漫相思、弹入哀筝柱。伤心千里江南，怨曲重招，断魂在否？

【咬文嚼字】

①吴宫：泛指南宋宫苑。五代时吴越王在临安建都。
②断红湿：泪湿。
③歌纨金缕：歌纨，歌唱时用的绢扇。金缕，金线绣成的衣裳。
④六桥：指西湖的堤桥。
⑤苎：苎麻，茎皮纤维白色，比喻白发。
⑥鲛绡：鲛人所织之绡，此指薄纱手绢。

⑦ 䍿：下垂。

【词牌平仄】

莺啼序，词牌名，又名"丰乐楼"。以吴文英《莺啼序·春晓感怀》为正体，四段二百四十字，第一段八句四仄韵，第二段十句四仄韵，第三段十四句四仄韵，第四段五仄韵。

正体：

平平仄平仄仄，仄平平中仄（韵）。中中仄、中仄平平，仄中中仄平仄（韵）。中中仄、平平仄仄，平平仄仄平平仄（韵）。仄中平中仄，中平中中平仄（韵）。

中仄平平，中中中仄，仄中平中仄（韵）。中中仄、中仄平平，中平平中仄（韵）。仄平平、中平仄仄，中中仄、中平仄仄（韵）。仄中平，中仄中平，中平平仄（韵）。

中平中仄，中仄中平，中中中中仄（韵）。中仄仄、中中仄，中仄中中，仄仄平平，仄中中仄（韵）？中平中仄，平平中仄，中平中仄平平仄，仄中平、中仄中平仄（韵）。平平仄仄，中中中仄平平，中中中中平仄（韵）。

中平中仄，中仄平平，仄仄平中仄（韵）。仄中仄、中平中仄（韵），仄仄平平，中仄平中，中中中仄（韵）。平平仄仄，平平仄仄，中平中仄中中仄，仄平平、中仄平平仄（韵）。中平中仄平平，中仄平平，仄平中仄（韵）？

【相关典范】

宋·吴文英《莺啼序·丰乐楼节斋新建》《莺啼序·横塘棹穿艳锦》

宋·赵文《莺啼序·初荷一番濯雨》

宋·黄公绍《莺啼序·银云卷晴缥缈》

清·朱孝臧《莺啼序·轻阴傍楼易暝》

【原词意译】

我的江南，我的伴侣，怨曲复沓，难招伊之魂。

沉香木窗紧紧地闭着，羸弱的身体酒后更弱。

燕儿归来已晚，它在责怪衰落的春色。我的羁旅情怀，化作了柳絮随风飘走。

十年间客居西湖，倒有些回味。那位仙女般的人儿，靠侍女锦儿偷偷地传书于我，我便与她在屏风里面浅吟低唱，叹春长梦短。

今天我又重泊西湖六桥，可再也没了她的消息。

我们分别在桃叶渡，她也许香消玉殒，春事入土。

渔灯闪烁，鸥鹭分影。我在残壁题诗，泪墨滴入尘土，回看自己双鬓已白,暗自检点离别的泪痕,那时欢爱的唾迹,还浸染在鲛绡手帕上,可我如垂翅的孤雁,迷失在归途。离鸾面对破镜也懒得起舞,沉滞的鸿雁也难以飞渡大海!

【读后之感】

滴滴春雨难丈量你的愁绪,涓涓溪水难解雷震之渴。文英含泪写,雷震滴泪听。

本词调为吴文英创,共四段,二百四十字,是词调中最长者,是文英一生情事的总结。也堪称梦窗词,哦,不,是宋词中的名篇佳作。

陈洵在《海绡说词》中作评:首片伤春起,却藏过伤别。第二片追叙初遇及其后欢会,结以"暝堤空,轻把斜阳,总还鸥鹭"。第三片寄无穷怅惘于寻访之中,又穿插对往事的回忆,"远情近况,两相比照,凄怆感人"。

陈廷焯在《白雨斋词话》中说:"全章精粹,空绝千古。"陈又说:"雄阔非难,深厚为难,刻挚非难,幽郁为难,疏逸非难,冲淡为难,工丽非难,雅正为难……纤巧非难,浑融为难。"细观吴文英这首《莺啼序》,深厚、幽郁、冲淡、雅正、浑融,到了吴文英手里,都变成了肆意喷薄,易如反掌,全章精粹,空绝千古。

惜黄花慢

吴文英

【原词实录】

次吴江，小泊，夜饮僧窗惜别。邦人赵簿携小妓侑尊，连歌数阕，皆清真词。酒尽已四鼓，赋此词饯尹梅津。

送客吴皋，正试霜①夜冷，枫落长桥。望天不尽，背城渐杳，离亭黯黯，恨水迢迢。翠香零落红衣②老。暮愁锁，残柳眉梢。念瘦腰、沈郎旧日，曾系兰桡。

仙人凤咽琼箫，怅断魂送远，《九辩》难招。醉鬟留盼，小窗剪烛，歌云载恨，飞上银霄。素秋不解随船去，败红趁、一叶寒涛。梦翠翘，怨鸿料过南谯。

【咬文嚼字】

① 试霜：霜初降。
② 红衣：指荷花。

【词牌平仄】

惜黄花慢，词牌名，此调有仄韵、平韵两体，三种形式，与令词《惜黄花》不同。仄韵格见《逃禅词》，平韵格见《梦窗词》。正格双调一百零八字，上片十一句六仄韵，下片九句五仄韵。

正体：

仄平平仄（韵）。仄仄仄仄平，平平平仄（韵）。仄仄平平，仄平仄仄平平，仄仄中平平仄（韵）。仄平中仄仄平平，仄平仄、中平平仄（韵）。仄平仄（韵）。仄仄仄平，平仄平仄（韵）。

平平仄仄平平，仄中仄、仄仄平平平仄（韵）。仄仄平平，仄平中仄中平，仄仄仄平平仄（韵）。平平中仄仄平平，仄中仄、平仄平仄（韵）。平仄仄（韵）。仄仄仄平平仄（韵）。

【相关典范】
宋·杨无咎《惜黄花慢·霁空如水》
宋·田为《惜黄花慢·雁空浮碧》
宋·赵以夫《惜黄花慢·众芳凋谢》
宋·吴文英《惜黄花慢·送客吴皋》《惜黄花慢·菊》
清·贺双卿《惜黄花慢·孤雁》

【原词意译】
寒霜初凝的夜晚,我送客在吴江岸。

城郭外,长亭边,离恨铺满天。池塘中落叶渐老,莲花憔悴,残柳眉梢在暮色里紧锁。

那清瘦的沈约也曾系舟江边,随着仙人琼玉箫管的吹起,我的离魂也随友人而去。即使唱起了悲歌《九辩》,也难以招回。

半醉的歌女留恋顾盼,她的歌声时而婉转,时而响彻云霄。

凄清的秋色,不懂随离船而去,只有残花似懂人情,追逐着小船。

【读后之感】
饯别之作。万树在《词律》中赞其"用字精密处,严确可爱"。

我认为含蓄是国人表达情绪的特点,而直率是西人之习惯,那满嘴的"I love you"怎敌我族的"小窗剪烛"!

高阳台

吴文英

【原词实录】

宫粉雕痕,仙云堕影,无人野水荒湾。古石埋香,金沙锁骨连环。南楼不恨吹横笛,恨晓风、千里关山。半飘零、庭上黄昏,月冷阑干①。

寿阳空理愁鸾②,问谁调玉髓,暗补香瘢?细雨归鸿,孤山③无限春寒。离魂难倩招清些,梦缟衣④、解佩溪边。最愁人,啼鸟清明,叶底青圆。

【咬文嚼字】

①阑干:栏杆。

②"寿阳"句:梅花已落,寿阳公主对镜空愁。愁鸾,代指镜子。

③孤山:在杭州西湖,为林逋隐居处,"梅妻鹤子"即出于此。

④缟衣:白衣。

【词牌平仄】(同前)

【相关典范】(同前)

【原词意译】

宫中再繁华,万千粉黛也难掩忧怨。仙子们再飘逸,也有堕落的时分。我虽流落在无人的荒野水湾,没有什么可叹的。古石下埋葬着她的香魂,沙滩尘土掩埋了她的遗骸。不恨南楼衰曲声声,只恨那无情的风、无情的雨,掠过关山。在《梅花落》的哀笛声中,梅花已凋零过半,黄昏笼罩着庭院,月光幽冷照栏杆。寿阳公主空自对鸾镜梳妆打扮,试问有谁调匀玉簪?香艳的斑痕无须修补了,细雨蒙蒙中归鸿已远去,孤山梅花春寒中无人来嗅,离魂啊难以招还。只有在梦中回忆你溪边解佩的倩影了。最可恨的是在我难解愁思的时候,那只鸟儿却不解风情,啼鸣在清圆的荷叶上。

【读后之感】

本词别本题作"落梅"。全词弥漫在伤感的气氛中,词中寿阳公主孤山落梅之典也很熨帖。"溪边解佩"之典与上片的宫粉、仙云诸语牵连，让人产生美学意义上的遐想。

除了用典的切合之外，该词的悲剧色彩也很浓厚。"古石埋香，金沙锁骨连环。""南楼不恨吹横笛，恨晓风、千里关山。""最愁人，啼鸟清明，叶底青圆。"美人只余香魂，而且白骨连环，多令人痛心！接下来"不恨"与"恨"径直向南楼横笛、千里关山砸去，把这么理想的美景摧残得如此透彻，怎能叫人不悲情顿生呢？清明时分，又传来啼鸟的悲鸣，就连那池塘里的叶底清圆，已提前呈败荷状，更不要说那无人的野水荒湾了。词人有意识地对这些美好的景象，痛下狠笔，一顿稀里哗啦，美景终呈惨状，这就是全词浓烈的悲剧色彩！吴文英啊吴文英，难道你站在高高的阳台上就不怕读你词的人潸然泪下吗？

高阳台（半乐楼分韵得"如"字）

吴文英

【原词实录】

修竹凝妆①，垂杨驻马，凭阑浅画成图。山色谁题？楼前有雁斜书。东风紧送斜阳下，弄旧寒、晚酒醒馀。自消凝，能几花前，顿老相如②。

伤春不在高楼上，在灯前敧枕，雨外熏炉。怕舣③游船，临流可奈清臞④？飞红若到西湖底，搅翠澜、总是愁鱼。莫重来，吹尽香绵，泪满平芜。

【咬文嚼字】

①凝妆：盛妆。

②相如：司马相如，汉武帝时文学家，所作有《子虚》《上林》等赋。此处作者自指。

③舣：停船靠岸。

④清臞：清瘦。

【词牌平仄】（同前）

【相关典范】（同前）

【原词意译】

我在垂杨下系马驻足，修长的翠竹恰似美人精心修剪。登楼倚望，湖光山色美如画，我忍不住想吟诗题画。一行大雁人字形排开，阵阵东风紧随其后，伴着斜阳西沉，我在醉意中复苏，黯然神伤。还能有几次与你花前携手漫步？想到此我立刻觉得已衰老，高楼纵目固然伤春，而孤灯难眠时的情愫，更使我难堪：窗外蒙蒙细雨，室内独对香炉，我害怕小舟泊岸，清流中映出我的清瘦。花沉湖底，鱼儿悲愁，搅得碧波泛起。舟也不要重来此处，风儿吹尽了飘零的柳絮，泪滴洒满了平芜。

【读后之感】

宋词往往离不开花呀、柳呀、山呀、水呀，可到了吴文英笔下，这些只起烘托、反衬之用。恐为当时国运使然。面对湖光山色，吴词竟显"极沉痛"状，陈廷焯言："梦窗长处，正在超逸之中沉郁之意。"

你也许还沉浸在上一曲《高阳台》的怅然之中，他又来了这一曲《高阳台》伤你，而且伤得更彻底，连那汩汩清流也臞瘦如许，连那本来欢快的水中鱼儿也成了一条条的"愁鱼"，吴文英啊吴文英，你到底意欲何为呢？恐怕只能归结到当时的国运使然了。如果真如此，我不能不佩服吴文英的这支曲笔了。

三姝媚（过都城旧居有感）

吴文英

【原词实录】

湖山经醉惯。渍①春衫、啼痕酒痕无限。又客长安，叹断襟零袂②，涴③尘谁浣。紫曲④门荒，沿败井、风摇青蔓。对语东邻，犹是曾巢，谢堂双燕。

春梦人间须断。但怪得、当年梦缘能短。绣屋秦筝，傍海棠偏爱，夜深开宴。舞歇歌沉，花未减、红颜先变。伫久河桥欲去，斜阳泪满。

【咬文嚼字】

①渍：染。
②袂：衣袖。
③涴：泥着物，污染。
④紫曲：紫陌，歌楼聚集的热闹街巷。

【词牌平仄】（同前）

【相关典范】（同前）

【原词意译】

湖光山色总在我醉梦里往来，哪次不使我泪痕湿春衫？今天又来到临安，风尘仆仆，谁为我洗尘？京都的繁华今已不见，歌楼聚集的街巷，荒败眼前。只有那青青藻蔓还在风中摇曳。那呢喃对语的双燕在旧巢里也诉说着谢堂的旧事。人生是梦，当年的情缘竟比梦还短。她曾在绣屋内弹筝，在海棠花下摆酒，而如今，歌舞沉寂，只有海棠依旧，但赏花人的容颜已先凋残。在河桥边伫立，斜阳的余晖照着我满面泪流。

【读后之感】

该词当为悼念亡姬之作。陈洵在《海绡说词》里认为，本词"过旧居，思故国也"，虽实据不足，但字里行间凭吊兴亡，也是不争之事实，可理解为词人抒发家国之慨亦不为过。

八声甘州(灵岩陪庾幕诸公游)

吴文英

【原词实录】

渺空烟四远,是何年、青天坠长星?幻苍崖云树,名娃金屋①,残霸②宫城。箭径酸风射眼,腻水染花腥。时靸③双鸳响,廊叶秋声。

宫里吴王沉醉,倩五湖倦客④,独钓醒醒。问苍波无语,华发奈山青。水涵空、阑干高处,送乱鸦、斜日落渔汀。连呼酒、上琴台⑤去,秋与云平。

【咬文嚼字】

①名娃金屋:名娃,指西施。金屋,原指汉武帝少时给阿娇住的华贵房屋。此指吴王为西施所建的馆娃宫。

②残霸:吴王夫差一度称霸,后为越王勾践所灭,故云。

③靸:拖鞋。在这里作动词用。

④五湖倦客:指范蠡。

⑤琴台:在灵岩山上。

【词牌平仄】(同前)

【相关典范】(同前)

【原词意译】

西施藏在吴王宫里,把一切看透。一条香径,水如箭矢。阵阵酸风射入眼睛,刺得人泪水流。当年美人丢弃的花粉,污腻了溪流,连花草都染上了腥味。

吴王沉醉在宫里,让越王趁机灭了吴,范蠡只得隐退五湖,独钓江流。

我已白发苍苍,问烟波无语以答,连连呼朋饮酒,登上琴台高楼,满目秋色凄凉。

山色清清,五湖碧空,乱鸦噪飞,我倚斜阳,钓汀洲。

【读后之感】

　　怀古名篇，寄情宏壮。句首长句设问，"幻"字领出下文，换头处"独钓"句陈迹残存，虚实相间，真幻难分。"问苍波"句折回自身，悲叹青山。"水涵空"二句疏笔顿宕，结句再次振起。"秋与云平"四字更是语新调远。通篇繁语，不同凡响。

　　读罢全篇，回味无穷。"箭径酸风射眼，腻水染花腥"，这是何等的妙句，前人不曾有过，后人无法比及；"连呼酒，上琴台去"，梦窗陪着庾幕诸公琴台饮酒，气宇轩昂，八声甘州。

　　王国维《人间词话》中说："词以境界为上，有境界则自成高格，自有名句；词有有我之境，有无我之境。有我之境，以我观物，故物皆我之色彩。无我之境，以物观物，故不知何者为我，何者为物。无我之境，人惟于静中得之，有我之境，于由动之静时得之，故一优美，一宏壮也。"

　　吴文英的这首《八声甘州》，境界高格。名句有"箭径酸风射眼，腻水染花腥"，无我之境也，优美也；"送乱鸦、斜日落渔汀。连呼酒、上琴台去，秋与云平"，有我之境也，宏壮也。

踏莎行

吴文英

【原词实录】

润玉笼绡①，檀樱②倚扇。绣圈③犹带脂香浅。榴心空叠舞裙红，艾枝④应压愁鬟乱。

午梦千山，窗阴一箭，香瘢⑤新褪红丝腕。隔江人在雨声中，晚风菰叶生秋怨。

【咬文嚼字】

①笼绡：穿着薄纱。

②檀樱：浅红色的樱桃小口。

③绣圈：绣花圈饰。

④艾枝：端午时以艾为虎形，或剪彩为小虎，粘艾叶以戴。

⑤香瘢：指手腕上的印痕。

【词牌平仄】（同前）

【相关典范】（同前）

【原词意译】

肤笼轻纱，檀扇掩樱唇，胭脂香浅，石榴花印红裙，艾虎压鬟鬟。梦几千山，光阴似箭，手腕红丝印痛，那人隔江细雨中，菰叶簌簌悲哀声。

【读后之感】

端午梦感之作。词人以字为画，有美人肖像，又是烟雨秋色图，虽为小令，但不失长调的巍峨。

王国维高度评价："词之佳者，如天光云影，摇荡绿波，抚玩无极，追寻已远。"

我读此词后甚为惆怅，吴文英尚有隔江人可以思念，而我呢？唯有"晚风菰叶生秋怨"了。

瑞鹤仙

吴文英

【原词实录】

晴丝牵绪乱，对沧江斜日，花飞人远。垂杨暗吴苑，正旗亭①烟冷，河桥风暖。兰情蕙盼②，惹相思、春根酒畔。又争知、吟骨萦消，渐把旧衫重剪。

凄断。流红千浪，缺月孤楼，总难留燕。歌尘凝扇，待凭信，拚③分钿。试挑灯欲写，还依不忍，笺幅偷和泪卷。寄残云、剩雨蓬莱④，也应梦见。

【咬文嚼字】

①旗亭：酒楼。
②兰情蕙盼：指顾盼时深含着雅情厚意。
③拚：情愿，不惜。
④蓬莱：仙山，此指思人居处。

【词牌平仄】（同前）
【相关典范】（同前）
【原词意译】

游丝乱我心，沧江对斜阳，垂柳吴苑，花飞人远。酒旗烟冷，河桥风暖，雅情厚意。相思河畔，我疲骨消残，旧衫需重剪，红尘滚滚，月映孤楼，总难以把燕留。歌扇蒙尘，情义绝断，我试着挑灯夜书，却信笺难卷，若把残云剩雨托梦到蓬莱仙境，想她必来梦中相见。

【读后之感】

此词为词人苏州去妾而作。情语连篇、款款深情。陈洵《海绡说词》中云："疑往而复，欲断还连，是深得清真之妙者。"

"花飞人远""兰情蕙盼""吟骨萦消，渐把旧衫重剪"，好悲情的一连串心语，如泣如诉，"笺幅偷和泪卷"，仅一"偷"字，就使你心底再泛涟漪，和泪的锦书任凭你怎样熨烫，终不能平贴。

鹧鸪天（化度寺作）

吴文英

【原词实录】

池上红衣伴倚阑，栖鸦常带夕阳还。殷云度雨疏桐落，明月生凉宝扇闲。

乡梦窄，水天宽，小窗愁黛淡秋山。吴鸿好为传归信，杨柳闾门屋数间。

【词牌平仄】（同前）

【相关典范】（同前）

【原词意译】

粉红色的荷花伴着我斜倚在栏杆旁，乌鸦携带着夕阳归来，云送秋雨来，梧桐疏落，明月透寒意，宝扇搁一旁。水云洞，乡梦窄，小窗含黛眉浅，秋山深处雁归来。传递我心思伊心，杨柳闾门屋数间。

【读后之感】

思乡之作。我以一颗童心来品此词，词纯心更纯，"小窗愁黛淡秋山""杨柳闾门屋数间"，词静我亦静。这恐怕就叫"意境美"吧。

况周颐《蕙风词话》云："词太做，嫌琢，太不做，嫌率。欲求恰如分际，此中消息正复难言。但看梦窗何尝琢，稼轩何尝率，可以悟矣。"吴文英这首词琢率相间，恰到好处。"殷云度雨疏桐落，明月生凉宝扇闲"，雕琢有痕，"乡梦窄，水天宽，小窗愁黛淡秋山"，率直无迹。

夜游宫

吴文英

【原词实录】

人去西楼雁杳，叙别梦，扬州一觉。云淡星疏楚山晓。听啼鸟，立河桥，话未了。

雨外蛩声早，细织就霜丝①多少？说与萧娘②未知道。向长安，对秋灯，几③人老？

【咬文嚼字】

①霜丝：指白发。

②萧娘：女子泛称。

③几：多么，感叹副词。

【词牌平仄】（同前）

【相关典范】（同前）

【原词意译】

我的所爱离西楼，从此飞雁无音信，十年一觉扬州梦，云淡星疏听鸟鸣，河桥呆立话未了，蟋蟀声声催织娘，从此鬓发如霜染。秋夜独灯独难眠，谁保白发不再生？

【读后之感】

若以学究心态读此词，枉是。因此词如清水出芙蓉，天然去雕饰，通透明了，非初习者能做到。

摘几句，来增加印象和趣味："叙别梦""听啼鸟""立河桥""向长安""对秋灯""几人老"。

梦窗以急促之音"说与萧娘未知道"，而我偏偏人老心不老，绵绵情怀天知晓。

宋词鉴赏

贺新郎（陪履斋先生沧浪看梅）

吴文英

【原词实录】

乔木生云气，访中兴、英雄陈迹，暗追前事。战舰东风悭借便，梦断神州故里。旋小筑、吴宫闲地。华表月明归夜鹤，叹当时、花竹今如此。树上露，溅清泪。

遨头①小簇行春队，步苍苔、寻幽别墅，问梅开未？重唱梅边新度曲，催发寒梢冻蕊。此心与、东君同意。后不如今今非昔，两无言，相对沧浪水。怀此恨，寄残醉。

【咬文嚼字】①遨头：指太守。

【词牌平仄】（同前）

【相关典范】（同前）

【原词意译】

云气，在高大的树木上翻涌，我与履斋先生来到大宋中兴韩世忠将军故居寻访他的踪迹。吝啬的东风不肯行方便，让他乘风破敌，恢复河山。他梦断回故里，在吴王宫一块空地上建起一小筑，隐居守志。

故苑的华表上停着几只夜归的仙鹤，那是韩将军的英灵吗？

树梢上洒落几点寒露，仿佛人们为韩将军滴下的泪。吴太守也带人前往瞻仰。踏过青苔，去别墅小园寻访香幽，探问梅花开否。在梅林边，我们哼唱着新谱的歌曲，我们对中兴将军的这份痴心，是否跟春神东君的意思吻合？料想今后不如现在，现在不如往昔。沧浪江的流水啊，请寄托我的种种悲恨，且让我等借酒消愁吧。

【读后之感】

吴文英难得的一首实词来了。不再虚幻，缅怀英雄陈迹与老英雄同仇敌忾，忧国忧民。可写着写着，又虚幻起来，"步苍苔，寻幽别墅，问梅开未"，好在怕误解，结尾之处又猛然回到对南宋朝廷偏安江南的愤恨中来。最后只能对着沧浪水寄残醉了。

唐多令

吴文英

【原词实录】

何处合成愁？离人心上秋。纵芭蕉、不雨也飕飕。都道晚凉天气好，有明月，怕登楼。

年事梦中休，花空烟水流。燕辞归、客尚淹留。垂柳不萦裙带住，漫长是、系行舟。

【咬文嚼字】

平白如话，无字可嚼。

【词牌平仄】（同前）

【相关典范】（同前）

【原词意译】

什么地方、什么事情叫人发愁？那是离人心上笼罩了寒秋。就像那芭蕉叶，即使没有冷雨淋沥，在凄风侵凌之下也会哆哆嗦嗦。都说天凉好个秋，我却怕独上高楼。明月澄辉，往往梦幻破灭。燕儿已回南方，但客居的游子还在异乡，垂柳虽不缠着她的裙带，但长长柳条乱拂，却系住了我的归舟。

【读后之感】

羁旅思乡词。首二句一问一答，是《子夜》的变体，具民歌风味，词家称其"油腔滑调"，实乃偏题。且不知，乡愁题材，普遍性是雅俗难分，古意古调是诗词的精华，无可厚非。

我读此词后想多说几句。宋词虽有几种流派，婉约的、豪放的，但词人都有一个共同的心态，都希望更多的人能读其作，能赞赏其词。那词人就面临着一个共同的问题，即词作的大众化问题。有奇思妙想固然好，但若因晦涩难懂（用典过频）的词藻堆砌反而华而不实就不妥了。故强调"豪华落尽见真淳"就是这个道理。

再说词为什么到了宋代能达到光辉之顶点，是因它由唐诗脱胎而来，开始多在酒肆勾栏曲坊传唱，一则少了律诗之羁绊，出现大量长短句，二则传唱者不一定有多大学问，你若晦涩，哪能达到大众化的效果？

湘春夜月

黄孝迈

【原词实录】

近清明，翠禽枝上消魂。可惜一片清歌，都付与黄昏。欲共柳花低诉，怕柳花轻薄，不解伤春。念楚乡旅宿，柔情别绪，谁与温存？

空尊夜泣，青山不语，残照当门。翠玉楼①前，惟是有、一陂湘水，摇荡湘云。天长梦短，问甚时、重见桃根？者次第②，算人间没个并刀，剪断心上愁痕。

【咬文嚼字】

①翠玉楼：泛指华楼。

②者次第：这光景。

【词牌平仄】

湘春夜月，词牌名，南宋黄孝迈自度曲，长调一百零二字。上片十句四平韵，下片十一句四平韵。

正体：

仄平平，仄平平仄平平（韵）。仄仄仄仄平平，平仄仄仄平平（韵）。仄仄仄平平仄，仄仄平平仄，仄仄平平（韵）。仄仄平仄仄，平仄平仄，平仄平平（韵）？

平平仄仄，平平仄仄，平仄平平（韵）。仄仄平平，平仄仄、仄平平仄，平仄平平（韵）。平平仄仄，仄仄平、平仄平平（韵），仄仄仄，仄平平仄仄平平，仄仄平仄平平（韵）。

【相关典范】

明·屈大均《湘春夜月·又黄昏》

清·郑文焯《湘春夜月·最销魂》

清·程颂万《湘春夜月·乍来时》《湘江夜月·暗还明》

【原词意译】

伤心啊，伤心！并州的刀剪再快，也不能把我内心的愁思剪断！

清明又要来到了,鸟儿把凄婉的叫声都付予了黄昏。想要对柳低诉,却怕柳轻浮,不懂伤春人。

我独自漂泊在南国异乡,满怀柔情别恨,可有谁能给我一点点温存?空空的酒杯仿佛为我哭泣,泪已干,青山无语仿佛为我心伤。请问苍天,我何时才能与心上人相见?

【读后之感】

词从清明鸟鸣写起,感叹世事凄凉,以"谁与温存"结束。换头处"空"字承上,接着写景,摇荡心旌。"问甚时"句以下,沉挚直率,句句戳心。

况周颐有句云:"词有穆之一境,静而兼厚,重大也。淡而穆不易,浓而穆更难。"

黄孝迈此词,有淡而穆之处,如"翠禽枝上""柳花低诉",有浓而穆之处,如"算人间没个并刀,剪断心上愁痕"。

万树《词律》说:"此调无他作,想雪舟自度,风度婉秀,真佳词也。"

【词人简介】

黄孝迈,字德夫,号雪舟。生平不详,有《雪舟长短句》。

大有(九日)

潘希白

【原词实录】

戏马台前,采花篱下,问岁华、还是重九。恰归来、南山翠色依旧。帘栊昨夜听风雨,都不似、登临时候。一片宋玉情怀,十分卫郎清瘦。

红萸佩,空对酒。砧杵动微寒,暗欺罗袖。秋已无多,早是败荷衰柳。强整帽檐欹侧,曾经向、天涯搔首。几回忆、故国莼鲈,霜前雁后。

【咬文嚼字】

平白如话,无字可嚼。

【词牌平仄】

大有,词牌名,以潘希白《大有·九日》为正体。双调九十九字,上片八句四仄韵,下片十句五仄韵。

正体:

仄仄平平,仄平平仄,仄中平、平仄平仄(韵)。仄平平、平仄平仄仄平仄(韵)。平平仄仄中平仄,中中中、中平平仄(韵)。仄仄仄仄平平,中平仄中平仄(韵)。

平平仄,平仄仄(韵)。中仄仄平平,仄平中仄(韵)。平仄平平,仄仄仄平平仄(韵)。仄仄仄平平仄,平平仄、平平平仄(韵)。仄平仄、仄仄平平,平平仄仄(韵)。

【相关典范】

宋·周邦彦《大有·仙骨清羸》

清·陈维崧《大有·春闺和片玉词》

近代·汪东《大有·吊影幽蛩》

近代·赵熙《大有·秋收》

【原词意译】

在高台上戏马，在东篱下采菊，岁月流过，又是重九。昨夜隔着门帘听风雨潇潇，全无往日游玩时的心境。我像宋玉一样多情，像卫玠一样羸弱。佩着红萸草，空对美酒。捣衣声声，秋云的微寒侵袭了衣袖；残秋已到，败荷衰柳满眼。勉强整理好短帽，向无际的天涯踟蹰挠首。我多次回忆故乡的莼菜鲈鱼有多美味，但眼前秋霜雁归去，人归雁后。

【读后之感】

重九有感。暗寓"国破山河在"之叹。查礼赞此词"用事用意，搭凑得瑰玮有姿，其高澹处，可以与稼秆比肩"。

我用六字概括：复牢骚，空对酒。

词人仅存此词一首，但此词语清意深，造境非凡。王国维说："有造境，有写境，此理想与写实二派之所由分，然二者颇难分别，因大诗人所造之境，必合乎自然，所写之境亦必邻于理想，故也。"请看词人的造境："砧杵动微寒，暗欺罗袖"，一"暗"字，神出鬼没；"天涯搔首"语又写境，对故国的赞叹与思念，毕现无疑。

【词人简介】

潘希白，生卒年不详，字怀古，号渔庄，永嘉（今浙江温州）人。理宗宝祐元年（1253）进士，授士办临安节制司公事，今存词一首。

青玉案

黄公绍

【原词实录】

年年社日停针线，怎忍见，双飞燕？今日江城春已半，一身犹在，乱山深处，寂寞溪桥畔。

春衫著破谁针线？点点行行泪痕满。落日解鞍芳草岸，花无人戴，酒无人劝，醉也无人管。

【咬文嚼字】

平白如话，无字可嚼。

【词牌平仄】（同前）

【相关典范】（同前）

【原词意译】

春社的日子里，我独在大山深处，寂寞地站在小溪边。

我的春衫已破，无人来替我缝补，不禁泪流满面。

落日时我在茅草凄凄的河岸边解鞍驻马，虽有花枝在摇曳，却无人来佩戴。

姑娘停下了针线，孤单的她眼睁睁地看双栖的春燕。

我虽还有美酒，但无人把盏，醉了也无人管！

【读后之感】

又是一首伤心的宋词。用双飞燕比照接下来的人孤独，反衬强烈。孤独带来了酸楚：衣裳破了无人补，满目泪痕无人拭擦，更有知心话儿向谁说？有了如此的铺垫，便不觉词人是撕心裂肺的干嚎了。

结尾三句"花无人戴，酒无人劝，醉也无人管"，虽平白，却真切，非词人独自言语，乃大多孤独之人共同的心声。

裛裳评说黄词"语淡而情浓，事浅而言深，真得词家三昧，非鄙俚朴陋者可冒"。

【词人简介】

黄公绍，字直翁，邵武（今属福建）人。咸淳元年（1265）进士。宋亡不仕，隐居樵溪。有《在轩词》。

摸鱼儿

朱嗣发

【原词实录】

对西风、鬓摇烟碧,参差前事流水。紫丝罗带鸳鸯结,的的①镜盟钗誓。浑不记,漫手织回文,几度欲心碎。安花著叶,奈雨覆云翻,情宽分窄,石上玉簪脆。

朱楼外,愁压空云欲坠,月痕犹照无寐。阴晴也只随天意,枉了玉消香碎。君且醉,君不见、长门青草春风泪。一时左计,悔不早荆钗②,暮天修竹,头白倚寒翠。

【咬文嚼字】
①的的:明白,清清楚楚。
②荆钗:荆枝制作的髻钗,古代贫家妇女常用之。指女子因贫寒而装束简陋。

【词牌平仄】(同前)
【相关典范】(同前)
【原词意译】
萧瑟的秋风吹乱了我鬓发,往事如过眼烟云搅得我心烦意乱。

我紫色丝罗裙上结着一对鸳鸯,与他海誓山盟的话语响起在耳旁。他写给我的锦字回文诗,让我心伤欲碎,落花若是能重新回到树枝该有多美。怎奈他翻手为云、覆手为雨而去,如玉簪在石上断裂残损。仰望红楼外,月色惨淡,我心愁惘。天空阴云欲坠,我难以入睡。月有圆缺,人有聚散,只是我如玉消香陨太委屈。

陈皇后失宠长门宫,只有泪相陪,悔不该因一时的失误而终身遭弃,早知道如此,做个平常人该多好,恐怕这一生要白首倚竹了。

【读后之感】
弃妇词。娓娓自叙,博人同情,长门之典深化主题。女性感慨自叹,怎奈他翻云覆雨。

  本词创作上受乐府民歌及白居易新乐府诗的影响很大,行文流畅,情真意切,令我"几度欲心碎"。一眼望不到边,风似刀割我的脸,爱再难以继情缘,就像风筝断了线,石上玉簪脆,我们只是打了个照面,便几度欲心碎!

【词人简介】

  朱嗣发(1234—1304),字士荣,号雪崖,乌程(今浙江湖州)人。宋亡前,居家奉亲。宋亡不仕。

兰陵王

刘辰翁

【原词实录】

送春去，春去人间无路。秋千外，芳草连天，谁遣风沙暗南浦？依依甚意绪？漫忆海门飞絮。乱鸦过、斗转城荒，不见来时试灯处。

春去最谁苦？但箭雁①沉边，梁燕无主，杜鹃声里长门②暮。想玉树凋土，泪盘如露。咸阳送客屡回顾，斜日未能度。

春去尚来否？正江令恨别，庾信愁赋，苏堤尽日风和雨。叹神游故国，花记前度。人生流落，顾孺子③，共夜语。

【咬文嚼字】

①箭雁：受箭伤的雁，指被俘的南宋君臣。

②长门：本为汉武帝时长门宫，即陈皇后遭贬后居处，此泛指宋亡后的宫殿。

③孺子：指作者的儿子刘将孙。

【词牌平仄】（同前）

【相关典范】（同前）

【原词意译】

南浦笼罩在一片风沙之中，我心如乱麻，说不清是怎样的痛苦。我流落天涯，如同飘零的飞絮，昔日繁华的京城，现在也荒凉凄寂了吧。那些受伤的大雁落在荒野，梁间的家燕也没了故主，杜鹃啼声悲切荒宫废苑里。那珍贵的玉树长埋在泥土里，只有金铜仙人还承接着清露。金铜仙人被迁走时还频频回顾。

春天啊，你走了以后何时还能回到这里？我像江淹那样凄苦，像庾信那样写下了悲凉的诗句。苏堤上风雨凄苦，故国的美好时光只能在梦中相见了，人生流落到这步田地，只能在夜深之时对孩子们诉诉苦了。

【读后之感】

题为送春，实为满篇的亡国之痛。词分三片，每片均以送春开端。首片写"春去人间无路"，言宋已亡，"春去最谁苦"，则写遗民之痛，末片"春去尚来否"，虽为痴语，但到全词结处，更是缠绵悱恻。

春水流啊流，春水向东流，你的情我懂，你的心我懂，花记前度啊，人生流落啊，请跟我刘辰翁走！

【词人简介】

刘辰翁（1232—1297），字会孟，号须溪，吉州庐陵（今江西吉安）人。少登陆九渊门，补太学生。景定三年（1262）廷试对策忤贾似道，置丙第。入元不仕。词近稼轩。有《须溪集》《须溪词》。

宝鼎现

刘辰翁

【原词实录】

红妆春骑，踏月影，竿旗穿市。望不尽，楼台歌舞，习习香尘莲步底，箫声断，约彩鸾归去，未怕金吾①呵醉。甚辇路，喧阗②且止，听得念奴③歌起。

父老犹记宣和④事，抱铜仙、清泪如水。还转盼、沙河⑤多丽。滉漾明光连邸第，帘影冻，散红光成绮。月浸葡萄⑥十里，看往来、神仙才子，肯把菱花扑碎⑦？

肠断竹马儿童，空见说、三千乐指⑧。等多时、春不归来，到春时欲睡。又说向、灯前拥髻，暗滴鲛珠坠。便当日、亲见《霓裳》，天上人间梦里。

【咬文嚼字】

①金吾：官名，负责京城治安。
②喧阗：声音大而杂。
③念奴：唐玄宗天宝年间名歌伎。此为泛指。
④宣和：宋徽宗年号。
⑤沙河：沙河塘，在今杭州市。
⑥葡萄：形容水色深碧如葡萄。
⑦菱花扑碎：暗用乐昌公主破镜重圆事。陈亡后乐昌公主和其夫将镜扑碎，各执其半，作为分离后互访的凭信。
⑧三千乐指：三百人的乐队。指，一人十指，用以计数。

【词牌平仄】

宝鼎现，词牌名，又名"宝鼎见""宝鼎词""宝鼎儿""三段子"。以康与之词《宝鼎现·夕阳西下》为正体。三段一百五十七字，前一段九句四仄韵，后两段各八句五仄韵。

正体：

仄平平仄，仄仄平仄，平平平仄（韵）。平仄仄、平平平仄，平仄平平平仄仄（韵）。仄仄仄、仄平平平仄，平仄平平仄仄（韵）。仄仄仄、平平平仄，仄仄平平平仄（韵）。

仄仄平仄平平仄（韵）。仄平平、平仄平仄（韵），平仄仄、平平平仄，平平平仄仄（韵）。仄仄仄、仄平平平仄，平仄平平仄仄（韵）。仄仄仄、仄平平仄仄，仄仄平平仄仄（韵）。

平仄仄仄平平，平仄仄平平仄（韵）。仄平平平仄，平平平仄仄（韵）。仄仄仄、仄平平仄（韵）。仄仄平仄（韵）。仄仄仄、平仄平平，仄仄平平仄仄（韵）。

【相关典范】

宋·康与之《宝鼎现·夕阳西下》

宋·刘龠《宝鼎现·浓阴堆积》

宋·张元干《宝鼎现·山庄图画》

宋·赵长卿《宝鼎现·上元》

清·陈维崧《宝鼎现·甲辰元夕后一日次康伯可韵》《宝鼎现·题定武兰亭初拓和蘧庵先生原韵》

【原词意译】

南宋皇帝的辇车从大道上驰过，彩鸾归去，美女们骑马春游，月影婆娑。

宣和年间的盛世，也许老人们还记得。北宋沦陷了，人们抱着金铜仙人痛哭流涕。那些骑着竹马玩耍的孩子只是听说宫中的繁华而已。

我久久期待春的归来，可等到春真的归来的时候，我已昏昏欲睡。我对着灯诉说着哀愁，暗暗滴下珍珠般的泪水，只有在梦里回想《霓裳》舞曲了。

【读后之感】

词人写这首词时已是位老者，叨叨絮絮的。言两宋盛世，突然借宫中怨女之口，倾诉如今的哀愁。陈廷焯评价："炼金错采，绚烂极矣，而一二今昔之感处，尤觉韵味深长。"（《白雨斋词话》）

我最怕老人叨絮，尤见不得今非昔比，赶快翻阅下一章，期盼有耳目一新的新篇章。

永遇乐

刘辰翁

【原词实录】

余自乙亥上元,诵李易安《永遇乐》,为之涕下。今三年矣,每闻此词,辄不自堪。遂依其声,又托之易安自喻。虽辞情不及,而悲苦过之。

璧月初晴,黛云远淡,春事谁主?禁苑娇寒,湖堤倦暖,前度遽如许。香尘暗陌,华灯明昼,长是懒携手去。谁知道,断烟禁夜,满城似愁风雨。

宣和旧事,临安南渡,芳景犹自如故。缃帙①流离,风鬟三五,能赋词最苦。江南无路,鄜州今夜,此苦又谁知否?空相对,残釭无寐,满村社鼓。

【咬文嚼字】

①缃帙:浅黄色书套。

【词牌平仄】(同前)

【相关典范】(同前)

【原词意译】

明月高悬,青云淡淡,宫廷里轻寒。西湖日暖人困倦,尽管胭脂香弥漫。华灯初上,我总觉不好玩。原因是回忆起宣和旧日的繁华,再看今日之南渡临安。珍贵的书籍遗失流散,风吹得我满头蓬乱,谁有心思去写最苦的词章。流落江南,无路可走,像杜甫的《月夜》叹。我空对着残灯,不能入眠,直到村里社鼓咚咚响。

【读后之感】

刘辰翁读李清照《永遇乐》,辄不自堪,而悲苦过之。遂依其声作《永遇乐》。主词从静景开始,却以喧闹之声作结,何故?词中"宣和旧事,临安南渡,芳景犹自如故"给出了答案。原来使词人惴惴不安的是外邦入侵,临安被占，词人心中自然悲苦。然而"江南无路，鄜州今夜，此苦又谁知否？"于是只能"空相对，残釭无寐"，而且能赋此《永遇乐》是最苦的了，因为前有李清照，现唯我刘辰翁了。

　　本词的一个特点是用典无痕，自然熨帖。请看看李清照的故事和杜甫的诗意，若没有原记提醒不略知一二，怎能领悟？

摸鱼儿（酒边留同年徐云屋）

刘辰翁

【原词实录】

怎知他、春归何处？相逢且尽尊酒。少年袅袅天涯恨，长结西湖烟柳。休回首，但细雨断桥①，憔悴人归后。东风似旧，问前度桃花，刘郎能记，能复认郎否？

君且住，草草②留君剪韭，前宵正恁时候。深杯欲共歌声滑，翻湿春衫半袖。空眉皱，看白发尊前，已似人人有。临分把手，叹一笑论文，清狂顾曲，此会几时又？

【咬文嚼字】

①断桥：在杭州西湖白堤上。"断桥残雪"为"西湖十景"之一。

②草草：随便，简陋。

【词牌平仄】（同前）

【相关典范】（同前）

【原词意译】

春天的诗情画意去哪儿啦？哪个晓得！朋友相聚，总要打扮，年轻时的漂泊怨恨，就让它和西湖垂柳缠绵去吧。不要老是纠结往事，尽管眼前细雨迷蒙的断桥，还有自己一张憔悴的脸。东风依旧，桃花红艳，刘郎尚能记得，可那桃花般的美人，还记得有个叫刘郎的吗？朋友，请留下吧，让我们在青菜白盐糙米饭、瓦壶天水菊花茶中同歌一曲吧。春衫已被酒和泪浸湿，如今我们都已白发苍苍。在离宴分别之后，让我们再执手相看，最好在谈笑间评点诗文，鉴赏乐曲，这种清高疏远，不知何时能再！

【读后之感】

我认为这首词必须读，因为举盏别宴，再常见不过，总能让你触景生情。我又不能多读，因为词中所说，我感同身受，我与词人十指连心，心有灵犀，一遍足矣！粗菜淡饭，与朋友喝喝酒，谈谈诗，听听音乐，不正是我之所好吗？再者，词人的一支神笔把我拽到断桥细雨、西湖烟柳里了。共眠一舸听秋雨，小簟轻衾各自寒。

高阳台（送陈君衡被召）

周密

【原词实录】

照野旌旗，朝天①车马，平沙万里天低。宝带金章，尊前茸帽②风欹。秦关汴水经行地，想登临都付新诗。纵英游、叠鼓清笳，骏马名姬。

酒酣应对燕山雪，正冰河月冻，晓陇云飞。投老③残年，江南谁念方回？东风渐绿西湖岸，雁已还、人未南归。最关情、折尽梅花，难寄相思。

【咬文嚼字】

①朝天：朝见天子。

②茸帽：皮帽。

③投老：垂老。

【词牌平仄】（同前）

【相关典范】（同前）

【原词意译】

旌旗在旷野里被阳光映照着，去朝见天子的车马烈烈，平沙万里，天际低垂。你身佩宝带玺徽，茸帽被风吹斜。你将越秦关过汴水，你将登临赋诗，吟诵山河壮丽，鼓声隆隆，笳音凄凄，骏马美女紧紧相随。冰河月冻，晓陇云飞燕山雪。已是垂老年残时节，请不要忘记江南故友在断肠悲咽。东风已绿西湖柳。北上朝京的人哪，你何时归还？那大雁已经回来了吗？我折尽了梅花，也难寄托相思之情啊。

【读后之感】

这是一首送别词。友人陈允平应召入元做官。词人赋词送别。

据王行《题周草窗画像》载，周密"以无所责守而志节不屈著称"，对陈允平此行自然难以苟同，故词中所表现的慰情极为复杂。

这首词的立意也较为少见，对好友陈允平的应召入元，放在别人可能要多加鞭挞，而周密只以"投老残年，江南谁念"的词句来动之以情，晓之以理。最后的折尽梅花相思，更是与现实接近。

【词人简介】

周密（1232—1298），字公谨，号草窗、苹洲、四水潜夫、弁阳啸翁等，原籍济南（今属山东），后居吴兴（今浙江湖州）。宋末曾任义乌令。宋亡不仕。能诗词，善书画，词讲究格律。著有笔记《武林旧事》《齐东野语》《癸辛杂识》等。词有《草窗词》《苹洲渔笛谱》，编纂《绝妙好词》。

瑶华

周密

【原词实录】

朱钿宝玦①，天上飞琼②，比人间春别。江南江北，曾未见，漫拟梨云梅雪。淮山春晚，问谁识，芳心高洁？消几番，花落花开，老了玉关③豪杰。

金壶剪送琼枝，看一骑红尘，香度瑶阙。韶华正好，应自喜、初乱长安蜂蝶。杜郎老矣，想旧事、花须能说。记少年、一梦扬州，二十四桥明月。

【咬文嚼字】

①宝玦：佩玉名，半环形，有缺口。

②飞琼：许飞琼，传说中西王母的侍女。

③玉关：玉门关，此泛指边关。

【词牌平仄】

瑶华，词牌名，又名"瑶华慢"，双调一百零二字，上片九句五仄韵，下片九句四仄韵。

正体：

平平仄仄（韵）。平仄平平，仄平平平仄（韵）。平平平仄，平仄仄、仄仄平平平仄（韵）。平平平仄，仄平仄、平平平仄（韵）。平仄平、平仄平平，仄仄仄平平仄（韵）。

平平仄仄平平，仄仄仄平平，平仄平仄（韵），平平平仄，平仄仄、平平平仄平平仄（韵）。仄平仄仄，仄仄仄、平平平仄（韵）。仄仄平、仄仄平平，仄仄仄平平仄（韵）。

【相关典范】

元·凌云翰《瑶华慢·赋雪》

清·俞樾《瑶华慢·十月十日与内子坐小舟泛西湖看月》

【原词意译】

　　仙女许飞琼佩戴着红色玉佩飘然而至,她的美丽宛如人间的春色。江南江北都不曾见过。可用"梨花一枝带云雨,梅花横斜绽雪白"来形容。正当淮山暮春时节,请问谁能理解她芳心的高洁?花开花落,便衰老了戍守边关的英豪。剪好了琼枝,插在金壶传送。看,快马加鞭,红尘弥漫,花香传进了玉殿。琼花也为自己芳华叶艳而沾沾自喜。临安城的蜜蜂蝴蝶很快忙碌起来,诗人杜牧已然老矣,扬州的繁华与衰亡,琼花必定记得。而今,我追忆少年豪游,扬州美景似一梦,只有二十四桥的明月还清晰地印在我心中。

【读后之感】

　　前人认为,作词有三要,曰重、拙、大。以重为首要。重者,沉著之谓,在气格,不在字句。

　　下面简要谈谈周密《瑶华》词的气格。

　　词的气格,指的是词的气韵和风格。也指人的气度和品格。

　　其实《瑶华》的气韵可用词中的"芳心高洁"句来概括。此词看似咏琼花,但字里行间则充满了对故国旧君的思念,你看,花开花落,便是老了,也要做戍守边关的英豪,剪几支琼花,快马加鞭往京城玉殿里传送,让君王也嗅嗅琼花的花香。这便是《瑶华》的气韵,词人芳心高洁的风格。

　　陈廷焯在《白雨斋词话》中评说,此词"不是咏琼花,只是一片感叹,无可说处,借题一发泄耳","一意盘旋,毫无渣滓"。这就是词人的气度和风格。

玉京秋

周密

【原词实录】

烟水阔，高林弄残照，晚蜩①凄切。碧砧度韵，银床②飘叶。衣湿桐阴露冷，采凉花，时赋秋雪③，叹轻别，一襟幽事，砌虫能说。

客思吟商还怯，怨歌长、琼壶暗缺。翠扇恩疏，红衣香褪，翻成消歇。玉骨西风，恨最恨、闲却新凉时节。楚箫咽，谁倚西楼淡月。

【咬文嚼字】

①蜩：蝉。

②床：井栏。

③秋雪：指芦花。

【词牌平仄】

玉京秋，词牌名，周密自度曲，以周密《玉京秋·烟水阔》为正体。全调十二仄韵。上片十一句六仄韵，下片九句六仄韵。

正体：

平仄仄（韵），平平仄平仄，仄平平仄（韵）。仄平平仄，平平平仄（韵），平仄平平仄仄，仄平平，仄平平仄（韵），平仄仄（韵），仄平平仄，仄平平仄（韵）。

仄仄平平平仄（韵），仄平平、平仄平仄仄（韵）。仄仄平平，平平平仄，平平仄（韵）。仄仄平平，仄仄仄、平仄平平仄仄（韵）。仄平仄（韵），平仄平平仄仄（韵）。

【相关典范】

宋·贺铸《玉京秋·陇首霜晴》

清·俞樾《玉京秋·秋声》《玉京秋·秋色》

清·周祖同《玉京秋·望焦山》

清·庄棫《玉京秋·谱草窗》

清·李符《玉京秋·鸳渚浪》
清·陈匪石《玉京秋·凄晚色》
清·龚翔麟《玉京秋·江上路》

【原词意译】

雾水漫漫一片，高高的树梢仿佛在玩弄着夕阳。晚蝉像是在悲凉凄鸣，捣衣砧也在怨妇的敲打中声声哀叹着。井栏边梧桐飘枯叶，我站在梧桐树下，任凭凉露沾湿衣裳。不时吟诵似雪芦花，我感到与她轻易离别，满腔的幽怨让台阶下的蟋蟀替我诉说，客居中只觉得心寒意怯。我长歌当哭，悲愤中竟把玉壶敲缺。夏天里用的团扇已丢弃，荷花的色彩已消褪，我在萧瑟秋风中独立，心中无比怨恨，白白度过了这清凉时节，远处传来悲咽的箫声，是谁独倚西楼，与我空望淡月？

【读后之感】

全词切题，天凉好个秋！陈廷焯的《白雨斋词话》中赞此词"精金百炼，既雄秀，又婉雅"。

本词的词眼是"一襟幽事"，那人情意绵绵，我却轻易地将她弃抛。悔恨经词人轻轻一点，便弥漫全词。

在这词眼之前，是"烟水阔，高林弄残照，晚蜩凄切"的景象渲染，更增加"叹轻别"的悲伤。

也许词人已觉察到了"叹轻别，一襟幽事"的不该，发出"恨最恨、闲却新凉时节"的哀叹，但在西楼淡月楚箫咽的景象中，那个心爱的人在听我的忏悔吗？

曲游春

周密

【原词实录】

禁苑东风外，飚暖丝晴絮，春思如织。燕约莺期，恼芳情偏在，翠深红隙。漠漠香尘隔，沸十里、乱丝丛笛。看画船尽入西泠①，闲却半湖春色。

柳陌，新烟凝碧，映帘底宫眉②，堤上游勒。轻暝笼寒，怕梨云梦冷，杏香愁幂。歌管酬寒食，奈蝶怨良宵岑寂。正满湖碎月摇花，怎生去得。

【咬文嚼字】

①西泠：桥名，在西湖。
②宫眉：宫中式样的眉毛，借指女人。

【词牌平仄】

曲游春，词牌名，周密创调，双调一百零二字，上片十句五仄韵，下片十一句七仄韵。

正体：

中仄平平仄，仄中平平仄，平仄平仄（韵）。仄仄平平，仄中平中仄，中平平仄（韵）。仄仄平平仄（韵），中仄仄、仄平平仄（韵）。仄仄平仄仄平平，平中仄中平仄（韵）。

仄仄（韵），平平中仄（韵），仄中仄平平，平仄平仄（韵）。中仄平平，中平平仄仄，中平平仄（韵）。中仄平平仄（韵），仄仄仄中平中仄（韵）。中仄中仄平平，中平仄仄（韵）。

【相关典范】

宋·施岳《曲游春·清明湖上》
宋·赵功可《曲游春·千树玲珑罩》
清·周之琦《曲游春·一水疏篱映》
清·邹祗谟《曲游春·柳腴花瘦日》

清·黄之隽《曲游春·醉与银花语》
清·陈匪石《曲游春·驻马城南路》

【原词意译】

春风在宫外西湖上吹拂，柳絮和游丝在暖日晴空中飘扬，人们春思如织。男女伴侣如莺燕般迫切地期待幽会在翠深红隙里。

花的香尘遮蔽天地，沸腾了西湖十里，琴弦管笛从画船上传来，半个西湖沉浸在游人的欢乐里。

湖堤上有男子勒住马缰，眼睛盯住的不是垂柳的碧翠，而是画船帘幕里的美女，只怕美人们在梨云杏香里冷梦愁幂。入夜，歌管声又起，像是在酬谢一年一度的寒食节。怎奈那些蝴蝶儿埋怨在良宵寂寞里。

湖光迷离，明月荡碎，落花摇曳，我怎忍心离去？

【读后之感】

从纯美学的感观上来看，这首记游之词倒很清丽，有静有动，有景有人，颇为活泼，正如后人马臻诗云："画船过午人西泠，人拥孤山陌上尘，应被弁阳模写尽，晚来闲却半湖春。"

此词应写于南宋灭亡之前，大好河山确值得恋留。

人和景的交替出现，是这首词顿显活泼的原因。"新烟凝碧，映帘底宫眉"，西泠画船在摇晃，船帘半开，一位姑娘端坐其间，湖堤上的那位俊男马上勒住马缰，眼睛盯住的不是垂柳翠碧，而是那帘里的美人。全词的这等描绘是多么生动活泼，简直成了这首《曲游春》的魂。

花犯（水仙花）

周密

【原词实录】

楚江湄①，湘娥再见，无言洒清泪，淡然春意。空独倚东风，芳思谁寄？凌波路冷秋无际，香云随步起。漫记得、汉宫仙掌，亭亭明月底。

冰丝写怨更多情，骚人恨，枉赋芳兰幽芷。春思远，谁叹赏、国香②风味？相将共、岁寒伴侣，小窗静，沉烟熏翠袂。幽梦觉、涓涓清露，一枝灯影里。

【咬文嚼字】

①湄：岸边，水草交接处。
②国香：本称兰为国香。此处谓水仙为国香。

【词牌平仄】（同前）

【相关典范】（同前）

【原词意译】

湘妃女神突然出现在楚江边，她默默无语洒下清泪点点，她在为谁神伤？她恍若凌虚踏波的洛神，芳香的云雾随着她的步履弥漫，我觉得她还像汉宫铜仙子，亭亭玉立，手托承露仙盘。我仿佛听到她正弹着琴瑟冰弦，多情地抒发着心中的哀怨。楚国诗人屈原发着牢骚愤恨，徒劳地将芳香的兰草和幽洁的白芷歌咏，竟忽略了多情的水仙，可悲啊。水仙再国色天香，再春思悠远，又有谁来赞美呢？只有我将水仙作为岁寒之友，结成伙伴。

小窗明净，沉香缕缕轻烟将她的翠袖熏染，从梦境中醒来，但见水仙花露珠儿清晶点点，一枝独秀在灯影里。

【读后之感】

周密的这首《花犯·水仙花》是一首不可多得的精品。理由如下：以湘娥女神出典，遗貌取神，以汉宫仙掌一典，抒发哀怨，同时也批评屈原只爱兰花，不爱水仙，只有词人将水仙作为岁寒之友，结成伙伴。令词人感到欣慰的是，水仙也知词人心,他孤枕难眠,或在梦境中醒来时,发现水仙花露珠儿点点,就像情人在流着泪,一枝独秀在烛影里。花与人、人与花的情感在周密的笔下高度重叠、交相辉映。

丹徒人陈廷焯有词论云:"夫人心不能无所感,有感不能无所寄,寄托不厚,感人不深,厚而不郁,感其所感,不能感其所不感。"

习周密之《花犯》,观廷焯之词论,深感周密对水仙花的寄托,厚而且郁,感与不感全在"小窗静,沉烟熏翠袂,幽梦觉,涓涓清露,一枝灯影里"也。

瑞鹤仙（乡城见月）

蒋捷

【原词实录】

绀①烟迷雁迹，渐碎鼓零钟，街喧初息。风檠背寒壁，放冰蟾，飞到蛛丝帘隙。琼瑰暗泣。念乡关、霜华似织。漫将身、化鹤归来，忘却旧游端的。

欢极。蓬壶菂浸，花院梨溶，醉连春夕。柯云罢弈，樱桃在，梦难觅。劝清光、乍可幽窗相照，休照红楼夜笛。怕人间换谱《伊》《凉》，素娥未识。

【咬文嚼字】

①绀：深青带红的颜色，天青色。

【词牌平仄】（同前）

【相关典范】（同前）

【原词意译】

烟雾凄迷，遮断了飞雁的踪迹。钟鸣鼓声断断续续，街市里的喧哗刚刚静息，风灯摇曳，明月清光，如诉如泣。料想我的家乡也定然是月光如织，霜华铺地，像丁令威化身白鹤归来，却又忘了故乡旧游之地。蓬壶仙境里朵朵红莲倒映水面，白色的花盛开庭院，花月皎艳，醉酒狂欢。像王质梦里观棋，醒来斧柄已烂；像裴元裕梦见邻女吃樱桃，醒来桃核坠落枕边。那些奇妙的梦境再也难寻见，我劝清晶的月光，只可与我的幽窗为伴，不要去红楼流连，只怕人间的笛谱换成了《伊州》《凉州》凄厉的北方旧曲，嫦娥哪知道人世间的沧桑和相思的情怨。

【读后之感】

托月抒情，想象丰富，连用声伯暗泣、丁令威化鹤、柯云罢奕、裴元裕梦樱数典，令人亦梦亦幻。特别是最后江南丝竹已换成了北方《凉州》《伊州》悲曲，连月中嫦娥也伤心。

亦幻亦梦的意境最难表现，亦真亦假的心境也最难揣摩。词人故意用此笔触搅得我心烦意乱,蒋捷用心良苦。心理学上有"诱惑"一词。蒋捷深谙其意,窗外雨停了,你要说话了,我的心真的受伤了。

【词人简介】

蒋捷,字胜欲,号竹山,阳羡(今江苏宜兴)人。咸淳十年(1274)进士。宋亡不仕。有《竹山词》。

贺新郎

蒋捷

【原词实录】

梦冷黄金屋，叹秦筝斜鸿阵里，素弦尘扑。化作娇莺飞归去，犹认纱窗旧绿。正过雨、荆桃如菽。此恨难平君知否？似琼台、涌起弹棋①局。消瘦影，嫌明烛。

鸳楼碎泻东西玉②，问芳踪、何时再展？翠钗难卜。待把宫眉横云样，描上生绡画幅，怕不是、新来妆束。彩扇红牙今都在，恨无人、解听开元曲。空掩袖，倚寒竹。

【咬文嚼字】

①弹棋：古博戏。弹棋的形状中间突起，周围低平。

②东西玉：酒器名。

【词牌平仄】（同前）

【相关典范】（同前）

【原词意译】

秦筝的雁形弦柱上布满了灰尘，我的魂像黄莺飞去。窗外正细雨蒙蒙，窗内美人如樱桃红润。孤灯映出我消瘦的身影，试问她的脸上为何布满泪痕？

歌舞时的彩扇还在，红色的牙板还在打着新的怨恨，大宋乐曲隆盛，可惜已无人倾听，谁来抚平我的伤痕，独倚翠竹好寒冷！

【读后之感】

借美人之态，表自己亡国之恨，构思巧妙，开元盛曲无人听懂，唯有洁身自好了。

蒿庵评蒋捷："炼字精深，调音谐畅，为倚声家之矩矱……吴中七子类祖述之，其去质而俚者自胜矣。"

女冠子(元夕)

蒋捷

【原词实录】

蕙花香也,雪晴池馆如画。春风飞到,宝钗楼上,一片笙箫,琉璃①光射。而今灯漫挂,不是暗尘明月,那时元夜。况年来,心懒意怯,羞与蛾儿争耍。

江城人悄初更打,问繁华谁解,再向天公借?剔残红烛,但梦里隐隐,钿车罗帕。吴笺银粉砑②,待把旧家风景,写成闲话。笑绿鬟邻女,倚窗犹唱,夕阳西下。

【咬文嚼字】
①琉璃:指灯。
②银粉砑:光洁的银粉纸。砑,光洁。

【词牌平仄】
女冠子,词牌名,以唐温庭筠《女冠子·含娇含笑》为正体,双调四十一字,上片五句两仄韵、两平韵,下片四句两平韵。

正体:
中中中仄(韵),中中中平中仄(韵)。仄平平(韵)。中仄平平仄,平平仄仄平(韵)。

中平平仄仄,中仄仄平平(韵)。中中平中仄,仄平平(韵)。

【相关典范】
唐·温庭筠《女冠子·含娇含笑》
唐·韦庄《女冠子二首》
五代·欧阳炯《女冠子·薄妆桃脸》
宋·李邴《女冠子·上元》
宋·柳永《女冠子·淡烟飘薄》《女冠子·断云残雨》

【原词意译】
雪后的晴空,映照着风景如画的池沼馆阁,蕙兰散发着阵阵幽香。酒楼歌馆之上春风荡漾,一片笙管箫笛悠扬。琉璃灯盏闪闪发光。这是过去的情景,而今灯盏冷落,胡乱悬挂,再也看不见仕女杂沓。尘埃迷天漫地,明月无光华,往日的元宵盛况已化作消失的烟霞,更何况近来心灰意冷,懒散疲乏,害怕跟美人玩耍,夜晚的江城更是悄寂。初更已打罢,请问谁知道如何向天公借回大宋昔日的繁华。我将残烛的灰烬剔下,只是在梦中看见彩车里挥动的罗帕。我铺开精美的吴笺,用闪烁的银彩磨压,想把故乡元宵盛况记下,写下一笔闲情漫话,我笑邻居姑娘凭倚着窗栏还在唱"夕阳西下"。

【读后之感】

本词情韵兼胜,沉痛感人。上片今昔对比,"而今"二字忽然一转,"有水逝云卷,风驰电掣之妙"(陈廷焯《白雨斋词话》)。结句写邻女之天真清唱,以邻女作无言的苦笑。

梦里隐隐,钿车罗帕,幻境再美终是梦,珍惜眼前始为真。

再多说一句,人生就是这样,穿越纷繁最后又重归简约,还原成一种朴素却又高尚的纯粹。

高阳台（西湖春感）

张炎

【原词实录】

接叶巢莺，平波卷絮，断桥斜日归船。能几番游？看花又是明年。东风且伴蔷薇住，到蔷薇、春已堪怜。更凄然，万绿西泠，一抹荒烟。

当年燕子知何处？但苔深韦曲，草暗斜川。见说新愁，如今也到鸥边。无心再续笙歌梦，掩重门、浅醉闲眠。莫开帘，怕见飞花，怕听啼鹃。

【词牌平仄】（同前）

【相关典范】（同前）

【原词意译】

断桥、斜阳、归船、残景，依旧如画，湖波轻卷细浪，黄莺儿仍在歌唱，春风啊，你在蔷薇下流连，别剩下西泠一片芜荒。

贵族的府门长满青苔，隐士茅屋也草色暗淡，听说新的愁绪也惹翻了白鹤，它愤然飞去，不带走一片云彩。

我掩关重门，醉意朦胧，听杜鹃悲啼。

【读后之感】

本词是首眷念故国的哀歌，陈廷焯《白雨斋词话》赞此词"凄凉幽怨，郁之至，厚之至"是很恰当的。

"怕见飞花，怕听啼鹃"，二"怕"连用，怕是你不得不愁上心头。

【词人简介】

张炎（1248—约1320），字叔夏，号玉田、乐笑翁，先世成纪（今甘肃天水）人，寓居临安（今浙江杭州）。张俊后裔。宋亡，其家亦破。元初曾北游元都，失意南归。晚年在江浙一带漫游，与周密、王沂孙为词友。其词用字工巧，追求典雅。曾从事词学研究。著有《词源》《山中白云词》（又名《玉田词》）。

渡江云

张炎

【原词实录】

山空天入海,倚楼望极,风急暮潮初。一帘鸠外雨,几处闲田,隔水动春锄。新烟禁柳,想如今、绿到西湖。犹记得、当年深隐,门掩两三株。

愁余,荒洲古溆。断梗疏萍,更漂流何处?空自觉、围羞带减,影怯灯孤。常疑即见桃花面,甚近来、翻笑无书。书纵远,如何梦也无?

【词牌平仄】(同前)

【相关典范】(同前)

【原词意译】

风卷江涌,斑鸠啼叫,我倚楼神怡。

对岸开始春耕,农田里忙碌起来,嫩叶缭绕着新绿,染得西湖碧翠。

记得当年隐居深山,柴门掩闭,垂柳两三株。而今,江岸古老,树枝折断,我如浮萍一般,还要漂流何方?我衣带渐宽,影怯灯孤,我疑惑能否再见到她,为何近来连书信也全无?见不到书信也罢,可怎梦里也见不到她?

【读后之感】

怀旧之作。上片写久客绍兴,一片水乡风光,笔调感伤无奈,下片由己及人,思念爱人,情感更是愈转愈深,衣带渐宽,影怯灯孤。"梦也无"句承徽宗赵佶《宴山亭》句,恰到好处。

我的所爱在山腰,要去寻她没有路,常疑即见桃花面,影怯灯孤。

八声甘州

张炎

【原词实录】

辛卯岁,沈尧道同余北归,各处杭、越。逾岁,尧道来问寂寞,语笑数日。又复别去。赋此曲,并寄赵学舟。

记玉关、踏雪事清游,寒气脆貂裘。傍枯林古道,长河饮马,此意悠悠。短梦依然江表,老泪洒西州①。一字无题处,落叶都愁。

载取白云归去,问谁留楚佩,弄影中洲?折芦花赠远,零落一身秋。向寻常、野桥流水,待招来,不是旧沙鸥。空怀感,有斜阳处,却怕登楼。

【咬文嚼字】

①西州:古城名,在今南京市西。此代指故国旧都。

【词牌平仄】(同前)

【相关典范】(同前)

【原词意译】

我曾去北方边关踏雪漫游,在黄河边饮马暂驻,可犹如一场短梦,醒来念杭州故都,江南春色,不觉老泪纵横。想借红叶题诗,可那片片红叶早已被人写满了忧愁,我连一个字都无处题。你载着一船白云归,试问谁将玉佩留赠?顾盼水中倒影于中洲,赠故友一枝梅。梅啊梅,你带着我一身轻寒,在野桥边招惹旧日的海鸥。我怕登楼,在斜阳夕照的时候。

【读后之感】

追念北游,寄怀老友之作。本词将挚友聚散之情与国家兴亡之痛一并打入,令人悲叹。

红叶经霜久,依然恋故枝,老泪洒西州,一字无题处。八声甘州里,空怀感,有斜阳处。

解连环（孤雁）

张炎

【原词实录】

楚江空晚，恨离群万里，恍①然惊散。自顾影，却下寒塘，正沙净草枯，水平天远。写不成书，只寄得、相思一点。料因循②误了，残毡拥雪，故人心眼。

谁怜旅愁荏苒，漫长门夜悄，锦筝弹怨。想伴侣，犹宿芦花，也曾念春前，去程应转。暮雨相呼，怕蓦地、玉关重见。未羞他、双燕归来，画帘半卷。

【咬文嚼字】

①恍："恍"的异体字，失意貌。
②因循：随便。

【词牌平仄】（同前）

【相关典范】（同前）

【原词意译】

我如孤鸿一点，看雁群成行，想要飞越枯荒的原野，却恐与心爱的人失散，写不了信书，也寄不了相思。料想北方拥雪孤眠的人好伤心，弹起锦筝，抒写哀怨，枉然在长门夜静时。该从原路返回了，在潇潇暮雨中与侣伴呼应，只怕是只能在边关荒野中相见了，即使如此，也感到惊喜，毕竟我如燕子归来，与情人相见了。

【读后之感】

因寄意深微，张炎的这首词很出名。上片先以空阔凄寒的环境，来衬托孤雁之孤单。"写不成书"以下三句从雁不成行生发开来，再与苏武故事结合，柔情与壮怀融合无间。下片借长门事兼用杜牧《早雁》诗意，咏雁而不滞于雁，清空一气，自然如话。韶华不为少年留，恨悠悠，几时休？王国维说：所谓境界，非独谓景物也，喜怒哀乐，亦人心中之一境界，故能写真景物、真感情者，谓之有境界，否则谓无境界。张炎的这首《解连环》，以咏孤雁自谓心中的哀怨，实是"人心中之一境界"也。

疏影（咏荷叶）

张炎

【原词实录】

碧圆自洁，向浅洲远浦，亭亭清绝。犹有遗簪，不展秋心，能卷几多炎热？鸳鸯密语同倾盖①，且莫与、浣纱人说。恐怨歌、忽断花风，碎却翠云千叠。

回首当年汉舞，怕飞去漫皱，留仙裙折。恋恋青衫，犹染枯香，还叹鬓丝飘雪。盘心清露如铅水，又一夜、西风吹折。喜净看、匹练飞光，倒泻半湖明月。

【咬文嚼字】

①倾盖：行车时车盖相碰，指朋友相契，一见如故。

【词牌平仄】（同前）

【相关典范】（同前）

【原词意译】

你碧圆自洁，亭亭玉立。新长出的绿叶像美人的玉簪遗忘在水面。你的一片素洁的心，卷走了多少炎热，两片落叶像鸳鸯一样窃窃私语，且不要向浣纱人说些什么，只恐风儿突然吹断了哀怨的歌吟。

当年在宫中，天子怕大风吹走翩翩起舞的赵飞燕，从此"留仙裙"的美谈就在后世流传开来。

我的青衫上还沾染着枯落的余香，金铜仙人的玉盘还盈盈聚着露珠。

我喜欢看明月洒下澄净的飞光，如白色的匹练，倾入了半个湖面。

【读后之感】

本词一名《绿意》，张炎在《山中白云词》卷六序中说明"《疏影》《暗香》，姜白石为梅著语，因易之曰《红情》《绿意》，以荷花荷叶咏之"，可见此词乃有意模仿姜咏梅二词。

拎出全词的精华，来看看词人为什么要这么写，写得又是如何之好，再结合前人对之评论，前人关于写词的要旨在此词中又是如何体现的。这是我读宋词,写读后之感的基本思路。

这篇《疏影》,我认为精华句"碧圆自洁""亭亭清绝",既绘荷状,又有赞评,夹叙夹议,精辟无比。

"当年汉舞""留仙裙折",用天子怕翩翩起舞的赵飞燕被大风吹走之典,再咏荷香、美人合而为一之妙。

结句"喜净看、匹练飞光,倒泻半湖明月",引"我"入词,并融入湖面月光。"倒泻"二字动感实强,意境全出。

作者自己在论词名篇《词源》中主张,好词要意境高远,雅正合律,意境清空。

综观本词,张炎已践行了自己的词论。

张炎

月下笛

张炎

【原词实录】

万里孤云，清游渐远，故人何处？寒窗梦里，犹记经行旧时路。连昌①约略②无多柳，第一是、难听夜雨。漫惊回凄悄，相看烛影，拥衾谁语？

张绪归何暮？半零落依依，断桥鸥鹭。天涯倦旅，此时心事良苦。只愁重洒西州泪，问杜曲③、人家在否？恐翠袖天寒，犹倚梅花那树。

【咬文嚼字】

①连昌：唐代行宫名。
②约略：大约。
③杜曲：指故国家园。

【词牌平仄】

月下笛，词牌名，调始周邦彦《片玉词》。以周邦彦《月下笛·小雨收尘》为正体。双调九十九字，上片十句五仄韵，下片十句四仄韵。

正体：

仄仄平平，平平仄仄，仄平平仄（韵）。平平仄仄（韵）。仄仄平平仄仄（韵）。仄平平、平仄仄平，仄平仄仄平仄仄（韵）。仄平平仄仄，平平仄仄，仄平平仄（韵）。

平平平仄仄，仄仄仄平平，仄平平仄（韵）。平平仄仄，仄仄平平仄（韵）。仄平平、仄平仄平，仄平仄仄平仄仄（韵）。仄平平，仄仄平平，仄仄平仄仄（韵）。

【相关典范】

宋·姜夔《月下笛·与客携壶》
宋·彭元逊《月下笛·江上行人》
宋·曾隶《月下笛·帘下》

清·姚燮《月下笛·绝塞》
清·周之琦《月下笛·晨起钱塘门乘小舟沿绿至苏公祠》

【原词意译】
万里长空，孤云一片，亲爱的，我在哪里把你找见？

寒夜梦里，沥沥细雨，旧时的路，你还记得吗？

烛影摇红，美人与我诉说心里话。我羁旅颠簸，心事悲凄，只怕重返临安故地，又会重洒泪滴。

亲爱的，你还在那里吗？想必她翠袖单薄，在梅边独倚。

【读后之感】
有"黍离"之感。上片写梦醒发呆，下片以"只愁重洒西州泪"寓"故国不堪回首月明中"，末以天寒倚梅明志，感染力强。

回忆像个说书的人，用充满乡音的口吻诉说。故人何在，寒窗梦里，听张炎吹笛声。

雨纷纷故里草木深，我听闻你仍守着孤枕，"犹倚梅花那树"，谁在问？

清平乐

张炎

【原词实录】

候蛩①凄断。人语西风岸。月落沙平江似练②,望尽芦花无雁。

暗教愁损兰成,可怜夜夜关情。只有一枝梧叶,不知多少秋声!

【咬文嚼字】

①蛩:蟋蟀。

②练:素白未染之绢。

【词牌平仄】(同前)

【相关典范】(同前)

【原词意译】

蟋蟀哀鸣,西风烈烈,秋月无声。只见芦花不见大雁。我像南朝的庾信一样悲愁,夜夜都沉浸在悲欢离合之中,在阵阵秋声中呜咽。

【读后之感】

我较为欣赏的是"只有一枝梧叶,不知多少秋声"句。用词平缓,但寓意深刻,词人应不只是在悲秋吧,他应是在为国破家亡而抒发内心的悲凄吧。

本词还有更巧妙的地方,就是整首词少见"愁"字,但字字声声都在愁中,真乃"精警无匹"也。

天香（龙涎香）

王沂孙

【原词实录】

孤峤①蟠烟，层涛蜕月，骊宫夜采铅水。汛远槎风，梦深薇露，化作断魂心字。红磁候火②，还乍识、冰环玉指。一缕萦帘翠影，依稀海天云气。

几回殢娇半醉，剪春灯、夜寒花碎。更好故溪飞雪，小窗深闭。荀令③如今顿老，总忘却、尊前旧风味。漫惜余熏，空篝素被。

【咬文嚼字】

①峤：尖而高的山，此指海中礁石。

②候火：焙制龙涎香时须时刻守候的适当文火。

③荀令：东汉荀彧，字文若，为汉侍中，守尚书令，故称荀令。

【词牌平仄】（同前）

【相关典范】（同前）

【原词意译】

礁石孤耸，云淡月出，鲛人夜晚去骊宫采集龙涎。风送竹筏远去，用龙涎和着蔷薇花露研炼，最后化作心字形篆香，这香令人凄然魂断。龙涎装入红瓷盒用文火烘焙，制成精美的指环，一缕翠烟萦绕相伴。暗想当年，她撒娇耍蛮，半醒半醉，把灯火剪碎。故乡的溪山，轻雪漫漫，我把小窗一关，那情味令人陶醉。而今，我如同荀令老去，昔日的温馨与缠绵早已忘却，我依然把含有余香的素被放置在熏笼上，以此来慰藉一下伤透了的心。

【读后之感】

上片写龙涎香的产地与制作过程。下片卷入回忆，感念旧事，又牵出荀令一典，以自伤自悼。惆怅哀痛之极。

《碧山乐府》《乐府补题》均视其卷首，足见其分量之重。

周尔墉在《周评绝妙好词》中赞其为"极用力之作"。

我以为词"用力之作"至少有三妙：其一，知识性强，龙涎香的产地及制作过程让人学了不少；其二，语浅却意深，"化作断魂心字""剪春灯，夜寒花碎"是也；其三，荀令一典，熨帖不过，既说了自己与荀彧的好恶之通，又略现自己的学识功底。

【词人简介】

王沂孙，生平年不详，字圣与，号碧山、中仙、玉笥山人，会稽（今浙江绍兴）人。入元，任庆元路学正。有《花外集》。

眉妩（新月）

王沂孙

【原词实录】

渐新痕悬柳，淡彩穿花，依约破初暝。便有团圆意，深深拜①，相逢谁在香径？画眉未稳，料素娥，犹带离恨。最堪爱，一曲银钩小，宝奁挂秋冷。

千古盈亏休问，叹慢磨玉斧②，难补金镜③。太液池犹在，凄凉处、何人重赋清景？故山夜永，试待他、窥户端正④。看云外山河，还老桂花旧影。

【咬文嚼字】

①拜：古时有妇女拜新月习俗。
②慢磨玉斧：传说月中有吴刚以玉斧砍桂。
③金镜：喻月亮。
④端正：指月圆。

【词牌平仄】

眉妩，词牌名，又名《百宜娇》，西汉京兆尹张敞常为妻画眉，长安人说他"眉妩"，调名本于此。以姜夔《眉妩·戏张仲远》为正体。双调一百零三字，上片十一句五仄韵，下片十一句七仄韵。

正体：

仄平平平仄，仄仄平平，平仄仄平仄（韵）。仄仄平平仄，平平仄，平平平仄平仄（韵）。仄平仄仄（韵）。仄仄平、仄仄平仄（韵）。仄平仄，仄仄平平仄，仄平仄平仄（韵）。

平仄（韵）。平平平仄（韵）。仄仄平中仄，平仄平仄（韵）。中仄平平仄，平仄，平平平仄平仄（韵）。仄仄仄仄（韵）。仄仄平、仄仄平仄（韵）。仄平仄平平，平仄仄、仄平仄（韵）。

【相关典范】

宋·姜夔《眉妩·戏张仲远》

元·张翥《眉妩·七夕感事》
清·杜文澜《眉妩·咏扁豆花次丁保庵韵》

【原词意译】

多么希望与我的情人相见，在这月圆之夜。

昔日，我们携手在花香弥漫的小径上，一弯明月就像你的没有画完的眉。

嫦娥在月宫里挂起了帘钩，可叹玉斧空磨，难以补残月。

太液池还在，可四周荒芜，谁能再描昔日的山湖？

长夜漫漫，等他重窥门户。云外辽阔，可山河残缺。

明月桂花影，更叹人孤老。

【读后之感】

通篇咏月，夹叙夹议。金瓯缺残，何人重赋，试问词人，新月当空，悲从何来？原是因难复故土！

陈廷焯在《白雨斋词话》中说："作词之法，首贵沉郁，沉则不浮，郁则不薄。"所谓沉郁，意在笔先，神采其外。我认为，王沂孙《眉妩》就很是"沉郁"。"深深拜，相逢谁在香径""料素娥，犹带离恨""看云外山河，还老桂花旧影""一曲银钩小，宝奁挂秋冷"等句，字字沉，句句郁，读来欲罢不能。

齐天乐（蝉）

王沂孙

【原词实录】

一襟余恨宫魂断，年年翠阴庭树。乍咽凉柯，还移暗叶，重把离愁深诉。西窗过雨，怪瑶佩流空，玉筝调柱。镜暗妆残，为谁娇鬟①尚如许？

铜仙铅泪似洗，叹移盘去远，难贮零露。病翼惊秋，枯形阅世，消得斜阳几度？余音更苦，甚独抱清商，顿成凄楚。漫想薰风②，柳丝千万缕。

【咬文嚼字】

①娇鬟：指蝉翼薄而缥缈如鬟。

②薰风：指南风。

【词牌平仄】（同前）

【相关典范】（同前）

【原词意译】

齐宫王妃，空留余恨，悲感欲断魂，年年悲啼于庭树翠荫下，倾诉着深宫怨恨。西窗外愁雨细蒙，怨恨玉筝调弦柱瑶佩悬空中，镜暗妆残，蝉鬓为谁蓬松？金铜仙人离别了长安，清泪洗面，如秋蝉病翼，还能承受几度夕阳红？它剩余的生命里抱残守缺，自珍自重，千万柳丝中。

【读后之感】

本词咏蝉，非写人。人蝉寒秋同悲。

张惠言《词选批注》中评曰："残破满眼……哀世臣主，全无心肺，真千古一辙也。"

秋蝉"病翼"句，极为凄惨，"余音更苦"句，更是戳心，是在说蝉，还是在说人？王沂孙啊王沂孙，你将蝉人合一，叫人神共悲呀！

长亭怨慢（重过中庵故园）

王沂孙

【原词实录】

泛孤艇，东皋过遍。尚记当日，绿阴门掩。屐齿莓阶，酒痕罗袖事何限。欲寻前迹，空惆怅，成秋苑。自约赏花人，别后总、风流云散。

水远，怎知流水外，却是乱山尤远。天涯梦短。想忘了，绮疏①雕槛。望不尽，冉冉斜阳，抚乔木、年华将晚。但数点红英，犹记西园凄婉。

【咬文嚼字】

①绮疏：镂花的窗格。

【词牌平仄】（同前）

【相关典范】（同前）

【原词意译】

我记得，你的家门被绿荫遮掩，庭院里你的足迹遗留在莓阶上，清晰可见，你的罗袖上有我们畅饮时留下的酒痕。而如今，我们曾相亲相爱的痕迹，已成为回忆，我只能空空地惆怅。

别后总是水远人也远，往日共赏花的人走着走着就散了，如同风走了，云散了。

天涯梦短，乱山尤远，浮生若梦，为欢几何？

年华将晚，如冉冉斜阳。在西园的凄婉中，我数着落花点点。

【读后之感】

上片把纵情欢乐的往事追忆，下片表达对远隔天涯友人的怀念，其实真意是表达了词人对故国的思念，最后稍冷一笔，极为凄婉。

此词中白话连篇，却甚为精彩、难得、难写。"水远，怎知流水外，却是乱山尤远。天涯梦短。想忘了，绮疏雕槛。望不尽，冉冉斜阳，抚乔木、年华将晚。"王沂孙的这些白话气体浑厚，血脉贯通，让人读来好惬意。

高阳台（和周草窗寄越中诸友韵）

王沂孙

【原词实录】

残雪庭阴，轻寒帘影，霏霏玉管春葭。小帖金泥①，不知春是谁家？相思一夜窗前梦，奈个人、水隔天遮。但凄然、满树幽香，满地横斜。

江南自是离愁苦，况游骢古道，归雁平沙。怎得银笺，殷勤说与年华。如今处处生芳草，纵凭高、不见天涯。更消他，几度东风，几度飞花。

【咬文嚼字】

①小帖金泥：泥金纸的宜春帖子。古时习俗，立春日贴帖子，或写"宜春"二字，或写诗句。

【词牌平仄】（同前）

【相关典范】（同前）

【原词意译】

烫着泥金的家书报着登科的喜悦，今天不知春风又吹到哪家。

残雪尚未消融，寒气将帷帘晃动。玉管中芦灰飞扬，伴着立春的和风，我思念着远方的梦中情人，无奈，那个人水隔天遮无踪影。

北方孤身纵马的我也在思念家人。遥看平旷落雁，能否捎来银色的信笺，我纵然登高远眺，也只见满目残余的春光。

我还能承受几次东风的摧残，还能经受几次落花的悲凉？

【读后之感】

"上半阕是叙其远游未还，悬揣之词；下半阕是言其他日归后情事，逆料之词。"——陈廷焯评此词。

跳跃腾挪，顿挫抑扬，底蕴深厚，强烈感人。王沂孙的力作。

几度东风，几度飞花，词人荡开一笔，意境深远。

法曲献仙音（聚景亭梅次草窗韵）

王沂孙

【原词实录】

层绿峨峨，纤琼皎皎，倒压波痕清浅。过眼年华，动人幽意，相逢几番春换。记唤酒、寻芳处，盈盈褪妆晚。

已消黯，况凄凉、近来离思，应忘却、明月夜深归辇。荏苒一枝春，恨东风、人似天远。纵有残花，洒征衣、铅泪都满。但殷勤折取，自遣一襟幽怨。

【词牌平仄】

法曲献仙音，词牌名，又名"献仙音""法曲第二""越女镜心"，以周邦彦《法曲献仙音·蝉咽凉柯》为正体。双调九十二字，上片八句四仄韵，下片九句五仄韵。

正体：

中仄平平，中平中仄，仄仄中平平仄（韵）。中仄平平，仄平平仄，中中中平平仄（韵）。仄中仄平平仄（韵），平平仄平仄（韵）。

仄平仄（韵），仄平平、仄平中仄，平中仄、平仄仄平中仄（韵）。中仄仄平平，仄中中、中中平仄（韵）。中仄平平，仄平中、中中中仄（韵）。仄中平中仄，仄仄中平平仄（韵）。

【相关典范】

宋·吴文英《法曲献仙音·秋晚红白莲》
宋·周密《法曲献仙音·吊雪香亭梅》
宋·赵闻礼《法曲献仙音·花匣幺弦》
宋·张炎《法曲献仙音·题姜子野雪溪图》

【原词意译】

绿萼层叠，白梅莹洁，繁丽的花枝压着西湖。
记得当年，赏梅寻芳，呼酒畅饮，忙坏了楚楚动人的她。

昔日的时光被淡忘了，只有盈盈雅丽的她还伫立黄昏，把我怅望。她如一枝秀梅，不怕严寒的摧残。我也在东风中把她赏，让幽怨独自徘徊去吧。

【读后之感】

上片以追忆的笔调写梅花盛开的美景，下片今昔对比，现故国兴亡之思，"荏苒"二句写友人远隔天涯，动怀人之念。继而写残花铅泪，花泪难辨。末以折梅遣怀作结，貌似归于雅正，实则无望之举而已。

况周颐在《蕙风词话》中说："词中转折宜圆。笔圆，下乘也；意圆，中乘也；神圆，上乘也。"

我认为，王沂孙的这首词已达上乘水平。起三句，写景，第四句转折到感叹语，下阕"恨东风、人似天远"又复沓到"自遣一襟幽怨"作结，词意圆而又圆，真上乘。

疏影（寻梅不见）

彭元逊

【原词实录】

江空不渡，恨蘼芜杜若①，零落无数。远道荒寒，婉娩②流年，望望美人迟暮。风烟雨雪阴晴晚，更何须，春风千树。尽孤城、落木萧萧，日夜江声流去。

日晏山深闻笛③，恐他年流落，与子同赋。事阔④心违，交淡媒劳，蔓草沾衣多露。汀洲窈窕余醒寐，遗佩环浮沉澧浦。有白鸥、淡月微波，寄语逍遥容与。

【咬文嚼字】
①蘼芜杜若：皆为香草名。　②婉娩：柔顺，温和。
③笛：指《梅花落》笛曲。　④阔：疏阔，久违。

【词牌平仄】（同前）

【相关典范】（同前）

【原词意译】

我再也找不到她的身影，她也如杜若般枯萎凋零。

整个孤城败落萧条，唯有一江春水向东流。

笛声从暮色中传来，是人们怕梅花零落孤单，便把她写进乐谱传唱。

我想与梅花见面，但她与我的情分太浅，我再殷勤也徒劳。

暮草上的浓露沾湿了我的衣裳，天边的淡月和江上的白鹭也在劝我："你姑且自在逍遥，不必再为她劳神了。"

【读后之感】

梅花啊梅花，古往今来，你的高洁自傲引得多少人为你传诵，为你折腰。眼前的这位骚人自觉再殷勤也徒劳，直至你零落孤怜，枯萎凋落，他还在风烟雨雪里把你寻找。天上有白鸥，绿水泛微波，彭元逊的心思淡月知道。

【词人简介】

彭元逊，生卒年不详，字巽吾，庐陵（今江西吉安）人。与刘辰翁友善，宋亡不仕。

六丑（杨花）

彭元逊

【原词实录】

似东风老大，那复有当时风气。有情不收，江山身是寄，浩荡何世？但忆临官道，暂来不住，便出门千里。痴心指望回风坠，扇底相逢，钗头微缀。他家万条千缕，解遮亭障驿，不隔江水。

瓜州曾舣，等行人岁岁。日下长秋，城乌夜起。帐庐好在春睡，共飞归湖上，草青无地。惜惜雨、春心如腻。欲待化、丰乐楼前帐饮，青门都废。何人念、流落无几。点点抟作，雪绵松润，为君裛①泪。

【咬文嚼字】

①裛：同浥。

【词牌平仄】（同前）

【相关典范】（同前）

【原词意译】

在丰乐楼的饯别宴上，我浮想联翩。我的身世飘零，像有情的杨花飘浮不定。我痴情地盼望有那么一天，一阵旋风，把我吹到美人的扇底，在美人的钗头上轻轻缀系。垂杨千丝万缕，懂得遮护长亭，驿邸重重屏障，却隔不断江水奔溢。夕阳在故宫西坠，乌鹊在城头惊飞，我如天涯芳草，将寄身何处？

【读后之感】

问世间情为何物，读完此词后我认为情是杨花。她懂得雪绵松润，为君落泪，她懂得怜香惜玉，钗头相缀，她的特点为苏东坡所云"似花还似非花"，缠绵人世间。杨花粘人，铺地盖地。

紫萸香慢

姚云文

【原词实录】

近重阳、偏多风雨,绝怜此日暄明。问秋香浓未,待携客、出西城。正自羁怀多感,怕荒台高处,更不胜情。向尊前,又忆漉酒①插花人。只座上、已无老兵。

凄清,浅醉还醒,愁不肯、与诗平。记长楸走马,雕弓搀②柳,前事休评。紫萸一枝传赐,梦谁到、汉家陵。尽乌纱③便随风去,要天知道,华发如此星星,歌罢涕零。

【咬文嚼字】

①漉酒:滤酒。

②搀:射击。

③乌纱:用孟嘉事。

【词牌平仄】

紫萸香慢,词牌名,双调一百十四字,上片十句四平韵,下片十二句七平韵。

正体:

仄平平、平平平仄,仄平仄仄平平(韵)。仄平平平仄,仄平仄、仄平平(韵)。仄仄平平仄仄,仄平平平仄,仄仄平平(韵)。仄平平、仄仄仄仄仄平平,仄仄仄、仄平仄平(韵)。

平平(韵),仄仄平平(韵),平仄仄、仄平平(韵)。仄平仄仄,平仄平仄,平仄平平(韵)。仄仄平平仄仄,仄仄仄、仄平平(韵)。仄平平平平仄,仄平平仄,平仄平仄平平(韵),平仄仄平(韵)。

【相关典范】

明·屈大均《紫萸香慢·代州九日作》《紫萸香慢·送雁》

清·况周颐《紫萸香慢·九日再赋》《紫萸香慢·丙辰重九》

清·朱祖谋《紫萸香慢·焦山九日同病山仁先愔仲》

清·沈曾植《紫萸香慢·和彊村九日焦岩登高词》

【原词意译】

羁旅无限愁绪，我欲携友游历。我怕登楼，我怕承受悲凄。在重阳的细雨中，我问秋香是否浓。

酒宴上依旧滤酒、插花，可已不是旧日的侣伴。

酒入肠，醒又醉，我内心伤悲，我要崩溃。

记得长楸大道策马奔驰，手持弯弓，百步穿杨，这些往事休要再提。

朝廷赐下了一枝紫萸，我的梦魂便到了故国的园陵。任凭乌纱帽被风吹去，我白发丛生，放声歌唱，管它涕零满面！

【读后之感】

亡国之哀，看罢涕零。上片写重阳难得晴朗，故作跌宕。过片后，笔陡一转，追忆故国旧事，雕弓搾柳，长楸走马，前事休评，要老天知道，词人愁苦心绪跃然纸上。末尾直接呼告，发人深省。

王国维说："词之雅郑，在神不在貌。"姚云文"凄清，浅醉还醒"，"问秋香浓未，待携客、出西城"，神至也。末句"要天知道，华发如此星星，歌罢涕零"，亡国之哀，神至也。

【词人简介】

姚云文，生卒年不详，字圣瑞，高安（今属江西）人。咸淳四年（1268）进士。曾任兴县（今属山西）县尉。入元，授承直郎，抚、建两路儒学提举。

金明池

僧挥

【原词实录】

天阔云高，溪横水远，晚日寒生轻晕。闲阶静、杨花渐少，朱门掩、莺声犹嫩。悔匆匆、过却清明，旋占得，余芳已成幽恨。却几日阴沉，连宵慵困，起来韶华都尽。

惹人双眉闲斗损。乍品得情怀，看承全近。深深态，无非自许，厌厌意，终羞人问。争知道，梦里蓬莱，待忘了余香，时传音信。纵留得莺花，东风不住，也则眼前愁闷。

【咬文嚼字】

平白如话，无字可嚼。

【词牌平仄】

金明池，词牌名，又名"金明春""昆明池""夏云峰"。以秦观《金明池·春游》为正体。双调一百二十字，上片十句四仄韵，下片十一句五仄韵。

正体：

中仄平平，平平中仄，仄仄平平中仄（韵）。中中中、平平仄仄，中平仄中中中仄（韵）。仄平平、仄仄平平，中仄仄、中仄平平平仄（韵）。仄中仄平平，中平平仄，仄仄平平平仄（韵）。

仄仄平平平中仄（韵）。仄仄仄平平，中平平仄（韵）。平平仄、平平中仄，中中仄、中平平仄（韵）。中平中、中仄平平，仄中平平仄，中平仄平（韵）。仄中仄平平，中平中仄，仄仄中平平仄（韵）。

【相关典范】

宋·秦观《金明池·春游》

宋·赵崇嶓《金明池·素馨》

明末清初·柳如是《金明池·咏寒柳》

【原词意译】

清明就这样过去了,暮春里残留着芳馨,却成了我新的怨恨。

辽阔的天空飘着浮云,一片寒意。

春花已凋零,她双眉锁着怨恨,自许情深,谁来安慰?

夕阳朦胧,黄昏暮霭,天气阴冷,几宿困顿,去蓬莱仙境,也许还能寻到她的气韵,东风依旧吹个不停,请带走我的神魂不定。

【读后之感】

溪水东流,夕阳朦胧,暮春残余芳馨,东风依旧吹个不停,却带不走我的怨恨。

挥和尚啊挥和尚,你六根未净,方得怨入双眉,梦里蓬莱。出家人尚如此,何况我这个凡夫俗子?

【词人简介】

僧挥,又称僧仲殊。俗姓张氏,字师利,安州(今湖北安陆)人。曾举进士,后出家为僧,居苏州承天寺、杭州吴山宝月寺,与苏轼交游唱酬。崇宁中,自缢而死。有《宝月集》,不传。

减字木兰花（题雄州驿）

蒋兴祖女

【原词实录】

朝云横度。辘辘车声如水去。白草黄沙。月照孤村三两家。

飞鸿过也。百结愁肠无昼夜。渐近燕山。回首乡关归路难。

【词牌平仄】（同前）

【相关典范】（同前）

【原词意译】

满眼乱云飞度，被掳北去的车队绵延不断，辘辘声搅得我心碎。白草黄沙中惨白的月光照着孤村两三家。

大雁不停地从我头上飞过，无休止的惨痛使我愁肠百结。中原与北方的界山燕山将近了，从此一去再也难回到我的中原、我的故乡了。

【读后之感】

这是一首十五岁的小姑娘在被掳北去的路上所写的一首词。这个小姑娘就是蒋兴祖女。其实她是河南阳武县令蒋兴祖的女儿，可惜没有留下名字。其父奋勇抗金，壮烈殉国，连子、妻同时遇难，只有女儿被金人掳去，之后还不知有什么样的苦难在等着她。

该女窈窕伶俐，在北行途中留下了这首如诉如泣的《减字木兰花》。

宋女词人并不多，有李清照、朱淑真、魏夫人等，蒋兴祖女名不见经传，这位娇小聪慧的小姑娘也似一去无消息，我悲其不幸，所以将这首词补录于《宋词三百首》中。

如梦令

李清照

【原词实录】

常记溪亭①日暮，沉醉②不知归路。兴尽晚回舟，误入藕花深处。争渡，争渡，惊起一滩③鸥鹭。

【咬文嚼字】

①溪亭：临水的亭台。

②沉醉：沉浸在某事物或某境界中。

③一滩：一群。

【词牌平仄】

如梦令，词牌名。又名"忆仙姿""宴桃源""无梦令"等，以李存勖《忆仙安·曾宴桃源深洞》为正体。

正体：

中仄中平中仄（韵），中仄中平中仄（韵）。中仄仄平平，中仄中平中仄（韵）。中仄（韵），中仄，中仄中平中仄（韵）。

李清照这首"如梦令"为变体。

【相关典范】

宋·苏轼《如梦令·为向东坡传语》

宋·秦观《如梦令·遥夜沉沉如水》

宋·李清照《如梦令·昨夜雨疏风骤》

清·纳兰性德《如梦令·正是辘轳金井》

【原词意译】

我沉醉在黄昏时的水边亭台里，已不记得来时的路，是这景色迷人，还是我已喝醉了，我也不清楚，只是在魂牵梦绕里。

乘着醉意，登上小船回去吧，却误入了荷花深处。奋力把船划出去，却惊得一群水鸟飞起。

【读后之感】

醉，这是李清照的常态。这天她泛舟于正盛放着荷花的莲池之中，被身边的景色陶醉了，以致找不到回家的路。

醉，这是本词的词眼，天才少女李清照已完全融化在美景和微醺里了。

【词人简介】

李清照（1084—1155），自号易安居士。齐州章丘（今属山东）人。出身于书香仕宦之家，自幼博通诗书，才力华赡。十八岁与太学生赵明诚结为伉俪，情趣相投。靖康之变后，北宋覆亡，李清照随夫南渡。赵明诚在高宗建炎三年（1129）病逝。此后，李清照流徙于杭州、绍兴、金华等地。处境凄凉。绍兴二年（1132）夏，李清照四十九岁时再嫁张汝舟，至秋八月因事离异。李清照词早年多写闺中生活情趣，词风清新俊秀；南渡后多写身世之痛和时世之悲，词风趋于凄咽悲楚。

凤凰台上忆吹箫

李清照

【原词实录】

香冷金猊①,被翻红浪,起来慵自梳头。任宝奁尘满,日上帘钩。生怕离怀别苦,多少事、欲说还休。新来瘦,非干病酒,不是悲秋。

休休!这回去也,千万遍《阳关》,也则难留。念武陵人远,烟锁秦楼。惟有楼前流水,应念我、终日凝眸。凝眸处,从今又添,一段新愁。

【咬文嚼字】

①金猊:狮子形铜香炉。

【词牌平仄】

凤凰台上忆吹箫,词牌名,又名"忆吹箫"。以晁补之《凤凰台上忆吹箫·自金乡之济至羊山迎次膺》为正体,又双调九十七字,上片十句四平韵,下片九句四平韵。

正体:

中仄平平,中平中仄,中平中仄平平(韵)。中仄仄、平平仄仄,中仄平平(韵)。中中中平中仄,中中中、仄平平(韵)。中平仄,中中仄中,中仄平平(韵)。

平中中平中仄,平中仄,中平中仄平平(韵)。仄中仄、平平仄仄,中仄平平(韵)。中仄中平中仄,中中中、中仄平平(韵)。中平仄,中中仄仄平平(韵)。

【相关典范】

宋·晁补之《凤凰台上忆吹箫·自金乡之济至羊山迎次膺》

清·贺双卿《凤凰台上忆吹箫·寸寸微云》

清·纳兰容若《凤凰台上忆吹箫·荔粉初装》《凤凰台上忆吹箫·锦瑟何年》

【原词意译】

太阳升起在帘钩,多少心事想要诉说,近日来,身体消瘦,不是因为酒,而是触景悲秋。

狮子造型的熏炉已经冷透，床上的锦被如红浪翻着，我浑身慵懒，尚未梳妆。

罢了，罢了，这回别离唱尽，阳光三叠也难挽留，想那武陵人走了之后，烟雾笼罩着我的妆楼，凝望之处，平添新愁，唯有楼前清水自流。

【读后之感】

李清照选"凤凰台上忆吹箫"做词牌名填这首词有其特别的含义。据《列仙传拾遗》云：萧史善吹箫，作鸾凤之声，秦穆公有女弄玉，也喜欢箫，喜作凤鸣，俩人结为夫妻后志趣相投，和谐共鸣，数年后萧史乘龙，弄玉乘凤而去，列入仙班，该调取名于此。李清照袭该调，以示与夫赵明诚夫妻感情融笃，及夫妻小别后的哀怨。全词一唱三迭，尽抒痴情。

人生本来苦难已多，再多一次又如何，但女神李清照，已是人比黄花瘦，谁会得她凤凰台上吹箫，又添一段新愁！遂成千古绝唱。

武陵春（春晚）

李清照

【原词实录】

风住尘香①花已尽，日晚②倦梳头。物是人非事事休，欲语泪先流。

闻说双溪③春尚好，也拟泛轻舟，只恐双溪舴艋舟④，载不动许多愁。

【咬文嚼字】

①尘香：尘土上也沾满花的香气。

②日晚：日落。

③双溪：水名，在浙江金华。

④舴艋舟：小船，两头尖尖如蚱蜢。

【词牌平仄】

武陵春，词牌名。又作"武林春""花想容"。双调小令，四十八字，上下片各四句三平韵。这首词为变格，以毛滂《武陵春·风过冰檐环佩响》为正体。

正体：

中仄中平平仄仄，中仄仄平平（韵）。中仄平平中仄平（韵），中仄仄平平（韵）。

中仄中平平仄仄，中仄仄平平（韵）。中仄平平仄仄平（韵），中仄仄平平（韵）。

【相关典范】

宋·贺铸《武陵春·南国家人推阿秀》

宋·辛弃疾《武陵春·桃李风前多妩媚》

宋·连静女《武陵春·人道有情须有梦》

【原词意译】

风停了，尘土中残花的香气四溢，黄昏时分，我懒得整理头发，我的思绪比这乱发还要乱。眼前的一切依旧，但只落得我孤零零地叹息。不等我倾诉着什么，两行眼泪已流了下来。

人们都说双溪边春色依旧，最适宜春水泛舟，但那两头尖尖的小船，怎么能载得动我这么多忧愁！

【读后之感】

凡了解李清照的人都晓得李是那个时代"怎一个愁字了得"的典型形象，"载不动许多愁"已经不是文字语言了，而是词人的内心鲜血在流淌，所以这句话一经李清照之口流出，便打动了她自己，打动了所有的人，打动了词坛，打动了整个两宋史！只有李清照能说出这样的话，只有李清照配说这样的话！

醉花阴

李清照

【原词实录】

薄雾浓云愁永昼，瑞脑消金兽。佳节又重阳，玉枕纱厨，半夜凉初透。

东篱把酒黄昏后，有暗香盈袖。莫道不消魂，帘卷西风，人比黄花瘦。

【咬文嚼字】

平白如话，无字可嚼。

【词牌平仄】

醉花阴，词牌名，又名"醉春风""醉花去"。一般以李清照《醉花阴·薄雾浓云愁永昼》为正体，双调五十二字，上下片各五句三仄韵。无变体。

正体：

中仄中平平仄仄（韵），中仄平平仄（韵）。中仄仄平平，中仄平平，中仄平平仄（韵）。

中平中仄平平仄（韵），仄仄平平仄（韵）。中仄仄平平，中仄平平，中仄平平仄（韵）。

【相关典范】

宋·王庭珪《醉花阴·红尘紫阳春来早》

宋·李弥逊《醉花阴·翠箔阴阴笼画阁》

宋·张元干《醉花阴·紫枢泽笏趋龙尾》

宋·杨无咎《醉花阴·金铃玉屑嫌非巧》

宋·赵长卿《醉花阴·建康重九》

宋·辛弃疾《醉花阴·黄花谩说年年好》

宋·陈亮《醉花阴·峻极云端潇洒寺》

【原词意译】

薄雾浓云遮蔽了白昼，忧愁压抑在我心头，龙瑞脑在铜炉里熏烘，又是重阳季节。

又到黄昏的时候，有阵阵暗香溢我双袖。

在东篱下摆酒，不要说我不凄凉，当西风卷起帷帘的时候，我比菊花还要瘦。

【读后之感】

李清照与赵明诚的爱情故事妇孺皆知，不得于传记野史，全凭李诗词记之。这首词之所以成为传世名篇，一则是故事本身惊世骇俗，二则全凭女词人以真挚的情感、清澈的词句震撼着你的灵魂。

上片开头就把你带入梦幻般的意境里，一个"愁"字奠定了全词的基调，二句写重阳夜晚，一句"凉初透"给人清凄寂寞的况味。

下片写把酒赏菊时的内心愁闷，良辰美酒尚在，可独独少了一人啊，我的心上人！于是下句"莫道"，并不突兀。三个句子，三个层次，却全是一片丹心！

最后推出"人比黄花瘦"的警句来，"瘦"是全词的词眼。一个"瘦"字了得！

李清照啊李清照，不知道爱你在哪一点，不知道爱你在何年，只知道你与赵明诚一起追逐岁月的容颜。

声声慢

李清照

【原词实录】

寻寻觅觅,冷冷清清,凄凄惨惨戚戚。乍暖还寒时候,最难将息①。三杯两盏淡酒,怎敌他、晚来风急。雁过也,最伤心,却是旧时相识。

满地黄花堆积,憔悴损、如今有谁堪摘?守着窗儿,独自怎生②得黑!梧桐更兼细雨,到黄昏、点点滴滴。这次第③,怎一个、愁字了得?

【咬文嚼字】

①将息:休息,保养。

②怎生:怎么。

③这次第:这一连串的情况。

【词牌平仄】

声声慢,词牌名,又名"胜胜慢""人在楼上""寒松叹""凤求凰"等。此调最早见于晁补之词,平韵者以晁补之、吴文英、王沂孙词为正体,双调九十九字,上片九句四平韵,下片八句四平韵。

正体:

平平仄仄,仄仄平平,平平仄仄平平(韵)。仄仄平平,仄仄仄仄平平(韵)。平平仄平仄仄,仄平平、仄仄平平(韵)。仄仄仄、仄仄平平,仄仄平平(韵)。

仄仄平平仄仄,仄仄仄、平平仄仄平平(韵)。仄仄平平,仄仄仄仄平平(韵)。平平仄平仄仄,仄平平、仄仄平平(韵)。仄仄仄,仄仄平平仄、仄仄平平(韵)。

【相关典范】

宋·蒋捷《声声慢·秋声》

宋·张炎《声声慢·别四明诸友归杭》

宋·辛弃疾《声声慢·开元盛日》

【原词意译】

在失落中寻寻觅觅,在他走后冷冷清清,我悲悲惨惨戚戚。

正是冷暖交换的秋季,人最难调养将息,饮两三杯淡淡的酒,又怎能抵御得了晚上的寒风。

正在我伤心的时候,大雁又飞过去了,更勾起我把他苦忆。

满地黄花堆积,花也憔悴瘦损,如今谁忍采摘。

守着窗儿,独自愁凄,细雨蒙蒙,梧桐凄凄,这情景堪嗟堪泣,怎能用一个"愁"字了结?

【读后之感】

千古名篇,脍炙人口。七个叠字,排比连用,旷古少见。丝丝剥茧,层层推出,就为一个"愁"!我读之,完全被词人感染,心中一个"愁"字永难排解。

李清照哪里是用笔在写这首《声声慢》,她完全是用一个"情"字在写《声声慢》,她说"这次第,怎一个、愁字了得",我说这次第,怎一个"情"字了得!

念奴娇

李清照

【原词实录】

萧条庭院，又斜风细雨，垂门须闭。宠柳娇花寒食近，种种恼人天气。险韵[①]诗成，扶头酒[②]醒，别是闲滋味。征鸿过尽，万千心事难寄。

楼上几日春寒，帘垂四面，玉阑干慵倚。被冷香消新梦觉，不许愁人不起。清露晨流，新桐初引[③]。多少游春意。日高烟敛，更看今日晴未？

【咬文嚼字】

①险韵：用难押的字或冷僻生疏的字作韵押，叫险韵。

②扶头酒：指容易醉人的烈性酒，扶头是酒醉状，不是酒名。

③引：这里当生长解释。

【词牌平仄】（同前）

【相关典范】（同前）

【原词意译】

和煦的春光宠爱着弱柳娇花。尽管斜风细雨，庭院萧条。

寒食节来临，我在沉醉中清醒，推敲险仄的韵律完成诗篇，但还是有闲散无聊的情绪。

大雁飞尽，我的愁绪难以寄托。

清凉的露水在清晨涌动，日头高高升起，梧桐也开始抽芽。

画楼里一连几天阴冷，帷帘将四周遮蔽，熏香消尽，新梦半醒，我仍懒卧不起。

是不是该出去玩玩？哪有这么好的天气，哪有这么好的心情？

【读后之感】

李清照是婉约派词风的代表人物，本词尤以描写细腻、细中见情为特长，没有几人堪比。其婉约在哪里？请看："萧条庭院，又斜风细雨"，"征鸿过尽，万千心事难寄"，"清露晨流，新桐初引"，"险韵诗成，扶头酒醒"，哪一句不婉约，哪一句不细腻，哪一句不蕴情？真乃是"被冷香消新梦觉，不许愁人不起"！

一剪梅

李清照

【原词实录】

红藕香残玉簟①秋。轻解②罗裳,独上兰舟③。云中谁寄锦书④来?雁字⑤回时,月满西楼。

花自飘零⑥水自流。一种相思,两处闲愁⑦。此情无计⑧可消除,才下眉头,却上心头。

【咬文嚼字】

①玉簟:光滑如玉的竹席。

②轻解:轻轻提起。

③兰舟:船的美称。

④锦书:书信的美称。

⑤雁字:雁群飞行时常排成"一"字或"人"字,因称"雁字"。

⑥飘零:凋谢,零落。

⑦闲愁:无端、无谓的忧愁。

⑧无计:没有办法。

【词牌平仄】

一剪梅,词牌名,又名"一枝花""腊前梅""腊梅香""腊梅春""玉簟秋"等,以周邦彦《一剪梅·一剪梅花万样娇》为正体,双调六十字,上下片各六句三平韵。

正体:

中仄平平中仄平(韵)。中中中中。中仄平平(韵)。中平中仄仄平平,中仄平平,中仄平平(韵)。

中仄中平中仄平(韵)。中中平中。中仄平平(韵)。中平中仄仄平平,中仄平平,中仄平平(韵)。

【相关典范】

宋·周紫芝《一剪梅·送杨师醇赴官》

宋·蔡伸《一剪梅·堆枕乌云堕翠翘》

宋·韩元吉《一剪梅·叶梦锡席上》
宋·辛弃疾《一剪梅·中秋元月》

【原词意译】

我轻轻地提着衣裳，独自驾一叶轻舟，看藕园里败荷一片，大雁排成人字形飞了回来，好像带来了我所希望的锦书，但非常遗憾，不见雁儿传信，只有月泻西楼。

花瓣飘落在流水之上，我与心爱的人身居两处，却是一种忧愁。这种忧愁无法排遣，才下了眉头，又上了心头！

【读后之感】

李清照与赵明诚婚后离多聚少，常常独自徘徊以泪洗面。这首《一剪梅》真实地反映了她的这种愁绪。

上片写了她泛舟藕花池，见天上雁飞思念丈夫的迫切之心，下片顺承此景，倾吐此情，以"才下眉头，却上心头"的白描手法，写尽了绵绵思念之情，把李清照的多愁善感描绘到极致。

永遇乐

李清照

【原词实录】

　　落日熔金，暮云合璧，人在何处？染柳烟浓，吹梅笛怨①，春意知几许？元宵佳节，融和天气，次第②岂无风雨？来相召、香车宝马，谢他酒朋诗侣。

　　中州③盛日，闺门多暇，记得偏重三五。铺翠冠儿，捻金雪柳，簇带争济楚。如今憔悴，风鬟雾鬓，怕见夜间出去。不如向帘儿底下，听人笑语。

【咬文嚼字】

①吹梅笛怨：汉《横吹曲》有笛曲《梅花落》，吹时声声幽怨。

②次第：转眼间，接着。

③中州：指河南，它是古代九州之中。这里借指汴京。

【词牌平仄】（同前）

【相关典范】（同前）

【原词意译】

元宵佳节，日暖风轻，有人正用笛子吹着哀怨的《梅花落》。

我不知道身在何处，也不知道寒冷后会来多少春意。

有人驾着宝马香车，邀我游玩，可自从夫君走后我哪有闲情逸趣？那些妇女们只知道正月十五月儿圆，怎能理解我孤枕难眠形容憔悴？我懒得打扮，听凭鬓发松散，尤其怕夜里出去，倒不如守在帘下，听听人家的笑语。

【读后之感】

李清照写此词时已到晚年，心境极为悲凉。上片连用三个问句，一问自己身在何处，明知故问，惆怅无比；二问自己还有多少春意可以享受，反映了自己晚年的凄凉；三问自己晚年生活动荡不安，祸福莫测的原委，用"岂无"加重语气，丝丝入扣。

下片承"酒朋诗侣"而下，引发"中州盛日"汴京元宵的繁华与欢乐，与

"如今"三句形成强烈的对比。

最后二句看似淡泊,实则是一腔凄怨的总爆发。于细微处见精神,正是李词独特的风格。

雨纷纷,旧故里草木深,我听闻你仍独守孤城。一代女神李清照,伽蓝听雨你在等,等那香车宝马赵明诚,几番风雨,几丝牵挂,爱在心头挣扎!

宋词三百首今日读毕,梦断于此,情收于此,魂飞于此。再见,我的宋词三百篇,再见,我所钟爱的词人。

文心雕虫

"词"的乐谱哪里去了？

词是古代韵文的一块瑰宝。它的最初形态是配曲子来唱的。大部分词的文字形态被保留和继承了下来，可它的音乐部分呢，都不见了。这是什么缘故呢？

让我们先来了解一下古时候的五声音阶。

古乐与西乐的"简谱"和"五线谱"不同。古乐通常是用"宫、商、角、徵、羽"这五个音来记乐谱的。如用西乐的七个音阶对照一下的话，古乐中的"五音"相当于"do、re、mi、sol、la"，少去了半音递升的"fa"和"si"。古乐的五音唱法不可能与西乐的"do、re、mi、fa、sol、la、si"一样。唐时用"合、四、乙、尺、工"，更古则用"宫、商、角（jué）、徵（zhǐ）、羽"。

再来了解一下古音"十二律"。

"十二律"为古代乐律学名词，是古代的定音方法。即用"三分损益法"将一个八度分为十二个不完全相同的半音的一种律制。各律从低到高依次为：黄钟、大吕、太簇、夹钟、姑洗、中吕、蕤宾、林钟、夷则、南吕、无射、应钟。十二律又分为阴阳两类，凡属奇数的六种律称为阳律，属偶数的六种律称为阴律，另外，称奇数各律为"律"，称偶数各律为"吕"，故十二律又简称"律吕"。

又出现了一个新名词"三分损益"。

在司马迁《史记》"律书第三"中写道："九九八十一以为宫，三分去一，五十四以为徵，三分益一，七十二以为商，三分去一，四十八以为羽，三分益一，六十四以为角。"

意思是取一根用来定音的竹管，长为81单位，定为"宫音"的音高。然后去掉三分之一，也就是将81乘以2/3，就得到54单位，定为"徵音"；将徵音的竹管长度增加原来的三分之一，即将54乘以4/3，得到72单位，定为"商音"；再去掉三分之一（三分损），72乘以2/3，得48单位，为"羽音"；再增加三分之一（三分益），48乘4/3，得64单位，为"角音"。而这宫、商、角、徵、羽五种音高，就称为中国的五音。

中国音乐中用来定音律的"三分损益法"与古希腊"毕氏学派"中的"五

度相生律"的方法相同。

你看中国古人对音律的处理何其细微、复杂。

那么古人是如何记谱的呢?

关于记谱法,我国有悠久的历史,早在周代(公元前十一世纪),我国就有了文字谱(包括律吕字谱和宫商字谱)。隋、唐时期又有了管色谱、琵琶谱和古琴谱。到了宋代,就有了更先进的工尺谱。这些记谱方法都不能准确地将乐曲记下来,只能记一个大概的音调,后人更是无法将所记曲子全部、准确地重现出来。

再了解一下工尺谱。工尺谱是我国汉族传统记谱法之一。因用"工""尺"等字记写唱名而得名,源于唐时。常见的工尺谱一般用合、四、一、上、尺、工、凡、六、五、乙等字样作为表示高音和唱名的基本符号。同音名若高八度,则将字末笔向上挑,或加偏旁"亻",如上字的高八度写作"仩";反之,若低八度,则可将谱字的末笔向下撇。

工尺谱的节奏符号称为"板眼"。"板"代表强拍,"眼"代表弱拍,有散板、流水板、一板一眼、一板三眼等形式。散板就是自由节奏,流水板是每拍都用板来记写,一般是1/4的节奏。一板一眼就是一个板与一个眼合成2/4的节拍,一板三眼就是一个板和三个眼合成的4/4的节拍。

唐代已使用燕乐半字谱,如《唐人大曲谱》,至宋代即为"俗字谱",如姜夔《白石道人歌曲》的旁谱,陈元靓《事林广记》中的管色谱等。一直发展到明、清通行的工尺谱。

大家知道,唐宋的词大多是配合音曲而成的。即早上写完诗,晚上拿去歌坊,请专门的乐工、歌妓来填入曲谱,遂成了词。然后由歌妓或用琵琶,或用古琴,或用箫笛来演奏、咏唱、流传。

所以词人,特别是宋代的词人大多是懂音律的,如周邦彦、柳永、姜夔等人更是精通音律,常常"自度曲"。

词是诗之余,因律而美,至于后来发展成一种独立的文体,那是后话了。

至于说往往少见与文字词配套的音乐流传下来,看完我的上述论述可以理解了。

好在词的能唱的特色已为现代人充分认识,如央视专门辟《经典咏流传》栏目,由现代人用简谱或五线谱将古诗词重新谱唱出来,这一节目的大受欢迎,就说明了词这一汉韵文的形式旺盛的生命力。

如果有人能将古谱挖掘出来,翻译出来,那就是一门专门的学问了。

姜石帚是姜白石吗？

这是一桩公案。

先看一看关于"姜石帚"的文字记录。据《白香词谱笺》："姜夔，字尧章，鄱阳人，自号白石道人，又号石帚。"又《宋六十家词选例言》中也称姜石帚为姜夔，又《宋词三百首笺注》姜夔条注释，引先著《词洁》（古代词选经典读本）说："张三影（先）《醉落魄》词有'生香真色人难学'之句，予谓生、香、真、色四字可以移至石帚之词。"又宋翔凤《乐府余论》说："词家有姜石帚，犹诗家之有杜少陵。"又邓廷桢《双砚斋随笔》言："朱希真之'引魂夜，消瘦一如无，但空里疏花点点'，姜石帚之'长记曾携手处，千树压、西湖寒碧'（《暗香》），一状梅之少，一状梅之多，皆神情超越，不可思议，写生之独步也。"朱彝尊说："填词最雅，无过石帚。"（《词综·发凡》）从词意看，此词与《三部乐·赋姜石帚渔隐》可能作于同时。

上述种种毫无疑问地表明姜石帚即姜白石。

那么持不同观点的说法又有哪些呢？

梁启超和王国维是好友，他们经常当面讨论文学。梁启超记录了他们关于出现在《梦窗词》中的姜石帚与姜白石是否同一人的讨论。

王国维去世后，梁启超撰《吴梦窗年齿与姜石帚》一文详述己见——其实也是发展了王国维的观点，即石帚非白石。梁在文章开头说："亡友王静安尝疑《梦窗词》中之姜石帚非姜白石，叩之，亦未能尽其说也。"王国维为何起疑？因为没有形成文字，无法确证。梁启超则以《草窗词》证之，证明梦窗年代不能上及白石，又援引诸家之说，详为辨证，从而得出"白石、石帚非一人，当为信谳"的结论，将王国维的这一疑问初步落到实处。稍后夏承焘撰《姜白石行实考》，专列《石帚辨》一节予以论证，王国维的这一观点得到确凿的证实。

那么夏承焘之《石帚辨》，又是怎么辨的呢？

请再看下一节。

《解连环·留别姜石帚》是吴文英与姜石帚作别之词，当作于作者青年时期。据《梦窗词集后笺》，梦窗别有《惜红衣》词，序言有"余从姜石帚游苕、霅间三十五年"，知姜、吴交谊甚深，此词写离别之情如此婉转，亦可信。然白石诗词均无涉及梦窗之作，以相从三十五年之友，绝无诗词唱和，似不近情。

这就是王国维"石帚非白石"的根据。

朱彊村《小笺》说《惜红衣》"从姜石帚游苕霅间三十五年"句云：按《蘋洲渔笛谱》《拜月慢》序称作于景定癸亥，萍窗词别题为寄梦窗，刘毓崧据为梦窗此年尚在，而白石词刻在嘉泰壬戌，下距景定癸亥，已逾六十年，其寓吴兴，又在嘉泰壬戌前十二三年，则景定癸亥年已八九十，惜无可徵实矣。

朱彊村说，以相从三十五年友，绝无诗词酬唱，似不近情，然则夏君所考，殆可无疑。

前人的考据，精准到如此程度不佩服也得佩服。有人言之凿凿，有人推理有据，如此争执下去，有意思吗？我认为有意思，最起码可以看到清末民初时，国人对词及词人已喜爱到无以复加的程度，不然不会成为公案了。

我读词后的这一疑惑也随他去吧，有悬疑才有意思。尽管今夜又要失眠了。我欲要打破砂锅问到底，可继续考证二人的生活活动轨迹，如有相交，则王观点可信，如不搭界，另当别论。还有好多事要做，如此细枝末节的问题，日后再说。

好多词的平仄与词牌平仄对不上号，这是什么原因？

两大原因，全是读者方面的原因。一是句读断句原因；二是词的变格原因。
一、句读断句
古人行文是没有现代汉语的标点符号的。断句、另行全要根据词意和一定的词牌规矩来。

请看一词例，欧阳修《诉衷情·眉意》：
清晨帘幕卷轻霜。呵手试梅妆。都缘自、有离恨，故画作远山长。
思往事，惜流芳。易成伤。拟歌先敛，欲笑还颦，最断人肠。

"都缘自有离恨"，这句的"自"是跟前面还是跟后面读呢？"都缘、自有离恨"，还是"都缘自、有离恨"？这就直接关系到对词句、词意的理解，必须弄清。

先从"自"的含义上来分析。自，从也。《广雅》：自天祐之。《易·大有》：退食自公。《诗·召南·羔羊》：出自东方。《诗·邶风·日月》：自去史职。从上述例证来看，"自"是作为介词来用的。

另外，"自"还作代词来用，有自己、自我、自身之意。"不自为政，率劳百姓。"（《诗·小雅·节南山》）"自引而起，绝袖。"（《战国策·燕策》）"人必自

侮,然后人侮之;家必自毁,而后人毁之;国必自伐,而后人伐之。"(《孟子》)

"自"作副词,有自然、当然、本来、本是、主动之意。

"自"作连词用,有却、可是之意。如"不思量,自难忘"(苏轼《江城子·乙卯正月二十日夜记梦》)。

"自"作动词,有用、是之意。

从上面"自"的用法来看,"都缘自"句中的"自",就是"从"的意思。应该从"都缘"后头。

二、词的变格

"都缘自有离恨"的词牌平仄是"平中仄,仄平平"。古人,特别是宋以后的文人都是严格按词牌平仄来填词的。所以说这句中的"自",也应从前。假如从后,读成"都缘,自有离恨",虽然语句还是通的,但与词牌就对不上号了。

这种疑惑还有"小乔初嫁了,雄姿英发"句中的"了"字应从前,还是从后。不同意见更多,应该允许争论,才见汉字的博大精深。

关于词与词牌对不上号,除句读外,还有一个重要原因,即词牌有诸多变体。一词若和不相应的词牌,当然对不上号。还拿欧阳修的《诉衷情》来说,该词以温庭筠的《诉衷情·莺语》为正体。单调,三十三字,十一句五仄韵、六平韵。平仄为:平仄,平仄,平仄仄,仄平平。平仄仄,平仄,仄平平。中仄仄平平,平平。中平平仄平,仄平平。

还有变体一、二、三、四、五等多种。欧阳修《诉衷情》是变体之一。如拿该词用正体或另一体来相套,当然出现平仄不相对应的情况,如认为是欧词出了格,则是你认知上的错误了,而绝非词人不守格律。

宋词分哪两大流派,代表人物又有哪些人?

词发源于唐、五代,至宋而发展到鼎盛期,至明、清则到了对前人词做系统整理、研究的高峰期。关于把宋词分为"婉约"和"豪放"两大派,一般认为是从明人张綖开始的。他在《诗余图谱》中说:"词体大略有二,一体婉约,一体豪放。婉约者欲其辞情蕴藉,豪放者欲其气象恢弘。"

可以看出,这主要是从词的风格上来总结划分的。豪放派作品气势豪放、意境雄浑,充满豪情壮志,多给人积极向上的力量。婉约派作品则语言清丽、含蓄,表达的情感婉转缠绵,以离愁别绪、深沉幽怨、男女恋情、融情于景的居多。

婉约派以柳永、李清照为旗帜，有吴文英、王沂孙、张先、晏殊、晏几道、欧阳修等著名词家。

而豪放派则以苏轼、辛弃疾为旗帜，有张孝祥、岳飞、陈亮等旗手。

在相当长的一段历史里，大部分人都认为"婉约派"为宋词的主体，我也同意这一看法。

"宋词八派之说"是怎么回事？

宋词总体上分为"婉约"和"豪放"两大派，可细分下来又有"八派"之说。

一、以柳永为代表的"直率明朗派"

柳永是北宋词人中的佼佼者。原名三变，字耆卿，福建崇安（一作乐安）人，据今人唐圭璋《柳永事迹新证》考，他约生于宋太宗雍熙四年（987），卒于宋仁宗皇祐五年（1053），因排行第七，故也称柳七，官知屯田员外郎，世称柳屯田。

他做过昌国州晓峰盐场大使，监督盐业，深知盐民的悲惨生活，写过《煮海歌》等诗。可惜他留存下来的诗不多，只有两三首。而他的词作却影响很大，他年轻时生性放浪，风流倜傥。据宋人笔记说，他因在《鹤冲天》词中说过"忍把浮名，换了浅斟低唱"，为仁宗所不喜，仁宗说："词人风前月下，好浅斟低唱，何要浮名？且填词去！"因此他屡试不中，直到改名为永，才中了进士。

其实他平日填词，所奉的不是皇帝的圣旨，而是和他亲密交往的歌女舞姬的"芳旨"。他用当时的口语为她们填词，写出她们的心思，因而留下了大量"直率明朗"的词作。

他在词史上的贡献主要有两方面：其一，他是长调（慢词）的倡导者；其二，他大量用俗语填入词中，留下真率美名。从西夏来的使臣说，凡有饮水井处，即能歌柳词，可见柳在当时的影响。

当时受其影响，风格相近者有晏殊、张先等。

二、以苏轼为代表的"高旷清雄派"

苏东坡是我国文学史上一位罕见的奇才。纵观其一生，可谓"文章妙天下，忠义贯日月"，更有人说"不知更几百年，方有此人物"。

苏轼的妙词绝句太多了，举不胜举，有一首《卜算子·黄州定慧院寓居作》

是我最欢喜的,也是较能体现他词风的作品:

缺月挂疏桐,漏断人初静。谁见幽人独往来,缥缈孤鸿影。

惊起却回头,有恨无人省。拣尽寒枝不肯栖,寂寞沙洲冷。

词的上阕写深夜院中所见。目之所及,无不是缺月、疏桐、孤鸿,这三个意象既渲染了一种孤寂清冷的氛围,又隐隐传达了词人幽思惆怅之苦。然而,词人乐观豁达的天性使然,笔锋一转,鸿雁受惊,飞起又飞回,心中幽恨无人知,拣尽了寒枝,却不肯栖息,宁愿留在寂寞寒冷的沙洲之上。此句咏雁,实为自喻,是词人铮铮傲骨的真实写照。

这首词境界高妙,景物空灵,言语简约凝练,含蓄蕴藉,生动传神,有人称其"语语双关、格奇而语隽,斯为超诣神品"。

苏词这一派的和者甚多,有辛弃疾、张孝祥、陈亮等。

三、以秦观、李清照为代表的"婉约清新"派

秦观、李清照总体上属"婉约"派,但又有各自的特点。

先说秦观。最美的语言,最美的忧愁。这是大家对秦词的认知。他是苏轼的得意弟子,官场上也与师傅苏轼一样,多次受贬。《宋史》评其词为"文丽而思深"。秦观在婉约感伤词作的艺术表现方面,有自己独特的审美境界。请看他贬谪郴州时所作的《踏莎行·郴州旅舍》:

雾失楼台,月迷津渡。桃源望断无寻处。可堪孤馆闭春寒,杜鹃声里斜阳暮。

驿寄梅花,鱼传尺素。砌成此恨无重数。郴江幸自绕郴山,为谁流下潇湘去。

"婉约清新",表达无余,一望而知,不赘述了。

李清照则是此词风的践行者。《声声慢·寻寻觅觅》:

寻寻觅觅,冷冷清清,凄凄惨惨戚戚。乍暖还寒时候,最难将息。三杯两盏淡酒,怎敌他、晚来风急!雁过也,正伤心,却是旧时相识。

满地黄花堆积,憔悴损、如今有谁堪摘?守着窗儿,独自怎生得黑!梧桐更兼细雨,到黄昏、点点滴滴。这次第,怎一个愁字了得!

用再多的词语来赏析,也觉得苍白无力。我只想用八个字来概括:"浅斟低唱,婉约清新。"

四、以张先、贺铸为代表的"奇艳俊秀"派

张先,即那位被东坡戏谑为"梨花压海棠"的词人。他一生词作等身,"能诗及乐府,至老不衰"(《石林诗话》),其词内容大多反映士大夫的诗酒生活和男女之情,对都市生活也多有涉及。语言上工巧,词风则"奇艳隽秀"。

朦胧美是他词的一大特色。《一丛花令》中有"沉恨细思，不如桃杏，犹解嫁东风"之句；《天仙子》中有"云破月来花弄影"句，另外还有"娇柔懒起，幕帘卷花影""柳径无人，堕絮飞无影"句，脍炙人口，人称"张三影"；《行香子》词中有"心中事，眼中泪，意中人"之句，人又称"张三中"。欧阳修对其也十分推崇，并为之取名为"桃杏嫁东风郎中"。

其代表词作有《相思令·萍满溪》《醉垂鞭·双蝶绣罗裙》《诉衷情·花前月下暂相逢》《青门引·乍暖还轻冷》（中有"隔墙送过秋千影"名句），另《千秋岁·数声鹈鴂》中也有千古名句。

贺铸，北宋大词家。字方回，又名"贺三愁"，人称"贺梅子"。

有名篇《浣溪沙·不信芳春厌老人》《蝶恋花·小院朱扉开一扇》《菩萨蛮·朱甍碧树莺声晓》《菩萨蛮·芭蕉衬雨秋声动》等。

值得一提的是，贺铸词风多样，兼有豪放、婉约二派之长。语言清丽、哀婉的近秦观、晏几道，其爱国忧时之作，悲壮激昂又近苏轼。南宋辛弃疾等对其词均有续作，足见其影响。

五、以周邦彦为代表的"典丽精工"派

周邦彦，字美成，婉约派代表词人。其因"献赋"之举（《汴都赋》，长七千字），大受神宗喜欢，官职也由太学诸生直升为太学正。

周邦彦是婉约词之集大成者。在词的内容已被诸贤翻新到极致的情况下，他必然要在艺术技巧上出奇制胜，他本人又精通音乐，在研音炼字上狠下功夫，因而在婉约派里又形成了"典丽精工"的自家风格。代表作有《苏幕遮·燎沉香》（词中"水面清圆，一一风荷举"为传世名句）、《兰陵王·柳》《满庭芳·夏日溧水无想山作》《六丑·蔷薇谢后作》《西河·金陵怀古》《瑞龙吟·章台路》等。

六、以辛弃疾为代表的"豪迈奔放"派

谈词风，不能不谈豪放，谈豪放，必谈辛弃疾。

辛弃疾，有"词中之龙"之称。与苏轼合称"苏辛"，与李清照并称"济南二安"。在男人眼里他是"抗敌英雄"，在女人眼里他是"侠骨柔情"。

辛弃疾一生以恢复疆土为志，以功业自诩，却命运多舛。但他始终以建功立业、恢复中原为己任，在壮志难酬后便把满腔热情和对国家兴亡、民族命运的关切、忧虑全部寄托在词作当中。留下词六百多首，是宋代词人中传世作品最多的人。

作者在本文中怀着崇敬之情，着重谈谈他词作的"豪迈奔放"的风格。

《永遇乐·京口北固亭怀古》：

千古江山，英雄无觅、孙仲谋处。舞榭歌台，风流总被、雨打风吹去。斜阳草树，寻常巷陌，人道寄奴曾住。想当年，金戈铁马，气吞万里如虎。

元嘉草草，封狼居胥，赢得仓皇北顾。四十三年，望中犹记、烽火扬州路。可堪回首，佛狸祠下，一片神鸦社鼓。凭谁问，廉颇老矣，尚能饭否？

《南乡子·登京口北固亭有怀》：

何处望神州？满眼风光北固楼。千古兴亡多少事？悠悠。不尽长江滚滚流。

年少万兜鍪，坐断东南战未休。天下英雄谁敌手？曹刘。生子当如孙仲谋。

《破阵子·为陈同甫赋壮词以寄之》：

醉里挑灯看剑，梦回吹角连营。八百里分麾下炙，五十弦翻塞外声。沙场秋点兵。

马作的卢飞快，弓如霹雳弦惊。了却君王天下事，赢得生前身后名。可怜白发生！

《水龙吟·登建康赏心亭》：

楚天千里清秋，水随天去秋无际。遥岑远目，献愁供恨，玉簪螺髻。落日楼头，断鸿声里，江南游子，把吴钩看了，栏杆拍遍，无人会、登临意。

休说鲈鱼堪脍，尽西风，季鹰归未？求田问舍，怕应羞见，刘郎才气。可惜流年，忧愁风雨，树犹如此。倩何人唤取，红巾翠袖，揾英雄泪。

此类作品还有《摸鱼儿·淳熙己亥》《浪淘沙·山寺夜半闻钟》《沁园春·将止酒》《水龙吟·过南剑双溪楼》。

翻开《稼轩长短句》，此类作品满目皆是，目不暇接。其数量之大、豪情气盛，宋词中无二。其男人心目中的英雄也！

但不能忘记，辛词还有另外一个方面，即女人眼里的"侠骨柔情"。

《青玉案·元夕》：

东风夜放花千树，更吹落、星如雨。宝马雕车香满路。凤箫声动，玉壶光转，一夜鱼龙舞。

蛾儿雪柳黄金缕。笑语盈盈暗香去。众里寻他千百度，蓦然回首，那人却在，灯火阑珊处。

豪迈奔放，英雄壮烈，侠骨柔情，称其为"词中之龙"，过分吗？不，一点不！

七、以姜夔为代表的"骚雅清空"派

姜夔，两宋词人中又一杰出代表，他的特点是通晓音律，常自度曲，词风"骚雅清空"。

他词风的特点即"骚雅清空"。现以其代表作《暗香·旧时月色》《疏

影·苔枝缀玉》《扬州慢·淮左名都》例证之。

《暗香·旧时月色》：

旧时月色，算几番照我，梅边吹笛。唤起玉人，不管清寒与攀摘。何逊而今渐老，都忘却、春风词笔。但怪得、竹外疏花，香冷入瑶席。

江国，正寂寂，叹寄与路遥，夜雪初积。翠尊易泣，红萼无言耿相忆。长记曾携手处，千树压、西湖寒碧。又片片吹尽也，几时见得？

《疏影·苔枝缀玉》：

苔枝缀玉，有翠禽小小，枝上同宿。客里相逢，篱角黄昏，无言自倚修竹。昭君不惯胡沙远，但暗忆、江南江北。想佩环、月夜归来，化作此花幽独。

犹记深宫旧事，那人正睡里，飞近蛾绿。莫似春风，不管盈盈，早与安排金屋。还教一片随波去，又却怨、玉龙哀曲。等恁时、重觅幽香，已入小窗横幅。

《扬州慢·淮左名都》：

淮左名都，竹西佳处，解鞍少驻初程。过春风十里，尽荠麦青青。自胡马窥江去后，废池乔木，犹厌言兵。渐黄昏，清角吹寒，都在空城。

杜郎俊赏，算而今，重到须惊。纵豆蔻词工，青楼梦好，难赋深情。二十四桥仍在，波心荡，冷月无声。念桥边红药，年年知为谁生？

从上述三首词来看，姜夔词风之"骚雅清空"已透露无遗。真乃以"骚雅清空"力矫婉约末流的媚软，以"骚雅清空"来补救辛派后劲的粗疏。

张炎《词源》说，"词要清空，不要质实。清空则古雅峭拔，质实则凝涩晦昧。姜白石词如野云孤飞，去留无迹"。

沈祥龙《论词随笔》也说，"清者，不染尘埃之谓；空者，不著色相之谓"。

姜夔之词风永远那么骚雅，永远那么清空，令我辈叹为观止。

八、以吴文英为代表的"密丽险涩"派

吴文英的词是出了名的难懂，后人对其褒贬不一。其有意识地"骚体造境"，既有其独一无二的美学价值与意义，也带来了抑扬毁誉的争议。

张炎《词源》中说"吴梦窗词如七宝楼台，眩人眼目，碎拆下来，不成片段"。此番评价对后世造成了巨大影响，毁誉参半，倒为实际。

著名词论大家王国维总体上对吴梦窗词无甚好感。夏承焘曾说："宋词以梦窗为最难治。其才秀人微，行事不彰，一也；隐辞幽思，陈喻多歧，二也。"而对吴大加贬抑则出现在五四之后。胡适、胡云翼等人的论调使梦窗词的地位自高峰而跌入低谷。到了20世纪80年代之后，挺吴的述评又多了起来，詹安泰《宋词散论》以梦窗词作为"密丽险涩"风格的代表，陈邦炎《吴梦窗生卒年管见》、谢桃坊的《词人吴文英事迹考辨》等研究文章对吴不再打脸，而是

赞誉有加。20世纪80年代末，吴熊和主编的《十大词人》也将吴文英列在其中，可视为对吴词的重新定位。

不怕有争议，只怕无人知。一代词豪吴文英应为至今仍是词界热议人物而感到高兴。

什么是"云间词派"？

云间词派是兴起于明天启、崇祯年间，成熟于清康熙中叶的一个词派。

云间，是东海之滨的上海松江的古称。云间词派的地域性和家族性非常明显。

其艺术主张为胎息花间，同时大力挣脱复古之枷锁，本着实写精神，师心重情，刺讥现实。

其代表人物陈子龙、李雯、宋征舆都是松江华亭人。三人曾合写诗集《云间三子新诗合稿》，因而被称为"云间三子"。以"云间三子"为核心的词人群体，则又被称为"云间词派"。

云间词派在崇祯年间的唱和作品为《幽兰草》，收陈子龙、李雯、宋征舆词各一卷；顺治年间的唱和作品为《倡和诗余》，收陈子龙、宋征璧、宋征舆、宋存标、宋思玉、钱谷六人作品各一卷。早期云间派词人除"云间三子"外，还包括宋征璧、宋存标、宋思玉、钱芳标、夏完淳、蒋平阶等人。

入清之后，随着陈子龙、夏完淳的殉国及李雯的去世，云间词派总体上趋于衰败，唯有董俞和钱芳标可算云间派后劲。

云间词派的影响波及明末清初五十多年。云间词派与康熙年间的"阳羡词派""浙西词派"和嘉庆之后的"常州词派"一起，构成明清词坛最有影响的四大词派。尚有清初的"柳州词派""广陵词派""西泠词派"等较小词派，以及清末民初的"强村词派"（临桂词派）。这些词派如涓涓溪流汇集成河，一起组成词学研究的大合唱，对我国词学的继承和发展起了不可低估的作用。

在此文结束前，我还要提一下陈子龙的《幽兰草词序》为"云间词派"的立派纲领。你若有兴趣可细读。

何谓"阳羡词派"?

阳羡词派是清初词派,主要活动在顺治年间和康熙早期。此派创始人陈维崧,为江苏宜兴人,而宜兴古称阳羡,故世称阳羡派。阳羡词人崇尚苏轼、辛弃疾,词风雄浑粗豪,悲慨壮举,尤以陈维崧最为突出。在其周围还聚集了一批与之风格相近的词人,如曹贞吉、万树、蒋景祁等,相互唱和,一时颇具声势,为清词的中兴做出了重要贡献。同属于阳羡派的较有名的词人还有任绳隗、徐喈凤等。阳羡词派的余韵还波及后世,清中期的蒋士铨、洪亮吉、黄景仁等都受其影响。

这里再着重谈谈陈维崧。

陈维崧长调小令,都颇擅长。他使用过的词调,计460种,创作的词达1 800多首。他的词模仿苏辛,尤其是近于辛,高语豪歌,雄浑苍凉。他的特出之处在于能在小令中表现豪壮之情。比如小令《好事近》:"我来怀古对西风,歇马小亭侧。惆怅共谁倾盖,只野花相识。"《点绛唇》:"赵魏燕韩,历历堪回首。悲风吼,临驿口,黄叶中原走。"《点绛唇》:"断壁崩岸,多少齐梁史。掀髯喜,笛声夜起,灯火瓜州市。"均能以寥寥数语表现开阔宏大的怀古情绪。

值得一提的是,陈虽以豪放为主,但又有清真雅正、旖旎婉转之笔,使人几乎怀疑是否出自其手。

在词的内容上《贺新郎·纤夫词》《南乡子·江南杂咏》《醉落魄·咏鹰》等反映社会现实的词也表现了他的词题材广泛的特点。

什么是"浙西词派"?

浙西词派是清前期最大的词派,影响深远。其创始者朱彝尊及主要作者都是浙江人,故称之。朱彝尊、李良年、李符、沈皞日、沈岸登、龚翔麟并称"浙西六家"。随着清王朝统一全国,走向鼎盛,阳羡派悲慨健举、萧骚凄怨之声也渐成颓势,以朱彝尊等为代表的醇正高雅的盛世之音,播扬上下,绵亘康、雍、乾三朝。

浙西词派的理论主张是标榜南宋,推崇姜(夔)、张(炎),词风醇雅,风格清空。

代表作家朱彝尊（1629—1709），字锡鬯，号竹垞，晚号小长芦钓鱼师，博通经史，工诗词古文，尤长于词，有《江湖载酒集》等词集4种。

朱的情词亦独具风格，如《高阳台》"桥影流虹"、《无闷·夜雨》"密雨垂丝"、《城头月》"别离偏比相逢易"，皆清新可人。

浙西词派词论的缺陷在于过分强调"空中寄情"。其创始者有国破家亡的亲身经历，词作中还隐隐寄托这种情感，可其后继者缺乏这种情感，只能在"句琢字炼"上下功夫了。

至乾隆年间，浙西词派中出现了"三蔽"，即淫词、游词、鄙词，于是常州词派出而代之。

何谓"常州词派"？

常州词派是清代嘉庆以后的重要词派。康熙、乾隆时期，词坛主要为浙西词派所左右。浙西词派标举南宋，推崇姜（夔）、张（炎），一味追求清空醇雅，词的内容渐趋狭窄。到了嘉庆初年，浙西词派的词人更是专在声律格调上著力，流弊益甚。常州词人张惠言欲挽此颓风，大声疾呼词与《风》《骚》同科，应该强调比兴寄托，反琐屑饾饤之习，攻无病呻吟之作。一时和者颇多，蔚然成风，遂有常州词派的崛起，后经周济的推阐，理论更趋完善，所倡导的主张更加切合当时内忧外患、社会急速变化的历史要求。其影响直至清末不衰。

张惠言是常州词派的代表人物。他与兄弟张琦合编《词选》（又名《宛邻词选》），选择严谨，并附当世常州词人以垂示范，显示一个在创作和批评两方面均具特色、以地域集结起来的词人群体的存在，因此，《词选》成了一面开宗立派的旗帜。他所写《词选·序》全面阐述自己的词学理论，主张尊词体，要词"与诗赋之流同类而讽诵"，提高词的地位，倡导意内言外、比兴寄托和"深美宏约"之致。他的《茗柯词》骋情惬意，细致生动，语言凝练，无绮靡浓艳之藻，抒发怀才不遇、漂泊无依和羁缚受制的不满心绪。其《木兰花慢·杨花》是以物写情的传世名作。

常州词派的另一位杰出者是周济。他以艺术审美眼光推尊词体，突出词的"史"性和政治感慨；对词的比兴寄托，从创作与接受角度上，阐明词"非寄托不入"和"专寄托不出"，揭示最有普遍意义的审美命题，被认为"千古文章之能事尽矣,岂独填词为然"(谭献《复堂日记》)。他以宋四家周邦彦、辛弃疾、吴文英、王沂孙为学词途径,使学周、吴成了时尚,既纠正浙西词派的浅滑甜熟,又使常州词派真正风靡开来。

一首词为什么出现了三个作者?

先来看这首《浪淘沙》:
帘外五更风,吹梦无踪。画楼重上与谁同?记得玉钗斜拨火,宝篆成空。
回首紫金峰,雨润烟浓。一江春浪醉醒中。留得罗襟前日泪,弹与征鸿。

这首词最早记载在《草堂诗余》中,署名是无名氏。后来很多宋词选本陆续选录了这首词,但大多署名欧阳修,而至近代,很多学者又认为李清照是其作者。

奇怪的是,至今此词作者是谁仍无定论。

我学识浅薄,当然拿不出什么结论。但亦附庸风雅,做了一些了解。

这首《浪淘沙》既然最早出现在《草堂诗余》里,就让我们先了解一下《草堂诗余》这本书。

《草堂诗余》,是一部南宋何士信编辑的词选。其中以宋词为主,兼收一小部分唐五代词。据陈振孙《直斋书录解题》所载:"《草堂诗余》二卷,书坊编集者。"则此书编集系出于书坊。又据《四库全书总目纲要》考证,"王楙《野客丛书》作于庆元间,已引《草堂诗余》张仲宗《满江红》词证蝶粉蜂黄之语",则此书当成于庆元(南宋宁宗年号,1195—1200)以前。

就是在这样一本《草堂诗余》中,所选作品《浪淘沙》的作者却注上了无名氏。这能说明什么呢?说明在南宋这首作品作者的姓名是不详的。

后代的著作《续草堂诗余》《古今词话》《古今诗余醉》《记红集》《古今词选》皆题作"闺情"。又及《词汇》卷二《自怡轩词选》中都记作者为欧阳修。

其中《林下词选》云:"一本误刻六一居士。"指出此词被众多古书误题为欧阳修作。

近代学者赵万里辑《漱玉词》云:"案《花带粹编》卷五引此阕,不注撰人。《词林万选》注'一作六一居士',检《醉翁琴趣》无之,未知升庵何据?"指出此词既非李清照,亦非欧阳修所作。

清代的《四库全书总目·词林万选提要》疑其为后人所伪托,此书所注"一作某某"不似杨慎原注,疑为毛晋刻《词苑英华》时所加。

由此可见,此词在宋代不知何人所作。而明代之前又被人误认为欧阳修所作。只是在近代,被众多考证不严谨的著作归于李清照名下,却无多少根据。所以现代对宋词及李清照研究颇深的学者,如王学初(《李清照集校注》)、杨合林(《李清照集》)等都把此划为李清照存疑作品。

我仔细研读这首词后认为,词的内容风格完全与李清照词吻合,虽存有疑问,但我倾向是李清照的作品。

让我们来重温一下这首词。

先看发端两句:"帘外五更风,吹梦无踪。""五更",点明了时间,整夜过去了,凄风突然袭来,把我俩梦中两情缱绻、相互亲昵的好事吹得无影无踪。

作为女性的作者自然而然浮想联翩:"画楼重上与谁同?记得玉钗斜拨火,宝篆成空。"

画楼、金钗、宝篆,这些妇女常属的场地、装饰和使用物一一印证了作者是一位情感细腻的女性。李清照与丈夫赵明诚在金兵入侵前朝夕相处,研究学问,夜以继日,乐此不疲,"玉钗斜拨火"这个细节的描写,正是对那段美好生活的回忆。"宝篆成空"也符合李清照的遭遇。

"回首紫金峰,雨润烟浓"符合李清照在金陵与丈夫惜别的史实,"雨润烟浓"四字又与李清照的词风极为相近。

"一江春浪醉醒中,留得罗襟前日泪"句,最符合李清照实情了。谁都知道,李清照喜酒,作品中多有酒的描写和相关意境的寄托,据不完全统计,李词中共有二十四首描写醉酒后的情景。而"罗襟"一句更是对妇女穿着的直接描写,作者为女性还要怀疑吗?

最后一句"弹与征鸿",虽相当有力度,但作为被国破、夫亡、家散等不幸浸透了的李清照,也极有可能信手拈来,借用嵇康"目送归鸿"句意,这也是李清照常用的笔调。

我读过李清照很多作品,有一点我相当肯定,即她从不无病呻吟,其词作大多是国恨、家愁及她与前夫赵明诚真实生活的写照,婉丽清新的词风也一以贯之。

因此我大胆地推测,这首词作的作者是一位女性,最可能是李清照。

陆游《钗头凤》的悲剧色彩

> 红酥手，黄縢酒，满城春色宫墙柳。东风恶，欢情薄。一杯愁绪，几年离索。错，错，错！
> 春如旧，人空瘦。泪痕红浥鲛绡透。桃花落，闲池阁。山盟虽在，锦书难托。莫，莫，莫！
>
> ——陆游《钗头凤·红酥手》

这首《钗头凤》是南宋大词人陆游以其和前妻唐婉的爱情故事为素材，填写的一首"千古绝唱"。本文试从词作的字里行间、写作背景、艺术表现手法等方面来谈谈它的悲剧色彩。

先让我们走进《钗头凤》的字里行间。

起二句：你用红润酥嫩的双手，托出了一杯黄縢酒。词人仅用了六个字，就让你的视觉定格在眼前这位少妇的身上。我肯定不在现场，但词人用白描的笔法，直接显现的是一双纤细的手，且粉红酥嫩，不由你不做出进一步的联想：人似桃花，面带微笑，款款深情。词人虽没有做全面的肖像描写，但抓住了具有局部特征的"手"，且用"红酥"二字来修饰。

第三句：满城的春色，袅娜的柳条。一是大场面，是统领；二是聚焦在最能体现春色的柳枝嫩芽上，风熏草暖柳轻拂。这句是起渲染烘托作用，使眼前的这位美人得到融和与照应。

第四、五句：悲剧的意味来了。可恨的"东风"啊，你怎么舍得突然把我俩美好的"欢情"像蝉翼般撕破！

第六、七句：罢、罢、罢，就让我俩这几年的离欢愁绪都随这杯苦涩的黄縢酒被一饮而尽吧！

上阕最后一句三个"错"字叠用，直接呼告：一错不是你唐婉，二错不是我陆游，全错在这可恶的"东风"！细心的人、晓得那段历史的人，当然明白陆游的愤恨是针对什么而言。悲剧已经铸成，悲情还在延续。

请看下阕。第一、二、三句：春景还像过去一样美丽，但我们俩人都已"空"了、"瘦"了。满目的泪痕把红色的鲛绡手帕都浸湿透了，词人的情绪一起三伏，我们读后也潸然泪下。

第四、五、六句：词人又来了个一咏三叹。我俩的爱情结束了，像桃花一样花瓣残零，像池阁一样废置闲搁，尽管我们的山盟海誓犹在耳边，但我们连封书信往来的机会也没有啊。

下阕结句又是"莫""莫""莫"三字连用，有情难缘，有苦难说，一切的一切，不便再说，不愿再提，把一切的美好都否了吧。

《钗头凤》的悲剧色彩太浓了，字里行间句句真情，字字滴泪，如果你再来了解一下这段真实的故事，也即《钗头凤》的写作背景，也许你能对陆游的这首"绝唱"有更深的理解。

陆游出身于两宋之间的官宦之家，绍兴十四年（1144）成婚，时年19岁，其妻唐婉也是名门之女，且貌美，知书达理，婚后二人如胶似漆，感情很好。然而陆母对唐婉很不满意，桌面上的理由有：一是两人太缠绵，一天到晚耳鬓厮磨，怕要耽搁陆游功名仕途；二是成婚两三年唐婉并未生育，实属不孝。陆母屡屡逼陆游休妻再娶，悲剧上演了。据史书记载，陆家管教甚严，陆游不敢违抗母命，只得于成婚三年后休妻。

七年以后的一个春日，陆游在家乡山阴（今浙江绍兴）城南禹迹寺附近的沈园追昔抚今，正巧与偕夫同游的唐婉邂逅，唐婉的现夫也对这对棒打鸳鸯深为同情，于是安排酒席，聊表对陆游的抚慰之情。席间唐婉举杯敬酒，陆游见人感事，心中五味杂陈，遂借着酒意，吟赋了这首《钗头凤》词，并信笔题于沈园壁上。

唐婉也悲痛不已，回家后也附和《钗头凤·世情薄》一首：

世情薄，人情恶，雨送黄昏花易落。晓风干，泪痕残。欲笺心事，独语斜阑。难，难，难！

人成各，今非昨，病魂常似秋千索。角声寒，夜阑珊。怕人寻问，咽泪装欢。瞒，瞒，瞒！

不久后，唐婉这位多情才女便抑郁而死。

这便是陆游、唐婉这对琴瑟甚和的伉俪悲剧的爱情故事。

再让我们来看看陆游是用了何等高超的笔法来为这场悲剧添上浓浓的一笔的。

一、结构上的转折、对比。

二、叠字句的运用。

三、词缘于情，情出于心。

陆游首先是两宋的一位大诗人，现有诗作9 300余首，名篇甚多。悲剧就是把美好的东西摧毁给人看，常用手法便是转折，把"美"呈现出来，再猛地来一个转折，使"剧情"突变，以此获得良好的"悲剧"效果。这一笔法在前面已有分析，不再赘述。

再看叠字运用的悲剧色彩。"错，错，错""莫，莫，莫"这六个字本身带有强烈的感情色彩，加上独字连缀，冲击力极强，震撼力极强。心犹如被揭了盖的伤疤，滴血不止，哀伤不已。

这首词并没有多少华丽的词藻，之所以能成为千古绝唱，全在一个"情"字上，而这个"情"是真正出于作者之心的，试问没有"真情流露"，没有"满心而发"，能使这短短的六十字成为千古绝唱吗？

试论李清照的醉态之美

李清照现存45首词，其中有24首涉及酒和醉，令人赞叹的是读者并没骂她女醉鬼，还投以赞许的目光，这是为什么呢？答案就是李清照的醉酒词大多为你展现了一种醉态之美，欣赏还来不及呢，有谁去骂她！

随便举几个例子。

《如梦令》：

常记溪亭日暮，沉醉不知归路。尽兴晚回舟，误入藕花深处。争渡、争渡，惊起一滩鸥鹭。

喝得酩酊大醉，自哪里来，打哪里去，全部忘得一干二净，只记得溪亭日暮痛饮处。

《如梦令》：

昨夜雨疏风骤，沉睡不消残酒。试问卷帘人，却道海棠依旧。知否？知否？应是绿肥红瘦。

在一个雨疏风骤的夜晚，处于一半清醒一半醉状态的李清照不忍再喝掉半杯残酒，因为再喝下去她便真的沉睡了，再也无法欣赏那绿肥红瘦的海棠花了，所以她盯着残酒自问道：你清醒吗？你知道吗？

《诉衷情》：

夜来沉醉卸妆迟，梅萼插残枝。酒醒熏破春睡，梦断不成归。人悄悄，月依依，翠帘垂。更挼残蕊，更捻余香，更得些时。

这是一个春风沉醉的夜晚，人悄悄，月依依，女词人又喝得不省人事，脸上的妆也不卸了，头上的簪也不插了，和衣便睡，只求一梦，但好梦也做不成，怕是做了一个噩梦吧，不然哪会有熏破春睡之说？

《浣溪沙》：

莫许杯深琥珀浓，未成沉醉先融，疏钟已应晚来风。瑞脑香消魂断梦，辟寒金小髻鬟松，醒时空对烛花红。

李清照醉态中的凄凉美体现无疑。晚风送来了几声疏钟，女词人髻鬟蓬松，香消魂断醉梦中，醒来空对烛花红。想来这首词应是李清照丧夫之后凄凉之境下的作品，李夫赵明诚辞世后，李清照长时间陷于悲痛之中，酒不醉人人自醉，李清照拼命放纵地痛饮，以求忘掉与丈夫美好的时光，因此，她这一时期酒后的词作充满了悲伤和凄凉。

《醉花阴》：

薄雾浓云愁永昼，瑞脑消金兽。佳节又重阳，玉枕纱厨，半夜凉初透。

东篱把酒黄昏后，有暗香盈袖。莫道不销魂，帘卷西风，人比黄花瘦。

重阳佳节，黄昏时分，独自饮酒。

这首词应作于重阳之时，清照新婚不久，丈夫暂别，她独自忍受孤独与寂寞。苦楚与凄凉随着酒劲涌上心头，她只得感怀自己比菊花还要瘦，让我们看到了她因思念而日渐憔悴的容颜。一种憔悴的美又体现出来。

《蝶恋花》：

暖雨晴风初破冻，柳眼梅腮，已觉春心动。酒意诗情谁与共？泪融残粉花钿重。

乍试夹衫金缕缝，山枕斜欹，枕损钗头凤。独抱浓愁无好梦，夜阑犹剪灯花弄。

春天来了，春心动了，想起与夫君赵明诚"赌书泼茶""浅酌对饮"的日子，有些馋酒了。可此刻，夜深人静，青灯孤影，剪弄灯花，独饮成殇，初醺微醉罢了！

《渔家傲》：

雪里已知春信至。寒梅点缀琼枝腻。香脸半开娇旖旎。当庭际。玉人浴出新妆洗。

造化可能偏有意。故教明月玲珑地。共赏金尊沈绿蚁。莫辞醉。此花不与群花比。

写诗要有意境，喝酒也讲意境。李清照的醉酒词为什么能体现出一种醉态美，凡读过清照醉酒词的人不能不赞叹：清照醉态美中的意境美太了不得！

这首咏梅词用拟人的手法，写尽了梅之美：香脸半开，玉人出浴，绿蚁醇酒，红泥小火炉。这是在写梅吗？分明是在写人，是清照以梅自诩，嘴说不与群花比，实际上要与梅一决高下，看谁更美！来吧，端起绿蚁美酒，走一个！梅、人合一、孤标逸韵、冰清玉洁的李清照独特的醉态美一览无余。

《凤凰台上忆吹箫》：

香冷金猊，被翻红浪，起来慵自梳头。任宝奁尘满，日上帘钩。生怕离怀别苦，多少事、欲说还休。新来瘦，非干病酒，不是悲秋。

休休！这回去也，千万遍《阳关》，也则难留。念武陵人远，烟锁秦楼。惟有楼前流水，应念我、终日凝眸。凝眸处，从今又添，一段新愁。

这回又喝大了，日上三竿才醒！嘴中还说：近来消瘦得厉害，并非喝醉酒的缘故，那是为什么呢？懂这段历史的人都知道，这是因为国破家亡再加上丧夫。一个看似羸弱、内心却十分强大的李清照以她非凡的词语，再次摄人心魄！

眼前的清照醉酒词一首接一首。《忆秦娥》《行香子》《菩萨蛮》《好事近》……

我不忍心再说了，你可能也不忍心再看了。但这首《声声慢》，我不读，你不看，就太对不起满溢醉态美的李清照了。

寻寻觅觅，冷冷清清，凄凄惨惨戚戚。乍暖还寒时候，最难将息。三杯两盏淡酒，怎敌他、晚来风急！雁过也，正伤心，却是旧时相识。

满地黄花堆积，憔悴损、如今有谁堪摘？守着窗儿，独自怎生得黑！梧桐更兼细雨，到黄昏、点点滴滴。这次第，怎一个愁字了得！

清照姐姐这回真醉了，似乎处在酗酒状态了，词中说"三杯两盏淡酒"，喝过酒的朋友都知道，当一个人嫌酒淡，要酒喝时，那种状态一定是千杯不倒，妙不可言了。

酒文化在我国有着悠久的历史，特别是文人尤其钟情于此。

自从酒圣杜康造酒之后，酒，就一直受到文人的追捧，魏晋时"竹林七贤"放旷不羁，常于竹林里酣歌纵酒。尤其是刘伶，以饮酒为荣，唯酒是德，人称"酒鬼"，那位阮籍，喝醉之后倒骑毛驴，效穷途之哭。还有曹操"何以解忧，唯有杜康"；还有陶渊明，经常采菊东篱下，把酒黄昏后。到了唐代的李白，更是无酒不成诗，杜甫《饮中八仙歌》云："李白斗酒诗百篇，长安市上酒家眠。天子呼来不上船，自称臣是酒中仙。"极其传神地写出了"诗仙""酒仙"李白的神态。

如果说李白是男子中的"酒仙"，那么李清照则是女子中的"酒神"。历史上没有哪位女士像李清照一样痴迷于酒的，更没有哪一位酒后留下了这么多佳作的。在中国绚烂的酒文化中，她也留下了浓浓的一笔。

再谈谈李清照醉态美的另一个组成部分，叛逆的美。

要知道，中国历史上对女子是不公平的，讲究"三从四德"，宣扬"女子无才便是德"，特别是南宋时期，朱熹理学影响极大。而李清照并不吃这一套，她的追求，她的大胆，她的叛逆，以及她的才华造就了她在中国历史上，特别是在文史上独树一帜的标志性人物形象，她成为人们心目中的女神。

黑格尔在《美学》中说：历史已成为灰烬，而灰烬深处仍有余温。我认为，李清照身上的这种余温会永远温暖着我等。因此，她的醉态之美也永远不会成为灰烬。

从岳飞《小重山》看武穆的另一面

《小重山·昨夜寒蛩不住鸣》：
昨夜寒蛩不住鸣。惊回千里梦，已三更。起来独自绕阶行。人悄悄，帘外月胧明。
白首为功名。旧山松竹老，阻归程。欲将心事付瑶琴。知音少，弦断有谁听？

昨天夜里，蟋蟀在寒秋中不住地悲鸣，我从梦中惊醒，时已三更。故乡千里烽火，生灵涂炭，令人不寒而栗。我被衣起来，独自徘徊在台阶上。四处静悄悄，帘外月色朦胧凄迷。

我一生为国家兴亡而征战，如今已白了头发，故乡的松竹亦苍然老去。无奈议和声起，我回老家的雄心壮志犹在，但回家的路程已被阻隔。想把满腹的惆怅付与瑶琴一曲，可知音稀少，纵然弹断了琴弦，又有谁来听！

这首词应是征战在外的岳飞在朝廷一片议和声中的愤慨之作。其主旨和《满江红》一样，杀敌心切，但朝廷软弱，主和声甚嚣尘上，自己势单力薄，壮志难酬。

上阕寓情于景，写作者思念中原、忧虑国事的心情，前三句写作者梦见自己率部转战千里，收复故土，实现收复大好河山的伟大抱负，然而寒蛩鸣，惊回梦。后三句写梦醒后的失望和徘徊，反映了当时理想与现实的矛盾。

下阕进一步坦露失望后的苦闷。前三句感叹岁月流逝，归乡无望，"阻归程"表面上写山高水深，道路阻隔，难以归去，实质上暗含对赵构、秦桧之流屈辱求和、阻挠抗金的强烈不满和谴责。后三句用俞伯牙与钟子期的典故，表达自己处境险危，孤枕难眠。

全词表现了作者不满议和，反对投降，英雄般的爱国情怀，以及受掣肘的惆怅与愤懑。

有朋友认为，岳飞的这首《小重山》与《满江红》相比较，格调没那么高，少了"八千里路云和月""饥餐胡虏肉""渴饮匈奴血"的英雄气概，我不这么认为。

先看这两首词的写作背景。《满江红》写于绍兴四年（1134）秋，岳飞第一次北伐获取大胜，岳飞在军事上正处于踌躇满志之时；而《小重山》却写于他入狱前不久，失去了军权，无力回天了。所以这两首词一为豪放，一为婉约，词风很不一样。《灵溪词说》（叶嘉莹、缪钺作）论岳飞的词说："将军佳作世争传，三十功名路八千。一种壮怀能蕴藉，诸君细读《小重山》。"

我认为叶嘉莹、缪钺老师说得非常对、非常好。岳飞是一位能文能武的将帅，他的文学才华也是将帅中少有的，《满江红》固然是千古传诵的豪放式爱国名篇，而《小重山》则更能彰显他文的方面的品位。啊，我们崇敬的岳飞，不仅能武，而且尚文，不仅豪放，而且婉约！我建议，欲要全面理解岳飞不妨多看看他的《岳忠武王集》吧，你若囿于时间，或手头没有该书，就继续看看下面我举的这几例，它们展现了岳飞的另一面。

《满江红·遥望中原》：

遥望中原，荒烟外许多城郭。想当年、花遮柳护，凤楼龙阁。万岁山前珠翠绕，蓬壶殿里笙歌作。到而今，铁骑满郊畿，风尘恶。

兵安在，膏锋锷。民安在，填沟壑。叹江山如故，千村寥落。何日请缨提锐旅，一鞭直渡清河洛。却归来、再续汉阳游，骑黄鹤。

这首词的副题为"登黄鹤楼有感"。词风则豪放与婉约兼顾。体现豪放的词句有"请缨提锐旅，一鞭直渡清河洛。却归来、再续汉阳游，骑黄鹤"。体现婉约的词句有"花遮柳护，凤楼龙阁。万岁山前珠翠绕，蓬壶殿里笙歌作"等。读过此词后恐怕没有人怀疑岳元帅的文采了。

再来看看岳飞的几首诗作。

《寄浮图慧海》：

湓浦庐山几度秋，长江万折向东流。男儿立志扶王室，圣主专师灭犬羊。

《题池州翠光寺》：

爱此倚栏杆，谁同寓目闲。轻阴弄晴日，秀色隐空山。

《题雩都华严寺》：

手持竹节访黄龙，旧穴空遗虎子踪。云锁断崖无觅处，半山松竹撼秋风。

《从驾游内苑应制》：

敕报游西内，春光霭上林。花围千朵锦，柳捻万珠金。

《送轸上人之庐山》：

何处高人云路迷，相逢忽荐目前机。偶看菜叶随流水，知有茅茨在翠微。

《过张溪赠张完》：

无心买酒谒青春，对镜空嗟白发新。花下少年应笑我，垂垂羸马访高人。

《题骤马冈》：

立马林冈豁战眸，阵云开处一溪流。机春水汨犹传晋，黍秀宫庭孰悯周。

《游鬼石山寺》：

鬼石山前寺，林泉胜景幽。紫金诸佛相，白雪老僧头。潭水寒生月，松风夜带秋。我来属龙语，为雨济民忧。

不一一举例了，从上述词与诗中足以看出岳飞是一个能文能武的全才。难怪他冤死风波亭之后，宋孝宗为他平反昭雪，追谥武穆，后封鄂王，追谥忠武。

宋徽宗"骄奢佟靡"辩

我读宋词，是以清末民初朱祖谋即彊村编撰的《宋词三百首》为母本，按顺序一一读来，其中宋徽宗赵佶的《宴山亭》为首篇，细读之后感慨良多。本文拟以历史为依据，以事实为准绳，从大处着眼、小处入手，试图客观地重现一个真实的赵佶。

提及宋徽宗（1082—1135），满世界的人都认为他是一个"骄奢佟靡"的亡国之君。理由不外乎平生极为荒诞，北宋亡在他手中。这种说法看似有理，其实不然。我愿为其辩一辩。

一辩：宋徽宗政治上也曾踌躇满志励精图治，并不昏庸

据《宋史》《续资治通鉴长编》等比较真实可信的史料记载，徽宗是神宗的第十一子，哲宗之弟，北宋的第八位皇帝。他的上位当然并非靠什么文治武功，而是凭血缘关系，由其母及母党的一些大臣力拱，登上了皇帝宝座（1100—1126年在位）。他登基伊始，也雄心勃勃，想当个好皇帝。他先是极力调和宋旧派和宋新派的矛盾，颁布了一系列诏书，并下诏改元符为"建中靖国"，力图消除朋党之争，使国家重新回到正常的发展轨道，其时北宋出现了太平治世的景象。

然而朋党之争，早已根深蒂固，不可消除，随着变法革新派蔡京等人的上台，徽宗放弃了中和，转而支持"惟新""崇宁"变法。他先后推出了财政、币制、盐法、茶法、采矿业等领域的新政改革，这在当时都起到了积极作用。值得肯定的是，徽宗在支持变法的同时十分强调"民生"。他在诏书中多次提及

"丰亨豫大"（让百姓富足安乐的太平景象）的施政纲领。这些在当时都是有积极意义的。

二辩：文化艺术上的成就可谓"千古一帝"

如果说徽宗皇帝在政治上并无多大建树，甚至是一位亡国之君，倒不假，因为他毕竟在政治上、经济上、军事上过于重用蔡京、童贯等奸佞之臣，实属初心不错，但让歪嘴和尚念错了经，搞得民怨沸腾，天下大乱，但要谈及他在文化艺术方面的造诣和贡献，他又是天下少有的"千古一帝"。

因为我写的这本书名曰《我读宋词》，又是从徽宗《宴山亭·北行见杏花》开始读的，所以有关徽宗在词作上的功力就多谈谈。

除了《宴山亭》这首词外，徽宗还作有多首体现宋词水平的词。

《临江仙·过水穿山前去也》：

过水穿山前去也，吟诗约句千余。淮波寒重雨疏疏。烟笼滩上鹭，人买就船鱼。顾寺幽房权且住，夜深宿在僧居。梦魂惊起转嗟吁。愁牵心上虑，和泪写回书。

《念奴娇·雅怀素态》：

雅怀素态，向闲中、天与风流标格。绿锁窗前湘簟展，终日风清人寂。玉子声干，纹楸色净，星点连还直。跳丸日月，算应局上销得。

全似落浦斜晖，寒鸦游鹭，乱点沙汀碛。妙算神机，须信道，国手都无勍敌。玳席欢余，芸堂香暖，赢取专良夕。桃源归路。烂柯应笑凡客。

《满庭芳·寰宇清夷》：

寰宇清夷，元宵游豫，为开临御端门。暖风摇曳，香气霭轻氛。十分钧陈灿锦，钧台外、罗绮缤纷。欢声里，烛龙衔耀，黼藻太平春。

《眼儿媚·玉京曾忆昔繁华》：

玉京曾忆昔繁华。万里帝王家。琼林玉殿，朝喧弦管，暮列笙琶。花城人去今萧索，春梦绕胡沙。家山何处，忍听羌笛，吹彻梅花。

《小重山·罗绮生香娇上春》：

罗绮生香娇上春。金莲开陆海，艳都城。宝舆回望翠峰青。东风鼓，吹下半天星。

万井贺升平。行歌花满路，月随人。龙楼一点玉灯明。箫韶远，高宴在蓬瀛。

《声声慢·宫梅粉淡》：

宫梅粉淡，岸柳金匀，皇州乍庆春回。风阙端门，棚山彩建蓬莱。沈沈洞天向晚，宝舆还、花满钧台。轻烟里，算谁将金莲，陆地齐开。

触处声歌鼎沸，香鞯趁，雕轮隐隐轻雷。万家帘幕，千步锦绣相挨。银蟾皓月如昼，共乘欢、争忍归来。疏钟断、听行歌，犹在禁街。

《声声慢·欺寒冲暖》：

欺寒冲暖，占早争春，江梅已破南枝。向晚阴凝，偏宜映月临池。天然莹肌秀骨，笑等闲、桃李芳菲。劳梦想，似玉人羞懒，弄粉妆迟。

长记行歌声断，犹堪恨，无情塞管频吹。寄远丁宁，折赠陇首相思。前村夜来雪里，赚东君、须索饶伊。烂漫也，算百花、犹自未知。

《醉落魄·预赏景龙门追悼》：

无言哽噎。看灯记得年时节。行行指月行行说。愿月常圆，休要暂时缺。

今年华市灯罗列。好灯争奈人心别。人前不敢分明说。不忍抬头，羞见旧时月。

《聒龙谣·紫阙苕峣》：

紫阙苕峣，绀宇邃深，望极绛河清浅。霜月流天，锁穿隆光满。水精宫、金锁龙盘，玳瑁帘、玉钩云卷。动深思，秋籁萧萧，比人世、倍清燕。

瑶阶回。玉签鸣，渐秘省引水，辘轳声转。鸡人唱晓，促铜壶银箭。拂晨光、宫柳烟微，荡瑞色、御炉香散。从宸游，前后争趋，向金銮殿。

《探春令·帘旌微动》：

帘旌微动，峭寒天气，龙池冰泮。杏花笑吐香犹浅。又还是、春将半。

清歌妙舞从头按。等芳时开宴。记去年、对著东风，曾许不负莺花愿。

《金莲·绕凤楼》：

绛烛朱笼相随映。驰绣毂、尘清香衬。万金光射龙轩莹。绕端门、瑞雷轻振。元宵为开圣景。严敷坐、观灯锡庆。帝家华英乘春兴。搴珠帘、望尧瞻舜。

上述词作，仅是徽宗帝词作的一部分，还有多首，甚至还有徽宗自创的词调，不曾录入。我是含着眼泪，一笔一画，哆哆嗦嗦地抄下了"千古词帝"的词作，如此文采，登峰造极，谁说他昏庸？

徽宗在词作上的才华只是他艺术才干的冰山一角。再让我们看看他在书画方面的才艺。

独创"瘦金体"。

"瘦金体"是徽宗所创的一种书法字体。此书体以形象论，本应作为"瘦筋体"，以"金"易"筋"是对御书的尊重。其特点为笔画瘦硬，所谓"天骨遒美，逸趣霭然"。这种瘦挺爽利、侧锋如兰竹的书体，是需要极高的书法功底和艺术涵养及神闲气定的心境来完成的。其代表作品有《楷书千字文》《秾芳诗》《夏日诗贴》《牡丹》《风霜》《大观圣作碑》《神霄玉清万寿宫诏》《瘦金体草书千字文》等。

御设"宣和画院"，并亲自授课，推广院体画。

徽宗本身是位造诣极高的画家，其山水画、花鸟画已到炉火纯青的地步，传世作品有《听琴图》《五色鹦鹉图》《瑞鹤图》《雪江归棹图》《捣练图》《池塘晚秋图》《桃鸠图》《鸲鹆图》《柳鱼图》等,均为当世及现时无价之宝。他对中国绘画的一个最大贡献是创办了专门机构"宣和画院",推广院体画。受徽宗亲自点拨或经画院熏陶者,授予画学正、艺学、待诏、祗候、供奉、画学生等学位,在官位和俸禄方面都比其他艺人要高。王希孟、张择端、李唐等历来有名的大画家都出自"宣和画院"。

徽宗的园林艺术。

宋徽宗还是一位园林艺术大师。他设计、策划的"艮岳",即为古典园林的标志性建筑,这座宋代宫苑于徽宗政和七年(1117)兴工,宣和四年(1122)竣工,初名万岁山,后改名艮岳、寿岳,或称寿山艮岳,亦号华阳宫。徽宗亲自写有《御制艮岳记》。艮岳为地处宫城东北隅之缀石为山之意。

该园的最大特色为叠石为山,叠石是中国古典园林置景的重要技法。艮岳括天下之美,藏古今之胜,据记载,此园冈连阜属,东西相望,前后相续,左山右水,后溪而旁垄,连绵而弥漫,吞山怀谷。园内有奇花异草,养珍禽异兽。

他还亲自研究茶经,撰写《茶论》,即《大观茶论》等论著。全书共二十篇,对北宋时期蒸青团茶的产地、采制、烹试、品质、吃茶风尚等均有详细论述,反映了北宋以来我国茶业的发展程度和制茶技术的发展状况,也为我们认识宋代茶道留下了弥足珍贵的文献资料。

至于古玩金石收藏等,宋徽宗更是科科内行,甚至达到了专家水平。

成于斯,也毁于斯。正因徽宗如此广泛的兴趣和爱好,被后来的积怨者扣以了"骄奢侈靡"的大帽子。

三辩:徽宗是"靖康之耻"的罪魁祸首吗

"靖康之耻"是指靖康二年(1127),金朝南下攻取北宋首都汴京,掳走徽、钦二帝,导致北宋灭亡的历史事件。

北宋宣和七年(1125),金兵大举南下,分东、西两路,直扑太原和燕京。徽宗见形势危急,乃禅位于太子赵桓,是为宋钦宗。

靖康元年(1126),金军东路军,进至汴京城下,逼宋议和。要求五百万两黄金、五千万两白银,并割让中山、河间、太原三镇。

次年,金军攻下了宋都,掳走了二帝,并赵氏皇族、后宫嫔妃、贵卿、朝臣共三千余人北上金国。

大宋的衰亡,有其历史必然。据当代历史学家考证,徽宗当政的二十余年,宋朝是世界上最富庶的国家。可是当你富了,有钱了,就有人惦记你了,与宋并存的辽国、金国就属于惦记你的那一族。尽管他们最初的野心只是以掠夺为主，战一场，掳一票就走。但一旦当他们发现你软弱可欺，便得寸进尺了。

我仔细研究宋史后认为，导致宋衰败的原因有三：一是国策出了问题，二是当朝掌握实权的文官即士大夫阶层出了问题，三是国家的支柱军队出了问题。且容我分析一下。

徽宗帝是宋的第八位皇帝，他的先祖是靠"马上得天下"，黄袍加身后唯恐别人再马上得天下，于是"杯酒释兵权"，压抑、打击武官，重用、独用文官。造成宋朝重文轻武的既定方针，到了徽宗时，马放南山、刀枪入库已久矣，表面上还有庞大的军队，但战力已一塌糊涂，只是摆设而已。

当时专政的士大夫阶层，不会打仗，最怕打仗。宋徽宗也想学学祖先宋真宗和入侵的辽国来个"澶渊之盟"，以换取片刻的安宁。宋真宗景德元年（1004），宋与辽交战25年之久，最后议和成功，宋每年送辽岁币银10万两、绢20万匹，宋割让大片领地，以白沟河为界，在河南濮阳即澶州签约，不再打仗。倒也换来了近百年的安宁。宋徽宗和属下一批士大夫因此极力议和，最后走上了不归之路。

再看看当时军力的情况，金政权是当时北方兴起的剽悍政权，进攻北宋的军队也只数十万人，而北宋号称有百万大军，然而在金军铁骑冲击之下却不堪一击，屡屡大败，其直接原因便是宋军涣散，毫无斗志，不败才怪。

以上状况便是当时的实情，随你从哪个角度上看，把大宋的灭亡怪罪到所谓的"亡国昏君"宋徽宗身上，实在不公。

四辩：宋徽宗其实并不是一个"荒淫无耻"的皇帝

关于这一点，我的这篇文章已从多方面进行了论证，那么徽宗皇帝为什么会遭到如此骂名呢？

不以成败论英雄，这只是一种比较理性的说法，而成者为王、败者为寇的说法更有其普遍意义。

宋朝败了，宋朝亡了，后人当然要反思，要总结，但切不可为了洗掉污秽，连同盆中的孩子也一齐泼掉了。可惜徽宗皇帝就饱受了种种诟病。

在小说《水浒传》中，徽宗被描写成一个彻头彻尾的昏君，写他不理朝政，却偷偷地钻地道，去与名妓李师师会面。在《李师师外传》中更把徽宗写成与当朝文臣周邦彦、名妓李师师搞"三角恋"的高手。这些虽然只是小说与野史，但也是一种舆论啊，且是一桩能为普通百姓喜闻乐见的桃色新闻！

唉！宋徽宗啊，宋徽宗，你若不当皇上多好，你若只当一位词人，或一位书法家、画家，就不会有这么多脏水泼向你了。

以上便是我对宋徽宗的四辩。

略谈柳永词的音律美

我读了柳永的词,可谓三月不知肉滋味。一则是因为他在描写"男欢女爱"这一永恒不变的题材时已将目光从贵族士大夫阶层身上移到了市民阶层身上,因而很接地气。二则是因为他的词在创作上大量使用"慢"即"长调"这一形式,极大地丰富了词的内涵。据统计,宋词约有800多首长调,而柳永创作的竟占100多首,不仅是宋词作者中首先使用长调者,而且是使用长调最多的词人。三则是因为柳永的长调充满了音律之美。本文将着重论述柳词的音律美。

柳永往往是早上爬起来就作词,经过一天的嚼磨,晚上就携词来到歌肆酒楼,或自创曲调,或交由乐工入谱,再由歌妓弹唱,遂成为一首首"经典咏流传"的词。

试列举柳永最负盛名的《雨霖铃》来说明:

寒蝉凄切,对长亭晚,骤雨初歇。都门帐饮无绪,留恋处,兰舟催发。执手相看泪眼,竟无语凝噎。念去去,千里烟波,暮霭沉沉楚天阔。

多情自古伤离别,更那堪、冷落清秋节!今宵酒醒何处?杨柳岸、晓风残月。此去经年,应是良辰好景虚设。便纵有千种风情,更与何人说?

此长调又名《雨霖铃慢》,上下阕一百零三字,仄韵。

先从句式上看。一首词中三字句、四字句、五字句、六字句、七字句、八字句长短相隔、交叉使用。循环之声,于委婉处、铿锵处余音绕紧。

再看声调上。这首词在声调上的去上、上去和去声字的用法,别具风味,而重点在去上声的运用上,空际转身,转折跌宕,上去入三仄声字巧妙组合,形成音节上的抑扬顿挫节奏,增加声律的和谐之美。

至于在用韵方面,柳永更是顶尖高手。你看全词"切""歇""噎"再转韵为"波""阔",同下阕再回到"别""节""月""设""说",平仄交错,朗朗上口,再加上有美女的纤纤之手的弹拨、樱桃小口的吟唱,宋词的美妙便荡漾开来。

再看一首《望海潮》:

东南形胜,三吴都会,钱塘自古繁华。烟柳画桥,风帘翠幕,参差十万人家。云树绕堤沙,怒涛卷霜雪,天堑无涯。市列珠玑,户盈罗绮,竞豪奢。

重湖叠巘清嘉,有三秋桂子,十里荷花。羌管弄晴,菱歌泛夜,嬉嬉钓叟莲娃。千骑拥高牙,乘醉听箫鼓,吟赏烟霞。异日图将好景,归去凤池夸。

柳词的音律美，有其广泛性。宋词中比较常用的词调有一百八十多个，而柳词竟用了一百五十个之多，并且大部分为前所未见的，是以旧调改造或自制的新调，又十之七八为长调慢词，这在客观上形成了柳词的新腔、美腔，且旖旎近情，音乐美具有多样性和广泛性。

宋人王灼在《碧鸡漫志》中说，柳永"序事闲暇，有首有尾，亦间出佳语，又能择声律谐美者用之"。陈振孙在《直斋书录解题》中说："其词格调固不高，而音律谐婉，语意妥帖，形容曲尽。"近人夏敬观认为柳词袭五代之风，开金元曲子之先声。

几乎大部分词评家都说"柳永精通音律"，看他的词作，从句式、声调、音律、词调上来分析，都能说明这一点。我想，柳词若无这一特点，能凡市井处都有柳词的浅吟低唱吗？

可惜的是，柳永的词现在留存下来的仅是文学形式了，即单纯的文字符号，而当时具有的音乐符号一首也没有流传下来，这是因为当时的乐谱是以琴谱、笛谱或工尺谱，口口相传的，至今没有人能将其译成现代简谱或五线谱，因此当代人不能欣赏到柳词的古韵，只能从文字里读出其词的音律美了。

浅谈辛弃疾词的画面感

辛弃疾的词豪放起来不逊东坡之大江东去，婉约起来又娓娓旖旎鲜有人能比，但不管是豪放还是婉约，都有一个共同的特点，即画面感特强，为世人所赞叹。本文还是用举例法来说明之。

《贺新郎·别茂嘉十二弟》：

绿树听鹈鴂。更那堪、鹧鸪声住，杜鹃声切。啼到春归无寻处，苦恨芳菲都歇。算未抵人间离别。马上琵琶关塞黑，更长门、翠辇辞金阙。看燕燕，送归妾。

将军百战身名裂，向河梁、回头万里，故人长绝。易水萧萧西风冷，满座衣冠似雪。正壮士、悲歌未彻。啼鸟还知如许恨，料不啼清泪长啼血。谁共我，醉明月。

翠鸟啼碧树。这是词人给我们的第一个画面。词人特意挑选了三种啼声悲切的鸟儿鹈鴂、鹧鸪、杜鹃，"苦苦、苦苦""不如归去，不如归去""也那么哥，也那么哥"，用凄凉的鸟啼声渲染出悲壮的效果，也是从视觉上和听觉上为全词基调做了铺垫。

紧接着便是一幅昭君出关图。"马上琵琶关塞黑",色调依然灰暗:旅人踟蹰,琵琶声续,昭君掩面。

再下来用"长门闭阿娇""送归妾"二典,又构成两幅苦不堪言的画面,进一步流露了词人沉郁的心境。

也许是气氛太凄悲了,不符合词人的脾气,词人笔锋一转,勾勒出两幅雄壮的图画:将军百战图、壮士刺秦图,真是悲鸟啼血,壮歌声彻!

最后一幅画,点题:挥泪送别十二弟,今后谁与我共醉?

全词没有一字提到词人,但通过一幅幅典型的画面,处处无我,却又处处有我,真乃名句要如名画读,名画幅幅沁我心!

再来欣赏这首鼎鼎有名的《青玉案》:

东风夜放花千树,更吹落,星如雨。宝马雕车香满路。凤箫声动,玉壶光转,一夜鱼龙舞。

蛾儿雪柳黄金缕。笑语盈盈暗香去。众里寻他千百度,蓦然回首,那人却在,灯火阑珊处。

第一幅便是"梨花夜放图"。静态的梨花入画,已很美,词人再来动感一笔:东风吹落了梨花,如星星点点,从天而降,动静结合,美不胜收。

接着词人再来一特写画面:宝马雕车,美人暗香,使人目不转睛,沉浸在一夜鱼龙舞的元夕之美景里。

美人图:宝马雕车里的美人,只闻其香,不见其人怎么行。再看词人是如何绘制美人之美的:"蛾儿雪柳黄金缕,笑语盈盈暗香去。"这两句展现出的画面可传神了。蛾儿雪柳,笑语盈盈。但依然留有悬念,你的目光只能随着她的暗香去了。

最经典的一幅画面在词的最后出现了:妙人儿躲开热闹的场面,独自在灯光稀疏的阑珊处,欲语且休,欲笑还颦。她在瞟什么呢?她在等什么呢?也许正为那位众里寻她千百度的情哥哥找不到她那焦急的神态而窃喜吧!

我数了一下,在这首短短的六十余字的词中,却出现了经典的四五个画面,其中有元宵之夜热闹的大场面,有美人的近照特写,还有浸泡感情的心理描写画面,你能不为之称奇、为之赞叹吗?

再看一首清新婉丽的《清平乐·村居》。

茅檐低小,溪上青青草。醉里吴音相媚好,白发谁家翁媪?

大儿锄豆溪东,中儿正织鸡笼。最喜小儿亡赖,溪头卧剥莲蓬。

整个一幅村居闲乐图。有茅屋,有青草,有老翁,有小孩,更有醉里吴音相媚好的词人。

这幅以46字绘就的图画如叫人喝了一杯清纯之酒，如痴如醉也！

清词评家陈廷焯曾说过，没有特殊本领的人不可学稼轩，其实这句话的本意是，辛弃疾的词世人难学得会啊。

我认为确实如此，辛词无论豪放，无论婉约，均已登峰造极。

三赞梦窗之"研炼之功"

《四库全书总目提要》说："梦窗天分不及周邦彦，而研炼之功过之。"沈义父《乐府指迷》则说吴文英作词"音律欲其协""下字欲其雅""发意欲其高"。本文试从"音律协""下字雅""发意高"三个方面来谈谈其词的研炼之功。

一赞梦窗之研炼之功：音律协

吴文英精通音律，多自度曲。

《探芳新·吴中元日承天寺游人》：

九街头，正软尘润酥，雪销残溜。禊赏祇园，花艳云阴笼昼。层梯峭空麝散，拥凌波、萦翠袖。叹年端、连环转，烂漫游人如绣。

肠断回廊伫久。便写意溅波，传愁蘸岫。渐没飘鸿，空惹闲情春瘦。椒杯香乾醉醒，怕西窗、人散后。暮寒深，迟回处、自攀庭柳。

《澡兰香·淮安重午》：

盘丝系腕，巧篆垂簪，玉隐绀纱睡觉。银瓶露井，彩箑云窗，往事少年依约。为当时曾写榴裙，伤心红绡褪萼。黍梦光阴，渐老汀洲烟蒻。

莫唱江南古调，怨抑难招，楚江沉魄。薰风燕乳，暗雨梅黄，午镜澡兰帘幕。念秦楼也拟人归，应剪菖蒲自酌。但怅望、一缕新蟾，随人天角。

吴文英是自制曲谱，即自度曲的高手，与周邦彦、柳永、姜夔并称宋词自度曲四杰。他们都精晓音律，不满足现有词调，往往自己写词，自己谱曲，再交于乐工和歌妓吟诵流传开来。可惜的是词谱大多失传，只能靠词牌与文字内容看出其音律美的端倪。

据载，吴文英现存词作约三百四十首之多，其中有相当部分为自度曲。《朝中措》《霜叶飞》《夜合花》《风流子》《烛影摇红》《绛都春》《玉漏迟》《三珠媚》《醉落魄》《解连环》《恋绣衾》《应天长》《法曲献仙音》《花犯》《凤栖梧》《夜行船》《花心动》《高山流水》《塞翁吟》《古香慢》《凄凉犯》

《尾犯》《江城梅花引》《三部乐》《一寸金》《荔枝香近》《绕佛阁》《梦彩云》《惠兰芳引》《隔浦莲近》《解蹀躞》《月中引》《塞垣春》《十二郎》,等等,均为吴文英的自度曲。

自摆词句,自创词谱,若在音律上没有建树,是不可能创作出这么多的自度曲的。可以想象,不同的词谱就有不同的词曲,不同的词曲必有不同的韵味。不同的韵味必有不同的听觉和视觉效果,这两种效果组合成音律之协、音律之美,这大概就是梦窗词深受欢迎的一个原因。

二赞梦窗之研炼之功:下字雅

吴文英号称"词中李商隐",专在词句炼字上下功夫,以达到字雅句卓的境地。且看他在这方面的经典名句。

《唐多令·惜别》:

何处合成愁,离人心上秋,纵芭蕉不雨也飕飕。

一个再平凡不过的"愁"字,被词人巧妙地分析开来,变成离人心上秋,苍茫下雨也飕飕,"飕"字叠用,凄冷之声声声入耳,视觉上的芭蕉叶、听觉上的飕飕声,共同组成唯美意境。

《瑞龙吟·德清清明竞渡》:

洲上青苹生处,斗春不管,怀沙人远。残日半开一川,花影零乱。山屏醉缬,连棹东西岸。阑干倒、千红妆靥,铅香不断。

"斗春"句中的"斗"字,用得极为生动,比起"争春""报春""怀春"等字眼更增添了人为色彩,符合词人的个性和格调。

"花影零乱"的"乱"字,更是静中有动,五彩缤纷,跃然字中。

"古石埋香,金沙锁骨连环",吴文英《高阳台》中的这个"锁"字也很传神,"锁骨"与上句"埋香"不仅对仗、对应,而且词意浑然一体,词人怜香惜玉之心也跃然纸上。

《醉落魄·题藕花洲尼扇》中的"偷掷金钱,重把寸心卜"中的"偷"字,用得丝毫不比"偷"字王张先差,且把人物心理表现得淋漓尽致。

《八声甘州·灵岩陪庾幕诸公游》:"箭径酸风射眼,腻水染花腥。"此句中的"酸""腻""腥"三字,是吴文英炼字非议较多的地方。很多人讲,你说吴炼字在"雅",这三个字不但不雅,而且俗气、恶心。错!往往大俗便大雅。你看形容秋天的风有"寒风""冷风""西风"等字眼,吴文英偏偏炼出了一个"酸"字;污腻了的流水夹带着美人的脂粉,沾染得花朵都带上了腥味,这些功夫独到的字眼用得多么神奇!谁说这三个字不雅?

吴文英的炼字与李商隐的炼字大有不同,李商隐多生字、冷字、僻字,而吴文英大多"雅"字。上述例句中所炼之字大多平凡、常用，不晦不涩，因而足见吴文英的炼字本意与功夫。难怪有词评家讲梦窗人雅、词雅、字句雅。

晚清著名的词评家况周颐在《蕙风词话》中说："近人学梦窗，辄从密处入手，梦窗密处，能令无数丽字——生动飞舞……非若雕鼇绣，毫无生气也。"

三赞梦窗之研炼之功：发意高

吴文英有个学生，叫沈义父，吴文英在教他作词之法时讲了三点，即音律要协，用字求雅，发意要高，第三点最重要。

这个发意即立意。你不要看吴文英许多词字面上华丽，意象却密集，含意却曲折，形密丽，意却深出。

纵观吴文英全部词作，他并没有无视山河破碎、国事危难、民生疾苦这样一个社会现实，在他的词集中有不少哀时伤世的词篇，时而触景伤情，时而哀念来日，时而中怀隐忧，时而凄苦悲凉，他的这些词作的数量虽然不能跟直抒胸臆的辛弃疾、刘克庄等忧国词人相比，却比周邦彦、姜夔等词人多得多。

且看一首《虞美人·陪履斋先生沧浪看梅》：

乔木生云气，访中兴、英雄陈迹，暗追前事。战舰东风悭借便，梦断神州故里。旋小筑、吴宫闲地。华表月明归夜鹤，叹当时、花竹今如此。枝上露，溅清泪。

遨头小簇行春队。步苍苔、寻幽别坞，问梅开未。重唱梅边新度曲，催发寒梢冻蕊。此心与、东君同意。后不如今今非昔，两无言、相对沧浪水。怀此恨，寄残醉。

关于这首词的立意，我在本书宋词鉴赏吴文英部分已做了较详尽的分析，这里不再复述。但要强调的是，以爱国主义为主题的作品在梦窗词作中虽然不多，但这一篇集千钧于一力，透透彻彻地表达了他崇慕爱国将领，并因而感及时事的忧国情怀，其立意并不亚于豪放派的忧国词人。

综上所述，我从音律协、下字雅、发意高三个方面对吴文英词的"研炼之功"做了分析与赏析，希望您能同意我的观点，对这位一生未第，游幕终身的南宋词人也来个一、二、三赞。

说说姜夔词的"朦胧美"

"朦胧美"是中西方文论都十分推崇的一种美学形态。当然，宋时的西方，还处于四分五裂的荒蛮时代，到了三四百年后的文艺复兴运动，才重拾古希腊、古罗马的牙慧,重新文明起来。然而有着五六千年文明传统的华夏却一直传承着思想上、文化上、艺术上的文脉,宋词便是至今仍不可逾越的文学高峰。本文将说说姜夔词的"朦胧美"及对后世的贡献和影响。

朦胧一词的词义是:缥缈,含蓄,幽隐,十分符合中国文人的传统个性。而姜词的这一个性却鲜有人提及。我作为姜夔的崇拜者在此多叨叨几句。

据史载,姜夔人品秀拔,体态清莹,气貌弱不胜衣,望之若神仙中人。其作品素以空灵含蓄著称。有《白石道人歌曲》著集。

姜夔少年贫孤,屡试不第,终生未仕,一生辗转江湖,靠卖字和朋友接济为生。他与南宋诗词作家杨万里、范成大、辛弃疾等交游甚密。他对诗词、散文、书法、音乐,无不精通,是继苏轼之后,又一难得的艺术全才。

他词作的最大特点便是空灵含蓄,所体现出来的"朦胧美"不仅在当时名动天下,而且为后世赞叹。

下面请允许我用文字的形式来弹唱他的若干词曲。

《暗香》:

旧时月色,算几番照我,梅边吹笛。唤起玉人,不管清寒与攀摘,何逊而今渐老,都忘却、春风词笔。但怪得、竹外疏花,香冷入瑶席。江国,正寂寂。叹寄与路遥,夜雪初积。翠尊易泣,红萼无言耿相忆。长记曾携手处,千树压、西湖寒碧。又片片吹尽也,几时见得?

《疏影》:

苔枝缀玉。有翠禽小小。枝上同宿。客里相逢,篱角黄昏,无言自倚修竹。昭君不惯胡沙远,但暗忆、江南江北。想佩环、月夜归来,化作此花幽独。犹记深宫旧事,那人正睡里,飞近蛾绿。莫似春风,不管盈盈,早与安排金屋。还教一片随波去,又却怨、玉龙哀曲。等恁时、重觅幽香,已入小窗横幅。

这两首词是文学史上著名的咏梅词,是姜夔的代表作。

宋初诗人林逋《山园小梅》中有"疏影横斜水清浅,暗香浮动月黄昏"两句,姜非常欣赏,就取句首二字,以之为自度曲咏梅词的调名。

这二首词的调名"暗香"是从嗅觉上突显梅花,"疏影"是从视觉上描写梅花,均不直接写梅花楚楚动人,而是在朦朦胧胧的意境中让你遐想其之美。

这一开端可了不得,既然你已嗅到了梅之香,看到了梅之影,那么必然迫不及待地想一睹梅之芳容。词人如你愿吗?

"旧时月色""梅边吹笛""唤起玉人""竹外疏花""香冷入瑶席""长记曾携手处"——《暗香》词句。

词人偏不让你看梅花,还是让你在"月色""疏花""香冷瑶席"中徜徉,并引入了"我""玉人""曾携手处"等有我之境,继续让你浸沉在朦胧氛围之中,是以人物来烘托梅花,还是以梅花来暗喻人物?我想是兼而有之,花与人水乳交融了。

《疏影》的起首几句:"苔枝缀玉""翠禽小小",继续让你在"篱角黄昏""自倚修竹"的空灵境界里朦朦胧胧。

接下来词人拿出了含蓄、幽深的看家本领——用典喻义。连用昭君出塞及寿阳伫立,还有武帝的陈阿娇之典,让你在"玉女哀曲"中朦胧到底。

月朦胧,鸟朦胧,花朦胧,人更朦胧,我要继续朦胧。

《鹧鸪天·十六夜出》:

辇路珠帘两行垂。千枝银烛舞僛僛。东风历历红楼下,谁识三生杜牧之。

欢正好,夜何其。明朝春过小桃枝。鼓声渐远游人散,惆怅归来有月知。

《鹧鸪天·己酉之秋苕溪记所见》:

京洛风流绝代人。因何风絮落溪津?笼鞋浅出鸦头袜,知是凌波缥缈身。红乍笑,绿长颦。与谁同度可怜春?鸳鸯独宿何曾惯,化作西楼一缕云。

《鹧鸪天·正月十一日观灯》:

巷陌风光纵赏时,笼纱未出马先嘶。白头居士无呵殿,只有乘肩小女随。花满市,月侵衣,少年情事老来悲。沙河塘上春寒浅,看了游人缓缓归。

《虞美人·阑干表立苍龙背》:

阑干表立苍龙背。三面巉天翠。东游才上小蓬莱。不见此楼烟雨、未应回。

而今指点来时路。却是冥濛处。老仙鹤驭几时归。未必山川城郭、是耶非。

《虞美人·西园曾为梅花醉》:

西园曾为梅花醉。叶翦春云细。玉笙凉夜隔帘吹。卧看花梢摇动、一枝枝。

娉娉袅袅教谁惜。空压纱巾侧。沈香亭北又青苔。唯有当时蝴蝶、自飞来。

《小重山·潭州红梅》:

人绕湘皋月坠时。斜横花树小、浸愁漪。一春幽事有谁知?东风冷,香远茜裙归。

鸥去昔游非。遥怜花可可,梦依依。九疑云杳断魂啼。相思血,都沁绿筠枝。

姜夔词句朦胧,其朦胧的佳作还有很多很多,我早已沉醉在其朦胧美之中。

词评家张炎在《词源》中对姜夔的这种"朦胧美"极为称道:前无古人,后无来者,自立新意,真为绝唱。"寄意题外,包蕴无穷。"

清真之妙，妙在哪里？
——周邦彦的"神理骨性"之管见

"神理骨性"是词评家认为好词必需的四大要素，我读了周邦彦词后认为清真是集四要素之大成者。清真之妙，就妙在其中。

首先看周邦彦最具神韵的一首词《苏幕遮·燎沈香》：

燎沈香，消溽暑。鸟雀呼晴，侵晓窥檐语。叶上初阳干宿雨，水面清圆，一一风荷举。

故乡遥，何日去？家住吴门，久作长安旅。五月渔郎相忆否？小楫轻舟，梦入芙蓉浦。

好一幅夏日风荷图。词人一早醒来，昨晚的沉香依旧烟雾环绕，淡香弥漫四周，令人烦闷的暑气也已退去，窗外的鸟儿欢快地在歌唱、跳跃，似乎在为雨后新晴而喜悦。一个"呼"字和"窥"字极为传神，看似漫不经心，实则在为下面推写荷花而做铺垫。神韵之笔来了："叶上初阳干宿雨，水面清圆，一一风荷举。"在夏日的阳光下，荷叶上晶莹的水珠还在一闪一闪的，荷叶铺满水面，用一个"举"字，使整个画面活起来，寥寥几句构成一幅恬淡清丽的画面。王国维在《人间词话》里称赞这几句说："此乃真得荷花之神韵者。"

下句"故乡遥，何日去？"词人开始点题，渲染出浓烈的思乡之情，"五月渔郎相忆否"，不许自己思乡心切，却写渔郎还记得我吗？主客移位，王顾左右而言他，实属妙笔生花。"小楫轻舟，梦入芙蓉浦"，情到深处，梦幻转痴，词人以虚构的梦境写自己思乡的实情，也令人情不自禁。这首词也因此成为绝唱，流传千古。

如此满溢神韵的词作还有《虞美人》《一落索》《渔家傲》《夜游宫》《迎春乐》《应天长》多篇，篇篇经典，句句传神，韵味弥漫。

其次看周邦彦词的"理"。"理"字的原意是将挖出的璞石加工成美玉，有内部、内在、里面、里边的含义。即外面粗糙，内蕴精华。很契合所谓的肌理说。

周邦彦的词往往看似轻描淡写，但细读之下便觉脉络清晰，耐人寻味。

眉共春山争秀。可怜长皱。莫将清泪湿花枝，恐花也、如人瘦。

——《一落索》

灯前欲去仍留恋。肠断朱扉远。未须红雨洗香腮。待得蔷薇花谢、便归来。
——《虞美人》

几日轻阴寒测测。东风急处花成积。醉踏阳春怀古国。归未得。
——《渔家傲》

小阁横香雾。正年少、小娥愁绪。莫是栽花被花妒。甚春来，病恹恹，无会处。
——《夜游宫》

凤钗半脱云鬟，窗影烛光摇。渐暗竹敲凉，疏萤照晚，两地魂消。
——《忆旧游》

条风布暖，霡雾弄晴，池台遍满春色。正是夜堂无月，沉沉暗寒食。梁间燕，前社客。似笑我、闭门愁寂。乱花过，隔院芸香，满地狼藉。
——《应天长》

清池小圃开云屋。结春伴、往来熟。忆年时，纵酒杯行速。
——《迎春乐》

人人花艳明春柳。忆筵上、偷携手。趁歌停舞罢来相就。醒醒个、无些酒。
——《迎春乐》

上述名句，不管是言情的、说爱的、苦闷的、开怀的，都如璞石，去掉表壳，显露精华，豪华落尽见真淳也。

再次看周邦彦的"骨"。骨即骨骼、格调。史载周邦彦方面、浓眉、大眼，骨骼清癯健美，是当时有名的美男子，其词如其人，表面清风如许，骨子里却硬朗，即所谓的"格调"，清新也。

试看几例。

《玉楼春》：

桃溪不作从容住，秋藕绝来无续处。当时相候赤栏桥，今日独寻黄叶路。
烟中列岫青无数，雁背夕阳红欲暮。人如风后入江云，情似雨余粘地絮。

作者伫立在当年等候她的朱栏小桥边，走在黄叶堆积的小路上，苦苦追寻往日的痕迹，但举目所见，雾中群山成列，雁背上斜阳抚映，人好像随时飘入江天的白云，再也难觅她的芳容。作者的情感如同春雨过后粘在地上的柳絮，纠缠烦乱，无从解脱。

《虞美人》：

疏篱曲径田家小。云树开清晓。天寒山色有无中。野外一声钟起、送孤篷。
添衣策马寻亭堠。愁抱惟宜酒。菰蒲睡鸭占陂塘。纵被行人惊散、又成双。

小路弯弯，轻烟薄雾，几间农舍，篱笆稀疏，晨钟一声，征人孤帆。池塘里正在栖息的鸭儿，被征人的马蹄声惊散，随后又落地成双。孤独的征人，一厢痴看。

《蝶恋花·早行》：

月皎惊乌栖不定。更漏将阑，辘轳牵金井。唤起两眸清炯炯。泪花落枕红棉冷。

执手霜风吹鬓影。去意徊徨，别语愁难听。楼上阑干横斗柄。露寒人远鸡相应。

这首词的凄凉意境非格调清新的高手不能描绘。乌雀被皎洁的月光惊醒，黎明时分，金井边辘轳已吱吱呀呀转动，我要辞她远行了，侧身推醒她时发现她一双眸子清亮亮的，红棉枕边湿漉漉一片。啊，这一夜她流下了多少眼泪。

离愁别恨，我去意徊徨，不想再看她悲伤的面容，匆匆消失在夹霜带雾的晨风中，但见她还在楼上久久伫立……

姜夔在《白石道人诗说》中说：意境愈高，句调愈清，愈古，愈和；清代康乾年间的沈德潜更倡导"格调说"，把这一审美价值看成诗词成功的要件之一。上述三例中的"蕴蓄""理趣""体格"，正可以看出周邦彦是这一理念的践行者。

最后，请体验一下周邦彦此作的"性"，即"性灵"，或称"灵性"。

严格地说，周邦彦词是足可以性灵飘逸相称的。

清代词评家蒿庵在评周邦彦词时说周词"久诵之，而得隽永之趣，篇无景句，句无景字，其妙处不在豪快而在高健，不在艳冶而在幽咽。豪快可以气取，艳冶可以言工，高健幽咽则关乎神理骨性"。

这一论断，明确指出了周邦彦是"神理骨性"的集大成者。

本文的这一段是专论周邦彦词"神理骨性"中的"性"的。请允许我再举几例来领略一下清真之妙吧。

《满庭芳·夏日溧水无想山作》：

风老莺雏，雨肥梅子，午阴嘉树清圆。地卑山近，衣润费炉烟。人静乌鸢自乐，小桥外、新绿溅溅。凭阑久，黄芦苦竹，拟泛九江船。

年年。如社燕，飘流瀚海，来寄修椽。且莫思身外，长近尊前。憔悴江南倦客，不堪听、急管繁弦。歌筵畔，先安簟枕，容我醉时眠。

《少年游·并刀如水》：

并刀如水，吴盐胜雪，纤手破新橙。锦幄初温，兽烟不断，相对坐调笙。

低声问向谁行宿，城上已三更。马滑霜浓，不如休去，直是少人行。

《虞美人·正宫·第三》：

玉筯才掩朱弦悄。弹指壶天晓。回头犹认倚墙花。只向小桥南畔、便天涯。
银蟾依旧当窗满。顾影魂先断。凄风休飐半残灯。拟倩今宵归梦、到云屏。

《玉团儿·双调》：

铅华淡伫新妆束。好风韵、天然异俗。彼此知名，虽然初见，情分先熟。
炉烟淡淡云屏曲。睡半醒、生香透肉。赖得相逢，若还虚过，生世不足。

《扫地花·双调》：

晓阴翳日，正雾霭烟横，远迷平楚。暗黄万缕。听鸣禽按曲，小腰欲舞。细绕回堤，驻马河桥避雨。信流去。想一叶怨题，今在何处。
春事能几许。任占地持杯，扫花寻路。泪珠溅俎。叹将愁度日，病伤幽素。恨入金徽，见说文君更苦。黯凝贮。掩重关、遍城钟鼓。

《玲珑四犯·大石》：

秾李夭桃，是旧日潘郎，亲试春艳。自别河阳，长负露房烟脸。憔悴鬓点吴霜，念想梦魂飞乱。叹画阑玉砌都换。才始有缘重见。
夜深偷展香罗荐。暗窗前、醉眠葱蒨。浮花浪蕊都相识，谁更曾抬眼。休问旧色旧香，但认取、芳心一点。又片时一阵，风雨恶，吹分散。

我不断欣赏周邦彦，只不过是想带着"神理骨性"去见他。

宋词的字、词、句、章

从"闹""弄""偷""影""敲"等字看宋词大家的炼字功夫

古人善炼字，今人大不如。宋词人往往矫情，一句三年得，吟时泪两行。

"闹"字。

宋代宋祁："绿杨烟外晓寒轻，红杏枝头春意闹。"粉红的杏花开满枝头，春意妖娆。王国维评说："著一'闹'字，意境全出。"李渔却认为这个字用得无理："争斗有声谓之闹，桃李争春则有之。红杏闹春，予实未之见也。'闹'字可用，则'吵''斗''打'字皆可用矣。"

其实，这一"闹"字，正是从"吵""斗""打"等字中炼出来的。使人联想，红杏上头还有蜂蝶飞舞，春鸟和鸣，春意盎然。

宋代陈亮《水龙吟·春恨》："闹花深处层楼，画帘半卷东风软。""闹花"，形容百花争艳。"闹"字烘托出花的神志，把花写活了。

宋代晏几道《临江仙·浅浅余寒春半》："风吹梅蕊闹，雨细杏花香。"梅蕊在春风的引逗之下闹了起来，既给人视觉上的冲击，更为下句"雨细杏花香"的"香"字做了铺垫和牵引。

宋代仲殊《南柯子·十里青山远》："绿杨堤畔闹荷花。"

宋代姜夔《念奴娇·闹红一舸》："闹红一舸。"

宋代吴文英《如梦令·秋千争闹粉墙》："秋千争闹粉墙。"

宋代曾觌《点绛唇·庆即席上》："闹蛾雪柳。"

宋代无名氏《捣练子·林下路》："翠荷闹雨做秋声。"

宋代洪咨夔："风雪闹鹅鹜。"

宋词中还有许多带"闹"字的词句，在成千上万的动词中，炼出一个"闹"字，全句皆活，全词皆活。意境焉能不出？

"弄"字。

宋代苏轼《水调歌头·明月几时有》："起舞弄清影，何似在人间。"

宋代秦观《鹊桥仙·纤云弄巧》："纤云弄巧，飞星传恨。"

宋代张先《天仙子·水调数声持酒听》："云破月来花弄影。"

宋代柳永《望海潮·东南形胜》："羌管弄晴。"

宋代黄庭坚《登快阁》："万里归船弄长笛。"

宋代李清照《蝶恋花·暖雨晴风初破冻》："夜阑犹剪灯花弄。"

宋代欧阳修《蝶恋花·海燕双来归画栋》："花里黄莺时一弄。"

宋代苏轼《昭君怨·送别》："谁作桓伊三弄。"

宋代杨泽民《华胥引·征车将动》："弄纤纤、向人轻馓。"

宋代陆游《点绛唇·采药归来》："醉弄扁舟，不怕黏天浪。"

宋代晏几道《菩萨蛮》："哀筝一弄湘江曲。"

宋代贺铸《眼儿媚》："萧萧江上荻花秋，做弄许多愁。"

宋代米芾《满庭芳》："花骢弄，月影当轩。"

宋代贺铸《木兰花》："清琴再鼓求凰弄。"

宋代秦观《桃源忆故人》："听彻梅花弄。"

宋代苏轼《渔家傲》："梅笛烟中闻几弄。"

宋代毛滂《感皇恩》："小小微风弄襟袖。"

宋词中的"弄"字多了去了。大部分"弄"字，作动词，也有借作名词。凡著"弄"字者，皆出色。不出一"弄"字，无以显其神，无以出其韵，神来之字"弄"也。

"偷"字更了得。

查字典，"偷"字有四意。一、窃取。二、行动瞒着人。三、抽出时间。四、苟且。在宋词人眼中，词性有如下变化。作动词，作名词，作副词，作形容词，词意大多为贬义。但经宋人一炼，贬义出了彩，出了色。

宋代程颢："时人不识余心乐，将谓偷闲学少年。"
宋代林逋："霜禽欲下先偷眼，彩蝶如知合断魂。"
宋代李清照："韩令偷香，徐娘傅粉。"
宋代刘攽："唯有南风旧相识，偷开门户又翻书。"
宋代史达祖："做冷欺花，将烟困柳，千里偷催春暮。"
宋代赵汝茪："怪别来、胭脂慵傅，被东风、偷在杏梢。"
宋代苏轼："有意偷回笑眼，无言强整衣纱。"
宋代贺铸："羞把香罗偷解。"
宋代贺铸："前夜偷期，相见却匆匆。"
宋代吕渭老："记年时、偷掷春心。"
宋代欧阳修："偷回波眼，佯行佯坐。"
宋代扬无咎："诮不解、佯嗔偷闷。"
宋代晏几道："对镜偷匀玉簪，背人学写银钩。"
宋代方回："吾虽偶不死，生涯殊苟偷。"
宋代释子益："独许波旬知此意，半偷欢喜半搥胸。"
宋代吴芾："大田一雨浑沾足，邻壤群偷更伏藏。"
宋代陈亚："如僧清早厨边过，偷却黄兴料里蹄。"
宋代晏几道："珠帘不禁春风度，解偷送余香。"
宋代杨万里："粟黄荞白未全秋，谁报乌衣早作偷。"
宋代晁补之："独看小桥官柳，泪无言偷满。"
宋代周邦彦："最惜香梅，凌寒偷绽，漏泄春消息。"
宋代释善珍："不觉春风红紫闹，老翁偷入少年场。"
宋代周密："东风千树易老，怕红颜旋减，芳意偷变。"
宋代杜安世："月下风前，偷期窃会，共把衷肠分付。"
宋代曾巩："二年委质系官次，一日偷眼看青山。"

从上述例证可以看出，动词、形容词、名词、副词词性全了，宋人并非信手拈来，而是以偷字炼字，赋予"偷"字以性命，活灵活现，一字得力，全篇生辉。

宋人常炼之字，还有"暗""恨""破""残""影""下"等，举不胜举，美不胜收。

古人常炼字，全得益于汉字的多意，总有一字合我，出色、出彩，惹得今人或西人丈二和尚摸不着头脑，奥妙之处，不得不服！炼字之功，不可不学！

动宾结构在宋词中的妙用

动宾结构,是现代汉语里的语法概念,以现代人的眼光看古代人的词句,赞的是宋词人的接地气、宋词人的"经典咏流传"。

广西师范大学文学院高娜教授在一文中说,"独上高楼",作为一个普通的动宾结构,在宋词中具有十分特殊的意义。它与"拍阑""凭阑"意象彼此结合,成为宋词中极具代表性的行为动作,因而其审美意蕴极为丰富。

黑龙江师专宋佳东说:词之真谛在可谈与不可谈之间,许多词句都是词人传情言志之载体,是词人真情实感之流露。

我检索了一下,《全宋词》中"饮酒""登高""断肠"等简单得不能再简单的动宾结构,其使用远远超过其他历史阶段,可谈乎?不可谈乎?

谈,继续谈。

宋代著名女词人朱淑真是动宾结构"断肠"一词的使用高手。其现存的"断肠"词句,莫不以自己的真情实感讴歌情怀,畅述情志。无论是阳光明媚的春天,还是酷暑炎炎的盛夏,无论是悲凉萧瑟的秋天,还是寒风凛冽的隆冬,她都以"断肠"句打动人心。——朱淑真研究者高国本如斯说。

动宾结构在宋词里的妙用,还可列举许多经典。如对名词"月",前缀多种动词,使之意境突现。如"闭花羞月""敲月""问月""踏月""推月",等等。

对"梅"字的动宾搭配。

李清照《清平乐·年年雪里》:"年年雪里。常插梅花醉。挼尽梅花无好意。赢得满衣清泪。""今年海角天涯。萧萧两鬓生华。看取晚来风势,故应难看梅花。"

宋代方岳:"忽翻残雪啄梅花。"

动词引领宾语并做了宾语的主,非常难以出色,因此宋词人在这方面尤为下功夫,上文所讲到的在"闹""弄""偷""破"等字上的锤炼之功,是必须全神贯注地去学,以积跬步。

这里再来谈谈宋词人在动宾结构上的反常用法。

一般来说,一个动词加上一个名词、代词、形容词,构成动宾结构,这是正常用法,宋词人偏偏不,别出心裁地做了调整,往往出新意,出色彩,令人拍案叫绝,如张先:"东窗未白孤灯灭。"

这类动宾结构,反用,出彩!

倒装句式的神奇效果。

倒装句式与动宾反用,异曲同工,只不过一是词,一是句。

宋词的倒装句式,主要有主谓倒装、动宾倒装、定语后置和状语后置。这里分别举例。

主谓倒装：

苏轼："故国神游，多情应笑我。"——笑我多情。

柳永："明月楼高休独倚。"——独倚明月楼高。

晏殊："小园香径独徘徊。"——徘徊小园香径。

李清照："帘卷西风，人比黄花瘦。"——西风卷帘。

欧阳修："垂杨紫陌洛城东。"——洛城东垂杨紫陌。

动宾倒装： 见前举例。

定语后置：

顾名思义，定语后置就是定语在所修饰的词后。

辛弃疾："听取蛙声一片。"——一片蛙声。

张先："春山眉黛低。"——低低的春山眉黛。

张先："梯横画阁黄昏后。"——黄昏后的画阁。

状语后置：

晏殊："杨柳风轻。"——风儿轻轻地吹拂杨柳。

柳永："长安古道马迟迟。"——马缓缓地行走在长安古道上。

谈了宋词的字、词、句，再来谈谈宋词的章。

章即全篇、通篇。 这里谈谈我感悟最深的宋词倒叙章法。

宋词每每是先写景，再叙情，最后用画龙点睛之笔显意煞尾。但也有劈头一两句便出警语，统领全篇，写景叙情于其后。犹如描绘一美人，何必评头论足、娓娓道来，不如直接描写当中一段情，写女人的灵与魂、血与肉来得透彻。

王安石《清平乐》："留春不住。费尽莺儿语。满地残红宫锦污。昨夜南园风雨。　小怜初上琵琶。晓来思绕天涯。不肯画堂朱户，春风自在杨花。"

晏几道《蝶恋花》："醉别西楼醒不记，春梦秋云，聚散真容易。斜月半窗还少睡，画屏闲展吴山翠。　衣上酒痕诗里字，点点行行，总是凄凉意。红烛自怜无好计，夜寒空替人垂泪。"

苏轼《江城子》："十年生死两茫茫。不思量。自难忘。千里孤坟，无处话凄凉。纵使相逢应不识，尘满面，鬓如霜。　夜来幽梦忽还乡。小轩窗。正梳妆。相顾无言，惟有泪千行。料得年年肠断处，明月夜，短松冈。"

秦观《减字木兰花》："天涯旧恨。独自凄凉人不问。欲见回肠。断尽金炉小篆香。　黛蛾长敛。任是春风吹不展。困倚危楼。过尽飞鸿字字愁。"

以上宋词，均用倒叙章法，意在词先，句首概括，统领全词，直截了当。烙印人心。妙招！高招！

这篇小文,从宋词的字、词、句、章,谈了自己对宋词的分析和感悟,不当之处,不吝赐教。

另补:宋词人为何在词、句上甚至章上欢喜用倒装呢?我认为原因如下:

一、内容表达的需要。采用句法上的倒装或是篇章上的倒叙,以期达到表情达意的最佳功效,锻造出种种精炼、含蓄而又明快、生动的语言风格。

二、平仄、押韵的需要。宋词人特别注重词句的格律、音韵之美,所以调动词序,以不破韵出格。

宋词人多为语言大师,所用倒装并不让人感到生涩、难懂,反而让人感到耳目一新、精炼含蓄,从内容到形式都和谐统一。

俚语俗句在宋词里的运用和效果

宋词往往婉丽典雅,一旦出现了俚语俗句,便会有另一番意趣,让人感到接地气,合人情,近人欲。

柳永是这方面的高手。王灼在《碧鸡漫志》里说柳词"浅近卑俗,自成一体。不知书者尤好之"。

下面试举例一二。

柳永《玉女摇仙佩·佳人》:"飞琼伴侣,偶别珠宫,未返神仙行缀。取次梳妆,寻常言语,有得几多姝丽。拟把名花比。恐旁人笑我,谈何容易。细思算、奇葩艳卉,惟是深红浅白而已。争如这多情,占得人间,千娇百媚。 须信画堂绣阁,皓月清风,忍把光阴轻弃。自古及今,佳人才子,少得当年双美。且恁相偎倚。未消得、怜我多才多艺。愿妳妳、兰心蕙性,枕前言下,表余深意。为盟誓。今生断不孤鸳被。"

柳永《定风波》:"自春来、惨绿愁红,芳心是事可可。""早知恁么。悔当初、不把雕鞍锁。""针线闲拈伴伊坐。和我。免使年少,光阴虚过。"

张先《醉垂鞭》:"双蝶绣罗裙。东池宴。初相见。朱粉不深匀。闲花淡淡春。 细看诸处好。人人道。柳腰身。昨日乱山昏。来时衣上云。"

欧阳修《青玉案》:"一年春事都来几,早过了、三之二。绿暗红嫣浑可事。绿杨庭院,暖风帘幕,有个人憔悴。 买花载酒长安市,又争似、家山见桃李。不枉东风吹客泪。相思难表,梦魂无据,惟有归来是。"

彭元逊《六丑》:"似东风老大,那复有、当时风气。"

僧挥《金明池》:"深深态、无非自许;厌厌意、终羞人间。""争知道、梦里蓬莱,待忘了余香,时时音信。"

李清照《念奴娇》:"被冷香消新梦觉,不许愁人不起。"

李清照《永遇乐》:"落日熔金,暮云合璧,人在何处?""如今憔悴,风鬟霜鬓,怕见夜间出去。不如向、帘儿底下,听人笑语。"

宋代大词人以俚语俗句入词的实例还有许多,不一一举例。

山珍海味吃腻了,来点小白菜间间口,实在清爽;红茶喝多了,来点绿茶压压口,又觉清新。

其实,宋词人以大量俚语俗句入词,还有几个原因。

一、创作态度上。两宋词,属文人词,不管是婉约还是豪放,讲究一个"雅"字,久而久之,形成了典雅含蓄之风气,而力求一变的词人,以俚语俗词入词,一扫时人之风气,如清风拂面,自然清朗,令人耳目一新。

二、社会实践上。有骨气的词人,看不惯宫廷昏庸、上层酸腐,往往混迹酒肆歌楼,扎根于民间,言语之中当然以接地气、通人情、显人欲为傲。

三、传播效果上。正因为这类词大量出现,既彰显传播者之心态,又深入受众的心扉,传播效果不言而自泛。难怪时人有评曰:凡市井处,必闻柳永词。

两宋俚语俗句词承上启下之功效也相当明显,上承诗经、乐府、汉赋,下开元曲先河,其功不可没也。

怎一个愁字了得?
——兼谈宋词人的忧患意识

大宋王朝三百年,有鼎盛,更有风雨飘摇。作为文人来说,盛世当然歌颂太平和风花雪月;到了外邦入侵、国家混乱之际,有的投笔从戎驰骋疆场杀敌报国,但更多的是把一腔热血托付给了手中之笔,极尽能事地把一个"愁"字表现出来。据不完全统计,《宋词三百首》中直接提到"愁"字的就有近80首。下面结合实例来谈谈宋词人究竟哪来这许多愁。我把宋词人之"愁"概括为情愁、乡愁、离愁和国愁四个方面来论述。

一、情愁

柳永《八声甘州》:"想佳人,妆楼凝望,误几回,天际识归舟。争知我,倚阑处,正恁凝愁。"我思念的佳人,恐怕此时也正在妆楼上思念我吧,可是一艘艘归来的船上，并没有他的身影，有谁能知道，我正倚栏焦急地思念他呀。

晏几道《阮郎归》："衾凤冷，枕鸳孤，愁肠待酒舒。"被冷，枕孤，满腹的愁怨只有靠酒来缓舒。

秦观《减字木兰花》："困倚危楼，过尽飞鸿字字愁。"我困倦地在高楼上凝望，南飞的大雁变换着队形，请将我的思念带给心上人吧。

毛滂《惜分飞》："泪湿阑干花著露，愁到眉峰碧翠。"我的眼泪像露珠一样滴在栏杆上，石峰上的一片葱绿正锁着我心上的忧愁。

李清照《声声慢》："梧桐更兼细雨，到黄昏，点点滴滴，这次第，怎一个愁字了得。"黄昏的时候，细雨顺着梧桐树叶滴落下来，就像我心中的哀愁。

二、乡愁

柳永《竹马子》："指神京，非雾非烟深处，向此成追感，新愁易积，故人难聚。"无时无刻不在思念故乡，在一片迷蒙的烟雾之中。我一遍又一遍地把你思念，旧愁刚散去，又添了新愁。家乡的故人再也难聚首。

张炎《月下笛》："万里孤云，清游渐远，故人何处？此时心事良苦，只愁重洒西州泪，问杜曲，人家在否？"故乡啊，你在哪？亲人啊，你在哪？我为了你，一遍遍地流着伤心的泪。

贺铸《石州慢》："犹记出关来，恰如今时节。回首经年，杳杳音尘都绝。欲知方寸，共有几许新愁。"还记得离家远行的那一刻，仿佛就在昨天。如今家乡的音信全无，旧恨新愁满心头。

蔡伸《柳梢青》："丁香泣露残枝，算未比，愁肠寸结。自是休文，多情多感，不干风月。"丁香花像是在残枝上哭泣，但仍比不上我心头的愁结，其实我的哀愁都与风月无关，全都是为了你，我的故乡。

三、离愁

张元干《石州慢》："长亭门外山重叠，不尽眼中青，是愁来时节。"春回大地，羁旅途中长亭门外。我漂泊天涯，心中的酸甜苦辣向谁诉说？

蔡伸《苏武慢》："书盈锦轴，恨满金徽，难写寸心幽怨，两地离愁。"我就像苏武牧羊，难回长安一样痛苦，思念的书信再长，也写不完我寸心里的离愁。

晏殊《踏莎行》："一场愁梦酒时醒，斜阳却照深深院。"做了一场愁思难解的梦，醒来时只有夕阳斜照着深深的庭院。我一腔的离愁啊，向谁人诉说！

晏殊《踏莎行》："祖席离歌，长亭别宴，斜阳只送平波远，无穷无尽是离愁。"别宴上又唱起悲伤的离歌，斜阳西沉不留人，离愁又上离人心头。

范仲淹《苏幕遮》："黯乡魂，追旅思，夜夜除非，好梦留人睡。明月楼高休独倚，酒入愁肠，化作相思泪。"离愁难了，寄托梦中，借酒消愁愁更愁，滴滴相思泪。

韩缜《凤箫吟》："锁离愁，连绵无际。"我的离愁，锁结在心里，绵绵不断，挥之不去。

欧阳修《踏莎行》："离愁渐远渐无穷，迢迢不断如春水。"家乡越来越远，离愁越来越浓，就如长长的春水。

张先《一丛花》："伤高怀远几时穷，无物似情浓，离愁正引千丝乱，更东陌，飞絮蒙蒙。"没有什么比我的思乡离愁更浓的了，满眼飞絮迷蒙，我的思绪千丝缠绕，乱成一片。

四、国愁

周邦彦《西河》："佳丽地，南朝盛世谁记。山围故国绕清江，怒涛寂寞打孤城。断崖树，犹倒倚，莫愁艇子谁系？燕子不知何世，相对如谈兴亡，斜阳里。"人间沧桑，物是人非，南朝昔日的繁华，已无人记起，连莫愁女心中都充满哀愁。那双燕，呢喃细语，恐怕也在说国家的兴亡吧。此词出于专事言情的周邦彦之口，对宋王朝的衰盛做如此哀叹，也算是感慨国愁了。

贺铸《青玉案》："试问闲愁都几许，一川烟草，满城风絮，梅子黄时雨。"这首词表面上看，写的是对心中人的眷恋，但结句用三个败景作比喻，恐怕另有深意。其实不难揣摩，词人是在用曲笔，表达对国家衰败内心的隐忧罢了。

鲁逸仲《南浦》："故国梅花归梦，愁损绿罗裙。"只有在梦中才能看到故国的梅花了，君不见，美人的罗裙也被这一"愁"字磨损了。

辛弃疾《汉宫春》："清愁不断，问何人能解连环。"这首词从内容上看，是写南渡之后，词人对朝廷充满了怨恨，词人在惜春、恋春之后，隐晦地表达了自己对朝廷苟安江南的不满。"清愁"句则是写自己报国无门的怨恨。

辛弃疾《水龙吟》："遥岑满目，献愁供恨"，"江南游子，把吴钩看了"，"可惜流年，忧愁风雨"，"倩何人换取，红巾翠袖，揾英雄泪"。这首词中的这些片段，写尽了词人南渡前后的悲伤，令人忧愁的国运，飘摇风雨中，而词人已感年老，有谁来抹去英雄失志的热泪呢？

赵佶《宴山亭》："愁苦，问院落凄凉，几番春暮？"这首词当然是写见杏花之伤愁，但词中所流露的对故土沦陷的哀愁也令人无比心痛。

好了，宋词人笔下的哀愁暂且说到这里。

何谓"愁"，心上秋也，也即忧患意识。不难看出，大宋盛世时，词人也多"心上秋"，而到了国破家亡时，这种愁尤为强烈。充满忧患意识的词人有的弃笔从戎，跃马横枪，驰骋沙场，奋勇杀敌，有的则利用手中之笔，为我们留下了充满忧患意识的词篇，令后人赞叹不已！

悲歌一曲话柳永
——兼论宋词人之幸与不幸

我并不想颠覆前人就词论词、就词人论词人的一些论述，而是想从更宽广的层面上试图对宋词大家柳永做一些特征上的分析，也兼论一下宋词为何能在历史上留下光辉灿烂的篇章。

我想以一个"悲"字来定义柳永。

柳永是宋初的一位既普通又特殊的词人。说他普通，是因为在当时及稍后的南宋，像他一样的词人太多了。说他特殊，则是因为他的身世、仕途，特别是他的结局又极具个性特征。

柳永（约984—约1053），原名三变，字景庄、耆卿，也算是出身官宦之家，祖父柳崇、父亲柳宜，是朝廷命官。但他的科举、仕途都一波三折，相当不顺。四次参考，都屡屡落第，直至暮年，方中进士。个中原因是多方面的，但有一点是可以肯定的，即年少轻狂，自恃有才，放荡不羁，其时大量词作艳丽婉曲，特别是屡试不第后，多有怨言，不得朝廷及皇上的青睐。他有一词，名为《鹤冲天·黄金榜上》，有句云："忍把浮名，换了浅斟低唱。"仁宗皇帝看了后便大笔一挥：既然你想要浅斟低唱，何必在意虚名？刻意将他从榜中除名。此后他便对科举大失所望，真的专注填词去了。怀才不遇，是他的一悲。

柳永还有一悲。史载，他的真爱与之不睦，离他而去。信奉感情至上的柳永哪堪忍受，便肆无忌惮地混迹青楼，更放荡不羁了。

还有更悲的是，柳永晚年穷困潦倒，孑然一身，辞世后竟无人替他料理后事。幸有几位舞女歌妓、红颜知己出面，凑了些银两，将他安葬，并于祭日到他坟前祭奠，史称"吊柳七""吊柳会"。而且遂成习俗，一直延续到南渡之后才作罢。

怀才不遇，情感受挫，潦倒终身，这就是集于他一生的三大悲景。

柳永的不幸反倒成全了他，历史为他关上了一扇门，却又为其开了一扇窗，他从悲伤之窗中走出，创作了大量脍炙人口的词作，成为人们交口称赞的词作大家。据记载："凡有市井处，必闻柳词诵颂。"

据宋词专家叶嘉莹研究，柳词有几大特点：一、内容上反映下层市民的词作居多，社会贴近性强；二、柳永不仅词量巨大，而且自度曲也是宋词人中最多的;三、创作上手法独特,其词的艺术成就不仅影响了同时的周邦彦、苏轼等人,而且为后来南宋诸多词作大家所推崇,词作被竞相模仿。

写到这里,我想把柳永的一曲曲悲歌摘录几段,让我们牢牢记住这位悲情词作大家。

《竹马子》:"登孤垒荒凉,危亭旷望,静临烟渚。对雌霓挂雨,雄风拂槛,微收残暑。渐觉一叶惊秋,残蝉噪晚,素商时序。览景想前欢,指神京、非雾非烟深处。 向此成追感,新愁易积,故人难聚。凭高尽日凝伫,赢得消魂无语。极目霁霭霏微,暝鸦零乱,萧索江城暮。南楼画角,又送残阳去。"

《迷神引》:"秦楼阻,旅魂乱。芳草连空阔,残照满。佳人无消息,断云远。"

《玉蝴蝶》:"目送秋光。晚景萧疏,堪动宋玉悲凉","指暮天、空识归航。黯相望。断鸿声里,立尽斜阳"。

《夜半乐》:"惨离怀,空恨岁晚归期阻。凝泪眼、杳杳神京路。断鸿声远长天暮。"

《戚氏》:"蝉吟败叶,蛩响衰草","念名利,憔悴长萦绊。追往事、空惨愁颜","渐呜咽,画角数声残。对闲窗畔,停灯向晓,抱影无眠"。

看了柳词悲声连连,心中自然凄凉。如果只是他一人悲叹也就罢了,偏偏两宋如此愁极的词人有一大堆。

从皇帝徽宗赵佶开始,就有亡国之悲,辛弃疾、岳飞、陈亮等又有空怀壮烈之悲,陆游、李清照等又是情感之悲,欧阳修、晏殊、王安石、秦观等更有黍离之悲,他们犹如一起奏响了宋词的悲怆交响曲,使整个两宋词坛里充满了悲凉之音。

我认为,社会的动荡不安、词人自身的际遇,自然造成了他们的不幸,但从另一角度来看,他们的不幸又孕育了他们的大幸。这一大幸主要体现在他们以一曲曲悲歌把宋词推向了一个文学领域的巅峰。

我想从以下三个方面来做些阐述。

一、中国是文明古国,在文学创作方面,从汉赋、唐诗到宋词,一脉相承。宋词人血脉里流淌着几千年以来中华民族优秀的、高贵的人文血液,到了厚积薄发的时候了。

二、上之所好。宋代是通过兵变得到政权的,因此也怕旧事重演,故而杯酒释兵权,定下了重文轻武的国策。作为最高统治者的皇帝当然身践力行,到了第八代皇帝宋徽宗更是成了一位才子皇上。他喜爱文艺,尤在诗词书画方面成就非凡,自然引得了一大批跟随者,宋代在词作方面确实造就了一大批词作大家，把宋词推向了一个光辉的顶点。

三、雄厚的物质基础。中国是世界上四大文明古国之一。从秦、汉的大一统，发展到唐宋强盛时期，有了相当雄厚的社会物质基础。

从世界发展史来看，四大文明古国中的古埃及，只是沉寂在金字塔的光环之中，古巴比伦王国也就剩下了空中花园，而印度则弥漫在一片佛声里，只有大宋王朝，迎来了精神文明与物质文明的光辉时代。

据西方学者研究，当时宋朝的物质基础无与伦比，宋朝的都城是当时世界上最发达的城市，从宋时的社会画卷《清明上河图》中便可得到印证。试想如果没有如此雄厚的物质基础，能出现宋朝的士大夫阶层吗？人们若为温饱而奔波，宋代词人们岂不要饿着肚子去填词？

综上所述，这确实是宋词人不幸中的大幸！

诗言志，悲愤出诗人；词言志，悲愤出词人。正是因为有这么多悲愤词人的存在，才使宋词的存在和发展有了无穷的动力，据统计，两宋时期的300多年间共有词人1 330多家，词作约2万多篇，其艺术水平也举世公认。四大文明古国中，只有中国永立于世界民族之林，而当今所谓的西方文明也只是到了14—16世纪所谓文艺复兴时才逐渐发展起来，西方也只是在近现代才有了一席之地。

荣耀啊中华，荣耀啊宋词，荣耀啊不幸之中又大幸的宋词人！

秦观《踏莎行》"起、承、转、合"之评说

起、承、转、合，是词谋篇布局的关节点和关键点。

下面就这四个字略做阐述。

起，即起句。扣紧题目，引出所叙、所描事物，往往有统帅全词，奠定基调的作用。

起又有明起、暗起、陪起、反起、兴起等诸多样式。

明起，即起句直接点题；暗起，即起句中没有出现标题的字眼，而是通过事物的特征，暗含题目的本意；陪起，就是先借其他事物，引出本题；反起，即不从题目正面说起，而从反面引出本题；兴起，就是由作者内心所怀所感，引出题目本意。

承，就是承接连贯，起承上启下、铺垫蓄势、提供依托、扩展主题的作用。

转,即转变,转变上述内容的氛围、意境,或由景入情,或由情入景,旁敲侧击,转换思路,深化主题。

合,即把全词的文字、内容、意境连缀成一个完美的整体,凸显主题,统领全篇。

下面再结合秦观《踏莎行》来领略一下秦观在这四个字上的功夫。

秦观《踏莎行》:

雾失楼台,月迷津渡。桃源望断无寻处。可堪孤馆闭春寒,杜鹃声里斜阳暮。

驿寄梅花,鱼传尺素。砌成此恨无重数。郴江幸自绕郴山,为谁流下潇湘去。

词的起,即起句,讲究气势,最好是用典雅之语句,导出全词的蕴含之意境,就妙了。

请看,"雾失楼台,月迷津渡"。楼台在淡淡的烟雾里迷蒙,津渡也在朦胧的月光里隐现,词一开头,就将读者带进了一个典型的朦胧之境里,可以想象,秦观这位白衣秀士,若有所思,文笔开始发端了。

果不出所料,承接句"桃源望断无寻处"。"桃源"一境并不突兀,桃源,这一词人心中的意象,曾教多少人向往,多少人追寻。那桃花盛开的地方,不仅是一位遭贬之人的心灵家园,就普通大众来讲,也是梦寐以求的啊。

接下来陡然一转折,不叫你不潸然泪下:"可堪孤馆闭春寒,杜鹃声里斜阳暮。"

史载,此时的秦观正处遭贬途中,孤身一人,一谪南荒,寄慨身世,怎能忍受得了独处在孤寂的客馆,独处在春寒料峭、斜阳西下、杜鹃声声哀鸣的环境中!

"驿寄梅花,鱼传尺素。砌成此恨无重数。"这又是一转,在孤馆、春寒中,远方的友人,也许是爱人,捎来了音信,寄来了温暖的关心和嘱咐,却平添了秦观深深的别恨离愁。这一转,可谓精准,何谓精准?全在转到了一个"恨"字上,眼前的一切、心中的一切,全归结为一个"恨"字,而这一"恨"字,正是词人当时心境的最好写照,最完美的体现!

"郴江幸自绕郴山,为谁流下潇湘去。"全词的结句,也即所谓的"合"。郴江啊,郴江,你就绕着你的郴山自流去罢了,为什么偏偏要流到潇湘去呢?

要最大程度地解读这一"合"之贴切,还得跳开词句,再来看看秦观这一"合"的含义。

绍圣元年(1094),秦观因新旧党争先贬杭州,后又被罗织罪名贬谪郴州,并被削去所有官爵和俸禄,接着又被贬雷州。

秦观怅然了。他慨叹自己就像这绕着郴山的郴江,也是不由自主地流向潇湘而去,自己也不知道要被带到怎样的苦涩、荒凉的远方啊。失意人的凄苦和哀怨全在这一"合"里体现无遗了。

综上所述,秦观的这首《踏莎行》在起、承、转、合各个档口均有出色的表现。可以断定,秦观作此词,这等精准的章法,并非随便拈来,而是烂熟于心,意在笔先。

总结一下,一首好词必须讲究起、承、转、合,起要精彩、夺目、蕴情,承要自然、贴切、深拓,转要合时、合意、合适,合要纵横、捭阖、深邃。

我推崇这一观点,我赞美秦观之践行。

从廖世美的《烛影摇红》谈谈对词牌的选用

廖世美《烛影摇红》一词对词牌的选择较有特色,本文试论之。

清人王奕清等奉命编撰的《钦定词谱》收词牌826调,近年出版的《宋词全集》一书中则收词牌1107个,为词人填词提供了依据,而宋人常用的词牌只有40多个。这40多个词牌可以理解为宋人欢喜用的词牌。那么,宋人为何欢喜用这些词牌呢?试从词牌的功用和来源两方面来分析。

先谈词牌的功用。词,是用来歌唱的韵文形式,尤在宋代,词人往往先写成韵文形式,或自度曲,或拿到坊间让词工或歌伎作曲,然后歌咏,传播。渐渐地在字数、平仄、韵律等方面有了固定的格式,久而久之,40几个词牌就出现了,且被固定了下来。

再从词牌的来源来分析。

关于词牌的由来,有三种情况:1.本来是乐曲的名称。如《菩萨蛮》《西江月》《风入松》《蝶恋花》等,这些有的来自民间,有的来自宫廷或官方。2.取词中的几个字作为词牌,例如《忆秦娥》,出自李白的"箫声咽,秦娥梦断秦楼月";《忆江南》,出自白居易的一首咏江南的词,最后一句是"能不忆江南";《浪淘沙》咏的是浪淘沙,《更漏子》咏夜,《抛球乐》咏抛球;等等。

词到了宋代的词人手里,他们固然重视词牌的歌唱特征,但更重视的是词牌的文学色彩,于是丢弃了原词牌作为词谱的代号的意义,而大量"自度曲",大胆自我设计选择词牌了。

廖世美的这首《烛影摇红》便是。

《烛影摇红·题安陆浮云楼》:

霭霭春空，画楼森竦凌云渚。紫薇登览最关情，绝妙夸能赋。惆怅相思迟暮。记当日、朱阑共语。塞鸿难问，岸柳何穷，别愁纷絮。

催促年光，旧来流水知何处。断肠何必更残阳，极目伤平楚。晚霁波声带雨。悄无人、舟横野渡。数峰江上，芳草天涯，参差烟树。

《烛影摇红》这一词牌曾被多位宋词人选用。毛滂、王诜、周邦彦、刘克庄、张抡等词作大家都喜用这一词牌。何谓？"烛影摇红"这四个字意境太美了。

廖世美，在安陆浮云楼上以此词牌填词，完全是出于词意的需要。你看：舟横野渡，参差烟树，极目伤平楚，惆怅相思迟暮。烛影摇红，并非该词主旨，词中也没有一句与烛影摇红相关，但词人在众多词牌中独独选用了它，雅味十足，添彩不少。因此，我说它是词意之渲染、扩充和熨帖的选择。

还有一点必须说。即除考虑词牌的文学色彩外，还须考虑词牌约定俗成的分类。如压抑凄凉类宜用《钗头凤》《祝英台近》《金人捧玉盘》《雨霖铃》《莺啼序》《曲玉管》《一斛珠》《扬州慢》《风入松》《阮郎归》《凄凉犯》《惜分飞》等。

缠绵婉转类宜用《鹊桥仙》《点绛唇》《一剪梅》《鹧鸪天》《暗香》《疏影》《长相思》《踏莎行》《浣溪沙》等。

豪放激壮类宜用《兰陵王》《永遇乐》《水龙吟》《清平乐》《破阵子》《渔家傲》《六州歌头》《满江红》《八声甘州》《水调歌头》《贺新郎》《念奴娇》等。

综上所述，我认为词牌的选择要素有三。

一、要适宜咏唱，主要从音、律、韵及普及的程度诸方面考虑。

二、要雅，注重其文学色彩。

三、要有类。写缠绵婉约的词，不宜用慷慨激昂的调。

试论宋词的心理、行为和肖像描写

词，不是小说，不是戏曲，也不是散文，要将这些文体所擅长的心理、行为和肖像描写在短短的几十字，长也不过百十来字的词作中较好地表现出来，是一难题。但宋词人做到了，而且每每出彩、出色。

试举例若干。先看看心理描写。

心理描写是指对人物的心理状态、精神面貌和内心活动进行的描写，最常用的是描写人物的内心独白，写出人物的所思所想，让人物一无遮掩地吐露心声，说出他们的欢乐和悲哀、矛盾和郁愁、忧怨和希望，使读者直接看到其内心世界，同时也凸显了人物的品质或情感。

赵佶《宴山亭》。此词上片写徽宗被掳北行途中看到杏花盛开之景，结句以"愁苦，闲院落凄凉，几番春暮"设问，引下片主人公愁苦之情，做到了情与景的高度融合，突出表现了徽宗这位亡国之君内心郁闷、无奈这一主题。

"凭寄离恨重重，者双燕何曾，会人言语？"燕子啊，你若能讲人语，定要说说我内心的离恨重重吧！

天地遥远，万水千山，昔日繁华的宫殿又在哪里呢？现在又是一个怎样的状况呢？

"怎不思量，除梦里有时曾去"，我朝思暮想的故土啊，只有在梦里才能与你相见。

"无据，和梦也新来不做"，可是近来怎么连思念之梦也没有了。

这些典型的心理活动之描写，真实、细腻地表达出了主人公的悲伤之情。

岳飞的《满江红》："靖康耻，犹未雪。臣子恨，何时灭"，"壮志饥餐胡虏肉，笑谈渴饮匈奴血。待从头、收拾旧山河，朝天阙"。

我的心头之恨啊，何时才能灭？饥餐胡虏肉，渴饮匈奴血！真的是岳飞的行为吗？不是，是岳飞心中激愤，口中豪语！

辛弃疾《祝英台近》："罗帐灯昏，哽咽梦中语：是他春带愁来，春归何处？"主人公内心的活动，靠梦中语流露出来了，是心理活动的一典型写法。《贺新郎》："啼鸟还知如许恨，料不啼清泪长啼血，谁共我，醉明月。"那鸟儿还知道我心里有多少怨恨呢，以至为我苦啼得吐了血，可人世间啊，谁能和我一起沉醉在明月中啊？词人内心的独白，用拟人化的手法描写出来。《青玉案》："众里寻他千百度，蓦然回首，那人却在灯火阑珊处。"寻找心中的爱人，急呀，但蓦然回首，行为上的转折，却欣喜若狂，那心爱的人在远远地痴望着我呢。如此的情语、景语，化为心语汩汩而出。

苏轼《水调歌头》："明月几时有，把酒问青天，不知天上宫阙，今夕是何年。我欲乘风归去，又恐琼楼玉宇，高处不胜寒。起舞弄清影，何似在人间。转朱阁，低绮户，照无眠。不应有恨，何事长向别时圆？人有悲欢离合，月有阴晴圆缺，此事古难全。但愿人长久，千里共婵娟。"

全词均为心理描写，较好体现了词人中秋之夜复杂、细腻的心理活动，特别是对人们的良好祝愿用"但愿人长久，千里共婵娟"句和盘托出，此句也成为千古名句。

苏轼是宋词人中心理描写的高手,全部词作中有61处提及"我"字,大多又是写我的心情,我的心境,其出色的心理活动描写,引起了读者广泛的关注和共鸣,在人们的心里刻下了深深的烙印。他精彩的心理描写,似乎随处可见,这里就不赘述了。

李清照《永遇乐》:"如今憔悴,风鬟霜鬓,怕见夜间出去。不如向、帘儿底下,听人笑语。"我形容憔悴,鬓发蓬松,就怕夜间出去,还不如守在窗儿底下,听听人家的笑语。对李清照来说,这种心态已习以为常,国破夫亡,自己再有才干,再多柔情,又有什么用呢?不如守着窗儿,过一天是一天。

《念奴娇》:"宠柳娇花寒食近,种种恼人天气","征鸿过尽,万千心事难寄","被冷香消新梦觉,不许愁人不起","日高烟敛,更看今日晴未"。心境随着景色的变化而变化,一景一心语,一语一心境,以女人的感触来写女人的心理,可谓细腻至极,满心而发。

《声声慢》:"寻寻觅觅,冷冷清清,凄凄惨惨戚戚。乍暖还寒时候,最难将息。三杯两盏淡酒,怎敌他、晚来风急!雁过也,正伤心,却是旧时相识。满地黄花堆积,憔悴损,如今有谁堪摘?守着窗儿,独自怎生得黑!梧桐更兼细雨,到黄昏、点点滴滴。这次第,怎一个愁字了得!"这首《声声慢》,是词人"愁"心的大暴露,是词人心境的大宣泄,而且多用叠字,不能不使人愁上加愁!这首注重人物心理描写的词作,也因此而成为千古绝唱。

再看看肖像描写。

从人物的刻画层面来看,如果说人物内在的心理描写,最能揪住人心,引起共鸣,那么人物外在的肖像描写则更直接、更清晰地把人物推到你面前,夺你眼球,这也是宋词人最舍得花笔墨的地方之一。

张先《醉垂鞭》:"双蝶绣罗裙。东池宴,初相见。朱粉不深匀,闲花淡淡春。细看诸处好,人人道,柳腰身。昨日乱山昏,来时衣上云。"

这首非常注重人物肖像描写的词,从佳人的着装"双蝶绣罗裙",到人物的面部修饰"朱粉不深匀""闲花淡淡春",还有她的身段"细看诸处好,人人道,柳腰身",特别是"来时衣上云"一句,把佳人的神韵、气质拿捏得很好,有一种翩翩飘飞而来的仙女,衣服上还依稀飘荡着缕缕仙云的美妙意境,使人陶醉在不尽的美感之中。

欧阳修《诉衷情》:"拟歌先敛,欲笑还颦。"十分传神地把一个歌女的形象通过肖像描写表现出来。

柳永《蝶恋花》:"衣带渐宽终不悔,为伊消得人憔悴。"一个瘦削、憔悴的形象跃然纸上。

柳永《夜半乐》："岸边两两三三,浣沙游女。避行客、含羞笑相语。"浣纱游女活泼可爱的形象,被词人精准地描绘出来。

苏轼《江城子》："尘满面,鬓如霜,夜来幽梦忽还乡。小轩窗,正梳妆。相顾无言,惟有泪千行。"东坡夫妇之间的深沉而执着的感情通过对其肖像的描写,展露无遗。

田为《江神子慢》："铅素浅,梅花傅香雪。冰姿拮。金莲衬、小小凌波罗袜。"

陆淞《瑞鹤仙》："脸霞红印枕。睡觉来、冠儿还是不整。屏间麝煤冷。但眉峰压翠,泪珠弹粉。"

辛弃疾《青玉案》："蛾儿雪柳黄金缕。笑语盈盈暗香去。"

吴文英《澡兰香》："盘丝系腕,巧篆垂簪,玉隐绀纱睡觉。"

吴文英《踏莎行》："润玉笼绡,檀樱倚扇。绣圈犹带脂香浅。榴心空叠舞裙红,艾枝应压愁鬟乱。"

刘辰翁《摸鱼儿》："前宵正恁时候。深杯欲共歌声滑,翻湿春衫半袖。空眉皱。看白发尊前,已似人人有。"

欧阳修《迎春乐》："薄纱衫子裙腰匝。步轻轻、小罗靸。人前爱把眼儿札。"

上述摘录都是宋词中关于肖像描写的经典词句,它们的一个共同特点就是用极其精练的文字,恰到好处地绘声绘色地把人物的外部特征勾勒了出来,再加上汉语言文字奇特的含蓄之美、意境之美,生动地体现了描绘对象的外在形象之美,虽比不上其他文体不惜篇幅地描绘、渲染,恐怕也有中国古典诗词对肖像描写与生俱来的一种独特之处吧。

下面我还要谈谈宋词的行为描写。这又是宋词的一个出彩的地方。它与心理描写、肖像描写共同组成了宋词值得欣赏、值得总结、值得发扬光大的重要方面。

行为描写是刻画人物的手法之一,是塑造人物的主要手段,行动是人物思想性格的直接表现。因此,人物的行为描写就是要抓住人物具有特征性的动作。宋代词人有此天赋,总是自觉或不自觉地把人物行为描写发挥到极致。

辛弃疾《清平乐·村居》："大儿锄豆溪东,中儿正织鸡笼。最喜小儿亡赖,溪头卧剥莲蓬。"大儿子在小溪东边的田里锄草;二儿子正在茅屋外编织鸡笼;最喜欢的是顽皮小儿子正横卧在溪头草丛中,剥着刚刚摘下的莲蓬。

这几句词中,作者通过三个儿子锄草、编织鸡笼和剥莲蓬的行为动作的描写，给人们展现了乡村普通人家的劳动场景，一派田园风光展现在人们的眼前。

辛弃疾《破阵子》："醉里挑灯看剑，梦回吹角连营"，"五十弦翻塞外声，沙场秋点兵"，"马作的卢飞快"，既有个人精准的动作描写，又有声势浩大的大场面行为描绘，均可谓传神之笔。

潘希白《大有》："强整帽檐欹侧，曾经向、天涯搔首。"词人用"强整""欹侧""搔首"三个动作，体现了主人公复杂的内心世界。

吴文英《莺啼序》："殚凤迷归，破鸾慵舞。"用拟人手法，用一个"归"字，一个"舞"字，形象地表现了词人春晚感怀的心境。

辛弃疾《青玉案》："玉壶光转，一夜鱼龙舞。"虽未出现人物，但一个"转"字，一个"舞"字，都惟妙惟肖地把元夕之夜热闹的大场面给"转"了出来，"舞"了出来。

蔡伸《二郎神》："闷来弹鹊，又搅碎、一帘花影"，"日高慵起，长托春醒未醒"。"弹""搅""起""托"四个动词的运用，使整个画面活了起来。

吕滨老《薄幸》："昼寂寂、梳匀又懒"，"记年时、偷掷春心"。一个"梳"字，一个"掷"字，把一个青楼女子大胆活泼的形象凸显出来。

张镃《满庭芳》："儿时曾记得，呼灯灌穴，敛步随音。任满身花影，犹自追寻。"天真儿童活灵活现。

潘牥《南乡子》："应是蹑飞鸾。月下时时整佩环。月又渐低霜又下，更阑。折得梅花独自看。"有时骑着飞鸾上天空，有时在月下整理佩环，夜深人静时，又折来梅花，独自仔细欣赏观看。

苏轼《定风波》："莫听穿林打叶声，何妨吟啸且徐行。竹杖芒鞋轻胜马，谁怕？一蓑烟雨任平生。"莫听那穿林风雨打叶声，我长啸低吟从容徐行，拄着拐杖、穿着草鞋逍遥自在地行走在湖海烟雨里。

周紫芝《鹧鸪天》："梧桐叶上三更雨，叶叶声声是别离。调宝瑟，拨金猊。那时同唱鹧鸪词。"她弹着锦瑟，调弄琴弦，我为她拨动炉中炭火，并一起将《鹧鸪词》唱得情意绵绵。

关于宋词人的心理、肖像和行为描写就欣赏到这儿。不知细心的读者有没有发现，我在前面的文章里已就宋词的字、词、句、章做过评述。现在又对宋词中的心理、肖像和行为做评说，我认为如将这些综合起来吃深吃透，对于提高自己的鉴赏水平和作词水平，肯定是有帮助的。

他山之石

他山之石

王国维的"意境说"

王国维是清末民初的大学问家。他的《人间词话》是集中国古典美学和文学理论之大成的著作。其主要观点就是用"意境说"来衡量诗词的高下。他在《人间词话乙稿序》中很明确地说:"文学之事,其内足以摅已,而外足以感人者,意与境二者而已。上焉者,意与境浑,其次或以境胜或以意胜,苟缺其一,不足以言文学。原夫文学之所以有意境者,以其能观也,出于观我者,意余于境;而出于观物者,境多于意。然非物无以见我,而观我之时,又自有我在。故二者常互相错综,能有所偏重,而不能有所偏废也。文学之工不工,亦视其意境之有无,与其深浅而已。"

王国维又说:古今之成大事业、大学问者,必须经过三种之境界。"昨夜西风凋碧树,独上高楼,望尽天涯路",此第一境也;"衣带渐宽终不悔,为伊消得人憔悴",此第二境也;"众里寻他千百度,蓦然回首,那人却在灯火阑珊处",此第三境也。此等语,皆非大词人不能道。

他又根据意与境的根本关系,从物与我,以及创造意境的不同方式出发,将意境区分为"有我之境"和"无我之境"。

"泪眼问花花不语,乱红飞过秋千去""可堪孤馆闭春寒,杜鹃声里斜阳暮",有我之境也,"采菊东篱下,悠然见南山""寒波澹澹起,白鸟悠悠下",无我之境也。有我之境,以我观物,故物皆著我之色彩。无我之境,以物观物,故不知何者为我,何者为物。

可以看出,王国维是欣赏无我之境的。因为相比于有我之境,无我之境更加自然、和谐,更加浑然天成,更加不留痕迹。所以王国维说,古人为词,写有我之境者多,然未始不能写无我之境,此在豪杰之士能自树立耳。

王国维的"意境说",主要体现在四个方面。

第一,他所谓的"隔与不隔",就是文章贴不贴切,自然不自然。

第二,他将气象、神韵等词拈了出来,来说明有意境的词所应有的东西。气象这个词本身就含有气势酣畅的意思,或博大,或雄深,而不是含蓄的、蕴藉的。

第三，就是真。这个真，就是真诚，只在于真，才能自然，才能不隔。第一、第二的不隔与气象，归于心理层面，都在于真。

第四，就是淡。词语那么平常，没有什么华丽的词藻，淳朴真挚为淡。词风独特的纳兰性德的淡味出自"人生若只如初见"（《木兰花令·拟古决绝词》），又一句"当时只道是寻常"（《浣溪沙·谁念西风独自凉》）。这两句看似平淡，读来却令人动容。"80后"女作家安意如分别用这两句来命名她的书。

王士祯的"神韵说"

王士祯是明末清初的著名官僚，在文坛上也声望显赫，被称为钱谦益之后的文学盟主。史料称其"昼了公事，夜按词人"。康熙皇帝称其"诗文兼优"。

他所倡导的"神韵说"虽主要是诗论，但从内容上来讲，诗词是不分家的，所以其"神韵说"对词亦然。

"神韵说"主要有两个特点。其一是以为文学应该自然天成，追求纯粹的审美情趣，不要受外界力量的影响。其二是"神韵"是极其形而上的概念，与物质相对立，所造之境只能意会，不可言传。以李商隐"蓝田日暖玉生烟"为例，一般认为李商隐的作品晦涩艰深，不易欣赏，而王士祯认为李商隐的作品极好，朦胧优美，意学独特。这种观点颇受道家思想影响。清淡立远，无为追求。"神韵说"的部分关键词："味外之旨""韵外之致""兴会神到""得意忘言""言外之意""不著一字尽得风流"。

袁枚的"性灵说"

袁枚是清乾隆盛世的诗词评论家。著有《随园诗话》。他所提倡的"性灵说"，是对明代以"公安派"为代表的独抒性灵、不拘格套理论的继承和发展。

袁枚"性灵说"的核心是强调直接抒发心灵，表现真实感情。

袁枚所说的"性灵"与"性情"是同义语，是对沈德潜的"格调说"的批评。他不是一概否定"格律"，而是主张以性情为主的自然的、活的格律，而不是束缚人性情的死格律。

他山之石

　　"性灵说"的发生与佛教盛行有关。佛论、佛说喜欢用"心""神""灵""性"等概念。佛学的核心即"心性"。

　　把"心"放在突出重要的地位，是"性灵说"的主要特征。其表现为：第一，确立"心"为文的本源地位；第二，强调"心"作为作者精神的无穷活力；第三，它与传统的"心物感应说"结合，强化了"心"的灵妙创造力。

翁方纲的"肌理说"

　　翁方纲的"肌理说"实际上是对王士禛"神韵说"和沈德潜"格调说"的调整和修正。他用肌理给神韵、格调以新的解释，目的在于复古诗论，与袁枚的"性灵说"相抗衡。

　　翁方纲提出"肌理说"，主张诗词必以考证为准，以肌理为准。"肌理"二字源于杜甫《丽人行》"肌理细腻骨肉匀"之句，肌理本义为肌肉的纹理。翁方纲借用肌理论诗词，意在强调以"六经"为代表的合乎儒家规范的思想和学问，义理为本，变通于法，以考据、训古增强诗词内容，融词章、义理、考据为一体。

　　翁方纲以学问为诗词，用韵语做考据，遭到袁枚"错把抄书当作诗"的严厉批评。

沈德潜的"格调说"

　　沈德潜对晚唐词风明显不满，他说"诗余"，词也，有诗为词开路的意思。

　　沈德潜的"格调说"有三重内涵：体制声律、艺术风貌和品第水准。这使他的格调说呈现出一种集大成的色彩。他从人品、内容、表现方式三个方面规定着"格调说"。

　　其实格调的原意即体格声调。最早的解释包括思想内容和声律形式两个方面。"意"是格，"声"是调，意高则格高，声辨则律清。唐以后的诗词理论中常提及"格高""体负""调逸""声谐"。宋姜夔《白石道人诗说》提到"意格欲高""句调欲清""欲古欲和"。严羽《沧浪诗话》认为诗之法有五，曰体制、曰格力、曰气象、曰兴趣、曰音节。明代李东阳也认为，"诗必有眼，亦必有耳，眼主格，耳主声"。这些都是重视格调之说，到了明代前后七子，才把格调作为一个决定性环节。

宋人主理不主调，于是唐调亡。王世贞说："余所以抑宋者，为惜格也。"

他们认为，汉魏及盛唐以后，诗词的格调下降了，所以主张从格调入手，以复汉魏盛唐之诗歌。

陈廷焯的"沉郁说"

沉，即沉没、沉积。郁，即葱郁。"沉郁"即沉淀、积蓄之意。

清末《白雨斋词话》的作者陈廷焯对"沉郁"进行了阐释，同时将自己的创作主张融入其中，共同构成了"沉郁说"的理论框架。

陈廷焯"沉郁说"的主旨："作词之法，首贵沉郁，沉则不浮，郁则不薄。"即用含蓄的表达方式，与深厚的情感积淀，融合一体。

陈廷焯在《白雨斋词话》中进一步阐明，思想上要以《诗经》《楚辞》为源头，重视温柔敦厚的诗教传统，还主张通过比兴寄托的手法来实现"沉郁"的美学境界——意在笔先，神余言外。情深而幽隐动人，词尽而神韵绕梁。

陈廷焯的"沉郁说"对后来的王国维、吴梅、唐圭璋等学者都有深刻的影响。

况周颐的"沉著说"

况周颐、陈廷焯皆晚清词学大家。陈廷焯的《白雨斋词话》、况周颐的《蕙风词话》、王国维的《人间词话》并称为"清末三大词话"。他们的理论主张均受清代常州词派词论的影响，重视作品的思想内容和主观感情的抒写，是对清代浙西派重格律、重艺术形式的一种矫正。

况周颐的"沉著说"与陈廷焯的"沉郁说"有相似之处，但又有所侧重。

况周颐的"沉著说"是其论词之三要"重、大、拙"的一部分。偏侧"重"字。他说："重者，沉著之谓。在气格，不在字句。"认为词中密处、厚处、重处

他山之石

即"沉著"。

"沉著"反对片面追求形式上的修辞,而讲究一种整体意蕴上的凝重,求凝重中有神韵,措辞用语要求自然朴实,不事雕琢,但又不废雕琢,主张"出自然于追逐",反对作词的纤巧、尖新、轻浮、琐碎,以朴拙胜。这就是他讲求的"沉著"。

李贽的"童心说"

李贽是明末杰出的思想家、文学评论家。他的文学观念"童心说"集中体现在《童心说》一文中,此文收录于其著作《焚书》中。《童心说》虽不是一篇专门论词的文章,但对词的创作发挥着不可低估的作用。

"童心"即赤子之心,"一念之本心",是真心与真人得以成立的依据。他认为文学都必须真实、坦率地表露作者内心的情感和人生的欲望。在李贽看来,要保持"童心",要使作品去伪存真,就必须割断与道学的联系,将那些儒学经典大胆斥为与"童心之言"相对立的伪道学,这在当时僵化的道学环境里有其进步作用。

他认为,儿童是人生的开始,童心是心灵的本源。他认为童心不曾受污染过,因而也是最美的。他说,天下这么多的作品没有不自童心的。所以他对发自内心的好文章最为推崇。

李贽的"童心说",在本质上接近王阳明,又近道家。李贽的所谓童心,一旦受到外界的刺激和影响,便失去了本来面目,即王阳明"良知不能不昏蔽于物欲"。

况周颐《蕙风词话》

1. 诗余之"余",作"赢余"之"余"解,唐人朝成一诗,夕付管弦,往往声希节促,则加入和声,凡和声皆以实字填之,遂成为词。

2. 作词有三要,曰重、拙、大。南渡诸贤不可及处在是。

3. 重者,沈著之谓。在气格,不在字句。

4. 半塘云:"宋人拙处不可及,国初诸老拙处亦不可及。"

5. 词中求词,不如词外求词,词外求词之道,一曰多读书,二曰谨避俗。俗者,词之贼也。

6. 填词要天资,要学力。平日之阅历,目前之境界,亦与有关系。无词境,即无词心,矫揉而强为之,非合作也。境之穷达,天也,无可如何者也。雅俗,人也,可择而处者也。

7. 词笔固不宜直率,尤切忌刻意为曲折,以曲折药直率,即已落下乘。昔贤朴厚醇至之作,由性情学养中出,何至蹈直率之失。若错认真率为直率,则尤大不可耳。

8. 词中转折宜圆。笔圆,下乘也,意圆,中乘也,神圆,上乘也。

9. 词太做,嫌琢,太不做,嫌率。恰到好处,恰够消息。毋不及,毋太过。但看梦窗如何琢,稼轩何尝率,可以悟矣也。

10. 真字是词骨,情真、景真,所作为佳,且易脱稿。

11. 作词最忌一矜字。矜之在迹者,吾庶几免矣,其在神者,容犹在所难免。

12. 凡人学词，功候有浅深，即浅亦非疵，功力未到而已。不安于浅，而致饰焉，不恤颦眉、龋齿，楚楚作态，乃是大疵。

13. 填词先求凝重，凝重中有神韵，去成就不远矣。

14. 词学程序，先学妥帖、停匀，再求和雅、深秀，乃至精稳、沉著。所谓满心而发，肆口而成，掷地作金石声矣。情真理足，笔力能包举之。纯任自然，不假锤炼，则"沉著"二字之诠释也。

15. 填词之难，造句要自然，又要未经前人说过。自唐五代已还，名作如林，那有天然好语，留待我辈驱遣，必欲得之，其道有二，曰性灵流露，曰书卷酝酿。性灵关天分，书卷关学力，学力果充，虽天分少逊，必有资深逢源之一日，书卷不负人也。

16. 读词之法，取前人名句意境绝佳者，将此意境缔构于吾想望中，然后澄思渺虑，以吾身入乎其中，而涵泳玩索之。

17. 问：填词如何乃有风度？答：由养出，非由学出。
问：如何乃为有养？答：自善葆吾本有之清气始。
问：清气如何善葆？答：花中疏梅、文杏，亦复托根尘世，甚且断井、颓垣，乃至摧残为红雨，犹香。

18. 作词须知"暗"字诀。凡暗转、暗接、暗提、暗顿，必须有大气真力斡运其间。

19. 畏守律之难，辄自放于律外，或托前人不专家、未尽善之作以自解，此词家大病也。

20. 学填词，先学读词。抑扬顿挫，心领神会。日久，胸次郁勃，信手拈来。

21. 词贵意多。一句之中意亦忌复，如七字一句，上四是形容月，下三勿再说月，或另作推宕，或旁面衬托，或转进一层，皆可。

22. 改词须知挪移法。常有一两句语意未协，或嫌浅率，试将上下互易，便有韵致。或两意缩成一意，再添一意，更显厚。

23. 近人作词，起处多用景语虚引，往往第二韵方约略到题，此非法也，起处不宜泛写景，宜实不宜虚，便当笼罩全阕，它题便挪移不得。

24. 性情少，勿学稼轩。非绝顶聪明，勿学梦窗。

25. 词有穆之一境，静而兼厚、重、大也。淡而穆不易，浓而穆更难，知此，可以读《花间集》。

王国维《人间词话》

26. 词以境界为最上，有境界则自成高格，自有名句。

27. 有造境，有写境，此理想与写实二派之所由分，然二者颇难分别，因大诗人所造之境，必合乎自然，所写之境，亦必邻于理想故也。

28. 有有我之境，有无我之境。"泪眼问花花不语，乱红飞过秋千去""可堪孤馆闭春寒，杜鹃声里斜阳暮"，有我之境也。"采菊东篱下，悠然见南山"，"寒波澹澹起，白鸟悠悠下"，无我之境也。有我之境，以我观物，故物皆著我之色彩。无我之境，以物观物，故不知何者为我，何者为物。
无我之境，人惟有静中得之，有我之境，于由动之静时得之。故一优美，一宏壮也。

29. 境非独谓景物也，喜怒哀乐，亦人心中之一境界，故能写真景物、真感情者，谓之有境界。否则谓之无境界。

30. "红杏枝头春意闹"，著一"闹"字，而境界全出。"云破月来花弄影"，著一"弄"字，而境界全出矣。

31. 客观之诗人，不可不多阅世，阅世愈深，则材料愈丰富，愈变化，《水浒传》《红楼梦》之作者是也。主观之诗人，不必多阅世，阅世愈浅，则灵性愈真，李后主是也。

32. 古今之成大事业、大学问者，必经过三种之境界："昨夜西风凋碧树""独上高楼，望尽天涯路"，此第一境也；"衣带渐宽终不悔，为伊消得人憔悴"，此第二境也；"众里寻他千百度，蓦然回首，那人却在灯火阑珊处"，此第三境也。此等语皆非大词人不能道。

33. 少游词境最为凄婉，至"可堪孤馆闭春寒，杜鹃声里斜阳暮"，则变而凄厉矣。东坡赏其后二语，犹为皮相。

34. 词之雅郑，在神不在貌，永叔、少游虽作艳语，终有品格，方之美成，便有淑女与倡伎之别。

35. 词忌用替代字，美成《解语花》之"桂华流瓦"境界极妙，惜以"桂华"二字代月耳。梦窗以下，则用代字更多，其所以然者非意不足，则语不妙也。

36. 咏物之词，自以东坡《水龙吟》为最工，邦卿《双双燕》次之，白石《暗香》《疏影》格调虽高，然无一语道着。

37. 古今词人格调之高，无如白石，惜不于意境上用力，故觉无言外之味，弦外之响，终不能与于第一流之作者也。

38. 东坡之词旷，稼轩之词豪，无二人胸襟而学其词，犹东施之效颦也。

39. 周介存谓"梅溪词中，喜用'偷'字，足以定其品格"。

40. 梦窗之词，舍得取其词中之一，语以评之，曰："映梦窗凌乱碧。"玉田之词，亦得取其词中之一语以评之，曰："玉老田荒"。

陈廷焯《白雨斋词话》

41. 作词之法，首贵沉郁，沉则不浮，郁则不薄。
所谓沉郁，意在笔先，神余言外。

42. 诗中不可作词语，词中不妨有诗语，而断不可作一曲语。

43. 周秦词以理法胜，姜张词以骨韵胜，碧山词以意境胜，要皆负绝世才，而又以沉郁出之，所以卓绝千古也。至陈朱，则全以才气胜矣。

44. 两宋词家，各有独至处，流派虽分，本原则一。惟方外之葛长庚，闺中之李易安，别于周、秦、姜、史、苏、辛外，独树一帜，而亦无害其为佳，可谓难矣。然毕竟不及诸贤之深厚，终是托根浅也。

45. 词贵浑涵，刻挚不浑涵，终属下乘。

46. 方回《瑞鹧鸪》云："初未试愁那是泪，每浑遗梦奈余香。"此种句法，直是贺老从心化出。

47. 宋人如"红杏尚书""贺梅子""张三影""山抹微云秦学士""露花倒影柳屯田""晓风残月柳三变""滴粉搓酥左与言"之类，皆以一语之工，倾倒一世。

48. 陈以雄阔胜，可药纤小之病。朱以隽逸胜，可药拙滞之病。厉以幽峭胜，可药陈俗之病。

49. 作词气体要浑厚，而血脉贵贯通，血脉要贯通，而发挥忌刻露，居心忠厚，托体高浑，雅而不腐，逸而不流，可以为词矣。

50. 作词之难，雄阔非难，浑厚为难。刻挚非难，幽郁为难。疏逸非难，冲淡为难。工丽非难，雅正为难。奇警非难，顿挫为难。纤巧非难，浑融为难。

他山之石

蒿庵论词人

○论晏殊词

词至南唐,二主作于上,正中和于下,诣微造极,得未曾有。宋初诸家,靡不祖述二主,宪章正中。譬之欧虞褚薛之书,皆出逸少。晏同叔去五代未远,馨烈所扇,得之最先,故左宫右徵,和婉而明丽,为北宋倚声家初祖。刘攽《中山诗话》谓"元献喜冯延巳歌词,其所自作,亦不减延巳",信然。

○论欧阳修词

宋初大臣之为词者,寇莱公、晏元献、宋景文、范蜀公,与欧阳文忠并有声艺林;然数公或一时兴到之作,未为专诣。独文忠与元献,学之既至,为之亦勤,翔双鹄于交衢,驭二龙于天路。且文忠家庐陵,而元献家临川,词家遂有西江一派。其词与元献同出南唐,而深致则过之。宋至文忠,文始复古,天下翕然师尊之,风尚为之一变。即以词言,亦疏隽开子瞻,深婉开少游。本传云,超然独骛,众莫能及,独其文乎哉,独其文乎哉。

○论柳永词

耆卿词,曲处能直,密处能疏,奡处能平,状难状之景,达难达之情,而出之以自然,自是北宋巨手。然好为俳体,词多媟黩,有不仅如提要所云,以俗为病者。避暑录话谓"凡有井水饮处,即能歌柳词"。三变之为世诟病,亦未尝不由于此,盖与其千夫竞声,毋宁白雪之寡和也。

○论苏轼词

兴化刘氏熙载,所著艺概,于词多洞微之言,而论东坡尤为深至。如云:"东坡词颇似老杜诗,以其无意不可入,无事不可言也。若其豪放之致,则时与太白为近。"又云:"东坡定风波云'尚余孤瘦雪霜姿',荷华媚云'天然地别是风流标格',雪霜姿、风流标格,学东坡词者,便可从此领取。"又云:"词以不犯本位为高,东坡满庭芳'老去君恩未报,空回首,弹铗悲歌',语诚慷慨,然不若水调歌头'我欲乘风归去,又恐琼楼玉宇,高处不胜寒',尤觉空灵蕴藉。"观此可以得东坡矣。

○论黄庭坚词

后山以秦七、黄九并称,其实黄非秦匹也,若以比柳,差为得之。盖其得也,则柳词明媚,黄词疏宕;而亵诨之作,所失亦均。

○论秦观词

少游以绝尘之才,早与胜流,不可一世,而一谪南荒,遽丧灵宝。故所为词,寄慨身世,闲雅有情思,酒边花下,一往而深,而怨悱不乱,悄乎得小雅之遗,后主而后,一人而已。昔张天如论相如之赋云:"他人之赋,赋才也,长卿,赋心也。"予于少游之词亦云。他人之词,词才也,少游,词心也。得之于内,不可以传,虽子瞻之明隽,耆卿之幽秀,犹若有瞠乎后者,况其下邪。

○论晏几道词

淮海、小山,真古之伤心人也,其淡语皆有味,浅语皆有致,求之两宋词人,实罕其匹。子晋欲以晏氏父子追配李氏父子,诚为知言。彼丹阳、归愚之相承,固琐琐不足数尔。

○论程垓词

程正伯凄婉绵丽,与草窗所录绝妙好词,家法相近,故是正锋。虽与子瞻为中表昆弟,而门径绝不相入。若其四代好闺怨,无闷酷相思诸阕,在书舟集中极俳薄,不类其他作。而升庵乃亟称之,真物色牝牡骊黄外矣。

○论晁补之词

晁无咎为苏门四士之一,所为诗余,无子瞻之高华,而沈咽则过之。叶少蕴主持王学,所著石林诗话,阴抑苏黄,而其词顾挹苏氏之余波,岂此道与所问学,固多歧出邪。

○论史达祖词

词为文章末技,固不以人品分升降。然如毛滂之附蔡京,史达祖之依侂胄,王安中之反覆,曾觌之邪佞,所造虽深,识者薄之。梅溪生平,不载史传,据其满江红咏怀所云"怜牛后、怀鸡肋",又云"一钱不值贫相逼",则韩氏省吏之说,或不诬与。

○论李之仪词

姑溪词长调近柳,短调近秦,而均有未至。

○论谢逸词

溪堂温雅有致,于此事蕴酿甚深。子晋只称其轻倩,犹为未尽。樵隐胜处不减溪堂,惟情味差薄耳。

○论周邦彦词

陈氏子龙曰:"以沈挚之思,而出之必浅近,使读之者骤迁之,如在耳目之前,久诵之,而得隽永之趣,则用意难也。以儇利之词,而制之必工炼,使篇无累句,句无累字,圆润明密,言如贯珠,则铸词难也。其为体也纤弱,明珠翠羽,犹嫌其重,何况龙鸾,必有鲜妍之姿,而不藉粉泽,则设色难也。其为境也

他山之石

婉媚，虽以惊露取妍，实贵含蓄不尽，时在低回唱叹之余，则命篇难也。"张氏纲孙曰："结构天成，而中有艳语、隽语、奇语、豪语、苦语、痴语、没要紧语，如巧匠运斤，毫无痕迹。"毛氏先舒曰："北宋，词之盛也，其妙处不在豪快而在高健，不在艳冶而在幽咽。豪快可以气取，艳冶可以言工，高健幽咽则关乎神理骨性，难可强也。"又曰："言欲层深，语欲浑成。"诸家所论，未尝专属一人，而求之两宋，惟片玉、梅溪，足以备之。周之胜史，则又在浑之一字。词至于浑，而无可复进矣。

〇论吕滨老词

千里和清真，亦趋亦步，可谓谨严。然貌合神离，且有袭迹，非真清真也。其胜处则近屯田，盖屯田胜处，本近清真，而清真胜处，要非屯田所能到。赵师会序吕滨老圣求词，谓其婉媚深窈，视美成、耆卿伯仲。实只其扑蝴蝶近之。上半在周、柳之间，其下阕已不称。此外佳构，亦不过小重山、南歌子数篇，殆又出千里下矣。

〇论赵彦端词

坦庵、介庵、惜香，皆宋氏宗室，所作并亦清雅可诵。高宗于彦端西湖词，有我家里人也会作此等语之称。其实介庵所造，比诸坦庵、惜香，似尚未逮。毛氏既许坦庵为放翁一流，又谓其多富贵气，不亦自相矛盾耶。

〇论杜安世词

寿域词，四库全书存目，谓其字句讹脱，不一而足。今取其词读之，即常用之调亦平仄拗折，与他人微异。则是寿域有意为之，非尽校者之疏。

〇论蔡伸道词

蔡伸道与向伯恭尝同官彭城漕属，故屡有酬赠之作。毛氏谓其逊酒边三舍，殊非笃论。考其所作，不独菩萨蛮花冠鼓翼一首，雅近南唐；即蓦山溪之孤城莫角，点绛唇之水绕孤城诸调，与苏武慢之前半，亦几几入清真之室。恐子諲且望而却步，岂惟伯仲间耶。至以厥祖忠惠谱荔支，而怪其集中无一语及玉堂红者，是犹责工部之不咏海棠也。

〇论向子諲词

酒边词，绍兴乙卯大雪行鄱阳道中阮郎归一阕，为二帝在北作也。眷恋旧君，与鹿虔扆之金锁重门，谢克家之依依宫柳，同一辞旨怨乱，不知寿皇见之，亦有慨于心否，宜为贼桧所嫉也。终是爱君，独一琼楼玉宇之苏轼哉。彼以词骖宕不可为者，殆第见屯田、山谷诸作，而未见此耳。

〇论陈师道词

后山、懒窟、审斋、石屏诸家，并娴雅有余，绵丽不足，与卢叔阳、黄叔旸之专尚细腻者，互有短长。提要之论后山、石屏皆谓其以诗为词，然后山笔力甚健，要非式之所可望也。

○论周紫芝词

周少隐自言少喜小晏，时有似其体制者，晚年歌之，不甚如人意。今观其所指之三篇，在竹坡集中，诚非极诣。若以为有类小山，则殊未尽然。盖少隐误认几道为清倩一派，比其晚作，自觉未逮。不知北宋大家，每从空际盘旋，故无椎凿之迹。至竹坡、无住诸君子出，渐于字句间，凝炼求工，而昔贤疏宕之致微矣。此亦南北宋之关键也。

○论张元干词

芦川居士以贺新郎一词，送胡澹庵谪新州，致忤贼桧，坐是除名。与杨补之之屡征不起，黄师宪之一官远徙，同一高节。然其集中寿词实繁，而所寿之人，则或书或不书，其瑞鹤仙一阕首云"倚格天峻阁"，疑即寿桧者。盖桧有一德格天阁也，意居士始亦与桧周旋，至秽德彰闻，乃存词而削其名邪。

○论张孝祥词

于湖在建康留守席上赋六州歌头，感愤淋漓，主人为之罢席。他若水调歌头之雪洗虏尘静一首，木兰花慢之拥貔貅万骑一首，浣溪沙之霜日明霄一首，率皆眷怀君国之作。

○论陈亮词

龙川痛心北虏，亦屡见于辞，如水调歌头云："尧之都，舜之壤，禹之封，于今应有，一个半个耻臣戎。"念奴娇云："因笑王谢诸人，登高怀远，也学英雄涕。"贺新郎云："举目江河休感涕，念有君如此何愁虏。"又："涕出女吴成倒转，问鲁为齐弱何年月。"忠愤之气，随笔而出，并足唤醒当时聋聩，正不必论词之工拙也。

○论曾觌词

曾纯甫赋进御月词，其自记云：是夜，西兴亦闻天乐。子晋遂谓天神，亦不以人废言。不知宋人每好自神其说，白石道人尚欲以巢湖风驶，归功于平调满江红，于海野何讥焉。独醒杂志谓逻卒闻张建封庙中，鬼歌东坡燕子楼乐章，则又出他人之傅会，益无征已。

○论辛弃疾词

稼轩负高世之才，不可羁勒，能于唐宋诸大家外，别树一帜。自兹以降，词遂有门户、主奴之见。而才气横轶者，群乐其豪纵而效之。乃至里俗浮嚣之子，亦靡不推波助澜，自托辛、刘，以屏蔽其陋，则非稼轩之咎，而不善学者之咎也。即如集中所载水调歌头长恨复长恨一阕，水龙吟昔时曾有佳人一阕，连缀古语，浑然天成，既非东家所能效颦，而摸鱼儿、西河、祝英台近诸作，摧刚为柔，缠绵悱恻，尤为粗犷一派，判若秦越。

○论刘过词

龙洲自是稼轩附庸，然得其豪放，未得其宛转。子晋亟称其天仙子、小桃红二阕云：纤秀为稼轩所无。今视其语，小桃红亵矣而未甚也，天仙子则皆市井俚谈，不知子晋何取而称之。殆与陶九成之称其沁园春咏美人指足同一见地邪。周必大近体乐府，黄机竹斋诗余，亦幼安同调也。又有与幼安周旋而即效其体者，若西樵、洛水两家，惜怀古味薄，济翁笔亦不健，比诸龙洲，抑又次焉。

○论陆游词

剑南屏除纤艳，独往独来，其逋峭沈郁之概，求之有宋诸家无可方比。提要以为诗人之言，终为近雅，与词人之冶荡有殊，是也。至谓游欲驿骑东坡、淮海之间，故奄有其胜，而皆不能造其极，则或非放翁之本意欤。

○论沈端节词

提要谓沈端节吐属婉约，颇具风致，似尚未尽克斋之妙。周氏济论词之言曰："初学词求空，空则灵气往来，既成格调求实，实则精力弥满。"克斋所造，已臻实地。而南歌子远树昏鸦闹一阕，尤为字字沈响，匪仅以婉约擅长也。

○论洪咨夔词

平斋工于发端，其沁园春凡四首，一曰"诗不云乎，蒹葭苍苍，白露为霜"。二曰"归去来兮，杜宇声声，道不如归"。三曰"饮马咸池，揽辔昆仑，横鹜九州"。四曰"秋气悲哉，薄寒中人，皇皇何之"。皆有振衣千仞气象，惜其下并不称。

○论石孝友词

金谷遗音小调，间有可采。然好为俳语，在山谷、屯田、竹山之间，而隽不及山谷，深不及屯田，密不及竹山，盖皆有其失，而无其得也。今选于此数家，披栋尤严，稍涉俳诨，宁从割舍，非刻绳前人也，固欲使世之谈艺者，群晓然于此事，自有正变，上媲骚雅，异出同归。而淫荡浮靡之音，庶不致靦颜自附于作者，而知所返哉。

○论姜夔词

白石为南渡一人，千秋论定，无俟扬榷。乐府指迷独称其暗香、疏影、扬州慢、一萼红、琵琶仙、探春慢、淡黄柳等曲。词品则以咏蟋蟀齐天乐一阕为最胜。其实石帚所作，超脱蹊径，天籁人力，两臻绝顶，笔之所至，神韵俱到。非如乐笑、二窗辈，可以奇对惊句，相与标目，又何事于诸调中强分轩轾也。孤云野飞，去留无迹。彼读姜词者必欲求下手处，则先自俗处能雅，滑处能涩始。

○论吴文英词

梦窗之词，丽而则，幽邃而绵密，脉络井井，而卒焉不能得其端倪。尹惟晓比之清真。沈伯时亦谓深得清真之妙，而又病其晦。张叔夏则譬诸七宝楼台，眩人眼目。盖山中白雪，专主清空，与梦窗家数相反，故于诸作中，独赏其唐多令之疏快。实则何处合成愁一阕，尚非君特本色。提要云："天分不及周邦彦，而研炼之功则过之，词家之有文英，如诗家之有李商隐。"予则谓商隐学老杜，亦如文英之学清真也。

○论张榘词

词家各有途径，正不必强事牵合。毛子晋于洪叔屿，则举"燕子又归来，但惹得满身花雨"及"花上蝶，水中凫，芳心密意两相于"等语，而信其不减周美成。杨用修于李俊明，则以为兰陵王一首，可并秦、周。至芸窗全卷只五十阕，而应酬谀颂之作，几及十九。子晋乃取其警句分配放翁、邦卿、秦七、黄九。以一人之笔，兼此四家，恐亦势之所不能也。

○论高观国词

陈造序高宾王词，谓竹屋、梅溪，要是不经人道语。玉田亦以两家，与白石、梦窗并称。由观国与达祖迭相唱和，故援与相比。平心论之，竹屋精实有余，超逸不足。以梅溪较之，究未能旗鼓相当。今若求其同调，则惟卢蒲江差足肩随耳。

○论刘克庄词

后村词，与放翁、稼轩，犹鼎三足。其生丁南渡，拳拳君国，似放翁。志在有为，不欲以词人自域，似稼轩。如玉楼春云："男儿西北有神州，莫滴水西桥畔泪。"忆秦娥云："宣和宫殿，冷烟衰草。"伤时念乱，可以怨矣。又其宅心忠厚，亦往往于词得之。满江红送宋惠父入江西幕云："帐下健儿休尽说，草间赤子俱求活。"贺新郎寿张史君云："不要汉庭夸击断，要史家编入循良传。"念奴娇寿方德润云："须信谄语尤甘，忠言最苦，橄榄何如蜜。"胸次如此，岂翦红刻翠者比邪。升庵称其壮语，子晋称其雄力，殆犹之皮相也。

○论蒋捷词

子晋之于竹山深为推挹，谓其有世说之靡，六朝之隃，且比之二李、二晏、美成、尧章。提要亦云：练字精深，调音谐畅，为倚声家之矩矱。然其全集中，实多有可议者。如沁园春老子平生二阕，念奴娇寿薛稼翁一阕，满江红一掬乡心一阕，解佩令春晴也好一阕，贺新郎甚矣吾狂矣一阕，皆词旨鄙俚，匪惟李晏周姜所不屑为，即属稼轩亦下乘也。又好用俳体，如水龙吟仿稼轩体，押脚纯用些字。瑞鹤仙玉霜生穗也，押脚纯用也字。声声慢秋声一阕，押

他山之石

脚纯用声字。皆不可训。即其善者亦字雕句琢，荒艳炫目，如高阳台云："霞铄帘珠，云蒸篆玉。"又云："灯摇缥晕茸窗冷。"齐天乐云："电紫鞘轻，云红筼曲。"又云："峰缯岫绮。"念奴娇云："翠簨翔龙，金枞跃凤。"瑞鹤仙云："螺心翠靥，龙吻琼涎。"木兰花慢云："但鹭敛琼丝，鸳藏绣羽"等句。嘉道间，吴中七子类祖述之，其去质而俚者自胜矣。然不可谓正轨也。

《人间词话》重印后记

王国维的《人间词话》，最初只有上卷，刊载在一九〇八年的《国粹学报》上，分三期登完。到了一九二六年，才有俞平伯先生标点、朴社出版的单行本。一九二七年，赵万里先生又辑录他的遗著未刊稿，刊载于《小说月报》上，题为《人间词话未刊稿及其他》。一九二八年罗振玉编印他的《遗集》，便一并收入。分为上下两卷，以原来的为上卷，赵辑的为下卷。从这时候起，始有两卷本。一九三九年开明书店要重印这书，我就《遗集》中再辑集他有关论词的片段文字，作为补充附后。这便是现在印行的本子。其中署名山阴樊志厚的《人间词》甲乙稿两序，据赵万里先生所作年谱，实在是王国维自己的作品，所以也一并收入附录中。这本小册子出版后，陈乃乾先生又从王氏旧藏各家词集的眉头，抄录他手写的评语给我，我在一九四七年印第二版的时候再补附在最后。书中的注，一部分是周振甫先生所搜集的，一部分是我加的，全部都经过我的校订。这些注，目的是让读者阅读时得到一些便利，所以没有注者自己的意见。现在中华书局又要利用开明旧纸型重印了，因记本书经过如上。一九五四年十一月，徐调孚。

《蕙风词话》校订后记

《蕙风词话》，近人况周仪撰（后避溥仪之讳又改为况周颐）。况氏为清末有名词人，与王鹏运、朱祖谋、郑文焯四人称"清末四大家"，此书为其论词之作。全书泛论历代词人，举其名篇警句，兼涉考据。最重要者为其第一卷之填词方法，提出作词三要，曰：重、拙、大。又提出"情真、景真"四字。对用意、造句、守律各方面提出况氏自己的看法。

《蕙风词话》五卷，据刊本标点。续编二卷辑自况氏各种杂著，原分期刊载一九三六年《艺文月刊》，讹字太多，就其显然错误者改正。（原刊卷二仅数则，字数太少，现与卷三合并，成为卷二。）况氏原著，间又考证未周之处，酌加附注，以便读者（有方括号里为附注）。

校订者

《介存斋论词杂著》附录《宋四家词选目录序论》

序曰：清真，集大成者也。稼轩，敛雄心，抗高调，变温婉，成悲凉。碧山餍心切理，言近指远，声容调度，一一可循。梦窗，奇思壮采，腾天潜渊，返南宋之清泚，为北宋之秾挚。是为四家，领袖一代。余子荦荦，以方附庸。夫词，非寄托不入，专寄托不出，一物一事，引而伸之，触类多通，驱心若游丝之罥飞英，含毫如郢斤之斫蝇翼，以无厚入有间，既习已，意感偶生，假类毕达，阅载千百，謦欬勿违，斯入矣。赋情独深，逐境必寤，酝酿日久，冥发妄中，虽铺叙平淡，摹绩浅近，而万感横集，五中无主，读其篇者，临渊窥鱼，意为鲂鲤，中宵惊电，罔识东西，赤子随母笑啼，乡人缘剧喜怒，抑可谓能出矣。问涂碧山，历梦窗、稼轩以还清真之浑化。余所望于世之为词人者，盖如此。

论曰：

清真浑厚，正于钩勒处见。他人一钩勒便刻削，清正愈钩勒，愈浑厚。

耆卿镕情入景，故淡远。方回镕景入情，故秾丽。

少游最和婉醇正，稍逊清真者辣耳。少游意在含蓄，如花初胎，故少重笔。然清真沈痛至极，仍能含蓄。

子野清出处、生脆处，味极隽永，只是偏才，无大起落。

晏氏父子，仍步温、韦；小晏精力尤胜。

西麓宗少游，径平思钝，乡愿之乱德也。

苏辛并称。东坡天趣独到处，殆成绝诣，而苦不经意，完璧甚少。稼轩则沉著痛快，有辙可循，南宋诸公，无不传其衣钵，固未可同日而语也。稼轩由北开南；梦窗由南追北，是词家转境。

韩范诸巨公，偶一染翰，意盛足举其文，虽足树帜，故非专家；若欧公则当行矣。

他山之石

白石脱胎稼轩，变雄健为清刚，变驰骤为疏宕：盖二公皆极热中，故气味吻合。辛宽姜窄：宽，故容秽；窄，故斗硬。

白石号为宗工，然亦有俗滥处（《扬州慢》：淮左名都，竹西佳处。），寒酸处（《法曲献仙音》：象笔鸾笺，甚而今不道秀句。），补凑处（《齐天乐》：邠诗温与，笑篱落呼灯，世间儿女。），敷衍处（《凄凉犯》追念西湖上半阕。），支处（《湘月》：旧家乐事谁省。）复处（《一萼红》：翠藤共，闲穿径竹，记曾共西楼雅集。），不可不知。

白石小序甚可观，苦与词复。若序其缘起，不犯词境，斯为两美已。

竹山有俗骨，然思力沈透处，可以起懦。碧山胸次恬淡，故黍离、麦秀之感，只以唱叹出之，无剑拔弩张习气。

咏物最争托意隶事处，以意贯串，浑化无痕，碧山胜场也。

词以思、笔为入门阶陛。碧山思、笔，可谓双绝。幽折处，大胜白石，惟圭角太分明，反复读之，有水清无鱼之恨。

梅溪才思，可匹竹山。竹山粗俗，梅溪纤巧。粗俗之病易见；纤巧之习难除，颖悟子弟，尤易受其熏染。余选梅溪词，多所割爱，盖慎之又慎云。梅溪好用偷字，品格便不高。

玉田才本不高，专恃磨砻雕琢，装头作脚，处处妥当，后人翕然宗之。然如《南浦》之赋春水，《疏影》之赋梅影，逐韵凑成，豪无脉胳，而户诵不已，真耳食也！其他宅句安章，偶出风致，乍见可喜，深味索然者，悉从沙汰。

笔以行意也，不行须换笔，换笔不行，便须换意。玉田惟换笔，不换意。

皋文不取梦窗，是为碧山门迳所限耳。梦窗立意高，取迳远，皆非馀子所及。惟过嗜饾饤，以此被议。若其虚实并到之作，虽清真不过也。

竹屋、蒲江并有盛名。蒲江窘促，等诸自郐；竹屋硁硁，亦凡声耳。

草窗镂冰刻楮，精妙绝伦；但立意不高，取韵不远，当与玉田抗行，未可方驾王、吴也。

北宋主乐章，故情景但取当前，无穷高极深之趣。南宋则文人弄笔，彼此争名，故变化益多，取材益富。然南宋有门迳，有门迳，故似深而转浅；北宋无门迳，无门迳，故似易而实难。初学琢得五七字成句，便思高揖晏、周，殆不然也，北宋含蓄之妙，逼近温、韦；非点水成冰时，安能脱口即是？

周、柳、黄、晁皆喜为曲中俚语，山谷尤甚，此当时之软平勾领，原非雅音。若托体近俳，而择言尤雅，是名本色后语，又不可抹煞矣。

雅俗有辨，生死有辨，真伪有辨，真伪尤难辨。稼轩豪迈是真，竹山便伪；碧山恬退是真，姜、张皆伪。味在酸咸之外，未易为浅尝人道也。

词笔不外顺、逆、反、正，尤妙在复、在脱。复处无垂不缩，故脱处如望海山，三山妙发。温、韦、晏、周、欧、柳，推演尽致；南渡诸公，罕复从事矣。

"东""真"韵宽平。"支""先"韵细腻，"鱼""歌"韵缠绵，"萧""尤"韵感慨，各有声响，莫草草乱用。

阳声字多则沈顿，阴声字多则激昂，重阳间一阴，则柔而不靡，重阴间一阳，则高而不危。

韵上一字最要相发。或竟相贴，相其上下而调之，则铿锵谐畅矣。

红友极辨"上""去"，是已。"上""入"亦宜辨："入"可代"去"，"上"不可代"去"，"入"之作"平"者无论矣。其作"上"者可代"平"，作"去"者断不可以代"平"。"平""去"是两端："上"由"平"而之"去"，"入"由"去"而之"平"。

"上"声韵，韵上应用仄字者，"去"为妙。"去""入"韵，则"上"为妙。"平"声韵，韵上应用仄字者，"去"为妙，"入"次之。叠则聱牙，邻则无力。

双声叠韵字，要著意布置，有宜双不宜叠，宜叠不宜双处。重字则既双且叠，尤宜斟酌。如李易安之"凄凄惨惨戚戚"三叠韵、六双声，是锻炼出来，非偶然拈得也。

硬字软字宜相间，如《水龙吟》等俳句尤重。

领句单字，一调数用，宜令变化浑成，勿相犯。

一领四五六字句，上二下三、上三下二句，上三下四、上四下三句，四字平句，五七字浑成句，要合调无痕；重头叠脚，蜂腰鹤膝，大小韵，诗中所忌，皆宜忌字。

积字成句，积句成段，最是见筋节处。如《金缕曲》中第四韵，煞上则妙，领下则减色矣。

吞吐之妙，全在换头煞尾。古人名换头为"过变"，或藕断丝连，或异军突起，皆须令读者耳目振动，方成佳制。换头多偷声，须和婉。和婉则句长节短，可容攒簇。煞尾多减字，须峭劲。峭劲则字过音留，可供摇曳。

文人卑填词为小道，未有以全力注之者。其实专精一二年，便可卓然成家。若厌难取易，虽毕生驰逐，费烟楮耳！余少嗜此，中更三变，年逾五十，始识康庄。自悼冥行之艰，遂虑问津之误；不揣挽陋，为察察言。退苏进辛，纠弹姜、张。剺刺陈、史，芟夷卢、高，皆足骇世。由中之诚，岂不或亮？其或不亮，然余诚矣！

道光十有二年，冬十一月八日，止庵周济记于春水怀人之舍。

他山之石

《蒿庵论词》校点后记

周济(1781—1839),字保绪,一字介存,晚号止庵,清江苏荆溪(宜兴)人。嘉庆十年进士。官淮安府学教授。著有《晋略》《味隽斋词》《介存斋论词杂著》及《词辨》,辑有《宋四家词选》等。

清代词学,一向有浙派和常州派之分。清初,秀水(浙江嘉兴)朱彝尊选辑《词综》,论词以"清空"为宗。一时作家,相习成风,世称为浙派。清中叶,常州张惠言兄弟选辑《词选》,以"意内言外"为主。董毅选辑《续词选》,推行这种理论。于是又开了常州一派。周济和董毅在一起研讨词学很久,也是属于这一派的重要词学理论家。

周氏撰《介存斋论词杂著》及《宋四家词选》序论,发挥"意内言外"的说法,并进一步明确提出填词要有寄托,"非寄托不入,专寄托不出"的主张。并把这种主张具体体现在《词辨》和《宋四家词选》两书中,而以周清真(邦彦)、辛稼轩(弃疾)、吴梦窗(文英)、王碧山(沂孙)为两宋词人领袖;以他们的作品作为后世学词的典范。这种理论提出来以后,一直到清末,无论在词学的研究上或词的创作上,都受到他很大的影响。

浙派和常州派论词的主张不同,主要的区别在于:前者注重词的艺术技巧,要清空而不要质实,要像孤云野鹤,去留无踪,而不要粘滞堆砌,晦涩不明。并注意到用字、造句和音乐性等方面。对于我们今天学习古典文学的艺术技巧来说,这种理论,还是有它一定的参考价值的。后者注重词的思想内容,所谓"意内言外",所谓"寄托"就是说,要在作品里用比兴的、曲折的手法,表现作者真实的思想感情;而不要陈陈相因,无病呻吟。这和我们今天把思想内容放在第一位的标准大体上是相合的;当然,他们所指的思想内容和我们所指的思想内容有着本质上的不同。这里还须附带说明一下:艺术技巧和思想内容,有它不可截然分开的联系性。因此,这两派虽然各有所偏重的一方面,但在阐述他们自己的理论的时候,也不能不涉及它所联系的另一方面。这也是我们应该注意到的。

谭献(1832—1901),初名廷献,字仲修,号复堂,浙江仁和人。同治六年举人,官歙县、全椒、合肥知县。工骈体文,于词学研究,致力尤深。尝选录清人词为《箧中词》六卷,续四卷,"以衍张茗柯(惠言)、周介存(济)之学"。他的理论，散见于《词辨》《箧中词》中评论和《复堂日记》中。他的弟子徐柯辑录成为《复堂词话》。

谭氏词论，本于常州派张、周等人的理论，加以发挥，极力推崇词体，认为词是由风、骚、乐府演变而来的，不应视为"小道"。词是由民间的曲子演变而成的，因而不被过去的"正统"文人所看重。谭氏则以文学发展的眼光，给予词以应有的地位，这是应该肯定的；当然，他还不可能认识到：人民是文学财富的创造者，人民生活是文学的真正的源头。

冯煦（1842—1927），字梦华，号蒿庵，晚号蒿隐，江苏金坛人。光绪十二年进士，官至安徽巡抚。著有《蒿庵类稿》。

冯氏毛子晋所刻的宋名家词中，选其精粹作品，为《宋六十一家词选》，并在例言中，一一加以评论。他的理论，大体上和周济、谭献的说法接近。这部《蒿庵论词》，就是移录例言各条而成的。

顾学颉
一九五九年四月

《白雨斋词话》自序

倚声之学，千有余年，作者代出。顾能上溯风骚，与为表里，自唐迄今，合者无几。窃以声音之道，关乎性情，通乎造化。小其文者不能达其义，竟其委者未获溯其源。揆厥所由，其失有六。飘风骤雨，不可终朝，促管繁弦，绝无余蕴，失之一也。美人香草，貌托灵修，蝶雨梨云，指陈琐屑，失之二也。雕镂物类，探讨虫鱼，穿凿愈工，风雅愈远，失之三也。惨戚悒凄，寂寥萧索，感寓不当，虑叹徒劳，失之四也。交际未深，谬称契合，颂扬失实，遑恤讥评，失之五也。情非苏窦，亦感回文，慧拾孟韩，转相斗韵，失之六也。作者愈漓，议者益左，竹垞词综，可备览观，未尝为探本之论。红友词律，仅求谐适，不足语正始之源。下此则务取秾丽，矜言该博。大雅日非，繁声竞作，性情散失，莫可究极。夫人心不能无所感，有感不能无所寄，寄托不厚，感人不深，厚而不郁，感其所感，不能感其所不感。伊古词章，不外比兴。谷风阴雨，犹自期以同心，攘垢忍尤，卒不改乎此度。为一室之悲歌，下千年之血泪，所感者深且远也。后人之感，感于文不若感于诗，感于诗不若感于词。诗有韵，文无韵。词可按节寻声，诗不能尽被弦管。飞卿端己，首发其端，周秦姜史张王，曲竟其绪，而要皆发源于风雅，推本于骚辩。故其情长，其味永，其为言也哀以思，其感人也深以婉。嗣是六百余年，沿其波流，丧厥宗旨。张氏词选，不得已为矫枉过正之举，规模虽隘，门墙自高。循是以寻，坠绪未远。而当世知之者鲜，好之者尤鲜矣。萧斋岑寂，撰词话八卷，本诸风骚，正其情性。温厚以为体，沉郁以为用。引以千端，衷诸一是。非好与古人为难，独成一家言，亦有所大不得已于中，为斯诣绵延一线。暇日寄意之作，附录一二，非敢抗美昔贤，存以自镜而已。

　　光绪十七年除夕日，亦峰陈廷焯序。

《白雨斋词话》附录

汪序

　　陈子亦峰，予戊于江南所校士也。闱中得生卷，议论英伟，而真意恳挚，决其为宅心纯正之士。亟荐于主司，果膺魁选。谒予于桃源署斋，温文尔雅。与谈经史，悉能根究义理，贯串本原。诗古文辞，皆取法乎上，必思登峰造极而后止。间论时事，因及古忠臣孝子，辄义动于色。予窃喜鉴衡不爽，而生之素所蓄积可知矣。桃源剧邑，不易治，予欲维絷之，俾资赞画，以亲老辞。讵意年甫强仕而殁，尊公犹健在也。其门弟子集其词话，并所著诗词，先以付梓。予得而阅之，推本风骚，一归于温柔敦厚之旨，非所谓宅心纯正，蕲至于登峰造极者欤。予既幸能得一士，又甚惜得一士而未获见诸行事，第以空言传世，不能无慨于中，爰书数言，以弁简端。

　　　　　　　　　　　　　　　光绪二十年秋八月，历城汪懋琨序

王序

　　诗莫盛于唐，而词莫盛于宋。宋以后词律复变，则南北曲出焉。故词之为体，诗以为祢，曲以为子。识者为之，莫不沿溯汉魏，游衍屈宋，以蕲上窥三百篇之旨。意谓不如是，不足以澄其源，涉其奥。其说亦既美矣。然予尝以为此文辞之源，非文心之源也。文心之源，亦存乎学者性情之际而已。为文苟不以性情为质，貌虽工，人犹得以抉其柢，不工者可知。所谓词者，意内而言外，格浅而韵深，其发摅性情之微，尤不可掩。而世乃欲以锲薄求之，藻绘揉之，抑末已。吾友陈君亦峰，少为诗歌，一以少陵杜氏为宗，杜以外不屑道也。年几三十，复好为词，探索既久，豁然大彻。所为词稿，深永超拔，已足上摩宋贤之垒。而别著《白雨斋词话》八卷，抉择幽微，辨才无碍，尤有不受流俗羁绁者。亦峰之于词，思与学兼尽如此，亦勤矣哉。亦峰天资醇厚，笃内行，与人交，表里洞然，无觊觎之习。退省其家，父兄之劳，靡不肩任，宗族之困，莫不引为己忧，其有得于性情者又如此。则文词之工，操本以运末，复何怪焉。同治之季，予始识亦峰于泰州，切劘道义既久，因得附为婚姻。迄今二十余年，莫渝终始。顾予兄弟辈，业不加修，而亦峰之学，乃与年俱进。尝言四十后当委弃词章，力求经世性命之蕴。予深伟其议，且思有所翼赞。而亦峰遽以光绪壬辰秋，奄忽辞世。噫，善人君子，不能久存于世，欧阳子所以致慨于张子野者，予尝以为赘言。今乃不幸，于吾亦峰亲见之，宁无恫耶。亦峰为学精苦，每昼管家事，夜诵方策。及既殇，遗书委积，多未彻编。惟手录词话，已有定稿。其门下士海宁许君守之诸君子将为刊行，以予庶几能知亦峰者，督文弁首。予既感亦峰之志，且幸是书之传也，因述所见如右，以质许君。惟托于文字者，可以无穷，亦峰所以自托者既箸，其亦可以无憾矣乎。记三年前，亦峰尝挈是书初稿见视，且属为叙。予以方如南清河，俶装待发，无以应也。今乃终得论次其书，而亦峰已不及见，呜呼，此尤足以启予之悲也已。亦峰讳廷焯，镇江丹徒人，举光绪戊子科江南乡试。殇时年四十。光绪十九年，太岁在癸巳，夏四月，正定王耕心撰。

包跋

荣翰自束发受业于亦峰舅氏，亲承指受者有年。乙亥岁补弟子员，旋食廪饩，舅氏喜荣为可造，由是举业外兼课诗词杂艺，时得闻其绪论。然舅氏于书无所不览，凡习一艺必造精微，而于词学为尤深且邃。所著词话八卷，一本温柔敦厚，以上溯国风离骚之旨，可谓发前人之所未发，俾后学奉为圭臬，卓卓乎词学之正宗矣。荣请付梓以公诸世。舅氏不许，谓："于是编历数十寒暑，识与年进，稿凡五易，安知将来不更有进于此者乎？"则舅氏之浸润沉潜于此道，岂寻常诣力所能造也耶？壬辰岁舅氏遽归道山，荣惧是编久而散佚，亟与同学诸子刊而传之。呜呼！舅氏天资卓越，丰于才而啬于年，著作林立，是编特其绪余。荣愧不获卒业以底于成，而不能忘谆谆耳提面命时也。悲夫！

受业甥包荣翰谨识。

他山之石

《宋词三百首》原序

　　词学极盛于两宋,读宋人词当于体格、神致间求之,而体格尤重于神致。以浑成之一境为学人必赴之程境,更有进于浑成者,要非可躐而至,此关系学力者也。神致由性灵出,既体格之至美,积发而为清晖芳气而不可掩者也。近世以小慧侧艳为词,致斯道为之不尊;往往涂抹半生,未窥宋贤门径,何论堂奥! 未闻有人焉,以神明与古会,而抉择其至精,为来学周行之示也。彊村先生尝选《宋词三百首》,为小阮逸馨诵习之资;大要求之体格、神致,以浑成为主旨。夫浑成未遽诣极也,能循途守辙于三百首之中,必能取精用闳于三百首之外,益神明变化于词外求之,则夫体格、神致间尤有无形之沂合,自然之妙造,即更进于浑成,要亦未为止境。夫无止境之学,可不有以端其始基乎? 则彊村兹选,倚声者宜人置一编矣。

　　　　　　　　　　　　　　——中元甲子燕九日,临桂况周颐

基本知识

词的沿革

词是我国文学史上的一种重要的韵文形式。它起兴于中唐，发展于五代，极盛于两宋。

王力先生给词下的定义是："一种律化的、长短句的、固定字数的诗。"

词的本名应该是叫"曲子词"，这个原始名称表明词与歌唱、配乐有密切的关系。

已发现的最早的一部词集叫《敦煌曲子词集》。

王重民先生《敦煌曲子词集·叙录》里说："今所谓词，古原称曲子。按曲子源出乐府，郭茂倩称曲子所由脱变之乐府为'杂曲歌辞'，或'近代曲辞'……是五七言乐府原称词，或称曲，而长短句则称曲子也。特曲子既成为文士摛藻之一体。久而久之，遂称自所造作为词。自俗制为曲子，于是词高而曲子卑矣。"

另外，词又名"乐府"，但不同于汉魏天朝的乐府诗。因此又叫"近体乐府""寓声乐府""新乐府"。如欧阳修《欧阳之忠公近体乐府》、苏轼《东坡乐府》、贺铸《东山寓声乐府》、赵长卿《惜香乐府》、文天祥《文山乐府》、元好问《遗山先生新乐府》等。

也有人称词为"诗余"，有轻视之意。

此外，词的别名还很多。编为一部词集时更有人巧立名目。例如"歌曲"（王安石《临川先生歌曲》，姜夔《白石道人歌曲》）；"琴趣外篇"（欧阳修《醉翁琴趣外篇》）；"大曲"（史浩《鄮峰真隐大曲》）；"乐章"（刘克庄《后村别调》）；"说唱"（陈台平《日湖说唱》）；"樵歌"（朱敦儒《樵歌》）；等等，计二十个以上。

词在南北朝时已有萌芽。《乐府诗集》卷50载有梁武帝萧衍《江南弄》七首，格律很严谨，外有萧统三首，沈约四首，格律全同，看来并非偶然巧合，似有"按谱填词"的可能。

《敦煌曲子词集》的发现，为词的起源提供了有力的证明。调最早出现于

基本知识

七世纪中叶,也有晚唐之作。

中国古代韵文,一直有规律地发展着。诗之发展为词,词之发展为曲,其规律为:语言走向通俗,句式更加灵活,配乐日益谐调。

作词者大多为上层知识分子,内容较为狭窄,形式合理化遂成趋势。到了一定的时候,发展到一定程度,必然有一种新的样式脱胎而生。到了宋末元初,一种新的文学样式出现了,这便是元曲。其显著特点就是内容更贴近民众,语言更通俗易懂。

词的调、体、声、韵、题

所谓词调,即词牌、词牌子。《康熙词谱》有826调2306体,《词律》拾遗补缺875调1725体。

大多数情况下,词调与内容关系不大。一种词调可表达多种内容。

词调的来源,归纳起来如下:(1)沿用古典名调。崔令钦《教坊记》罗列曲调335个。其中已有《南歌子》《浪淘沙》《兰陵王》等名。(2)截取法曲、大曲名。唐大曲有《水调》《霓裳羽衣曲》《六么》,词调有《水调歌头》《霓裳中序第一》《六么令》,又有《法曲献仙音》。(3)用民歌、祀神曲和军歌名。例如《竹枝》《渔歌子》《二郎神》《河渎神》《征部乐》《破阵子》等。(4)因前人诗词得名。如《点绛唇》出自江淹"明珠点绛唇",《鹧鸪天》出自郑嵎"家在鹧鸪天",《西江月》出自李白(一说万卫)"而今只有西江月,曾照吴王宫里人",《满庭芳》出自吴融"满庭芳草易黄昏"等。这类最多,不胜枚举。(5)用古人名或故事为名。如《念奴娇》,因唐代歌女念奴而得名,另《祝英台》《昭君怨》等亦然。(6)以所咏的事物为名。例如《鹊桥仙》咏七夕,《女冠子》咏女道士,《望梅花》《暗香》《疏影》皆咏梅花等。(7)以地名为名。例如《六州歌头》《八声甘州》《梁州令》《凉州令》等。(8)以季节为名。如《春光好》《夏初临》《秋宵吟》《秋风清》等。(9)由乐调、音节而来。如《徵招》《留招》《声声慢》《玲珑四犯》等。(10)以本词中的两三字为名。如《如梦令》《一叶落》《诉衷情》等。

现调名与内容者,大多无关,但某些调名是取之内容或与内容关系密切。

关于调名前有"添字""减字""偷声""促拍""转调""摊破"字样者,词由诗发展而来,必须讲究格式,又不一定囿于格式,因此给了词人发挥之空间。上述变化足以说明之。

关于词的别名。一首词除一正格外，还可有许多别名。词例太多，不一一列举。

值得一提的还有"自度曲"一说。"自度曲"即词人通晓音律，自摆歌词，自谱新曲。"自度曲"，又名"自谱曲""自制曲""自度腔"。最擅长此的宋词人有柳永、周邦彦、姜夔等人。

关于词体。词体从形式上有诸多分法，这大多与曲调、长短、音律有关。

令：亦称小令。即比较简短的词。只有一阕，称单调；两阕，称双调。中调：从五十九字到九十字的词，叫中调。称两阕，或称双调、上下片。长调：也称慢词。至少是两阕，三阕、四阕甚至多叠的也不少。

词的题：词人作词，加于词前的题目。词题与词调基本上是合一的。后来词的内容逐渐与词调脱离，光有词调不足以表达该词的内容，于是另加词题，起补充说明之功效。这大约是从宋代开始的。

词的韵：这里的韵，即押韵。戈载的《词林正韵》把平、上、去三声分为十四部，入声为五部，共十九部，词韵和诗韵差不多，但应当留意古韵和今韵的区别，有的词用现代汉语读起来并不押韵，但用古汉语来读就押韵了。

平上去声十四部：

（1）平声：东冬；上声：董肿；去声：送宋。

（2）平声：江阳；上声：讲养；去声：绛漾。

（3）平声：支微齐，又灰半；上声：纸尾荠，又贿（半）；去声：寘未霁，又泰（半）、队（半）。

（4）平声：虞鱼；上声：语麌；去声：御遇。

（5）平声：佳（半），灰（半）；上声：蟹，又贿（半）；去声：泰（半）、卦（半）、队（半）。

（6）平声：真文，又元(半)；上声：轸吻，又阮(半)；去声：震问，又愿(半)。

（7）平声：寒删先，又元半；上声：旱潸铣，又阮（半）；去声：翰谏霰，又愿（半）。

（8）平声：萧肴豪；上声：筱巧皓；去声：啸效号。

（9）平声：歌；上声：哿；去声：个。

（10）平声：麻，又佳（半）；上声：马；去声：祃，又卦（半）。

（11）平声：庚青蒸；上声：梗迥；去声：敬径。

（12）平声：尤；上声：有；去声：宥。

（13）平声：侵；上声：寝；去声：沁。

基本知识

（14）平声：覃盐咸；上声：感俭赚；去声：勘艳陷。

入声五部：

（1）屋沃。

（2）觉药。

（3）质陌锡职缉。

（4）物月曷黠屑叶。

（5）合洽。

这十九部只能适应宋词的多数情况，其实在某些词人笔下，第六部与第十一部、十三部相通，其中有语言发展的原因，也有方言的影响。

欲了解更多，请参阅戈载《词林正韵》。

词的格律

词的格律，不外乎四项：字句、押韵、平仄、对仗。

所谓字句，是以停顿、平仄两方面来分。

词有一字句、二字句、三字句直至九字句，有二、三、四、五、六等字句。从宋词看，仍以四、五、七字为主。有叠字、叠句，也很精彩。不一一举例。

关于押韵。《佩文韵府》是几百年来的"金科玉律"。共计106部，唐宋词人用此韵，要宽得多。清中叶戈载《词林正韵》收字13 014字，计19部，应注意的是，上声和去声叶韵的情况很多，不应吹毛求疵，另一韵到底按韵的情况也常见，看你习惯与兴趣。另还有"和韵""凑韵"的说法，了解一下即可。

词的平仄：

词的每一字平仄都有较严格的规定。这就叫"字有定声"。这成为如今初学者最感困惑而每易忽略的一关。我是崇尚自然者，只要读通，读顺，朗朗上口就行。过分讲究平仄，难免有晦涩之嫌了。

词的对仗：

对仗与平仄有一定关系，通常情况下，平与仄对，称之为常格，但"易对难了"成为常态，有警句、奇句、佳句，也可不对。毕竟文字不该成游戏，而是表达思想的工具。

词的句读：

句读俗称断句，也称句逗，是文言文中文辞休止与停顿的特定呈现方式，不仅仅只是现行白话文的句号与逗号。

　　古人写东西都是不断句的，文章连在一起，没有标点符号，后来的人常常要自己用笔把句子断开，从而更好地理解，文辞休止和停顿处就叫"句读"。

　　但不同的人认为的句读有时不同，有的甚至影响人对词意的把握和理解。如"小乔初嫁"等例便是。

词与音乐的关系

　　词与音乐的关系密不可分，在词的创作与鉴赏过程中，大部分词是穿着音律的衣裳登上舞台的，词为什么要谈格律？就是为了便于歌唱。至于后来词慢慢脱离了音乐，而成为一种独立的文学形式，有它的历史原因和演变过程。可惜的是绝大部分词的乐谱是什么，为何至今都失传了，这是个谜，谁都没有解开过。好在藏书中还保留有古乐谱，但那蝌蚪状文字犹如天书，少有能懂者。据最近研究发现陕西赵家营也有古谱流传，虽与宋词无涉，但也提供了研究可能。好在现代人不忍词的孤单与寂寞，又开始想恢复其本来的面目。当下收视率很高的央视《经典咏流传》栏目就是将脍炙人口的古典诗词再配上音律奉献给观众，这一传承与发掘，实在了不起啊。

宋词的特殊修辞手法

　　现代汉语中的比喻、拟人、借代、排比、呼告、夸张、反问、对偶等修辞手法在宋词中也比比皆是，极为常见，这里谈互文、列锦两种。

　　互文是古诗词中一种特殊的修辞手法。它有两种表现形式。其一是有时为了避免词语重复，写文时交替使用同义词；其二是有时出于字数和格律的限制，或出于表达艺术的需要，必须用简洁的文字、含蓄而凝练的语言来表达丰富的内容，于是两个事物在上下文中被处理成只出现一个，而省略另一个，这便叫"互文见义"。

　　列锦，即用名词或名词性短语巧妙排列在一起，构成生动可感的图像，用以烘托气氛、创造意境、表达感情。

基本知识

运用列锦，会收到很好的表达效果。"凝练美""简远美""含蓄美""意境美""空灵美""雄壮美"等种种之美，会在这一修辞手法的运用时被呈现出来。

词的炼句（炼字）

炼句就是锤炼句子，尽量写出精辟动人的句子。古人虽无修辞一说，但其写作实践无不在炼句上下足了功夫。贾岛就说过"两句三年得，一吟双泪流"，足见"苦吟派"的态度。

炼句技巧主要有两种，即"换字法"与"代字法"。

"换字法"即用美丽之字换去平常之字，以新鲜之字换去陈旧之字。

"代字法"即不但将本色字加以修饰，而且将加工设色的字代替本色的字用，或是形容本色字，或是取其标志作代。大致有以下五类：1.以形容词代名词；2.以美丽名词代普通名词；3.以名词代形容词；4.以整体中突出部分代整体；5.以古代今，即以古人代今人，以古地代今地。

词的倒装

倒装又叫颠倒。即为了表达的需要，故意将某个词、某个句子语序颠倒的一种修辞手法。

古诗词中倒装主要分为三种：倒词、倒句、倒叙。苏轼词《念奴娇·赤壁怀古》中"故国神游，多情应笑我，早生华发"，"多情应笑我"应为"应笑我多情"。李白词《忆秦娥》中"箫声咽，秦娥梦断秦楼月"，其正确语序为"秦娥梦断秦楼月，箫声咽"。这里出现了因果倒装。作者为了词的对仗和韵律上的需要而改变语序。

倒叙主要是指因诗词结构的需要而改变常见的表达方式，诗词中比比皆是，不再列举。

宋词词牌大全

一、双字词牌：

竹枝	导引	入塞	品令	木笪	河传	鞓红	别怨	寻梅
三台	解红	塞姑	西施	韵令	侧犯	踏歌	兀令	簇水
露华	尾犯	寒姑	白雪	徵招	天香	步月	暗香	孤鸾
无闷	大有	催雪	国香	芳草	大椿	垂杨	花犯	侧犯
瑶华	眉妩	阳春	索酒	南浦	西河	秋霁	望梅	角招
薄幸	疏影	宣清	八归	笛家	白苎	六州	大酺	六丑
歌头	多丽	个侬	三台	哨徧	戚氏	薄媚	渔父	望江

二、三字词牌：

渔父引	闲中好	纥那曲	拜新月	梧桐影	罗贡曲	醉妆词	庆先和	
南歌子	占春芳	朝天子	忆少年	荷叶杯	回波集	舞马词	柘枝词	
晴偏好	凭栏人	花非花	摘得新	梧叶儿	渔歌子	归字谣	欸乃曲	
采莲子	浪淘沙	杨柳枝	八拍蛮	字字变	十样花	天净沙	甘州曲	
醉吟商	乾荷叶	喜春来	踏歌词	秋风清	抛球乐	一叶秋	忆王孙	
金字经	古调笑	遐方怨	如梦令	诉衷情	西溪子	天仙子	风流子	
归字谣	饮马歌	相见欢	定西番	江城子	望江怨	长相思	思帝乡	
河满子	风光好	误桃园	望梅花	醉太平	上行杯	感恩多	长命女	
春光好	酒泉子	怨回纥	生查子	蝴蝶儿	醉公子	昭君怨	玉蝴蝶	
归国谣	女冠子	恋情深	赞浦子	浣溪沙	醉垂鞭	中兴乐	醉花间	
点绛唇	平湖乐	雪花飞	沙塞子	殿前欢	水仙子	菩萨蛮	采桑子	
后庭花	清商怨	伤春曲	卜算子	一落索	发时光	谒金门	柳含烟	
可围芳	好事近	花清引	天门谣	忆闷令	散余霞	好女儿	万里春	
锦围春	太平年	清平乐	忆秦娥	更漏子	望仙门	西地锦	相思引	
落梅风	江亭怨	喜迁莺	乌夜啼	阮郎归	贺圣朝	甘草子	珠帘卷	
忆汉月	画堂春	三字令	山花子	忆余杭	喜长新	献天寿	秋蕊香	
胡捣练	撼庭秋	庆金枝	朝中措	洞庭春	庆春时	眼儿媚	人月圆	
喜团圆	海棠春	武陵春	东坡引	梅弄影	阳台梦	月宫春	河渎神	
归去来	惜春郎	极相思	双韵子	凤孤飞	柳梢青	醉乡春	太常引	
应天长	满宫花	少年游	滴滴金	惜春令	留春令	梁州令	监田乐	
惜分飞	怨三三	使牛子	折丹桂	竹香子	城头月	四犯令	思越人	

基本知识

醉高歌	破字令	花前饮	探春令	越江吟	燕归来	凤来朝	秋夜雨
伊州令	迎春乐	梦仙郎	青门引	菊花新	醉红装	思远人	醉花阴
望江东	引驾行	玉团儿	倾杯令	锯解令	双雁儿	寻芳草	恨来迟
珍珠令	折花令	红罗袄	折桂令	荔子丹	临江仙	金错刀	端正好
杏花天	鹦鹉曲	一七令	望远行	睿恩新	天下乐	恋绣衾	撷芳词
鬓边华	玉楼人	鹦鹉曲	芳草渡	夜行船	金凤钩	鹧鸪天	鼓笛令
虞美人	瑞鹧鸪	玉楼春	凤衔杯	鹊桥仙	玉阑干	思归来	遍地花
翻香令	茶瓶花	柳摇金	卓牌子	清江曲	楼上曲	厅前柳	市桥柳
一斛珠	夜游宫	梅花引	小重山	踏莎行	宜男草	家山好	倚西楼
扫地舞	接贤宾	步蟾宫	恨春迟	冉冉云	蝶恋花	寿山曲	惜琼花
朝玉阶	散天花	荷华媚	少年心	七娘子	一剪梅	锦帐春	唐多令
后庭花	赞成功	定风波	破阵子	贺熙朝	拨棹子	玉堂春	系裙腰
金蕉叶	渔家傲	苏幕遮	甘州徧	献衷心	黄钟乐	醉春风	握金钗
缑山月	喝火令	芭蕉雨	淡黄柳	辊绣球	锦缠道	厌金杯	庆春泽
酷相思	解佩令	垂丝钓	谢池春	胜胜令	行香子	玉梅令	青玉案
感皇恩	梦行云	三奠子	凤凰阁	两心同	拾翠羽	连理枝	惜黄花
看花回	且坐令	佳人醉	千秋岁	惜奴娇	忆帝京	三登乐	檐前铁
甘露歌	师师令	于飞乐	撼庭竹	粉蝶儿	绕池游	碧牡丹	百媚娘
风入松	枕屏儿	忆江南	潇湘神	章台柳	赤枣子	南乡子	月边娇
捣练子	春晓曲	桂殿秋	寿阳曲	剔银灯	隔帘听	越溪春	长生乐
下水船	解蹀躞	扑蝴蝶	千年调	蕊珠闲	瑞云浓	番枪子	荔枝香
御街行	春声碎	凤楼春	四园竹	离亭宴	阳关引	一丛花	甘州令
山亭柳	梦还京	忆黄梅	过涧歇	瑶阶草	安公子	应景乐	柳初新
斗百花	最高树	倒垂柳	彩凤飞	有有令	拂霓裳	柳腰轻	爪茉莉
蓦山溪	早梅芳	新荷叶	长寿乐	迷仙引	黄鹤引	秋夜月	祭天神
鹤冲天	洞仙歌	泛兰舟	踏青游	倾杯近	清波引	受恩淡	松稍月
华胥引	离别难	寰海清	劝金船	醉思仙	玉人歌	惜红衣	八六子
探芳信	雪狮儿	石湖仙	夏湖仙	夏云峰	采莲令	醉翁操	红芍药
塞翁吟	意难忘	远期归	凄凉犯	恋香衾	满江红	玉漏迟	驻马听
雪梅香	六幺令	保寿乐	惜秋华	古香慢	芙蓉月	一枝春	如鱼水
赏松菊	二色莲	扫地游	满庭芳	双瑞莲	玉京秋	小圣乐	金浮图
阳台路	黄莺儿	熙州慢	汉宫春	倦寻芳	剑器近	塞垣春	望云间
秋兰香	庆千秋	早梅香	迷仙引	醉蓬莱	夜合花	采明珠	四栏花

基本知识

庆清朝	帝台春	梦芙蓉	玉京谣	被花恼	昼来乐	留客住	万年欢
玉簟枕	燕春堂	逍遥乐	忆东坡	双双燕	春草碧	芰荷香	绣停针
扬州慢	舞杨花	云仙引	玲珑玉	陌上花	水晶帘	三步乐	梦扬州
声声慢	紫玉箫	月下笛	丁香结	琐窗寒	燕山亭	聒龙谣	十月桃
蜀溪春	秋宵吟	三姝媚	凤池吟	御带花	月华清	飞龙宴	念奴娇
解语花	绕佛阁	渡江云	腊梅香	八音谐	绛都春	琵琶仙	高阳台
采绿吟	长寿仙	惜寒梅	凤归云	彩云归	满朝歌	桂枝香	喜朝天
剪牡丹	梅香慢	玉烛新	六花飞	真珠帘	曲江秋	翠楼吟	西平乐
山亭宴	月当厅	寿楼春	舜韶新	望春回	水龙吟	关百草	石州慢
宴清都	瑞鹤仙	齐天乐	昼锦堂	庆春宫	忆旧游	曲游春	竹马儿
雨淋铃	还京乐	双头莲	忆瑶姬	情长久	探春慢	湘江静	金盏子
龙山会	春云愁	升平乐	迎新春	归朝歌	双声子	永遇乐	二郎神
倾杯乐	百宜娇	月中桂	澡兰香	宴琼林	惜余庆	绮寮怨	花心动
向湖边	霜花腴	绮罗香	玉连环	西湖月	合欢带	曲玉管	尉迟杯
赏南枝	梦横塘	西吴曲	真珠髻	征部乐	解连环	内家娇	望明河
望海潮	望湘人	青门饮	泛青苕	倚栏人	一雨金	系梧桐	折红梅
一萼红	夺锦标	杜韦娘	过秦楼	八宝妆	大圣乐	慢卷袖	选冠子
霜叶飞	透碧霄	玉山枕	期夜月	轮台子	沁园春	丹凤吟	瑶台月
摸鱼儿	贺新郎	子夜歌	吊严陵	金明池	送征衣	秋思耗	翠羽吟
兰陵王	破阵乐	瑞龙吟	夜半乐	宝鼎现	玉抱肚	解红慢	穆护砂
清平调	水调歌	凉州词	伊州歌	陆州歌	胜州令	莺啼序	调笑令
九张机	梅花曲	苍梧谣	明月斜	望夫歌	春宵曲	水晶帘	碧窗梦
南柯子	望秦川	凤蝶令	开元乐	翠华引	渔父乐	谢秋娘	江南好
望江梅	望蓬莱	归塞北	深院月	西楼月	落梅风	塞上秋	甘州子
阳春曲	秋风引	江南路	新安路	莫思归	上西楼	乌夜啼	忆真妃
秋夜月	临波曲	南浦月	沙头雨	小桃红	湿罗衣	十八香	寻瑶草
归平谣	试香罗	清和风	关河令	伤情怨			

三、四字词牌：

传言玉女	小镇西犯	临江仙引	诉衷情近	卓牌子近	月上海棠
上林春令	麦秀两岐	花上月令	献天寿令	孤馆深沉	黄鹤洞仙
侍香金童	二色宫桃	木兰花令	浪淘沙令	烛影摇红	霜天晓角
秋蕊香引	隔溪梅令	伊州三台	双头莲令	法驾导引	相思儿令
雨中花令	彩鸾归令	诉衷情令	步虚子令	金盏子令	祝英台近

婆罗门引 红林檎近 皁罗特髻 千秋岁引 南州春色 望云涯引
少年游慢 梦玉人引 波罗门令 蕙兰芳引 鱼游春水 卜算子慢
谢池春慢 采桑子慢 浣溪沙慢 薄媚摘徧 临江仙慢 水调歌头
玉梅香慢 凤凰双舞 行香子慢 八声甘州 西子妆慢 长亭慢怨
八节长欢 雨中花慢 粉蝶儿慢 并蒂芙蓉 黄河清慢 福寿千春
玲珑四犯 定风波慢 换巢鸾凤 雪夜渔舟 马家春慢 锦堂春慢
木兰花慢 映山红慢 秋色横空 上林春慢 恋芳春慢 氐州第一
湘春夜月 长相思慢 安平乐慢 望南云慢 西江月慢 杏花天慢
拜星月慢 瑞云浓慢 玉梅芳慢 绕池游慢 夜飞鹊慢 暗香疏影
楚宫春慢 惜黄花慢 菩萨蛮慢 无愁可解 江城子慢 江南春慢
高山流水 紫萸香慢 春风袅娜 浪淘沙慢 六州歌头 月上瓜州
望梅花令

四、五字词牌：

后庭花破子 添声杨柳枝 巫山一段云 减字木兰花 金莲绕凤楼
促拍采桑子 江月晃重山 钿带长中腔 隔浦莲近拍 郭郎儿近拍
南乡一剪梅 摊破南乡子 徵招调中腔 桃源忆故人 偷声木兰花
摊破采桑子 茅山逢故人 荷叶铺水面 明月逐人来 快活年近拍
金人捧露盘 促拍满路花 五福降中天 江城梅花引 法曲献仙音
金盏倒垂莲 东风齐著力 四犯剪梅花 高平探芳新 雪明鳷鹊夜
梅子黄时雨 玉女迎春慢 甘露滴乔松 瑶台第一层 黄鹂绕碧树
绿盖舞风轻 夏日燕黉堂 金菊对芙蓉 新雁过妆楼 东风第一枝
春夏两相期 清风满桂楼 送入我门来 花发沁园春 春从天上来
泛清波摘徧 飞雪满群山 五彩结同心 春雪间早梅 玉女仙瑶佩
满院广寒枝 减字浣溪沙 潇湘逢故人

五、六字词牌：

寿延长破字令 惜花春起早慢 霓裳中序第一 花发状元红慢
爱月夜眠迟慢

六、七字词牌：

凤凰台上忆吹箫

字词限量

五十八字以内为小令，五十九至九十字为中调，九十一字以上为长调。

十六字令16字　　捣练子27字　　忆江南27字　　忆王孙31字　　如梦令33字
相见欢（亦称乌夜啼）36字　　长相思36字　　生查子40字　　点绛唇41字
浣溪沙42字　　菩萨蛮44字　　卜算子44字　　采桑子44字　　减字木兰花44字
诉衷情45字　　忆秦娥46字　　清平乐46字　　更漏子46字　　阮郎归47字
画堂春47字　　摊破浣溪沙48字　　贺圣朝49字　　西江月50字　　南歌子52字
醉花阴52字　　浪淘沙54字　　鹧鸪天55字　　鹊桥仙56字　　虞美人56字
南乡子56字　　玉楼春56字　　一斛珠57字　　踏莎行58字　　小重山58字
蝶恋花60字　　一剪梅60字　　临江仙60字　　钗头凤（亦称折红英）60字
唐多令60字　　渔家傲62字　　苏幕遮62字　　定风波62字　　锦缠道 66字
谢池春66字　　青玉案67字　　天仙子68字　　江城子70字　　离亭燕72字
一丛花78字　　御街行78字　　洞仙歌83字　　满江红93字　　水调歌头95字
满庭芳95字　　八声甘州97字　　凤凰台上忆吹箫97字　　凤求凰98字
昼夜乐98字　　双双燕98字　　念奴娇100字　　桂枝香101字　　翠楼吟101字
石州慢102字　　水龙吟102字　　雨霖铃103字　　永遇乐104字　　望海潮107字
沁园春114字　　贺新郎116字　　摸鱼儿116字　　六州歌头143字
.

常用词牌

填词，首要的是选定词牌。词牌有两个含义：一是明确了调类，即音律特征；二是框定了词类，即语言格律特征。词牌的原始含义，既包括了音乐也包括了文学，因填词目的是要"唱"的。

但随着时间的推移，词的音乐属性在淡化，甚至退化，而最后只剩下文学的特定格式了。

原生态的词牌，也像现在的歌曲一样，洋洋洒洒，林林总总。好听的也多，流传甚广；一般化的也不少，唱过也就淡忘了。宋词的词牌也是这样。

在清朝万树编著的《词律》中，共收词牌660调，而清朝王奕清等奉命

基本知识

编的《钦定词谱》，则收调826调，可见词牌浩繁。实际词牌数远不止这些。在近年出版的《宋词全集》一书中，共收词牌1107个，而在《全宋词》中比这还要多。

这么多的词牌，想要填词表意，手头没有像样的工具书，是很难把握得准的。但事实上，真正常用的词牌，远没有那么多。

所谓"常用词牌"，是指大多数词家喜欢用的词牌，也就是指在历朝的词著中，特别是宋朝的词著中，在众多的词牌中，出现概率最高的那些词牌。能够掌握了这些词牌，也就掌握了宋词的精华。

这里有两部书可以作为参考：一部是唐圭璋先生编的《全宋词》（中华书局1965年版，1992年重印）；一部是任汴、武陟仁编的《宋词全集》（国际文化出版公司1995年版）。两部书各有特点和重点。

《全宋词》录入词人1330余家，收词19900余首。除宋词人别集、散集外，其残篇断句、宋人话本小说词、宋人神仙鬼怪词、元明小说依托宋人词等，一并收录，"是编旨在汇辑有宋一代词作，供研究工作者参考之资，故纲罗散失，虽断句零章，亦加撷拾"（凡例语）。该书最大特点在于求"全"。

《宋词全集》，录编作者202位，词牌1107个，收录作品14932首。该书主要采录了《疆村丛书》《四印斋所刻词》及明毛晋《宋六十名家词》，及近人吴昌绶《景刊宋金元明本词》本中的宋人词集。可以说，宋词的精华已尽入其中。本书最大的特点在于"精"，它完全可以反映宋词在文学艺术发展史上的价值，也比较全面地反映了宋代词峰时期的词作面貌。

在全宋词1000多个词牌中，真正常用词牌只有41个。这41个词牌出现的频率为全部词牌出现频率的50.32%；41个词牌作品数为作品总数的59.64%。而41个词牌只占词牌总数的3.70%。这就说明：还不到百分之四的词牌，其出现频率和作品总数都超过50%以上。因此应该认为这41个词牌就是宋词中的"常用词牌"。

值得注意的是，在这41个词牌中，出现频率最高，也是作品数量最多的前十名词牌依次是：浣溪沙、水调歌头、鹧鸪天、临江仙、念奴娇、菩萨蛮、西江月、满江红、点绛唇、清平乐。

这些词牌，在词史上出现过许多传颂千古的名篇名句。如：

晏殊的《浣溪沙·一曲新词酒一怀》，有"无可奈何花落去，似曾相识燕归来"；

苏轼的《水调歌头·明月几时有》，有"但愿人长久，千里共婵娟"；

辛弃疾的《鹧鸪天·送人》，有"浮云水送无穷树，带雨云埋一半山"；

陈与义的《临江仙·忆昔午桥桥上饮》，有"杏花疏影里，吹笛到天明"；
苏轼的《念奴娇·大江东去》，有"大江东去，浪淘尽、千古风流人物"；
辛弃疾的《菩萨蛮·书江西造口壁》，有"青山遮不住，毕竟东流去"；
张孝祥的《西江月·黄陵庙》，有"满载一船明月，平铺千里秋红"；
岳飞的《满江红·怒发冲冠》，有"壮志饥餐胡虏肉，笑谈渴饮匈奴血"；
李清照的《点绛唇·蹴罢秋千》，有"和羞走，倚门回首，却把青梅嗅"；
黄庭坚的《清平乐·春归何处》，有"若有人知春去处，唤取归来同住"。
而苏轼的《水调歌头·明月几时有》《念奴娇·大江东去》，岳飞的《满江红·怒发冲冠》，更是千古传诵名篇。

还值得注意的是，在41个词牌中，有28个词牌，虽然出现频率没有过半，但其作品量极大。在宋词一千多个词牌中，这28个词牌作品总数占到了全集作品数的50.88%，超过半数。这是产生大量作品的词牌群。

在"常用词牌"外还有一些词牌，读者也都比较熟悉，也有不少名篇。如李清照的《声声慢·寻寻觅觅》，苏轼的《行香子·过七里濑》，辛弃疾的《汉宫春·立春》，等等。这些词牌作品不是很多，但其名篇被引用量和刻印量极大，"出镜率"极高，令人印象深刻。

——上述常用词牌摘录于杜肇昆的《宋词常用词牌的统计分析》一文。

自说自话

1. 关于宋词，典籍有记，前人有辑、有著、有说，也有误。今我读、我译、我析、我思，我有话要说。

2. 读词，通读很重要。我虽不愚笨，但过目不忘的功夫还十分欠缺。通读数遍后，何人，何作品，大概有个数，作品的优劣自然淘了一遍，便于日后的细嚼慢咽。因此我以为通读是读词的第一要务。我通读的方式是用毛笔在宣纸上抄录，一则练毛笔字，二则作品一字一句都不放过，阅读之效果不错，对我很有裨益。

读宋词，当属钻故纸堆之类的功课，久读，特别是对同一作者词的连读，肯定很累。因此我想开辟《自说自话》栏目，回忆回忆我读词（书）的轨迹，发发艺术人生之类的感慨，特别是讲讲我与今人在文字上的交流，倒觉有趣。

3. 我读宋词，除了在书桌前认真攻读外，床上、厕上、路上也是我发愤读词之处。满脑子的宋词，当然影响睡眠，索性点孤灯披衣坐，与古人对话，日之将出吾欲睡。

在路上，也是我受宋词左右的尴尬时刻，特别是写书的这段时间，每每想到宋词的精彩，难免手之舞之、足之蹈之，惹得路人说我宛如痴人。

4. 吃饭、走路、睡觉，痒就挠挠；
   读词、念词、恋词，小智闲闲。
   ——套用偶像林晓句

5. 我的座右铭：刚而无虐，简而无傲。
   ——我的老师朱漱梅、好友秦能先生均有手书被我轮流挂于堂上

6. 我的墓志铭：在此休息的姓雷名震，儿孙前往的小径上青草不再长生。

7. 与冯新民藕园①小聚

雅集藕园,索句楼兰②。

玻璃弦语③,庾信卫玠。

旗袍裹身④,笑靥盈盈。

一时性起,骚气勃勃。

丢了丢了,不弹不弹。

①藕园:三元桥下藕园饭店。

②楼兰:冯新民最近有《楼兰诗》。

③玻璃弦语:冯新民两本新诗集名。

④旗袍裹身:老板娘衣着。

8. 赠冯新民顺口溜

施家井旁水映人,

二母坟上欲断魂。

杜家桥塸二脚马,

毛家埭里躺斯人。

9. 秋

秋冷了月光,

洒一地白霜。

风苦了蝉儿,

雨爽了榆桑。

谁乱了我心?

西楼并残阳。

去关上北窗,

再添件衣裳。

10. 纸鹞

九月秋正浓,飒飒西北风。

纸鹞半空鸣,遥遥东南飞。

忽然断了线,一去不复归。

低头情清风,不怜牵挂人。

自说自话

11. 宋词两三篇，警句四五句。
    兄弟六七个，烂醉八九回。

12. 一支烟，一杯茶，一通薄荷脑。
    玩遍古人与今人，牢骚愁情付与纸。

13. 不断以尼古丁刺激自己，效果：思维敏捷；副作用：荷尔蒙激增，骚气勃勃，文如泉涌。

14. 既已出海，就要扬起风帆。

15. 手执烟火以谋生，心怀词句以求爱。

16. 小鸟想飞过大海，彼岸有吾之所爱。

17. 《时间煮雨》《烟花易冷》《秋意浓》等流行歌曲为什么"经典咏流传"？因为歌词作者古诗词功底很好，词句感人，台湾著名词人方文山便是。

18. 我写这本书的四项基本原则：人云我少云，标新不立异，自由不散漫，数典不忘祖。

19. 一首好词，流传千古，评说不断，骨骼早已有之，我要做的事就是给它点不含"瘦肉精"的血肉和并非华丽的羽毛。

20. 每个人心里总有一把火，而路过的人看到的只是烟。

21. 一草一千秋，一花一世界。

22. 惆怅东阑一株雪，人生看得一清明。

23. 我的读书环境：
    缸有追鱼，笼中画眉，瘦竹摇曳，幽兰溢香。
    出无车，食无鱼，长铗归来兮。

读宋词三月不知肉滋味。

24. 关于梁战。八旬叟翁，官宦之后，祖父曾知余姚府。梁战退休前在市图书馆古籍部工作。

1984年年初，我为范伯子联语挽曹肯堂"不识通州三生"句中的"通州三生"何许人也去讨教，他很热心，提供了《范伯子联语》等典籍供我参考，并告知南通曹从坡为曹肯堂后人，可向其咨询。我旋即写信向曹从坡求教。从坡老俄顷回信，虽未有解，但前辈之关心没齿难忘。后来我的老师南通师范高等专科学校姜光斗教授在一文中提到了"通州三生"，即清末南通名士张謇、范伯子、朱铭盘，此谜迎刃而解。我就此与梁战结了缘。

梁战是闲云野鹤式人物，书法极佳。曾书"青菜白盐糙米饭，瓦壶天水菊花茶"一联与我。

此日我去他家玩，他又赠夏承焘先生所题《板桥诗词撷英》一书予我。夏承焘为词学大家，此书我甚为喜欢。

25. 我年少时就对宋词入迷，曾于20世纪80年代初在桃坞路新华书店购得《钦定词谱》一套四册，《白雨斋词话》一册，《蕙风词话》一册，《人间词话》一册，夏承焘《天风阁学词日记》一本，以及《介存斋论词杂著》《复堂词话》《蒿庵论词》等书。可惜数次搬家，《钦定词谱》缺卷三，夏承焘《天风阁学词日记》不见了。请冯新民老师代我补购，冯答应了，但未果，甚是遗憾。

26. 我曾向俊生兄、亚明兄夸下海口，欲出《我读宋词》一书，俊生兄系《江海晚报》名记，著作等身。他答应为我作序或在后记中为我美言几句。这也是我三伏天脱得光光、伏案疾书的动因之一。报社同事张建生得知我自费出书之后说："这本书很有价值，出版社还应付你稿酬呢。"之后他便积极为我联系出版社，亚明兄也在不断敦促早日完稿，在此一并叩谢。

27. 赵劲夫、蒋德才、保骏、陈毅贤为报社四杰，我崇敬的对象。特别是蒋德才，不嫌我愚笨，带我出过《平潮饭店先进事迹》《苏南经济考察》《南通盆景》等四本书。

保骏为报社副总编，1985年在日报经济部当领导时亲自带我去南通锻压机厂采访，由他亲自执笔写下了《雄鸡一唱天下白》新闻稿，并且这篇新闻稿只署了我一个人的姓名见报，这是我进报社后见报的第一篇经济类报道，我能不佩服他吗?至于赵劲夫老总,他对我像慈父般照顾提携,为改我一篇新闻稿,往往伏案到深夜,我的新闻稿大都出自他一笔一画的修改。至于陈毅贤,更是与我兄弟相称,我在报社的新闻稿大多见诸他主编的日报第一版(要闻版)、第二版(经济类新闻版)。我能在人才荟萃的报社混口饭吃,这四个人对我的帮助太大了。

28. 关于好友马夏。马夏,又一个南通奇才,一生好竹。我曾采写过《马夏,爱竹爱得没魂》一文,见《三角洲》杂志。

我采访时就奇怪,他爹不姓马,他母不姓夏,他马夏名何来?当时因虑涉及他的隐私,不曾细问。后来我读宋词宋徽宗一节时才发现徽宗皇帝所创办的大晟府中有马远、夏圭二杰,马夏或因为敬佩他俩之才以二位的姓为名的吧,这也是我读宋词的一个收获。

29. 与冯老师的唱和
风吹葫芦荡,
佳人在潇湘。
缸中鱼追鱼,
池里荷田田。
画眉困在八角笼,
听败壁蛩鸣声声。
今夕何夕?
烦躁断魂。
往日病金尊,
今天唯恐浅。
想起冯老师,
下笔如有神。
——七夕赠冯老师

冯新民回诗:
潇湘有山鬼,
屈子笔下生。
横笛吹落月,
骑豹走密林。

出山雷声起，
一震千山魂。
携来灵修至，
忘归女佳人。

30. 一塔①一川②一诗人③，半郭半村④半酒神⑤。——赠冯老师联句
①一塔：文峰塔。
②一川：南川河。
③一诗人：冯新民。
④半郭半村：文峰塔下，过去周边为城乡接合部，故称"半郭""半村"。
⑤半酒神：指冯老师。他是逢花必倒，逢酒必醉，醉必吟诗。总是一半清醒一半醉，故称"半酒神"。

31. 良师益友蒋德才英年早逝。是夜，他手足冰凉，停于附院病榻。我前去送别，见窗外，一弯冷月与他相伴，我含泪出一联句："一弯冷月冻苍穹，两行热泪沸九泉。"

在德才逝世廿年纪念会上，这一联句被其好友金星华收录《德馨报人，才溢江海》纪念画册中。

德才好友黄俊生有《伤春曲·忆德才》一阕追思他：

月冷星稀，晓寒处，沧桑归路。凝眸望，杏花飞雨，飘零何处？百感都随流水去，一念就被东风误。问缘何，哀恸起呜呜，孤魂舞。

鬓间发，只初雪，未酬愿，身先故。任何洲鸥鹭，独飞独宿。横江轻舟摇月影，仲春雨坠狼山暮。诉衷情，唤来故人归，和春泣。

32. 向日葵告诉我，只要向着太阳，积极向上，日子就会变得单纯而美好。

33. 十七八岁时，我在市一中求学，同学王铭勋自编了一本韵律书，我借来一阅，如获至宝。这本蓝面子的韵律书奠定了我日后喜爱词的基础，使我受益匪浅。

34. 外公许锡康在家里的日历上留有一首诗："垃圾好肥田，河水汪汪清，我们把四害，彻底消灭尽，让城市干干净净，让大家健康有劲。"我没问这诗是不是他创作的，但这是十三四岁的我第一次接触诗，播下了我日后喜欢诗词的种子，谢谢外公！

自说自话

35. 伯母邵盘世，通中语文老师，"文革"中辞世。她是梅庵派琴家邵大苏的侄女，娘家邵氏，住百货大楼蔡家巷11号。每次前去探望，我总能听到她家里琴声悠悠。她对我影响最大的是她写了《南通人怎样学普通话》一书，书中汉语拼音部有不少关于韵律学的论述。在她书籍满满的书架上，我抽出这一本来读，那时我才十一二岁，因此伯母是我学诗学词的启蒙老师。

36. 爷爷雷瑞卿的一封家书，用端正的宫阁体小楷书写：

叩禀，母亲大人膝下万福金安，玉体安康。去岁十一月间，接得贺大兄带来教谕一封，拜读之下，领悉家中平顺，大人福体精神，并外祖母玉体安善。男在外心中甚为欢喜。近来身子粗安，不必远念耳。叩别尊前，不觉五载，无刻不想。男想娘如同旱苗子望雨一般，在外不能够立于旁边服侍，忤逆之罪，自然深重，因为家中穷苦而累，母亲当心门户料理，茶饭忍受熬煎，定想今春回来，无奈，手内乏钱，若钱到手，定当回来议娶服事。母亲不枉养，兄一常今托咱处贺家庄贺赠春兄奉娘金安。亲戚均吉。男雷自瑞顿首叩拜。

陕西老家地址：陕西省渭南市合阳县新池公社雷家庄。

此书信存于堂姐雷霄手中。据她说："我父（雷春鸣）在世时，与老家有过信件往来，我记得叫雷六二（堂叔），已是二十多年前的事了。"

家系：（伯父雷春鸣手书）

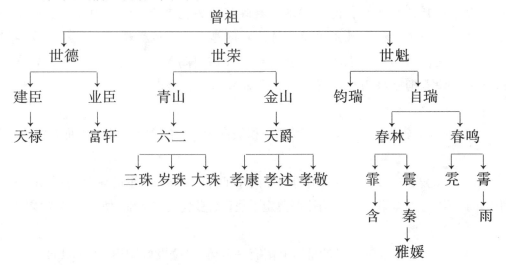

据雷霄讲，祖父雷瑞卿（自瑞）随其伯父雷世荣来通。雷世荣为张謇好友，受张謇之邀来通，任商会副会长。原金沙人民公园有张謇为其建的陵园，中华人民共和国成立前就平毁了。

另：雷瑞卿经南通名人孙支厦介绍，与南通邵家闺秀邵如珍结为夫妇，他们即我的祖父祖母，他们去世后合葬于南通郭里园公墓。

据雷霄回忆，伯父雷春鸣曾述雷家祖上因献老家特产大红枣于朝上，甚得皇上喜爱，赐官，并有匾额书题雷家祠堂。

由此推断，雷世荣与张謇或同窗，或同朝，来通之事有根据了。

列此家系，是为不能忘根，不能忘本也。

另：伯父雷春鸣曾为南通首届政协委员，我曾见过政协人员合影照片，其中就有他。他与南通高隐尤无曲为好友，一个善画，一个善书，两人有多幅作品（无曲画，春鸣题）存世。

关于"璧月园"。我出生于南通寺街石桥头12号璧月园，1至14岁居其中。此园为伯父雷春鸣所置。据沈绣博物馆馆长卜元先生回忆，他曾问过雷春鸣"璧月"两字来历，雷春鸣答：语出冒辟疆水绘园，丙寅初春天山老人即周会瀛手书，后由雷砖雕于园门之上。我小学就读于实验小学，14岁后因就读十四中学移居和平桥一人巷外祖母黄凌翠处。

由此看来我之喜爱诗文，总算找到了一点渊源了吧。愿承祖上，文心不改，以至终了。

其实我是在伯父的呵护下长大的，因为我父是电厂的采购员，全国各地到处跑，母亲是人民医院有名的积极分子，从早到晚全身心地投入工作中，关心我和妹妹自然少了，我与伯父的接触也多了。记得小学课本里有一篇鲁迅侄子写的文章，名字叫《我的伯父鲁迅先生》，我的脑海中也刻下了我的伯父雷春鸣先生的烙印，伯父在我眼里永远是那么儒雅，他在璧月园的天井里摆满了盆景，房间里也陈设着一堂红木家具，以及几整橱的文物古玩。我从小耳濡目染了他的儒雅书生样，且受益不浅。前面讲过的从他书橱里拿伯母的著作来读就是例子。

37. 张泽贤，笔名南浔，晚报老总。我20世纪90年代初曾在他主编的晚报副刊上发了一组十二篇文峰公园游记。他认为文笔尚可，孺子可教。他知道我爱集邮，就送了一枚当时已很珍贵的"猴票"给我，我也礼尚往来，送了他一本《唐宋词鉴赏辞典》。他也很是喜欢。

38. 南通博物苑一百年庆典之际，做了一百把纪念壶，梁战送我一把。此壶有故事，即由梁战画阮籍穷途之哭图，由我的同学博物苑赵鹏先生雕刻其上，我甚是喜爱，珍藏至今。

39. 俊生兄送我两块石头，一为黄蜡石，一为斜纹石，是他在新疆荒野拾得。我平时把玩并凑句一首："一颗童心，二块石头，三入北疆，四处寻觅，五心不烦躁，六神已安定，七上八下细玩弄，久想想，实在有意思。"

40. 琴棋书画，一点不会。烟酒色茶，偶尔尝尝。

41. 晚报七十周年庆典，要求报社记者、编辑每人写一句话，集中刊发。

我写的是：因为爱着你的爱，因为梦着你的梦，所以安心地牵你的手，不去想回头不回头。——摘自苏芮的《牵手》

俊生兄一句精辟、熨帖：

冬雷震震，乃与君绝。——取乐府句

42. 必须以全新的视角来读宋词。吃一道菜，不在于它好吃不好吃，而在于它的营养价值，因此我刻意地从心理学、伦理学、比较学、生理学、美学、修辞学、绘画学、历史学等多种角度，对感兴趣的词作进行分析、鉴赏。

43. 我曾于《江海晚报》发表过一篇人物专访《施亚夫传奇》（五千余字），晚报《江海之子》上用了整整一版刊发。此文的线索是由时任南通市建委主任的陆明钰提供的，我与报社俊生、学志兄前往南京，做了专访。施亚夫在南通历史上很有名气，市博物苑馆藏油画上所画的，1949年2月，骑着高头大马，率队进入南通城的那位，就是他。我自认为文笔不错，事实翔实，见报后好评不少。但问题来了，有人认为属"二度创作"，原因是他从小到老的生活、战斗轨迹，文中的结构与另一本传记一脉相承。我意识到问题的严重性，即不管是结构上还是引文上都要力避雷同，所以我在写《我读宋词》读后之感、读词论文时要尽量做到这一点，切记，切记！

44. 《南通盆景》一书，时任南通市建委主任的陆明钰为主编，蒋德才、黄俊生、金星华、缪鸿程、张亚明为副主编，因为我是跑这方面的记者，做了一些力所能及的事，所以被列为第一副主编。

该书由南京出版社出版，著名书法家尉天池题写书名，园林专家陈从周教授有"天孙云锦"的题贺，报社前辈熊飞先生校阅全书。

我戏谑：德才策划之，明钰主编之，雷震草创之，俊生润笔之，亚明呕心之,皆大欢喜之。

45. 好自在
——题老丁《辋川图》

邀青山相依,借绿水做伴,蒲叶摇摇。
看鹤儿高飞,听老牛浅唱,炊烟袅袅。

46. 苦等
——题老丁《秋水图》

落叶远飞,那山把秋水望断。
离鸿低徊,那人将春天苦等。

47. 高祖还魂记
——题老丁《高祖还乡图》

高祖刘邦,且不谈其除暴秦、建大汉的千秋伟业,光一首威加海内的《大风歌》就够后世敬仰的了。可是千年之后的元人睢景臣恶搞出一首《哨遍高祖还乡》,借乡村老儿之口,极尽讥讽嬉骂之能事,气得他老人家从棺材里坐将起来,口喷打油诗一首:

死人总被活人气,老子总被孙子欺,
回想当年秋风起,威加海内吞山河,
等我再唱大风歌,拿你帽子当夜壶。
盖世英雄如此和文人计较,你说他菜不菜?
(注:老丁,即我好友、报社资深美编丁鸿章先生)

48. 春风沉醉
——题马夏庭院

一椅,
一壶,
一杯,
边上竹翠。
春风,
春雨,
春晖,

不醉不归。

49. 美人迟暮
——题马夏庭院

一炷香，
半塘水，
有莲花朵朵开。
玲珑龛，
陈蕃榻，
恐美人迟迟归。

50. 或云太疲
——观梁战信笺小品

眼前的几帧梁战小品，令我爱不释手。为什么？五颜六色看多了，纷乱，不欢喜，而梁战先生的却干净，干净得一尘不染，我欢喜；外面的世界太混沌，浮躁，不欢喜，而梁老的却清纯，清纯得可以清心，太好了。

你看《三鱼图》中的三条鱼，摇头摆尾，像在戏水，好生自由。呀！画面上怎的没水？啊，比鱼更自由的水啊，她已流向远方。

再看《目送飞鸿》：孤单的雁，盘旋在去年的老地方，抛下了他的她，她在哪呢，还好吗？

《飞舞蓬蒿》：一对仙鹤，你是仙，还是鹤？画者知，读者知。

《梅竹兰菊》：文人墨客，永恒的主题在梁战的笔下依然只寥寥数笔。而我读到的是铮铮傲骨和只为伊人飘香。

我是在梁战家里欣赏到这几幅画的。

"疲的疲的"（差的意思），先生躬身淡淡地说，用的是南通方言。我突然想起先生自谓"疲翁"，便讨教其意。先生淡定地说：有一次画展上，一位观者便是如此说他的画的。自后他索性自号"疲翁"。

博物苑原苑长赵鹏先生对梁的自谦，大为赞许，治刻"或云太疲"一枚印章送上。梁很欢喜，朋友们也都欢喜。

"我的画不是画给画家看的，是画给自己看的，有人看我的画就很好了。若能读出自己的心得，就更好了。"梁战如是说。

——此文登于2012年12月《江海晚报》

51. 马夏，爱竹爱得没魂

马夏，是一位爱竹爱得近乎痴迷的人。房前屋后栽的都是竹，睡的是竹榻，坐的是竹椅，拖的是竹板儿，说不定哪天还会编件竹衣穿穿呢。

我欣赏竹子，它的迷人之处说终了是在于它的"中空且直"。——马夏

如果说马夏对竹子的喜爱仅仅停留在一般的文人情趣上，那是远远不够的，有着在南通工艺美术研究所工作经历的他，将其艺术才华融入竹子之中。

他在文峰塔下有一亩三分地，那儿有三间茅屋，一畦菜地。

他在那儿蓄发留须，很少与外界交流，潜心养竹、品竹、参竹，他成了一个爱竹爱得没魂的奇人。

艺术总得有思想的寓意，我以为我已与竹子融为一体了。竹子是我与天地交流的依托。——马夏

大凡奇人，会有奇特的想法，他参竹参出了道行。专事雕竹为器——说是供品也好，摆设也好，反正是他与神灵交往的器物。他说，他是从宋朝的一位高僧的一幅画中见到这种神器，并得到灵感的。现实中，国内外都不曾见到过。

其实，马夏是一位大隐。

他的才气不输同时从南通工艺美术研究所走出去的林晓、范扬、许平等书画名家，且阅历丰富，造诣颇深。只是不书一字，却尽得风流罢了。

马夏，1960年在南通出生。幼承家学，随父习画，其父曾任南通市文联主席。马夏少年时专练体操，15岁以后专攻油画，20世纪80年代求学于中央工艺美术学院。他设计制作的双面盘金装饰绣《狩猎图》红木屏风堪称国宝级刺绣珍品，可惜这幅作品在20世纪90年代中期，南通工艺美术研究所解散时，该所仅以150万元人民币的价格便卖给了东南亚的一位收藏家。

马夏是位墙里开花墙外香的大隐。

2006年，在国际竹藤艺术创意展上，中央美术学院邀请马夏的现代竹雕艺术作品参展，其作品引起了各国艺术家的惊叹，他们认为这种竹雕艺术是完美、顶尖的现代美术雕塑作品。无论从外表造型上看，还是从内涵的精神语汇上看，其独特的构思和奇妙的想象力都突破了中国民间竹艺狭窄的文人情趣和工匠气，从而升华到了当代艺术层面。

马夏在英国有专门的画廊，他还时常应邀在牛津大学开课，授业解惑，讲授中国刺绣、竹艺等专业课程。

他曾获联合国教科文组织颁发的"一级艺术家奖"和中国国务院颁发的"特别贡献奖"。

我很奇怪，他爹不姓马，其母不姓夏，他马夏之名是何意。怕涉及个人隐

私，我在采访他时不便提问。

后来在读宋词关于宋徽宗赵佶一节时，了解到徽宗所设大晟府音乐、画院机构中有马远、夏圭两位高隐奇才，马夏是出于对二位的尊崇而以二位的姓来给自己命名的吧，我猜八九不离十。

52. 一本好书——《梅庵日记》

《梅庵日记》，冷雪兰著。古吴轩出版社出版。车前子有《花露烧》代序："朱大德、藿香饺，梅庵书苑花露烧。"

冷雪兰，四十岁左右，身材高挑，有冷俊之美，颇有故事。其兄冷冰川，长期旅居西班牙，通籍画家，与林晓等交好。1998年，林晓声誉中外，回通时，友俞洪林在寓居"就一桌"宴请，我与俊生等作陪，冷氏兄妹在席，见其一面。

《梅庵日记》装帧精美，文如其人，且真情实感，地方色彩浓厚，读之有味。

53. 黄钟·人月圆

保骏先生六十花甲，葫芦双调四平韵贺之。
喜逢甲子人月圆，马到成功。
当年弘肆，雄鸡唱白，气贯长虹。
光阴荏苒，桑榆未晚，还笑东风。
先生学生，吉祥安泰，春夏秋冬。

——癸巳仲秋日作

54. 两只羊（自度曲）

——与刘晓鹏老师茶后调侃
你是羊，
我也是羊，一大一小两只羊。
你说的是琴棋书画，我聊的是烟酒色茶。
你砑雕抚摸日月乾坤，
我酒醉糊涂嬉笑丰乳肥臀，
你喝的黄啤又黑啤，
我叹的是长桥更短桥，
你道六月飞雪才罢休，
我说冬雷震震方了断。

你问铁树开花日，我答公羊羝乳时，
哈哈哈，搞笑到一块了，
咩咩咩，尽是胡说八道，
两只羊也那么哥。
（注：刘晓鹏与我均属羊。）

55. 归凤之歌
——刘老师雕"游凤归来"葫芦有感

凤还巢，
凰栖皋（枝），
凤凰于飞，
飞来的缠绵，
天未醒，
地未眠，
天地于情，
情至泪先到。
日出东，
月落西，
日月于梦，
梦去了无痕。

56. 鱼落月

鱼戏荷叶东，玉靥别样红。
何时并蒂莲，等到九月中。

57. 苏子龙赠词作二十首。均出自心声。现录三首。
《南乡子·步辛弃疾词韵》：
何事几多愁？只为丢了别墅楼。《龙鼎风云》赊了本，悠悠。一番心血付东流！
电视情未了，拍戏欲罢未能休。怎知市场路坎坷，难过。且将教训记心头。

2016年6月14日

（注：余应新沂市委之邀，拍摄宣传古镇窑湾的电视剧《龙鼎风云》，因遇不可抗拒的原因，发行亏本，只好将南京的一幢别墅充抵银行贷款。）

自说自话

《浣溪沙·鸟群聚会》：

鸟群①聚会徐食记，美酒佳肴忒惬意，推杯换盏不知醉。谈风说月不顾忌，吟诗放歌多情趣，尽享人间好滋味。

2019年5月30日

（注：①鸟群——九位好友聚集成群，有南通市作协主席冯新民，《工人日报》鲍冬和，《江苏工人报》陶家伦，《江海晚报》黄俊生，南通电视台樊贤，《南通日报》雷震、余达等鸟人入群。苏子龙被尊为头鸟。此群尚有竹林七贤之遗风，经常雅集吟诗文，又有宋词人之雅好，笑谈风声喝"花酒"。）

《忆秦娥·怀父母》：

常思念，梦中几回来相见。未相见，默默无语，唯有呜咽。难忘此生养育恩，未能尽孝悔已晚。悔已晚，只盼来世，再结家缘。

2019年6月15日

58.《微山湖麻鸭图》，此画为山东画家张泰昌所赠。题云：

微山湖麻鸭，生蛋双黄，于夜间而不语，名利度外，其精神实可赞也。辛未初夏，来南通办个人画展，幸遇雷震贤弟，甚为快事，山东张泰昌记之。

59. 刘晓鹏于我六十岁时雕一葫芦送我。上雕三只羊，意三阳开泰，并刻我嘱"老骚羊想好事"句。我满意。

60. 得王俊山《鲁人诗稿》。王俊山，南通中学原党支部书记。参加过抗美援朝，我好友王纬之父。我在《江海晚报》副刊部当编辑时曾刊发过其多篇诗作。莫闲在该书代序中说："诗是美的，沈德潜说美在格调，王士德说美在神韵，袁枚说美在性灵，王国维说美在境界，胡适说美在明白如话，我说，王俊山的诗也是美的，美在自然质朴。"我拜读了全书，确实如此。他在一诗中说："你明亮的两眼，其实是黑黑的陷阱，你高耸的双乳，其实是两座坟墓。"不贬低女性，却是警世恒言。

61. 向林晓索取《戚和藏书票》一书，戚和绘，林晓著。
另林晓赠送《当代中国画家研究丛书 林晓》一册，并有题赠。

62. 吃茶洗尘诗心禅意
——听叶子姐姐说茶

她的脸上始终带有一种和煦的微笑。温杯、淋盖、洗茶、高冲、出汤、请茶,一系列动作标准而娴熟。茶圣陆羽的《茶经》记得滚瓜烂熟,身边常有一帮子茶友,多为作家、画家类的文人,也有搞运动的,诸如打羽毛球的、打乒乓球的、击剑的,还有名模……男女都有,老少齐全。

和几个朋友第一次在叶子处喝茶,始终觉得她有点虚无。可能是她一直在轻诵着《茶经》,所穿插的故事总有点禅意的缘故。

"茶者,南方之嘉木也。一尺、二尺乃至数十尺;其巴山峡川,有两人合抱者,伐而掇之……"

过了一会儿,当这位叫叶子的女人问我喝出点什么了的时候,我坦率地告诉了她我的感觉。

她莞尔一笑,并不作答,一边沏着茶,一边继续念她的茶经。

叶子是位四十来岁的女人,看上去端庄大方,谈吐也颇有底蕴且低调,可一说起茶来眉飞色舞。每遇知音,总是将珍藏的好茶一道道地奉上。这泡是"凤凰单枞",这泡是"雪血普洱",这泡叫"顾渚紫笋"——我们的杯中一会儿嫩绿,一会儿鹅黄,一会儿酱红,一会儿紫青。

"喝茶,喝的是一种心境,一种情调,一种欲语还休的沉默,一种欲笑还颦的忧伤,一种千红一杯、万艳同窟热闹后的落寞……"

叶子轻轻地吟诵着一位茶友的心得。在她的茶杯中不时氤氲着种种如风、如雨、如云、如雾般的梦境。我们静静地听着叶子如诗如画般的句子,渐渐地如痴如醉……

作家三毛在一篇散文中把茶分为三道:第一道苦若生命,正如青年,虽然清苦,但充满希望;第二道甜似爱情,如同中年,品尝到了活着的清香;第三道清淡如微风,绝大多数人犹如这道茶,注定在平凡的生活中走完一生。

外形酷似三毛的叶子借用三毛的文意,开始讲她的人生三道茶。

在学生时代她就被誉为校花,喜欢文学,追求时尚,崇拜法国女作家乔治·桑;走入社会后有幸成为工商局的一位公务员,并有了一个幸福的家。此时的她,绚丽如夏花。

好花不常开。第一次婚姻破裂了。她独自徘徊在多少个隐忍的夜晚,唯有阵阵的凉风来陪伴。她独饮下了这人生的第一杯苦茶。

她去了俄罗斯。不久找了比她小两岁的他。对幸福的向往,对财富的追求,对虚荣的爱慕,一般女人的欲望她都曾经有过。经过打拼,她和他有了好

自说自话

几家不错的饭店。日子过得殷实、自在。

好景不常在。随着一位美丽的俄罗斯女人的出现,她的他又给了她一杯苦苦的茶。

一片凋零的叶子,啜泣着的叶子,被西伯利亚无情的寒风吹回到了南通老家。

香港的一位叫陈香白的朋友送给她两本书,一本是《中国茶文化》,另一本叫《茶》。

她读了,她哭了,她笑了。

她渐渐地沉浸在茶带给她的慰藉里。

她在博客里写下了《荐中国茶文化》《读茶》等品茗的心得文章。她相信人生如茶先苦后甘的道理。她得到了全国各地茶友们的呼应,有的在博客里同她切磋,有的从北京、上海、沧州、江西、连云港、绍兴、张家港等地慕名而来,与之促膝长谈。从此,她开始饮她人生淡如微风的第三道茶。

"红泥一小炉,紫砂一老壶。烟氲绕屋梁,唇齿留余香。"——她说这是她写的第一首有关茶的诗。

"临水而憩,自夜色送清凉,茶楼风来暗香满。竹帘开,一点明月窥人。人未还,品茗兴正浓。点三杯两盏,客坐无声,唯有啜香唇齿间。试问夜如何,夜已三更,濠河水月波淡转。才屈指秋。香几时来,转眸间,观音飞花落眼前。绵,绵,绵。"——她说这是她填的第一首有关茶的词。

她说,这些个文字不算诗,也不叫词,因为没有平仄,也不讲韵律,但是她性灵的真情流淌。

叶子的人生"三道茶",非常契合僧家道人讲的"三碗茶"。

宋代道原之《景德传灯录》载:"晨起洗手面,盥漱了吃茶,吃茶了佛前礼拜,归下去打睡了;起来洗手面,盥漱了吃茶,吃茶了东事西事;上堂吃饭了盥漱,盥漱了吃茶,吃茶了东事西事。"

《五灯会元》中记——"问:'如何是和尚家风?'师曰:'饭后三碗茶。'"

唐代诗僧皎然诗云:"三碗便得道,何须苦口破烦恼。"

叶子顿悟了:喝了茶,洗了尘,了了事。一切的一切淡如微风。

叶子虽具茶心佛意,但并不赖唐。

她经常把过去用来买衣服、买化妆品的钱积攒下来资助失学儿童。一有闲暇,要么在家弹弹钢琴,练练瑜伽;要么去庙里烧烧香,拜拜佛;要么走走茶庄,访访茶友,讲讲茶道。日子过得自在滋润。

叶子很欢喜郊游,投身到大自然的怀抱中时她显得"心无挂碍"。她说,

"茶"字怎么写的？人在草木间也。她说，人要是同大自然融为一体了，还有什么痛和苦不能忘掉呢？我们的老祖先创造"茶"这个字的本意不正在于此吗？

叶子在大自然中求觉悟，在大自然中求完善，在大自然中求圆满。大自然中好一片葱绿的叶子啊。

叶子是谁？她的本名叫叶晓晴。

祝叶子，还有普天下的叶子们："三八"快乐，永远快乐，在淡淡的茶香里。

——此文登于2012年3月《三角洲》第3期

63. 九畹雅韵沁我心
——与张逸民先生品味兰文化

"芝兰生于幽谷，不以无人而不芳。君子修身立德，不为穷困而改节。"——南通市兰花协会会长张逸民先生吟诵着孔夫子的不朽名句，开始了与我们的长谈。

有着"兰痴"雅称的张先生对兰花情有独钟。在他眼里，兰花简直就是圣物，以至于将居处取名为"圣草居"。

他说，自孔子于幽谷之中发现香兰独茂，称"夫兰当为王香者"开始，国人便视兰为高洁、幽雅、谦谦君子的象征，历代文人墨客对兰推崇备至，纷纷将其入诗，入画，入文，渐渐形成了流光溢彩的兰文化。

——那么，兰花到底有什么独特的品质，才赢得了这么高的赞誉呢？

株形典雅，幽香四溢。 张逸民说，在一般人的眼里，兰花就是一株株并不起眼的草，但外形是草的兰，一旦有了某种独特的精神内涵，在中华文化代言人的传统文人眼里就十分的典雅。

——那么这种独特的精神内涵又是什么呢？

它就是孔夫子推崇的"生于幽谷，不以无人而不芳"了。是的，兰花从不显摆，从不浮躁，它的体形是那样轻盈而优雅，静静地在风里，在雨里，在人迹罕至的深谷里，独自散发着淡淡的幽香……因此，它不属草了，它有魂了，中华文人的那种"人不知而不愠的"的美德之魂附在它身上了。所以它显得那么有文化了。

屈原在《离骚》中写道："余既滋兰九畹兮，又树蕙之百亩"，"秋兰蘼芜，绿叶素枝"，"秋兰兮青青，绿叶兮紫茎"，"疏石兰兮为芳"……这又是另一种寄托！屈原的那个时代，小人谗言，奸佞当道。正直的屈子，生不逢时的屈子，满腔愤懑的屈子只有寄情兰芳，独守高节。人们非常敬佩屈原，自《离骚》"余既滋兰九畹兮"的句子传世后，人们就将"九畹"借代兰花了。

早春二月，春寒料峭。大多数兰花尚未开放，但在张逸民的"圣草居"里，我们分明嗅到了春兰的幽香，蕙兰的清香，甚至还有夏兰的甜香。是的，听着张逸民讲兰文化，看着这株株有形的兰，那种种无形的香早已沁人心脾。

喜爱某种东西到极致才能冠之以"痴"。张逸民"兰痴"的称号是二十年前国家机械部部长赠予的。当时张逸民在南通柴油机厂当厂长，是全国有名的"优秀企业家"。这位部长也是位兰花喜爱者。他到南通柴油机厂视察之余，深为遇到张逸民这位兰友而高兴，便手书"兰痴"二字赠之，从此兰友们便叫张逸民为"兰痴"了。

张逸民爱兰如痴，他目前仍是市兰协会长、省兰协常务理事，曾数十次担任省和全国兰展的评委，他培养的兰花在省和全国的兰展中曾荣获六项金奖和十一项银奖。

——刊登于《三角洲》

64. 关于林晓

林晓，与我同庚，是我认得的一位奇才。他头上有众多光环，如清华大学教授、中国考古专家、中国国画院研究员等。其实任何吹捧它的文字都是多余的。于是，便有了我写他的一篇文章，题目叫《雨滴的长度》。

我与他结缘，是以他散文里有"姑子""奶子""屁股白而肥"等字眼开始的。心想，这么出名的一个画家，怎么有恁多充满诱惑性的文字？后来看他的文章多了，便不觉什么了。一个目空一切的家伙，当然不能用世俗的眼光去看他。

他著作等身，有自传体散文集《林晓》《林晓九百句》《林晓·写意绘画》《戚和·名画典藏》等专著。甚至还有一本《春宫图·一百零八式》。

人们大多是以"画家"这一概念来定义他的。我不这么认为。我欣赏他的是他的文字。他骨子里是一位文人，文字高手。

林晓《我的这一份简历》：

我读过小学一年级、二年级、三年级、四年级，还有五年级、六年级。因国事，辍学一年，再一年。学会了游泳、上树、捉蛇和偷食。惊惊颤颤，扒坟推尸；偷偷摸摸窥尼惹姑。赤诚条条的身体瘦小精滑，散漫而强悍，摇曳着，迎风生长。

又有学上，初中一、初中二，高中一、高中二。那时节颠倒了全部应该，顺遂了原本厌学的本性。

工作七年、大学四载，求习的累积被接踵经过的十年光阴匆忙分散，几无所知地漂往番邦异域。

又来了，开始新鲜、随后磨蹭的读书时段，一年、二年、三年、四年和接着的五年。完毕,留在夷邦番地,一、二、三、四、五年。

因为教书,一年又一年。

我衣着简便,蓬发垢履,为人不求格式。既缺乏爱好,又没有理想,常久迷惑于最为简单的事物。

我心宽体胖,睡眠充裕,皮肤白皙,面泛桃花,行走疾步如飞,说话侃侃磕巴。

我慵懒放纵,探精入微。遍析方圆规矩,终觉凝固虚漾,无关紧要。绘画是自己无法自已的偏离态度;文字是自己无法自持的蹊跷臆妄。

当然,自己始终自诩,一如常人。无论是蚊虫叮咬,发疹出痘,一律痒就挠挠。

这篇自传,他较为得意,曾列于画展厅堂或题为著作、画册首页。

我与他还有一个故事:他早期不太得意时曾为他的玩伴、香格里拉大酒店老板卑老二(卑刚恒)酒店里布置了大量画作。有《春》《夏》《秋》《冬》四连轴,《三羊开泰》树脂画,《卧·佛》油画等作品。他出名后我便向卑老二求购他的作品,卑老二对我说:"这两天阴雨,不便翻拿,日后再说。"过了几天,他来电话说:"来拿。"

我拿了三幅,立刻兴冲冲地送去文化宫王建高处装裱。

然而,令我吃惊的事发生了。当我取了画正要走时,有一个港务局的认得的人正送去一幅《观音菩萨洒水图》装裱。这幅画竟和我手中的一幅一模一样。尽管卑老二发誓赌咒说,卖给我的绝对是真迹、母本。我存疑了,便打电话给正在北京的林晓求证。林晓电话里说:"首先感谢你买我的画,但你要觉得画不好直接来拿。"问及那幅画的真伪,林晓说:"记不得了。"我将此画退还给了卑老二,我对卑说:"晓得你缺钱花,钱就不退了,你另给我挑选一幅。"卑无奈,带我去他家,打开库房,给我自选了一幅《风物长宜放眼量》,此画林晓回通时我给他看了,得到他认可,而且他说"你是南通最得到便宜的人"。当时林晓的画已被炒到八万元一个尺方。此画整方八尺,我只花了两万元。

我一个报社小记者哪有动辄数万元的闲钱?全靠老婆吴桂平慷慨解囊相助,后来我收藏的好几幅林晓的画全交给了儿子雷秦保存。

65. 我嗜烟,专抽"黄金叶",几十年如此。一天三包还不够,证明我体内解毒能力非常强。

我喜酒,啤酒,整杯整杯、大口大口痛饮,爽,真爽。证明我需要刺激,经受得了刺激。我有音乐和啤酒,我不怯懦。

我还喜欢女人，对美充满渴望，只是停留在柏拉图的精神层面和以阿Q精神胜利作支撑而已。

"我不能吃了"，证明我快要完了。不过此话留到病榻上再说，因为目前尚能饭焉。有句云：我还好，能吃，能困，能屙屎；能笑，能哭，能嚼蛆。

66. 香烟有毒

香烟有毒，
惑与不惑，
这也不妥，
那也不是。
唯剩怯懦，
今天不骚，
明天不狂，
大殚特殚。

　　书赠诗人冯新民

67. 老树的打油诗，我很欣赏，同事严晓星编辑老是编发他的配诗画，我看上了，喜欢上了。是他影响了我，还是我影响了他？还是受了同一种艺术风格的影响？不懂，不懂。

①长大虽然没劲，孩子节日要过。
　跟他一起憔悴，装作十分快乐。
②世事件件无聊，单位天天穷忙。
　唯有一刻清静，下班坐看荷塘。
③事情总是不少，装作从来悠闲。
　听风看书吃茶，任凭别人数钱。
④手边一册闲书，眼前一杯清茶。
　心中一份惦念，窗外一树春花。
⑤当年总想干大事，人前喜欢装深沉。
　如今无可无不可，只想做个扫花人。
⑥世事搞不懂，挣钱也不行。
　索性立枝头，跟你调调情。
⑦遇到愁事，睡他一觉。
　碰上烂人，哈哈一笑。

⑧翻出一首旧诗，当是少年所为，
　词语缠绵悱恻，忘了曾经寄谁。
⑨周日闲无事，呆坐听雨声。
⑩篱上开着闲花，小院种上青菜。
　吃酒做梦看书，图个自由自在。
　（注：老树，本名刘树勇，1962年生于山东临朐，1983年毕业于南开大学中文系，现为中央财经大学文化与传媒学院教授、艺术系主任。）

68. 李民族老师送我一本他的新诗集《南通印象》。

我是读着他的诗长大的，自20世纪70年代广播里听了他的《高唱国际歌前进》一诗后，又不断看了他的《咖啡色的诗》《通家三篇》《今天解读这座小城》等涉及南通题材和城市生活的诗。

他是南通，南通是他。

诗是他，他是诗。

69. 收到冯新民老师《弦语》《玻璃门》二诗集，之前曾有诗集《风中的广板》赠我，他是专职诗人、市作协主席、我的挚友。他是酒神，酒神是他，朦胧一片，一片朦胧。

70. 珍藏苏子龙《子龙诗稿·低吟浅唱》一本。他有赠句："雷震弟雅正，多谢关心，真情无价。苏子龙特赠。二〇一九年元月十八日。"

71. 收到王子和著的《散步与随想》一册。前些日在杨谔处遇到他，他正在忙于新书出版。他答应还有二册书赠我。踮起脚瞟着。

存南通大学王志清教授《文心雕虫》一本。此书由南通大学我的古文老师顾启转赠。

另有王志清教授《学林广记》一本。有赠言。

72. 藏南通大学金志仁教授《海莹轩诗词曲文稿》一册，并附亲笔留字。

73. 《山那边是什么——泽麟文选》，《南通日报》资深记者、市委宣传部党史办主任钱泽麟著。2020年7月赠我。

十六开大版本，气魄！

74. 毅贤兄将《佛舍利在中国》专著赠我。他既是我的老师，又是我的领导（《南通日报》经济部、广告部主任）。

他离开报社后去《人民日报》工作，后不干了，潜心学佛，遂成菩萨。

黄山兄有自传《十年磨一剑》赠我。我要加快出《我读宋词》一书步伐，脱了裤子追，才能追上黄山学兄。

75. 我最欣赏的60句宋词：

①众里寻他千百度。蓦然回首，那人却在，灯火阑珊处。——辛弃疾《青玉案》

②十年生死两茫茫，不思量，自难忘。——苏轼《江城子》

③三十功名尘与土，八千里路云和月。——岳飞《满江红》

④多情自古伤离别，更那堪冷落清秋节！——柳永《雨霖铃》

⑤此情无计可消除，才下眉头，却上心头。——李清照《一剪梅》

⑥金风玉露一相逢，便胜却人间无数。——秦观《鹊桥仙》

⑦衣带渐宽终不悔，为伊消得人憔悴。——柳永《蝶恋花》

⑧莫道不消魂，帘卷西风，人比黄花瘦。——李清照《醉花阴》

⑨明月楼高休独倚。酒入愁肠，化作相思泪。——范仲淹《苏幕遮》

⑩枝上柳绵吹又少，天涯何处无芳草！——苏轼《蝶恋花》

⑪ 我住长江头，君住长江尾。日日思君不见君，共饮长江水。——李之仪《卜算子》

⑫青山遮不住，毕竟东流去。——辛弃疾《菩萨蛮》

⑬两情若是久长时，又岂在朝朝暮暮。——秦观《鹊桥仙》

⑭但愿人长久，千里共婵娟。——苏轼《水调歌头》

⑮笑渐不闻声渐悄，多情却被无情恼。——苏轼《蝶恋花》

⑯庭院深深深几许，杨柳堆烟，帘幕无重数。——欧阳修《蝶恋花》

⑰昨夜西风凋碧树。独上高楼，望尽天涯路。——晏殊《蝶恋花》

⑱琵琶弦上说相思。当时明月在，曾照彩云归。——晏几道《临江仙》

⑲今古恨，几千般，只应离合是悲欢？——辛弃疾《鹧鸪天》

⑳一寸相思千万绪，人间没个安排处。——李冠《蝶恋花》

㉑浮生长恨欢娱少，肯爱千金轻一笑。——宋祁《玉楼春》

㉒人生自是有情痴，此恨不关风与月。——欧阳修《玉楼春》

㉓流光容易把人抛，红了樱桃，绿了芭蕉。——蒋捷《一剪梅》

㉔今年花胜去年红。可惜明年花更好，知与谁同？——欧阳修《浪淘沙》

㉕从别后，忆相逢。几回魂梦与君同。——晏几道《鹧鸪天》

㉖若教眼底无离恨，不信人间有白头。——辛弃疾《鹧鸪天》

㉗一川烟草，满城风絮。梅子黄时雨。——贺铸《青玉案》

㉘君不见、玉环飞燕皆尘土。闲愁最苦。——辛弃疾《摸鱼儿》

㉙天不老，情难绝。心似双丝网，中有千千结。——张先《千秋岁》

㉚不是爱风尘，似被前缘误。花落花开自有时，总赖东君主。——严蕊《卜算子》

㉛若有人知春去处，唤取归来同住。——黄庭坚《清平乐》

㉜酒意诗情谁与共？泪融残粉花钿重。——李清照《蝶恋花》

㉝满目山河空念远，落花风雨更伤春，不如怜取眼前人。——晏殊《浣溪沙》

㉞人何处。连天衰草，望断归来路。——李清照《点绛唇》

㉟长江东，长江西。两岸鸳鸯两处飞。相逢知几时。——欧阳修《长相思》

㊱拣尽寒枝不肯栖，寂寞沙洲冷。——苏轼《卜算子》

㊲一场消黯，永日无言，却下层楼。——柳永《曲玉管》

㊳可惜流年，忧愁风雨，树犹如此。——辛弃疾《水龙吟》

㊴玉骨西风，恨最恨、闲却新凉时节。——周密《玉京秋》

㊵千古江山，英雄无觅，孙仲谋处。——辛弃疾《永遇乐》

㊶人面不知何处，绿波依旧东流。——晏殊《清平乐》

㊷渐行渐远渐无书，水阔鱼沉何处问？——欧阳修《木兰花》

㊸碧云天，黄叶地，秋色连波，波上寒烟翠。——范仲淹《苏幕遮》

㊹兴王只在笑谈中。直至如今千载后，谁与争功。——王安石《浪淘沙令》

㊺东风渐绿西湖岸，雁已还、人来南归。——周密《高阳台》

㊻十里扬州，三生杜牧，前事休说。——姜夔《琵琶仙》

㊼寻寻觅觅，冷冷清清，凄凄惨惨戚戚。——李清照《声声慢》

㊽无情不似多情苦，一寸还成千万缕。——晏殊《玉楼春》

㊾嬛嬛一袅楚宫腰。那更春来，玉减香消。——蔡伸《一剪梅》

㊿把酒送春春不语，黄昏却下潇潇雨。——朱淑真《蝶恋花》

(51)冉冉年华留不住。镜里朱颜，毕竟消磨去。——陆游《蝶恋花》

(52)韶华不为少年留。恨悠悠，几时休。——秦观《江城子》

(53)夜深风竹敲秋韵。万叶千声皆是恨。——欧阳修《玉楼春》

(54)年年今夜，月华如练，长是人千里。——范仲淹《玉街行》

(55)恨君却似江楼月，暂满还亏，暂满还亏，待得团圆是几时？——吕本中

自说自话

《采桑子》
㊾ 雪沫乳花浮午盏，蓼茸蒿笋试春盘。人间有味是清欢。——苏轼《浣溪沙》
㊼ 小院闲窗春已深，重帘未卷影沉沉。——李清照《浣溪沙》
㊽ 若是前生未有缘，待重结、来生愿。——乐婉《卜算子》
㊾ 天涯地角有穷时，只有相思无尽处。——晏殊《玉楼春》
⑥ 山映斜阳天接水，芳草无情，更在斜阳外。——范仲淹《苏幕遮》

唐诗和宋词是中国文学史上两颗璀璨夺目的明珠，唐代是被称为诗的时代，而宋代则是被称为词的时代，都代表一代文学之盛。如果说唐宋是古代最为壮观的两座文化高峰，那么屹立于这两座巅峰之上的人正是李白和苏轼。盛唐风范和北宋风骨在他们两个人的身上更是展示得淋漓尽致。李白的诗具有"笔落惊风雨，诗成泣鬼神"的艺术魅力。他的诗，既豪迈奔放，又清新飘逸，而且想象丰富，意境奇妙，语言轻快，感情的表达具有一种排山倒海、一泻千里的气势。在中国诗歌史上，李白绝对是一座无法逾越的高峰，他的一篇篇旷世之作感染了一代又一代中国人，虽跨越千年却光彩依旧。

李白名句：
① 人生得意须尽欢，莫使金樽空对月。——《将进酒》
② 天生我材必有用，千金散尽还复来。——《将进酒》
③ 举头望明月，低头思故乡。——《静夜思》
④ 孤帆远影碧空尽，唯见长江天际流。——《黄鹤楼送孟浩然之广陵》
⑤ 飞流直下三千尺，疑是银河落九天。——《望庐山瀑布》
⑥ 长风破浪会有时，直挂云帆济沧海。——《行路难》
⑦ 桃花潭水深千尺，不及汪伦送我情。——《赠汪伦》
⑧ 此地一为别，孤蓬万里征。——《送友人》
⑨ 两岸青山相对出，孤帆一片日边来。——《望天门山》
⑩ 我寄愁心与明月，随风直到夜郎西。——《闻王昌龄左迁龙标遥有此寄》
⑪ 尔来四万八千岁，不与秦塞通人烟。——《蜀道难》
⑫ 仍怜故乡水，万里送行舟。——《渡荆门送别》
⑬ 入我相思门，知我相思苦。——《秋风词》
⑭ 举杯邀明月，对影成三人。——《月下独酌》
⑮ 两岸猿声啼不住，轻舟已过万重山。——《早发白帝城》
⑯ 谁家玉笛暗飞声，散入春风满洛城。——《春夜洛城闻笛》

⑰ 月出峨眉照沧海，与人万里长相随。——《峨眉山月歌送蜀僧晏入中京》
⑱ 秋风吹不尽，总是玉关情。——《子夜吴歌·秋歌》
⑲ 明月出天山，苍茫云海间。——《关山月》
⑳ 相看两不厌，只有敬亭山。——《独坐敬亭山》
㉑ 抽刀断水水更流，举杯销愁愁更愁。——《宣州谢朓楼饯别校书叔云》
㉒ 凤凰台上凤凰游，凤去台空江自流。——《登金陵凤凰台》
㉓ 若非群玉山头见，会向瑶台月下逢。——《清平调》
㉔ 十步杀一人，千里不留行。——《侠客行》
㉕ 且乐生前一杯酒，何须身后千载名？——《行路难》
㉖ 不敢高声语，恐惊天上人。——《夜宿山寺》
㉗ 白发三千丈，缘愁似个长。——《秋浦歌》
㉘ 当君怀归日，是妾断肠时。——《春思》
㉙ 寄言燕雀莫相啅，自有云霄万里高。——《观放白鹰》
㉚ 美人卷珠帘，深坐颦蛾眉。但见泪痕湿，不知心恨谁。——《怨情》
㉛ 桃花流水窅然去，别有天地非人间。——《山中问答》
㉜ 大鹏一日同风起，扶摇直上九万里。——《上李邕》
㉝ 月光欲到长门殿，别作深宫一段愁。——《长门怨》
㉞ 我本楚狂人，凤歌笑孔丘。——《庐山谣寄卢侍御虚舟》
㉟ 白日何短短，百年苦易满。苍穹浩茫茫，万劫太极长。——《短歌行》
㊱ 借问汉宫谁得似，可怜飞燕倚新妆。——《清平调》
㊲ 名花倾国两相欢，常得君王带笑看。——《清平调》
㊳ 郎骑竹马来，绕床弄青梅。——《长干行》
㊴ 蜀国曾闻子规鸟，宣城还见杜鹃花。——《子规》
㊵ 只今惟有西江月，曾照吴王宫里人。——《苏台览古》

苏轼，诗、词、赋、散文，均成就极高，且善书法和绘画，是中国文学艺术史上罕见的全才，也是中国数千年历史上被公认文学艺术造诣最高的大家之一。苏轼改变了晚唐五代词家婉约的作风，成为后来豪放词派的开创者。他的词风因笔力纵横、豪迈奔放，对后世影响巨大，所以后世尊称他为"词圣"。

苏轼名句：
① 人有悲欢离合，月有阴晴圆缺。——《水调歌头》
② 但愿人长久，千里共婵娟。——《水调歌头》
③ 大江东去，浪淘尽，千古风流人物。——《念奴娇》

自说自话

④ 十年生死两茫茫，不思量，自难忘。——《江城子》

⑤ 老夫聊发少年狂，左牵黄，右擎苍，锦帽貂裘，千骑卷平冈。——《江城子》

⑥ 会挽雕弓如满月，西北望，射天狼。——《江城子》

⑦ 竹杖芒鞋轻胜马，谁怕？一蓑烟雨任平生。——《定风波》

⑧ 回首向来萧瑟处，归去，也无风雨也无晴。——《定风波》

⑨ 枝上柳绵吹又少，天涯何处无芳草！——《蝶恋花》

⑩ 笑渐不闻声渐悄，多情却被无情恼。——《蝶恋花》

⑪ 此生此夜不长好，明月明年何处看。——《阳关曲》

⑫ 春色三分，二分尘土，一分流水。细看来，不是杨花，点点是离人泪。——《水龙吟》

⑬ 拣尽寒枝不肯栖，寂寞沙洲冷。——《卜算子》

⑭ 世事一场大梦，人生几度秋凉？——《西江月》

⑮ 且将新火试新茶。诗酒趁年华。——《望江南》

⑯ 长恨此身非我有，何时忘却营营。——《临江仙》

⑰ 我醉歌时君和，醉倒须君扶我，惟酒可忘忧。——《水调歌头》

⑱ 何日功成名遂了，还乡，醉笑陪公三万场。——《南乡子》

⑲ 不用诉离觞，痛饮从来别有肠。——《南乡子》

⑳ 一点浩然气，千里快哉风。——《水调歌头》

㉑ 一别都门三改火，天涯踏尽红尘。——《临江仙》

㉒ 人间有味是清欢。——《浣溪沙》

㉓ 试问岭南应不好。却道，此心安处是吾乡。——《定风波》

㉔ 忽变轩昂勇士，一鼓填然作气，千里不留行。——《水调歌头》

㉕ 彩线轻缠红玉臂，小符斜挂绿云鬟。佳人相见一千年。——《浣溪沙》

㉖ 废沼夜来秋水满，茂林深处晚莺啼。行人肠断草凄迷。——《浣溪沙》

㉗ 殷勤昨夜三更雨，又得浮生一日凉。——《鹧鸪天》

㉘ 莺初解语，最是一年春好处。微雨如酥，草色遥看近却无。——《减字木兰花》

㉙ 人事凄凉，回首便他年。——《江城子》

㉚ 为问东风余几许，春纵在，与谁同。——《江神子》

㉛ 寄我相思千点泪，流不到，楚江东。——《江神子》

㉜ 衣带渐宽无别意，新书报我添憔悴。——《蝶恋花》

㉝ 若待得君来向此，花前对酒不忍触。共粉泪，两簌簌。——《贺新郎》

㉞ 且趁闲身未老，尽放我、些子疏狂。百年里，浑教是醉，三万六千场。——《满庭芳》

㉟ 江南好，千钟美酒，一曲满庭芳。——《满庭芳》

㊱ 休言万事转头空，未转头时皆梦。——《西江月》

㊲ 一纸乡书来万里。问我何年，真个成归计。白首送春拚一醉。东风吹破千行泪。——《蝶恋花》

㊳ 万事到头都是梦，休休。明日黄花蝶也愁。——《南乡子》

㊴ 恨此生、长向别离中，添华发。——《满江红》

㊵ 试问江南诸伴侣，谁似我，醉扬州。——《江城子》

76. 我与老郑二三事

初次见面

1984年隆冬，我还是街道里弄工厂的一个愤青。当时报社对外公开招聘，我有幸以216分的考绩进入了分数线为180分的复试圈。我当时被老贾借到宣传部写十二大宣讲材料。考报社高分者多了去了，有黄俊生、黄山、陈小平等。我唯恐被淘汰，工作时有点心不在焉。老贾看在眼里，一天带我去报社见一把手郑樯年。在西寺里一座小楼夜班编辑室里，老郑戴了副老花眼镜，正用蝇头小字在报样上改稿，头也不曾抬，轻吐四字："个能写写？"老贾回道："能写，能写。和我一起搞十二大宣传材料，文笔还行。"当时我有点纳闷，老贾是老郑多年同事，人来了怎不问个好，叫个坐？这便是我与老郑的第一次见面。印象：古板，不好接近。

赶快上岸

我进报社后从做校对开始，后被调至群工部、工交部当记者。一路顺风顺水。1990年，报社也不吃皇粮了，在全民经商的氛围中组建实业公司，老郑是筹办人。当我得知我也在其中时着了急去找老郑，说明搞经营非我初衷，还是让我当记者。想不到又是一句冷冷地打发了我："德才看得起你，去吧。"时光荏苒，一晃三年。一日老郑在健康路75号报社遇到我神情焦虑地说："赶快上岸！"当时国家政策有变，生意不好做，德才、耿林鑫、黄俊生、我等正焦头烂额。洞察一切的老郑出手相救，一把将我们拽上了岸，回原岗位。正应了一句古话：文人经商，三年不成。

只抽红塔山

某日，《解放日报》老总来报社做客。老郑拿出一包玉溪烟开了封，抖抖筛筛递了上去。没想到《解放日报》马老总推开玉溪，从自己口袋里摸出一支飞马牌烟吞云吐雾起来。当时我在场,很吃惊,两个这么大的干部,抽根中华烟不算奢侈,怎么抽如此蹩脚的玉溪、飞马?我吓得不敢拿出准备好的中华烟,怕坏了老郑的规矩。他的儿子郑建文出差在外,打电话问爸爸带什么烟给他抽,老郑回说,红塔山。当时红塔山六块五一包,已落伍多年。报社余达笑其舅子小气,将此事告诉我,岂不知这是老郑的意思,不是小郑小气。

简朴的居室

说起老郑的俭朴,我亲眼所见。一天,他儿子郑建文带我去郑家坐坐。在虹桥的一座老楼房里,推门一看,又是惊讶,老郑家里就客厅里透了色的布面沙发一对,卧室里瓶儿脚老式床一张,阳台上剥了皮的藤椅一把,书房里跛了脚的写字台一张。这便是拿红本本的离休干部老郑的主要家当。连我家的家具都不如,真是寒酸。

血糖个高啦?

一天老郑抓住我手问:"血糖个高啦?"我以为保密工作做得好,便回问老郑:"你怎么知道的?"他说:"我看过你的体检报告。要当心!"我激动了,看似一天到晚绷着脸的老郑,背地里却如此关心同志!老郑又吩咐我:"少抽点烟,用黑丝瓜籽泡醋吃吃看。"啊,表面上冷峻,少与人交流的老郑,实骨子里却如此关心部属,给我以温暖!啊,叫人如何不想他!

带我去戏戏

报社组织家属活动,我领队。一天我从香格里拉玉龙雪山寄回一张明信片给了老郑。回来后他对我说,谢谢你记得我。下次有机会要带我去戏戏。老郑当时已退了,但要想出去走走,还用得着对我说吗?转念一想,老郑是办公室、校对室、家里三点一线,常年如此,我不曾听说更不曾看见他游山玩水过。此时的要求言辞之恳切,足见他严谨的生活态度。遗憾的是不久我调离了广告部,不曾有机会带老人家出去走走。老郑啊老郑,我尊敬的老郑,若干年后你我相见,我一定带你去戏戏,好好戏戏!老郑走了,终结了一代,又来了一代又一代。你如报社门口的石狮,静眼看濠河水起起落落,佑报社蒸蒸日上!

(注:老郑即为《南通日报》老社长郑橹年。此文收录于沈玉成主编的《郑橹年纪念文集》。)

77. 琴棋书画与烟酒色茶

伪君子喜谈琴棋书画而羞谈烟酒色茶。其实这是在白天或在公众场合上的他,而到了黑夜,或等不到黑夜,私下里便开始践行他所谓"鄙视"的其中一项,或是来个流水作业——全包了下来。

其实我以为琴棋书画固然高雅,烟酒色茶也未必低俗。

挑个人们通常最忌讳的"色"字来说。

"色子头上一把刀。"

俚语有理。

但我理解是叫人不要贪色。

扪心自问,不想女人,不碰女人,你能做到吗?

——2013年5月

78. 岁月如歌——我的报社30年

我珍藏着两个红本本,一是新闻从业30年纪念证,一是2016年报社退休证。作为一个重感情的人,我时常在它们面前唏嘘不已,双泪簌簌。历史已成灰烬,但仍有余温。我一颗滚烫的心怦怦跳着。1984年隆冬,我考进报社。我从校对开始做起,先后做过群工部记者、工交部记者、实业公司副总、经济部记者、信息部副主任、广告部副主任、晚报副刊部编辑、《三角洲》副主编,一晃30年,弹指一挥间。

第一位老师:熊飞。熊飞即范熊飞,出身南通的名门望族,范曾嫡亲三叔。依稀记得,他是位20世纪40年代就干报纸的老前辈。奇人一个。虽半身不遂,耷拉着右臂,瘸着右腿,可打起乒乓球来,生龙活虎。脑子特好使,下围棋、象棋,一把手。因体恤人才,报社还允许他工作时咪口小酒。他虽残缺,但在我眼里,却现一种残缺的美。一身中山装,方面大耳,待人和亲。一头白发,纹丝不乱。手边总一把桃木梳子,不时后梳银丝,教我校对要点。

我恭恭敬敬听他教诲,完成校对已是深夜一两点钟了,我便用自行车驮他回家。常年如此。说他残缺美,不是幻觉,而是相处长了后发现他内心的强大,足以闪耀美的光芒。一生坎坷不说,就说他"文革"中不肯低下高贵的头颅,死不认罪这点,我就佩服至极。我在校对室干了3个月,不仅学会了捉错别字,还将身上的一些恶习捉得一干二净。

群工部里的年轻人

3个月后,我调到群工部当记者,从《新华日报》下来的陈裕民主任坐镇,戴振文老师因一口广东话改不过来,很少出去采访。30岁未满的我成了群工部生力军,主要是根据读者来信搞问题调查,写批评报道。煤球店缺斤少两,渔霸欺行霸市,某官员腐败,某干部打击报复,等等,我穷追猛打,为读者诉怨,取得了一些成绩。讲两个小故事。某日接到一位渔船柴油机厂小姑娘来信，信上说为恋爱之事被厂领导批评，不想活了。陈裕民看信后立即派戴振文和我赶到该厂，与厂领导交换意见，耐心劝导小姑娘，终于使她放弃了轻生念头。她后又来信，一再感谢报社救命之恩。某日又接到如皋新民乡一蒋姓退休教师来信，反映村长依势强占他的宅基地，要求报社为他做主。我与毛玉冰记者赶了过去，批评了村长霸道行为，解决了界址纠纷。这位蒋姓退休教师后来竟将我和毛玉冰的合照挂于堂前，说是要永远纪念。

二位恩师：赵劲夫、保骏

我在群工部待了一年，成日里与不平事打交道，内心吃不消，便向报社提要求，换个环境干干。报社也同意了我的请求，调我到工交部当记者。从此结识了赵劲夫、保骏二位贵人。赵是主任，保是副主任。劲夫主任对部属非常严厉，常常训我像训儿子一样。但他为我改稿编稿常常到深夜。真乃严师出高徒，我发消息的导语尤有长处，连报社尤世玮老总也夸"雷股长的导语像劲夫"！保副主任更是言传身教，他是名记，但放下身段，带我这个新兵去锻压机厂采访，并亲自执笔，写出《雄鸡一唱天下白》一稿，只署了本报记者雷震一名，就见报了。二位主任不仅业务上传帮带，而且生活上也是关心。那年报社分房，我向二位陈述了窘境。保骏添油加醋地编了一个我窘迫的故事，求得了报社领导的同情，分了一中套住房给我。说实话，当初没有赵保二位力挺，可能轮不到我住新房。在这篇盖棺定论的回忆录里，若是不提此事，就不算个人了。

和德才兄喝酒的日子里

德才兄即蒋德才。我经常与德才畅饮。一杯下肚，忘记了忧愁，一杯下肚忘记了心爱的姑娘。我俩经常喝着，唱着。《苏南经济考察》，是你、俊生、星华、我酒后挥就。《平潮饭店先进事迹》至今还散发着全国劳模朱骓先生自酿的米酒酒香，《南通盆景》这本书，更是你用酒精炮制的。你酒醉时满口的德祥侯，锁侯，井侯，兰英侯，我们知道，你又在思念老友啦。我与你不知醉过多少回，在长桥酒家，叹长桥短，人生长；在起凤街，醉后论道，挥斥方遒；在端平桥自信人生二百年，会当水击三千里。你醉酒的形骸下，诙谐的、哲理的、思辨的言辞成了我写作的源泉。可惜，你离开我们后，我只在你身边留下挽联："一弯冷月冻苍穹，两行热泪沸九泉。"

等待机遇的缘分：五哥哥——陈毅贤

五哥哥，是某女孩子对你的昵称。出我之口，有点别扭，因我大你三岁。因此平时我一开口便是陈五侯，但在心里还是叫你五哥哥的。你在经济部是主任，我是你的助理。可这一助，便恁长，恁久。1995年，你要去广告部，要带上我，我不知原委，不愿去。你沉默了会，眯着小眼狡猾地说："你找老贾去。"哪知你早和老贾串通好,认为我老实,好使。我找到老贾,还不等我开口,老贾便很严肃地告诉我:"报纸广告上不去,报社连续两月赤字!你去不去,你看着办吧。"老贾是我进报社的导师,他的话在我眼里就是圣旨,还容我辩说吗?我跟你到了广告部,当副主任。因我长期跑基层,人脉可以,不费什么力,协助你搞到一些创利。情况好转后,你便封我为六王爷,随便我戏戏,只要不添乱。容祖儿在歌里唱得好:我在寻找故事里的那个人,你是我不可缺的那部分,我痴痴傻傻地跟,只为了那相遇的缘分。(歌词大意)

1997年,你拂袖走了,离开了你19岁就钟爱的南通日报社,我憔悴了。老贾给了我四字:"韬光养晦。"晚报的范计春、黄俊生接纳了我。我到副刊部当编辑,一年,一年,又一年。我努力回报,认真编《江海之子》,常春苑、言论版、收藏版、旧闻版和男人女人版、夜明珠版,收获颇丰。后又跟范计春、黄俊生筹办《三角洲》杂志,终卷收于此,梦断于斯。

在报社30余年,唯一憾事:以中级记者作结。外因是转战多部门,把花期错过。内因是不努力,不自信,"中庸之道"大作怪,害得我与同学、同庚、同事黄俊生老是长袜子短裤头——差一大截。

79. 王晓旸之石头记

王晓旸在南通石头圈里号称"石头王",解读为"戏石头的王先生"或"很有名的玩石者"都准确。

玩石,在中国有着悠久的历史,发展至今已俨然成为一种文化——赏石文化。玩石者也从达官贵人发展到平民百姓。在广电报工作的王晓旸便是通城玩石的平民百姓中的一位代表。

缘石:"王先生,你为什么欢喜石头?""你问得好戏子哩,你喜欢女人吗?你每天要吃饭吗?这叫天性,必须的。那个女人成了你的老婆,这叫缘分;这块石头来到我家,也是缘分!"——回答得有点拗,但我知道,他强调的是他和石头有缘分,合天意。

淘石:"南通并不产石,你这么多奇形怪状的石头是从哪来的?""南通虽不产石,但南通也是文化历史名城,古时候就有玩家,有历史传承,这是其一;其二,南通玩石者虽不足百人,古玩市场里石头也不算多,但走南串北者不少,手里也不乏可赏之石,我从他们那里淘到不少精品。另外你知道,现在已是信息社会,网购是多方便的事,你只要是有心人,不愁得不到好石。"——网购,是其藏石主要的来源。

读石:"在玩石者眼里,石头分象形石、抽象石和异象石。这块石头到了

自说自话

你的手,如果你不好好地去品味,又没有文化底蕴,根本读不懂它,那它只是一块冰冷冷的东西。反之,它有生命,它会说话,它有情感,它会让你笑、让你哭、让你疯、让你狂!"——王晓旸激动起来,我也有点受到感染。

藏石:灵璧石、太湖石、英石(出自广东)、昆石(产于昆山)等中国四大名石他都有;什么宣石、大化石、风砺石、来宾石、松花石等天南海北的石头他也有。他告诉我,他收藏的石头,就像他的孩子,从来不肯出手。他说,天下没有两块同样的石头,你一旦失去了,恐怕再也找不到了。譬如那块风砺石,在沙漠里砺炼了几百万年,那块卷纹石,在水中涤荡了上亿年,大自然的鬼斧神工啊,怎么舍得让它离开呢!——据我观察,在他的家里,除了两三平方米的厨房没有石头外,餐厅、书房、会客室、卧室、阳台上都摆有石头,连楼底车库里也堆满了石头,旁边还有一个硕大的石头烟灰缸,里面尽是烟蒂。

看得出,那儿早已不当车库用了,而是他心遨万仞神游八极的石头世界。

——为《三角洲》杂志写

80.《三角洲》杂志文摘版"卷首语"

拿什么奉献给你,我的朋友?

蓝天总想奉献给白云,阳光总想奉献给大地,作为一个大型的文摘类读物,我拿什么奉献给你,我的朋友?

我们是这么想的:

天下大事,国情民情,你总想有所了解吧。为此,我们设计了《特别关注》《热议话题》《关注国防》《博客精选》等栏目,编摘国内外本月内的重要议题,引导读者,关心时政,关注民生。

情和爱是人类共同和永恒的主题。我们特辟《情感天地》《冷暖人生》栏目,让您在一篇篇惊天地、感鬼神的故事中,交流情感,感悟人生。

励志向上,与时俱进,是时代赋予国人特别是年轻人的职责,《职场精英》将为您提供学习的楷模和榜样。

中国是文明古国,国学已风靡全球。《国粹经典》里为您展现的是国粹中的国粹。

《历史有痕》这一栏目,是我们刊登历史上的重大事件和重要人物的专栏,钩沉历史,令人耳目一新,相信您和我有同样的感觉,《人物传奇》则是该栏目里重要的一项,我们精心打造,不惜篇幅,为您展现以人为本的崇高理念。

文化娱乐,不可或缺。我们专设《文娱红星》栏,推介演艺界明星,特别是新星。

　　自然界有好多未解之谜，很是吸引眼球，我们遵循科学性、知识性和趣味性的原则，开办《未解之谜》栏目，带您走进梦幻般的世界。

　　注重生活细节，提高生活品位，《生活百科》栏目，将是您的保健医生和生活指导老师，您若时时关注，定会受益匪浅。

　　工作一天了，辛苦一天了，也许烦恼也缠绕一天了，当您辗转反侧、难以入睡之时，请打开《美文共享》《轻松一刻》栏目，浏览几段荤素搭配的段子，也许您在微笑中渐入佳境……

——《三角洲》责任副主编雷震
2011年10月15日

81. 珍藏市书画院院长康戎《败荷图》一幅。康与我有四十年的交情，少时常与冯建郁、李翰祥及我一起下军棋，他见我喜爱其荷花作品，特别是欣赏枯荷的意境，便专门画了一幅《败荷图》给我。梁战有补题："荷尽已无擎雨盖，菊残犹有傲霜枝。一年好景君须记，正是橙黄橘绿时。甲子初春梁战题。"

82. 收藏市作协顾问黄步千先生《崇川纪事卷三·通谚》一册。该书收集南通方言、谚语、歇后语及方言中的冷僻字，地方色彩浓厚，甚是好玩。

83. 南通日报社原社长、总编贾涛根先生赠大型画册《百鸟千姿》一册，外文出版社出版。该书集有贾先生所拍摄的南通野生鸟类计三百多种，有相当部分为罕见珍贵鸟儿。

84. 得袁峰虎作两帧，一工笔，另一半工半写，甚喜。

85. 得王炎《愿者上钩》一幅、张志和《钓叟》一幅。二位友均南通高德大隐。

86. 俊生兄海南归来，赠水晶石一方。我说宜雕佛窟，俊生颔首。

87. 收藏范杨《药王像》。此画为范杨友沈绣博物馆馆长卜元转赠。

后 记

　　本书恭请冯新民勘校，黄俊生作序，魏武题写书名，刘晓鹏封底治印。

　　特别要记载的是冯新民先生不是一般意义上的校对，他甚至是不顾眼疾，像老师批改学生作业一样逐字逐句对该书原稿70余万字进行核校，并提出许多中肯的意见，这哪里是在校我稿，分明是自己搁阵生孩子（南通方言，指把他人之事当己之事尽力而为）！我的好友、佛教界知名人士陈毅贤也说："出书是好事，人们也许在你生平中会说'有《我读宋词》留世'，因此一定要牢记严谨二字。"这些我都谨记于心。

　　再次重申：此书并非什么学术著作，我只是想以我的思路及拙笔尽可能多地把宋词及有关知识串联起来，让更多和我一样喜爱宋词者及宋词初学者对宋词有一大概了解，此为我的初衷。

　　本书参阅书目：陈廷焯《白雨斋词话》、况周颐《蕙风词话》、周济《介存斋论词杂著》、谭献《复堂词话》、冯煦《蒿庵论词》、王国维《人间词话》、王力《诗词格律》、孙正刚《词学新探》、江培英《宋词三百首》。

　　于此一并感谢。

雷震
庚子仲秋